Mord vor O
Die besten
deutschen Krimi
vom Allgäu bis Sy

Andreas Hoppert

Zug um Zug
Menschenraub

Zwei Kriminalromane
in einem Band

Mord vor Ort
Die besten
deutschen Krimis
vom Allgäu bis Sylt

Umwelthinweis:
Dieses Buch wurde auf chlorfrei gebleichtem Papier gedruckt.
Die Einschrumpffolie – zum Schutz vor Verschmutzung –
ist aus umweltverträglichem und recyclingfähigem PE-Material.

Ungekürzte Lizenzausgabe
der RM Buch und Medien Vertrieb GmbH
und der angeschlossenen Buchgemeinschaften

Einbandgestaltung: Christina Krutz Design, Biebesheim am Rhein
Einbandfotos: Marco Grefe (Bielefeld), Shutterstock/Erhan Dayi (Justitia),
Shutterstrock/Claudio Divizia (Schild), Dreamstime/Yuriy Mazur (Himmel)
Druck und Bindung: GGP Media GmbH, Pößneck
Printed in Germany 2013
Buch-Nr. 129749

Zug um Zug

Teil 1

Vorbereitung

Die Vorbereitung ist zumindest für Turnierspieler heute wesentlicher Teil der Beschäftigung mit dem Schachspiel. Zur Vorbereitung gehören das Erarbeiten eines Eröffnungsrepertoires, die Beschäftigung mit den wichtigsten Endspielen sowie das Kennenlernen und Herausarbeiten gewisser Schemata im Mittelspiel. Bei wichtigen Wettkämpfen spielen bei der Vorbereitung auch Sekundanten eine wichtige Rolle. Meyers Schachlexikon

1

»You have the right to remain silent.«

»Fuck that right! I want the right to talk, I want the right to speak, I want the right to walk where I wanna …«

Marc Hagen drückte die Pausentaste des CD-Spielers und unterbrach so Ice-Ts Wutausbruch, mit dem der sich darüber beklagte, dass ihm als Rapper nun wirklich jedes andere Recht wichtiger war als ausgerechnet das zu schweigen.

Ein paar Sekunden lauschte Marc in die Stille, weil er meinte, ein Geräusch gehört zu haben, und wollte die CD schon wieder anlaufen lassen, da schellte es.

Marc sprang auf, langte nach seinem Jackett und streifte es auf dem Weg zur Tür über. Als er öffnete, stand ein Mann vor ihm, dessen Alter er auf Mitte fünfzig schätzte. Der Mann war groß, fast einen Meter neunzig, schlank, hatte dichtes, grau meliertes Haar und ein klassisches Aristokratengesicht mit Adlernase, kräftigem Kinn und einem durchdringenden Blick. Bekleidet war er mit einer grauen Flanellhose mit messerscharfer Bügelfalte, einer gestreiften Clubkrawatte und einem blauen Kaschmirblazer, der für die sommerliche Hitze zu warm schien. Trotzdem konnte Marc nicht einen Schweißtropfen auf der Stirn seines Besuchers entdecken.

»Mein Name ist Hasso von Neuendorff«, stellte sich der Mann mit einer kleinen Verbeugung vor. »Ich hätte gerne Frau Rechtsanwältin Dr. von Kleist gesprochen.«

»Hagen«, nickte Marc ihm zu. »Frau Dr. von Kleist ist noch bei Gericht. Aber wir können einen Termin für morgen vereinbaren.«

Hasso von Neuendorff verzog das Gesicht. »Dann kann man nichts machen. Die Sache ist eilig. Trotzdem vielen

Dank.« Er drehte sich um und machte Anstalten, die Treppe hinunterzugehen.

»Warten Sie«, rief Marc ihm nach. »Vielleicht können Sie fürs Erste mit mir vorlieb nehmen.«

Der Besucher wandte sich ihm wieder zu. »Sind Sie auch Anwalt?«, fragte er.

»Nicht direkt«, druckste Marc herum. »Jedenfalls bin ich Jurist.«

»Hm.« Von Neuendorff rieb sich nachdenklich das Kinn. »Also gut, versuchen wir es. Es handelt sich eh um einen ganz simplen Fall.«

Marc versuchte, sich seine Erleichterung nicht anmerken zu lassen. Die Rechtsanwaltskanzlei Irene von Kleist konnte es sich nicht leisten, einen Mandanten nicht zu bekommen. Marc führte von Neuendorff in das Büro seiner Chefin, einem großen Eckzimmer mit Eichenschreibtisch und Kandinsky-Drucken an der Wand, und ließ ihn auf einem der beiden Besucherstühle Platz nehmen. Dann öffnete er die beiden Fenster, um für etwas bessere Luft zu sorgen, ging um den Schreibtisch herum und ließ sich in den ledernen Drehsessel fallen.

»Darf ich fragen, welche Funktion Sie in dieser Kanzlei haben?«, erkundigte sich von Neuendorff. »Sind Sie der Sekretär von Frau Dr. von Kleist?«

»Ich bevorzuge den Ausdruck ›Bürovorsteher‹.« Marc rang sich ein schiefes Lächeln ab.

»Ist das nicht eine eher ungewöhnliche Beschäftigung für einen Juristen?«

»Mag sein.« Marc hatte nicht vor, das Thema zu vertiefen. Mit Nachdruck rückte er einen Kugelschreiber und einen Notizblock zurecht. »Was können wir für Sie tun, Herr von Neuendorff?«

Hasso von Neuendorff schlug die Beine übereinander und

legte die Hände auf die Armlehnen, wobei eine Rolex zum Vorschein kam. »Wie gesagt, eigentlich ein ganz simpler Fall. Nichtsdestotrotz ziemlich unangenehm für mich.« Er hielt inne. »Sagen Sie, dieses Gespräch unterliegt doch der Schweigepflicht? Ich meine, weil Sie doch kein Rechtsanwalt sind.«

»Voll und ganz«, versicherte Marc. »Niemand außerhalb dieser Kanzlei wird davon erfahren.«

»Nun gut. Mir ist da gestern eine dumme Sache passiert. Ich bin Jäger, müssen Sie wissen. Und das seit über dreißig Jahren. Vor vier Tagen habe ich endlich mein neues Gewehr bekommen. Eine Ferlacher. Sagt Ihnen das etwas?«

Marc hob die Hände zu einer bedauernden Geste. »Ich bin kein Jäger«, erklärte er.

»So, sind Sie nicht?« Von Neuendorff musterte ihn, als bereute er es schon, sich auf dieses Gespräch eingelassen zu haben. »Na ja, macht nichts. Vielleicht hilft es, wenn Sie sich einfach vorstellen, Sie hätten sich gerade den größten Wunsch Ihres Lebens erfüllt und sich einen neuen Porsche angeschafft. Und jetzt stellen Sie sich weiter vor, Sie dürften damit nicht fahren, weil Sie Ihren Führerschein verloren haben. Sie müssen sich eine Ferlacher einfach als den Porsche unter den Langwaffen vorstellen. Wenn man so etwas in den Händen hält, möchte man es natürlich auch sofort ausprobieren. Können Sie mir bis hierher folgen?«

Marc nickte ergeben. *Was für ein Arschloch!*

»Schön«, fuhr von Neuendorff fort. »Also, ich wollte … *musste* meine neue Ferlacher einfach testen. Leider ist es in Bielefeld und der näheren Umgebung fast unmöglich, eine Jagdpacht zu bekommen. Also habe ich die Ferlacher gestern Nachmittag in meinen Wagen gepackt und bin in den Rathenhorster Wald gefahren. Das ist ein Jagdrevier, das dem Grafen von Ravensberg gehört.«

»Gehe ich recht in der Annahme, dass Sie nicht befugt sind, im Rathenhorster Wald zu jagen?«, unterbrach Marc.

Von Neuendorff nickte bestätigend. »Sie gehen«, sagte er. »Ich habe dort zwar schon ein paarmal als Gast gejagt, aber gestern war ich nicht eingeladen. Doch ich musste einfach …«

»… den Porsche ausprobieren«, vollendete Marc den Satz.

»Bitte? Ja, genau. Ich habe meinen Range Rover auf einem Waldweg abgestellt und bin mit dem Gewehr auf die Pirsch gegangen. Ich hatte tatsächlich Glück und habe ein paar Schmalrehe gesehen. Ich habe mehrere Schüsse abgegeben, die Tiere aber verfehlt.«

»Wissen Sie noch, wie viele Schüsse Sie abgegeben haben?«, wollte Marc wissen.

»Ich glaube, es waren vier. Anschließend habe ich noch ein paar Minuten gewartet, aber es ist kein Tier mehr aufgetaucht. Dann bin ich zu meinem Wagen zurückgegangen.«

»Hätten Sie zum Ausprobieren Ihrer Waffe nicht einfach zu einem Schießstand fahren können?«, wagte Marc zu fragen und erntete dafür einen empörten Blick.

»Herr Hagen, ich bin Jäger«, erwiderte von Neuendorff, als erkläre das alles.

»Sie sind also zu Ihrem Wagen zurückgegangen …«, versuchte Marc, ihn zu seiner Geschichte zurückzuführen.

»Richtig, und da hat schon dieser Mensch, dieser Jagdaufseher, auf mich gewartet. Wollte wissen, was ich in *seinem* Wald zu suchen hätte, als ob der ihm gehören würde. Ich habe ihn ganz locker abblitzen lassen. Frische Luft schnappen, habe ich gesagt. Der hat geguckt wie ein Auto.«

»Wie ein Porsche?«

»Bitte?« Von Neuendorff tippte sich an die Stirn, als er begriffen hatte, und lachte bemüht. »Nein, eher wie ein Opel. Wie ein alter, rostiger Opel. Dann hat dieser Waldschrat mich gefragt, ob ich die Schüsse auch gehört hätte. Ja, habe ich ganz unschuldig geantwortet. Und was glauben Sie, passiert dann? Bevor ich reagieren kann, greift er sich meine Ferlacher und riecht an der Mündung. Ist das überhaupt erlaubt? Darf dieser Mensch einfach so …?«

»Herr von Neuendorff, ich denke, darüber sollten Sie sich jetzt nicht den Kopf zerbrechen. Erzählen Sie erst mal zu Ende.«

»Ja, natürlich. Also, dieser … dieser Mensch riecht an meinem Gewehr und behauptet, ich hätte damit geschossen.«

»Das haben Sie ja auch.«

»Natürlich habe ich das, aber jetzt kommt das Beste: Er hat mich der Wilderei beschuldigt. Ich bin seit über dreißig Jahren Jäger und habe noch nie …«

»Wie haben Sie darauf reagiert?« schnitt Marc ihm das Wort ab.

»Ich fürchte, da habe ich meinen einzigen Fehler gemacht.« Von Neuendorffs Stimme hörte sich auf einmal nicht mehr ganz so selbstbewusst an. »Ich habe zugegeben, auf Rehe geschossen zu haben, aber gleich hinzugefügt, dass ich keines getroffen habe.«

»Und dann?«

»Der Aufseher erwiderte, es sei ihm egal, ob ich getroffen hätte oder nicht. Der Tatbestand der Wilderei sei allein durch das Schießen auf das Wild erfüllt. Und das ist der erste Grund, warum ich hier bin. Ich meine, es kann ja wohl nicht sein, dass es keinen Unterschied macht, ob ich die Rehe nun erlegt habe oder nicht.«

»Einen Moment bitte.« Marc stand auf und ging zu dem Glasschrank, in dem Irene von Kleist ihre gesammelte juristische Fachliteratur ausgestellt hatte. »Mit Wilderei hat man als Jurist in einer Großstadt eher selten zu tun«, entschuldigte er sich, während er die Buchrücken durchging. Schließlich fand er einen Kommentar zum Strafgesetzbuch, suchte im Register nach dem Begriff ›Wilderei‹ und fand den einschlägigen Paragrafen. Mit dem geöffneten Buch in der Hand nahm Marc wieder hinter dem Schreibtisch Platz.

»Da haben wir es«, verkündete er. »§ 292 Strafgesetzbuch, Jagdwilderei: Wer unter Verletzung fremden Jagdrechts oder Jagdausübungsrechts dem Wild nachstellt, es fängt, erlegt oder sich oder einem Dritten zueignet, wird mit Freiheitsstrafe bis zu drei Jahren oder mit Geldstrafe bestraft. Das hört sich nicht gut an, aber gleich kann ich Ihnen Genaueres sagen.«

Die nächsten drei Minuten las Marc die Kommentierung durch. Stirnrunzelnd blickte er schließlich wieder auf. »Ich fürchte, dieser Jagdaufseher hat Recht.« Er zitierte: »Für das ›Nachstellen‹ im Sinne des Gesetzes genügt schon das Auf-dem-Anstand-Stehen, selbst mit ungeladenem Gewehr, wenn es nur leicht schussfertig zu machen ist, das Heranpirschen, das Verfolgen et cetera, also jede Handlung, mit welcher der Täter nach seiner Vorstellung zum Fangen, Erlegen oder Sich-Zueignen ansetzt.« Marc schlug das Buch zu.

»Das heißt, wenn ich behauptet hätte, ich hätte auf Bäume geschossen, wäre ich aus dem Schneider gewesen?«, fragte von Neuendorff.

»Richtig. Aber für so eine Version dürfte es jetzt zu spät sein. Wie ging es weiter?«

»Der Jagdaufseher hat mir hinterhergebrüllt, er werde mich wegen Wilderei anzeigen. Außerdem werde er dafür sorgen, dass mir sowohl mein Gewehr als auch mein Jagdschein abgenommen werden würden. Das kann er doch nicht machen, oder?«

»Ich fürchte, er kann.« Marc hatte den Kommentar schon wieder aufgeschlagen. »Oder besser gesagt der Richter kann. Nach dem Strafgesetzbuch können die Jagdgeräte, die der Täter bei der Wilderei mit sich geführt oder verwendet hat, eingezogen werden und nach dem Bundesjagdgesetz kann bei einer Wilderei der Jagdschein entzogen werden.«

Von Neuendorff war in seinem Stuhl zusammengesackt und rieb sich die Stirn mit beiden Händen. »Das ist eine Katastrophe! Herr Hagen«, sagte er beschwörend, »der Richter soll mich meinetwegen zur höchsten Geldstrafe verdonnern, die es gibt, aber ich brauche meinen Jagdschein. Und meine Ferlacher will ich auch auf keinen Fall verlieren.«

»So weit ist es ja noch nicht.« Marc lehnte sich zurück und stellte mit einer gewissen Zufriedenheit fest, dass von Neuendorff jegliche Arroganz verloren hatte. Endlich bestand zwischen ihnen so etwas wie das übliche Über- und Unterordnungsverhältnis zwischen Anwalt und Mandant. »Ihre Sache ist bei mir, ich meine natürlich bei Frau Dr. von Kleist, in besten Händen. Wenn Sie Ersttäter sind und ein Geständnis ablegen, haben Sie gute Chancen, mit einer Geldstrafe davonzukommen. Und vielleicht machen Sie sich ja sowieso ganz unnötige Sorgen. Wer weiß schon, ob dieser Jagdaufseher seine Drohung überhaupt wahr macht. Haben Sie nicht gesagt, Sie seien in dem Revier als Jagdgast bekannt?«

»Das ist richtig. Das Problem ist nur, dass ich bei der letzten Jagd vor zwei Wochen einen fürchterlichen Streit mit dem Grafen hatte und wir uns vollkommen überworfen haben. Diese Sache ist jetzt natürlich ein gefundenes Fressen für ihn.« Von Neuendorff seufzte theatralisch. »Gestern Abend hatte ich schon Besuch von einem Polizisten. Der hat mir erklärt, er müsse einer Anzeige wegen Wilderei nachgehen. Ich habe ihm gesagt, ich würde mir einen Anwalt nehmen, und ihm die Tür vor der Nase zugeknallt. Deshalb bin ich jetzt hier.«

»Trotzdem – warum haben Sie es so eilig?«, fragte Marc. »Ich denke, es ist am besten, wenn sich die Gemüter erst einmal beruhigen. Mit einer Verhandlung ist eh erst in ein paar Monaten zu rechnen. Wer weiß, woran sich dieser Jagdaufseher dann noch erinnern kann. Und Sie können die Zwischenzeit dazu nutzen, sich mit dem Grafen auszusprechen. Vielleicht zieht er die Anzeige wieder zurück.«

»Nein, nein.« Von Neuendorff wedelte abwehrend mit den Händen. »Damit ist nicht zu rechnen. Die Sache muss vom Tisch. Und das so schnell wie möglich. Wenn sich das unter meinen Jagdfreunden herumspricht, bin ich bei denen für alle Zeiten unten durch. Sie wissen nicht, wie es unter Jägern zugeht. Gibt es keinen Weg, die Angelegenheit schnell zu bereinigen?«

Marc dachte einen Moment nach. »Doch, es gibt in der Strafprozessordnung die Möglichkeit eines so genannten beschleunigten Verfahrens. Allerdings muss das vom Staatsanwalt beantragt werden und auch der zuständige Richter muss zustimmen.«

»Wie lange würde es bei diesem ... diesem beschleunigten Verfahren denn bis zu einer Hauptverhandlung dauern?«

»Ich schätze, die Sache könnte in ein bis zwei Wochen erledigt sein, je nachdem wie die Geschäftslage bei der Staatsanwaltschaft und beim Gericht aussieht. Allerdings ist dieses beschleunigte Verfahren an bestimmte Voraussetzungen geknüpft. Es muss ein einfacher Sachverhalt oder eine klare Beweislage vorliegen.«

»Aber das ist doch hier der Fall!«

»Schon. Doch ein Geständnis würde dem Staatsanwalt die Entscheidung, ein beschleunigtes Verfahren zu beantragen, sicher sehr erleichtern.«

»Ein Geständnis?« Von Neuendorff brauchte nur eine Sekunde, um darüber nachzudenken. »Also gut«, sagte er dann. »Ich bin bereit, alles zuzugeben.«

»Dann gehe ich davon aus, dass Sie Frau Dr. von Kleist

bevollmächtigen wollen?«, fragte Marc und zog die Schreibtischschublade auf. »In dem Fall bräuchte ich noch ein paar persönliche Daten von Ihnen für unsere Mandatsakten und Sie müssten uns eine Vollmacht unterschreiben.«

Von Neuendorff nannte Marc seine Adresse und Telefonnummer und setzte seine Unterschrift unter eine Formularvollmacht. Als er damit fertig war, sagte er: »Und Sie unternehmen bitte alles, was auch immer nötig ist, um diese Sache so schnell wie möglich vom Tisch zu bekommen. Können Sie den Staatsanwalt nicht sofort anrufen und alles in die Wege leiten?«

Marc sah auf die Uhr. Kurz vor fünf. »Ich bezweifle, dass ich den zuständigen Staatsanwalt heute noch erreichen werde. Aber ich werde es versuchen.«

Von Neuendorff erhob sich von seinem Stuhl. Seine Miene hatte inzwischen die alte Selbstsicherheit zurückgewonnen. »Sie melden sich dann bei mir und erstatten Bericht, wenn alles geklärt ist, ja?« Mit diesen Worten stürmte er hinaus.

Marc schaute ihm nach. *Was für ein Arschloch,* dachte er.

2

Nachdem Hasso von Neuendorff ihn verlassen hatte, rief Marc in der Zentrale der Staatsanwaltschaft Bielefeld an, schilderte sein Anliegen und ließ sich mit dem zuständigen Sachbearbeiter verbinden.

Sekunden später meldete sich am anderen Ende eine männliche Stimme. »Möller.«

»Guten Tag, Herr Möller. Mein Name ist Hagen, ich rufe für Frau Rechtsanwältin Dr. von Kleist an.«

»Warum ruft Frau Dr. von Kleist mich nicht selbst an?«

»Sie hat einen auswärtigen Gerichtstermin.«

»Um fünf Uhr nachmittags?« Die Stimme des Staatsanwalts troff nur so vor Sarkasmus. »Und Ihr Name ist …?«

»Hagen. Ich bin ein Mitarbeiter von Frau Dr. von Kleist.«

Am anderen Ende entstand nachdenkliches Schweigen. Dann sagte der Staatsanwalt: »Aaaah, *Sie* sind das. Worum geht es?«

»Ein Mandant von Frau Dr. von Kleist, Herr Hasso von Neuendorff, wird der Jagdwilderei beschuldigt. Haben Sie die Sache schon auf den Tisch bekommen?«

»Sagt mir im Moment gar nichts. Wo liegt das Problem?«

»Der Mandant hat uns gebeten, dafür zu sorgen, dass das Verfahren möglichst schnell beendet wird. Sie wissen schon, er ist Jäger und möchte nicht, dass die Geschichte bekannt wird. Ich wollte daher vorfühlen, ob Sie einen Antrag auf Entscheidung im beschleunigten Verfahren stellen können.«

»Ist Ihr Mandant geständig?«, wollte der Staatsanwalt wissen.

»Herr von Neuendorff ist in vollem Umfang geständig, ja. Außerdem ist der Sachverhalt einfach und die Beweislage klar. Die Voraussetzungen des vier siebzehn dürften also vorliegen.«

»Gut, Herr Hagen, ich werde das prüfen. Aber nicht mehr heute. Sie bekommen dann Bescheid.«

Er legte auf, ohne sich zu verabschieden.

Zwei Arschlöcher an einem Nachmittag, dachte Marc.

Den Rest seines Arbeitstages nutzte er, um einen Schriftsatz für das Familiengericht fertig zu stellen. Vor knapp zwei Monaten hatte Marc die Stelle bei Irene von Kleist angetreten, obwohl er von vielen Juristen hinter vorgehaltener Hand davor gewarnt worden war. Er wisse doch wohl von Irene von Kleists, nun ja, Problem. Da hatte er sie zum ersten Mal gehört, die beiden magischen Worte, die jedes Mal fielen, wenn über den Gesundheitszustand seiner Chefin getuschelt wurde: »Nun ja …« Doch ohne Anwaltszulassung und mit einer Vorstrafe wegen Betruges konnte Marc froh sein, überhaupt eine Stelle bekommen zu haben. Sein Job bestand im Wesentlichen darin, für Irene von Kleist als ›Ghostwriter‹ zu fungieren, er verfasste und tippte sämtliche Schriftsätze und kümmerte sich um den täglichen Kleinkram. Irene von Kleist repräsentierte die Kanzlei nach außen und nahm Gerichtstermine wahr. Wenn alles gut ging. Doch in den letzten Wochen hatten sich die Klagen unzufriedener Mandanten gehäuft, die von der Rechtsanwältin einfach vor Gericht sitzen gelassen worden waren, es waren sogar schon die ersten Beschwerden bei der Anwaltskammer eingegangen. Aber noch besaß sie ihre Zulassung und Marc musste dafür sorgen, dass das möglichst lange so blieb, wenn er nicht arbeitslos werden wollte. Allerdings hatte Irene von Kleists Ruf mittlerweile so stark gelitten, dass sich kaum neue Mandanten in die Kanzlei verirrten. Marc fragte sich, wie Hasso von Neuendorff den Weg zu ihr gefunden hatte. Dass er auf Empfehlung gekommen war, konnte Marc sich nicht vorstellen. Wahrscheinlich hatte von Neuendorff die Gelben Seiten gewälzt und sich von Irene von Kleists Doktor- und Adelstitel blenden lassen. Bis vor wenigen Jahren war sie tatsächlich eine hervorragende Anwältin gewesen. Und sie könnte es auch heute noch sein – wenn da nur nicht dieses, nun ja, Problem wäre.

Um Punkt achtzehn Uhr fuhr Marc den PC herunter, steckte die fünf Schriftsätze, die er heute fertig gestellt hatte, in einen Aktenkoffer und verließ die im ersten Stock eines Geschäftshauses in der Bielefelder Fußgängerzone gelegene Kanzlei. Wegen der Hitze hatten viele Ladeninhaber Teile ihres Geschäftsbetriebes nach draußen verlagert, die Straßencafés waren rappelvoll. Marc kaufte sich einen Kaffee zum Mitnehmen und marschierte zu seinem Golf, den er in der prallen Sonne hatte abstellen müssen. Im Wagen war es so brütend heiß, dass er mehrere Minuten wartete, bevor er es wagte, das Lenkrad zu berühren und den Zündschlüssel umzudrehen.

Eine Viertelstunde später parkte Marc sein Auto unter einer Schatten spendenden Eiche vor dem Haus von Irene von Kleist. Er schellte und ihm wurde sofort geöffnet. Gott sei Dank, dachte er. Es hatte schon Tage gegeben, an denen er sich eine halbe Stunde die Beine in den Bauch gestanden hatte, bis sie sich zur Tür begeben hatte.

Irene von Kleist empfing ihn nur mit einem Bademantel bekleidet und barfuß. Sie war klein, Mitte fünfzig und trug einen Kurzhaarschnitt. Der graue Schopf war mit blonden Strähnchen durchzogen. Von Weitem wirkte sie immer noch attraktiv, aber aus der Nähe konnte man trotz der starken Schminke die tiefen Falten erkennen, die sich in ihr Gesicht eingegraben hatten.

Die Anwältin musterte Marc wie einen Staubsaugervertreter, doch dann bat sie ihn herein. Als sie an der Toilette vorbeikamen, stieg Marc der säuerliche Geruch von Erbrochenem in die Nase. Im Wohnzimmer ließ Irene von Kleist ihn in seinem üblichen Sessel Platz nehmen. Die abendlichen Treffen in der Wohnung der Anwältin bildeten eine Routine: fünfmal die Woche, nur samstags und sonntags fanden sie nicht statt.

Marc schob die Medikamentenpackungen und Wodkaflaschen auf dem Couchtisch beiseite und stellte seinen Aktenkoffer darauf ab. Bei seinem Vorstellungsgespräch hatte die Anwältin noch versucht, die leeren Flaschen und Pillenröhrchen mit einem Fußtritt unter dem Sofa verschwinden zu lassen, inzwischen war ihr der äußerliche Anschein aber egal. Sie wusste, dass Marc diesen Job genauso brauchte, wie sie Marc brauchte.

Der Niedergang der Anwältin hatte vor drei Jahren seinen Anfang genommen. Damals war ihr einziger Sohn bei einem Motorradunfall ums Leben gekommen. Gegen die daraufhin einsetzenden Depressionen hatten die Ärzte Irene von Kleist Nardil verschrieben. Eigentlich ein sehr wirksames Antidepressivum. Allerdings vertrugen sich die Tabletten nicht mit dem Alkohol, den sie seit einem Jahr täglich und reichlich zu sich nahm, nachdem auch noch ihr Mann sie hatte sitzen lassen wegen einer Frau, die knapp halb so alt war wie sie.

»Was haben Sie?«, fragte die Anwältin ungeduldig.

Marc ließ die Schlösser des Aktenkoffers aufschnappen. »Fünf Schriftsätze. Zwei davon müssen spätestens morgen raus.«

Irene von Kleist hatte den Kugelschreiber schon in der Hand. »Wo muss ich unterschreiben?«

Marc legte ihr die jeweils letzten Seiten vor und die Anwältin kritzelte ihre Unterschrift auf die Dokumente.

»Wollen Sie sich das nicht wenigstens durchlesen?«, fragte Marc, während er Irene von Kleist beobachtete. »Sie sind schließlich diejenige, die den Kopf hinhalten muss, wenn etwas schief läuft.«

»Machen Sie sich mal keine Gedanken über meinen Kopf«, fauchte sie ihn an. »Ich habe Sie als Juristen eingestellt, nicht als mein schlechtes Gewissen.« Etwas sanfter fuhr sie fort: »Ich habe halt Vertrauen zu Ihnen, Herr Hagen. Sonst noch was?«

»Morgen um zehn Uhr haben Sie einen Termin beim Arbeitsgericht. Ich habe Ihnen die Akte mitgebracht.« Marc überlegte, ob er sie ausdrücklich bitten sollte, pünktlich zu sein, entschied sich aber dagegen. Entweder sie kam oder sie kam nicht. So war das eben mit Irene von Kleist.

Die Anwältin nahm die Akte mit spitzen Fingern entgegen. »War's das dann?«, drängte sie.

Marc vermutete, dass sie schon ihren nächsten Drink im Kopf hatte. »Ja … das heißt nein. Wir haben einen neuen Mandanten. Hasso von Neuendorff.«

»Was ist das? Ein Schäferhund?«

Die Vorstellung ließ Marc grinsen. »Nein, ein Wilderer.«

»Ein Wilderer? Wie romantisch! Sieht er gut aus?«

»Jaaa«, antwortete Marc langsam. »Ich denke schon, dass er Schlag bei einer bestimmten Art von Frauen hat. Frustrierte Frauen ab fünfzig.«

Irene von Kleist sah ihn fragend an. »Ich hoffe, Sie zählen mich nicht auch zu dieser Art Frauen?«

»Nein, ich halte Sie nicht für frustriert.«

»Stimmt, ich bin depressiv, das ist ein Riesenunterschied. Und diesen Zustand würde ich jetzt gern allein ausleben.«

Marc schüttelte stumm den Kopf. Er packte die unterschriebenen Schriftsätze wieder ein und stand auf. »Sind Sie morgen in der Kanzlei?«

»Weiß ich noch nicht«, erhielt er zur Antwort und er wusste, was das bedeutete.

Marcs Appartement befand sich im Erdgeschoss einer weitläufigen, mehrstöckigen Wohnanlage und bestand aus einem etwa fünfzehn Quadratmeter großen Zimmer, einer winzigen Pantry-Küche im Flur und einem fensterlosen Bad, in dem man sich kaum umdrehen konnte.

Marc warf seinen Wohnungsschlüssel auf eine Ablage, öffnete den Kühlschrank und fand drei vergammelte Tomaten und einen Liter Milch, deren Haltbarkeitsdatum gestern abgelaufen war. Mit dem Tetrapack in der Hand ging er in sein ›Wohnzimmer‹. Der Himmel hatte sich in der letzten Stunde zugezogen, in einiger Entfernung grollten Donner. Dazu dröhnten der dumpfe Bass einer Stereoanlage und lautes Gelächter durch die dünne Wand. Offenbar feierte der Student in der Nachbarwohnung gerade eine Party. Marc hätte sich liebend gern eine andere Bleibe gesucht, aber sein ohnehin nicht gerade üppiges Gehalt war bis zur Freigrenze gepfändet worden, sodass er sich mit diesem Loch begnügen musste.

Marc nahm einen großen Schluck Milch und sah sich prüfend um. Schließlich fand er die Fernbedienung auf der Matratze, die ihm als Bett diente, und ließ sich in seinen einzigen Sessel fallen.

Den Rest des Raumes füllten eine Kleiderstange und ein weißes Sideboard, auf dem er seinen ›Jana-Altar‹ aufgebaut hatte. Die Reliquien bestanden aus einem Spiegel mit Sprung, einem vertrockneten Lippenstift, einem Silberring mit rotem Stein und einer Videokassette. Mehr hatte ihm das BKA nicht ausgehändigt, nachdem Diebe sein Haus auf Antigua geplündert hatten.

Über dem Sideboard hing eine auf Posterformat vergrößerte Porträtaufnahme von Jana in Schwarz-Weiß, die anderen Wände waren kahl.

In diesem Moment prasselte draußen der Regen los und starker Wind drückte das Wasser gegen die Scheibe. Marc sprang auf und schloss das Fenster, das auf den riesigen Parkplatz hinausging.

Dann aktivierte er den Fernseher und zappte sich durch alle Programme, bis sein Blick auf den altersschwachen Videorekorder fiel. Tu es nicht, warnte ihn eine innere Stimme. Du weißt genau, wie du dich danach fühlen wirst. Er starrte auf Janas Bild an der Wand und spürte, dass die Vernunft schon wieder verloren hatte.

Marc nahm die Kassette von dem Sideboard und schob sie in den Rekorder. Dann startete er das Band. Ins Bild kam türkisblaues Wasser, dann streifte die Kamera über einen menschenleeren, palmenbestandenen Strand, bis sie schließlich auf einer jungen, blonden Frau verharrte, die nur mit einem Bikini bekleidet im weißen Sand lag.

»Ja, wen haben wir denn da?«, fragte eine männliche Stimme aus dem Off, während die Kamera den Körper der jungen Frau von oben bis unten ins Visier nahm.

Die Frau legte das Buch, in dem sie gelesen hatte, zur Seite und schaute mit einem ängstlichen Gesichtsausdruck in die Kamera. »Bitte, ich möchte das nicht«, sagte sie.

»Ah, Sie sind auch Deutsche?«, stellte die Off-Stimme fest. »Verraten Sie mir nur Ihren Namen und ich bin sofort wieder weg.«

Die Frau zögerte einen Moment. »Ich heiße Jana«, sagte sie dann.

»Und Ihr Nachname?«

»Den möchte ich lieber nicht sagen.«

»Kein Problem, niemand wird zu etwas gezwungen. Jana, was macht eine so wunderschöne Frau wie Sie allein auf Antigua?«

»Ich bin nicht allein. Mein Freund ist ebenfalls hier.«

»Hat Ihr Freund auch einen Namen?«

»Er heißt Marc. Und er ist ziemlich stark. Wenn er uns hier zusammen sieht, bringt er uns beide um.«

»Ihr Freund scheint ein ziemliches Scheusal zu sein.«

»Er hat auch seine guten Seiten. Aber er ist halt entsetzlich eifersüchtig.«

»Dazu besteht überhaupt kein Anlass. Ich arbeite für *Antigua TV*, das Inselmagazin für Urlauber, und würde gerne ein etwas ausführlicheres Interview mit Ihnen machen.«

Jana starrte direkt in die Linse. »Sie wollen das hier veröffentlichen?«

»Natürlich, das ist mein Beruf. Die meisten Urlauber auf dieser Insel sind Rentner. Die werden von einer so attraktiven Frau wie Ihnen begeistert sein.«

»Bitte tun Sie das nicht! Diese Bilder dürfen nie gezeigt werden!«

»Haben Sie denn etwas zu verbergen?«

Jana blinzelte gegen die Sonne. »Nein ... nein, überhaupt nicht. Aber ich will nicht, dass man mich so im Fernsehen sieht.«

»Ah, ich verstehe! Ihr eifersüchtiger Freund.«

»Genau.«

»Nun ...« Die Kamera schwenkte noch einmal über den Körper der jungen Frau. »Ich sehe nur eine Möglichkeit, eine Veröffentlichung zu verhindern. Aber das setzt eine gewisse, wie soll ich es nennen, Kooperationsbereitschaft Ihrerseits voraus.«

»Wie ... wie meinen Sie das?«

»Stellen Sie sich nicht dümmer, als Sie sind, Jana. *Sie* werden mich gleich ein wenig verwöhnen und *ich* vergesse dieses Interview.«

»Aber mein Freund ...«

»Der wird nie davon erfahren.«

»Er weiß es schon.«

»Er weiß es schon? Dann müsste er allwissend sein.«

»Nein, das ist er nicht. Aber er steht direkt hinter Ihnen!«

Die Kamera wurde ruckartig herumgerissen, dann fiel sie mit einem dumpfen Geräusch auf den Boden und zeigte den azurblauen Himmel. Sekunden später wurde das Gerät wieder aufgenommen und nahm die junge Frau erneut ins Visier.

»Das war also Marc?«, fragte die männliche Stimme, die jetzt ein wenig außer Atem war. »Ein ziemlicher Schwächling.«

»Was haben Sie mit ihm gemacht? Ist er tot?«

»Ich glaube nicht, aber die nächsten zwei Stunden wird er uns bestimmt nicht stören. Wie sieht es aus, haben Sie sich mein Angebot inzwischen überlegt?«

»Ich fürchte, ich habe keine andere Wahl.«

»Nein, die haben Sie nicht. Ich habe noch eine Bedingung. Ich möchte unsere ... äh ... Zusammenkunft auf Video aufnehmen.«

»Nein, auf keinen Fall.«

»Dann platzt unser kleiner Deal.«

»Sie ... Sie perverses Schwein!«

»Ja oder nein?«

»Also gut, ja.«

Die Stimme grunzte zufrieden, dann wurde die Kamera zu einem niedrigen Felsen getragen, darauf abgestellt und erneut auf Jana gerichtet und fokussiert.

Marc sah sich selbst um die Kamera herumgehen, einen letzten Kontrollblick in die Linse werfen und anschließend auf Jana zu laufen, die ihn mit einem breiten Grinsen erwartete.

An dieser Stelle stoppte Marc das Band. Er hatte Tränen in den Augen.

Die nächsten Stunden saß Marc einfach nur da und starrte auf den flimmernden Bildschirm. Er fühlte sich wie Frankenstein: Er hatte einmal mehr eine Tote zum Leben erweckt. Aber das machte nichts besser, im Gegenteil. Eine überwältigende, alles verschlingende Leere hatte von seinem Innersten Besitz ergriffen.

Um kurz nach elf raffte er sich auf und ging ins Bett, konnte aber trotz seiner Müdigkeit nicht einschlafen. Jana fehlte ihm so sehr und er wusste, dass die einzige Möglichkeit, sie zu sehen, dieser seelenlose Kasten war.

3

Am nächsten Tag saß Marc natürlich wieder allein in der Kanzlei. Von Irene von Kleist gab es eine gute und eine schlechte Nachricht. Die gute war, dass sie den Arbeitsgerichtstermin nicht vergessen hatte, die schlechte, dass sie bei ihrem Auftritt sturzbetrunken gewesen war. Der Mandant hatte vor zehn Minuten angerufen, Marc übel beschimpft, das Mandatsverhältnis fristlos gekündigt und mit einer Beschwerde bei der Anwaltskammer gedroht, falls die Kanzlei es wagen sollte, ihm für diesen Pfusch – in Wahrheit hatte er ein anderes Wort gebraucht – auch noch eine Rechnung zu schreiben. Außerdem hatte er versprochen, sich einen neuen Rechtsanwalt zu nehmen, der Regressansprüche gegen Irene von Kleist prüfen solle.

Marc hatte den Wutausbruch mit stoischem Gleichmut ertragen. Nach zwei Monaten in der Kanzlei von Kleist war ihm nichts mehr fremd. Ihn wunderte nur, dass der Frau ihre Zulassung nicht längst entzogen worden war. Aber die Mühlen der Rechtsanwaltskammer mahlten manchmal langsam. Und wenn man wie Irene von Kleist aus einer alten Bielefelder Juristenfamilie stammte und einen Vater hatte, der zwanzig Jahre lang im Vorstand eben dieser Kammer gewesen war, musste einiges zusammenkommen, bevor die Standesaufsicht tätig wurde. Wahrscheinlich hoffte man immer noch, Irene von Kleist werde ihr Problem in den Griff bekommen.

Das Telefon schellte erneut. Marc wappnete sich innerlich für ein Gespräch mit einem weiteren aufgebrachten Mandanten, aber am anderen Ende war Staatsanwalt Möller.

»Tag, Herr Hagen. Ich habe mir die Akte von Neuendorff inzwischen angesehen. Was mich etwas irritiert, ist, dass Ihr Mandant einen Polizisten aus seiner Wohnung geworfen hat. Sagten Sie nicht, er sei geständig?«

»Das ist er ja auch. Zumindest seit gestern. Haben Sie sich die Sache mit dem beschleunigten Verfahren überlegt?«

»Das habe ich. Aber dann ist mir eine viel bessere Idee gekommen. Wir erledigen das Verfahren mit einem Strafbefehl. Ich denke, angesichts der Überlastung der Justiz sollten wir versuchen, eine derartige Bagatellsache ohne Verhandlung vom Tisch zu bekommen.«

Marc erwog Möllers Vorschlag. Ein Strafbefehl müsste den Interessen seines Mandanten eigentlich sogar noch mehr entgegenkommen als ein beschleunigtes Verfahren. Die Höhe der Strafe konnte vorab mit dem Staatsanwalt ausgehandelt werden. Wenn man sich einigte, war fast sicher damit zu rechnen, dass sich der Amtsrichter dem anschließen und den Strafbefehl nach Antrag der Staatsanwaltschaft erlassen würde.

»Wie sieht es denn mit zwei fünfundneunzig aus?«, fragte Marc vorsichtig und bezog sich damit auf die Vorschrift des Strafgesetzbuches, wonach das Gewehr, das von Neuendorff bei seiner Tat benutzt hatte, eingezogen werden konnte. »Und seinen Jagdschein würde Herr von Neuendorff auch gerne behalten«, fügte er hastig hinzu.

Der Staatsanwalt seufzte. »Sie gehören zu diesen Menschen, die gleich die ganze Hand nehmen, wenn man ihnen den kleinen Finger anbietet, was? Aber gut, in Anbetracht der Tatsache, dass Ihr Mandant nicht vorbestraft und geständig ist, denke ich, man kann es in dieser Sache bei einer Geldstrafe belassen.«

Marc hatte Mühe, seine Freude zu unterdrücken. »Ich werde das mit meinem Mandanten besprechen, Herr Möller. Haben Sie vielen Dank für Ihre Mühe.«

Marc legte schnell auf, bevor der Staatsanwalt es sich anders überlegen konnte, und gab die Nummer von Hasso von Neuendorff in seinen Apparat ein. Nach dreimaligem Schellen meldete sich der Adelige. Merkwürdig, dachte Marc. Wenn er um zwölf Uhr mittags zu Hause ist, wird er nicht gerade ein geregeltes Arbeitsleben führen. Vielleicht hätte er trotz des großkotzigen Auftretens des neuen Mandanten einen Vorschuss verlangen sollen.

»Hallo, Herr von Neuendorff«, begann Marc. »Hagen hier, Kanzlei von Kleist. Ich habe gute Nachrichten. Die Staatsanwaltschaft ist bereit, die Sache im Strafbefehlsverfahren zu erledigen.«

Am anderen Ende blieb es einen Moment still. »Was hat das zu bedeuten?«, fragte von Neuendorff.

»Das bedeutet, dass die Staatsanwaltschaft beim zuständigen Strafrichter einen schriftlichen Strafbefehl beantragt, in dem Ihre Strafe schon festgesetzt ist. Ich habe das bereits geklärt, der Staatsanwalt wird nur eine Geldstrafe beantragen. Sie brauchen also keine Angst um Ihr Gewehr oder Ihren Jagdschein zu haben. Der zuständige Richter wird das prüfen und den Strafbefehl erlassen, wenn er keine Bedenken hat. Aber das ist fast nie der Fall.«

»Moment mal, soll das heißen, dass es keine Verhandlung geben wird?«, erkundigte sich von Neuendorff scharf. »Alles läuft schriftlich ab und der Richter bekommt mich gar nicht zu Gesicht?«

Marc war für einen Moment sprachlos. »Aber ich dachte, das sei Ihr Ziel?«, erwiderte er dann. »Sie wollten die Sache doch ohne großes Aufsehen, möglichst diskret vom Tisch haben. Da ist ein Strafbefehl ideal! Und einen Strafbefehl bekommen Sie wahrscheinlich noch schneller als eine Verhandlung im beschleunigten Verfahren.«

»Hören Sie, Herr Hagen.« Hasso von Neuendorffs Stimme war schneidend geworden. »Ich dachte, in diesem Land hat jeder Mensch das Recht, vor Gericht gehört zu werden.«

»Natürlich, aber …«

»*Kein Aber!* Gibt es keine Möglichkeit, eine Verhandlung zu erzwingen, wenn ich so einen Strafbefehl bekommen sollte?«

»Doch, die gibt es. Sie können innerhalb von zwei Wochen nach Zustellung des Strafbefehls Einspruch einlegen, dann findet eine ganz normale Hauptverhandlung statt. Aber ich verstehe immer noch nicht …«

»Sie sollen nicht verstehen, Sie sollen tun, was ich Ihnen sage!«, brüllte von Neuendorff und Marc hielt den Hörer sicherheitshalber ein Stück weit von seinem Ohr weg. »Ich bestehe auf einer Verhandlung! Sagen Sie diesem Staatsanwalt, dass ich auf jeden Fall Einspruch einlegen werde, da kann er sich seinen Strafbefehl gleich sparen. Ich hatte Sie lediglich gebeten, ein beschleunigtes Verfahren zu beantragen. Das kann doch nicht so schwer zu begreifen sein!«

Marc schluckte hart. Am liebsten hätte er aufgelegt, aber der Mann war schließlich ein zahlender Mandant. Auch wenn es sich um das größte Arschloch des Universums handelte.

»Also gut«, hörte Marc sich sagen. »Ich werde noch einmal mit dem Staatsanwalt sprechen. Ich weiß allerdings nicht, ob er sich dann noch auf ein beschleunigtes Verfahren einlassen wird. Von einer Zusage, nicht die Einziehung Ihres Jagdscheins oder Gewehrs zu beantragen, ganz zu schweigen.«

»Die Sache mit meinem Gewehr ist nicht mehr ganz so wichtig«, kam die umgehende Antwort von Neuendorffs.

»Wieso das denn nicht?«, fragte Marc erstaunt.

»Meine Waffe wurde letzte Nacht gestohlen. Ich war so unvorsichtig, die Ferlacher in meinem Range Rover zu lassen, und jemand hat den Wagen aufgebrochen.«

Marc zog es vor, dazu keinen Kommentar abzugeben. In ihm keimte sofort der Verdacht auf, dass von Neuendorff sein Gewehr hatte verschwinden lassen, um einem möglichen Einzug durch das Gericht zuvorzukommen.

»Warum sagen Sie denn nichts mehr?« Von Neuendorffs Stimme war schon wieder ein deutlicher Unterton der Verärgerung anzuhören. »Glauben Sie mir etwa nicht?«

»Doch, doch, natürlich«, log Marc. »Ich frage mich nur,

wer auf die Idee kommt, einen Wagen aufzubrechen und ein Gewehr zu stehlen.«

»Was soll daran merkwürdig sein? Eine Ferlacher ist eine wertvolle Waffe. Ich habe sechseinhalbtausend Euro dafür bezahlt.«

»Haben Sie den Diebstahl schon bei der Polizei angezeigt?«

»Natürlich, gleich heute Morgen. Hören Sie, Herr Hagen.« Hasso von Neuendorffs Stimme war auf einmal süß wie Zucker. »Tut mir leid, dass ich Sie eben so angeschrien habe, aber eine mündliche Verhandlung ist mir sehr wichtig. Es geht um meine Ehre als Jäger. Ich möchte dem Richter gern persönlich erklären, wie es zu dieser ... dieser Sache gekommen ist. Ich denke, das ist nicht zu viel verlangt.«

»Ich werde sehen, was sich machen lässt. Aber ich kann nichts versprechen. Ich melde mich bei Ihnen, sobald ich etwas Neues weiß.«

Marc drückte auf die Trenntaste und starrte den Hörer an. Was war das denn gewesen? Er verstand immer noch nicht, warum von Neuendorff die Sache nicht durch einen Strafbefehl erledigt haben wollte. Vielleicht passte es ihm einfach nicht, dass Marc eine bessere Idee gehabt hatte, und jetzt wollte er seinen Willen durchsetzen. Es gab nicht wenige Mandanten, die es gewohnt waren, den Chef zu spielen, und sich nicht damit abfinden konnten, auf den Rat anderer angewiesen zu sein. Aber bitte schön. Auch in einer Anwaltskanzlei war der Kunde König. Selbst wenn das bedeutete, dass Marc jetzt vor diesem Staatsanwalt zu Kreuze kriechen musste.

Er gab die Durchwahl von Möller ein.

»Ja, hallo, Herr Möller.« Marc musste sich räuspern. »Nochmal Hagen hier. Herr Möller, ich habe Ihren Vorschlag mit unserem Mandanten besprochen. Leider gibt es da ein kleines Problem. Herr von Neuendorff besteht auf einer mündlichen Verhandlung.«

»Und wieso, wenn ich fragen darf?«

»Er möchte dem Richter gern erläutern, wie es zu der Tat gekommen ist. Sie kennen solche Leute doch auch. Die denken, wenn der Richter erst einmal ihre unschuldigen blauen Augen sieht, wird es ihm unmöglich sein, sie zu verurteilen. Außerdem geht es wohl um seine Ehre als Jäger. Ich weiß ja selbst, dass sich das komisch anhört, aber Herr von Neuendorff hat angekündigt, dass er gegen einen Strafbefehl auf jeden Fall Einspruch einlegen wird.«

»Wie der feine Herr will«, gab Möller patzig zurück. »Bekommt er eben seine Verhandlung. Aber da wird er sich hinten anstellen müssen. Wir sehen uns dann in einem halben Jahr vor Gericht. Ich wünsche Ihnen …«

»Warten Sie!« Marc hatte es geradezu in das Telefon gebrüllt. »Bitte, Herr Möller, überlegen Sie es sich doch noch einmal mit dem beschleunigten Verfahren. Für meinen Mandanten wäre es wirklich wichtig. Ich weiß natürlich, dass wir keinen Anspruch darauf haben und der Antrag allein in Ihrer Macht steht, aber vielleicht können Sie es wenigstens in Erwägung ziehen.«

Möller ließ sich mit der Antwort lange Zeit. »Also gut«, hörte Marc endlich seine Stimme wieder. »Ich werde mit dem Richter Kontakt aufnehmen und klären, ob das terminlich in Betracht kommt.« Möller hielt inne und seufzte theatralisch. »Auch wenn ich wirklich nicht weiß, warum ich das tue.«

Weil du dir gerade wie der liebe Gott persönlich vorkommst, dachte Marc. »Haben Sie vielen Dank, Herr Möller«, sagte er laut. »Ich werde es Herrn von Neuendorff ausrichten.«

»Ja, ja. Aber damit eins klar ist: Es gibt keine Zusicherung für ein bestimmtes Strafmaß mehr. Ihr Mandant geht jetzt volles Risiko.«

4

Wenn ein Dieb bei einem nächtlichen Einbruch ertappt und so geschlagen wird, dass er stirbt, dann gilt der, der ihn geschlagen hat, nicht als Mörder. War jedoch die Sonne schon aufgegangen, zählt es als Mord.

Marc lehnte sich in seinem Sessel zurück und überlegte, welchen Hintergedanken Gott gehabt haben mochte, als er Moses auf dem Berg Sinai dieses Gesetz diktiert hatte. Er hatte die Bibel zu seinem Erstaunen in Irene von Kleists juristischer Bibliothek gefunden und angefangen, ein wenig darin herumzublättern, weil er wieder einmal Leerlauf hatte.

Wenn ein Rind einen Mann oder eine Frau stößt, sodass sie sterben, muss das Rind gesteinigt werden, sein Besitzer aber bleibt straffrei. War jedoch das Rind schon längere Zeit stößig und sein Besitzer hat es nicht eingesperrt, obwohl man ihn darauf aufmerksam gemacht hat, so muss nicht nur das Rind gesteinigt werden, sondern auch der Besitzer getötet werden.

Die Gerechtigkeitsidee, die hinter dieser Vorschrift stand, leuchtete Marc schon mehr ein als die bei dem bedauerlichen Einbrecher. Auch wenn er nicht verstand, was das Rindvieh …

Bevor er diesen Gedanken vertiefen konnte, schellte das Telefon. »Rechtsanwaltskanzlei Dr. von Kleist, guten Tag, mein Name ist Hagen, was kann ich für Sie tun?«

»Hallo, Herr Hagen. Von Neuendorff hier.«

»Herr von Neuendorff?« Marc warf einen Blick auf seine Uhr. Viertel nach zehn. Um zehn hatte die Verhandlung wegen Wilderei beginnen sollen, die tatsächlich schon auf einen Termin acht Tage nach dem ersten Besuch von Neuendorffs anberaumt worden war. Aber vielleicht hatte der Richter etwas früher begonnen und sie waren schon fertig.

»Wie ist es gelaufen?«, wollte Marc wissen.

»Gar nichts ist gelaufen! Frau von Kleist ist nicht gekommen und der Richter ist stocksauer. Und ich bin es auch. Wissen Sie, wo sie steckt?«

Scheiße! Marc hatte den Fall gestern Abend mehrfach mit seiner Chefin durchgepaukt und sie hatte ihm hoch und heilig versprochen, um Punkt zehn Uhr im Amtsgericht Bielefeld zu erscheinen.

»Herr von Neuendorff, hören Sie? Tun Sie mir den Gefallen und bitten Sie den Richter, ein anderes Verfahren vorzuziehen. Ich verspreche Ihnen, mich sofort um die Sache zu kümmern.«

»Aber …« Bevor von Neuendorff fortfahren konnte, hatte Marc den Hörer schon aufgeknallt und suchte Irene von Kleists Telefonnummer heraus. Er ließ es zehnmal schellen, dann versuchte er, sie über ihr Handy zu erreichen, aber das war abgestellt. Es gab zwei Möglichkeiten: Entweder Irene von Kleist war auf dem Weg zum Amtsgericht oder sie lag betrunken in ihrer Wohnung. Marc wusste, dass an die erste Alternative nur hoffnungslose Optimisten glauben konnten, und zu dieser Personengruppe gehörte er nicht. Also schloss er die Kanzlei ab und machte sich auf den Weg zu dem Haus der Anwältin.

Er stellte seinen Golf mit laufendem Motor in zweiter Reihe vor der Villa ab und sprang hinaus. Niemand öffnete auf sein Schellen. Er betätigte die Klingel als Morsetaste, bis er schließlich den Finger einfach auf dem Knopf liegen ließ.

Endlich hörte er tapsende Schritte auf der anderen Seite der Tür.

»Johanna, bissus?«

Johanna Becker war Irene von Kleists Putzfrau. Egal wie schlecht es um die finanziellen Mittel der Anwältin stand, auf die Dienste einer helfenden Hand in ihrem Haushalt würde sie nicht so bald verzichten.

»Ich bin es, Frau von Kleist«, rief Marc ihr durch die geschlossene Tür zu. »Hagen. Machen Sie bitte auf.«

Mehrere Schlösser wurden zurückgeschoben, dann öffnete sich die Tür und Irene von Kleist erschien. Oder besser gesagt ihr Gespenst, denn mit einem menschlichen Wesen hatte die Anwältin momentan nur wenig gemein. Sie starrte Marc mit einem glasigen Blick an, das Haar hing ihr wirr in das rotfleckige Gesicht, in der rechten Hand hielt sie eine halb leere Wodkaflasche.

»Waswillsu?«

Marc war sich nicht sicher, ob seine Chefin ihn überhaupt erkannte. Aber nun wusste er Bescheid: Irene von Kleist würde heute mit Sicherheit niemanden verteidigen. Marc unterdrückte einen Fluch und ließ die Anwältin in der Tür stehen. Er rannte zu seinem Wagen zurück und machte sich auf den Weg zum Amtsgericht.

Als er dort eintraf, war es Viertel vor elf. Marc stellte den Golf auf einem Behindertenparkplatz ab und eilte zum Eingang. Zum Glück gab es gerade keine Schlange vor der Sicherheitsschleuse und so erreichte er fünf Minuten später Saal 4055, wo er von seinem wutschnaubenden Mandanten erwartet wurde.

»Können Sie mir mal erzählen, was hier vorgeht?«, brüllte Hasso von Neuendorff ihn an. »Wo ist Frau Dr. von Kleist?«

»Es geht ihr nicht gut«, antwortete Marc kurz. »Aber als Erstes sollten wir dem Richter Bescheid sagen.«

Er zog den Adeligen in den Sitzungssaal, wo die vorgezogene Verhandlung gerade in den letzten Zügen lag. Marc wartete das Urteil ab, dann ging er auf den Richter zu.

»Guten Tag, Herr Kieft. Mein Name ist Hagen, ich arbeite für Frau Dr. von Kleist.«

»Ach, Sie sind das.« Marc wurde von dem Vorsitzenden neugierig gemustert. »Darf ich auch erfahren, wo Ihre Chefin ist?«

»Nun ... äh, Frau von Kleist lässt sich entschuldigen. Sie kann heute leider nicht erscheinen, weil sie unter einer schrecklichen Migräne leidet.«

»Migräne, hm?« Der Mund des Richters verzog sich zu einem hämischen Lächeln, dann tauschte er einen wissenden Blick mit dem Staatsanwalt. »Das ist Herr Staatsanwalt Möller«, stellte der Vorsitzende den anderen Robenträger vor. »Herr Möller hat mir berichtet, dass Sie ganz wild auf ein beschleunigtes Verfahren waren. Herr Hagen, sind Sie wirklich der Meinung, dass die Vorgehensweise Ihrer Kanzlei zur Beschleunigung dieses Verfahrens beiträgt?«

Noch ein Arschloch, ging es Marc durch den Kopf. Jetzt befand er sich allein mit drei von diesen Exemplaren in einem Saal. Und wieder einmal war er es, der kleine Brötchen backen musste. Offenbar hatte der Richter beschlossen, seine Wut an ihm auszulassen. Na gut, dann sollte er seinen Willen haben.

»Ich bitte vielmals um Entschuldigung«, trat Marc seinen Canossagang an. »Frau von Kleists Erkrankung ist ganz kurzfristig aufgetreten, sonst hätten wir dem Gericht natürlich vorher Bescheid gesagt.«

Der Richter winkte müde ab. »Sparen Sie sich den Sermon. Mich würde allerdings interessieren, wie Sie sich den Fortgang dieses Verfahrens vorstellen.«

Marc schluckte. »Ich bitte um eine Vertagung. Können wir die Sache nicht nächste Woche verhandeln?«

»Nächste Woche?« Kieft brach in wieherndes Gelächter aus. »Wissen Sie, wie mein Terminkalender aussieht?«

Natürlich musste auch Möller seinen Senf dazugeben. »Herr Hagen, ich habe mich von Ihnen ein Mal zu einem beschleunigten Verfahren breitschlagen lassen«, spielte er den Empörten. »Jetzt ist es genug. Aufgrund des Verhaltens *Ihrer* Kanzlei ...«

»Kann Herr Hagen nicht meine Verteidigung übernehmen?«

Alle Augen richteten sich auf Hasso von Neuendorff, der dem Juristengezänk bisher stumm zugehört hatte.

»Herr Hagen ist meines Wissens nicht als Rechtsanwalt zugelassen«, wurde der Adelige von dem Vorsitzenden belehrt.

»Das ist mir bekannt«, erklärte von Neuendorff. »Aber gibt es da nicht doch eine Möglichkeit? Soweit ich weiß, muss ich mich in diesem Verfahren überhaupt nicht von einem Verteidiger vertreten lassen.«

»Das ist korrekt«, bestätigte Kieft. »Ein Fall der notwendigen Verteidigung liegt nicht vor. Aber *wenn* Sie einen Verteidiger wollen, muss das grundsätzlich ein Rechtsanwalt sein.«

»Grundsätzlich?«, hakte Hasso von Neuendorff nach. »Das heißt, es gibt Ausnahmen?«

»Ja, die gibt es. Mit Genehmigung des Gerichts können auch andere Personen als Wahlverteidiger zugelassen werden. Aber das setzt voraus, dass der Gewählte genügend sachkundig und vertrauenswürdig erscheint. Was die Sachkunde von Herrn Hagen angeht, habe ich keine Bedenken, schließlich ist er Jurist. Allerdings ist Herr Hagen wegen Betruges vorbestraft. Da dürfte es mit der Vertrauenswürdigkeit nicht weit her sein.«

»Aber Herr Vorsitzender«, meldete sich wieder Möller zu Wort, der die Sache vom Tisch haben wollte. »Wir verhandeln hier schließlich kein Vermögensdelikt, sondern eine Wilderei. Ich denke, in diesem Fall könnte Herrn Hagen ausnahmsweise die Genehmigung erteilt werden.«

Der Richter überlegte einen Moment. »Und Sie wollen wirklich von Herrn Hagen verteidigt werden?«, vergewisserte er sich bei dem Angeklagten.

»Jawohl, das will ich.«

»Gut, aber ich betone, dass es sich hier um einen Ausnahmefall handelt, und gehe davon aus, dass kein Verstoß gegen das Rechtsberatungsgesetz vorliegt. Sie haben nicht vor, ab sofort geschäftsmäßig als Verteidiger aufzutreten?«, wandte er sich an Marc.

Der schüttelte energisch den Kopf. »Um Gottes willen, nein. Das ist und bleibt ein absoluter Einzelfall.«

»Dann bitte ich, Platz zu nehmen, damit wir endlich anfangen können.«

Marc setzte sich neben Hasso von Neuendorff und beugte seinen Kopf zu ihm hinüber. »Dann bleibt es bei dem, was wir besprochen haben?«, flüsterte er. »Ihnen geht es hauptsächlich darum, Ihren Jagdschein und Ihr Gewehr behalten zu können. Ist das in der Zwischenzeit eigentlich wieder aufgetaucht?«

Von Neuendorff schüttelte den Kopf. »Nein. Was natürlich nicht bedeutet, dass meine Ferlacher nicht doch noch eines Tages gefunden wird. Und deshalb bin ich natürlich immer noch daran interessiert, dass das Gewehr nicht eingezogen wird. Ich habe ...«

»Herr Hagen, können wir dann?«, hörte Marc die ungeduldige Stimme des Vorsitzenden.

»Ja, wir sind bereit.«

»Schön. Ich stelle fest, dass der Angeklagte und Herr Hagen sowie Herr Staatsanwalt Möller anwesend sind.« Der Richter gab seiner Protokollführerin ein Zeichen. »Wir nehmen auf, dass Herr Hagen in diesem Verfahren nach § 138 Absatz 2 der Strafprozessordnung als Verteidiger des Angeklagten zugelassen wird. Und jetzt zu Ihren Personalien,

Herr von Neuendorff. Sie heißen Hasso von Neuendorff, geboren am 15. November 1948 in Beckum und sind wohnhaft in Bielefeld. Was ist Ihr Familienstand?«

»Ich bin geschieden, keine Kinder.«

»Ihr Beruf?«

»Selbstständiger Finanzberater.«

»Was verdienen Sie da im Schnitt nach Steuern?«

»Circa eintausendfünfhundert Euro im Monat.«

Der Vorsitzende verzog das Gesicht, als habe er auf eine Zitrone gebissen. Normalerweise liebten Juristen Einkommen, die sich zur Ermittlung des Tagessatzes leicht durch dreißig teilen ließen.

»So, so«, meinte der Vorsitzende höhnisch. »Eintausendfünfhundert Euro netto im Monat. Herr Hagen, können Sie mir erklären, warum alle Selbstständigen, die hier erscheinen, grundsätzlich eintausendfünfhundert Euro verdienen? Egal ob Friseure, Handelsvertreter, Unternehmensberater, egal wie groß das Unternehmen ist, alle verdienen *eintausendfünfhundert Euro!*« Die letzten Worte hatte der Richter fast gebrüllt.

Marc hob hilflos die Schultern, stattdessen ergriff von Neuendorff das Wort. »Die Geschäfte gehen nicht mehr so gut, Herr Richter«, sagte er. »Sie wissen ja, die allgemeine Wirtschaftslage.«

»Aber Sie können es sich trotz der schlechten Wirtschaftslage offenbar immer noch leisten, einen Range Rover zu fahren«, gab der Vorsitzende ungerührt zurück. »So ein Wagen kostet doch mindestens fünfzigtausend Euro.«

»Der Wagen ist drei Jahre alt«, erwiderte von Neuendorff. »Damals lief es noch besser. Ich habe meinen Einkommensteuerbescheid dabei. Wenn ich den vorlegen dürfte?«

Kieft nickte widerwillig. Von Neuendorff stand auf und überreichte ihm ein DIN-A4-Blatt. Der Richter las den

Bescheid mit einem Gesichtsausdruck durch, als traue er den dortigen Angaben nicht mehr als den Anpreisungen eines Herstellers von Haarwuchsmitteln. »Unterhaltspflichten?«, fragte Kieft dann knapp.

Von Neuendorff schüttelte den Kopf. »Keine.«

»Vorbestraft sind Sie nicht«, stellte der Vorsitzende mit einem Blick in die Akten fest und wandte sich dem Staatsanwalt zu. »Dann bitte ich um die Verlesung der Anklageschrift.«

Möller erhob sich und setzte ein strenges Gesicht und eine Lesebrille auf. »Dem Angeklagten wird Folgendes zur Last gelegt«, begann er. »Am Nachmittag des 24. Juli 2005 befand sich der Angeklagte gegen sechzehn Uhr im Rathenhorster Wald, dem Eigenjagdbezirk des Grafen von Ravensberg, ohne im Besitz einer gültigen Jagderlaubnis zu sein, und schoss mit seinem Gewehr der Marke Ferlacher mindestens vier Mal auf herrenloses Wild in Form von Schmalrehen. Der Angeklagte wird somit der Jagdwilderei beschuldigt, Vergehen strafbar gemäß § 292 Absatz 1 Strafgesetzbuch.«

Marc verdrehte die Augen. *Herrenloses Wild in Form von Schmalrehen.* Auf diese Formulierung konnte auch nur ein Jurist kommen. Möller hatte inzwischen wieder Platz genommen.

»Danke, Herr Staatsanwalt.« Der Vorsitzende fixierte Marc. »Es steht dem Angeklagten frei, sich hierzu zu äußern. Wie will er es halten?«

Marc warf seinem Mandanten einen fragenden Seitenblick zu und erhielt ein bejahendes Kopfnicken. »Er will sich äußern«, übersetzte Marc.

»Sie haben die Anklage gehört«, sagte Kieft zu von Neuendorff. »Was haben Sie dazu zu sagen?«

Hasso von Neuendorff sprang von seinem Sitz auf wie ein Schachtelteufel. »Hohes Gericht«, begann er. »Ich bin seit ...«

»Herr von Neuendorff, wenn Sie Ihre Erklärung bitte im Sitzen abgeben würden«, wurde er von Kieft unterbrochen. »Sie machen mich sonst nervös.«

»Selbstverständlich.« Von Neuendorff nahm wieder Platz. »Hohes Gericht«, setzte er erneut an. »Ich bin seit über dreißig Jahren Jäger ...«

An dieser Stelle klinkte Marc sich aus und bekam nur mit einem Ohr mit, wie von Neuendorff die herzzerreißende Geschichte eines Mannes wiederholte, der darauf brannte, sein neues Gewehr ausprobieren zu können.

»Fragen an den Angeklagten?«, wollte der Vorsitzende wissen, als von Neuendorff geendet hatte.

Der Staatsanwalt schüttelte den Kopf.

»Herr von Neuendorff«, sagte Marc, »ist es zutreffend, dass Sie dem Jagdaufseher gegenüber freimütig zugegeben haben, dass Sie auf Rehe geschossen haben?«

»Jawohl.«

»Warum haben Sie das einfach so zugegeben?«

»Ich dachte, daraus entstünde für mich kein Nachteil, weil ich ja kein Tier getroffen habe.«

»Sie haben Ihr Verhalten also nicht für Wilderei gehalten?«

»Genau. Ich wollte lediglich mein Gewehr ausprobieren. Ich fühle mich durch dieses Verfahren in meiner Ehre als Waidmann verletzt.«

»Keine weiteren Fragen«, sagte Marc und der Vorsitzende sah den Staatsanwalt an.

»Herr Möller?«

»Ja. Herr von Neuendorff, Sie sagten, Sie hätten Ihr Verhalten nicht für Wilderei gehalten. Aber Ihnen ist schon bekannt, dass man nicht einfach mit seinem Gewehr in einen fremden Wald gehen und dort herumballern darf?«

Hasso von Neuendorff zog es vor, diese Frage nicht zu beantworten.

»Herr von Neuendorff?«, hakte der Staatsanwalt nach und der Angeklagte bestätigte schließlich mit einem widerwilligen Kopfnicken.

»Keine weiteren Fragen«, verkündete Möller zufrieden.

»Dann kommen wir jetzt zur Beweisaufnahme«, ergriff der Vorsitzende das Wort. »Ich habe hier die Niederschrift über die Vernehmung des Jagdaufsehers Höfer durch die Polizei. Da wir uns im beschleunigten Verfahren befinden, kann die gerichtliche Vernehmung des Zeugen Höfer durch eine Verlesung dieser Niederschrift ersetzt werden, wenn der Angeklagte, der Verteidiger und der Staatsanwalt einverstanden sind. Wie sieht es damit aus?«

Die drei Angesprochenen nickten brav. Die Aussage Höfers, die der Vorsitzende verlas, deckte sich fast hundertprozentig mit der von Neuendorffs. Als der Richter wieder aufblickte, fragte er: »Noch Anträge?« Die Antwort war ein allgemeines Kopfschütteln. »Dann schließe ich die Beweisaufnahme.« Kieft wandte sich nach links. »Herr Staatsanwalt«, forderte er Möller auf, sein Plädoyer zu halten.

Möller stand gelangweilt auf. »Hohes Gericht, Herr Verteidiger, ich kann mich kurz fassen. Die heutige Hauptverhandlung hat die Anklage in vollem Umfang bestätigt und der Angeklagte hat den ihm zur Last gelegten Sachverhalt im Wesentlichen auch eingeräumt. Der Angeklagte hat am 24. Juli 2005 um kurz nach sechzehn Uhr unter Verletzung fremden Jagdrechts mit seinem Gewehr vier Mal auf Schmalrehe geschossen und damit ›dem Wild nachgestellt‹, wie es im Gesetz heißt. Dabei spielt es rechtlich keine Rolle, ob der Angeklagte die anvisierten Rehe getroffen hat oder nicht. Was ich dem Angeklagten allerdings nicht abnehme, ist, dass er nicht gewusst hat, dass es sich um Wilderei gehandelt hat. Jeder Jäger, vor allem ein so erfahrener Jäger wie der Angeklagte, weiß, dass der Tatbestand der Wilderei schon durch das Schießen auf die Tiere erfüllt ist. Dieser Sachverhalt ist im Übrigen auch Gegenstand der Jägerprüfung. Der Angeklagte ist somit schuldig eines Vergehens der Jagdwilderei, § 292 Absatz 1 StGB. Kommen wir nun zur Strafmessung. Das Gesetz sieht bei einer Wilderei eine Freiheitsstrafe bis zu drei Jahren oder eine Geldstrafe vor. Zugunsten des Angeklagten ist zu berücksichtigen, dass er im Wesentlichen geständig und bisher nicht vorbestraft ist. Ich halte daher eine Geldstrafe für schuld- und tatangemessen. Diese sollte allerdings empfindlich ausfallen, um dem Angeklagten das Unrecht seiner Tat deutlich vor Augen zu führen. Da es sich bei dem Angeklagten um einen Ersttäter handelt, kann meines Erachtens von der Einziehung der Tatwaffe und der Entziehung des Jagdscheins abgesehen werden. Dabei gehe ich davon aus, dass der Angeklagte seine Lektion gelernt hat und sich eine derartige Straftat in Zukunft nicht wiederholen wird. Ich beantrage daher, den Angeklagten zu einer Geldstrafe von sechzig Tagessätzen zu je fünfzig Euro zu verurteilen.«

Möller setzte sich wieder.

»Vielen Dank, Herr Staatsanwalt«, sagte der Richter. »Herr Hagen.«

Marc erhob sich zögernd von seinem Platz. Er hatte plötzlich das Gefühl, allein auf einer Theaterbühne zu stehen. Zum ersten Mal seit über drei Jahren musste er wieder ein Plädoyer halten. Und das, ohne dass er sich darauf hätte vorbereiten können. Tief durchatmen, befahl er sich. Und dann einfach loslegen. Er wusste aus Erfahrung, dass man automatisch ruhiger wurde, wenn man erst einmal angefangen hatte zu reden.

»Hohes Gericht, Herr Staatsanwalt.« Marcs Stimme bebte vor Aufregung. »Es ist zutreffend, dass der Tatbestand der Jagdwilderei erfüllt ist. Die Frage ist allerdings, ob dies dem Angeklagten auch bewusst war. Mein Mandant hat hierzu angegeben, er habe nur sein Gewehr testen wollen und nicht gewusst, dass es schon strafbar sei, auf Wild nur anzulegen und zu schießen, ohne es zu treffen. Diese Einlassung dürfte meinem Mandanten nach dem Grundsatz in dubio pro reo nicht zu widerlegen sein. Meines Erachtens ist somit von einem Verbotsirrtum im Sinne des § 17 des Strafgesetzbuches auszugehen. Danach handelt ein Täter ohne Schuld, wenn ihm bei der Begehung der Tat die Einsicht fehlte, Unrecht zu tun. Der Herr Staatsanwalt hat zwar angeführt, mein Mandant sei ein erfahrener Jäger und § 292 des Strafgesetzbuches sei sogar Gegenstand der Jägerprüfung. Aber ist es nicht so, dass wir uns immer weniger an derartige Prüfungen erinnern, je länger sie zurückliegen?« Marc legte eine kurze Atempause ein. Langsam fühlte er sich etwas besser. »Gerade weil mein Mandant seit Jahrzehnten Jäger ist und seine Prüfung eine Ewigkeit zurückliegt, muss er nicht mehr jedes Detail kennen. Denn, meine Herren, wenn wir mal ganz ehrlich sind ...«, Marc sah sich verschwörerisch im Raum um, »... wer von uns würde heute schon noch seine theoretische Führerscheinprüfung bestehen?« Er legte eine erneute Kunstpause ein. »Der Irrtum meines Mandanten mag vermeidbar gewesen sein, aber auch in diesem Fall kann die Strafe nach dem Gesetz gemildert werden. Ich beantrage daher, meinen Mandanten zu einer Geldstrafe zu verurteilen, die dreißig Tagessätze nicht übersteigen sollte. Was die Einziehung der Tatwaffe und den Entzug des Jagdscheins angeht, kann ich mich im Übrigen den Ausführungen des Herrn Staatsanwalts nur anschließen. Vielen Dank.«

Marc nahm wieder Platz und erhielt ein anerkennendes Kopfnicken von von Neuendorff.

»Danke, Herr Verteidiger.« Der Vorsitzende wandte sich dem Angeklagten zu. »Herr von Neuendorff, Sie haben das letzte Wort.«

Hasso von Neuendorff stand schon auf den Beinen. »Hohes Gericht, ich schließe mich den Ausführungen meines Verteidigers an.«

»Gut.« Der Vorsitzende kritzelte etwas in die Akte und erhob sich fünf Sekunden später. »Im Namen des Volkes verkünde ich das folgende Urteil: Der Angeklagte Hasso von Neuendorff ist schuldig eines Vergehens der Jagdwilderei nach § 292 des Strafgesetzbuches und wird deshalb zu einer Geldstrafe von fünfzig Tagessätzen zu je fünfzig Euro verurteilt. Der Angeklagte trägt die Kosten des Verfahrens sowie seine notwendigen Auslagen. Nehmen Sie bitte Platz.«

Alle setzten sich, anschließend folgte die mündliche Urteilsbegründung, die fast wörtlich dem Plädoyer des Staatsanwalts entsprach. Dann kam der Vorsitzende zum Schluss. »Gegen dieses Urteil gibt es das Rechtsmittel der Revision und der Berufung, einzulegen binnen einer Woche ab heute.«

Der Staatsanwalt beugte sich leicht vor. »Ich verzichte.«

Von Neuendorff lehnte sich zu Marc herüber, um sich flüsternd mit ihm zu besprechen. »Was heißt das?«

»Das bedeutet, dass die Staatsanwaltschaft kein Rechtsmittel einlegen will. Wie sieht es mit Ihnen aus?«

»Glauben Sie, das hat viel Zweck?«

Marc schüttelte den Kopf. »Unsere wesentlichen Prozessziele haben wir erreicht und billiger werden Sie wohl nicht davonkommen.«

Von Neuendorff nickte langsam, als habe er sich so etwas Ähnliches schon gedacht. »Dann lassen Sie uns die Sache heute beenden«, sagte er.

Marc drehte sich in Richtung des Vorsitzenden. »Wir verzichten ebenfalls.«

Der Richter nahm das mit einem zufriedenen Nicken zur Kenntnis und sagte: »Damit ist das Urteil rechtskräftig, die Verhandlung ist geschlossen.«

»Sie haben sich ausgezeichnet geschlagen«, sagte von Neuendorff zu Marc, als sie wieder auf dem Flur standen.

»Tatsächlich?«, fragte Marc etwas erstaunt zurück. So berauschend fand er seine Leistung nun auch wieder nicht. Im Ergebnis war es ihm lediglich gelungen, seinem Mandanten eine Strafe von fünfhundert Euro zu ersparen. Und dieses Geld würde von Neuendorff in vollem Umfang wieder als Honorar an Irene von Kleist auszahlen müssen.

»Doch, doch«, bestätigte von Neuendorff. »Das war eine hervorragende Leistung. Ich kann meinen Jagdschein behalten und habe auch noch zehn Tagessätze weniger bekommen, als dieser Staatsanwalt beantragt hat. Und falls mein Gewehr jemals gefunden werden sollte, kann auch das nicht eingezogen werden. Jetzt habe ich allerdings noch eine Bitte. Könnten Sie heute Abend gegen acht bei mir vorbeikommen? Ich würde die Rechnung gern sofort und in bar begleichen.«

Marc brauchte nicht lange über eine Antwort nachzudenken. Eine solche Zahlungsweise war zwar etwas ungewöhnlich und Hausbesuche gehörten normalerweise nicht zu den Gepflogenheiten eines Rechtsanwalts, aber die Kanzlei von Kleist hatte wahrlich genug Mandanten, die ihre Rechnungen entweder gar nicht oder erst nach Monaten bezahlten. Da konnte er dieses Angebot kaum ablehnen.

»Das geht klar«, erwiderte Marc, während er von Neuendorff die Hand schüttelte. »Wir sehen uns um acht.«

5

Um zwei Minuten nach acht stand Marc vor der Eingangstür des fünfgeschossigen Hauses und drückte den obersten Klingelknopf. Kurz darauf dröhnte eine bekannte Stimme aus der Gegensprechanlage.

»Herr Hagen?«

»Ja.«

»Pünktlich wie die Feuerwehr. Benutzen Sie bitte den Fahrstuhl und wundern Sie sich nicht, wenn Sie keinen Knopf für das Penthouse finden. Ich werde Sie von hier aus hochholen.«

Marc betrat das Haus und wandte sich nach rechts, wo die Kabine schon auf ihn wartete. Er ging hinein, die Türen schlossen sich und der Aufzug setzte sich wie von Geisterhand in Bewegung. Nach wenigen Sekunden stoppte er mit einem sanften Ruck und die Türen glitten wieder auf. Marc hatte einen langen Korridor erwartet, stattdessen stand er mitten in der Wohnung seines Mandanten.

Hasso von Neuendorff kam mit einem jovialen Lächeln und einem Cognacschwenker in der Hand auf ihn zu.

»Willkommen in meiner bescheidenen Hütte. Lassen Sie uns ins Wohnzimmer gehen.«

Marc sah sich neugierig um, während er von Neuendorff folgte. Der Begriff ›bescheidene Hütte‹ passte auf dieses Domizil in etwa wie die Bezeichnung ›Ruderboot‹ auf die Yacht des Sultans von Brunei. Alle Wände waren mit braunem Stoff bespannt, indirektes Licht schaffte optische Wärme und lenkte die Aufmerksamkeit auf eine umfangreiche Sammlung asiatischer Kunstwerke und glänzender Pokale. Das Wohnzimmer bestand aus zwei Ebenen. Die gemauerte, mit Seidenstoff bezogene Sitzecke war in einer Vertiefung integriert, zu der man über drei Stufen gelangte. Auch hier befanden sich goldene Buddhas und chinesische Lacktruhen, außerdem gab es eine Glasvitrine und ein langes Sideboard aus Mahagoni, auf dem sich kristallene Karaffen aneinander reihten. Auf dem Couchtisch aus Acryl stand das schönste Schachbrett, das Marc je gesehen hatte. Rote und weiße Marmorfelder, darauf zwei Ritterheere aus Elfenbein, die die Figuren symbolisierten.

»Nicht schlecht«, staunte Marc. »Verraten Sie mir, wie man das alles mit tausendfünfhundert Euro im Monat finanziert?«

Von Neuendorff grinste breit. »Dieser Richter und das Finanzamt müssen nicht alles wissen.« Er ließ Marc in der Sitzecke Platz nehmen. »Etwas zu trinken?«, fragte er. »Vielleicht auch einen Cognac?«

Marc schüttelte den Kopf. »Ich bin mit dem Auto gekommen.«

»Ein Glas werden Sie ja wohl dürfen.«

»Aber wirklich nur eins.«

Von Neuendorff begab sich zu seinem Sideboard. Dort goss er eine dunkelgelbe Flüssigkeit in einen riesigen Cognacschwenker, den er anschließend an Marc weiterreichte. Nachdem er sich gesetzt hatte, hob er Marc sein Glas entgegen. »Auf unsere gute Zusammenarbeit«, sagte er.

»Dem kann ich mich nur anschließen«, gab Marc zurück. »Und ich bitte nochmals im Namen von Frau Dr. von Kleist um Entschuldigung für die Hektik heute Morgen. Aber manche Krankheiten überfallen einen so schnell, dass man sich einfach nicht mehr rühren kann.« Er lief rot an. Die vorher einstudierten Worte waren ihm nicht gerade überzeugend über die Lippen gekommen. Tatsächlich hatte er mit seiner Chefin seit der Verhandlung nicht gesprochen. Wahrscheinlich lag sie immer noch halb bewusstlos in ihrer Wohnung oder hatte schon wieder mit dem Trinken begonnen.

»Es ist ja gut ausgegangen«, beendete von Neuendorff das Thema. »Haben Sie die Rechnung dabei?«

»Selbstverständlich.« Marc stellte das Glas auf dem Couchtisch ab und zog den Umschlag mit der Liquidation aus seiner Jackentasche. »Das macht genau 806,20 Euro.«

Von Neuendorff würdigte die Rechnung keines Blickes. Er stand auf und ging zu einem abstrakten Gemälde, das an der Wand hing. Als er das Bild abnahm, kam dahinter ein in die Wand eingelassener Safe zum Vorschein. Der Adelige drehte ein paar Knöpfe und die Tür sprang auf. Er entnahm dem Versteck ein dickes Bündel Banknoten, zählte einige lilafarbene Scheine ab und legte den Rest wieder in den Safe zurück. Dann reichte er Marc zwei nagelneue Fünfhundert-Euro-Scheine.

»Vielen Dank«, sagte Marc. »Ich weiß allerdings nicht, ob ich das wechseln kann.«

»Der Rest ist für Sie«, wehrte von Neuendorff ab. »Als Erschwerniszulage sozusagen. Die Entwicklung heute Morgen war schließlich auch für Sie eine Überraschung. Und dafür haben Sie ausgezeichnete Arbeit geleistet. Aber eine Erklärung schulden Sie mir. Der Richter hat etwas von einer Verurteilung wegen Betruges erwähnt. Wären Sie bereit, mir Näheres zu erzählen?«

Von Neuendorff trank einen Schluck und musterte Marc gespannt. Der rang einen Moment mit sich. Auf der einen Seite ging seinen Mandanten diese Sache natürlich nichts an, andererseits hatte die Geschichte lang und breit in allen Zeitungen gestanden und war allgemein bekannt.

»Warum nicht?«, sagte Marc also. »Vor zwei Jahren habe ich meinen eigenen Tod vorgetäuscht und meine Lebensversicherung um 1,3 Millionen Euro betrogen. Anschließend habe ich mich unter falschem Namen mit dem Geld und mit meiner Freundin nach Antigua abgesetzt.«

»Und wie kommt es, dass Sie jetzt wieder in Deutschland sind?«

Marc atmete tief durch. »Ich hatte auf Antigua einen Autounfall, bei dem meine Freundin ums Leben gekommen ist. Dabei bin ich enttarnt und nach Deutschland ausgeliefert worden. Ich bin gerade noch mit einer Bewährungsstrafe davongekommen. Trotzdem war Frau Dr. von Kleist so freundlich, mir eine Chance zu geben, und seitdem arbeite ich für sie. Das ist eigentlich die ganze Geschichte.« Marc nippte an seinem Glas und deutete auf das Schachspiel. »Das ist ein wunderschönes Brett«, bemerkte er. »Spielen Sie auch?«

Von Neuendorff nickte. »Ich war sogar mal ganz gut. Sagt Ihnen der Name Robert Hübner etwas?«

»Natürlich. Der hätte doch fast mal um die Schachweltmeisterschaft gespielt.«

»Ja, Robert war Dritter der Weltrangliste. Wir sind ein Jahrgang, 1948, und haben in den Siebzigerjahren zusammen in der Schachbundesliga in Solingen gespielt. Er am Spitzenbrett und ich am Brett zwei.«

Marc schob beeindruckt die Unterlippe vor. »Dann ... dann sind Sie ...« Er brachte das Wort vor Aufregung kaum heraus. »Dann sind Sie Großmeister?«

»So ist es.« Von Neuendorff lächelte bescheiden. »Ich spiele natürlich schon seit Jahren nicht mehr auf dem Niveau, aber den Titel verliert man ja nicht.«

»Von Neuendorff, von Neuendorff«, murmelte Marc vor sich hin. »Ihr Name sagt mir allerdings nichts.«

»Das kann er auch nicht. Herr Hagen, Sie waren offen zu mir, jetzt will ich Ihnen auch ein Geheimnis verraten: Ich bin genauso wenig adelig wie Sie. Den Namen von Neuendorff habe ich mir vor zwanzig Jahren gekauft, als ich meine Tätigkeit als selbstständiger Finanzberater begonnen habe. So ein Adelstitel flößt den Leuten Vertrauen ein und vermittelt ein Gefühl von Kompetenz und Solidität. Das ist natürlich völliger Schwachsinn, aber es ist nun einmal so. Sollten Sie mal drüber nachdenken, wenn Sie Ihre Anwaltszulassung wiederhaben.«

»Daraus wird so schnell nichts werden. Da ist zum einen meine Vorstrafe. Außerdem habe ich Schulden, und bevor ich die nicht getilgt habe, ist mit einer neuen Zulassung nicht zu rechnen.«

»Können Ihre Eltern Ihnen nicht helfen?«

Marc schüttelte den Kopf. »Das werden sie nicht tun. Das Verhältnis zu meinem Vater ist seit Jahren zerrüttet. Der endgültige Bruch erfolgte nach meiner Verurteilung. Ein schwarzes Schaf in der Juristenfamilie Hagen. Es kam zu einer schrecklichen Auseinandersetzung und seitdem herrscht zwischen uns der blanke Hass.«

Von Neuendorff lächelte wissend. »Das kann ich gut nachvollziehen«, sagte er. »Allerdings habe ich meinen Vater nie kennen gelernt. Er hat meine Mutter noch vor meiner Geburt verlassen, als er erfahren hat, dass sie von ihm schwanger war. Ich bin davon überzeugt, dass mein Leben anders … besser verlaufen wäre, wenn er sich nicht einfach aus dem Staub gemacht hätte und ich in einer intakten Familie aufgewachsen wäre.«

»Aber Sie haben hier doch alles, was man sich wünschen kann«, wunderte sich Marc. »Sie sind ein offensichtlich erfolgreicher Finanzberater und waren einer der besten Schachspieler der Welt.«

»Stimmt, das war ich. Aber wo wir gerade bei Geständnissen sind: Ich war nicht nur Schachspieler, ich war auch Roulettespieler. Und zwar ein süchtiger Roulettespieler. Es gab eine Zeit Anfang der Achtzigerjahre, in der ich von dem Gedanken besessen war, dass es ein todsicheres System geben müsse. Ich habe jeden Tag gespielt, sieben Tage in der Woche und das stundenlang. Natürlich gewinnt am Ende immer die Bank und natürlich gibt es kein sicheres System. Aber es hat Jahre gedauert, bis ich das für mich akzeptieren konnte. Und da hatte ich schon alles verloren, was ich während meiner Zeit als Schachspieler verdient hatte. Gott sei Dank habe ich noch die Kurve gekriegt. Ich habe mich in allen Kasinos sperren lassen und es wieder mit dem Schachspielen probiert, aber nach mehreren Jahren ohne Turnierpraxis hat man keine Chance mehr gegen Spitzenspieler. Dann habe ich überlegt, mein Studium wieder aufzunehmen. Ich hatte vor meiner Schachkarriere sechs Semester Jura studiert, aber mit sechsunddreißig Jahren fühlte ich mich schließlich dafür doch zu alt. Außerdem musste ich Geld verdienen. Und so bin ich Finanzberater geworden.«

»Herr von Neuendorff«, setzte Marc zögernd an. »Ich habe eine etwas ungewöhnliche Bitte. Könnten wir ... Ich meine, wären Sie so nett ... Also, ich spiele auch ein wenig Schach, wobei ich natürlich ein reiner Amateur bin ... Es wäre eine große Ehre für mich, wenn ich eine Partie gegen Sie spielen dürfte.« Endlich war es heraus.

»Kein Problem«, schmunzelte von Neuendorff. »Wollen Sie eine Vorgabe? Allerdings kenne ich Ihre Spielstärke nicht.«

»Wie gesagt, ich bin reiner Amateur. Ich war nie in einem Verein und meistens spiele ich gegen einen Computer. Aber ich verzichte trotzdem auf eine Vorgabe. Ich möchte meinen Enkeln einmal erzählen können, ich hätte eine richtige Partie gegen einen richtigen Großmeister gespielt.«

»Ich hoffe, Sie haben nichts dagegen, wenn ich Ihnen die weißen Figuren anbiete?«, fragte von Neuendorff.

Marc schüttelte den Kopf und von Neuendorff drehte das Brett um.

»Ich fühle mich wie vor einem Tennismatch gegen Boris Becker«, sagte Marc, während er seine tadellos aufgestellten Figuren vor lauter Nervosität noch einmal ausrichtete. »So ähnlich ist das hier ja wohl auch. Haben Sie noch einen Tipp, bevor wir anfangen?«

Von Neuendorff kratzte sich am Hinterkopf. »Einen Tipp? Lassen Sie mich nachdenken. Ja, Lasker hat mal gesagt, er spiele nicht mit leblosen weißen oder schwarzen Bauern, er spiele mit menschlichen Wesen aus Fleisch und

Blut, von denen jedes für ihn eine ausgeprägte Persönlichkeit und seine schwachen und starken Seiten besitze. Ich denke, wenn man so an ein Schachspiel herangeht, hat man das Wesentliche begriffen.«

Marc begann mit e2–e4, von Neuendorff antwortete mit e7–e5. Die nächsten Züge folgten relativ schnell dem Schema der Spanischen Eröffnung, die Marc als einzige halbwegs beherrschte.

»Ich habe Ihre Pokale gesehen«, sagte Marc, als von Neuendorff kurz über einen Zug nachdachte. »Haben Sie viele Turniere gespielt?«

Von Neuendorff sah vom Brett auf. »Natürlich, auf der ganzen Welt. Das Wichtigste bei einem Turnier ist die Vorbereitung. Man muss seine Gegner vor dem Spiel genau studieren, ihre Stärken und ihre Schwächen analysieren und dann seine Strategie daran ausrichten.«

Von Neuendorff machte einen Springerzug, der Marc fünf Minuten zum Grübeln brachte. Schließlich nahm er seinen Läufer und stellte ihn drei Felder zurück.

Von Neuendorff hob den Zeigefinger. »Sind Sie sich sicher, dass Sie diesen Zug machen wollen?«, fragte er.

»Jaaaa«, sagte Marc gedehnt, während er die Stellung betrachtete. »Wieso nicht?«

»Wenn Sie Ihren Läufer da stehen lassen, verlieren Sie in drei Zügen Ihre Dame. Erst der Bauer auf a5, dann Läufer g5 und schließlich Springer f3.«

Marc rieb sich die Schläfen und starrte auf die Figuren. Endlich sah er es auch. Scheiße, dachte er. Sie hatten den zehnten Zug gerade hinter sich und er hatte praktisch schon verloren. »Darf ich nochmal zurück?«, fragte er kleinlaut.

Von Neuendorff lachte gutmütig. »Klar. Sie sollen hier schließlich was lernen. Und«, er zwinkerte Marc zu, »ich werde Ihren Enkeln nichts davon verraten.«

Marc stellte seinen Läufer auf die alte Position und griff nach einem Bauern.

»Was Sie jetzt vorhaben, ist auch nicht viel besser«, wurde er sofort von von Neuendorff gewarnt. »Der Bauer deckt Ihren Springer.«

Marc zog die Hand schnell zurück, als sei die Schachfigur zu heiß geworden. »Ich glaube, ich bin zu blöd für dieses Spiel«, sagte er resigniert. »Und trotzdem versuche ich es immer wieder.«

»Kein Wunder«, grinste von Neuendorff. »Sie wissen doch, was Freud über uns Schachspieler gesagt hat. Nach dem, was Sie mir eben erzählt haben, sind Sie ein potenzieller Vatermörder, der seine Aggressionen auf dem Schachbrett auslebt.«

»Sie meinen, ich spiele Schach, weil ich meinen Vater symbolisch ermorden will?«

»Genau das. Und es ist nicht nur ein symbolischer Mord, es ist auch ein perfekter Mord. Niemand kann Sie dafür zur Verantwortung ziehen.«

»Ist es das, was Sie unter einem perfekten Mord verstehen?«, fragte Marc. »Wenn dafür niemand zur Verantwortung gezogen werden kann?«

»Natürlich, oder haben Sie eine bessere Definition?«

»Allerdings«, erwiderte Marc. »Ein perfekter Mord ist ein Mord, der gar nicht erst entdeckt wird. Wenn es dem Täter zum Beispiel gelingt, sein Opfer zu vergiften, aber der Arzt ›Herzversagen‹ auf dem Totenschein einträgt.«

Von Neuendorff schüttelte bestimmt den Kopf. »Nein, nein«, sagte er dann. »Ein Mord, der nicht entdeckt wird, ist überhaupt kein richtiger Mord. Ein Mord kann nur dann perfekt sein, wenn er auch als solcher wahrgenommen und gewürdigt wird. Wenn jeder weiß, was geschehen ist, aber man dem Täter trotzdem nichts anhaben kann. Das ist es, was ich unter einem wahrhaft perfekten Mord verstehe.«

»Sie haben sich darüber wohl schon häufiger Gedanken gemacht.«

»In der Tat.« Von Neuendorff lächelte. »Sie ahnen gar nicht, wie oft ich mir ausgemalt habe, was ich mit meinem Vater anstellen würde, falls ich ihn jemals in die Finger bekommen sollte. Wussten Sie eigentlich, dass mindestens die Hälfte der weltbesten Schachspieler vaterlos aufgewachsen ist? Bobby Fischer zum Beispiel kannte seinen Vater wie ich überhaupt nicht. Aber was ist jetzt mit Ihrem nächsten Zug?«

»Ich sollte besser aufgeben«, sagte Marc und sah auf seine Uhr. »Außerdem ist es schon spät und ich muss morgen früh raus. Trotzdem danke für die Partie. Ich werde sie nicht so schnell vergessen.« Er trank seinen Cognac aus und stand auf.

»Warten Sie, ich habe noch was für Sie.« Von Neuendorff erhob sich ebenfalls und verschwand in einem Nebenzimmer. Als er zurückkam, hielt er ein schmales Buch in der Hand, das er Marc überreichte. »Wir haben uns doch eben kurz über Lasker unterhalten. Das ist sein bekanntestes Werk: *Gesunder Menschenverstand im Schach.* Es handelt sich um die deutsche Erstausgabe von 1925, von Lasker handsigniert. Ich denke, das könnte Sie interessieren. Das Buch enthält einige sehr wichtige, über das Schachspiel hinausgehende Gedanken. Sie sollten sich insbesondere das dritte Kapitel über ›Die Grundsätze der Verteidigung‹ durchlesen. Schließlich waren Sie als mein Verteidiger tätig.«

Marc konnte sein Glück kaum fassen. »Das ist doch bestimmt sehr wertvoll«, stammelte er. »Das kann ich nicht annehmen.«

»O doch, Sie können«, sagte von Neuendorff in einem Tonfall, der keine Widerrede duldete. »Ich bestehe sogar darauf. Vielleicht können Sie sich eines Tages revanchieren.

Ich will es nicht beschreien, aber falls ich jemals wieder in meinem Leben Schwierigkeiten mit der Justiz bekommen sollte, werde ich die Kanzlei von Kleist mit meiner Verteidigung beauftragen. Ich hoffe, Sie sind dann für mich da.«

Mit dem Lasker-Buch in der Hand verließ Marc das Penthouse, ging zu seinem Auto und schloss es auf. Bevor er einstieg, drehte er sich noch einmal um. Von Neuendorff stand auf der Dachterrasse seiner Wohnung und hatte zum Abschied die rechte Hand gehoben.

Eigentlich doch ein ganz netter Typ, dachte Marc, als er zurückwinkte.

Teil 2

Eröffnung

Die Eröffnung ist die erste Phase einer Schachpartie, in der es zur Entwicklung der Figuren kommt und die daher etwa zwischen dem zehnten und zwanzigsten Zug abgeschlossen ist. Die meisten Schachspieler haben sich heutzutage auf bestimmte Eröffnungsvarianten spezialisiert, sodass die eigentliche Partie erst nach einer ganzen Reihe rasch ausgeführter Eröffnungszüge beginnt. Meyers Schachlexikon

6

Oberstaatsanwältin Dr. Britta Gerland saß in dem zivilen Opel Vectra der Bielefelder Kriminalpolizei, malte mit dem Zeigefinger Dreiecke auf die beschlagene Scheibe und fror. Und das im Spätsommer. Allerdings waren die niedrigen Temperaturen in Anbetracht der frühen Stunde nicht ungewöhnlich. Britta Gerlands Armbanduhr zeigte fünf Minuten vor vier Uhr morgens an und der Sekundenzeiger bewegte sich wie durch dickflüssigen Sirup.

»Jetzt reicht's«, sagte sie zu dem Mann auf dem Fahrersitz. »Wir gehen rüber und holen uns dieses Schwein. Ich habe keine Lust, mir wegen dieses Typen den Tod zu holen.«

Kriminalhauptkommissar Lohmann betrachtete das Profil der Staatsanwältin. »Es ist aber noch nicht vier«, verkündete er dann nach einem kurzen Blick auf die Uhr und spielte damit auf die Vorschrift an, wonach nächtliche Haussuchungen nur in Ausnahmefällen zulässig waren. Wobei der Gesetzgeber immerhin so großzügig gewesen war, die Nachtzeit vom ersten April bis zum dreißigsten September bereits um vier Uhr morgens enden zu lassen.

»Bis wir drüben sind, ist es so weit«, kanzelte Britta Gerland den Polizeibeamten ab. »Je früher, desto besser. Ich will hier wirklich nicht Partei für die Gestapo ergreifen, aber die wussten schon, warum sie immer mitten in der Nacht gekommen sind.« Die Staatsanwältin öffnete die Beifahrertür und ein Schwall beißend kalter Luft drang in den Wagen. Britta Gerland zog den Gürtel ihres Trenchcoats enger zusammen und kontrollierte noch einmal, ob sie alles dabeihatte. Dann nickte sie Lohmann auffordernd zu.

»Los.«

Der Kriminalhauptkommissar unterdrückte ein Seufzen und schälte seinen schweren Körper aus dem Fahrersitz. Als er auf der Straße stand, gab er den vier Polizisten in dem Opel hinter ihnen ein Zeichen und wartete, bis alle ausgestiegen waren.

Die kleine Gruppe überquerte die dunkle Straße und hielt auf ein Mehrfamilienhaus zu. Der gesuchte Name stand ganz oben auf der Liste neben den Klingelknöpfen.

Lohmann schellte und wartete. Als sich nach zehn Sekunden noch nichts getan hatte, schellte er erneut, diesmal etwas länger. Keine Reaktion. Schließlich drückte er den Zeigefinger auf den Klingelknopf und nahm ihn nicht mehr weg.

Eine Minute später hörten sie endlich ein Knacken in der Gegensprechanlage und gleich darauf eine ärgerliche Stimme. »Verdammt, wer ist da?«

»Mein Name ist Lohmann, Kriminalpolizei Bielefeld. Machen Sie bitte auf.«

»Es ist vier Uhr morgens.«

»Das ist uns bekannt.«

»Um was geht es überhaupt?«

»Das sollten wir besser in Ihrer Wohnung besprechen, meinen Sie nicht?«, gab Lohmann zurück. »Wenn Sie uns bitte öffnen würden.«

Es folgte eine kurze Pause, während der der Hausherr zu überlegen schien, ob er Lohmanns Aufforderung nachkommen sollte, dann ertönte ein Summen und die Tür sprang auf. Die Staatsanwältin und die fünf Polizisten quetschten sich in den Aufzug und suchten nach dem Knopf für den fünften Stock. In dem Moment schlossen sich die Türen und die Kabine setzte sich wie von selbst in Bewegung. Britta Gerland und Lohmann hatten gerade so viel Zeit, sich einen erstaunten Blick zuzuwerfen, dann öffnete sich die Fahrstuhltür schon wieder und ein unrasierter, graugesichtiger Mann in Schlafanzug und Bademantel stand vor ihnen.

»Sind Sie Hasso von Neuendorff, geboren am 15. November 1948 in Beckum?«, fragte die Staatsanwältin anstelle einer Begrüßung.

Der Angesprochene nickte müde.

»Herr von Neuendorff, mein Name ist Dr. Britta Gerland, ich bin Oberstaatsanwältin bei der Staatsanwaltschaft Bielefeld. Das ist Kriminalhauptkommissar Lohmann mit seinen Mitarbeitern.« Lohmann zog einen Dienstausweis aus seiner Tasche, den er von Neuendorff kurz unter die Nase hielt.

»Herr von Neuendorff, wir haben einen Haftbefehl des Amtsgerichts Bielefeld vom 17. September 2005 gegen Sie«, fuhr Britta Gerland in formellem Ton fort und öffnete ihre Aktentasche, der sie ein rotes Blatt Papier entnahm. »Nach diesem Haftbefehl sind Sie dringend verdächtig, am 24. Juli 2005 um kurz nach sechzehn Uhr im Rathenhorster Wald Ihre Lebensgefährtin Barbara Beck heimtückisch, aus Habgier und, um eine andere Straftat zu verdecken, getötet zu haben, strafbar nach § 211 des Strafgesetzbuches. Alles Weitere können Sie der Abschrift des Haftbefehls entnehmen, die ich Ihnen hiermit überreiche.«

Sie drückte das Blatt Papier in von Neuendorffs schlaffe Hand und holte ein weiteres aus ihrer Aktentasche, das allerdings weiß war.

»Darüber hinaus habe ich hier einen Durchsuchungsbeschluss des Amtsgerichts Bielefeld, ebenfalls vom 17. September 2005, der uns ermächtigt, Ihre Wohnung mit Nebenräumen und Ihr Fahrzeug wegen der genannten Straftat zu durchsuchen, da zu vermuten ist, dass dies zur Auffindung von Beweismitteln führen wird. Haben Sie das verstanden, Herr von Neuendorff?«

Hasso von Neuendorff starrte die Staatsanwältin stumm an. An seiner Schläfe hatte eine einzelne Ader zu zucken begonnen. Dann sagte er seine letzten Worte an diesem Tag: »Ich möchte mit meinem Anwalt sprechen.«

7

Marc und Irene von Kleist standen an der Außenpforte der Justizvollzugsanstalt Bielefeld. Die Anwältin kramte ihren Ausweis und den vom Haftrichter erteilten Anbahnungsschein aus ihrer Handtasche hervor und gab beides an den Beamten weiter. Der nahm sich fast eine Minute Zeit, die Dokumente zu studieren.

»Und wer ist das?«, fragte er mit einer Kopfbewegung Richtung Marc.

»Das ist Herr Hagen. Er begleitet mich als Schreibkraft.«

»Ich brauche für den aber eine Besuchserlaubnis.«

Marc zog die Besuchsgenehmigung aus seiner Jacke und hielt sie hoch. Endlich ertönte ein durchdringendes Summen und die Pforte öffnete sich. Irene von Kleist und Marc wurden in der Sicherheitsschleuse durchleuchtet und anschließend durch ein Labyrinth von aus Beton und Glasbausteinen bestehenden Gängen geführt. Schließlich gelangten sie in die Sprechzelle der JVA, einen trostlosen Raum mit kahlen Wänden, Neonlicht, PVC-Boden, einem Metalltisch und vier Eisenstühlen.

Sie mussten fünf Minuten warten, dann öffnete sich die Tür und Hasso von Neuendorff wurde von einem Wärter in den Raum geführt. Marc musste zweimal hinsehen, bevor er glauben konnte, dass dieser Mann mit dem überheblichen Mandanten identisch war, der ihn vor knapp zwei Monaten das erste Mal in der Kanzlei aufgesucht hatte. Hasso von

Neuendorff schien um zehn Jahre gealtert zu sein. Er trug die unförmige blaue Anstaltskleidung, hatte einen Dreitagebart und die rot geäderten und schwarz umringten Augen lagen tief in ihren Höhlen, als habe er die ganze Nacht nicht geschlafen.

Marc versuchte, sich seine Erschütterung nicht anmerken zu lassen, als ihm von Neuendorff die Hand schüttelte. Dann stellte er dem Häftling Irene von Kleist vor.

»Frau Dr. von Kleist«, sagte Hasso von Neuendorff, als er ihre Hand nahm und einen Handkuss andeutete. »Wie schön, dass wir uns endlich kennen lernen.« In seiner Stimme lag keine Spur von Ironie.

Sie nahmen an dem Tisch Platz. Irene von Kleist öffnete ihren Aktenkoffer und entnahm ihm einen Notizblock und einen Kugelschreiber. Sie schob beides auf Marcs Seite des Tisches und warf dem Justizvollzugsbeamten, der noch immer in einer Ecke der Zelle stand, einen bedeutungsvollen Blick zu.

»Und was ist mit Ihnen?«, fragte sie.

»Was soll mit mir sein?«, gab der Aufseher mit reglosem Gesicht zurück.

Irene von Kleist zog hörbar die Luft ein und hämmerte mit den Fingern ihrer rechten Hand einen ungeduldigen Trommelwirbel auf den Tisch. »Guter Mann«, sagte sie. »Hier soll gleich ein Verteidigergespräch stattfinden. Sie sollten wissen, dass derartige Gespräche nicht überwacht werden dürfen.«

»Davon ist mir nichts bekannt«, erwiderte der Beamte. »Mir wurde gesagt, es handele sich lediglich um ein Anbahnungsgespräch, da noch keine Vollmacht vorliegt. Und Anbahnungsgespräche dürfen überwacht werden. Werfen Sie einen Blick auf Ihren Sprechschein. Da steht nichts davon, dass das Gespräch nicht überwacht werden darf.«

Irene von Kleist schüttelte gereizt den Kopf. »Das steht dort nicht, weil es selbstverständlich ist«, beharrte sie. »Oder können Sie mir verraten, wie ich mich mit Herrn von Neuendorff über das Zustandekommen des Mandats unterhalten soll, ohne den Fall, um den es hier geht, offen mit ihm zu erörtern? Wenn Herr von Neuendorff jetzt schon eine Vollmacht unterschreibt, ist das Mandatsverhältnis begründet, bevor das Gespräch, das ja gerade der Klärung dieser Frage dienen soll, stattgefunden hat. Das müsste doch selbst Ihnen merkwürdig vorkommen.«

Der Beamte zuckte ohne großes Interesse die Achseln. »Ich habe meine Anweisungen«, erwiderte er nur.

Irene von Kleist warf Marc einen Hilfe suchenden Blick zu.

»Wie wäre es«, sagte Marc an den Wärter gewandt, »wenn Herr von Neuendorff sofort eine Vollmacht unterschreibt, dann reden wir ohne Überwachung mit ihm, und wenn das Mandat nicht zu Stande kommen sollte, wird die Vollmacht wieder vernichtet.«

»Für ein unbewachtes Gespräch brauche ich eine schriftliche Vollmacht zum Nachweis der Verteidigerbestellung«, wiederholte der Beamte stur. »Wie Sie das machen, ist mir egal.«

Irene von Kleist seufzte und schob von Neuendorff ein Vollmachtsformular zu. »Sie haben gehört, was Herr Hagen vorgeschlagen hat«, sagte sie. »Offenbar ist das die einzige Möglichkeit, ein Gespräch mit Ihnen zu führen, ohne von diesem *Herrn«,* sie warf dem Beamten einen finsteren Blick zu, »belauscht zu werden. Wenn ich das Mandat dann nicht übernehmen sollte, zerreißen wir die Vollmacht einfach wieder.«

»Damit habe ich kein Problem.« Von Neuendorff langte nach dem Kugelschreiber und unterschrieb die Vollmacht.

»Ich bin mir jetzt schon sicher, dass ich von Ihnen vertreten werden möchte.«

»Darüber sprechen wir gleich in Ruhe.« Irene von Kleist gab die Vollmacht an den Wärter weiter.

»Na bitte, geht doch«, murmelte der und machte Anstalten, sich zu entfernen.

»Und sagen Sie Ihrem Kollegen an der Pforte Bescheid, dass unsere Verteidigerbestellung bis auf Widerruf in der Besuchskarte von Herrn von Neuendorff vermerkt wird, ja?«, rief Irene von Kleist ihm nach. »Wir wollen uns schließlich nicht jedes Mal mit so einem Kleinkram aufhalten. Und sorgen Sie bitte dafür, dass auch Herr Marc Hagen in der Karte eingetragen wird.«

Der Beamte drehte sich um. »Ist das 'n Referendar, oder was?«

»Wenn Sie so wollen. Und jetzt lassen Sie uns endlich allein.«

Der Beamte murrte etwas Unverständliches vor sich hin. Marc sah ihm nach, bis er die Zelle verlassen hatte. Verteidiger wurden in Justizvollzugsanstalten noch immer als ein natürlicher Feind betrachtet.

»Aber ich bin kein Referendar«, flüsterte er Irene von Kleist zu.

»Das habe ich auch nicht behauptet«, zischte sie zurück. »Wichtig ist nur, dass dieser Wärter das glaubt. Referendare dürfen den Mandanten mit einer Untervollmacht ohne besondere Erlaubnis besuchen genauso wie der Verteidiger. Und ich weiß schließlich nicht, ob ich mal ausfalle und Sie Herrn von Neuendorff allein aufsuchen müssen.«

Dann wandte sie sich dem Häftling mit einem strahlenden Lächeln zu. »Wie geht es Ihnen?«, fragte die Anwältin, aber Marc kannte die Antwort schon, bevor von Neuendorff den Mund aufmachte.

»Wie es mir geht?«, fragte von Neuendorff barsch zurück. »Wie soll es einem schon gehen, wenn man den ganzen Tag mit zwei Schwerverbrechern in einer knapp zwanzig Quadratmeter großen Zelle verbringen muss? Einer der beiden soll sogar ein Mörder sein.«

Marc lag die Bemerkung auf der Zunge, dass Hasso von Neuendorff des gleichen Verbrechens beschuldigt wurde.

Der redete sich weiter in Rage. »Die Toilette befindet sich mitten in der Zelle, nur abgetrennt durch eine schulterhohe spanische Wand. Sie können sich gar nicht vorstellen, was für Ausdünstungen manche Menschen absondern. Außerdem reden mich diese Verbrecher die ganze Zeit mit ›Hochwohlgeboren‹ an. Und das in einem sehr hämischen Tonfall.«

Marc musste ein Grinsen unterdrücken. Er konnte sich gut vorstellen, dass die Schließer es sich nicht hatten nehmen lassen, das ›von‹ in von Neuendorffs Namen besonders zu betonen, als sie ihn seinen Mitgefangenen vorstellten. Kein Wunder, dass die den vermeintlichen Adeligen nun besonders auf dem Kieker hatten.

»Wir können versuchen, für Sie eine Einzelzelle zu beantragen«, erklärte Irene von Kleist. »Grundsätzlich steht zwar ausdrücklich im Gesetz, dass Untersuchungsgefangene nicht mit anderen Gefangenen im selben Raum untergebracht werden dürfen, aber die Haftanstalten sind chronisch überbelegt und niemand schert sich groß um diese Vorschrift. Außerdem hoffen die Ermittler auf diese Weise, Untersuchungsgefangene weich kochen zu können.«

»Ja, stellen Sie diesen Antrag. Und das bitte so schnell wie möglich. Ich halte es nicht einen Tag länger mit diesen Menschen aus.«

Irene von Kleist gab Marc ein Zeichen und der machte sich eine entsprechende Notiz auf seinem Block.

Von Neuendorff stutzte, als sei ihm plötzlich ein Gedanke gekommen. »Nein, lassen Sie das, ich will keine Einzelzelle. Ich will hier *raus!* Und zwar sofort. Kann man gegen diesen Haftbefehl nichts unternehmen?«

»Das können wir Ihnen erst sagen, wenn wir Akteneinsicht genommen haben«, erwiderte Marc. »Am besten, Sie erzählen uns zuerst einmal, was gestern geschehen ist.«

Hasso von Neuendorff rieb sich die Bartstoppeln. »Wenn ich das nur wüsste! Ich habe das Gefühl, mich mitten in einem Albtraum zu befinden, aus dem ich nicht mehr aufwachen kann. Diese Staatsanwältin, Gerland heißt sie, ist gestern Morgen mit einem Haftbefehl in meiner Wohnung aufgetaucht und hat mich beschuldigt, Barbara ermordet zu haben.«

»Sind Sie schon dem Richter vorgeführt worden?«, erkundigte sich Marc.

»Ja, sofort nach meiner Verhaftung.«

»Hat der Sie belehrt, dass Sie einen Verteidiger hinzuziehen können?«

»Hat er. Ich habe gestern den ganzen Tag versucht, Sie oder Frau Dr. von Kleist zu erreichen, aber das hat irgendwie nicht geklappt, obwohl ich es sogar über Ihre Privatnummern versucht habe.«

Marc zog es vor, nicht näher darauf einzugehen. Er selbst hatte am gestrigen Sonntag einen Ausflug gemacht und seine Chefin … nun ja. Und so hatte von Neuendorff erst heute Morgen Kontakt mit der Kanzlei aufnehmen können.

»Sie hätten zunächst einen Kollegen beauftragen können«, hielt Marc ihm vor. »Bei der Schwere des Tatvorwurfs wäre das vielleicht ratsam gewesen.«

»Ich wollte aber Sie«, brauste von Neuendorff auf. »Außerdem war es nicht notwendig, dass jemand bei dieser Vernehmung anwesend war, weil ich nämlich kein Wort gesagt habe.«

»Und genauso sollten Sie es auch in Zukunft halten«, riet Marc. »Kein Wort zu irgendjemandem. In den JVAs wimmelt es von Spitzeln, es gibt zahlreiche Gefangene, die sich durch eine Denunziation Vorteile bei der Staatsanwaltschaft oder der Polizei versprechen. Sie werden sich wundern, wie schnell Sie Ihre Mitgefangenen als Zeugen gegen sich am Hals haben. Nachdem wir Akteneinsicht genommen haben, werden wir entscheiden, ob und in welchem Umfang Sie Angaben gegenüber den Ermittlungsbehörden machen werden.«

»Und noch eines«, übernahm Irene von Kleist wieder die Gesprächsführung, »bevor Sie mit uns über die Tat sprechen, müssen Sie sich darüber im Klaren sein, dass das unbedingte Offenheit voraussetzt. Wir können Sie nur verteidigen, wenn wir wissen, was geschehen ist. Wenn Sie uns anlügen, kann es sein, dass wir eine falsche Verteidigungsstrategie wählen, und Sie schaden im Endeffekt nur sich selbst. Sie müssen uns also insbesondere auch dann die Wahrheit sagen, wenn Sie schuldig sind.«

Die Anwältin merkte, dass von Neuendorff den Mund öffnen wollte, und hob schnell die Hand. »Das sind nur allgemeine Ratschläge, die mit Ihrem speziellen Fall nichts zu tun haben. Also noch einmal: keine falsche Scham. Auch wenn Sie es waren, müssen Sie uns das sagen. Sie müssen keine Angst haben, dass wir damit zur Polizei oder zur Staatsanwaltschaft rennen, weil wir zur Verschwiegenheit verpflichtet sind. Und es ist uns als Verteidigern unbenommen, auf Freispruch zu plädieren, obwohl Sie uns die Tat eingestanden haben. Haben Sie das verstanden?«

»Ja«, knurrte von Neuendorff. »Aber das betrifft mich alles nicht, weil ich nämlich niemanden ermordet habe.«

»Also gut«, beendete Marc das Thema. »Wer ist diese Barbara, die Sie nach Auffassung der Staatsanwaltschaft getötet haben sollen?«

»Barbara Beck ist … war meine Lebensgefährtin. Sie ist acht Jahre älter als ich, aber das hat uns nie gestört. Ursprünglich stammt sie aus der Gegend um Frankfurt. Ende der Fünfzigerjahre hat sie einen in Deutschland stationierten amerikanischen GI namens Jeffrey Beck kennen gelernt und ist mit ihm 1959 als eine von diesen deutschen Fräuleins nach Texas ausgewandert. Kurz darauf haben die beiden geheiratet. Barbaras Ehemann hat ein kleines Vermögen mit Öl gemacht. Vor zwei Jahren ist Jeffrey Beck gestorben, kurz darauf hatte Barbaras Mutter, die in Bad Salzuflen lebte, einen Schlaganfall. Barbara entschloss sich daraufhin, nach Good Old Germany zurückzukehren. Zum einen, um ihrer Mutter beizustehen, zum anderen hatte sie das wohl ohnehin früher oder später vor, weil ihre Ehe kinderlos geblieben ist und sie auch sonst keine besonderen Verbindungen in den Staaten hatte. Vor ungefähr einem Jahr haben wir uns kennen gelernt und seitdem waren wir zusammen. Ich habe mich ein wenig um ihr Vermögen gekümmert und wir haben glücklich miteinander gelebt, wenn auch noch jeder seine eigene Wohnung behalten hat. Das ist eigentlich alles.«

Marc hatte die ganze Zeit mitgeschrieben. Jetzt sah er auf. »Und wie ist es zu diesem Haftbefehl wegen Mordes gekommen?«

»Das ist es ja, was ich nicht verstehe. Ich habe nicht die geringste Ahnung.«

»Aber die Tatsachen, aus denen sich der dringende Tatverdacht ergibt, müssen doch im Haftbefehl angeführt worden sein. Außerdem muss der Richter Sie gestern vor der Vernehmung auf die belastenden Umstände hingewiesen haben.«

Von Neuendorff schüttelte den Kopf. »Nachdem diese Staatsanwältin und die Polizisten mitten in der Nacht über mich hergefallen sind, war ich wie betäubt. Und was dieser

Richter mir erzählt hat, ist vollkommen an mir vorbeigegangen. Aber ich habe den Haftbefehl in meiner Zelle. Soll ich den holen lassen?«

Marc winkte ab. »Ich denke nicht, dass das nötig ist. Durch die Akteneinsicht bekommen wir eh ein viel genaueres Bild. Natürlich vorausgesetzt, dass Sie uns tatsächlich mit Ihrer Verteidigung beauftragen.«

»Von mir aus geht das klar. Aber wie sieht es mit Ihnen aus? Wollen Sie mich überhaupt verteidigen?«

Marc warf Irene von Kleist einen fragenden Blick zu.

»Grundsätzlich geht das in Ordnung«, sagte die Anwältin bedächtig. »Allerdings müssen wir vorher noch etwas klären.«

»Das ist kein Problem«, entgegnete von Neuendorff schnell. »Ich bin bereit, einen Vorschuss in jeder gewünschten Höhe zu zahlen.«

Irene von Kleist lächelte nachsichtig. »Dazu wäre ich dann als Nächstes gekommen. Herr von Neuendorff, wir haben über absolute Offenheit gesprochen. Offenheit bedeutet Offenheit von beiden Seiten. Bevor Sie mir das Mandat übertragen, muss ich Sie ausdrücklich darauf hinweisen, dass ich eine so genannte Gelegenheitsverteidigerin bin, das heißt, Strafrecht ist nicht gerade mein Spezialgebiet.«

Das war stark übertrieben, aber Marc zog es vor, den Mund zu halten. Hier ging es schließlich um ein lukratives Mandat. Deshalb sah er es auch nicht als seine Aufgabe an, von Neuendorff über die gesundheitlichen Probleme seiner Chefin aufzuklären. Auch ›absolute Offenheit‹ hatte ihre Grenzen.

Irene von Kleist fuhr fort: »Wir haben Sie zwar in einem Verfahren wegen Wilderei verteidigt, aber nun geht es um Mord, das heißt, Ihnen droht eine lebenslange Freiheitsstrafe. Sie müssen allein entscheiden, ob Sie mich unter diesen Umständen als Verteidigerin haben wollen. Falls Sie jetzt noch Nein sagen sollten, würde ich Ihnen das nicht übel nehmen. Ich könnte Ihnen einige Kollegen empfehlen, die sich auf Strafverteidigung spezialisiert haben.«

»Das ist nicht nötig«, verkündete Hasso von Neuendorff, ohne auch nur eine Sekunde zu zögern. »Ich möchte Sie. Das heißt, am liebsten möchte ich Sie beide. Gibt es keine Möglichkeit, dass Sie mich zusammen mit Herrn Hagen verteidigen?«

»Das ist schwierig«, erwiderte Irene von Kleist. »Wie Sie ja wissen, hat Herr Hagen zurzeit keine Anwaltszulassung.«

»Er hat mich doch auch in dem anderen Verfahren verteidigt.«

»Aber nur mit einer Ausnahmegenehmigung des Gerichts«, mischte sich Marc ein. »Ich glaube nicht, dass wir noch einmal so viel Glück haben werden, zumal es hier um ein Verbrechen und nicht nur um ein Vergehen geht.«

»Aber versuchen können Sie es doch wenigstens«, quengelte von Neuendorff.

»Das werden wir auch. Sie müssen jedoch damit rechnen, dass der Antrag abgelehnt wird. Wären Sie in diesem Fall bereit, sich von Frau Dr. von Kleist allein verteidigen zu lassen?«

»Ja, das wäre ich«, antwortete von Neuendorff. »Auch wenn ich Herrn Hagen gern mit an Bord hätte. Ich war mit seiner Leistung außerordentlich zufrieden.«

Marc wusste vor Verlegenheit kaum, was er sagen sollte. So viel Vertrauen und Vorschusslorbeeren hatte er noch nie von einem Mandanten erhalten.

»Dann sind wir uns einig«, meinte Irene von Kleist. »Ich darf Sie noch bitten, eine zweite Vollmacht zum Verbleib in den Handakten zu unterschreiben.«

Sie zog erneut einen Vordruck aus ihrer Aktentasche, den sie von von Neuendorff unterzeichnen ließ. Dann steckte sie alles wieder ein, erhob sich und gab ihrem Mandanten die Hand. »Sobald wir Akteneinsicht genommen haben, werden wir uns wieder bei Ihnen melden«, versicherte sie.

Von Neuendorff erlaubte sich ein Lächeln. »Ich habe sonst nichts vor«, sagte er.

Irene von Kleist lächelte zurück. »Nach der Akteneinsicht werden wir auch wissen, ob wir eine Chance haben, Sie hier rauszubekommen. Können wir im Moment noch etwas für Sie tun?«

»Vielleicht.« Von Neuendorff zupfte an seiner Anstaltskleidung herum. »Diese Beamten haben mir meine Kleidung abgenommen und mich dafür in diesen Sack gesteckt. Dürfen die das?«

»Da sprechen Sie ein etwas heikles Thema an«, erklärte Irene von Kleist. »Grundsätzlich ist es allen Untersuchungsgefangenen erlaubt, Privatkleidung zu tragen. Aber in manchen JVAs ist dafür Voraussetzung, dass der Gefangene in der Lage ist, seine Wäsche reinigen zu lassen, was in der JVA nicht möglich ist. Wenn Sie also keine Verwandten oder Freunde haben, die für Sie die schmutzige Wäsche waschen können, können Sie auf das Tragen von Anstaltskleidung verwiesen werden.«

Von Neuendorff sah an sich herunter. »Aber so kann ich doch nicht vor Gericht erscheinen.«

»Das müssen Sie nicht«, versuchte Marc ihn zu beruhigen. »Selbstverständlich dürfen Sie bei allen Kontakten mit der Außenwelt Ihre eigene Kleidung und Wäsche tragen. Falls es Probleme geben sollte, sagen Sie einfach Frau Dr. von Kleist oder mir Bescheid. Und ansonsten denken Sie immer daran: kein Wort zu niemandem. Zumindest nicht, solange Sie nicht anders von uns beraten werden.«

Hasso von Neuendorff drückte auch Marc die Hand. »Haben Sie vielen Dank. Vielen Dank für alles.«

Die Juristen drehten sich um und wandten sich der Tür zu. Da ertönte noch einmal die Stimme ihres neuen Mandanten: »Frau Dr. von Kleist, Herr Hagen. Sie müssen mir glauben! Ich bin das nicht gewesen.«

8

Als Marc und Irene von Kleist wieder in der warmen Septembersonne standen, atmete die Rechtsanwältin tief durch.

»Mein Gott«, sagte sie, »in diesen Justizvollzugsanstalten habe ich immer das Gefühl, ersticken zu müssen.«

»Was halten Sie von unserem Mandanten?«, wollte Marc wissen.

»Er sieht wirklich gut aus«, meinte sie. »Aber wenn ich ehrlich sein soll, finde ich ihn eher unsympathisch. Einerseits etwas weinerlich, andererseits irgendwie kalt. Macht sich Gedanken über sein Aussehen, doch der Tod seiner Lebensgefährtin scheint ihn nicht sonderlich zu berühren. Na ja, Sie kennen ihn besser als ich.«

»Kennen ist zu viel gesagt. Ich habe in meinem ganzen Leben vielleicht zwei Stunden mit ihm verbracht. Am Anfang habe ich ihn auch nicht gemocht. Aber ich habe so ein Gefühl. Und dieses Gefühl sagt mir, dass er die Wahrheit erzählt hat. Ansonsten wäre er ein verdammt guter Schauspieler. Vielleicht sind wir nach der Akteneinsicht schlauer.«

Irene von Kleist nickte. »Ich schlage vor, Sie fahren sofort zur Staatsanwaltschaft. Ziehen Sie sich warm an, Sachbearbeiterin ist Frau Dr. Gerland. Haben Sie schon von der gehört? Sie müssten ungefähr im gleichen Alter sein.«

»Wir sind beide Jahrgang 1971«, bestätigte Marc. »Und ich glaube, ich habe sie sogar schon mal geküsst.«

»Sie glauben?«

»Das Ganze ist dreizehn Jahre her und ich war ziemlich betrunken. Wir haben zusammen Jura studiert und sind uns auf einer Uni-Party näher gekommen. Mehr weiß ich leider nicht.«

»Sie hätten sie fragen können.«

»Das wäre natürlich eine Möglichkeit gewesen, aber Britta Gerland ist irgendwie nicht der Typ Frau, den man fragt, was man im betrunkenen Zustand angestellt hat – oder eben nicht. Ich sage es nur ungern, aber die Frau ist mir über. Sie hat nach sieben Semestern ihr erstes Staatsexamen gemacht. Da war ich noch damit beschäftigt, Scheine zu sammeln. Ihr zweites Staatsexamen hatte sie mit fünfundzwanzig in der Tasche und das mit ›sehr gut‹, als Einzige in Nordrhein-Westfalen. Kurz darauf hat sie mit ›summa cum laude‹ promoviert. Und das weiß ich alles nur noch vom Hörensagen, weil wir uns da schon lange aus den Augen verloren hatten.«

»Wieso wird ein Mensch mit solchen Noten Staatsanwältin?«, wunderte sich Irene von Kleist. »Die hätte doch jeden Job haben können.«

»Fragen Sie mich nicht. Über Privates hat sie fast nie gesprochen. Zuletzt hörte ich, dass sie im Ruhrgebiet tätig sei.«

»Sie ist seit einem Dreivierteljahr wieder in Bielefeld, nachdem sie zur jüngsten Oberstaatsanwältin Deutschlands befördert worden ist. Das können Sie nicht mitbekommen haben, weil Sie sich da noch in der Karibik gesonnt haben.« Die Rechtsanwältin grinste. »Ich kenne Kollegen, die jetzt schon Wetten annehmen, dass wir Frau Dr. Gerland in spätestens zehn Jahren in irgendeinem Bundesland als Justizministerin wiedersehen werden. Doch vorher braucht sie natürlich noch ein paar Kerben in ihrem Revolver.«

»Und ihre nächste Kerbe soll offenbar unser Mandant werden«, meinte Marc.

Er verabschiedete sich von Irene von Kleist und ging gedankenverloren auf seinen Golf zu.

»Herr Hagen«, rief die Anwältin hinter ihm her.

»Ja?«

»Ich glaube ihm übrigens auch.«

Die Staatsanwaltschaft Bielefeld befand sich zusammen mit dem Bielefelder Amts-, Land- und Arbeitsgericht in einem riesigen Gebäudekomplex am Rande der Altstadt.

Marc parkte den Golf in einer Seitenstraße und steuerte auf den Eingang zu. Da er kein Anwalt mehr war, musste er sich unter den Blicken seiner ehemaligen Berufskollegen wie ein normaler Besucher in die lange Schlange vor der Sicherheitsschleuse einreihen und die demütigende Durchsuchungsprozedur über sich ergehen lassen.

Als er es endlich bis in die Eingangshalle geschafft hatte, nahm er den Aufzug in den neunten Stock, wo er fast zwei Minuten brauchte, um den langen Gang abzuschreiten. Dann hatte er das richtige Zimmer gefunden. Marc klopfte und trat ein, ohne eine Antwort abzuwarten.

Britta Gerland saß hinter ihrem Schreibtisch und telefonierte.

Marc wollte sich schon wieder zurückziehen, aber die Staatsanwältin deutete auf den Stuhl auf der anderen Seite ihres Schreibtisches.

Marc nahm Platz und sah sich in dem Raum um. Er war zwar schon einige Male in Büros von Staatsanwälten gewesen, aber dieses war ungewöhnlich. Während sich bei Britta Gerlands Kollegen auf jeder freien Fläche dicke rote Akten und aufgeschlagene Bücher stapelten, herrschte hier die klinische Sauberkeit, Effizienz und Ordnung eines Operationssaales. Auf dem Schreibtisch standen lediglich ein Monitor und eine Tastatur, im ganzen Raum war nicht ein einziges Blatt Papier zu sehen. Schaut her, schien dieses Büro sagen zu wollen, die tägliche Routinearbeit wurde schon lange beendet und jetzt werden die wirklich wichtigen Probleme angegangen.

An der Wand hingen einige auf DIN-A4-Format vergrößerte Urlaubsfotos. Britta Gerland vor den Pyramiden von Giseh, Britta Gerland vor den Ruinen von Machu Picchu, Britta Gerland auf der Chinesischen Mauer. Marc fiel auf, dass sie auf allen Fotos allein war. Aber irgendjemand musste die Aufnahmen ja gemacht haben. Er wurde aus seinen Gedanken gerissen, weil die Staatsanwältin ihr Gespräch beendete.

»Hallo, Marc.« Britta Gerland stand auf, zog ihren engen, knielangen Rock zurecht und ging um den Schreibtisch herum, um ihn zu begrüßen. »Wir haben uns lange nicht gesehen.«

Marc zögerte einen Moment, weil er nicht wusste, ob er seine ehemalige Kommilitonin umarmen sollte. Aber Brittas ausgestreckter rechter Arm erübrigte seine Überlegungen. Marc schüttelte die angebotene Hand und stellte mit einer gewissen Verwunderung fest, dass ihn der Körperkontakt mit dieser Frau noch immer nervös machte.

Britta war genauso attraktiv wie vor dreizehn Jahren. Ein rundes Gesicht mit großen blauen Augen, einer Stupsnase, hohen Wangenknochen und dünnen Lippen. Allerdings hatte sie ihr früher schulterlanges hellblondes Haar zu einer strengen Prinz-Eisenherz-Frisur schneiden lassen und einige Krähenfüße um die Augen zeigten, dass die Zeit auch an ihr nicht spurlos vorübergegangen war. Und noch immer schien irgendetwas an ihr zu sagen: Komm mir bloß nicht zu nahe.

»Ja, es ist lange her«, bestätigte Marc. »Man sieht es dir allerdings nicht an.«

»Dir schon. Du bist dicker geworden, stimmt's? Wahrscheinlich ist dir das süße Leben auf Antigua zu gut bekommen.«

Marc verzog schmerzhaft das Gesicht und Britta machte eine entschuldigende Handbewegung. »Ups«, sagte sie. »Aber deine Verhaftung in der Karibik war so ziemlich das Erste, wovon ich nach meiner Rückkehr nach Bielefeld gehört habe. Ich hoffe, es geht dir inzwischen wieder besser.«

»Ja, danke. Ich arbeite jetzt für Frau Dr. von Kleist. Und wie ich gehört habe, hast du inzwischen richtig Karriere gemacht.«

»Es ist ganz gut gelaufen«, antwortete sie bescheiden. »Was kann ich für dich tun, Marc?«

Offensichtlich war der Smalltalk schon beendet. Marc holte die von von Neuendorff unterschriebene Vollmacht aus seiner Aktentasche.

»Hasso von Neuendorff hat Frau Dr. von Kleist mit seiner Verteidigung beauftragt«, erklärte er, während er der Staatsanwältin das Formular überreichte. »Es ist also gut möglich, dass wir in der nächsten Zeit häufiger miteinander zu tun haben werden. Zur Vorbereitung einer angemessenen Verteidigung hätte ich gerne Einsicht in die Ermittlungsakten einschließlich aller Beiakten.«

Britta wiegte den Kopf wie ein Pendel langsam von einer Seite auf die andere, als habe sie eine schwere Entscheidung zu treffen. »Das könnte problematisch werden. Die Ermittlungen sind noch nicht abgeschlossen und du weißt ja, dass die Akteneinsicht bis zu diesem Zeitpunkt versagt werden kann.«

»Du sagst es: kann. Und nach meiner Erinnerung auch nur, wenn der Untersuchungszweck gefährdet ist. Was steht einer Akteneinsicht denn im Wege? Wenn es irgendwelche Hindernisse gibt, bin ich gerne bereit, die auszuräumen, soweit das in meiner Macht steht. Außerdem sitzt unser Mandant in Untersuchungshaft und ist daher gar nicht in der

Lage, die Untersuchung zu gefährden. Was selbstverständlich auch nicht in seiner Absicht liegt«, fügte er hastig hinzu.

»Euer Mandant hat bisher nicht ausgesagt«, bemerkte Britta Gerland.

»Das ist sein gutes Recht.«

»Das ist richtig, aber man sollte doch annehmen, dass ein Unschuldiger alles daransetzt, sich zu entlasten.«

»Ein Unschuldiger muss vor allem alles daransetzen, freizukommen. Und ohne Akteneinsicht wird es keine Einlassung unseres Mandanten geben. Darüber hinaus verweise ich auf den Beschluss des Bundesverfassungsgerichts vom 11. 7. 1994. Danach darf das Haftgericht bei einer Untersuchungshaft diejenigen Tatsachen und Beweismittel für eine etwaige Haftentscheidung nicht verwerten, die aufgrund der Versagung von Akteneinsicht nicht zur Kenntnis des Beschuldigten gelangt sind. Mit der Konsequenz, dass gegebenenfalls der Haftbefehl aufzuheben ist.«

»Na, na«, entgegnete Britta Gerland mit gespieltem Entsetzen. »Du musst mir doch nicht gleich mit dem Bundesverfassungsgericht drohen. Aber ich sehe, du hast deine Hausaufgaben gemacht. Das ändert allerdings nichts daran, dass noch einige Sachverständigengutachten fehlen. Ich rechne zwar täglich mit ihrem Eingang, aber bis heute ist nichts gekommen. Die Akten, die ich dir zeigen könnte, sind daher unvollständig.«

»Das macht nichts. Ich möchte mir nur einen ersten Überblick über das verschaffen, was ihr bis jetzt habt. Und irgendetwas werdet ihr ja wohl haben, wenn es zu einem Haftbefehl wegen Mordes gereicht hat.«

Die Lippen der Staatsanwältin kräuselten sich zu einem süffisanten Lächeln. »Oh, ich bin doch zuversichtlich, dass wir ein wenig mehr als ›irgendetwas‹ haben. Meines Erachtens ist die Anklage jetzt schon wasserdicht.«

»Ein Grund mehr, mir Akteneinsicht zu gewähren.«

»Mag sein. Es gibt da allerdings noch ein weiteres Problem. Soweit ich weiß, bist du kein Rechtsanwalt. Und die Akten dürfen nur dem Verteidiger überlassen werden, keinem Dritten. Für mich bist du in diesem Verfahren ein ›Dritter‹. Frau Dr. von Kleist müsste sich also schon selbst hierher bemühen, wenn sie die Akten einsehen will.«

Marc spürte zu seiner Verzweiflung, dass er knallrot anlief. Er fühlte sich wieder wie in ihrer privaten Jura-AG vor dreizehn Jahren, als Britta Gerland ihn und die beiden anderen Mitglieder regelmäßig mit ihrem Wissen überrollt hatte. Britta hatte die AG dann auch relativ schnell wieder verlassen, weil sie sich intellektuell unterfordert fühlte. »Ich bin kein ›Dritter‹«, erwiderte Marc mit mühsam beherrschter Stimme, »ich bin Angestellter von Frau Dr. von Kleist. Und ich hatte auch nicht vor, die Akten hier einzusehen, sondern wollte sie mit in die Kanzlei nehmen, damit Frau Dr. von Kleist sie dort lesen kann. Soweit mir bekannt ist, sollen dem Verteidiger die Akten zur Einsichtnahme in seine Kanzlei mitgegeben werden, wenn dem nicht wichtige Gründe entgegenstehen. Und die kann ich hier beim besten Willen nicht sehen.«

»Du sagst es selbst: mitgegeben *sollen.* Das heißt nicht mitgegeben *müssen.«*

»Aber mitgegeben *sollen* heißt auch mehr als mitgegeben *können.«*

Britta Gerland betrachtete ihn mit einem belustigten Blick. Offenbar fand sie diese Wortspielchen amüsant. »Gut, Marc, du kannst die Akten für maximal drei Tage haben. Wende dich bitte an meine Geschäftsstelle, die suchen dir den Vorgang raus.« Ihr Lächeln verstärkte sich. »Aber dafür habe ich was bei dir gut.«

Als Marc das Büro der Staatsanwältin verließ, war er

schweißgebadet. Wenn die Handhabung der Akteneinsicht tatsächlich der Prüfstein für das Verhältnis zwischen Staatsanwaltschaft und Verteidigung war, wie er einmal gelesen hatte, würde dieses Verfahren ein harter Kampf werden.

Mit den Akten im Kofferraum fuhr Marc in die Kanzlei zurück. Die nächsten Stunden verbrachte er damit, die gesamten Unterlagen zweimal zu kopieren. Dann versuchte er, Irene von Kleist zu erreichen, hatte aber keinen Erfolg. Also setzte er Kaffee auf und machte es sich mit der noch dampfenden Tasse und den Ermittlungsakten in dem Drehsessel seiner Chefin bequem.

Die Leiche von Barbara Beck war vor acht Tagen im Rathenhorster Wald entdeckt worden. Etwa achtzig Meter von der Fundstelle entfernt hatte die Polizei auf einer Lichtung Blut der Toten und Patronenhülsen gefunden. Todesursache war ein Kopfschuss gewesen. Die Ermittlungsbehörden hatten erhebliche Mühe gehabt, bis sie Barbara Beck, die offenbar einige Wochen in dem unzugänglichen Waldstück gelegen hatte, identifizieren konnten.

Als Marc zwei Stunden später mit einer ersten Durchsicht fertig war, holte er tief Luft. Britta Gerland hatte Recht. Auch ohne die noch ausstehenden Gutachten schien die Anklage gegen ihren Mandanten wasserdicht zu sein.

9

Am Morgen darauf meldete Marc sich als Erstes in der JVA an. Um kurz nach zehn saß er in der Sprechzelle und wartete auf Hasso von Neuendorff. An der Pforte hatte es diesmal keine Probleme gegeben, nachdem er eine von Irene von Kleist ausgestellte Untervollmacht vorgelegt hatte. Als Marc die Anwältin gestern Abend besucht hatte, um ihr von dem Ergebnis der Akteneinsicht zu berichten, hatte sie etwas von »Klaustrophobie« gemurmelt und behauptet, sie sei aus »gesundheitlichen Gründen« nicht in der Lage, ihn am nächsten Tag zu begleiten.

Die Tür öffnete sich. Hasso von Neuendorff stürmte auf Marc zu und ergriff seine Rechte mit beiden Händen. »Herr Hagen, haben Sie schon etwas erreicht?«

Er bemerkte Marcs ernstes Gesicht und seine Zuversicht schwand auf der Stelle.

»Es sieht nicht gut aus, oder?«, fragte er leise.

»Ich fürchte, nicht. Aber setzen Sie sich doch erst einmal.«

Von Neuendorff ließ sich schwer auf einen Stuhl fallen. Er wirkte auf einmal vollkommen entmutigt.

Marc nahm ihm gegenüber Platz. »Ich habe mittlerweile Einsicht in die Ermittlungsakten nehmen können«, begann er und klopfte mit der flachen Hand auf den Papierstoß, den er vor sich auf dem Tisch aufgetürmt hatte. »Unser erstes Problem besteht darin, dass Frau Becks Leiche ausgerechnet in dem Waldstück gefunden wurde, in dem Sie am Nachmittag des 24. Juli Ihr Gewehr ausprobiert haben. Das zweite Problem ist eine Zeugin. Und diese Zeugin schwört Stein und Bein, sie habe Frau Beck an eben diesem 24. Juli gegen 13.45 Uhr das letzte Mal lebend gesehen. Kurz danach sei Barbara Beck zu einem Treffen mit Ihnen aufgebrochen. Sie hat außerdem …«

»Heißt diese angebliche Zeugin zufällig Hornung?«, fiel ihm von Neuendorff ins Wort.

Marc konsultierte seine Aufzeichnungen. »Ja, eine Elisabeth Hornung. Kennen Sie die Frau?«

Als Antwort gab von Neuendorff ein höhnisches Schnauben von sich. »Allerdings. Diese Dreckschleuder! Herr Hagen, Sie dürfen dieser Frau kein Wort glauben.«

»Dazu kommen wir später.« Marc vertiefte sich in seine Unterlagen. »Frau Hornung hat der Polizei gegenüber angegeben, Barbara Beck sei im Begriff gewesen, sich von Ihnen zu trennen, weil Sie mehr als hunderttausend Euro von ihrem Geld für sich zur Seite geschafft hätten. Nachdem Frau Beck das entdeckt habe, habe sie Ihnen gedroht, Sie bei der Polizei anzuzeigen, wenn Sie das Geld nicht zurückgeben würden. Und an diesem 24. Juli soll das Ultimatum abgelaufen sein.«

»Das hat sie …« Hasso von Neuendorff schüttelte den Kopf. »Diese Frau ist eine infame Lügnerin. Ich habe kein Geld veruntreut und dieses angebliche Ultimatum hat es auch nie gegeben.«

»Und was ist mit der Behauptung von Frau Hornung, Ihre Beziehung zu Frau Beck sei am Ende gewesen?«

»Nun, da ist vielleicht ein Körnchen Wahrheit dran. Wir befanden uns tatsächlich in einer Krise. Die hatte allerdings rein emotionale Gründe. Barbara wollte sich über ihre Gefühle klar werden und deshalb hatten wir uns darauf geeinigt, einige Zeit auf Distanz zu gehen, um festzustellen, ob unsere Beziehung noch eine Zukunft hat.«

»Sie waren also am 24. Juli nicht mit Frau Beck verabredet?«

»Doch das war ich. Wir hatten zwar Probleme miteinander, das heißt aber nicht, dass wir uns gar nicht mehr gesehen haben. An dem Tag ist sie allerdings nicht gekommen und hat sich auch nicht entschuldigt.«

»Hat Sie das nicht gewundert?«

»Nicht besonders. Das war nicht das erste Mal, dass Barbara eine Verabredung nicht eingehalten hat. Ich habe fast eine Stunde auf sie gewartet und die ganze Zeit versucht, sie auf dem Handy zu erreichen, aber das war abgestellt. Also bin ich mit meinem Gewehr in den Rathenhorster Wald gefahren. Ich war auch nicht sonderlich beunruhigt, als ich an den nächsten Tagen nichts von ihr hörte. Ich bin davon ausgegangen, dass sie in Ruhe gelassen werden wollte und vorerst keinen Kontakt zu mir wünschte.«

»Aber irgendwann müssen Sie doch gemerkt haben, dass etwas nicht stimmt.«

»Das war erst drei Wochen später, als die Polizei mich aufgesucht hat, weil die Hornung Barbara als vermisst gemeldet und mich bei denen angeschwärzt hatte. Aber ich konnte denen nichts anderes sagen als jetzt Ihnen.«

»Haben Sie sich da immer noch keine Sorgen gemacht?«

»Doch, natürlich. Zuerst habe ich an eine Entführung gedacht, schließlich war Barbara sehr reich. Aber die Polizei hat gesagt, es sei kein Erpresserbrief aufgetaucht. Für mich war Barbaras Verschwinden absolut unerklärlich.«

»Gut. Aber es bleibt die Tatsache, dass die Leiche in dem Wald gefunden wurde, in dem Sie sich am 24. Juli nachweislich aufgehalten haben.«

»Das bedeutet aber doch nicht automatisch, dass Barbara an diesem 24. Juli getötet wurde«, brauste Hasso von Neuendorff auf. »Es stimmt, ich war am 24. Juli im Rathenhorster Wald, Barbara war es nicht.«

»Damit kommen wir zu dem dritten Problem«, fuhr Marc unnachgiebig fort. »Frau Beck wurde mit einer Ferlacher ermordet, also der Waffe, die Sie am 24. Juli 2005 im Rathenhorster Wald mit sich geführt haben.«

»Es gibt viele Gewehre der Marke Ferlacher«, widersprach von Neuendorff. »Wer sagt denn, dass Barbara ausgerechnet mit meiner Waffe getötet wurde?«

»Das ist ein weiteres Problem. Die Tatsache, dass Ihr Gewehr in der Nacht vom 25. auf den 26. Juli gestohlen wurde, trägt nicht gerade zur Verbesserung Ihrer Lage bei. Die Staatsanwaltschaft geht natürlich davon aus, dass Sie den

Diebstahl nur vorgetäuscht haben, um die Tatwaffe verschwinden zu lassen.«

Von Neuendorff starrte eine Weile selbstvergessen aus dem vergitterten Zellenfenster. Als er Marc wieder in die Augen blickte, sagte er: »Ich glaube, ich ahne, was hier vor sich geht. Irgendjemand will mir diesen Mord in die Schuhe schieben. Das ist ein teuflisches Komplott. Der Mörder muss erfahren haben, dass ich mich am 24. Juli mit meinem Gewehr im Rathenhorster Wald aufgehalten habe, und hat die Sache so arrangiert, dass es so aussieht, als sei ich der Täter.«

»Aber wie sollte der Mörder davon erfahren haben?«

»Wahrscheinlich hat Höfer, dieser Jagdaufseher, die Sache ausposaunt. Oder der Graf. Auf irgendeine Weise muss der Mörder Kenntnis davon bekommen haben, dass ich am 24. Juli im Rathenhorster Wald war, und diese Kenntnis hat er ausgenützt und Barbara dort ermordet und versteckt.«

»Und wer könnte dieser Mörder sein?«, fragte Marc. »Wer hatte ein Motiv, Barbara Beck zu töten?«

Von Neuendorff hob die Schultern. »Ich habe nicht die geringste Ahnung.«

»Ist das Ihre Verteidigungsstrategie?«, wollte Marc wissen. »Der große Unbekannte? Ich fürchte, damit werden wir vor Gericht nicht weit kommen. Deutsche Richter halten nichts von Verschwörungstheorien, glauben Sie mir. Die betrachten das viel nüchterner: Wenn etwas aussieht wie eine Ente und quakt wie eine Ente, dann ist es auch eine Ente.«

»Die Dinge sind aber nicht immer so, wie sie scheinen«, entgegnete von Neuendorff und rieb sich die Stirn. »Was können wir denn tun?«

»Vorläufig nicht allzu viel. Nach der Aktenlage haben wir momentan keine Chance, Sie freizubekommen. Es bringt nichts, ein chancenloses Haftprüfungsverfahren einzuleiten.

Manche Anwälte machen das, nur um dem Mandanten zu beweisen, dass ›etwas getan wird‹, aber von solchen Shownummern halten wir nichts.«

»Wie sieht es denn mit einer Freilassung gegen Kaution aus? Ich bin bereit, jede gewünschte Summe zu hinterlegen, meinen Pass abzugeben und mich jeden Tag bei der Polizei zu melden.«

»Auch damit werden wir nicht durchkommen. In Anbetracht der erheblichen Strafdrohung wird es der Staatsanwaltschaft nicht schwer fallen, Fluchtgefahr zu begründen.«

»Dann will ich wenigstens aus dieser Gemeinschaftszelle raus. Ich halte es da nicht eine Stunde länger aus!«

»Ich kann noch heute einen Antrag auf eine Einzelzelle stellen«, erklärte Marc. »Aber eines sollten Sie bedenken: Einzelzelle bedeutet auch wirklich Einzelzelle. Mit Ausnahme einer Freistunde sitzen Sie dann dreiundzwanzig Stunden am Tag in einem winzigen Raum und sind mit sich und Ihren Gedanken allein. Es gibt nicht wenige Untersuchungsgefangene, die das nicht aushalten.«

Von Neuendorff schüttelte bestimmt den Kopf. »Wenn Sie diese Typen kennen würden, mit denen ich mir zurzeit meine Zelle teile, hätten Sie das nicht gesagt. Es kann einfach nicht schlimmer werden.«

»Also gut. Und wenn Sie nach unserem Antrag nicht schnellstmöglich verlegt werden, werden wir versuchen, mit dem Hinweis auf den gesetzlichen Anspruch auf eine Einzelzelle eine Aufhebung des Haftbefehls zu beantragen. Deswegen werden Sie zwar mit ziemlicher Sicherheit nicht hier rauskommen, aber es müsste reichen, der Anstaltsleitung Beine zu machen.«

Von Neuendorff nickte zufrieden. Marc stellte zu seiner Erleichterung fest, dass es seinem Mandanten wieder etwas besser zu gehen schien.

»Dann hätte ich gerne noch ein Schachbrett und Figuren«, sagte von Neuendorff. »Lässt sich das wohl machen?«

»Da sehe ich kein Problem. Solange Sie keinen Schachcomputer wollen, der sich möglicherweise zur Nachrichtenübermittlung umfunktionieren lässt.«

»Und wie sieht es mit juristischer Fachliteratur aus? Ich will mich ein wenig vorbereiten. Irgendwelche Kommentare zum Strafgesetzbuch und zur Strafprozessordnung. Die müssen auch nicht auf dem neuesten Stand sein. Verstehen Sie mich bitte nicht falsch, es geht nicht darum, Ihre Arbeit zu kontrollieren. Aber ich will selbst etwas dazu beitragen, um hier wieder rauszukommen. Und Sie wissen ja, dass ich mal ein paar Semester Jura studiert habe.«

»Auch das wird sich machen lassen«, versprach Marc. »Frau Dr. von Kleist hat bestimmt irgendwo ein paar ältere Kommentare rumliegen. Die kann ich Ihnen das nächste Mal mitbringen. Bis dahin bitte ich Sie, die Ermittlungsakten sorgfältig durchzuarbeiten.« Er schob den Stapel Fotokopien auf von Neuendorffs Seite des Tisches. »Wenn Sie uns und sich helfen wollen, dann können Sie das auf diese Weise am besten tun. Ihnen könnten Dinge auffallen, auf die wir nicht aufmerksam werden würden. Achten Sie insbesondere auf die Zeugenaussagen und machen sich Notizen, wenn Ihrer Meinung nach etwas nicht stimmt. Außerdem schreiben Sie bitte auf, was allgemein von den Zeugen zu halten ist.«

Von Neuendorff blätterte die Unterlagen oberflächlich durch. »Ist das denn erlaubt, dass Sie mir die geben?«

»Ja, solange es sich nicht um die Originalakten handelt. Aber tragen Sie unbedingt Sorge dafür, dass sonst niemand vom Akteninhalt Kenntnis erlangt. Sonst könnte es passieren, dass Ihre Mitgefangenen diese Kenntnis als angebliches Geständnis von Ihnen an die Staatsanwaltschaft weitergeben. Hat es alles schon gegeben.«

»Ich werde alles tun, was Sie sagen.« Von Neuendorff starrte Marc aus rot unterlaufenen Augen an. »Bitte, Herr Hagen, Sie müssen mir helfen. Bitte.«

Den Rest des Tages verbrachte Marc in der Kanzlei und fertigte diverse Schriftsätze an, darunter die Anträge auf eine Genehmigung, ihm zu gestatten, neben Irene von Kleist als Verteidiger auftreten zu können, und auf eine Einzelzelle für Hasso von Neuendorff.

Um achtzehn Uhr beendete er seine Arbeit und fuhr wie üblich zu Irene von Kleists Wohnung.

»Wir müssen noch etwas besprechen«, sagte Marc, nachdem die Anwältin den letzten Schriftsatz unterschrieben hatte. »Durch dieses Mordverfahren werde ich zeitlich stark in Anspruch genommen werden.« Und Sie sind schließlich keine große Hilfe, fügte er in Gedanken hinzu. »Da wird es mir kaum möglich sein, die allgemeine Kanzleiarbeit in gewohntem Umfang zu erledigen. Ich meine damit, Terminabsprachen mit Mandanten, das Tippen von Schriftsätzen, Postvorlage, Fristenkontrolle und so weiter. Ich halte es daher für unumgänglich, zumindest für einen gewissen Zeitraum eine zusätzliche Kraft einzustellen, die mich von diesen Dingen befreit. Ich habe mich schon mit einem Zeitarbeitsunternehmen in Verbindung gesetzt, das auch Reno-Gehilfinnen vermittelt. Ich brauche nur noch Ihr Okay.«

»Einverstanden.«

Irene von Kleist stand auf, um sich einen Whiskey einzugießen.

»War's das?«, fragte sie, als sie sich wieder setzte.

»Da ist noch etwas.« Marc hielt inne, um sich zu sammeln. »Sie haben unserem Mandanten gestern Vormittag das Erfordernis absoluter Offenheit erklärt. Ich denke, die gleiche Offenheit sollte auch in unserem Verhältnis gelten.«

»Was soll das heißen? Glauben Sie, ich würde Ihnen etwas verschweigen?«

»Nein, nein«, wehrte Marc schnell ab. »Ich will auf etwas anderes hinaus. Frau Dr. von Kleist, ich will nicht lange um den heißen Brei herumreden. Das Verfahren gegen Hasso von Neuendorff ist für diese Kanzlei von enormer Wichtigkeit. Ein Mord in der besseren Gesellschaft, über den wahrscheinlich groß in den Medien berichtet werden wird. Ich denke, wenn wir von Neuendorff gut vertreten, könnte das dazu beitragen, Vertrauen von ehemaligen und auch aktuellen Mandanten zurückzugewinnen. Wenn wir die Sache allerdings in den Sand setzen, könnte das der Todesstoß für die Kanzlei Irene von Kleist sein.«

»Und auch für Ihren Arbeitsplatz, wollen Sie sagen.«

»So ist es. Und deshalb glaube ... also, denke ich, es wäre vielleicht sinnvoll, zumindest für die Dauer dieses Prozesses etwas kürzer zu treten, wenn Sie verstehen, was ich meine.«

Marc holte tief Luft, aber Irene von Kleist starrte ihn nur verständnislos an. »Was soll das heißen, ›kürzer treten‹?« Doch dann dämmerte in ihren Augen die Erkenntnis. »Ach, Sie meinen das hier.« Sie hob ihr Whiskeyglas und trank gleich darauf einen Schluck.

»Darüber machen Sie sich mal keine Sorgen«, sagte sie leichthin. »Ich habe das voll im Griff. Wenn ich aufhören will, kann ich das sofort. Und ich verspreche Ihnen, dass ich keinen Tropfen anrühren werde, sobald die heiße Phase beginnt, das heißt, vom ersten Tag der Hauptverhandlung an.«

Marc nickte stumm. Ihm wäre wohler gewesen, wenn er ihr das auch hätte glauben können.

»Ist es wirklich nur die Sorge um meine Kanzlei, die Sie umtreibt?«, fragte Irene von Kleist plötzlich. »Oder steckt da noch mehr dahinter?«

»Was wollen Sie damit sagen?«

»Nun, nach dem, was Sie mir von Hasso von Neuendorff erzählt haben, und noch mehr, *wie* Sie es erzählt haben, habe ich den Eindruck gewonnen, dass Sie den Mann bewundern. Schachgroßmeister und der ganze Quatsch. Sie haben mir ja einmal ein wenig über Ihre Familienverhältnisse berichtet und ich glaube, Sie sehen in ihm eine Art Ersatzvater.«

»Das ist doch Unsinn!«, brauste Marc etwas zu heftig auf. »Hasso von Neuendorff ist ein Mandant wie jeder andere auch. Und als solcher hat er einen Anspruch darauf, bestmöglich vertreten zu werden. Ich wollte das nur von vornherein klargestellt haben.«

Irene von Kleist lächelte still in sich hinein. »Das haben Sie ja nun getan«, sagte sie. »Und jetzt wäre ich gern allein.«

10

»Gibt es etwas Neues?«, fragte von Neuendorff begierig, als sie sich drei Tage später wieder in der JVA trafen. »Man ist hier so von der Außenwelt abgeschnitten.«

»Keine Veränderungen«, berichtete Marc. »Nicht zum Positiven, allerdings ...«, er zwinkerte seinem Gegenüber aufmunternd zu, »... auch nicht zum Negativen. Soweit ich weiß, hat sich hier drin aber etwas getan.«

»Ja, ich habe endlich eine Einzelzelle. Sie hätten das Gesicht von diesen Verbrechern sehen sollen, als ich aus der Gemeinschaftszelle ausgezogen bin. Wie zwei Hunde, denen man den Knochen zum Spielen wegnimmt.«

»Haben Sie sich schon an das Alleinsein gewöhnt?«

»Ich komme zurecht. Ich habe beschlossen, meinen Knastaufenthalt einfach als eine Art Klosterurlaub zu betrachten. Ich kenne gestresste Manager, die dafür eine Menge Geld bezahlen, und ich darf das hier ganz umsonst genießen.«

Er brachte ein Lächeln zu Stande und Marc lächelte zurück. »Schön, dass Sie das so sehen. Ich habe Ihnen etwas mitgebracht, falls es Ihnen doch einmal zu einsam werden sollte.« Marc öffnete seinen Aktenkoffer und holte ein Reiseschachspiel mit magnetischen Figuren hervor. »Etwas Besseres habe ich auf die Schnelle nicht auftreiben können. Ich hoffe, das ist in Ordnung. Und dann habe ich noch etwas.« Er griff erneut in die Tasche und brachte ein zerfleddertes Lehrbuch zum Strafverfahrensrecht zum Vorschein. »Das habe ich während meines Studiums gelesen. Es ist zwar schon ein paar Jahre alt, aber für Ihre Zwecke müsste es reichen.«

Hasso von Neuendorff nahm beides entgegen. »Haben Sie vielen Dank«, sagte er. »Ich gebe Ihnen das natürlich zurück, sobald ich hier raus bin.«

Marc hielt innerlich die Luft an. Offenbar hatte sein Mandant den Ernst der Lage noch immer nicht erfasst. »Wir werden sehen«, sagte Marc vorsichtig. »Haben Sie die Akten schon durchgearbeitet?«

»Allerdings, das habe ich.« Von Neuendorff lief vor Wut puterrot an. »So viele Lügen habe ich noch nie auf einmal gelesen. Das gilt insbesondere für die Hornung. Ich wusste immer, dass die Frau eine Schlange ist, aber dass sie mich dermaßen hasst, hätte ich nicht gedacht.«

»Bei unserem letzten Gespräch haben Sie Andeutungen gemacht, Sie seien das Opfer einer Verschwörung. Glauben Sie, Frau Hornung steckt dahinter?«

»Nein, dazu ist sie nicht intelligent genug. Die will einfach nur die Gunst der Stunde nutzen.«

»Aber wozu? Was ist ihr Ziel?«

Von Neuendorff legte einen Stapel Papier auf den Tisch. »Da steht alles drin. Ich habe Ihren Rat befolgt und alles, was mir zu der Hornung und zu den anderen Zeugen eingefallen ist, aufgeschrieben. Ich hoffe, Sie können meine Schrift lesen. Wenn Sie noch Fragen haben, können wir die ja beim nächsten Mal klären.«

Marc nickte. »Und bis auf Weiteres bleibt es dabei, dass Sie keine Angaben machen. Ich habe bereits entsprechende Mitteilungen an die Polizei und die Staatsanwaltschaft übersandt, damit die erst gar keine weiteren Verhörversuche starten. Und denken Sie immer daran! *Sie* sind unsere wichtigste Informationsquelle, der entscheidende Vorsprung, den wir gegenüber den Ermittlungsbehörden haben. Wenn wir Ihre Informationen richtig einsetzen, haben wir vielleicht eine Chance. Ist Ihnen noch etwas eingefallen, dem wir nachgehen müssten?«

»Ja, ich denke, ich habe zwei viel versprechende Ansätze gefunden. Mitte April wollte ich Barbara besuchen. Ich habe einen Schlüssel zu ihrer Wohnung, genauso wie sie einen zu meiner hatte. Als ich aufschloss, telefonierte Barbara gerade. Sie hat englisch gesprochen und zwar mit einem gewissen Bill. Ich habe leider nur das Ende des Gesprächs mitbekommen. Barbara war sehr erregt. Sie hat zu diesem Bill sinngemäß gesagt, sie habe jetzt nicht so viel Geld flüssig, er müsse Geduld haben. Als sie mich bemerkte, hat sie den Hörer aufgeknallt und mich angebrüllt, was mir einfiele, sie zu belauschen.«

»Wie haben Sie reagiert?«

»Ich habe Barbara versichert, ich hätte nur ganz zufällig mitgehört, aber ich weiß nicht, ob sie mir geglaubt hat. Ich wollte natürlich wissen, wer dieser Bill ist, aber sie hat nur gesagt, das gehe mich nichts an. Ich habe erwidert, ich sei schließlich ihr Vermögensverwalter und offensichtlich sei es in dem Gespräch um Geld gegangen. Daraufhin hat sie mich wieder angeschrien, ich müsse nicht alles wissen, es sei immer noch ihr Geld.«

»Haben Sie eine Ahnung, wer dieser Bill sein könnte?«

»Nein. Ich habe mit Barbara nicht mehr über das Thema gesprochen.«

Marc machte sich Notizen. »Sie sagten etwas von einem zweiten Ansatzpunkt.«

»Richtig. Peter Richartz. Ich habe ihn vor einigen Jahren bei einer Jagd kennen gelernt und mich mit ihm angefreundet. Peter ist Vorstandsvorsitzender und Hauptaktionär der Novitex AG. Das ist das weltweit größte Unternehmen für Hotelbauten aus Fertigteilen. Ich habe Barbara den Tipp gegeben, Aktien der Novitex für 1,5 Millionen Euro zu kaufen, und diesen Tipp hat sie befolgt. Peter habe ich in den letzten Jahren ebenfalls einige Male in Finanzdingen beraten. Zuerst war ich damit auch recht erfolgreich, aber vor ungefähr einem halben Jahr hat er durch mich an die fünfhunderttausend Euro verloren. Das hat ihn so erbost, dass unsere Freundschaft daran zerbrochen ist. Bei unserem letzten Gespräch hat er mir gedroht, das würde ich eines Tages bereuen.«

Marc machte ein skeptisches Gesicht. »Und Sie meinen, um sich zu rächen, hat er jetzt diese Sache eingefädelt?«

Von Neuendorff hob hilflos die Schultern. »Ich sollte Ihnen alles mitteilen, was mir einfällt.«

»Natürlich«, seufzte Marc. »Ich werde auch dem nachgehen. Allerdings halte ich so eine These für ziemlich weit hergeholt. Ich meine, ich könnte verstehen, wenn Richartz *Sie* erschossen hätte, aber Frau Beck zu ermorden, um Ihnen den Mord in die Schuhe schieben zu können …? Damit können wir dem Gericht nicht kommen.«

»Ich möchte trotzdem, dass Richartz eine Aussage macht. Können Sie das nicht beantragen?«

»Langsam. Bevor ich einen derartigen Beweisantrag stelle, muss ich zuerst einmal wissen, was Richartz zu sagen hat, sonst kann der Schuss ganz schnell nach hinten losgehen.

Aber ich werde ihn in den nächsten Tagen mal besuchen. Haben Sie seine Adresse?«

»Steht alles in den Unterlagen, die ich Ihnen gerade gegeben habe.«

»Gut. Außerdem müssen wir versuchen, mehr über diesen Bill herauszubekommen. Haben Sie eine Ahnung, wer mir da weiterhelfen könnte?«

Von Neuendorff schüttelte den Kopf. »Nein«, sagte er. »Tut mir leid.«

»Vielleicht Freunde von Frau Beck?«

Erneutes Kopfschütteln.

»Was ist mit Elisabeth Hornung? Die behauptet doch, eine sehr gute Freundin von Frau Beck gewesen zu sein.«

Von Neuendorff wurde bei der Nennung dieses Namens schon wieder wütend. »Ich habe Ihnen doch bereits erklärt, dass diese Frau eine notorische Lügnerin ist. Außerdem wird sie sowieso nicht mit Ihnen sprechen, wenn sie hört, dass Sie mein Verteidiger sind.«

»Das käme auf einen Versuch an. Und dann möchte ich mir gerne den Tatort ansehen.«

»Was soll das bringen? Die Polizei hat doch alles fotografiert. Ich habe die Bilder in den Akten gesehen und die scheinen ganz gut zu sein.«

»Trotzdem. Die Aufnahmen der Polizei stellen bereits eine gewisse Auswahl dar. Außerdem können Fotos die Wirklichkeit verzerren. Der Fotograf braucht nur einen ungünstigen Aufnahmewinkel gewählt zu haben. Nein, ein ausreichend plastisches und dreidimensionales Bild bekomme ich nur durch eine Ortsbesichtigung. Schließlich sind wir in der Hauptverhandlung darauf angewiesen, Zeugen und Sachverständigen, die die Örtlichkeit genau kennen, Vorhaltungen zu machen.«

»Sie glauben, dass es zu einer Hauptverhandlung kommen

wird?«, fragte von Neuendorff. »Bisher hat die Staatsanwaltschaft doch noch nicht einmal Anklage erhoben.«

Marc sog langsam die Luft ein. »Bei der derzeitigen Beweislage müssen wir damit rechnen, dass es zu einer Hauptverhandlung kommen wird, ja. Umso wichtiger ist es, uns akribisch darauf vorzubereiten. Dazu gehört auch, dass ich die Strecke kennen muss, die Sie am 24. Juli gewählt haben, um zum Rathenhorster Wald zu kommen. Können Sie sie mir skizzieren?«

»Wenn es sein muss.« Hasso von Neuendorff griff nach einem Blatt Papier und dem Kugelschreiber. »Also, ich bin gegen fünfzehn Uhr bei mir zu Hause aufgebrochen, dann bin ich durch die Siedlung am Gutenberger Hof und über die B 73 aus der Stadt herausgefahren und dann ...«

»Ist das nicht ein Umweg?«, unterbrach ihn Marc.

»Der Weg ist vielleicht etwas länger«, gab von Neuendorff zu. »Aber es gibt dort kaum Ampeln und man spart dadurch mehrere Minuten. Was versprechen Sie sich eigentlich davon, die Strecke zu kennen?«

»Eines unserer Hauptprobleme besteht darin, dass unzweifelhaft feststeht, dass Sie am 24. Juli im Rathenhorster Wald waren. Wir müssen also entweder nachweisen, dass Barbara Beck nach dem 24. Juli noch gelebt hat, oder, dass Frau Beck am 24. Juli nicht in Ihrer Begleitung war. Oder noch besser beides. Vielleicht hat Sie ja jemand auf Ihrer Fahrt zum Rathenhorster Wald gesehen.«

»Niemand hat mich gesehen!«, entgegnete von Neuendorff scharf. »Wie kann mich jemand gesehen haben, wenn ich allein war?«

»Sie haben nicht mal zwischendurch angehalten, um ... äh ... zum Beispiel Wasser zu lassen?«

»Nein, ich ...« Hasso von Neuendorff erstarrte und fixierte einen imaginären Punkt an der Wand.

»Herr von Neuendorff?«, fragte Marc behutsam. »Ist Ihnen nicht gut?«

»Mein Gott!« Der Adelige richtete seinen Blick auf Marc. »Der Kassierer! Natürlich! Den hatte ich total vergessen!«

»Was für ein Kassierer?«

»Ich habe an diesem Sonntag auf dem Weg zum Rathenhorster Wald getankt. An der B 73. Schauen Sie hier.« Er drückte den Zeigefinger auf die Skizze. »Die Shell-Tankstelle. Ich habe bei einem jungen Mann bezahlt.«

»Und dieser Tankstellenkassierer kann bestätigen, dass Sie am 24. Juli allein waren?«, fragte Marc.

»Das weiß ich nicht!« erwiderte von Neuendorff gereizt. »Ich weiß nur, dass ich allein war, ob dieser Tankstellenmensch sich nach zwei Monaten noch an mich erinnert, kann ich Ihnen nicht sagen. Besonders helle schien er nicht zu sein.«

»Immerhin ist das ein weiterer sehr guter Ansatzpunkt«, meinte Marc. »Ich werde außerdem versuchen, Zeugen zu finden, die Frau Beck nach dem 24. Juli lebend gesehen haben. Am besten wäre es, großformatige Zeitungsanzeigen mit dem Foto von Barbara Beck zu schalten. Das dürfte allerdings nicht ganz billig werden.«

»Das ist mir egal. Tun Sie, was immer Sie für nötig halten.«

»Fein. Ich werde gleich morgen versuchen, diesen Tankstellenkassierer ausfindig zu machen. Kopf hoch, es schaut ja gar nicht mehr so schlecht aus wie am Anfang.«

11

Am nächsten Morgen setzte Marc sich in Irene von Kleists BMW und lenkte ihn auf die B 73 in Richtung Rathenhorster Wald. Er hatte sich den mit einer Klimaanlage ausgestatteten Wagen am Vorabend von der Rechtsanwältin ausgeliehen, weil die Wettervorhersage einen weiteren heißen Tag versprochen hatte. Marc stellte die Temperatur auf einundzwanzig Grad Celsius ein und konzentrierte sich auf die Straße.

Er hatte nicht die geringste Ahnung, auf was er achten sollte, und hoffte, dass sich seine Intuition melden würde, falls es etwas Bemerkenswertes gab.

Nach etwa zwölf Kilometern kam er an der Shell-Tankstelle vorbei. Marc ließ sie rechts liegen, weil er sich zuerst den Fundort der Leiche ansehen wollte.

Eine Viertelstunde später erreichte er den Rathenhorster Wald. Marc bog auf den unbefestigten Weg ein, auf dem von Neuendorff vor zwei Monaten seinen Range Rover abgestellt hatte, und nahm seine Kleinbildkamera aus dem Handschuhfach. Als er aus dem gekühlten BMW ausstieg, schlug ihm die Hitze wie eine Wand entgegen. Marc machte sich, mit einer aus der Ermittlungsakte kopierten Skizze vom Fundort der Leiche in der Hand auf den Weg in den Wald, hatte sich aber schon nach wenigen Minuten verlaufen. Mit viel Glück fand er seinen Wagen wieder. Er war wohl doch zu optimistisch gewesen, als er geglaubt hatte, sich hier ohne fremde Hilfe zurechtfinden zu können, und beschloss, es später noch einmal mit einem ortskundigen Führer zu versuchen.

Auf dem Rückweg stoppte Marc an der Shell-Tankstelle. Er betankte den BMW und ging in den kleinen Shop, um zu bezahlen. Hinter der Kasse saß ein missmutiger Mann in den Fünfzigern.

»Einmal die Fünf«, sagte Marc.

»Zweiunddreißig sechzig«, erwiderte der Kassierer.

Marc bezahlte mit einem Fünfzig-Euro-Schein und ließ das Wechselgeld auf dem Tresen liegen. »Können Sie mir sagen, wer hier am Sonntag, den 24. Juli 2005 nachmittags Dienst hatte?«

»Wer will das wissen?«

»Es geht um Ermittlungen in einem wichtigen Fall«, erklärte Marc und überreichte eine uralte Visitenkarte, die ihn noch als Rechtsanwalt auswies.

Der Kassierer warf nur einen kurzen Blick darauf, dann bleckte er die Zähne.

»Und?«, versuchte Marc, ihn nach mehreren Sekunden Schweigen aufzumuntern.

»Weiß ich nich mehr.«

»Können Sie nicht mal nachsehen?«

Energisches Kopfschütteln. »Ich kann nich von der Kasse weg.«

»Aber es ist doch gerade sonst niemand da. Schauen Sie doch bitte schnell nach. Es soll Ihr Schaden nicht sein.« Er deutete auf das Wechselgeld.

Der Kassierer ließ das Geld so schnell verschwinden, dass Marc kaum verfolgen konnte, wohin er es steckte. »Dennis Kerkhoff«, sagte er dann.

»Sind Sie sich sicher?«, vergewisserte sich Marc.

Der Mann nickte. »Dennis ist seit zwei Jahren jeden Sonntag hier. Dafür wurde er schließlich eingestellt. Ist nicht ganz leicht, jemanden zu finden, der sonntags Dienst schiebt.«

»Das glaube ich gern. Verraten Sie mir auch noch, wo Herr Kerkhoff wohnt?«

»Kein Problem. Allerdings werden Sie kein Glück haben. Dennis macht Urlaub und kommt erst am 4. Oktober zurück.«

Eine Minute später hielt Marc einen ölverschmierten Zettel mit Dennis Kerkhoffs Adresse in der Hand. Nun konnte er sich seiner nächsten Aufgabe widmen: Peter Richartz.

Marc hatte zwar ein großzügiges Anwesen erwartet, aber mit einer knapp einen Kilometer langen Auffahrt hatte er nicht gerechnet. Zuerst ging es einige hundert Meter durch eine leicht hügelige Parklandschaft, dann durch ein kleines Wäldchen und schließlich öffnete sich der Blick auf ein viktorianisches Herrenhaus aus grauem Backstein, das viel besser nach England oder Schottland als nach Ostwestfalen gepasst hätte.

Marc ging im Kopf schnell noch einmal den Lebenslauf von Peter Richartz durch, den er im Internet recherchiert hatte: Richartz war neunundfünfzig Jahre alt und hatte die Novitex 1965 gegründet. Aus kleinsten Anfängen hatte er das Unternehmen zum heute weltweit größten Hersteller von Hotelneubauten aus Fertigteilen mit über dreitausend Beschäftigten aufgebaut. 1987 war die Novitex an die Börse gegangen, was einen enormen Geldstrom in Richartz' Taschen gespült hatte.

Die Auffahrt mündete in einen kreisrunden, von Bäumen beschatteten Vorplatz. Marc parkte den BMW zwischen einem dunkelgrünen Jaguar und einem schwarzen Mercedes Geländewagen. Als er auf das Eingangstor – die Bezeichnung ›Tür‹ wäre eine Untertreibung gewesen – zuging, knirschte schneeweißer Kies unter seinen Füßen.

Marc drückte den Klingelknopf und erwartete, von einem Butler im Frack empfangen zu werden. Stattdessen öffnete eine Frau mittleren Alters.

»Frau Richartz?«, wagte Marc zu fragen. »Mein Name ist Hagen. Ich habe um vierzehn Uhr einen Termin mit Herrn Richartz.«

»Ich bin informiert«, antwortete die Frau. »Ich heiße Maria Schürmann und bin die Hausdame. Wenn Sie mir bitte folgen wollen?«

Na, wenigstens etwas, dachte Marc und ließ sich von ihr

durch eine Vorhalle mit Gobelins an den Wänden und im Schachbrettmuster gefliestem Marmor auf dem Boden in einen Saal führen, der Peter Richartz offenbar als Bibliothek und Spielzimmer diente. Der Raum maß von Wand zu Wand an die zwanzig Meter, die Kassettendecke befand sich gut und gerne in acht Meter Höhe. An zwei Wänden zogen sich bis unter die Decke reichende Bücherregale mit prachtvollen Lederbänden entlang, an der dritten Wand war ein gewaltiger Kamin aus weißem Stuck zu sehen. Flankiert wurde der Kamin von zwei Ritterrüstungen, darüber hingen zahlreiche Jagdtrophäen. Genau in der Mitte des Saales stand ein Billardtisch aus Teakholz. Die vierte Wand wurde durch zwei mannshohe Fenster gegliedert, die den Blick auf den weitläufigen Park freigaben.

»Einen Moment bitte«, sagte Frau Schürmann und ließ Marc allein. Der nutzte die Zeit, um die Bücherrücken zu studieren. Auch literarisch war Richartz anglophil angehaucht, Marc entdeckte unter anderem viel von Dickens und Shakespeare.

Die Tür des Saales öffnete sich und der Hausherr trat herein. Richartz war groß, schlank und grauhaarig. Das markanteste Detail in seinem fein geschnittenen Gesicht war ein Clark-Gable-Bärtchen. Bekleidet war er mit einem bequemen Hausanzug, um den Hals trug er ein Seidentuch.

Der Unternehmer kam mit weit ausgebreiteten Händen auf Marc zu, fast so, als wollte er einen alten Freund begrüßen. »Herr Hagen«, sagte er, während er seinem Besucher die Hand schüttelte. »Ich bin Peter Richartz. Was kann ich für Sie tun?«

»Ich hatte Ihnen ja schon am Telefon erzählt, dass ich Herrn von Neuendorff verteidige«, erwiderte Marc. »Und in dem Zusammenhang habe ich die eine oder andere Frage.«

»Natürlich. Aber lassen Sie uns doch setzen.« Richartz führte Marc zu zwei englischen Ledersofas, die sich vor dem

Kamin gegenüberstanden. Dazwischen befand sich ein niedriger Tisch mit einem Schachbrett. »Ich habe hier so manche Partie gegen Hasso gespielt«, sagte Richartz, der Marcs Interesse für das Spiel bemerkt hatte. »Allerdings habe ich sie alle verloren. Aber Schach ist nicht das Leben. Auch wenn Hasso das anders sieht.« Er lachte leise in sich hinein. Dann sah er mit einem Ruck auf und fragte förmlich: »Etwas zu trinken?«

Auf Marcs Kopfschütteln gab Richartz Frau Schürmann, die sich diskret im Hintergrund gehalten hatte, ein Zeichen und die Haushälterin zog sich zurück.

»Bitte«, fuhr der Hausherr fort. »Stellen Sie Ihre Fragen.«

Fast war es Marc ein wenig peinlich, diesen freundlichen Mann mit einem so hässlichen Verdacht zu konfrontieren, aber Beruf war schließlich Beruf.

»Herr Richartz«, begann Marc. »Können Sie mir etwas über Ihr Verhältnis zu Hasso von Neuendorff erzählen?«

»Lassen Sie es mich so sagen«, antwortete Richartz lächelnd. »Wenn Sie einen Leumundszeugen suchen, sind Sie bei mir an der falschen Adresse.« Das Lächeln wurde noch breiter. »Ich habe Hasso vor einigen Jahren bei einer Jagd kennen gelernt. Wir sind ins Gespräch gekommen und er hat mir erzählt, er arbeite als Finanzberater. Im Laufe der nächsten Monate haben wir uns angefreundet. Aber vor einem halben Jahr habe ich den Fehler gemacht, ihn viel Geld für mich anlegen zu lassen.«

»Geld, das dann keinen Gewinn gebracht hat«, warf Marc ein.

Richartz grinste wieder. »›Keinen Gewinn‹ ist gut. Das Geld ist weg. Fast fünfhunderttausend Euro.«

»Ich nehme an, Sie waren darüber nicht besonders erfreut?«

»Kann man nicht sagen, nein.«

»Können Sie das etwas näher erläutern? Ich meine, es ist doch nicht ganz ungewöhnlich, an der Börse Geld zu verlieren.«

»Das ist grundsätzlich richtig, aber ich habe Hasso ausdrücklich gesagt, ich wünsche eine konservative Anlageform. Und was macht er? Steckt alles in einen Geheimtipp, ein Erdölfeld in Kasachstan. Das hat er zumindest behauptet.«

»Soll das heißen, Sie verdächtigen ihn, Geld für sich abgezweigt zu haben?«

Richartz lehnte sich in seinem Sessel zurück und verschränkte die Arme vor der Brust. »Das kann ich nicht beweisen. *Noch* nicht. Aber ein bitterer Nachgeschmack ist geblieben.«

»Haben Sie von Herrn von Neuendorff die Rückzahlung des Geldes verlangt?«

»Natürlich, mehrfach. Er hat hier vor mir auf den Knien gelegen und mir beim Leben seiner Kinder geschworen, in Kürze werde er mir alles mit tausendprozentigem Gewinn zurückzahlen. So eine Investition brauche nun einmal Zeit. Und ich bin wieder weich geworden. Aber Hasso hat auch so etwas an sich. Sie werden es vielleicht nicht glauben, aber der Mann kann auf Knopfdruck anfangen zu weinen. Und wenn Sie dann so ein heulendes Bündel Mensch vor sich haben, fällt es schwer, hart zu bleiben. Dass er gar keine Kinder hat, habe ich erst erfahren, als es schon zu spät war.«

»Sie hätten versuchen können, die fünfhunderttausend Euro von ihm einzuklagen.«

»Das lasse ich gerade prüfen. Die Sache liegt bei meinen Anwälten.«

»Man kann also sagen, dass Sie ziemlich wütend auf Hasso von Neuendorff sind.«

»Ich habe Hasso nicht unbedingt weiterempfohlen.«

»Und nicht nur das: Herr von Neuendorff hat mir gesagt,

Sie hätten ihm damit gedroht, er werde die Sache eines Tages bereuen.«

»Hören Sie mal, Herr Hagen, Sie suchen nicht zufällig jemanden, dem Sie den Mord an Barbara Beck in die Schuhe schieben können? Aber da sind Sie bei mir an der falschen Adresse. Ich gebe gern zu, dass ich den Verlust der fünfhunderttausend Euro schmerzhaft gespürt habe. Aber ich bin deswegen nicht gleich in Armut verfallen. Oder sieht das hier wie eine Sozialwohnung aus?« Er machte eine Handbewegung, die den ganzen Raum umfasste.

»Haben Sie Frau Beck gekannt?«, erkundigte sich Marc, ohne auf Richartz' Frage einzugehen.

»Flüchtig. Ich glaube, sie ist mir mal bei einem Empfang vorgestellt worden. Immerhin hat Hasso ihr geraten, für über eine Million Euro Novitex-Aktien zu kaufen. Aber das ändert nichts an den verlorenen fünfhunderttausend.« Er sah mit Nachdruck auf seine Uhr. »Kann ich sonst noch etwas für Sie tun?«

Offenbar war die Audienz beendet. Da Marc im Moment ohnehin nicht wusste, was er noch fragen konnte, schüttelte er den Kopf. »Nein, das war's schon. Haben Sie vielen Dank für Ihre Auskunftsbereitschaft.«

Richartz erhob sich und schüttelte Marc zum Abschied die Hand. Im gleichen Moment erschien wie auf ein geheimes Zeichen hin die Haushälterin und hielt Marc die Tür auf.

So sieht also ein vornehmer Rausschmiss aus, dachte Marc, als er sich in den BMW setzte. Er holte seine Stenorette aus dem Handschuhfach und diktierte noch auf dem Vorplatz ein Gedächtnisprotokoll seines Gesprächs mit Peter Richartz. Dann startete er den Motor.

Elisabeth Hornung wohnte in einem weiß verklinkerten Flachdachbungalow in bester Bielefelder Wohnlage. Marc schellte an der blauen Eingangstür und wartete. Er konnte nur hoffen, dass die Hausherrin anwesend war, denn hier hatte er wohlweislich keinen Termin vereinbart. Sekunden später öffnete eine elegant gekleidete Frau, von der Marc aus der Ermittlungsakte der Staatsanwaltschaft wusste, dass sie vierundsechzig Jahre alt war.

»Frau Elisabeth Hornung?«, fragte er.

»Ja«, antwortete die Frau freundlich. »Um was geht es?«

»Frau Hornung, mein Name ist Hagen. Ich bin einer der Verteidiger von Hasso von Neuendorff und ...« Marc hatte den Namen kaum ausgesprochen, als Elisabeth Hornung versuchte, ihm die Tür vor der Nase zuzuschlagen. Aber Marc hatte mit dieser Reaktion gerechnet und blitzschnell einen Fuß in den Spalt gestellt. Er hatte vor Beginn seines Studiums schließlich nicht umsonst drei Monate lang als Vertreter für einen Buchclub gearbeitet.

»Frau Hornung, bitte! Nur ein, zwei Fragen. Ich bin ausschließlich an der Wahrheit interessiert.«

»Sie sind ausschließlich daran interessiert, dieses Schwein freizubekommen! Nehmen Sie den Fuß aus meiner Tür! Ich habe alles, was ich zu sagen habe, der Polizei erzählt. Ich werde kein Wort mit Ihnen reden.«

»Hat Ihnen die Polizei etwa verboten, sich mit mir zu unterhalten?«, fragte Marc in scharfem Ton.

Für einen Moment war Elisabeth Hornung verblüfft. »Nein«, sagte sie. »Das hat mir niemand verboten.«

»Das wäre auch in höchstem Maße rechtswidrig. Ein Verteidiger hat das uneingeschränkte Recht zu außergerichtlichen Befragungen von Zeugen, egal ob dieser Zeuge schon einmal mit den Ermittlungsbehörden geredet hat oder ob es sich um die erste Befragung handelt. Wenn Sie mir nicht glauben, können Sie gerne bei der zuständigen Staatsanwältin anrufen.«

Sekundenlang herrschte Schweigen. Marc meinte, fast sehen zu können, wie es in Elisabeth Hornungs Kopf arbeitete. Er konnte nur hoffen, dass er sie durch seinen Vortrag so weit verwirrt hatte, dass sie daraus den falschen Schluss zog: dass sie nämlich nicht nur mit ihm reden *durfte*, sondern dass sie auch mit ihm reden *musste*.

»Moment mal«, sagte Elisabeth Hornung schließlich. »Das heißt aber nicht, dass ich verpflichtet bin, mit Ihnen zu sprechen, oder?«

Scheiße! »Nein, das sind Sie nicht. Aber ...«

»Ich sage es Ihnen jetzt ein letztes Mal«, schnitt Elisabeth Hornung ihm das Wort ab. »Verschwinden Sie von meinem Grundstück oder ich hole die Polizei.«

»Frau Hornung«, startete Marc noch einen Versuch. »Spätestens wenn Sie vor Gericht als Zeugin aussagen, werden Sie die Fragen der Verteidigung beantworten müssen. Da können Sie doch auch jetzt gleich ...«

»Sie sollen verschwinden!«

»Nur eine einzige Frage. Kennen Sie einen Bill? Hat Frau Beck diesen Namen jemals erwähnt?«

Frau Hornung schloss die Augen, als versuche sie, sich zu erinnern. Marc war für einen Augenblick unaufmerksam und zog den Fuß von der Schwelle zurück. Als er seinen Fehler bemerkte, war es bereits zu spät und sie hatte die Tür zugeknallt.

Für eine Sekunde war Marc versucht, noch einmal zu klingeln, wusste aber, dass es keinen Zweck hatte. Eher würde Elisabeth Hornung ihn von vier Polizisten von ihrem Grund und Boden tragen lassen, als dass sie auch nur eine einzige seiner Fragen beantwortete.

12

Danach verging eine Woche, in der sich nichts Neues ereignete. Am darauf folgenden Montag empfing dann Stefanie Bloes, die Aushilfssekretärin, die die Zeitarbeitsfirma vermittelt hatte, Marc schon an der Tür.

»In der Sache von Neuendorff ist was vom Gericht gekommen«, verkündete sie. »Ich habe alles auf den Schreibtisch von Frau Dr. von Kleist gelegt.«

Marc ging in das Büro seiner Chefin und fand die Schriftstücke. Das Landgericht Bielefeld teilte mit, die Staatsanwaltschaft habe die Anklageschrift und die Ermittlungsakten vorgelegt, zusammen mit dem Antrag, das Hauptverfahren gegen Hasso von Neuendorff zu eröffnen.

Marc ging die Anklageschrift kurz durch. Sie enthielt keine großen Überraschungen, aber an einer Stelle musste Marc doch schlucken. Nach kurzem Nachdenken entschloss er sich, zunächst eine erneute Akteneinsicht zu beantragen. Vielleicht hatte die Staatsanwaltschaft etwas Neues aufgetrieben. Und ein alter Grundsatz lautete, dass es besser war, einmal zu viel Akteneinsicht zu nehmen als einmal zu wenig. So mancher Verteidiger, der darauf verzichtet hatte, hatte in der Hauptverhandlung schon böse Überraschungen erlebt.

Marc machte sich sofort auf den Weg zum Landgericht und bekam die Unterlagen ohne Probleme ausgehändigt.

Zurück in der Kanzlei arbeitete er die Papiere durch, fand aber nichts, was er nicht schon kannte. Er wollte die Akten gerade wieder zusammenpacken, als eine Seite sein Interesse weckte: eine Liste der Gegenstände, die die Polizei in Barbara Becks Wohnung sichergestellt hatte. Unter Punkt 5 waren vermerkt: *zwei Leitz-Ordner mit Rechnungen der Novitex AG.*

Marc rieb sich die Stirn. Er wusste zwar, dass Barbara Beck Aktien der Novitex besessen hatte, aber wieso hatten sich bei ihr Rechnungen des Unternehmens befunden? Und vor allem: Wo waren die Rechnungen jetzt? Bei den Akten, die er vom Gericht bekommen hatte, befanden sich die beiden Ordner auf jeden Fall nicht.

Marc griff zum Telefonhörer und rief in der Geschäftsstelle des Landgerichts an. Dort erfuhr er, dass die aufgeführten Aktenordner von der Staatsanwaltschaft nicht an das Gericht übersandt worden waren.

Marc bedankte sich und gab sofort die nächste Nummer ein, die er inzwischen auswendig kannte. Nach dem zweiten Schellen wurde abgehoben.

»Gerland.«

»Hallo, Britta. Marc hier. Ich habe gerade erfahren, dass ihr Anklage gegen Hasso von Neuendorff erhoben habt.«

Durch die Leitung tönte ein helles Lachen. »Ich hoffe, du warst nicht allzu überrascht.«

»Nein, darüber nicht. Was mich allerdings ein wenig verwundert, ist, dass ihr nicht sämtliche Akten an das Gericht übersandt habt. Meines Wissens seid ihr dazu doch verpflichtet.«

»Wir haben nichts zurückgehalten.« Britta Gerlands Stimme klang auf einmal gereizt. »Was für Akten sollen das denn sein, die wir angeblich nicht vorgelegt haben?«

Marc erklärte es ihr und hörte das leise Kratzen eines Stiftes, als Britta sich Notizen machte, dann antwortete die Staatsanwältin knapp: »Ich werde das klären und mich dann bei dir melden.«

Schon eine halbe Stunde später rief sie zurück. »Diese Akten mit den Novitex-Rechnungen befinden sich tatsächlich noch hier. Die Polizei hat sie in der Wohnung von Barbara Beck vorsorglich sichergestellt, weil sie sie zunächst nicht zuordnen konnte. Wir haben die Aktenordner dem Gericht nicht vorgelegt, weil es sich um Vorgänge handelt, die für dieses Verfahren vollkommen bedeutungslos sind. Und wir sind nicht verpflichtet, derartige Akten zu übersenden.«

»Du wirst aber hoffentlich nichts dagegen haben, wenn ich mir selbst ein Bild mache, ob diese Akten wirklich so bedeutungslos sind, wie du sagst.«

Am anderen Ende herrschte nachdenkliches Schweigen.

»Oder muss ich erst beim Gericht anrufen?«, half Marc der Staatsanwältin auf die Sprünge.

»Nein, das musst du nicht«, erwiderte Britta Gerland ärgerlich. »Wenn du willst, kannst du die Akten sofort abholen. Obwohl ich dir versichern kann: Du wirst darin nichts finden, was für deinen Mandanten von Nutzen sein könnte.«

Stefanie Bloes schleppte schwer an den beiden Aktenordnern.

»Das ist alles, was ich von der Staatsanwaltschaft bekommen habe«, sagte sie. »Kann ich dann Schluss machen? Es ist gleich sechs.«

Marc nickte geistesabwesend. Er hatte den ersten Ordner schon aufgeschlagen. Sowohl dieser als auch der andere enthielt tatsächlich vor allem Rechnungen, hunderte Rechnungen der Novitex AG, die Hotelbauten in allen Teilen der Welt betrafen: Italien, Spanien, Dubai, Florida. Neben den Rechnungen gab es einige aktuelle Auftragsblätter für Hotelneubauten und schließlich einen recht umfangreichen Schriftverkehr der Novitex AG mit einer Firma Profinanz AG in Hamburg.

Marc nagte nachdenklich an seiner Unterlippe. So weit schien an den Papieren nichts merkwürdig zu sein. Die Frage blieb, warum Barbara Beck diese Unterlagen in ihrer Wohnung aufbewahrt hatte.

Marc blätterte die Ordner ein letztes Mal durch und endlich fiel ihm etwas auf, was sein Herz schneller schlagen ließ: eine auf Englisch verfasste Auftragsbestätigung eines amerikanischen Unternehmens für einen Hotelneubau auf Hawaii. Darin wurde Bezug genommen auf Gespräche mit einem Mitarbeiter der Novitex, einem Jürgen Baumschulte.

Marc wurde das Gefühl nicht los, dass irgendetwas daran nicht stimmte, irgendetwas nicht ... richtig war. Er betrachtete das Schreiben erneut und konzentrierte sich ganz auf den Namen: *Jürgen Baumschulte.*

Plötzlich griffen die Räder in seinem Kopf. Marc sah auf die Uhr. Kurz nach sieben. Wenn er Glück hatte, war Irene von Kleist noch nüchtern.

»Herr Hagen. Kommen Sie rein.«

Marc musterte das Gesicht seiner Chefin. Sie schien tatsächlich einigermaßen beieinander zu sein. Er ging in das Wohnzimmer voraus und eine Minute später setzte sich Irene von Kleist neben ihn auf das Sofa, in der Hand hielt sie einen Drink. »Was gibt es?«

»Die Staatsanwaltschaft hat Anklage gegen Hasso von Neuendorff erhoben.«

»Damit war ja zu rechnen. Irgendwelche Besonderheiten?«

»Nein. Allerdings ist Britta Gerland der Meinung, die Voraussetzungen des § 57a StGB seien erfüllt.«

Irene von Kleist runzelte die Stirn. »Das hört sich nicht gut an. Was meinen Sie? Kommt sie damit durch?«

»Schwer zu sagen. Ich habe die Anklageschrift für Sie kopiert. Und dann habe ich noch etwas.« Er schlug einen der beiden Leitz-Aktenordner an der mit einem gelben Merkzettel markierten Stelle auf.

»Was ist das?«, wollte Irene von Kleist wissen.

»Das sind Rechnungen einer Firma Novitex, die die Polizei in der Wohnung von Barbara Beck gefunden hat. Die

Novitex ist das weltweit größte Unternehmen auf dem Gebiet des Hotelbaus. Vorstandsvorsitzender ist ein Peter Richartz, der Hasso von Neuendorff vor einiger Zeit bedroht hat, weil unser Mandant fünfhunderttausend Euro von Richartz verspekuliert hat.«

»Aha«, erwiderte die Anwältin. »Und was hat Barbara Beck mit diesem Richartz zu tun?«

»Sie besaß Aktien der Novitex im Wert von eineinhalb Millionen Euro. Warum sie allerdings diese Rechnungen in ihrer Wohnung verwahrt hat, weiß ich nicht. Auf den ersten Blick sehen die ganz harmlos aus, aber dann ist mir etwas aufgefallen.«

Er zeigte Irene von Kleist das Schreiben des hawaiischen Unternehmens. »Sehen Sie hier. In dieser Auftragsbestätigung für ein Hotel wird ein Mitarbeiter der Novitex, ein Jürgen Baumschulte, erwähnt.«

Irene von Kleist trank einen Schluck und stellte das Kristallglas anschließend auf den Tisch. »Na und? Wo ist das Problem?«

»Das Problem ist das ü. Diese Auftragsbestätigung kommt doch angeblich direkt aus den USA. Ein ü ist auf amerikanischen Schreibmaschinen und Computern aber nicht vorhanden.«

»Zeigen Sie mal her.« Irene von Kleist nahm ihm das Schreiben aus der Hand. »Sie haben Recht«, sagte sie schließlich. »Mit diesem Auftrag kann etwas nicht stimmen. Aber warum sollte jemand so etwas fälschen?«

»Ich habe eine Idee, aber ich brauche Ihre Hilfe, um sie zu überprüfen. Sie haben doch früher viel Steuerrecht gemacht. Da müssten Sie doch was von Rechnungsprüfungen, Bilanzen und dem ganzen Zeug verstehen.«

»Mhm.« Irene von Kleist runzelte die Stirn. »Ich glaube nicht, dass Sie bei mir an der richtigen Adresse sind. Aber ich habe einen Freund, der uns wahrscheinlich weiterhelfen kann. Ich verstehe allerdings immer noch nicht, was Sie sich davon versprechen. Was haben diese Rechnungen mit dem Mord an Frau Beck zu tun?«

Marc zuckte die Schultern. »Vielleicht gar nichts. Aber das werden wir nie sicher wissen, wenn wir nicht herausfinden, was mit den Unterlagen nicht stimmt.«

13

Am Tag darauf machte Marc sich auf den Weg zu Dennis Kerkhoff. Fritz-Walter-Wetter hatte das Jan-Ullrich-Klima der letzten Wochen abgelöst. Der Regen trommelte heftig auf das Autodach und die Wischer des Golf hatten erhebliche Mühe, die Windschutzscheibe von den Wassermassen freizuräumen. Die Adresse, die Marc von dem Tankstellenmann erhalten hatte, erwies sich als ein graues Mehrfamilienhaus aus den späten Fünfziger- oder frühen Sechzigerjahren. Marc parkte direkt davor, zog sich seine Jacke über den Kopf und rannte mit eingezogenen Schultern zur Eingangstür. Der Name Dennis Kerkhoff stand handgeschrieben neben der untersten Klingel. Marc drückte den Knopf und hatte tatsächlich Glück: Nach dem dritten energischen Schellen ging die Haustür auf.

Als Marc den Flur betrat, öffnete sich links im Erdgeschoss ein Wohnungseingang und ein etwa zwanzigjähriger schlaksiger Mann, dessen Gliedmaßen für seinen Körper zu lang zu sein schienen, kam heraus. Die dünnen blonden Haare hatte Kerkhoff streng nach hinten aus der Stirn gekämmt und mit einem Gummiband zu einem Zopf zusammengefasst, seine gebräunte Haut war übersät mit tiefen Aknenarben.

»Was ’n los?«, fragte er verschlafen.

»Guten Morgen, Herr Kerkhoff«, sagte Marc. »Mein Name ist Hagen. Wenn Sie ein paar Minuten Zeit für mich hätten?«

»Worum geht’s denn? Ich bin gerade erst aus dem Urlaub zurückgekommen.«

»Das ist mir bekannt, aber es ist wichtig. Ich vertrete Herrn Hasso von Neuendorff, der beschuldigt wird, seine Lebensgefährtin ermordet zu haben. Vielleicht haben Sie davon in der Zeitung gelesen?«

Der Tankstellenkassierer schüttelte den Kopf und Marc bereitete es keine Schwierigkeiten, ihm das zu glauben. Nach seinem Äußeren zu schließen, konsumierte Kerkhoff allenfalls Comichefte.

»Darf ich einen Moment hereinkommen?«, fragte Marc.

Kerkhoff kratzte sich nachdenklich am Hals und am Bauch. »Warum nich«, sagte er dann. »Kommen Se rein.«

Er schlurfte voraus und Marc folgte ihm durch einen verwahrlosten Flur in ein verwahrlostes Wohnzimmer, in dem leere Pizzaschachteln, Gläser, Flaschen und DVDs das Ambiente bestimmten. Marc ertappte sich bei dem Gedanken, dass diese Wohnung seiner eigenen nicht unähnlich war.

»Ich hatte ja schon gesagt, dass ich der Verteidiger von Herrn von Neuendorff bin«, sagte er, nachdem er auf dem verschlissenen Sofa Platz genommen hatte. »Als solcher bin ich nicht nur berechtigt, sondern sogar verpflichtet, eigene Ermittlungen anzustellen, wenn ich zu der Auffassung gelange, diese könnten für meinen Mandanten nützlich sein. Als Verteidiger steht mir insbesondere das Recht zu, potenzielle Zeugen zu befragen. Haben Sie das verstanden?«

Dennis Kerkhoff nickte stumm.

»Herr Kerkhoff, Sie sind Kassierer an der Shell-Tankstelle an der B 73. Richtig?«

Erneutes Nicken.

»Können Sie mir sagen, ob Sie auch am Nachmittag des 24. Juli, einem Sonntag, dort kassiert haben?«

»Bin jeden Sonntag da.«

»Und können Sie sich auch daran erinnern, ob dieser Mann an dem genannten Sonntag bei Ihnen getankt hat?«

Marc zog ein Foto Hasso von Neuendorffs aus seiner Jacke und legte es vor Kerkhoff auf den Tisch. Der schaute sich das Foto nur kurz an, dann schüttelte er den Kopf. »Kann ich mich nich dran erinnern.«

Verdammt! »Schauen Sie sich das Foto doch bitte noch einmal ganz genau an.«

Kerkhoff tat ihm den Gefallen, doch nur ein erneutes Kopfschütteln erfolgte. »Nee, weiß ich nich mehr.«

»Herr von Neuendorff fährt einen Range Rover«, versuchte Marc, ihm zu helfen, und auf einmal kam Leben in das Gesicht seines Gesprächspartners.

»Ach der! Warum hamm Se das nich gleich gesagt? Is das nich der mit dem coolen Aufkleber?«

»Was für ein Aufkleber?«

»Der Range Rover hatte an der hinteren Stoßstange so ’nen Aufkleber: *This vehicle protected by: Smith & Wesson.* Fand ich absolut geil.«

Marc machte sich eine Notiz, während Kerkhoff sich das Foto erneut ansah.

»Doch, jetzt fällt’s mir wieder ein. Der hat bei mir getankt. Is mir zuerst fürchterlich auf die Eier gegangen, weil er wollte, dass ich sein Öl kontrolliere, und das kurz vorm Ende vom Großen Preis von Deutschland. Wir haben in der Tankstelle so ’nen kleinen Monitor. Da können wir nebenbei fernsehen, wenn gerade nich viel los is. Auf’m Ersten lief Tour de France und auf RTL Formel 1. Und da kommt dieser Typ mit seinem Öl. Als ob ich für so was Zeit hätte.«

»Sie haben das Öl also nicht kontrolliert?«

»Doch, hab ich dann gemacht. Aber nur weil der Typ mir zwei Euro Trinkgeld versprochen hat. Ich hab also mal nachgesehen und da is mir dieser Aufkleber aufgefallen.«

»Und Sie sind sich sicher, dass es der 24. Juli war?«

»Das weiß ich nich mehr. Es war auf jeden Fall der Tag, an dem der Große Preis von Deutschland im Fernsehen lief.«

Marc machte sich eine weitere Notiz. »Haben Sie den Mann vorher schon einmal gesehen oder noch einmal nachher?«

»Nee, glaub ich nich. Nee, ganz bestimmt nich.«

Marc holte tief Luft. Jetzt kam die entscheidende Frage. »An dem Sonntag, an dem Sie den Mann gesehen haben: War er da allein?«

»Ja, das war er.«

Marc hatte Mühe, seine Erregung zu unterdrücken. »Sind Sie sich ganz sicher?«

»Hundertprozentig, ich hab ja sogar noch in den Range Rover reingeguckt. Der hatte absolut geile Ledersitze. Da saß keiner.«

Marc konnte sein Glück kaum fassen. »Sind Sie bereit, das der Staatsanwaltschaft und dem Gericht noch einmal genau so zu erzählen?«, fragte er zum Abschluss.

Kerkhoff zuckte gleichgültig die Achseln. »Klar, wieso nich? Is ja die Wahrheit.«

»Vielen Dank, Herr Kerkhoff. Sie ahnen gar nicht, wie sehr Sie mir geholfen haben.«

Nach dem Gespräch mit Dennis Kerkhoff fuhr Marc auf dem schnellsten Weg zurück zur Kanzlei und loggte sich ins Internet ein. Nach wenigen Minuten hatte er alle Informationen zusammen, die er brauchte: Der Große Preis von Deutschland und die letzte Etappe der Tour de France waren tatsächlich zeitgleich am Nachmittag des 24. Juli 2005 im Fernsehen übertragen worden. Marc ballte die Fäuste und meldete sich in der JVA an.

In der Sprechzelle konnte er es kaum erwarten, dass sein Mandant hereingeführt wurde.

Marc begrüßte Hasso von Neuendorff und wartete ungeduldig, bis der Wärter den Raum verlassen hatte. Dann kam er ohne Umschweife zur Sache: »Haben Sie auf Ihrem Range Rover einen Aufkleber mit der Aufschrift *This vehicle protected by: Smith & Wesson?*«

Hasso von Neuendorffs Gesicht nahm einen verwunderten Ausdruck an. »Allerdings. Ich besitze einen Revolver von Smith & Wesson, den ich früher häufig im Handschuhfach meines Wagens aufbewahrt habe. Alle meine Jagdfreunde wussten das und ein paar von diesen Scherzkeksen haben mir eines Tages diesen Aufkleber an die hintere Stoßstange gepappt. Die fanden das wohl witzig und ich habe ihnen ihren Willen gelassen. Sie wissen ja, wie das ist: Wenn man sich über so etwas ärgert, bekommt man es die nächsten zehn Jahre aufs Butterbrot geschmiert. Aber wieso fragen Sie?«

»Weil dieser Aufkleber jetzt vielleicht Ihre Rettung ist.« Marc berichtete seinem Mandanten von dem Gespräch mit Dennis Kerkhoff und endlich fing auch Hasso von Neuendorff Feuer.

»Ich wusste es«, sagte er begeistert. »Früher oder später klärt sich alles auf. Jetzt komme ich doch frei, oder?«

Marc musste die Euphorie seines Mandanten wieder dämpfen. »Langsam. Ich werde jetzt zunächst den Antrag stellen, Dennis Kerkhoff offiziell zu vernehmen, und dann können wir nur beten, dass er bei seiner Geschichte bleibt. Selbst wenn er bei seiner Geschichte bleiben sollte, bedeutet das jedoch noch nicht, dass man ihm auch glauben wird.«

»Wieso sollte man ihm nicht glauben?«

»Weil Zeugenaussagen nun einmal die unzuverlässigsten Beweismittel sind. Immerhin ist Kerkhoffs Aussage ein erster Lichtblick. Und da ist vielleicht noch mehr.« Marc setzte eine geheimnisvolle Miene auf.

»Was soll das heißen?«, wollte Hasso von Neuendorff wissen.

»Ich habe Peter Richartz aufgesucht«, berichtete Marc. »Er hat zugegeben, Sie bedroht zu haben, aber das ist noch nicht alles. Die Polizei hat in der Wohnung von Barbara Beck zwei Aktenordner mit Rechnungen von Richartz' Unternehmen, der Novitex, sichergestellt. Können Sie mir erklären, was Frau Beck mit diesen Rechnungen wollte?«

Von Neuendorff wirkte verstört. »Barbara hatte Novitex-Rechnungen in ihrer Wohnung?«, vergewisserte er sich. »Ich weiß, dass sie Aktien der Novitex besaß, zu dem Kauf habe ich ihr ja selbst geraten. Aber was es mit diesen Rechnungen auf sich hat, ist mir ein völliges Rätsel.«

»Wie dem auch sei. Auf jeden Fall lasse ich diese Rechnungen gerade prüfen und vielleicht stoßen wir dabei auf eine neue Spur.«

»Das sind gute Neuigkeiten, Herr Hagen.« Von Neuendorff strahlte wie ein kleines Kind. »Wirklich gute Neuigkeiten. Sie ahnen ja gar nicht, wie sehr man im Gefängnis auf so etwas angewiesen ist. Alles läuft prächtig, nicht wahr?«

Marc verzog das Gesicht. Jetzt kam der zweite Teil der Geschichte. »Leider nicht alles. Die Staatsanwaltschaft hat in der Zwischenzeit offiziell Anklage wegen Mordes gegen Sie erhoben.«

»Aber das heißt doch nicht, dass es auch zu einem Prozess kommen muss, oder? Ich habe mich ein wenig in die Materie eingelesen, Zeit habe ich ja mehr als genug. Das Gericht muss doch erst mal prüfen, ob es die Anklage auch zulässt.«

Marc lächelte milde. »Das ist natürlich richtig. Allerdings

sollten Sie sich keinen allzu großen Illusionen hingeben. Über neunundneunzig Prozent aller Anklagen werden zur Hauptverhandlung zugelassen. Die Anklageschrift selbst enthält wenig Neues. Es gibt jedoch zwei Besonderheiten, die wir bereden müssen. Eine dieser Besonderheiten ist halb gut und halb schlecht, die andere ist nur schlecht. Welche wollen Sie zuerst hören?«

»Fangen Sie mit der weniger schlimmen an. Ich sagte ja schon, dass ich in meiner gegenwärtigen Situation positive Nachrichten brauche.«

»Also gut. Die Staatsanwaltschaft hat darauf verzichtet, Sie wegen der Veruntreuung des Geldes von Frau Beck anzuklagen.«

»Was soll daran schlecht sein?«

»Die Begründung. Die Staatsanwaltschaft hat von der Verfolgung der Untreue nicht etwa wegen unzureichender Beweise oder gar wegen erwiesener Unschuld abgesehen, sondern weil sie meint, die Strafe bei einer zusätzlichen Verurteilung wegen Untreue falle gegenüber der zu erwartenden Strafe wegen des Mordes nicht mehr beträchtlich ins Gewicht. Sie muss sich also sehr sicher sein, dass sie eine Verurteilung wegen Mordes erreichen wird.«

»Aber bei der Abfassung der Anklageschrift kannte die Staatsanwältin die Aussage des Tankstellenkassierers noch nicht, oder?«

»Stimmt. Aber wie ich Frau Dr. Gerland kenne, wird seine Aussage die Auffassung der Staatsanwaltschaft nicht ändern.«

»Aha.« Auf Hasso von Neuendorffs Lippen erschien ein feines Lächeln. »Wenn das die halb gute und halb schlechte Nachricht war, will ich lieber gar nicht erst wissen, was die schlechte ist.«

»Meinen Sie das ernst?«

»Quatsch. Raus damit.«

»Die Staatsanwaltschaft ist der Auffassung, bei Ihnen seien die Voraussetzungen des § 57a des Strafgesetzbuches erfüllt, das heißt, es liege eine besondere Schwere der Schuld vor.«

»Und was hat das zu bedeuten?«

»Nun, vereinfacht ausgedrückt bedeutet das, dass die Staatsanwaltschaft meint, das Maß Ihrer Schuld übersteige deutlich das Maß der Schuld eines ›normalen‹ Mörders.«

»Was soll das denn für Konsequenzen haben? Ich dachte, schon für einen ›normalen‹ Mord bekommt man in diesem Land lebenslänglich und mehr geht ja wohl nicht. Oder wollen die mich vorher noch teeren und federn?«

Marc musste wider Willen lachen. »Nein, das nicht. Aber bei einer Verurteilung wegen eines ›normalen‹ Mordes haben Sie eine gute Chance, nach fünfzehn Jahren auf Bewährung entlassen zu werden. Bei der Feststellung einer besonderen Schwere der Schuld ist das nicht möglich.«

»Ach so.« Hasso von Neuendorff winkte lässig ab. »Aber diese Frage ist eh rein akademisch. Ich bin mir jetzt hundertprozentig sicher, dass es zu keiner Verurteilung kommen wird.«

14

Doch der nächste Rückschlag ließ nicht lange auf sich warten. Acht Tage nach seinem letzten Besuch in der JVA meldete Stefanie Bloes einen Besucher an. »Draußen wartet eine junge Frau, eine Valerie Wehmeier«, sagte sie. »Frau Wehmeier behauptet, sie habe wichtige Informationen im Mordfall Barbara Beck. Wollen Sie sie sehen?«

Marc seufzte schwer. Nach der Anklageerhebung gegen Hasso von Neuendorff hatten die Berichte in den Boulevardblättern einen vorläufigen Höhepunkt erreicht und fast täglich meldeten sich mehr oder weniger dubiose Gestalten, die vorgaben, wichtige Hinweise für die Verteidigung zu haben. Alle diese angeblichen Helfer hatten sich schließlich als Spinner oder als Trittbrettfahrer entpuppt, die aus der Sache Kapital schlagen wollten. Trotzdem war es natürlich möglich, dass sich unter den unzähligen falschen Spuren die eine verbarg, die entscheidend dazu beitragen konnte, von Neuendorff freizubekommen.

»Schicken Sie die Frau rein«, sagte Marc also. »Falls ich irgendwann um ein Glas Wasser bitten sollte, ist das das Signal für Sie, mich eine Minute später an einen dringenden Termin zu erinnern.«

Stefanie Bloes verließ das Büro und kehrte gleich darauf mit einer Frau zurück, die Marc etwas jünger als sich selbst schätzte. Ihr Gesicht war mit Sommersprossen übersät und sie trug eine auffällige rechteckige Brille, die ihre grünen Augen betonte. Die offenen, fast hüftlangen kupferroten Haare waren – soweit Marc das beurteilen konnte – nicht gefärbt. Bekleidet war sie mit einem taillierten schwarzen Hosenanzug, der ihre schlanke Figur zur Geltung brachte. Immerhin ist sie ganz hübsch, dachte Marc.

Er erhob sich und kam der jungen Frau auf halbem Weg entgegen. »Hagen«, stellte er sich vor und bedeutete ihr, sich zu setzen.

»In der Zeitung stand, von Neuendorff würde von einer Frau verteidigt werden«, sagte Valerie Wehmeier in leicht vorwurfsvollem Ton.

»Ich bin ein Mitarbeiter von Frau Dr. von Kleist. Alles, was Sie Frau Dr. von Kleist erzählen wollen, können Sie auch mir sagen.«

Valerie Wehmeier nickte verstehend und fingerte eine Packung Zigaretten aus ihrer Handtasche. Mit zittrigen Händen begann sie, die Cellophanhülle zu entfernen.

»Haben Sie was dagegen, wenn ich rauche?«, fragte sie.

»Mir wäre es lieber, wenn Sie das nicht tun würden«, gab Marc zurück. »Meine Chefin ist fanatische Nichtraucherin und das ist ihr Büro.«

Valerie Wehmeier packte die Zigaretten wortlos in ihre Tasche zurück, machte aber immer noch keine Anstalten, ihr Anliegen vorzubringen.

»Meine Sekretärin sagte, Sie hätten wichtige Informationen im Mordfall Barbara Beck«, versuchte Marc, sie zum Reden zu bringen.

»Das ist richtig«, antwortete Valerie Wehmeier. »Ihr Mandant, Hasso von Neuendorff, hat meine Mutter ermordet.«

Marc schloss die Augen und zählte innerlich bis zehn. Er hatte es ja geahnt. Eine Spinnerin. »Das ist vollkommen unmöglich«, entgegnete er dann in bemüht ruhigem Ton. »Frau Beck hatte keine Kinder.«

»Ich spreche auch nicht von Frau Beck, ich spreche von meiner Mutter, Johanna Wehmeier.«

Marc war für einen Moment sprachlos. »Wer soll das sein?«, fragte er verwirrt.

»Meine Mutter war vor ein paar Jahren die Lebensgefährtin von Hasso von Neuendorff. Kurz darauf ist sie spurlos verschwunden und nie wieder aufgetaucht.«

»Und wie kommen Sie auf die Idee, mein Mandant könnte etwas damit zu tun haben?«

»Meine Mutter war diesem Mann vollkommen hörig. Sie hat von Neuendorff eine Generalvollmacht mit der uneingeschränkten Befugnis erteilt, über ihr gesamtes Vermögen verfügen zu können. Im Mai 1999 hat meine Mutter ihre Eigentumswohnung in Hannover verkauft, in der sie über dreißig Jahre zusammen mit meinem Vater gelebt hatte, sie hat ihre Konten aufgelöst, ihre Möbel bei einer Spedition eingelagert und ist zu von Neuendorff nach Bielefeld gezogen. Zwei Wochen später ist sie verschwunden und kein Mensch hat jemals wieder etwas von ihr gehört oder gesehen.«

»Was ist denn passiert?«

»Wie gesagt, das weiß niemand. Die Polizei hat von Neuendorff natürlich verhört, aber der hat behauptet, meine Mutter habe nur übergangsweise bei ihm gewohnt, weil sie sich ihren Lebenstraum erfüllen und eine Weltreise machen wollte. Vierzehn Tage nach ihrem Einzug habe sie sich von ihm verabschiedet und sei mit unbekanntem Ziel aufgebrochen. Sie habe versprochen, ihm regelmäßig zu schreiben, aber es sei nie ein Brief oder auch nur eine Karte gekommen.«

»Und warum glauben Sie das nicht?«

Valerie Wehmeier sah ihn an, als habe sie einen Idioten vor sich. »Zuerst einmal hat man in Neuendorffs Wohnung einen wertvollen Sekretär meiner Mutter gefunden.«

»Was hat Herr von Neuendorff dazu gesagt?«

»Er hat behauptet, meine Mutter habe ihm den Sekretär vor ihrer Abreise geschenkt.«

»Ist das so unwahrscheinlich? Wenn Ihre Mutter alle Zelte hinter sich abbrechen wollte, kann es doch gut sein, dass sie ihm das Teil überlassen hat.«

»Meine Mutter hatte aber nicht vor, ›alle Zelte hinter sich abzubrechen‹. Sie ist nie gern verreist, warum hätte sie im Alter von fast sechzig Jahren damit anfangen sollen? Außerdem ist ihr gesamtes Geld verschwunden. Sie glauben doch wohl nicht im Ernst, dass sie mit dreihunderttausend D-Mark in bar einfach so eine Reise antritt? In Wahrheit hat von Neuendorff ihr vorgegaukelt, mit ihr zusammenleben zu wollen, und sie hat ihm geglaubt.«

»Und woher wissen Sie das alles? Hat Ihre Mutter Ihnen das erzählt?«

»Nein, ich hatte damals keinen Kontakt zu ihr. Ich war mit einem Südafrikaner befreundet, einem schwarzen Südafrikaner, und meine Mutter war mit dieser Beziehung nicht einverstanden. Als ich mit meinem Freund nach Johannesburg gezogen bin, war sie so wütend auf mich, dass wir gar nicht mehr miteinander gesprochen haben. Ich war zu stolz, wieder auf sie zuzugehen. Heute mache ich mir jeden Tag Vorwürfe, dass ich mich nicht genug um sie gekümmert habe. Sonst wäre sie nie auf die Idee gekommen, sich mit diesem Menschen einzulassen.«

»Darf ich dann nochmal fragen, woher Sie Ihre Informationen haben?«

»Von einer Freundin meiner Mutter. Viele Bekannte hatte sie damals nicht mehr, weil von Neuendorff sie vollkommen vereinnahmt und abgeschottet hat. Ich habe von dem Verschwinden meiner Mutter erst Wochen später erfahren und bin sofort nach Deutschland zurückgeflogen. Da stand von Neuendorff schon in Verdacht, meine Mutter ermordet zu haben.«

»Aber offensichtlich ist es nie zu einer Verurteilung gekommen.«

»Nein, das Verfahren gegen ihn wurde eingestellt. Aus Mangel an Beweisen, wie es damals hieß. Hauptgrund war wohl, dass man meine Mutter nicht gefunden hat. Und ohne Leiche meinte die Staatsanwaltschaft keine ausreichende Grundlage für eine Anklage zu haben.«

Marc musste unwillkürlich an das viele Bargeld in von Neuendorffs Safe denken, doch er schüttelte den Gedanken schnell wieder ab.

»Vor einigen Tagen habe ich aus der Zeitung von der Anklageerhebung gegen von Neuendorff wegen des Mordes an dieser Barbara Beck erfahren«, fuhr Valerie Wehmeier fort. »Natürlich sind mir die Parallelen zu dem Verschwinden meiner Mutter sofort aufgefallen. Wahrscheinlich hat von Neuendorff das Geld meiner Mutter inzwischen verbraucht und sich ein neues Opfer gesucht. Er hat das Gleiche wie vor sechs Jahren versucht, sein Pech ist nur, dass die Leiche diesmal gefunden wurde.«

»Frau Wehmeier, ich kann Ihre Erregung verstehen. Was ich allerdings nicht begreife, ist, was ich für Sie tun kann. Wie Sie ja wissen, sind wir die Verteidiger von Herrn von Neuendorff. Wenn Sie Ihre Geschichte jemandem erzählen wollen, sollten Sie damit zu Frau Dr. Gerland gehen. Das ist die zuständige Sachbearbeiterin bei der Staatsanwaltschaft.«

»Da war ich schon. Die Staatsanwältin hat mir gesagt, sie wisse bereits Bescheid, könne wegen dieser alten Sache jedoch zurzeit nichts unternehmen, weil die entscheidenden Beweise gegen von Neuendorff fehlten. Aber sie hat mir versprochen, nach dem Ende des Verfahrens die Ermittlungen wegen des Verschwindens meiner Mutter wieder aufzunehmen.«

»Das ist doch schön für Sie. Und noch einmal: Was wollen Sie von mir?«

Valerie Wehmeier sah ihn mit großen Augen an. »Ja, verstehen Sie denn nicht? Ich will Sie vor diesem Menschen warnen. Von Neuendorff ist ein Doppelmörder!«

»Jetzt passen Sie mal auf, Frau Wehmeier«, sagte Marc wie ein Lehrer zu einem begriffsstutzigen Kind. »Es ist unser *Beruf,* Menschen zu verteidigen, die eines Verbrechens beschuldigt werden. Damit verdienen wir unser Geld.«

»Das ist Ihre Entschuldigung? Dass Sie auf diese Weise Ihr Geld verdienen?«

Langsam wurde Marc wütend. »Nein, das ist keine Entschuldigung, weil es nämlich nichts gibt, wofür ich mich entschuldigen müsste«, entgegnete er in scharfem Ton. »Und ob es Ihnen nun passt oder nicht, aber in diesem Land hat jeder Mensch das Recht auf eine sachgemäße Verteidigung. Und dieses Recht gilt auch und gerade für Menschen, denen das schwerste Verbrechen, nämlich ein Mord, vorgeworfen wird, denn diese Menschen haben einen Verteidiger am nötigsten.«

»So?«, schrie Valerie Wehmeier. »Ich höre immer etwas vom Recht Ihres Mandanten. Und was ist mit dem Recht meiner Mutter zu leben?«

Sie war so erregt, dass sie gar nicht mitbekam, dass Stefanie Bloes für einen Moment besorgt den Kopf zur Tür hereinsteckte.

»Sie reden vom Recht«, schrie Valerie Wehmeier weiter. »Was ist denn mit der Gerechtigkeit? Ist es gerecht, dass meine Mutter seit Jahren irgendwo in der Erde vermodert und ihr Mörder dafür nicht zur Verantwortung gezogen wird?«

»Nein, das ist nicht gerecht«, versuchte Marc, die Frau zu besänftigen. »Aber Gerechtigkeit gibt es – vielleicht – im nächsten Leben, in diesem haben wir das Gesetz. Und das Gesetz ist dazu da, einem Angeklagten ein faires Verfahren zu ermöglichen. Und das geht nur mit einem Verteidiger.«

»Auch wenn jeder weiß, dass der Angeklagte schuldig ist?«

»Die meisten Menschen, die vor Gericht landen, sind schuldig. In diesem Land werden nur etwa fünf Prozent aller Angeklagten freigesprochen. Wollen Sie den übrigen fünfundneunzig Prozent einen Verteidiger verweigern?«

»Nein, was ich will, ist, dass ein Doppelmörder seine verdiente Strafe bekommt.«

»Sie verwechseln da etwas, Frau Wehmeier. Die Übernahme einer Verteidigung bedeutet keine Identifizierung mit Tat oder Täter. Oder glauben Sie, die Kollegen, die KZ-Aufseher verteidigen, würden deren Taten rechtfertigen?«

»Oh, ich bin mir auf jeden Fall sicher, dass *Sie* keinerlei Schwierigkeiten hätten, auch einen KZ-Mörder zu vertreten.«

Jetzt war es genug. Niemand konnte ihm vorwerfen, es nicht mit dieser Frau versucht zu haben. »Frau Wehmeier, ich denke, dieses Gespräch führt uns nicht weiter.« Marc aktivierte die Gegensprechanlage und sprach in das Mikrofon. »Frau Bloes, wären Sie so nett, mir ein Glas Wasser zu bringen?«

Dann wandte er sich wieder seinem Gegenüber zu. »Und zum guten Schluss sage ich Ihnen noch etwas: Ich weiß nicht, ob Herr von Neuendorff etwas mit dem Verschwinden Ihrer Mutter zu tun hat, aber ich bin fest davon überzeugt, dass er Barbara Beck nicht ermordet hat.«

Valerie Wehmeier sprang von ihrem Stuhl auf. »So leicht werden Sie mich nicht los«, rief sie. »Ich werde mir in dieser Stadt ein Hotelzimmer nehmen und den Prozess gegen von Neuendorff verfolgen, jeden einzelnen Tag. Das Gericht soll immer daran erinnert werden, dass meine Mutter ein lebendiger Mensch war und der Mord an ihr noch nicht gesühnt worden ist. Und dafür werde ich kämpfen, solange ich lebe.« Sie rannte zur Tür. »Übrigens«, fiel ihr dann noch ein. »Sie sollten sich morgen die BILD-Zeitung kaufen.«

Marc verließ die Kanzlei erst um kurz nach einundzwanzig Uhr. Da er zu aufgekratzt war, um gleich nach Hause zu fahren, machte er einen Abstecher ins *Limerick.*

An der Theke bestellte er sich ein Guinness und suchte sich damit einen freien Platz. Er hatte gerade den ersten Schluck getrunken, als er neben sich eine weibliche Stimme hörte.

»Hallo, Marc. Hast du was dagegen, wenn ich mich einen Moment zu dir setze?«

Marc blickte hoch und sah in das Gesicht von Britta Gerland, die mit einem Glas Bier in der Hand vor ihm stand.

Statt einer Antwort räumte er seine Jacke von dem Stuhl neben sich. Er wartete, bis Britta Platz genommen hatte, dann fragte er: »Bist du allein?«

Die Staatsanwältin deutete mit dem Daumen hinter sich. »Da drüben sind noch ein paar Kollegen von der Staatsanwaltschaft. Wir haben heute unseren Stammtisch.«

»Seit wann nimmst du an Stammtischen teil?«

»Seitdem ich Oberstaatsanwältin bin. Man erfährt auf diesen informellen Treffen mehr als bei offiziellen Besprechungen. Ich habe dich reinkommen sehen und dachte, wir könnten reden. Wie geht's dir, Marc?«

»Geht so«, erwiderte Marc misstrauisch. Ihm war dieses Gespräch nicht geheuer, zumal er wusste, dass Britta Gerland ihre Zeit nicht mit dem Austausch von Höflichkeiten zu vertrödeln pflegte.

»Ich hatte ohnehin vor, dich in den nächsten Tagen anzurufen«, fuhr die Staatsanwältin in unbekümmertem Ton fort. »Eigentlich wäre ich dazu ja gar nicht verpflichtet, aber im Interesse eines fairen Verfahrens habe ich mich entschlossen, die Verteidigung persönlich über die neueste Entwicklung zu unterrichten.«

Britta Gerland legte eine Pause ein, in der sie einen Schluck Bier trank und wahrscheinlich auf Dankesbekundungen hoffte, aber den Gefallen tat Marc ihr nicht. »Tu dir keinen Zwang an«, sagte er ungeduldig.

»Wir haben ein Konto von Hasso von Neuendorff in Liechtenstein gefunden«, platzte sie heraus. »Ein geheimes Konto, um genau zu sein. Dein Mandant hat vor einem halben Jahr über verschiedene Banken in verschiedenen Ländern siebenundvierzigtausend Euro von einem Konto Barbara Becks auf das Liechtensteiner Konto umgeleitet.«

Auf Marcs Stirn glänzten plötzlich kleine Tropfen nervösen Schweißes. Nur nichts anmerken lassen!, befahl er sich und nickte, als wäre das nichts Neues für ihn. »Und was schließt du daraus?«, fragte er so unbeteiligt wie möglich.

»Als ob du das nicht wüsstest! Durch dieses geheime Konto wird die Aussage Elisabeth Hornungs gestützt, wonach von Neuendorff Geld von Barbara Beck veruntreut hat.«

»Ich denke, das sollen über hunderttausend Euro gewesen sein.«

»Darüber mach dir mal keine Sorgen. Den Rest des Geldes finden wir auch noch.«

Marc wischte sich den Schweiß von der Stirn. »Apropos finden«, sagte er, um überhaupt etwas zu sagen. »Du willst mir doch wohl nicht erzählen, dass ihr das Konto einfach so ›gefunden‹ habt.«

»Nein, nicht einfach so. Wir haben vor fünf Tagen einen anonymen Brief erhalten, in dem uns dieses Konto detailliert beschrieben wurde. Wir brauchten dem nur noch nachzugehen.«

»Ein anonymer Brief?«, fragte Marc entsetzt. »Von wem stammt der?«

Britta Gerland betrachtete ihn mit einem mitleidigen Blick. »Wie das Wort ›anonym‹ schon sagt, wissen wir nicht, wer den Brief geschrieben hat. Doch wie es aussieht, ist der Verfasser nicht gerade ein Freund deines Mandanten.« Sie lachte ihr helles Lachen. »Mach's gut, Marc.« Sie schob ihren Stuhl zurück. »Wir sehen uns.«

Nicht wenn ich dich zuerst sehe, dachte Marc und beobachtete, wie Britta Gerland von den anderen Staatsanwälten in die Mitte genommen wurde. Eine halbe Minute später brach lautes Gelächter und Gejohle aus und alle schauten wie auf ein Kommando zu Marcs Tisch herüber. Blöde Kuh, dachte Marc. Konntest es dir wohl nicht verkneifen, deinen Triumph mit deinen Kollegen zu teilen. Am meisten ärgerte Marc sich aber über seinen Mandanten. Das verstand von Neuendorff also unter Offenheit seinen Verteidigern gegenüber. Er würde ein ernstes Wörtchen mit ihm reden müssen.

Marc trank sein Guinness aus und steuerte auf die Gruppe der Staatsanwälte zu. »Sag mal, Britta«, rief er, als er knapp fünf Meter von ihr entfernt war. »Damals auf dieser Uni-Party. Hast du mich da eigentlich geküsst oder nicht?«

Sofort verstummte jedes Gespräch und peinliches Schweigen machte sich breit. Trotz des diffusen Lichtes konnte Marc erkennen, dass Britta Gerland knallrot anlief. Er drehte sich auf dem Absatz um und verließ das *Limerick,* ohne eine Antwort abzuwarten. Dabei schaffte er es einfach nicht, ein Grinsen zu vermeiden. Tja, Britta, jetzt hast du sie zu spüren bekommen: die Rache des kleinen Mannes.

15

»Können Sie mir verraten, was das zu bedeuten hat?«

Bevor Marc ein Wort erwidern konnte, knallte Hasso von Neuendorff die BILD-Zeitung mit seinem Konterfei auf der Titelseite und der fett gedruckten Überschrift *Ist das der Blaubart von Bielefeld?* auf den Tisch der Sprechzelle.

Marc überflog die Zeilen. Valerie Wehmeier hatte sich tatsächlich an die Presse gewandt und ihre Geschichte war dort natürlich auf fruchtbaren Boden gefallen. Wenn man dem Artikel Glauben schenkte, war es so gut wie erwiesen, dass Hasso von Neuendorff nicht nur Barbara Beck, sondern vor sechs Jahren auch Johanna Wehmeier ermordet hatte. Am Ende des Berichts wurde sogar offen darüber spekuliert, ob von Neuendorff für das Verschwinden weiterer Frauen verantwortlich sei.

Marc fluchte leise vor sich hin. Wahrscheinlich würde die Boulevardpresse ab sofort versuchen, seinem Mandanten sämtliche ungelösten Mordfälle in Deutschland in die Schuhe zu schieben.

»Wo haben Sie die Zeitung her?«, fragte er, als er den Bericht zu Ende gelesen hatte.

»Die hat ein Wärter in meiner Zelle ›vergessen‹. Diese Leute haben manchmal eine sehr eigenartige Auffassung von Humor. Wir müssen irgendetwas gegen diese Berichterstattung unternehmen.«

»Und was schwebt Ihnen da vor? Eine Gegendarstellung? Eine Anzeige wegen übler Nachrede und Verleumdung? Eine Unterlassungserklärung? Das wäre für die Presse ein gefundenes Fressen. Die Tochter eines mutmaßlichen Mordopfers und der Verdächtige bekriegen sich in aller Öffentlichkeit in der BILD-Zeitung. Glauben Sie mir, bei so etwas können Sie nur verlieren. Ich hatte gestern das Vergnügen, diese Valerie Wehmeier kennen zu lernen. Die Frau meint, eine Mission erfüllen zu müssen, und so jemanden können Sie auch mit der Androhung von Ordnungsgeld oder Ordnungshaft nicht stoppen.«

»Sie haben Valerie Wehmeier getroffen? Was hat sie erzählt?«

»Im Wesentlichen das, was in der Zeitung steht. Sie hätten ihre Mutter vor sechs Jahren ausgenommen, umgebracht und dann verschwinden lassen. Und auf die gleiche Art und Weise seien Sie jetzt mit Barbara Beck verfahren.«

Hasso von Neuendorff stützte seinen Kopf mit den Händen ab, als sei der plötzlich zu schwer geworden. »Den Tod ihrer Mutter hat mir diese Frau schon damals vorgeworfen«, sagte er erschöpft. »Hat alle Hebel in Bewegung gesetzt, als das Verfahren gegen mich eingestellt wurde, bis hin zu einem Klageerzwingungsverfahren. Aber damit hatte sie keinen Erfolg. Sie lebt in dem Wahn, ich hätte etwas mit dem Verschwinden ihrer Mutter zu tun.«

»Und, haben Sie?«

Von Neuendorff war einen Moment sprachlos. »Nein, habe ich nicht«, antwortete er endlich ernst. »Ich habe nicht die geringste Ahnung, was aus Johanna geworden ist. Als ich sie kennen lernte, war ihr Mann noch kein Jahr tot und sie steckte in einer Lebenskrise. Sie wissen schon, der Moment, in dem man Bilanz zieht und sich fragt, ob das alles im Leben gewesen sein soll. Auf einmal sprach sie nur noch von Freiheit, von fernen Ländern und von ihrer Weltreise. Sie wollte völlig ungebunden sein, deshalb hat sie fast alles verkauft und den Rest eingelagert. Eines Tages ist sie dann aufgebrochen. Nicht mal mir wollte sie verraten, wo sie hinwollte. Ich habe nie wieder etwas von ihr gehört. Vermutlich ist sie sehr schnell nach ihrer Abreise das Opfer eines Überfalls geworden.«

»Und was ist aus ihrem Geld geworden? Sie waren doch der Vermögensverwalter.«

»Das ist richtig. Aber eine Woche vor ihrer Abreise hat sie meine Vollmacht widerrufen, weil sie meinte, sie wolle ihr Geld jetzt nicht mehr anlegen, sondern jederzeit darüber verfügen können. Sie hat ihr gesamtes Geld abgehoben. Was sie damit gemacht hat, weiß ich nicht.«

»Haben Sie eine Idee, warum die Tochter Sie so unbarmherzig verfolgt? Frau Wehmeier scheint Sie regelrecht zu hassen.«

»Valerie Wehmeier hasst in erster Linie sich selbst und diesen Hass hat sie auf mich übertragen. Sie hat Schuldgefühle, weil sie sich im Streit von ihrer Mutter getrennt hat und nach Afrika verschwunden ist. Und jetzt gibt es keine Möglichkeit mehr, sich mit ihrer Mutter zu versöhnen, denn mittlerweile glaubt niemand mehr daran, dass Johanna lebend wieder auftauchen wird.«

Marc nickte. »Also gut. Aber ich habe zum Glück nicht nur schlechte Nachrichten. Die Staatsanwaltschaft hat inzwischen Dennis Kerkhoff, den Tankstellenkassierer, vernommen und er ist bei seiner Aussage geblieben.«

»Das ist ja fantastisch! Können wir es jetzt nicht mit einer Haftbeschwerde oder einer Haftprüfung versuchen?«

»Das könnten wir vielleicht, wenn es da nicht Ihr geheimes Konto in Liechtenstein gäbe«, konterte Marc trocken.

Von Neuendorff starrte ihn an. »Was haben Sie gesagt?«

»Sie haben mich sehr genau verstanden. Die Staatsanwaltschaft hat Ihr Konto in Liechtenstein ausfindig gemacht. Das Konto, auf das Sie siebenundvierzigtausend Euro transferiert haben. Und zwar von einem Konto Barbara Becks.«

Von Neuendorff schlug mit der Faust auf den Tisch. »Verdammt!«, schrie er und verzog schmerzvoll das Gesicht. »Ich hätte nicht gedacht, dass die das nachvollziehen können. Und schon gar nicht so schnell.«

»Dann stimmt es also?«

»Ja. Das heißt nein, *so* stimmt das nicht. Richtig ist, dass es sich um Barbaras Geld gehandelt hat. Aber die Transaktion geschah mit ihrer ausdrücklichen Einwilligung. Sie müssen zwei Dinge wissen: Barbara war ein überaus großzügiger Mensch und ich habe ihr als ihr Finanzberater eine Menge Geld eingebracht. Diese siebenundvierzigtausend Euro waren zu einem Teil eine Bezahlung für meine Tätigkeit und zum anderen handelte es sich um eine Schenkung.«

»Und warum haben Sie dann versucht, den Vorgang zu verschleiern, indem Sie das Geld über verschiedene Banken geschleust und ins Ausland gebracht haben?«

»Ich habe Ihnen schon einmal gesagt, dass das Finanzamt nicht alles wissen muss. Ich habe einfach keine Lust, die exorbitante Schenkungs- und Einkommensteuer in diesem Land zu zahlen. Deshalb habe ich eine … äh … steuersichere Form der Anlage gewählt.«

»Leider kann uns Ihr Steuersparprogramm jetzt in Teufels Küche bringen. Herr von Neuendorff, Frau von Kleist und ich hatten Ihnen erklärt, wie wichtig absolute Offenheit gegenüber uns Verteidigern ist. Ich habe mich wie ein Idiot gefühlt, als mir die Staatsanwältin von dieser Sache erzählt hat.«

»Das verstehe ich und ich entschuldige mich ausdrücklich«, erwiderte von Neuendorff kleinlaut. »Ich verspreche Ihnen, dass so etwas in Zukunft nicht wieder vorkommen wird. Herr Hagen, glauben Sie mir: Ich bin kein Heiliger, aber ein Mörder bin ich ganz bestimmt auch nicht. Nicht im Traum habe ich damit gerechnet, dass die Staatsanwaltschaft dieses Konto jemals finden wird.«

»Die Staatsanwaltschaft hat das Konto nicht gefunden. Die haben einen Tipp in einem anonymen Brief bekommen.«

Auf Hasso von Neuendorffs Gesicht spiegelten sich Angst und Fassungslosigkeit. »Ein anonymer Brief?«, flüsterte er.

»Ja. Haben Sie eine Ahnung, wer den geschrieben haben könnte?«

»Aber das ist vollkommen unmöglich! Niemand außer mir wusste etwas von diesem Konto. Bis auf Barbara natürlich.«

»Vielleicht hat Frau Beck jemandem davon erzählt.«

»Warum sollte sie das getan haben? Nein, das ergibt alles keinen Sinn.«

»Nun, offensichtlich gibt es zumindest noch einen Menschen, dem dieses Konto bekannt ist«, stellte Marc fest.

Von Neuendorff schüttelte langsam den Kopf. »Ich verstehe es nicht, ich verstehe es einfach nicht«, murmelte er vor sich hin. Als er aufsah, hatte er einen irren Ausdruck in den Augen. »Herr Hagen, jemand will mich fertig machen. Ich habe Ihnen das schon einmal gesagt, aber Sie haben mir ja nicht geglaubt.«

»Sprechen Sie von Peter Richartz?«

»Peter Richartz oder ein anderer, an den im Moment noch niemand denkt. Irgendjemand da draußen will, dass ich für einen Mord verurteilt werde, den ich nicht begangen habe.«

16

Marc hatte sich mit Irene von Kleist um zwölf Uhr in der Kanzlei verabredet, aber seine Chefin war schon seit fünfundvierzig Minuten überfällig. Gerade fuhr er den PC herunter, um seine Mittagspause anzutreten, als sie doch noch mit einem schlanken, etwa sechzigjährigen Mann im Schlepptau in das Büro platzte.

»Das ist Eberhard Werner«, stellte Irene von Kleist ihren Begleiter vor, ohne sich für die Verspätung zu entschuldigen. »Ich nehme an, der Name sagt Ihnen etwas?«

»Natürlich.« Marc stand auf und schüttelte Werner die Hand. Dabei schossen die wildesten Gedanken durch seinen Kopf. Eberhard Werner war einer der bekanntesten Rechtsanwälte Bielefelds. Was hatte dieser Mann hier zu suchen?

Als Werner Marcs Verwirrung bemerkte, sagte er schnell: »Sie müssen keine Angst um Ihre Stellung haben, Herr Hagen. Ich bin ganz inoffiziell hier. Ich bin mit Irene seit Jahren befreundet und sie hat mich um Hilfe gebeten. Oder besser gesagt meinen Bruder. Er ist Wirtschaftsprüfer bei Scholl und Partner.«

Marc ließ sich wieder in seinen Sessel plumpsen. Die Novitex-Rechnungen! »Hat Ihr Bruder die Unterlagen schon überprüft?«, fragte er.

»Das hat er in der Tat«, erwiderte Werner. »Und das Ergebnis ist hochinteressant. Sagt Ihnen der Name Frank Benford etwas?«

Marc schüttelte den Kopf. »Sollte er das?«

»Frank Benford«, begann Werner zu dozieren, nachdem auch er und die Anwältin saßen, »war ein amerikanischer Physiker, der in der ersten Hälfte des letzten Jahrhunderts eine erstaunliche Entdeckung gemacht hat: Fast jede dritte Zahl beginnt mit einer Eins. Und dann ist ihm noch etwas aufgefallen: Je größer die Ziffer, desto seltener steht sie an erster Stelle. Die Wahrscheinlichkeit, dass die Anfangsziffer einer Zahl eine Zwei ist, beträgt nur noch etwa achtzehn Prozent, dass sie eine Drei ist, nur noch etwas mehr als zehn Prozent, und dass sie schließlich eine Neun ist, nur noch knapp fünf Prozent. Diese unterschiedliche Verteilung findet man überall: bei Steuererklärungen, der Größe von Seen oder den Ergebnissen der Basketballbundesliga. Warum das so ist, weiß niemand, aber es ist eben so.«

»Aha«, sagte Marc neutral. »Und was hat das mit den Novitex-Rechnungen zu tun?«

»Vor einiger Zeit hat ein Amerikaner eine Software entwickelt, die Abweichungen von Benfords Gesetz aufspürt. Diese Software ist insbesondere bei Steuerfahndern sehr beliebt, aber mein Bruder hat dafür gesorgt, dass sie auch in seiner Wirtschaftsprüfungsgesellschaft eingesetzt wird. Wenn der Verdacht besteht, jemand habe sich Zahlen nur ausgedacht, werden seine Angaben durch den Computer gejagt. Zum Glück weiß nämlich fast kein Mensch von der so genannten Benford-Verteilung. Betrüger schreiben die Ziffern Acht und Neun deshalb genauso häufig an die erste Stelle der von ihnen erfundenen Beträge wie die Eins. Wenn also Zahlenkolonnen auffällig von Benfords Gesetz abweichen, schlägt das Computerprogramm Alarm. Da es den Verdacht gab, dass mit den Novitex-Rechnungen etwas nicht stimmt, habe ich meinen Bruder gebeten, alle Rechnungen in den Computer einzugeben, und das Ergebnis ist eindeutig: Die Rechnungen sind gefälscht.«

»Und eine Abweichung von diesem Benford-Gesetz ist tatsächlich ein Beweis für eine Manipulation?«, fragte Marc zweifelnd.

»Vielleicht kein gerichtsverwertbarer Beweis«, räumte Werner ein. »Aber es ist zumindest ein starkes Indiz, dass etwas nicht stimmt. Wenn so etwas auftritt, nehmen Wirtschaftsprüfer den entsprechenden Vorgang ganz besonders genau unter die Lupe. Das hat mein Bruder in diesem Fall auch getan. Die meisten Rechnungen stammen aus dem Jahr 2003. Er hat also die Endsummen aller Rechnungen, die die Novitex in dem Jahr gestellt hat, addiert und ist auf einen Betrag von sage und schreibe 1,6 Milliarden Euro gekommen.«

»Das ist doch schön für die Novitex«, meinte Marc. »Wo ist das Problem?«

»Das Problem ist, dass der offizielle Umsatz der Novitex im Jahr 2003 bei gerade einmal siebenhundert Millionen Euro lag.«

»Das kann doch nicht sein!«

»Das ist aber so. Ich habe mir die Bilanz persönlich angesehen.«

»Dann gibt es nur zwei Möglichkeiten. Entweder diese Rechnungen sind falsch oder die Bilanz.«

»Oder beides. Und da kommt Irene ins Spiel.« Werner richtete seinen Zeigefinger wie eine Pistole auf die Anwältin.

»Genau«, nickte Irene von Kleist mit einem Anflug von Selbstzufriedenheit. »Als Eberhard mir von dem Ergebnis der Recherchen seines Bruders erzählt hat, bin ich auf eine Idee gekommen. Ich habe bei verschiedenen Fremdenverkehrsämtern auf der ganzen Welt angerufen und dort nach den Hotels gefragt, die die Novitex im Jahr 2003 gebaut haben will. Und es ist kaum zu glauben: Keines dieser Hotels existiert.«

»Aber wozu das Ganze?«, überlegte Marc. »Ich kann noch verstehen, wenn ein Bauunternehmer überhöhte Rechnungen erstellt, in der Hoffnung, dass der Bauherr das nicht merkt. Aber wer zahlt für ein Hotel, das es überhaupt nicht gibt?«

»Diese Rechnungen waren nicht für die Auftraggeber bestimmt«, erklärte Irene von Kleist. »Es existieren überhaupt keine Auftraggeber. Die Novitex hat die Rechnungen an eine Firma Profinanz AG in Hamburg geschickt. Dabei handelt es sich um ein Unternehmen, das sich auf das so genannte Factoring spezialisiert hat. Haben Sie davon schon mal was gehört?«

Marc schüttelte den Kopf.

»Ts, ts, ts.« Irene von Kleist gab mit der Zunge tadelnde Geräusche von sich. »Dabei können Ihre Handelsrechtsvorlesungen doch noch gar nicht so lange zurückliegen. Beim Factoring handelt es sich um eine in den USA entwickelte Methode der Absatzfinanzierung. Dabei übernimmt der ›Factor‹, in diesem Fall also die Profinanz, von einem Klienten, hier der Novitex, deren Forderungen gegenüber einem Kunden. Die Novitex bekommt von der Profinanz sofort das ihr zustehende Geld, quasi als Darlehen oder Vorschuss, abzüglich einer bestimmten Factoring-Gebühr. Das ermöglicht der Novitex, ihre Außenstände, die im Normalfall erst nach sechzig, neunzig oder hundertzwanzig Tagen bezahlt werden, sofort zu ›verflüssigen‹ und damit zu arbeiten. Die Profinanz besorgt sich das Geld wiederum von Banken. Wenn der Kunde seine Rechnung beglichen hat, zahlt die Novitex das Geld an die Profinanz zurück.«

»Aber wie kann das in diesem Fall funktioniert haben?«, warf Marc ein. »Wenn es keine Auftraggeber der Novitex gab, konnten diese doch auch das Geld nicht an die Profinanz zurückzahlen.«

»Das ist eine gute Frage«, meinte Werner. »Mein Bruder vermutet, dass die Novitex das Loch einfach mit dem Geld aus dem nächsten Auftrag gestopft hat. Ein gewaltiges Schneeballsystem also, das so lange gut geht, bis alles wie ein Kartenhaus zusammenbricht. Die Novitex hat zuletzt nicht einmal mehr Rechnungen nach Abschluss der angeblichen Arbeiten an die Profinanz geschickt, sondern einfach eine, natürlich auch gefälschte, Auftragsbestätigung eingereicht. So wie die von diesem amerikanischen Unternehmen aus Hawaii. Die Novitex hat der Profinanz also buchstäblich Luft verkauft.«

»Aber musste das der Profinanz nicht irgendwann mal auffallen?«

»Die Besonderheit in diesem Fall liegt darin, dass ein stilles Factoring vereinbart ist. Dabei überweist die Factoring-Firma zwar ihrem Partner sofort die ausstehende Summe, die Eintreibung der Rechnungen aber hat die Profinanz der Novitex überlassen. Woher das Geld kommt, ist für die Factoring-Firma dann nicht mehr ersichtlich und kann ihr grundsätzlich auch egal sein.«

»Grundsätzlich vielleicht schon«, entgegnete Marc. »Aber eines Tages muss ein derartiges System doch den Bach runtergehen. Die Profinanz hätte doch nur mal bei den angeblichen Auftraggebern nachzufragen brauchen.«

»Das haben sie aber anscheinend nicht getan. Entweder weil die maßgeblichen Mitarbeiter der Profinanz von dem Betrug wussten oder weil die Profinanz den, immerhin von einer bekannten Wirtschaftsprüfungsgesellschaft testierten, Auftragsbestätigungen vertraut. Wahrscheinlich sind diese Testate auch gefälscht. Die Bilanz der Novitex hat immer einen Gewinn ausgewiesen und so ist ihre Kreditwürdigkeit unter Beweis gestellt. Und schließlich hat die Profinanz mit der Novitex über Jahre sehr gute Geschäfte gemacht.«

Marc hatte Mühe zu sortieren, was er gerade gehört hatte. »Bleibt eine Frage«, sagte er dann. »Haben diese Betrügereien etwas mit dem Tod von Barbara Beck zu tun? Und wenn ja, was?«

»Das herauszubekommen ist Ihre Sache«, sagte Werner. »Oder besser gesagt die Sache der Polizei.«

»Aber wir können doch schon mal eine Theorie aufstellen«, schlug Irene von Kleist vor. »Was wissen wir? Barbara Beck besaß Aktien der Novitex für mehr als eine Million Euro. Auf irgendeine Weise ist sie in den Besitz dieser gefälschten Rechnungen gekommen und ich denke, wir können davon ausgehen, dass sie gewusst hat, dass damit etwas nicht stimmt. Wie ging es dann weiter? Ich bin für alle Vorschläge dankbar.«

»Also ich hätte zuerst mal meine gesamten Novitex-Aktien verkauft, bevor dieser Schwindel auffliegt«, meinte Werner. »Aber das hat sie ja offenbar nicht getan.«

»Nein, hat sie nicht«, stimmte Marc zu. »Vielleicht hatte sie dazu keine Zeit mehr. Wir wissen schließlich nicht, wann sie diese Unterlagen bekommen hat. Vielleicht hat sie aber auch den größten Fehler ihres Lebens begangen und ist mit diesen Rechnungen zu Richartz marschiert.«

»Warum nicht zu von Neuendorff? Der war schließlich ihr Vermögensverwalter.«

Marc schüttelte den Kopf. »Ich habe von Neuendorff schon gefragt, er weiß nichts von diesen Rechnungen. Das scheint mir glaubhaft. Gehen wir mal davon aus, dass Barbara Beck sich direkt an Richartz gewandt und ihm die Fälschungen vorgehalten hat. Was hätten Sie an Richartz' Stelle getan?«

»Ich hätte alles darangesetzt, die Mitwisserin zum Schweigen zu bringen«, erklärte Irene von Kleist. »Es stand nicht nur Richartz' Unternehmen auf dem Spiel, bei dem Umfang der Betrügereien muss er als Vorstandsvorsitzender der Novitex zumindest eingeweiht gewesen sein. Ich spreche hier von Urkundenfälschung, Bilanzfälschung und Kreditbetrug in Milliardenhöhe. Dafür werden die Verantwortlichen der Novitex mindestens zehn Jahre in den Knast wandern.«

»Sie meinen also, Richartz hat die Beck umgebracht, um eine Aufdeckung des Milliardenbetruges zu verhindern, und den Mord anschließend von Neuendorff in die Schuhe geschoben, um sich für den Verlust des verspekulierten Geldes zu rächen.«

»Genau«, erwiderte Irene von Kleist. »Vielleicht hat Barbara Beck Richartz sogar mit diesen Unterlagen erpresst. Und das war ihr Todesurteil.«

»Klar«, warf Werner spöttisch ein. »Und für das alles habt ihr natürlich auch Beweise. Und warum hat Richartz die gefälschten Rechnungen nach dem Mord nicht wieder an sich genommen, sondern sie in Barbara Becks Wohnung liegen lassen? Er hatte doch wochenlang Zeit, sie zu holen.«

»Das weiß ich nicht«, entgegnete Marc gereizt. Er wollte jetzt keine Bedenken hören. »Vielleicht hat er die Rechnungen gesucht, aber nicht gefunden. Die Hauptsache ist, dass wir einen weiteren Tatverdächtigen haben. Und die Nuss muss unsere sehr verehrte Frau Oberstaatsanwältin Dr. Britta Gerland erst mal knacken.«

17

»Vielen Dank, dass Sie sich zu diesem Treffen bereit erklärt haben, Herr Höfer«, sagte Marc, als er dem Jagdaufseher zur Begrüßung die Hand schüttelte. »Nicht alle Zeugen sind so hilfsbereit.«

»Kein Problem«, erwiderte Höfer. »Ich bin sowieso jeden Tag hier, weil ich um vier Uhr nachmittags meinen Kontrollgang durch den Wald mache. Außerdem habe ich persönlich gar nichts gegen Herrn von Neuendorff. Aber was Recht ist, muss Recht bleiben.«

Marc nickte zustimmend und sah sich auf dem Waldweg um. »Wo genau stand denn nun am 24. Juli der Range Rover von Herrn von Neuendorff?«, fragte er.

»Exakt dort.« Höfer deutete auf eine Stelle etwa fünf Meter von ihnen entfernt. »Ich habe die Schüsse gehört und etwa eine halbe Stunde später ist er hier erschienen und wollte wegfahren.«

»Gut. Wenn Sie mir jetzt noch den Fundort der Leiche zeigen würden. Als ich das letzte Mal hier war, habe ich mich verlaufen.«

Höfer lachte freundlich. »Das glaube ich gerne. Der Wald ist sehr groß. Wenn man sich nicht auskennt, ist man hoffnungslos verloren. Hier geht's lang.«

Marc folgte dem Jagdaufseher tiefer in den Fichtenwald hinein.

»Wie gut kennen Sie Herrn von Neuendorff eigentlich?«, fragte Marc keuchend, während er sich den stetig bergauf führenden Weg hochkämpfte.

»Nicht besonders gut«, gab Höfer zurück. »Wir haben uns ab und zu unterhalten, wenn er vom Grafen zu einer Jagd eingeladen worden war. Unser längstes Gespräch hatten wir bei der letzten Jagd, bevor ich ihn hier überrascht habe. Da war er richtig nett. Hat sich nach meiner Familie und meiner Tätigkeit als Jagdaufseher erkundigt und wollte wissen, was ich den Tag über so mache.«

»Moment.« Marc wurde hellhörig. Er blieb stehen und wischte sich den Schweiß von der Stirn. »Sie sagen, Herr von Neuendorff habe sich bei Ihnen nach Ihrem Tagesablauf erkundigt? Und Sie haben ihm Auskunft darüber gegeben?«

»Ja, das habe ich. Man freut sich schließlich immer, wenn sich ein anderer für sein Hobby interessiert.«

»Sie haben doch eben erzählt, Sie machen jeden Tag um sechzehn Uhr einen Rundgang durch das Revier, nicht wahr?«

»Das ist richtig.«

»Weiß das auch Herr von Neuendorff?«

»Lassen Sie mich überlegen«, sagte Höfer. »Jaaaa«, meinte er dann. »Ich habe ihm gesagt, dass ich jeden Tag um vier Uhr nachmittags einen Kontrollgang durch den Wald mache. Jetzt fällt mir sogar wieder ein, dass er einen Scherz darüber gemacht und gemeint hat, ich sei bestimmt verheiratet, wenn ich das Bedürfnis hätte, jeden Nachmittag das Haus zu verlassen.«

»Herr von Neuendorff hätte also wissen müssen, dass Sie sich in dem Jagdrevier aufhielten, als er am 24. Juli die Schüsse abgegeben hat.«

Höfer legte die Stirn in nachdenkliche Falten. »Ja, jetzt, wo Sie es sagen.«

Der Jagdaufseher ging weiter und Marc stolperte, tief in Gedanken versunken, hinter ihm her. War das für seinen Mandanten gut oder schlecht? Als er fast über eine Wurzel fiel, beschloss er, seine Überlegungen zu vertagen.

Fünfzehn Minuten später blieb Höfer wieder stehen. »Hier hat man sie gefunden«, sagte er. »Oder besser gesagt das, was von ihr übrig geblieben ist. Ein entsetzlicher Anblick. Ihr Kopf lag in die Richtung und ihre Beine zeigten zu der Fichte dort.«

Marc zog seinen Fotoapparat aus der Jackentasche und fotografierte den Fundort der Leiche aus allen Perspektiven. Als er damit fertig war, fragte er: »Und wo ist die Stelle, an der man später das Blut von Frau Beck und die Patronenhülsen gefunden hat?«

»Das ist ganz in der Nähe. Kommen Sie.«

Der Jagdaufseher führte Marc zu einer etwa achtzig Meter entfernten Lichtung. »Ungefähr hier lag ein Stein mit einem dunkelroten Fleck. Den hat die Polizei natürlich mitgenommen. Wo genau die Hülsen lagen, kann ich Ihnen nicht sagen.«

Marc hielt auch diese Örtlichkeit im Bild fest. »Ich denke,

das war's dann«, sagte er zu Höfer. »Wenn Sie jetzt noch so freundlich wären, mich zu meinem Auto zurückzubegleiten. Ich wüsste noch nicht einmal, in welche Richtung ich mich halten müsste.«

Am späten Nachmittag berichtete Marc Irene von Kleist über sein Gespräch mit dem Jagdaufseher.

»Können Sie sich einen vernünftigen Grund vorstellen, warum von Neuendorff genau zu der Zeit, von der er wusste, dass Höfer sich in dem Wald aufhielt, dort seine Lebensgefährtin erschossen haben sollte?«, schloss er. »Das müssten wir vor Gericht doch nützen können.«

»Das ist ein Argument«, bestätigte die Rechtsanwältin. »Andererseits kann ich auch keinen vernünftigen Grund dafür erkennen, warum von Neuendorff genau zu der Zeit in den Wald gefahren ist, um dort sein Gewehr auszuprobieren. Auch wenn er das nicht für Wilderei gehalten hat, muss er zumindest gewusst haben, dass man nicht einfach mit einer Flinte in einem fremden Wald herumballern darf.«

Marc nickte. »Genau darüber zerbreche ich mir jetzt schon seit Stunden den Kopf.«

»Wissen Sie was«, schlug Irene von Kleist vor. »Sie sehen von Neuendorff doch morgen in der JVA. Am besten, Sie fragen ihn einfach selbst.«

»Das hatte ich vollkommen vergessen!« Hasso von Neuendorff schlug sich mit der flachen Hand gegen die Stirn. »Aber es stimmt, Höfer hat mir erzählt, dass er jeden Nachmittag gegen vier in dem Wald ist. Für mich war das reines Geplauder, das zum einen Ohr rein- und zum anderen wieder rausgegangen ist.« Er hielt inne und dachte nach. »Das ist doch positiv für uns, oder? Ich meine, ich bin doch nicht verrückt und bringe einen Menschen um, wenn ich damit rechnen muss, dabei von dem Jagdaufseher überrascht zu werden.«

»Na ja, das Gericht wird sich natürlich fragen, warum Sie überhaupt unbefugt in dem Wald waren, wenn Sie mit einer Entdeckung rechnen mussten. Wahrscheinlich werden die Richter zu dem Schluss kommen, Sie hätten nicht mehr an die Angaben des Jagdaufsehers gedacht. Was ja auch stimmt. Im Ergebnis dürfte uns die Aussage Höfers also weder nützen noch schaden. Doch eine andere Entwicklung wird uns weiterhelfen. Ihr alter Freund Peter Richartz sitzt seit vorgestern in Untersuchungshaft.«

»Das sind ja fantastische Neuigkeiten.« Hasso von Neuendorff ballte triumphierend die Fäuste.

»Das sind *gute* Neuigkeiten«, versuchte Marc, ihn auf den Boden der Tatsachen zurückzuholen. »Richartz wurde wegen des dringenden Verdachts der Urkundenfälschung und des Betruges festgenommen, nicht wegen des Mordes an Barbara Beck.«

»Aber nach dem, was Sie herausgefunden haben, hatte er doch ein Motiv, Barbara zu töten.«

»Er hatte ein *mögliches* Motiv. Soweit ich gehört habe, bestreitet Richartz vehement, davon gewusst zu haben, dass Barbara Beck im Besitz der gefälschten Novitex-Rechnungen war. Und es gibt bislang keinerlei Beweise dafür, dass er etwas mit dem Mord zu tun hat. Das sieht das Landgericht Bielefeld übrigens genauso.« Marc griff in seine Aktentasche und zog einen Schriftsatz daraus hervor.

»Was ist das?«, wollte von Neuendorff wissen.

»Das Landgericht hat die Eröffnung des Hauptverfahrens wegen des Mordes an Barbara Beck gegen Sie beschlossen und gleichzeitig die Fortdauer Ihrer Untersuchungshaft angeordnet. Es ist also an der Zeit, uns eine Strategie für die Hauptverhandlung zu überlegen. Sie müssen sich einen Strafprozess wie ein Schachspiel vorstellen. Alle Zeugen haben ihre Aussagen gemacht, alle Sachverständigen sind gehört worden. Wir wissen, über welches Material der Gegner verfügt, und jetzt kommt es nur noch darauf an, mit dem, was wir haben, die richtigen Züge zu machen.«

Ein Leuchten erschien in Hasso von Neuendorffs Augen. Das war eine Sprache, die er verstand. »Kasparov hat mal gesagt, im Schach komme es darauf an, die eigenen Truppen richtig zu organisieren, den kritischen Moment zu erkennen und dann nicht die Nerven zu verlieren.«

»Kasparov hätte einen glänzenden Strafverteidiger abgegeben«, meinte Marc. »Was ist also unser Ziel?«

»Das Spiel zu gewinnen! Entschuldigung, ich meine natürlich, einen Freispruch für mich zu erreichen.«

»Exakt. Allerdings reicht es dafür nicht aus, die Anklage zu zerpflücken und Fehler und Ungereimtheiten aufzuzeigen. Für einen Freispruch müssen wir das Gericht davon überzeugen, dass ein anderer als Täter in Betracht kommt. Das brauchen wir nicht zu beweisen, aber wir müssen beim Gericht ›vernünftige Zweifel‹ an Ihrer Schuld wecken.«

»Hatten Sie nicht erzählt, deutsche Richter glaubten nicht an Verschwörungstheorien und den großen Unbekannten?«

»Das war vor Richartz' Festnahme. Nun hat sich die Lage verändert. Uns muss es gelingen, ihn mit dem Mord an Barbara Beck in Verbindung zu bringen. Außerdem arbeiten wir natürlich weiter daran, diesen geheimnisvollen Bill zu finden, mit dem Frau Beck sich am Telefon um Geld gestritten hat. Leider hatten wir damit bis jetzt noch keinen Erfolg, genauso wenig wie mit den Zeitungsanzeigen mit Barbara Becks Foto. Niemand hat sich gemeldet, der sie nach dem 24. Juli lebend gesehen hat.«

»Und wenn wir das Gericht nicht davon überzeugen können, dass ein Dritter der Täter ist?«

»Dann versuchen wir es mit einem Jagdunfall. Barbara Beck wurde nicht Opfer eines Mordes, sondern eines tragischen Unfalls. In Anbetracht der Todesart und des Fundortes ist das nicht abwegig.«

»Ein Jagdunfall? Das glauben Sie doch selbst nicht!«

»Es spielt keine Rolle, was ich glaube. Entscheidend ist allein, was das Gericht Ihnen nachweisen kann. Selbst wenn das Gericht zu der Überzeugung kommen sollte, dass Sie Frau Beck erschossen haben, können wir den Richtern die Denksportaufgabe stellen, ob nicht alles ein Unglück war. Wenn uns das gelingt, könnten Sie mit einer Bewährungsstrafe davonkommen.«

Schon während Marc sprach, schüttelte von Neuendorff den Kopf. »Eine Verurteilung ist …« er suchte nach der angemessenen Formulierung, »… inakzeptabel. *Jede* Verurteilung. Ich habe Barbara nicht erschossen, weder vorsätzlich noch fahrlässig.«

»Ich habe Sie schon verstanden. Trotzdem ist eine Bewährungsstrafe immer noch besser als eine lebenslange Freiheitsstrafe. Deshalb müssen wir diese zweigleisige Strategie fahren. Was für Sie allerdings wiederum zur Folge hat, dass Sie im Prozess nicht aussagen dürfen.«

»Was?« Hasso von Neuendorff kreischte empört auf. »Ich darf nicht aussagen? Ich *muss* aussagen. Schließlich bin ich der Einzige, der am 24. Juli dabei war und genau weiß, dass ich es nicht getan habe.«

»Sie machen sich offenbar völlig falsche Vorstellungen vom Beweiswert Ihrer Aussage. Das Gericht wird mit ziemlicher Sicherheit davon ausgehen, dass Sie eh nicht die ganze Wahrheit sagen, sondern nur den Teil, der für Sie günstig ist. Nein, eine Aussage des Angeklagten hilft nur dann etwas, wenn er gestehen und so eine Strafmilderung erreichen will.«

»Aber ich muss doch diese ganzen Missverständnisse und Lügen aufklären und richtig stellen!«

»Dafür haben Sie Frau Dr. von Kleist und mich. Außerdem ist es das gute Recht eines jeden Angeklagten, zu den gegen ihn erhobenen Vorwürfen zu schweigen, und das Gericht darf Ihr Schweigen nicht zu Ihrem Nachteil verwerten.«

»Das steht vielleicht im Gesetz«, widersprach von Neuendorff. »Können Sie mir garantieren, dass das auch in der Praxis so gesehen wird? Wenn ich Richter wäre, würde ich denken, dass nur schuldige Angeklagte schweigen. Und das Gericht besteht schließlich nicht nur aus Berufsrichtern, sondern auch aus zwei Laienrichtern, die hauptsächlich nach ihrer Lebenserfahrung urteilen. Und nach *meiner* Lebenserfahrung wirkt Schweigen wie der Ausdruck eines schlechten Gewissens.«

»Das mag sein«, musste Marc einräumen. »Aber schweigende Angeklagte sind heutzutage nun wahrlich keine Ausnahme. Und Sie sollten noch einen weiteren wichtigen Punkt bedenken: Wenn Sie aussagen, müssen Sie mit Vorhaltungen und Fragen der Richter und der Staatsanwaltschaft rechnen. Wenn Sie darauf nicht antworten, stellt dies ein Teilschweigen dar, das – anders als vollständiges Schweigen – zu Ihrem Nachteil gewertet werden kann.«

Von Neuendorff zögerte. »Vielleicht haben Sie Recht«, sagte er schließlich.

»Ganz bestimmt habe ich das«, bestätigte Marc mit fester Stimme. »Wenn alle Stricke zu reißen drohen, können wir Sie immer noch aussagen lassen.« Er konsultierte seinen Notizblock. »Nachdem wir das geklärt haben, sollten wir zum nächsten Punkt kommen. Heute Morgen hat der Vorsitzende Richter in Ihrem Prozess, ein Dr. Berger, Frau Dr. von Kleist angerufen und gefragt, ob wir an einem offenen Vorgespräch mit ihm und der Staatsanwaltschaft interessiert seien. Hauptsächlich wird es dabei um technische Fragen zum Ablauf der Hauptverhandlung gehen: die vorgesehene tägliche Verhandlungsdauer, Reihenfolge der Zeugenvernehmungen und der Sachverständigenanhörungen. Es wird nicht durchgehend an fünf Tagen die Woche verhandelt, und wenn wir den beabsichtigten Verhandlungsplan des Gerichts kennen, können wir unsere Wünsche vortragen, um Terminkollisionen zu vermeiden. Ich denke, wir sollten das wahrnehmen. Je mehr Informationen wir vom Gericht und der Gegenseite bekommen, desto besser können wir uns auf die Hauptverhandlung vorbereiten und desto geringer ist die Gefahr von unangenehmen Überraschungen.«

Von Neuendorff stand die Skepsis ins Gesicht geschrieben. »Also, ich weiß nicht. Diese Staatsanwältin ist doch nicht blöd. Sie wird Informationen nur preisgeben, wenn sie dafür auch Informationen von uns erhält. Und das will ich unter allen Umständen vermeiden.«

»Das verstehe ich natürlich. Allerdings müssen wir auch damit rechnen, dass uns ein Deal angeboten wird.«

»Was für ein Deal?«

»Eine Einigung schon vor Verfahrensbeginn auf ein bestimmtes Ergebnis, um eine langwierige, zeitaufwändige und kostspielige Verhandlung mit ungewissem Ausgang zu vermeiden. Das kann Vorteile für beide Seiten haben.«

»Das erinnert mich stark an einen türkischen Basar. Ich dachte bisher, das Gericht hört sich die Beweise an und entscheidet dann.«

Marc seufzte tief. Wie sollte er das einem Laien nur verständlich machen? Schließlich entschied er sich für die kurze Variante. »Ob und in welcher Form eine derartige Absprache rechtlich zulässig ist, ist sehr umstritten. Tatsache ist aber, dass solche Deals gang und gäbe sind. In Ihrem Fall könnte er so aussehen, dass die Staatsanwaltschaft sich bereit erklärt, für ein Geständnis bestimmte Anklagevorwürfe fallen zu lassen, und wir könnten uns ein verbindliches Strafmaß oder eine Strafobergrenze, die nicht überschritten werden darf, zusagen lassen.«

»Ein Geständnis? Herr Hagen, ich sage es Ihnen zum letzten Mal: Ich habe mit Barbaras Tod nichts zu tun und ich werde nichts gestehen, was ich nicht getan habe!«

»In Ordnung. Aber ich musste diesen Punkt ansprechen. Die Rechtsprechung verlangt bei jeder Beratung die Einhaltung des Prinzips des sichersten Weges und es würde gegen das Gebot einer umfassenden Beratung verstoßen, wenn ich Sie über die Möglichkeit einer Verständigung nicht informiere. Abgesehen davon, kann uns so ein Gespräch wertvolle Anhaltspunkte liefern, wie sicher sich die Staatsanwaltschaft ihrer Sache ist, und uns bei der Verteidigung helfen.«

Hasso von Neuendorff zögerte erneut. »Also gut«, sagte er schließlich. »Gehen Sie von mir aus zu diesem Treffen. Doch eines sage ich Ihnen jetzt schon: Ich werde keine Vereinbarung außer einem unbedingten Freispruch akzeptieren.«

18

»Herr Hagen, wir haben schon auf Sie gewartet.« Dr. Berger schüttelte Marc die Hand. Der Richter war ein untersetzter Mann Anfang fünfzig mit Tonsur und seit acht Jahren Vorsitzender der Schwurgerichtskammer des Landgerichts Bielefeld. Er führte Marc in die kleine Sitzecke seines Dienstzimmers, wo Britta Gerland schon wartete. »Ich nehme an, Sie kennen sich bereits?«

Die Staatsanwältin zeigte zwei Reihen blendend weißer Zähne. »So ist es«, sagte sie und gab Marc die Hand. »Hallo, Herr Hagen.«

Marc nickte ihr kurz zu, dann setzte er sich auf den ihm angebotenen Stuhl.

»Wann können wir mit Frau Dr. von Kleist rechnen?«, erkundigte sich Berger.

Marc räusperte sich vernehmlich. »Frau Dr. von Kleist ist leider kurzfristig erkrankt und kann daher an der Besprechung nicht teilnehmen. Sie werden also mit mir vorlieb nehmen müssen.«

»So, müssen wir das?«, fragte Britta Gerland gereizt. »Entschuldigen Sie das vielleicht etwas schiefe Bild, aber warum sollten wir uns mit dem Affen unterhalten, wenn wir mit dem Leierkastenmann sprechen wollen?«

Marcs Gesicht brannte wie Feuer. Er wollte zu einer wütenden Antwort ansetzen, aber dann schluckte er seinen Ärger hinunter. »Herr von Neuendorff wünscht, dass ich seine Verteidigung gleichberechtigt neben Frau Dr. von Kleist wahrnehme«, sagte er in betont sachlichem Ton. »Deshalb habe ich ja auch die Genehmigung beantragt, in Gemeinschaft mit Frau Dr. von Kleist als Wahlverteidiger zugelassen zu werden. Leider ist darüber noch nicht entschieden worden.«

Bei dem letzten Satz hatte Marc den Richter ins Visier genommen, der sogleich den Faden aufnahm. »Ach ja, Ihr Antrag. Gut, dass Sie darauf zu sprechen kommen. Nun, um ehrlich zu sein, habe ich damit ein paar Probleme. Sie wissen ja, dass die Gerichte in der Regel davon ausgehen, dass ein Nichtanwalt, und sei es auch ein Jurist, die für eine Genehmigung erforderliche besondere Befähigung zur Verteidigung nicht besitzt.«

»Das hat Ihr Kollege in dem Wildereiverfahren gegen meinen Mandanten aber ganz anders gesehen«, entgegnete Marc.

»Das mag sein, aber wie Sie schon sagten, ging es in dem

Verfahren um Wilderei. Nun steht uns ein Mordprozess bevor, in dem die Verhängung der lebenslangen Freiheitsstrafe droht. Und nicht nur das: Auch wenn die Staatsanwaltschaft Untreue nicht ausdrücklich angeklagt hat, werden wir uns bei der Prüfung der Mordmerkmale damit beschäftigen müssen. Und soweit mir bekannt ist, sind Sie wegen eines nicht unerheblichen Vermögensdeliktes vorbestraft.«

»Ich vermag nicht nachzuvollziehen, was das mit dem Verfahren gegen meinen Mandanten zu tun hat«, sagte Marc. »Herrn von Neuendorff ist meine Vorstrafe bekannt. Trotzdem möchte er, dass ich ihn zusammen mit Frau Dr. von Kleist verteidige. Und Herr von Neuendorff hat das in der Menschenrechtskonvention verankerte Recht, den Beistand eines Verteidigers seiner Wahl zu erhalten.«

»Grundsätzlich vielleicht. Doch es ist legitim, den Personenkreis, der verteidigen darf, zu begrenzen. Und eine solche Begrenzung gibt es in der deutschen Strafprozessordnung nun einmal, wonach ein Verteidiger im Regelfall ein Rechtsanwalt sein muss.«

»Aber es gibt in der Strafprozessordnung eben auch die Vorschrift, wonach ein Nichtanwalt sogar in einem Mordprozess in Gemeinschaft mit einem Rechtsanwalt als Wahlverteidiger zugelassen werden kann. Und Frau Dr. von Kleist ist eine Rechtsanwältin.«

»Frau Dr. von Kleist mag eine Rechtsanwältin sein, aber da sprechen Sie gleich das nächste Problem an. Frau von Kleist ist, ich weiß nicht, wie ich mich ausdrücken soll, etwas kapriziös, nicht wahr? Deshalb steht zu befürchten, dass sie nicht an allen Hauptverhandlungstagen teilnehmen kann. Ich sehe mich daher gezwungen, einen zusätzlichen Pflichtverteidiger als Sicherungsverteidiger zu bestellen für den Fall, dass Frau Dr. von Kleist wie heute, nun ja, kurzfristig erkranken sollte.«

»Das kommt überhaupt nicht infrage!«, empörte sich Marc. »Wir lassen uns keinen Zwangsverteidiger aufdrängen. Schon gar nicht mit der Begründung, Frau Dr. von Kleist sei ›kapriziös‹.«

Der Vorsitzende schüttelte ungeduldig den Kopf. »Lassen Sie uns nicht länger um den heißen Brei herumreden. Wir wollen hier schließlich ein offenes Gespräch führen. Sie wissen so gut wie ich und wie jeder andere Jurist dieser Stadt, dass Frau Dr. von Kleist alkoholabhängig ist.«

»Das ist doch nur Kantinenklatsch«, protestierte Marc. »Mir ist davon nichts bekannt und ich müsste es ja wohl wissen.«

»Ist Ihnen nicht bekannt, so? Dann darf ich Sie aufklären: Vor nicht einmal zwei Wochen ist Frau Dr. von Kleist mit einer deutlichen Alkoholfahne in der Sitzung des Kollegen Rüther erschienen, in deren Verlauf sie den Kollegen als ›Idioten‹ beschimpft und schließlich auch noch mit Akten beworfen hat.«

»Vielleicht hatte er es ja verdient.«

»Seien Sie nicht albern. Tatsache ist, dass sie eine Alkoholikerin ist.«

»Tatsache ist, dass Frau Dr. von Kleist eine in der Bundesrepublik Deutschland zugelassene Rechtsanwältin ist, deren Zulassung bis heute nicht widerrufen wurde. Wenn es wirklich ›allgemein bekannt‹ wäre, was Sie hier unterstellen, hätte die Anwaltskammer längst tätig werden müssen. Die sind mit so etwas sehr schnell bei der Hand, ich weiß, wovon ich rede. Und ich weiß auch, dass wir uns gegen die Bestellung eines Zwangsverteidigers mit allen Mitteln wehren werden.«

Marc und Berger funkelten sich mit hochroten Köpfen an.

»Aber meine Herren«, meldete sich Britta Gerland zu Wort. »Darf ich einen Vorschlag zur Güte machen? Ich sehe es so: Grundsätzlich sollte dem Wunsch des Angeklagten

Rechnung getragen werden und er sollte von den Verteidigern vertreten werden, die er gewählt hat. Und das sind in diesem Fall nun einmal Frau Dr. von Kleist und Herr Hagen. Herr Vorsitzender, ich gebe zu bedenken, dass Herr Hagen einen positiven und – im wahrsten Sinne des Wortes – mäßigenden Einfluss auf sie haben könnte. Aus meiner Sicht steht einer Genehmigung, Herrn Hagen zu gestatten, den Angeklagten zusammen mit Frau Dr. von Kleist zu verteidigen, daher nichts im Wege. Andererseits«, und damit wandte sich Britta Gerland Marc zu, »lassen sich die Probleme von Frau Dr. von Kleist nun einmal nicht einfach wegdiskutieren. Ich denke nicht, dass es dem Gericht zugemutet werden kann, ein wochenlanges Verfahren mit immensem Aufwand zu führen, und kurz vor Schluss fällt Frau Dr. von Kleist für längere Zeit aus. Da Sie nur in Gemeinschaft mit Frau Dr. von Kleist tätig werden können, wäre damit der gesamte Prozess geplatzt. Deshalb sollten wir es so halten, dass neben Ihnen beiden noch ein Pflichtverteidiger bestellt wird, um den Fortgang des Verfahrens zu sichern. Dabei sollte das Gericht Herrn von Neuendorff das Recht zugestehen, diesen Sicherungsverteidiger vorzuschlagen, und diesem Wunsch – wenn irgend möglich – nachkommen. Damit dürfte den Belangen aller Seiten hinreichend Rechnung getragen sein. Es gibt keine Beschwerden, keine Ablehnungen wegen Befangenheit und vor allem«, Britta Gerland fixierte den Vorsitzenden, »keine möglichen Revisionsgründe.«

Der Richter sah nachdenklich auf seine gefalteten Hände und auch Marc zog den Vorschlag der Staatsanwältin in Erwägung. Schließlich ergriff er als Erster das Wort. »Ich muss das natürlich zuerst mit meinem Mandanten besprechen. Doch ich denke, damit können wir leben.«

Berger nickte. »Dann machen wir das so. Sobald das Einverständnis vorliegt, werde ich Ihnen die Genehmigung erteilen, Herrn von Neuendorff in Gemeinschaft mit Frau Dr. von Kleist zu verteidigen, und einen weiteren Pflichtverteidiger bestellen.«

Marc bemerkte, dass der Richter und die Staatsanwältin einen schnellen Blick wechselten, und in ihm stieg der Verdacht auf, soeben Teil eines inszenierten Theaterspiels geworden zu sein. Vor allem Britta Gerland machte einen sehr zufriedenen Eindruck. Vielleicht glaubte sie, mit einem betrunkenen Leierkastenmann und einem vorbestraften Affen ohne Anwaltszulassung leichtes Spiel in der Hauptverhandlung zu haben.

»Herr Hagen, Sie haben sich bisher noch nicht zur Anklage geäußert«, kam Berger zum nächsten Punkt. »Vielleicht können Sie mir verraten, wann mit dem Eingang Ihrer Verteidigungsschrift zu rechnen ist.«

»Gar nicht. Wir haben nicht vor, schriftlich auf die Anklage zu reagieren.«

»Haben Sie nicht?« Der Vorsitzende wirkte ehrlich überrascht. »Nun, ein derartiges Vorgehen ist zumindest ungewöhnlich.«

»Jedoch wohl nicht unzulässig?«, warf Marc ironisch ein. Durch den Verzicht auf eine schriftliche Stellungnahme konnte bei den Richtern zwar der Eindruck entstehen, die Verteidigung habe der Anklage nichts entgegenzusetzen, aber Marc hielt es für sinnvoller, ihre Verhandlungsstrategie nicht zu früh zu offen zu legen.

Berger hatte die Information inzwischen verdaut. »Nein, natürlich ist das nicht unzulässig. Teilen Sie mir wenigstens schon mit, ob Ihr Mandant in der Verhandlung Angaben zur Sache machen wird? Nicht dass Sie mich falsch verstehen. Es geht mir nur um die sachgerechte Vorbereitung und Terminierung. Ich muss den Prozess schließlich planen und wissen, wie viel Zeit die Aussage von Herrn von Neuendorff in etwa in Anspruch nehmen wird.«

Der Vorsitzende sah Marc gespannt an und der stellte nicht ohne Genugtuung fest, dass auch Britta Gerland auf die Vorderkante ihres Stuhles gerutscht war.

»Über die Frage, ob mein Mandant eine Aussage zur Sache machen wird, haben wir noch nicht entschieden«, log er.

»Dann sollten Sie es bald tun«, meinte die Staatsanwältin. »Und dabei sollten Sie auch gleich über die strafmildernde Bedeutung eines Geständnisses nachdenken.«

Marc war mit einem Schlag hellwach. Jetzt ging es ans Eingemachte.

»Herr Hagen, ich will ganz offen mit Ihnen reden«, fuhr Britta Gerland dann auch in jovialem Ton fort. »Sie kennen die allgemeine Geschäftsbelastung der Gerichte und der Staatsanwaltschaft. Ein Mordprozess kostet Ihre Zeit, meine Zeit, die Zeit des Gerichts und last, but not least auch eine Menge Steuergelder. Warum also ein langes Verfahren, wenn wir auch auf andere Weise zu einem vernünftigen Ergebnis kommen können.«

»Wie sähe denn Ihrer Meinung nach ein ›vernünftiges Ergebnis‹ aus?«, fragte Marc.

»Wollen mal sehen«, sagte Britta Gerland wie der Nikolaus, der am 6. Dezember seinen Sack auspackt. »Herr Hagen, Sie wissen so gut wie ich, dass die Anklage wasserdicht ist. Ihr Mandant hatte ein Motiv, Frau Beck zu töten, er hatte die Gelegenheit, Frau Beck zu töten, und das Beste ist: Wir können das alles beweisen. Mit anderen Worten: Ihr Mandant ist ein Mörder. Allerdings ...«

»Mutmaßlich«, warf Marc ein.

Britta Gerland war für einen Moment irritiert. »Bitte?«

»Mutmaßlich«, wiederholte Marc. »Mein Mandant ist ein *mutmaßlicher* Mörder. Herr von Neuendorff ist noch nicht verurteilt und bis dahin ist davon auszugehen, dass er unschuldig ist.«

»Also schön, er ist ein *mutmaßlicher* Mörder, gegen den aus Sicht der Staatsanwaltschaft eindeutige Beweise vorliegen.«

»Tatsächlich? Dann werde ich Ihnen jetzt mal sagen, was Sie nicht haben: die Mordwaffe. Und Sie haben keinen Augenzeugen für die Tat, während wir einen Zeugen haben, der bestätigen kann, dass Herr von Neuendorff am 24. Juli 2005 nicht in Begleitung von Frau Beck war, als er zum Rathenhorster Wald gefahren ist.«

»Was Ihr so genannter Zeuge wert ist, werden wir ja sehen«, giftete die Staatsanwältin Marc an. »Der Mann …«

»Bitte, bitte.« Berger hatte beide Arme zu einer beschwichtigenden Geste erhoben. »Wir können und wollen die Hauptverhandlung hier und heute nicht vorwegnehmen. Frau Dr. Gerland, ich glaube, Sie wollten Herrn Hagen einen Vorschlag machen, bevor wir vom Thema abgekommen sind.«

Britta Gerland atmete tief durch. »Richtig«, sagte sie. »Also, die Staatsanwaltschaft könnte sich aus prozessökonomischen Gründen vorstellen, bei einem Geständnis Ihres Mandanten auf den Vorwurf der besonderen Schwere der Schuld zu verzichten.« Ihr Gesichtsausdruck erinnerte an den eines Gebrauchtwagenhändlers, der seinem Kunden gerade ein Angebot gemacht hatte, das der unmöglich ablehnen konnte.

»Eine besondere Schwere der Schuld?«, fragte Marc mit einem überheblichen Lächeln. »Die kriegen Sie doch sowieso nicht durch.«

»Sind Sie sich da so sicher? Ihr Mandant ist ein eiskalter Killer …«

»*Mutmaßlicher* eiskalter Killer«, verbesserte Marc ironisch, aber Britta Gerland ließ sich jetzt nicht mehr stoppen.

»Ein *eiskalter* Killer«, wiederholte sie, »der schon einmal einen Menschen aus Habgier getötet hat und der es, das ist meine feste Überzeugung, wieder tun wird. Ihr Mandant ist eine Gefahr für die Gesellschaft und gehört für immer weggesperrt.«

»Wenn Sie auch nur den Hauch eines Beweises dafür hätten, dass mein Mandant schon einmal einen Menschen umgebracht hat, hätten Sie ihn deswegen mit Sicherheit angeklagt. Aber Sie wissen so gut wie ich, dass das Verfahren gegen Hasso von Neuendorff wegen des Verschwindens von Johanna Wehmeier eingestellt wurde. Und ich verwahre mich schon jetzt dagegen, dass diese Sache in der Hauptverhandlung zur Sprache kommt.«

»Was könnten Sie sich denn als mögliches Verfahrensergebnis vorstellen, Herr Hagen?«, fragte Berger in einem beinahe unterwürfigen Ton.

»Nun, theoretisch, also rein theoretisch, könnte ich mir eine Verurteilung wegen fahrlässiger Tötung vorstellen«, erklärte Marc. »Fünfzehn Monate auf Bewährung. Selbstverständlich vorbehaltlich einer Rücksprache mit meinem Mandanten.«

Dr. Berger drehte sich zur Staatsanwältin um, die in schallendes Gelächter ausgebrochen war. »Das ist ein guter Witz, Herr Hagen«, prustete sie. »Das ist wirklich gut.«

Schlagartig wurde sie wieder ernst. »Keine Chance. Keine fahrlässige Tötung, keine Körperverletzung mit Todesfolge, kein Totschlag. Die Staatsanwaltschaft wird sich nicht mit weniger als mit einer Verurteilung wegen Mordes zufrieden geben. Ich biete Ihnen noch einmal an, gegen ein volles Geständnis auf die besondere Schwere der Schuld zu verzichten. Aber dieses Angebot gilt nur für zweiundsiebzig Stunden.«

»Die Antwort können Sie sofort haben.« Marc stand auf. »Sie lautet: Nein. Wir sehen uns vor Gericht.«

Teil 3

Mittelspiel

Das Mittelspiel ist die Phase der Schachpartie zwischen Eröffnung und Endspiel. Die meisten Schachspieler sehen das Mittelspiel als den bedeutendsten und interessantesten Spielabschnitt an. Aufgrund der Vielzahl der Steine, die alle bereits mehr oder weniger aktiv am Spielgeschehen teilnehmen, offenbart sich im Mittelspiel die ganze schachliche Vielfalt. Gegensätzliche Ideen und Spielauffassungen prallen hier am deutlichsten aufeinander, versteckte Kombinationen und Möglichkeiten werden im Mittelspiel am ehesten übersehen. Im Mittelspiel ist der Schachspieler am stärksten darauf angewiesen, ihm bekannte Motive und Leitsätze auf immer neue Stellungen in geeigneter Weise zu übertragen. Kreativität ist deshalb in dieser Phase des Spiels besonders gefragt. Meyers Schachlexikon

19

Der Schwurgerichtssaal des Bielefelder Landgerichts lag wie eine uneinnehmbare Festung in einem Innenhof des Justizkomplexes. Die Luft in dem Raum war zum Schneiden, es roch nach Angst und altem Schweiß.

Marc stand vor dem langen Tisch, an dem sich die Verteidigung eingerichtet hatte, und wischte sich die nassen Hände an der Hose seines Anzuges ab. Er war so nervös wie noch nie zuvor in seinem Leben. Soweit er sich erinnern konnte, war das schlimmste Vergehen, dessen einer seiner Mandanten jemals beschuldigt worden war, notorisches Fahren ohne Fahrerlaubnis in dreiundzwanzig Fällen gewesen. Und jetzt musste er einen Angeklagten in einem Mordfall verteidigen.

Den schwarzen Anzug hatte er sich gekauft, um sich von den anderen Juristen im Saal etwas weniger zu unterscheiden. Schließlich würden die Berufsrichter, die Staatsanwälte und die übrigen Verteidiger eine Robe tragen, während er wegen seiner fehlenden Anwaltszulassung quasi nackt auftreten musste.

Irene von Kleist hatte ihren schwarzen Umhang bereits übergezogen und unterhielt sich mit Eberhard Werner, dem ›Sicherungsverteidiger‹, wie der Vorsitzende ihn genannt hatte. Werner war zwar mit anderen Verfahren stark belastet, hatte sich aber trotzdem sofort bereit erklärt, von Neuendorffs Pflichtverteidigung zu übernehmen. Marc vermutete, dass die Tatsache, dass er die nächsten Wochen einen Teil seiner Zeit mit Irene von Kleist verbringen konnte, bei dieser Entscheidung eine nicht unerhebliche Rolle gespielt hatte.

Schwierigkeiten hatte es auf anderer Seite gegeben: Hasso von Neuendorff hatte einen zusätzlichen Pflichtverteidiger zunächst abgelehnt. Er hatte erklärt, nur zu Irene von Kleist und zu Marc Vertrauen zu haben, und erst nachdem Marc ihm unmissverständlich klar gemacht hatte, dass er sonst keine Genehmigung bekommen würde, ihn in diesem Verfahren verteidigen zu dürfen, hatte von Neuendorff zähneknirschend zugestimmt. Allerdings hatte er sich bis heute standhaft geweigert, auch nur ein Wort mit Eberhard Werner zu wechseln, obwohl Marc und Irene von Kleist ihm mehrfach versichert hatten, der Anwalt sei in Ordnung.

Plötzlich entstand an einer Seitentür des Saales Unruhe: Hasso von Neuendorff wurde von einem Wachtmeister in den Saal geführt. Mehrere Journalisten drängten nach vorn und deckten den Angeklagten mit einem Blitzlichtgewitter ein, während der Beamte ihm die Handschellen abnahm. Von Neuendorff rieb sich etwas theatralisch die Handgelenke, als müsse er die Blutzirkulation wieder anregen, dann schüttelte er Irene von Kleist und Marc nacheinander die Hände. Eberhard Werner, der sich ebenfalls von seinem Platz erhoben hatte, würdigte er dagegen keines Blickes.

Der adoptierte Adlige sah aus wie aus dem Ei gepellt. Er trug einen dunkelblauen Maßanzug, der in der Farbe perfekt mit seinem silbergrauen Haar harmonierte, und wirkte eher wie ein Staatspräsident als wie der Angeklagte in einem Mordprozess. Marc bedauerte, dass nicht zwölf weibliche Geschworene über die Schuld zu entscheiden hatten. Die hätten von Neuendorff nach dem Freispruch wahrscheinlich auf ihren Schultern aus dem Saal getragen. Aber sie befanden sich nun einmal in Deutschland und mussten mit drei Berufsrichtern und zwei – dazu auch noch männlichen – Schöffen zurechtkommen. Britta Gerland als federführende Staatsanwältin war zwar eine Frau, aber die schien gegen Hasso von Neuendorffs Charme immun zu sein. Auch sie hielt sich bereits im Saal auf und besprach sich mit ihrem Co-Staatsanwalt, der zwar einige Jahre älter war als sie, sich in diesem Verfahren aber mit der Rolle eines Zuarbeiters begnügen musste.

Die Zuschauerbänke waren voll besetzt und noch immer warteten draußen zahlreiche Schaulustige. Insbesondere die seit Tagen anhaltende Berichterstattung einer großen Boulevardzeitung hatte die sensationsgierigen Bürger in Scharen ins Bielefelder Landgericht getrieben. In der ersten Reihe erkannte Marc die ganz in Schwarz gekleidete Valerie Wehmeier, die ihr rotes Haar zu einem Pferdeschwanz zusammengebunden hatte. Ihr blasses Gesicht stach zwischen den anderen Zuschauern so deutlich hervor, als habe jemand einen Scheinwerfer darauf gerichtet. Seitdem Hasso von Neuendorff den Saal betreten hatte, hatte sie ihn nicht eine Sekunde aus ihren grünen Augen gelassen. Wie ein unbarmherziger Racheengel, ging es Marc durch den Kopf.

Um Punkt neun Uhr öffnete sich eine in der Rückwand des Saales eingelassene Tür und die fünf Richter mit Berger an der Spitze betraten den Saal. Marc nahm seinen Platz rechts neben Hasso von Neuendorff ein und wartete, bis das Gericht hinter der Richterbank Aufstellung genommen hatte.

»Ich eröffne die Sitzung der Großen Strafkammer als Schwurgericht im Strafverfahren gegen Hasso von Neuendorff«, begann der Vorsitzende, als Ruhe eingekehrt war. »Es geht um den Vorwurf des Mordes. Nehmen Sie bitte Platz. Und stellen Sie bitte ab sofort sämtliche Film- und Tonaufnahmen ein. Vielen Dank.« Er setzte sich und wartete ein paar Sekunden, bis sich die Pressemeute zurückgezogen hatte. Dann fuhr er fort: »Wir nehmen zuerst die Anwesenheit auf. Es erscheint vorgeführt aus der JVA Bielefeld der Angeklagte im Beistand seiner Verteidiger Frau Rechtsanwältin Dr. Irene von Kleist, Herr Rechtsanwalt Eberhard Werner und Herr Marc Hagen und als Sitzungsvertreter der Staatsanwaltschaft Frau Dr. Britta Gerland und Herr Norbert Vogt. Als Zeugen sind heute geladen Frau Elisabeth Hornung, Frau Edeltraut Beil und Frau Simone Hassler. Sind die Damen anwesend?«

Er ließ seinen Blick durch den Saal schweifen, um ihn dann auf drei Frauen verweilen zu lassen, die schüchtern die Hand gehoben hatten.

Berger belehrte die Zeuginnen über ihre Wahrheitspflicht und schickte sie anschließend vor die Tür. Dann wandte er sich dem Angeklagten zu: »Wir beginnen mit Ihren persönlichen Verhältnissen. Ihr Name ist Hasso von Neuendorff, geboren wurden Sie am 15. November 1948 in Beckum, Sie wohnen in der Dortmunder Straße 4 in Bielefeld, zurzeit allerdings in der Justizvollzugsanstalt Bielefeld. Ist das zutreffend?«

Marc sah zu seinem Mandanten hinüber, der die Frage mit einem Nicken beantwortete.

»Vorbestraft sind Sie nicht, keine Eintragungen. Noch Fragen zur Person?« Der Vorsitzende schaute in die Runde. »Das scheint nicht der Fall zu sein. Dann darf ich um die Verlesung der Anklageschrift bitten.«

Britta Gerland erhob sich, glättete ihre bereits makellos sitzende Robe und las noch einmal das vor, was Marc bereits aus den Akten bekannt war. Hasso von Neuendorff wurde angeklagt, am 24. Juli 2005 um kurz nach vier Uhr nachmittags seine Lebensgefährtin Barbara Beck im Rathenhorster Wald heimtückisch, aus Habgier und zur Verdeckung einer anderen Straftat ermordet zu haben.

»Danke sehr, Frau Staatsanwältin«, sagte Berger, nachdem Britta Gerland sich wieder gesetzt hatte. »Herr von Neuendorff, Sie haben die Anklage gehört. Ich habe Sie darüber zu belehren, dass es Ihnen freisteht, sich dazu zu äußern oder nicht. Wie wollen Sie es halten?«

Hasso von Neuendorff erhob sich betont würdevoll und schloss dabei den mittleren Knopf seines Jacketts. »Hohes Gericht«, begann er. »Zu der Anklage habe ich nur Folgendes zu sagen: Ich bin unschuldig. Ansonsten mache ich zum momentanen Zeitpunkt auf Anraten meiner Verteidiger von meinem Recht zu schweigen Gebrauch.«

Er nahm wieder Platz und warf Marc einen fragenden Blick zu, den der mit einem bestätigenden Kopfnicken erwiderte. Sie hatten sich nach langen Diskussionen auf diese Kompromissformel geeinigt, nachdem von Neuendorff zwei Tage vor Beginn der Hauptverhandlung doch wieder darauf bestanden hatte auszusagen.

»So geht das aber nicht«, meldete sich Britta Gerland erwartungsgemäß zu Wort und fuchtelte mit ihrem Zeigefinger durch die Luft. »Durch seine Einlassung, er sei unschuldig, hat der Angeklagte bereits Angaben zur Sache gemacht. Ich behalte mir daher das Recht vor, Fragen an ihn zu stellen, mit der Folge, dass ein etwaiges Schweigen auf diese Fragen gegen den Angeklagten verwendet werden kann.«

Marc lächelte nachsichtig und zog einige DIN-A4-Blätter aus seiner Handakte. »Ich habe hier das Urteil des fünften Senats des Bundesgerichtshofes vom 26. Mai 1992 – 5 StR 122/92. Danach liegt eine Einlassung zur Sache – mit der Folge, dass Angaben gegen den Angeklagten verwertbar sind – nicht vor, wenn der Angeklagte seine Schuld nur allgemein bestreitet. Ich habe mir erlaubt, die entscheidenden Passagen gelb zu markieren.«

Marc stand auf und legte die vorbereiteten Kopien des Urteils auf den Richtertisch und den der Staatsanwaltschaft. Die nächsten Minuten vergingen mit eifrigem Lesen, Papierrascheln und Tuscheln, dann fragte der Vorsitzende die Staatsanwältin: »Frau Dr. Gerland, wollen Sie dazu eine Erklärung abgeben?«

»Nein«, antwortete die Staatsanwältin knapp und warf Marc einen wütenden Blick zu.

»Gut, dann nehmen wir zu Protokoll, dass der Angeklagte nach Belehrung keine Angaben zur Sache gemacht hat, und beginnen mit der Beweisaufnahme.«

Hasso von Neuendorff schob Marc einen Zettel zu. *Eins zu null für uns!*, stand darauf. Marc zwinkerte ihm zu und genoss seinen kleinen Triumph. Aber er wusste nur zu gut, dass noch ein sehr langer Weg vor ihnen lag.

20

Als erste Zeugin wurde Elisabeth Hornung aufgerufen, die ein konservatives blaues Kostüm und eine blütenweiße Bluse trug. Sie zog eine Wolke teuren Parfüms hinter sich her. Die Hauptbelastungszeugin gleich zu Beginn, dachte Marc, während sie hinter dem kleinen Zeugentisch Platz nahm und ihre Personalien angab.

Dann ging es ohne Umschweife zur Sache.

»Frau Hornung, Sie kannten das Opfer, Frau Barbara Beck?«, wollte der Vorsitzende wissen.

»Ja, wir haben uns vor etwa zwei Jahren in einem Café in Bad Salzuflen kennen gelernt. Barbaras Mann war ein halbes Jahr zuvor in Texas gestorben. Kurz darauf hatte ihre Mutter einen Schlaganfall und wurde in ein Krankenhaus in Bad Salzuflen eingeliefert. Barbara hatte sich daraufhin entschlossen, aus den USA nach Deutschland zurückzukehren, um ihrer Mutter beizustehen. Finanziell hatte sie ausgesorgt, weil sie etwa dreißig Millionen Dollar von ihrem Mann geerbt hat, wie sie mir erzählte. Wir haben uns nach diesem ersten Treffen häufiger gesehen und ziemlich viel Zeit miteinander verbracht. Man kann sagen, dass Barbara meine beste Freundin war, bis sie diesen Mann, den Angeklagten da«, sie stieß mit dem ausgestreckten Zeigefinger in die Richtung Hasso von Neuendorffs, »getroffen hat. Das war vor ungefähr anderthalb Jahren. Von da an hatten Barbara und ich kaum noch Kontakt miteinander, weil er sie von allen anderen Menschen abgeschottet hat.«

»Aber irgendwann haben Sie wieder voneinander gehört«, soufflierte der Vorsitzende.

»Ja, Anfang Mai 2005 hat Barbara sich bei mir gemeldet. Sie hat von einer Telefonzelle aus angerufen und gesagt, Hasso ... also der Angeklagte, würde ihre Telefonrechnung daraufhin überprüfen, mit wem sie gesprochen hat. Sie hat mich angefleht, niemandem etwas von dieser Kontaktaufnahme zu erzählen. Wir haben uns dann heimlich in einem Restaurant in Hannover getroffen. Ich habe ziemlich schnell gemerkt, dass sie jemanden brauchte, bei dem sie sich ausweinen konnte. Barbara meinte, ich sei der einzige Mensch, dem sie vertrauen könne. Und ihre Beziehung zu Hasso von Neuendorff sei seit einiger Zeit nicht mehr besonders gut. Sie habe ihm eine Generalvollmacht über ihr Vermögen erteilt. Jetzt habe sie aber Angst, dass er sie nur ausnütze.«

»Haben Sie Frau Beck einen Rat gegeben?«

»O ja, ich habe ihr dringend ans Herz gelegt, die Beziehung sofort zu beenden. Aber Barbara war sich noch nicht sicher. Sie hat Hasso wohl sehr geliebt und wollte ihn nicht verlieren.«

»Haben Sie sich von da an häufiger mit Frau Beck getroffen?«

»Getroffen eigentlich weniger, aber wir haben regelmäßig miteinander telefoniert. Dafür hatte Barbara sich extra ein

Handy mit einer Prepaidkarte angeschafft. Mitte Juni 2005 hat Barbara mir erzählt, sie wüsste jetzt definitiv, dass Hasso ohne ihr Einverständnis über hunderttausend Euro von einem ihrer Konten für sich zur Seite geschafft habe. Ich habe ihr daraufhin geraten, sofort zur Polizei zu gehen.«

»Was hat Frau Beck dazu gesagt?«

»Sie wollte damit immer noch warten, weil sie meinte, das würde ihrer Beziehung den Todesstoß versetzen. Außerdem hatte sie wohl Angst, das Geld dann nie zurückzubekommen. Sie meinte, sie wolle sich mit dem Angeklagten demnächst auf neutralem Boden treffen und ihm ein Ultimatum stellen. Er sollte vier Wochen Zeit bekommen, ihr das Geld zurückzugeben, ansonsten würde sie ihn anzeigen.«

»Wissen Sie, was das heißt, ›auf neutralem Boden‹?«

»Ich habe hinterher erfahren, dass sie sich in einem Café verabredet hatten, dem *Siebrecht* in Bad Salzuflen. Barbara wollte bei diesem Gespräch unter Menschen sein, weil sie Angst hatte, Hasso würde ausrasten, wenn er von dem Ultimatum erfuhr.«

»Hat dieses Treffen dann auch tatsächlich stattgefunden?«

»Ja, an einem Samstag, den 25. Juni 2005. Barbara hat mich hinterher gleich angerufen und mir ganz stolz erzählt, sie habe es jetzt endlich getan. Sie habe Hasso eine Frist bis Sonntag, den 24. Juli gesetzt, das gesamte Geld an sie zurückzugeben, ansonsten werde sie am nächsten Tag zur Polizei gehen.«

»Hat sie Ihnen auch erzählt, wie der Angeklagte auf dieses Ultimatum reagiert hat?«

»Sie hat gesagt, er sei sehr aufgebracht gewesen.«

Marc musterte aus den Augenwinkeln Hasso von Neuendorff, der mit geballten Fäusten und halb geschlossenen Augen neben ihm saß. Offenbar hatte er erhebliche Mühe, sich unter Kontrolle zu halten. Marc nickte ihm beruhigend zu.

Der Vorsitzende stellte seine nächste Frage. »Wie ging es dann weiter?«

»Die folgenden Wochen habe ich nichts von ihr gehört. Kurz vor Ablauf des Ultimatums, es muss der Mittwoch oder Donnerstag vor dem 24. Juli gewesen sein, hat Barbara mich angerufen und mir gesagt, Hasso habe sich endlich einsichtig gezeigt. Er habe sie in den letzten Tagen geradezu mit Blumen überschüttet, sie um Verzeihung gebeten und ihr versichert, er wolle das Geld zurückerstatten. Um die Einzelheiten zu besprechen, hätten sie sich am 24. Juli um vierzehn Uhr in seiner Wohnung verabredet.«

»Hat Frau Beck über ihre Gefühle im Hinblick auf diese Verabredung gesprochen?«

»Ja, sie war ziemlich nervös und ihre Nervosität nahm zu, je näher der Sonntag kam. Deshalb habe ich ihr angeboten, vor dem Treffen mit dem Angeklagten bei mir zum Mittagessen vorbeizukommen. Ich glaube, Barbara war mir dafür sehr dankbar.«

»War Frau Beck an diesem Sonntag, den 24. Juli 2005, dann tatsächlich bei Ihnen?«

»Ja, sie kam so gegen zwölf Uhr. Wir haben zu Mittag gegessen, Rouladen mit Rotkohl und Klößen. Barbara hat allerdings kaum etwas herunterbekommen. Ich habe ihr gesagt, auch wenn sie das Geld zurückerhalten sollte, müsse sie hart bleiben und die Beziehung beenden. Sie könne diesem Mann nicht mehr trauen und müsse endlich für klare Verhältnisse sorgen. Besser ein Ende mit Schrecken als ein Schrecken ohne Ende, das habe ich auch noch gesagt. Mein Gott, ich konnte ja nicht ahnen, dass es ein so schreckliches Ende werden würde.«

»Wissen Sie, wie Frau Beck zu Ihnen gekommen ist?«

»Ja, Barbara besaß zwei Autos, einen gelben Porsche und einen blauen VW Golf. Als sie an diesem Tag vor meinem

Haus eingeparkt hat, habe ich beobachtet, dass sie den Golf gefahren hat.«

»Welche Kleidung trug Frau Beck, als sie bei Ihnen war?«

»Sie hatte ein beigefarbenes Leinenkostüm von Chanel mit dazu passenden Pumps an und eine blaue Seidenbluse. Als Schmuck trug sie eine Perlenkette, einen Brillantring und als Ohrstecker jeweils eine Perle.«

»Hatte Frau Beck häufig dieselbe Kleidung an?«

»Nein. Sie war so reich und hatte so viel Kleidung, dass ich nie erlebt habe, dass sie zweimal dieselben Sachen trug.«

»Ist Frau Beck dann zu dem Treffen mit dem Angeklagten gefahren?«

»Ja, sie hat mich gegen Viertel vor zwei verlassen und beim Abschied gesagt, sie wolle jetzt zu Hasso fahren und die Sache hinter sich bringen. Das waren ihre genauen Worte. Ich habe sie gebeten, mich sofort nach dem Treffen anzurufen und mir mitzuteilen, wie es verlaufen ist.«

»Sie haben sich also nicht zu einem persönlichen Gespräch verabredet?«

»Das ging nicht, weil ich an diesem Sonntag um achtzehn Uhr von Paderborn aus für drei Wochen nach Mallorca geflogen bin. Ich habe da ein Ferienhaus. Aber Frau Beck hatte meine Handynummer. Ich habe ihr gesagt, ich sei jederzeit für sie erreichbar.«

»Hat Frau Beck Sie angerufen?«

»Nein. Sie hat sich – wie gesagt – an diesem Sonntag um Viertel vor zwei von mir verabschiedet und seitdem habe ich nie wieder etwas von ihr gesehen oder gehört.«

Elisabeth Hornung stiegen Tränen in die Augen, die sie schnell wegwischte.

»Haben Sie sich keine Sorgen gemacht, als der versprochene Anruf ausblieb?«, fragte der Vorsitzende, nachdem sich die Zeugin wieder beruhigt hatte.

»Doch, schon. Aber was hätte ich denn tun sollen? Ich war auf einer Insel zwei Flugstunden von Deutschland entfernt und es wäre mir übertrieben vorgekommen, meinen Urlaub abzubrechen. Ich habe natürlich versucht, Barbara telefonisch zu erreichen, aber ihr Handy war die ganze Zeit abgestellt und in ihrem Haus ging auch niemand ans Telefon. Um ehrlich zu sein, ich habe geglaubt, er habe sie mal wieder rumgekriegt.«

»Haben Sie nach Ihrer Rückkehr aus Mallorca etwas unternommen?«

»Ja, natürlich. Ich bin noch am gleichen Tag bei Barbara vorbeigefahren. Sie hat nicht aufgemacht, also habe ich in ihrer Garage nachgesehen. Sowohl ihr gelber Porsche als auch ihr blauer Golf standen darin. Dann habe ich ihre Haushälterin angerufen. Die hat mir erzählt, sie habe Barbara seit dem 24. Juli nicht mehr gesehen. Ich habe sie gefragt, ob sie Barbara als vermisst gemeldet habe. Sie hat geantwortet, sie sei davon ausgegangen, dass Frau Beck vorübergehend in die Wohnung des Angeklagten gezogen sei. Das habe sie öfter mal gemacht. Aber ich glaube, in Wirklichkeit hat sich die Beil überhaupt keine Gedanken gemacht. Sie hat ihr Geld kassiert, alles andere war ihr gleichgültig.«

»Haben Sie sich mit dem Angeklagten in Verbindung gesetzt?«

»Mit von Neuendorff? Nein. Ich verkehre mit diesem Herrn nicht.«

»Was haben Sie stattdessen getan?«

»Ich bin mit einem Foto von Barbara zu der Wohnung des Angeklagten gefahren und habe es in dem Haus und in der Nachbarschaft herumgezeigt. Aber niemand hatte Barbara in den letzten Tagen und Wochen gesehen. Daraufhin bin ich zur Polizei gegangen und habe Barbara als vermisst gemeldet.«

»Vielen Dank, Frau Hornung.« Der Vorsitzende richtete seinen Blick auf die Staatsanwältin. »Fragen an die Zeugin, Frau Dr. Gerland?«

»Nur ein oder zwei zur Klarstellung. Frau Hornung, Sie sagten, Frau Beck habe dem Angeklagten ein Ultimatum bis zum 24. Juli gesetzt, das veruntreute Geld an sie zurückzugeben, ansonsten werde sie am nächsten Tag zur Polizei gehen, richtig?«

»Richtig.«

»Und Frau Beck hat den Angeklagten am 24. Juli aufgesucht und niemand hat Frau Beck nach diesem Tag lebend gesehen. Ist das ebenfalls zutreffend?«

»Jawohl.«

»Keine weiteren Fragen.«

»Hat die Verteidigung Fragen?«

»Allerdings«, meldete sich Marc zu Wort. Irene von Kleist und er hatten sich im Vorfeld darüber verständigt, wer für welche Zeugen zuständig sein würde. »Frau Hornung«, begann er. »Sie sagten eben, Sie hätten in den zwei, drei Monaten vor dem 24. Juli häufiger mit Frau Beck telefoniert.«

»Ja.« Die Zeugin antwortete merklich einsilbiger, als bei der Befragung durch den Richter.

»Hat Frau Beck bei einem dieser Gespräche jemals einen Bill erwähnt?«

Falls Elisabeth Hornung dieser Name bekannt war, ließ sie es sich nicht anmerken: »Nein, wer soll das sein?«

»Die Fragen stelle ich, Frau Hornung. Sie haben sich also am Sonntag, den 24. Juli 2005, mit Frau Beck zum Mittagessen getroffen?«

»Ja.«

»Und Frau Beck hat nach diesem Essen gesagt, sie wolle jetzt zu Herrn von Neuendorff fahren?«

»Genau.«

»Aber Sie wissen nicht mit Sicherheit, ob Frau Beck sich an diesem Tag auch tatsächlich mit Herrn von Neuendorff getroffen hat, nicht wahr?«

»Natürlich weiß ich das. Barbara hat mir gesagt, sie fahre jetzt zu Hasso. Warum hätte sie mich anlügen sollen?«

»Haben Sie nicht eben erzählt, Frau Beck sei wegen des Treffens sehr nervös gewesen?«

»Ja, das stimmt, aber ...«

»Ist es da nicht denkbar, dass sie es sich in letzter Minute doch noch anders überlegt hat und sie nicht zu Herrn von Neuendorff gefahren ist?«

Die Zeugin schwieg. Auch eine Antwort, dachte Marc. Also stellte er gleich seine nächste Frage: »Sie kannten Frau Beck doch recht gut, nicht wahr? Sie waren sogar ihre beste Freundin.«

»Das ist richtig.«

»Und ist es nicht auch richtig, dass Frau Beck häufiger mal einen spontanen Kurzurlaub gemacht hat?«

»Ja, aber ...«

»Frau Hornung, nur Ja oder Nein. Hat sich Frau Beck nicht insbesondere dann gern mal eine kleine Auszeit gegönnt, wenn sie sich über etwas klar werden, sich ablenken oder einfach nur ihre Sorgen vergessen wollte?«

»Ja.«

»Und die Beziehung von Frau Beck und Herrn von Neuendorff befand sich zu der Zeit gerade in einer Krise, nicht wahr?«

»Ja.«

Marc wechselte abrupt die Zielrichtung seiner Fragestellung. »Frau Hornung, ich habe den Eindruck, Sie mögen meinen Mandanten nicht besonders.«

»Das stimmt nicht. Ihr Mandant ist mir vollkommen gleichgültig.«

»Das war aber nicht immer so, oder?«

Elisabeth Hornung wurde sichtlich nervös. »Ich verstehe die Frage nicht.«

»Ist die so kompliziert? Sie hatten einmal eine Beziehung zu Herrn von Neuendorff, ist das zutreffend?«

Elisabeth Hornung atmete tief durch. »Das ist drei Jahre her. Außerdem war diese ›Beziehung‹ nur von sehr kurzer Dauer.«

»Das lag aber nicht an Ihnen.«

»Bitte?«

»Die Frage lautet, ob der Angeklagte die Beziehung beendet hat oder ob die Initiative zu der Trennung von Ihnen ausgegangen ist?«

»Wir haben uns in beiderseitigem Einverständnis getrennt.«

»Frau Hornung, sagt Ihnen der Name Natascha Brinkmann etwas?«

»Allerdings.«

»Wären Sie dann so freundlich, dem Gericht und der Frau Staatsanwältin mitzuteilen, wer Frau Brinkmann ist.«

»Frau Brinkmann war die neue Freundin des Angeklagten. Meine Nachfolgerin sozusagen.«

»Wann genau hat die Beziehung zwischen Herrn von Neuendorff und Frau Brinkmann begonnen?«

»Kurz nachdem unsere Beziehung beendet war.«

»War es nicht vielmehr so, dass Herr von Neuendorff Frau Brinkmann kennen gelernt hat, während Sie noch mit ihm zusammen waren, und er anschließend deshalb die Beziehung zu Ihnen beendet hat?«

»Das weiß ich nicht mehr.«

»Und war es nicht auch so, dass Sie Frau Brinkmann noch wochenlang mit nächtlichen Telefonanrufen terrorisiert haben? Und dass Sie Herrn von Neuendorff vor Zeugen mehrfach vor seiner Wohnung abgefangen und ihn angefleht haben, zu Ihnen zurückzukehren?«

»Mein Gott, ich war wütend auf ihn, weil er mich wegen dieser Frau hatte sitzen lassen. Die Brinkmann ist über zehn Jahre älter als ich. Allerdings hat sie ein paar Euro mehr auf ihrem Konto. Das war der einzige Grund, warum er zu ihr gegangen ist. Genauso wie es sein einziger Grund war, die Beziehung zu der Brinkmann zu beenden. Denn Barbara war noch reicher.«

»Haben Sie nicht eben behauptet, Sie hätten sich einvernehmlich von Herr von Neuendorff getrennt?«

Schweigen.

»Frau Hornung, haben Sie meine Frage nicht verstanden?«

»Mein Gott, ja. Dann haben wir uns eben nicht einvernehmlich getrennt.«

»Sie haben sich also im Streit getrennt?«

»Ja.«

»Und mein Mandant hat die Beziehung gegen Ihren Willen beendet?«

»Ja.«

»Frau Hornung, gibt es außer Ihnen – soweit Ihnen das natürlich bekannt ist – noch jemanden, dem Frau Beck erzählt hat, Herr von Neuendorff habe Geld von ihr für sich zur Seite geschafft.«

»Soweit ich weiß, nicht. Ich sagte ja schon, dass der Angeklagte Frau Beck sehr abgeschottet hat.«

»Mit anderen Worten: Was dieses angeblich veruntreute Geld angeht, sind wir einzig und allein auf Ihre Aussage angewiesen?«

Elisabeth Hornung zuckte die Schultern. »Das ist möglich.«

»Auf die Aussage einer Frau, die mit dem Angeklagten ein Verhältnis hatte und die sich im Streit von ihm getrennt hat.«

»Ist das eine Frage?«, blaffte Britta Gerland. »Falls es eine sein soll, ist sie bereits ausführlich beantwortet worden.«

»Ja«, übernahm der Vorsitzende. »Herr Hagen, ich denke, Sie haben Ihren Standpunkt hinreichend dargelegt. Noch Fragen?«

»Im Moment nicht, danke.«

»Frau Dr. Gerland?«

»Ja. Frau Hornung, hat Frau Beck Ihnen gegenüber am Sonntag, den 24. Juli 2005, irgendwelche Andeutungen darüber gemacht, dass sie einen spontanen Kurzurlaub plant?«

»Nein, mit keinem Wort.«

»Wenn Frau Beck einen spontanen Kurzurlaub gemacht hat, wie ist sie dann gereist?«

»Sie ist immer mit einem ihrer Autos gefahren.«

»Aber die standen ja beide noch in der Garage, richtig?«

»Richtig.«

»Ist es jemals vorgekommen, dass Frau Beck einen spontanen Kurzurlaub gemacht hat, ohne ihre Kosmetikartikel, Kleidung oder zumindest ihre Zahnbürste mitzunehmen?«

»Nein, das hat es nie gegeben.«

»Gut. Dann zu einem anderen Punkt. Sie sagten eben, Ihre Beziehung zu dem Angeklagten sei seit drei Jahren beendet. Seit wann haben Sie keinen Kontakt mehr zu dem Angeklagten gehabt?«

»Seit dieser Zeit. Also seit fast drei Jahren.«

»Sie haben den Angeklagten seit drei Jahren weder gesehen noch gesprochen?«

»Das ist richtig.«

»Kann man sagen, dass Sie sich mit dem Ende der Beziehung abgefunden haben?«

»Allerdings.«

»Wie würden Sie Ihre heutigen Gefühle in Bezug auf den Angeklagten beschreiben?«

»Wie ich schon sagte: Er ist mir vollkommen gleichgültig. Und ich bin froh, dass ich nicht mehr mit ihm zusammen bin. Sonst hätte er womöglich mich statt Barbara ermordet.«

Britta Gerland lächelte die Zeugin warm an. »Vielen Dank, Frau Hornung, ich habe keine Fragen mehr.«

»Herr Hagen?«

»Noch eine oder zwei Anschlussfragen. Frau Hornung, war Frau Beck reich genug, um sich bei einem ihrer spontanen Kurzurlaube problemlos an jedem Ort der Welt mit neuen Kleidern, mit Kosmetikartikeln und allen anderen Gegenständen des täglichen Gebrauchs eindecken zu können?«

»Ja.«

»Und war sie auch reich genug, sich ein Taxi zu bestellen, um sich damit zum Beispiel zu einem Bahnhof oder einem Flughafen fahren zu lassen?«

»Natürlich, aber …«

»Sie haben der Frau Staatanwältin eben gesagt, Herr von Neuendorff sei Ihnen gleichgültig, richtig?«

»Genau.«

»Aber haben Sie nicht vor einer Woche einer bekannten deutschen Tageszeitung ein Interview gegeben, bei dem Sie gesagt haben: ›Dieser Mensch‹, gemeint ist Herr von Neuendorff, ›dieser Mensch soll für ewig in der Hölle schmoren‹?«

»Das habe ich *so* nicht gesagt. Diese Journalistin hat das aufgebauscht.«

»Aber sinngemäß stimmt es, wie Sie hier zitiert werden?«

»Vielleicht.«

»Würden Sie nicht meinen, dass man einen Menschen sehr hassen muss, dem man, wenn auch nur sinngemäß, wünscht, er möge auf ewig in der Hölle schmoren?«

»Das bezog sich darauf, was er Barbara angetan hat, nicht darauf, was er mir angetan hat.«

»Sie meinen also, Herr von Neuendorff habe Ihnen etwas ›angetan‹?«, fragte Marc in ungläubigem Ton.

»Das meine ich nicht nur, das ist auch so!«, schrie Elisabeth Hornung plötzlich los. »Dieses Schwein hat mich benutzt und dann wie einen alten Lappen auf den Müll geworfen.«

»Vielen Dank, Frau Hornung. Das war sehr aufschlussreich. Herr Vorsitzender, ich bin mit dieser Zeugin fertig.«

Marc drehte sich zu Hasso von Neuendorff um, der ihm einen weiteren Zettel zuschob. *Gut gemacht! Ich möchte, dass diese Giftschlange vereidigt wird!*

Marc schüttelte bestimmt den Kopf und beugte sich zu ihm hinüber. »Das kommt nicht infrage. Ich erkläre Ihnen das später.«

»Verzicht auf Vereidigung?«, fragte Berger routinemäßig und sah sich um. Marc und Britta Gerland nickten und der Richter wollte den allseitigen Verzicht schon ins Protokoll diktieren, als auf einmal eine laute Stimme ertönte.

»Nein!«, rief Hasso von Neuendorff. »*Ich* verzichte nicht auf eine Vereidigung dieser Frau.«

Der Vorsitzende warf Marc einen fragenden Blick zu. »Spüre ich da aufseiten der Verteidigung eine gewisse Uneinigkeit? Herr Hagen, Sie wissen doch, dass die Verzichtserklärung auch vom Angeklagten abgegeben werden muss, und zwar neben dem Verteidiger und unabhängig vom Verteidiger. Wenn der Angeklagte also nicht verzichtet, werden wir die Zeugin vereidigen müssen.«

»Darf ich um eine Unterbrechung von zehn Minuten bitten?«, fragte Marc.

»Zehn Minuten«, gab der Vorsitzende ungehalten zurück. »Und nicht eine Minute länger.«

21

»Ich verlange, dass diese Lügnerin vereidigt wird«, brüllte Hasso von Neuendorff, als er mit seinen Verteidigern im Anwaltsbesprechungszimmer des Landgerichts allein war. »Das ist alles erstunken und erlogen. Ich habe keinen Cent von Barbaras Geld für mich verwendet.«

»Darf ich fragen, was Sie sich von einer Vereidigung versprechen?«, fragte Marc ruhig. »Sie glauben doch nicht im Ernst, dass die Hornung dann zugibt, das Gericht belogen zu haben? Die Frau hasst Sie, das haben Sie doch gemerkt. Und ich hoffe, das Gericht hat es auch mitbekommen. Auf jeden Fall wird sie auch unter dem Druck einer Vereidigung nicht umkippen und kein Jota von ihrer Aussage abweichen. Wir bewirken mit einer Vereidigung also das genaue Gegenteil von dem, was wir bezwecken: einen Eid auf eine belastende Aussage, die damit einen erhöhten Beweiswert erhält. Nein, den Gefallen werden wir der Staatsanwaltschaft nicht tun.«

Hasso von Neuendorff wirkte für einen Moment verblüfft. »So habe ich das nicht gesehen«, gab er schließlich zu, aber nur, um gleich einen neuen Versuch zu starten. »Trotzdem will ich, dass diese Frau wegen eines Meineids in den Knast geht. Die soll das Gleiche durchmachen wie ich.«

»Wie wollen Sie einen Meineid denn beweisen? Der einzige Mensch, der Frau Hornung überführen könnte, ist Barbara Beck. Und die ist tot.«

Hasso von Neuendorff atmete tief durch. »Vielleicht haben Sie Recht«, sagte er. »Wir verzichten auf eine Vereidigung. Wer ist der nächste Zeuge?«

Die nächste Zeugin war Edeltraut Beil, Barbara Becks Zugehfrau, die die Angaben Elisabeth Hornungs uneingeschränkt bestätigte. Sie sei jeden Tag in der Wohnung ihrer Arbeitgeberin gewesen und habe sich dort um den Haushalt gekümmert. Am Morgen des 24. Juli 2005 habe sie Frau Beck noch gesehen. Frau Beck habe an diesem Sonntag ein beigefarbenes Kostüm von Chanel und eine blaue Bluse getragen. Ihre Chefin habe einen begehbaren Kleiderschrank mit hunderten Kleidern gehabt und es sei praktisch nie vorgekommen, dass sie zweimal dieselbe Kleidung getragen habe. Nein, sie habe von Frau Beck seit dem 24. Juli 2005 nie wieder etwas gesehen oder gehört und es habe, soweit sie das habe feststellen können, kein einziger von Frau Becks persönlichen Gegenständen gefehlt.

Irene von Kleist konnte ihr die Aussage abringen, dass Barbara Beck häufiger spontane Kurzurlaube gemacht hatte, ohne diese vorher anzumelden, auf weitere Fragen verzichtete die Anwältin.

Auf die Haushälterin folgte Simone Hassler, die Kellnerin, die Hasso von Neuendorff und Barbara Beck am 25. Juni bedient hatte.

»Frau Hassler, können Sie uns sagen, welche Beobachtung Sie am Samstag, den 25. Juni 2005 im *Café Siebrecht* in Bad Salzuflen gemacht haben?«, begann der Vorsitzende die Befragung zur Sache.

»Ich habe an diesem Tag gearbeitet und der Angeklagte und Frau Beck saßen an ihrem üblichen Platz.«

»Das heißt, Sie kannten die beiden?«

»Ja, sie waren Stammgäste. Ich habe Herrn von Neuendorff allerdings auch mit anderen Damen dort gesehen.«

»Haben Sie von dem Gespräch der beiden etwas mitbekommen?«

»Nicht direkt. Ich habe sie zwar bedient, aber nicht darauf

geachtet, was sie geredet haben. Ich konnte allerdings spüren, dass die Atmosphäre immer gereizter und hitziger wurde. Das Ganze endete damit, dass Herr von Neuendorff so wütend von seinem Platz aufgesprungen ist, dass der Stuhl beinahe umgekippt wäre. Und dann hat er Frau Beck zugezischt: Dafür bringe ich dich um.«

»Waren das seine genauen Worte?«, hakte der Vorsitzende nach. »Dafür bringe ich dich um?«

»Genau so hat er es gesagt«, bestätigte Simone Hassler mit fester Stimme, offenkundig stolz auf ihr gutes Gedächtnis.

»Wissen Sie auch, worauf sich dieses ›dafür‹ bezog, das heißt, aus welchem Grund der Angeklagte Frau Beck umbringen wollte?«

»Nein, das ist mir nicht bekannt.«

»Fragen an die Zeugin? Frau Dr. Gerland?«

»Im Moment nicht.«

»Hat die Verteidigung Fragen?«

»Danke, Herr Vorsitzender.« Marc nickte. »Frau Hassler, Sie sagten, Herr von Neuendorff habe zu Frau Beck deutlich verständlich und wortwörtlich gesagt: ›Dafür bringe ich dich um.‹ Ist das zutreffend?«

»Ja.«

»Und anschließend haben Sie Herrn von Neuendorff sicherlich bei der Polizei angezeigt, nicht wahr?«

Simone Hassler starrte Marc mit heruntergefallenem Unterkiefer an. »Was? Nein. Wieso hätte ich das tun sollen?«

»Dann darf ich Sie mit § 138 Absatz 1 Nummer 6 des deutschen Strafgesetzbuches bekannt machen. Danach kann mit Freiheitsstrafe bis zu fünf Jahren bestraft werden, wer von dem Vorhaben eines Mordes oder Totschlags zu einer Zeit, zu der die Ausführung noch abgewendet werden kann, *glaubhaft* erfährt und es unterlässt, der Behörde rechtzeitig Anzeige zu machen.«

Die Zeugin war kreidebleich geworden. Wahrscheinlich klingelten ihr die ›fünf Jahre‹ in den Ohren. Jetzt musste Marc nur noch dafür sorgen, dass Simone Hassler die goldene Brücke betrat, die er ihr gerade gebaut hatte, die sie aber noch nicht wahrgenommen hatte.

»Frau Hassler, noch einmal. Wer von einem geplanten Mord *glaubhaft* erfährt …«

»Moment mal«, unterbrach ihn die Zeugin, die endlich begriffen hatte. »Ich habe das ja gar nicht geglaubt. Also dass der Herr von Neuendorff die Frau Beck wirklich umbringen wollte.«

»Warum haben Sie das nicht geglaubt?«, fragte Marc.

»So was meint man doch normalerweise nicht ernst. Ich habe meinem Freund auch schon mal gesagt: ›Dafür könnte ich dich erwürgen.‹«

»Darf ich fragen, ob Ihr Freund noch lebt?«

»Natürlich lebt er noch.« Simone Hassler gab ein nervöses Lachen von sich.

»Keine weiteren Fragen.«

»Frau Staatsanwältin? Haben Sie jetzt Fragen?«

»Allerdings.« Britta Gerland blickte aus dem Kommentar hoch, in dem sie geblättert hatte. »Frau Hassler, Sie haben den Ausspruch des Angeklagten ›Dafür bringe ich dich um‹ deutlich gehört, nicht wahr?«

»Ja, aber ich habe das nicht ernst …«

»Darauf will ich jetzt nicht hinaus. Wenn Sie es gehört haben, hat es dann auch Frau Beck gehört?«

»Natürlich. Sie war ja noch näher dran als ich und hat auch ganz erschrocken geguckt.«

»Ich habe mir § 138 StGB gerade noch einmal durchgelesen. Leider hat der Kollege Hagen unterschlagen, dass es nicht unbedingt erforderlich ist, der Behörde von einem geplanten Mord Kenntnis zu geben, sondern dass es ausreicht, den *Bedrohten* rechtzeitig zu informieren. Frau Hassler, kann es sein, dass Sie die Polizei deshalb nicht informiert haben, weil Frau Beck zu demselben Zeitpunkt Kenntnis von der Bedrohung hatte wie Sie?«

»Ja, genauso war das«, sagte die Zeugin erleichtert. »Ich dachte mir, soll doch die Beck den Mann anzeigen, schließlich ist sie die Bedrohte. Aber ich habe das auch nicht ernst genommen, was der Herr von Neuendorff da gesagt hat«, fügte sie hastig hinzu. Sicher war sicher.

»Noch Fragen, Frau Dr. Gerland?«

»Ja. Sie sagten, Sie hätten Ihrem Freund auch schon mal gesagt: ›Dafür könnte ich dich erwürgen.‹«

»Ja.«

»Und Sie sagten auch, Sie hätten das nicht ernst gemeint und Ihr Freund würde noch leben?«

»Das ist richtig.«

»Aber Frau Beck *ist* ermordet worden, nachdem sie von dem Angeklagten bedroht wurde, nicht wahr?«

»Ja.«

»Keine weiteren Fragen.«

»Herr Hagen?«

»Nur noch eine. Allerdings nicht an die Zeugin, sondern an die Frau Staatsanwältin. Hat Frau Beck Herrn von Neuendorff jemals wegen einer angeblichen Bedrohung bei der Polizei oder der Staatsanwaltschaft angezeigt?«

»Nein«, musste Britta Gerland widerwillig zugeben.

»Kann es sein, dass Frau Beck diese Anzeige unterlassen hat, weil sie die angebliche Bedrohung des Angeklagten nicht ernst genommen hat?«

»Über die Beweggründe von Frau Beck, die Bedrohung nicht anzuzeigen, ist mir nichts bekannt«, erwiderte die Staatsanwältin in scharfem Tonfall. »Leider können wir sie dazu auch nicht mehr befragen.«

22

Am Abend saß Marc nervös in seinem Appartement und starrte auf die Uhr des Videorekorders. Gabriel hatte sich für achtzehn Uhr angekündigt, war aber schon zwanzig Minuten über die Zeit. Normalerweise kein Grund zur Beunruhigung, schließlich wusste Marc um die notorische Unpünktlichkeit seines besten Freundes. Das Problem war, dass er nicht wusste, ob Gabriel überhaupt noch sein Freund war. Seit Marcs Auslieferung aus Antigua hatten sie sich erst einmal in Dortmund getroffen und dabei feststellen müssen, dass ihr Verhältnis merklich abgekühlt war.

Zu der Entfremdung hatte sicherlich auch beigetragen, dass Gabriel und seine Familie seit einigen Monaten in Stuttgart lebten. Umso erstaunter war Marc gewesen, als Gabriel sich vor zwei Wochen bei ihm gemeldet und angekündigt hatte, demnächst geschäftlich zwei Tage in Bielefeld zu tun zu haben. Ob man nicht mal wieder eine Partie Tennis spielen wolle?

Die Türklingel riss Marc aus seinen Gedanken. Er öffnete und stand mehrere Sekunden unbeholfen da, weil er nicht wusste, wie er Gabriel begrüßen sollte. Schließlich gab er ihm die Hand. »Schön, dass du es noch geschafft hast.«

Er führte seinen Freund in sein einziges Zimmer.

»Hier wohnst du also«, stellte Gabriel ohne große Begeisterung fest, während er sich umsah. Dann fiel sein Blick auf Janas Bild und er verzog unwirsch den Mund. »Bist du sicher, dass das klug ist?«, wollte er wissen.

»Was?«, fragte Marc gereizt zurück.

»Nun, dieser … dieser Jana-Schrein. Das sind doch alles Sachen von ihr auf dem Sideboard da, oder? Und dann dieses riesige Foto an der Wand.«

»Ich weiß, dass du sie nie gemocht hast«, erwiderte Marc in aggressivem Ton. »Aber ich habe Jana nun mal geliebt und werde wohl um sie trauern dürfen.«

»Was du hier betreibst, ist keine Trauer, das ist ein regelrechter Totenkult. Du musst doch irgendwann mit dieser Sache abschließen und den Weg in ein normales Leben zurückfinden.«

»Mein Leben ist vollkommen in Ordnung. Und ich habe gar nicht vor, ›mit dieser Sache abzuschließen‹.«

Gabriel verdrehte die Augen und seufzte erschöpft. »Ich habe das dumpfe Gefühl, unser Treffen startet nicht besonders gut. Ich habe nichts gegen Jana, wirklich nicht. Ich glaube nur nicht, dass du momentan besonders glücklich bist.«

»Woher willst du das wissen? Wir haben uns seit Monaten nicht gesehen und du bist noch keine fünf Minuten hier.«

»Nun, nach meiner Erfahrung tragen glückliche Menschen keine verschiedenfarbigen Socken.« Er deutete auf Marcs Füße.

Marc wollte schon zu einer wütenden Antwort ansetzen, aber dann musste er grinsen. »Du hast nicht ganz Unrecht«, gab er zu. »Es geht mir zurzeit nicht besonders. Manchmal denke ich, es wäre besser, wenn ich mich nicht an alles erinnern könnte, dann wäre der Schmerz nicht so groß. Andererseits weiß ich auch genau: Wenn es einen Knopf gäbe, mit dem man die Erinnerung löschen könnte, würde ich ihn nie drücken. Also bleibt mir nicht viel anderes übrig als zu versuchen, irgendwie mit Janas Tod fertig zu werden.«

»Aber das musst du ja nicht unbedingt hier tun«, erwiderte Gabriel gutmütig. »Jetzt lass uns los. Ich habe den Platz für sieben Uhr bestellt.«

Zwei Stunden später saßen sie frisch geduscht im Restaurant des Tenniscenters. Gabriel hob die Apfelsaftschorle, die die

Bedienung vor ihn auf den Tisch gestellt hatte, und stieß damit mit Marcs Alt Schuss an.

»Nochmal herzlichen Glückwunsch«, sagte er. »Ich glaube, zweimal sechs zu null habe ich noch nie gegen dich verloren. Aber du hattest auf Antigua ja auch genug Zeit zum Üben.«

Marc verzog den Mund zu einem müden Lächeln. »Du dagegen scheinst in den letzten Monaten nicht oft gespielt zu haben«, sagte er.

Gabriel hob die Hände zu einer resignierenden Geste. »Ich habe einen anstrengenden Beruf und eine Familie«, erklärte er.

»Wie geht es Julia und den Kindern?«, erkundigte sich Marc.

»Gut, danke. Wir haben gerade eine Doppelhaushälfte gekauft. Bei den horrenden Preisen in Stuttgart war es gar nicht leicht, etwas Passendes finden. Jetzt muss ich zwar jeden Tag eine Dreiviertelstunde zur Arbeit fahren, aber die Kinder haben wenigstens einen Garten.«

»Du scheinst Bielefeld nicht sehr zu vermissen.«

Gabriel hob unentschlossen die Schultern. »Es geht so. Wusstest du eigentlich, dass in Stuttgart das Gerücht die Runde macht, Bielefeld existiere überhaupt nicht? Das Ganze kam vor einigen Jahren im Internet auf, weil angeblich kein Mensch jemanden aus Bielefeld kennt und jemals in Bielefeld gewesen ist.«

»Ich hoffe, du konntest diese Leute eines Besseren belehren.«

Gabriel schüttelte den Kopf. »Als ich denen erzählte, ich habe jahrelang in Bielefeld gelebt, meinten meine Stuttgarter Freunde, ich gehöre also auch zu diesen armen Menschen, die mittels Telenosestrahlen einer Gehirnwäsche unterzogen werden. Mein seltsam starrer Blick sei ihnen sofort aufgefallen.«

Marc sah sich ostentativ in dem Restaurant um. »Und wo befinden wir uns dann hier?«

»In einer Art Cyberspace, in dem den Menschen eine ganz normale Stadt vorgegaukelt wird. Das ist alles eine riesige Verschwörung: Die BI-Kennzeichen an den Autos werden von IHNEN gefälscht, die Medien, die Post, die Telekom werden von IHNEN kontrolliert. Sogar der DFB ist in die Verschwörung verstrickt und lässt eine Tarnmannschaft namens Arminia Bielefeld in der Bundesliga spielen.«

»Aha. Und wozu das Ganze?«

»Da gibt es verschiedene Theorien. Die einen glauben, es handele sich um Außerirdische, die ihr Raumschiff als Universität getarnt haben. Am plausibelsten erscheint den Stuttgartern allerdings die Auffassung, dass die CIA John F. Kennedy seit dem angeblichen Attentat an der Stelle, an der Bielefeld liegen soll, auf einer geheimen Militärbasis versteckt hält, damit der nichts über die vorgetäuschte Mondlandung der NASA erzählen kann. Aber nichts Genaues weiß man nicht.«

»Und du glaubst das mittlerweile auch.«

Gabriel schaute misstrauisch um sich, dann beugte er sich vor. »Wir müssen vorsichtig sein«, flüsterte er. »SIE sind überall. Zuerst wollte ich das auch nicht wahrhaben, aber dann haben meine Freunde mich gefragt, ob ich nicht den Spruch ›Und seh'n wir uns nicht in dieser Welt, so seh'n wir uns in Bielefeld‹ kenne. Und da ist es mir wie Schuppen von den Augen gefallen. Verstehst du, Marc: *Nicht in dieser Welt.*« Er trank einen Schluck Apfelsaftschorle. »Nicht in dieser Welt«, wiederholte er und nickte weise.

Dann atmete er tief durch. »Wie geht es eigentlich Marion?«, wechselte er unvermittelt das Thema.

»Keine Ahnung. Wir haben seit Jahren keinen Kontakt mehr. Ich habe aber gehört, dass sie verlobt sein soll. Mit einem Investmentbanker.«

Gabriel schüttelte fassungslos den Kopf. »Ich habe nie verstanden, warum du sie hast gehen lassen. Sie war einfach die optimale …«

»Gabriel, *bitte.*«

»Schon gut. Man macht sich halt so seine Gedanken. Und was macht der Job? Du bist jetzt bei der Kleist, oder?«

Marc nickte. »Wir stecken mitten in einem Mordprozess. Und du wirst nicht raten, wer die Anklage vertritt: Britta Gerland.«

»Britta Gerland? Doch nicht *die* Britta Gerland?«

»Ja. Ice-Britta. Sie ist seit einiger Zeit wieder in Bielefeld. Hat sich seit dem Studium nicht sonderlich verändert. Weder innerlich noch äußerlich.«

»Befolge bitte meinen Rat, den ich dir schon vor dreizehn Jahren gegeben habe: Fang bloß nichts mit ihr an.«

»Ich habe nicht vor, etwas mit Britta ›anzufangen‹«, tat Marc empört. »Sie ist mir vollkommen egal.«

Gabriel blieb unbeeindruckt. »Ja, ja, natürlich. Marc, du hast ein geradezu unbeschreibliches Talent, immer an die falschen Frauen zu geraten. Marion natürlich ausgenommen.«

»Ich will nichts von Britta Gerland! Das kannst du glauben oder es von mir aus auch lassen.«

Gabriel musterte ihn zweifelnd. »Wenn du meinst. Aber wir sind irgendwie schon wieder auf ein falsches Gleis gekommen. Eigentlich hat mein Besuch nämlich einen ganz bestimmten Grund. Ich habe ein Angebot für dich.« Er machte ein geheimnisvolles Gesicht. »Ich wollte dich fragen, ob du nicht mit nach Stuttgart kommen willst.«

»Wie … kommen? Du meinst, für immer?«

»Zumindest für die nächsten Jahre.«

»Und was soll ich an einem Ort, an dem man der Überzeugung ist, die Stadt, in der ich geboren und aufgewachsen bin, existiere nicht?«

»Nun, zum einen hat Julia in Stuttgart mittlerweile einige Freundinnen gefunden. *Ledige* Freundinnen. Ich glaube, die würde sie dir gerne mal vorstellen.«

Marc schüttelte bestimmt den Kopf. »Ich vergleiche immer noch jede Frau mit Jana. Und solange sich das nicht ändert, könnt ihr euch eure Kuppelversuche sparen.«

»Außerdem sollst du in Stuttgart arbeiten«, fuhr Gabriel fort, als hätte Marc gar nichts gesagt. »Als ich gehört habe, dass du bei der Kleist angefangen hast, habe ich ein paar Erkundigungen über sie eingezogen. Man sagt, sie hat so ihre Probleme.« Er führte eine imaginäre Flasche zum Mund. »Und die Kanzlei soll nicht toll laufen.«

Marc zuckte mit den Schultern. »Ich werde einigermaßen bezahlt und ansonsten, na ja.«

»Das hört sich nicht gerade nach einem Traumjob an. Doch es ist ja auch kein Wunder, dass du es hier schwer hast. Es wäre sinnvoll, wenn du nach Süddeutschland ziehen würdest. In eine Gegend, in der dich und deine Geschichte niemand kennt und wo du ganz neu anfangen kannst.«

»In meiner gegenwärtigen Situation hätte ich auch woanders keine Chance. Ohne Anwaltszulassung kann ich mich nicht selbstständig machen und welches Unternehmen soll mich denn einstellen? Mit meiner Vergangenheit? Oder willst du dich bei deinem Arbeitgeber für mich verwenden?«

»Das dürfte schwierig werden, nachdem du ausgerechnet eine Versicherung betrogen hast«, gab Gabriel zu. »Aber in Stuttgart und drum herum gibt es tausende Unternehmen. Und eines davon wird doch wohl einen Juristen suchen. Wenn du willst, schicke ich dir gern jeden Samstag die Stellenanzeigen zu.«

Marc dachte kurz darüber nach. »Ein Versuch wär's wert«, sagte er schließlich ohne große Überzeugung. »Aber du kannst dir Zeit lassen. Zuerst muss ich diesen Prozess zu Ende bringen. Das bin ich Frau Dr. von Kleist und unserem Mandanten einfach schuldig. Danach werden wir weitersehen.«

23

Der zweite Tag der Beweisaufnahme begann genauso wie der erste. Die schwarz gekleidete Valerie Wehmeier saß wieder in der ersten Reihe der Zuschauer und bei Marc verfestigte sich der Eindruck, dass sie jeden Verhandlungstag ab fünf Uhr morgens vor dem Gericht auf Einlass wartete, um ja ihren Platz einnehmen zu können. Ihr Äußeres sprach für diesen Verdacht: Sie war ungeschminkt und die Kleidung wirkte, als habe sie darin geschlafen.

Als Marc zu Britta Gerland hinüberblickte, nickte sie ihm kurz zu. Marc tat so, als habe er es nicht bemerkt. Den Vergleich mit dem Affen und dem Leierkastenmann hatte er nicht vergessen. Dann wurde Hasso von Neuendorff in den Saal geführt. Er begrüßte Irene von Kleist und Marc, während er Eberhard Werners ausgestreckte Hand erneut übersah.

Fünf Minuten später erschien das Gericht und der erste Zeuge wurde hereingerufen und belehrt.

Lothar Höfer ließ schon optisch keinen Zweifel an seinem Hobby aufkommen: Er trug eine grüne Wachsjacke und eine grüne Kniebundhose aus Cord und Stiefel. Auf Befragen gab er an, achtundsechzig Jahre alt zu sein und bis zu seiner Pensionierung vor vier Jahren als Beamter bei der Post gearbeitet zu haben. Seine Jagdleidenschaft habe dazu geführt, dass er nun auf Vierhundert-Euro-Basis als Jagdaufseher und Forstverwalter im Rathenhorster Wald, dem Eigenjagdbezirk des Grafen von Ravensberg, tätig sei.

»Herr Höfer, können Sie uns mitteilen, was Sie am Nachmittag des 24. Juli 2005 beobachtet haben?«, bat Berger.

Höfer schilderte, wie er gegen sechzehn Uhr das Revier betreten hatte, um dort routinemäßig nach dem Rechten zu sehen. Dabei sei ihm ein Range Rover aufgefallen, der auf einem Waldweg geparkt worden war. Wenige Minuten später habe Höfer vier Schüsse gehört und eine halbe Stunde danach sei von Neuendorff erschienen, um mit seinem Wagen wegzufahren. Nach einem kurzen Wortgeplänkel habe der Angeklagte schließlich zugegeben, mit seinem Gewehr der Marke Ferlacher auf Schmalrehe geschossen zu haben, um seine neue Waffe zu testen. Tote Tiere habe der Angeklagte nicht mit sich geführt.

»Wie ging es weiter?«, wollte der Vorsitzende wissen.

»Nachdem der Angeklagte sich entfernt hatte, bin ich zuerst in die Richtung gegangen, in der meiner Meinung nach die Schüsse gefallen sind. Ich habe dort nach angeschossenem oder totem Wild gesucht, aber nichts gefunden. Dann habe ich den Grafen angerufen. Immerhin war Herr von Neuendorff mehrfach Jagdgast bei uns gewesen und ich wollte mich rückversichern, bevor ich ihn anzeige. Aber der Graf hatte nichts gegen eine Meldung. Im Gegenteil.«

»Was meinen Sie damit?«

»Nun, der Graf hatte Herrn von Neuendorff zwei Wochen vor diesem Vorfall zu einer Jagd eingeladen und da haben die beiden sich fürchterlich in die Haare bekommen. Der Graf hat mich ausdrücklich ermächtigt, zur Polizei zu gehen und Strafantrag gegen Herrn von Neuendorff zu stellen. Und das habe ich dann auch getan. Damit war die Sache für mich erledigt.«

»Aber einige Zeit später hat sich im Rathenhorster Wald wieder etwas Ungewöhnliches ereignet, nicht wahr?«

»Ja, es war wieder ein Sonntag, genau sieben Wochen nach diesem Vorfall am 24. Juli. Der Graf veranstaltete eine Gesellschaftsjagd. Der Hund einer der Jagdgäste lief auf einmal mit einem Knochen im Maul herum. Wir haben dem Hund den Knochen abgenommen und gemeinsam überlegt, zu welchem Tier der wohl gehören könne. Ein anderer Jagdgast, ein Arzt, meinte dann, es handele sich zweifellos um einen menschlichen Knochen. Daraufhin habe ich sofort die Polizei angerufen und wir haben begonnen, den Wald abzusuchen.«

»Haben Sie etwas gefunden?«

»Zunächst nicht, aber nachdem die Polizei mit Leichenspürhunden gekommen ist, ging es relativ schnell. Ich habe die Tote selbst gesehen. Es war grauenhaft. Die Frau war so stark verstümmelt, dass sie kein Gesicht mehr hatte.«

»Woher wussten Sie überhaupt, dass es sich um eine Frau gehandelt hat?«

»Aufgrund der Kleidung. Wir haben Reste eines beigefarbenen Kostüms und einer blauen Bluse gefunden. Außerdem trug sie hochhackige Schuhe.«

»Frau Dr. Gerland, Fragen an den Zeugen?«

»Ja, danke.« Britta Gerland richtete den Blick auf Lothar Höfer. »Haben Sie am Sonntag, den 24. Juli 2005, außer dem Angeklagten noch weitere Personen in dem Jagdrevier bemerkt?«

»Nein.«

»Haben Sie andere Autos außer dem Range Rover des Angeklagten im Rathenhorster Wald gesehen?«

»Nein.«

»Sind Sie häufig in dem Jagdrevier?«

»Jeden Tag.«

»Sie waren also auch in den Tagen und Wochen nach dem 24. Juli täglich im Revier?«

»Jawohl.«

»Ist Ihnen dabei bis zum Fund der Leiche am 11. September noch einmal etwas Ungewöhnliches aufgefallen? Schüsse? Schreie? Menschen oder Autos, die dort nicht hingehören?«

»Nein, nichts von alledem.«

»Dann noch einmal zu den vier Schüssen, die Sie am Sonntag, den 24. Juli gehört haben. Der Angeklagte hat zugegeben, diese Schüsse abgegeben zu haben, nicht wahr?«

»Das ist richtig.«

»Und Sie sagten, Sie seien an diesem Sonntag in die Richtung gegangen, aus der Sie die Schüsse gehört haben, und hätten dort nach angeschossenem oder erlegtem Wild gesucht.«

»Auch das ist korrekt.«

»Sie sagten auch, Sie seien dabei gewesen, als am 11. September die Leiche von Frau Beck gefunden wurde.«

»Ja.«

»Stimmt der Fundort der Leiche mit der Stelle überein, aus der Ihrer Ansicht nach am 24. Juli die vier Schüsse kamen?«

»Ja, das war exakt dieselbe Richtung.«

Auf Britta Gerlands Gesicht erschien ein feines Lächeln. »Vielen Dank, Herr Höfer. Ich habe keine weiteren Fragen.«

»Wie sieht es mit der Verteidigung aus?«

»Herr Höfer«, meldete Marc sich einmal mehr zu Wort. »Sie sagten, Sie hätten am 24. Juli an der Stelle, an der Ihrer Meinung nach die Schüsse gefallen sind, nach erlegtem Wild gesucht, aber nichts gefunden. Das heißt, Sie haben auch die Leiche von Frau Beck nicht gefunden, obwohl die nach der Theorie der Staatsanwaltschaft zu diesem Zeitpunkt bereits dort gelegen haben muss.«

»Nein, ich habe keine Leiche gefunden. Die Leiche wurde zwar ganz in der Nähe der Stelle gefunden, an der ich gesucht habe, aber die Tote lag in ziemlich unzugänglichem Unterholz und war zudem mit Erde und Zweigen bedeckt. Wenn der Hund nicht mit dem Knochen aufgetaucht wäre, wäre sie vielleicht nie entdeckt worden.«

»Sie sagten eben auf eine Frage der Frau Staatsanwältin,

Sie hätten am 24. Juli in dem Jagdrevier nur den Wagen von Herrn von Neuendorff gesehen, richtig?«

»Richtig.«

»Kein anderes Auto? Insbesondere keinen gelben Porsche oder einen blauen Golf?«

»Nein.«

»Gibt es in der Nähe des Rathenhorster Waldes eine Bushaltestelle?«

»Nein.«

»Herr Höfer, die Polizei hat bei einer routinemäßigen Überprüfung der ortsansässigen Taxiunternehmer keinen Fahrer finden können, der Frau Beck am 24. Juli 2005 zum Rathenhorster Wald gebracht hat. Ist es denkbar, dass sie zu Fuß dorthin gelangt ist?«

»Nein, nicht mit hochhackigen Schuhen, dazu ist das Revier zu abgelegen.«

»Wenn Frau Beck sich an diesem Sonntag, den 24. Juli, gemeinsam mit Herrn von Neuendorff in dem Jagdrevier aufgehalten hätte, hätten die beiden also zusammen mit dem Range Rover von Herrn von Neuendorff gekommen sein müssen, oder?«

»Ja.«

»Haben Sie denn irgendwelche Anhaltspunke dafür, dass Herr von Neuendorff an diesem 24. Juli in Begleitung von Frau Beck in dem Jagdrevier war?«

»Also ich habe die beiden nicht zusammen gesehen, wenn Sie das meinen.«

»Genau das meine ich.«

»Allerdings habe ich den Angeklagten auch das erste Mal gesehen, nachdem ich die Schüsse gehört habe«, sprach Höfer weiter. »Dazu, ob er den Wald vor den Schüssen zusammen mit einer Frau betreten hat, kann ich also gar nichts sagen.«

Marc lächelte säuerlich. »Vielen Dank für diese Information. Vielleicht können Sie sich ab jetzt darauf beschränken, nur meine Fragen zu beantworten. Es handelt sich doch um einen ziemlich großen Wald, nicht wahr?«

»Allerdings.«

»Wenn Frau Beck dort *nach* dem 24. Juli erschossen worden wäre, hätten Sie das dann auf jeden Fall mitbekommen?«

»Nicht unbedingt. Ich bin zwar jeden Tag mehrere Stunden in dem Wald, aber ich kann meine Augen und Ohren nicht überall haben.«

»Sie sagten eben, Sie hätten den Grafen informiert, nachdem Sie Herrn von Neuendorff überrascht haben. Haben Sie – an diesem Tag oder an einem späteren Tag – auch noch mit anderen Menschen über diesen Vorfall gesprochen?«

»Eigentlich nicht.«

»Was heißt ›eigentlich‹?«

»Also meiner Frau habe ich schon davon erzählt.«

»Hat Ihre Frau die Geschichte weitererzählt?«

»Ich habe sie gebeten, damit nicht hausieren zu gehen. Ich dachte mir, eines Tages vertragen sich der Graf und Herr von Neuendorff wieder und dann bekomme ich womöglich Ärger, weil ich die Sache in Umlauf gebracht habe.«

»Können Sie beschwören, dass Ihre Frau Ihren Bitten immer nachkommt?«

Höfer machte ein unglückliches Gesicht. Offenbar hatte er bei sich zu Hause nicht allzu viel zu sagen.

Marc hoffte, dass die Reaktion dem Gericht nicht entgangen war, und verzichtete auf eine ausdrückliche Antwort. Stattdessen fragte er: »Herr Höfer, ist Ihnen bekannt, ob Herr von Neuendorff ein guter Schütze ist?«

»Jawohl, das ist mir bekannt. Herr von Neuendorff ist ein ausgezeichneter Schütze. Soweit ich weiß, hat er sogar die Goldene Schießleistungsnadel. Deshalb ist er vom Grafen auch immer wieder zu Jagden eingeladen worden.«

»Würde es Sie überraschen, wenn ich Ihnen sagen würde, dass Herr von Neuendorff mehrere Schützenturniere gewonnen hat?«

»Nein, das würde mich keinesfalls überraschen.«

»Herr Höfer, Sie sagten eben, Sie hätten vier Schüsse gehört.«

»Das ist richtig.«

»Würde ein so hervorragender Schütze wie Herr von Neuendorff Ihrer Einschätzung nach tatsächlich *vier* Schüsse benötigen, um eine wehrlose Frau zu treffen?«

Bevor der Jagdaufseher antworten konnte, fiel ihm die Staatsanwältin ins Wort. »Ich erhebe Einspruch gegen diese Frage, Herr Vorsitzender. Erstens handelt es sich um eine Suggestivfrage und zweitens kann der Zeuge gar nicht wissen, unter welchen genauen Umständen Frau Beck ums Leben gekommen ist.«

Der Vorsitzende warf Marc einen fragenden Blick zu. »Wollen Sie dazu eine Stellungnahme abgeben?«

Marc schüttelte den Kopf. »Ich ziehe die Frage zurück«, sagte er und lehnte sich zufrieden zurück. Er hatte erreicht, was er erreichen wollte.

Als Nächster nahm Kieft, der Richter in dem Wildereiverfahren, hinter dem Zeugentisch Platz. Bei seiner Vernehmung gab er an, dass von Neuendorff in der Verhandlung am 2. August 2005 zugegeben hatte, sich am Nachmittag des 24 Juli 2005 im Rathenhorster Wald aufgehalten und mit seinem Gewehr der Marke Ferlacher vier Schüsse abgegeben zu haben.

Da es keinen Zweck hatte, diese Angaben in Zweifel zu ziehen, verzichtete Irene von Kleist auf Nachfragen und so konnte der Zeuge bereits nach einer Viertelstunde wieder entlassen werden.

Der letzte Zeuge des Tages war Höfers Chef, der Graf von Ravensberg. Er sah ganz anders aus als die Grafen, die Marc aus den Rosamunde-Pilcher-Verfilmungen kannte: Er war klein, hatte ein Doppelkinn und starkes Übergewicht und er trug ein Toupet.

Der Graf bestätigte, am 24. Juli von seinem Jagdaufseher über die Schüsse des Angeklagten in seinem Revier informiert worden zu sein und die Anzeige bei der Polizei wegen Wilderei veranlasst zu haben. Britta Gerland hatte keine Fragen, dann war Irene von Kleist an der Reihe.

»Worum ging es eigentlich bei Ihrem Streit mit Herrn von Neuendorff am 10. Juli 2005?«, wollte sie wissen.

Der Zeuge blickte den Vorsitzenden fragend an. »Muss ich das beantworten?«

Berger nickte und der Graf wandte sich wieder der Anwältin zu. »Eigentlich ist es mir zu dumm, darüber auch nur noch ein Wort zu verlieren, aber bitte schön. Nach der Jagd am 10. Juli hat Neuendorff mir vorgeworfen, ich sei durch seine Schussbahn gelaufen und er habe mich fast getroffen. Was natürlich vollkommener Unsinn ist, denn ich hatte meinen Hochsitz die ganze Zeit nicht verlassen, und das habe ich ihm auch gesagt. Aber Neuendorff hat sich immer weiter in diese Sache reingesteigert. Hat dann sogar behauptet, ich sei wohl mal wieder so betrunken, dass ich gar nicht wisse, was ich tue. Ich glaube nicht, dass ich mir so was auf meinem eigenen Grund und Boden anhören muss. Ich habe Neuendorff gesagt, er solle verschwinden und sich nie wieder in meinem Wald blicken lassen.«

»Als Sie dann zwei Wochen später von Ihrem Jagdaufseher darüber informiert worden sind, dass er Herrn von Neuendorff mit einem Gewehr in Ihrem Jagdrevier angetroffen hat, was haben Sie da gedacht oder gefühlt?«

Diese Frage rief bei dem Grafen ein breites Grinsen hervor.

»Nun, um ehrlich zu sein, war das für mich so etwas wie ein innerer Reichsparteitag. Erst beschimpft er mich als Säufer und dann so etwas.«

»Haben Sie gezögert, Herrn von Neuendorff bei der Polizei anzuzeigen?«

»Nicht eine Sekunde.«

»Haben Sie irgendjemandem von dieser Anzeige erzählt?«

Das Grinsen wurde noch breiter. »Ich habe daraus nicht gerade ein Staatsgeheimnis gemacht, wenn Sie verstehen, was ich meine.«

Irene von Kleist nickte bestätigend. Und auch Marc konnte sich gut vorstellen, wie der Graf umgehend dafür gesorgt hatte, dass sich die Geschichte wie ein Lauffeuer unter seinen Jagdfreunden verbreitete. Marc war sich sicher, dass die Botschaft beim Gericht angekommen war: Praktisch jeder hatte von diesem Vorfall gewusst und hätte ihn für seine Zwecke ausnutzen können. Er sah zu Irene von Kleist herüber und klatschte ihr im Stillen Beifall. Sie hatte ihr Versprechen eingelöst und sich bis jetzt gut gehalten.

»Keine weiteren Fragen«, beendete die Anwältin die Sitzung.

Den Nachmittag und Abend benötigte Marc, die für den nächsten Tag angesetzte Vernehmung des Leiters der Bielefelder Mordkommission vorzubereiten. Die Grundregel für einen Verteidiger lautete zwar, die Befragung des ermittelnden Beamten so kurz wie möglich zu halten oder sogar ganz zu vermeiden, denn erfahrungsgemäß hatte der Angeklagte aus dem Mund eines Polizisten nichts Positives zu erwarten. Aber in diesem Fall hatte Marc sich zu einer etwas anderen Vorgehensweise entschlossen: Er wollte die Befragung des Hauptkommissars dazu nutzen, dem Gericht erstmals die Möglichkeit eines Jagdunfalls schmackhaft zu machen.

Um zwanzig Uhr war die Kanzlei stockdunkel, bis auf das blaue Licht, das der Monitor des PC abstrahlte. Marc beendete seine Arbeit und spazierte durch die Fußgängerzone zum *Limerick*, um einen Absacker zu nehmen. Er wollte die Kneipe gerade betreten, als ihm Britta Gerland entgegenkam.

Sekundenlang standen sie sich schweigend gegenüber, dann ergriff die Staatsanwältin das Wort. »Du hast heute gute Arbeit geleistet, Marc.«

»Du gratulierst dem Falschen«, gab der zurück. »Aber ich bin mir sicher, dass unser Leierkastenmann Irene von Kleist sich über das Kompliment freuen wird.«

»Nimmst du mir diesen blöden Vergleich etwa übel?«, fragte Britta Gerland erstaunt. »Weißt du was? Du nimmst alles viel zu persönlich. Du musst diesen Prozess einfach als eine Art Theaterstück betrachten, in dem jeder seine Rolle spielt: Richter, Verteidiger, Staatsanwalt. Von uns wird einfach erwartet, dass wir uns in der Öffentlichkeit bekriegen.«

»Ist das so? Nun, dann kann ich es dir ja sagen: Lass mich einfach in Ruhe.«

»Du bist echt sauer auf mich, stimmt's?«, sagte sie und tat zerknirscht. »Das wollte ich nicht. Außerdem ist mir schon lange klar, dass du der Leierkastenmann der Verteidigung bist.«

Obwohl Marc lieber weiter den Beleidigten gespielt hätte, merkte er, dass ihm die Bemerkung schmeichelte.

Die Staatsanwältin bemerkte seinen Stimmungsumschwung. »Weißt du was? Wie wäre es, wenn wir das Kriegsbeil wieder begraben?«

Marc zweifelte einen Moment. Aber offenbar war es Britta Gerland mit dem Friedensschluss ernst. Und eine Verhandlung in vergifteter Atmosphäre brachte schließlich niemandem etwas.

»Also gut«, stimmte er zu. »Lass uns ein Bier trinken. Oder wolltest du gerade gehen?«

»Ich bin leider schon verabredet. Wie sieht es mit Donnerstag aus? Um acht Uhr. Abendessen bei mir. Aber erwarte nicht zu viel, es gibt nur eine Kleinigkeit.«

Marc staunte. Mit einer persönlichen Einladung hatte er nicht gerechnet.

»Einverstanden«, sagte er. »Aber nur unter einer Bedingung: kein Wort über den Prozess.«

»Keine Einwände«, lächelte Britta Gerland. »Ich wohne ...«

Marc hob die Hand. »Ich weiß Bescheid.«

Britta Gerlands Lächeln hellte sich noch mehr auf. »Interessant. Wir sehen uns morgen früh um neun.«

Als sie sich an ihm vorbeischob, streifte ihre Brust leicht seinen Arm, und Marc fragte sich den ganzen restlichen Abend, ob sie das mit Absicht gemacht hatte.

24

Am nächsten Tag verschlief Marc. Aus irgendeinem Grund hatte er bis drei Uhr morgens kein Auge zubekommen. Für einen Moment zog er in Erwägung, seine Einschlafschwierigkeiten könnten etwas mit Britta Gerlands Einladung zu tun haben, aber das war ja wohl nicht möglich. Schließlich wollte er von der Frau nichts.

Als Marc den Saal um Viertel nach neun betrat, empfing ihn der Vorsitzende etwas angesäuert. »Nett, dass Sie uns auch noch die Ehre geben.«

Marc murmelte eine Entschuldigung und wurde mit einer schnellen Handbewegung auf seinen Platz gescheucht. Hauptkommissar Lohmann saß bereits auf dem Zeugenstuhl und wartete auf seine Vernehmung. Während Marc seinen Aktenkoffer auspackte, ratterte Lohmann seine Personalien herunter, dann stellte Berger seine Fragen zur Sache.

»Waren Sie als Erster am Tatort?«

»Nein, ich wurde am 11. September 2005 als Leiter der Bielefelder Mordkommission gerufen, weil im Rathenhorster Wald eine Leiche gefunden worden war. Als ich dort eintraf, waren schon mehrere Kollegen von der Schutzpolizei anwesend, die den Tatort im Rahmen des Sicherungsangriffs weiträumig abgesperrt hatten. Außerdem hatten die Kollegen bereits die Personalien aller Personen festgehalten, die am Tatort angetroffen worden waren. Das waren eine ganze Menge, weil an diesem Tag eine Gesellschaftsjagd stattgefunden hatte. Der Tatort wurde dann mir, als dem Einsatzleiter, offiziell übergeben.«

»Was können Sie uns zu der aufgefundenen Leiche sagen?«

»Es handelte sich um eine weibliche Leiche. Sie lag auf dem Rücken und war teilweise mit Erde und Zweigen bedeckt. Die Leiche war stark skelettiert, das Gesicht war praktisch nicht mehr vorhanden, wahrscheinlich eine Folge von Tierfraß.«

»Woher wussten Sie dann, dass es sich um eine Frau handelt?«

»Zum einen war die Leiche nicht besonders groß, also kleiner als man es bei einem Mann gemeinhin erwartet, hauptsächlich war es jedoch die Kleidung: Überreste eines beigefarbenen Kostüms, einer blauen Seidenbluse und hochhackige Pumps sowie eine einreihige Perlenkette, Perlenohrstecker und ein Brillantring. Und dann haben wir in einer unter der Leiche liegenden Handtasche einen Führerschein gefunden. Der war auf eine Barbara Beck ausgestellt.«

»Was haben Sie als Nächstes getan?«

»Nun, ich habe die üblichen Maßnahmen veranlasst. Dazu gehörten in diesem Fall insbesondere Spurensicherungsmaßnahmen. Wir mussten einen sehr großen Bereich absuchen, da die Möglichkeit eines Schusswaffengebrauchs auf größere Distanz bestand. Ich habe in dem Schädel der Leiche ein Einschussloch festgestellt, das nach meiner Erfahrung von einer kleinkalibrigen Kugel herrührte. Anhand des Durchmessers des Einschussloches am Knochen kann man das Kaliber ungefähr bestimmen, da es dem Querschnitt des eingetretenen Geschosses entspricht.«

»Was hat Ihre Spurensuche ergeben?«

»Zum einen haben wir nach Hülsen und Projektilen sowie nach weiteren Leichenteilen gesucht. Dabei haben wir festgestellt, dass der Fundort der Leiche nicht mit dem Tatort identisch war. Etwa achtzig Meter von dem Fundort entfernt haben wir auf einer Lichtung an einem Stein Reste von getrocknetem Blut gefunden. Die DNS-Analyse hat später ergeben, dass es sich dabei um Blut der Toten handelte. Außerdem haben wir auf dieser Lichtung mithilfe von Metallsonden mehrere Patronenhülsen sichergestellt. Eine dieser Hülsen passte zu dem Projektil, das später im Kopf des Opfers entdeckt wurde. Diese Funde haben uns zu dem Schluss veranlasst, dass das Opfer zuerst auf der Lichtung erschossen und dann von dem Täter weiter in den Wald hineingetragen und unter Erde und Zweigen versteckt worden ist.«

»Wie ging es dann weiter?«

»Aufgrund des Zustandes der Leiche hatte ich die Befürchtung, dass selbst der Rechtsmediziner Schwierigkeiten mit der Todeszeitbestimmung haben würde. Also habe ich veranlasst, dass ein forensischer Zoologe hinzugezogen wurde. Da wir durch den Führerschein den wahrscheinlichen Namen des Opfers kannten, haben wir die Wohnung von Frau Barbara Beck aufgesucht und mit dem Schlüssel aus ihrer Handtasche geöffnet. In der Wohnung haben wir einen Stapel Tageszeitungen gefunden, die dort von der Haushälterin gesammelt worden waren. Die erste dieser Tageszeitungen stammte vom Montag, den 25. Juli 2005. Die Fernsehzeitung, die auf dem Couchtisch lag, war noch auf Sonntag, den 24. Juli 2005 aufgeschlagen, der Wandkalender zeigte ebenfalls den 24. Juli an. In diesem Kalender war für den 24. Juli 2005 eine Eintragung notiert: *14 Uhr Hasso.* Und in der Handtasche der Toten befanden sich nicht nur der Führerschein und der Haustürschlüssel, sondern auch ein Handy. Unsere Ermittlungen haben ergeben, dass mit diesem Handy am 24. Juli 2005 das letzte Mal telefoniert worden ist. Auch vom Festnetzanschluss von Frau Beck wurde am 24. Juli 2005 das letzte Mal gesprochen. Vom Girokonto von Frau Beck wurde nach dem 24. Juli 2005 kein Geld mehr abgehoben und ihre Kreditkarte hat sie nach dem 24. Juli nicht mehr benutzt. Soweit ersichtlich fehlten keine Kleider, kein Schmuck, keine Kosmetikartikel und kein Koffer. Auch die Zahnbürste und der Pass von Frau Beck lagen in der Wohnung. In ihrer Garage standen die beiden auf sie zugelassenen Pkw, ein gelber Porsche und ein blauer Golf.«

»Fahren Sie fort!«

»Wir haben die Haushälterin von Frau Beck befragt, die uns mitteilte, Frau Beck nach dem 24. Juli 2005 nicht mehr gesehen oder gesprochen zu haben. Übereinstimmend gaben sämtliche Nachbarn von Frau Beck auf die gleiche Frage die gleiche Antwort.«

»Hat die Haushälterin eine Vermutung geäußert, wohin Frau Beck verschwunden war?«

»Sie hat gemeint, Frau Beck sei vorübergehend zu ihrem Lebensgefährten, Hasso von Neuendorff, gezogen. Frau Beil hat uns auch bestätigt, dass keine Kleidung oder sonstigen persönlichen Gegenstände von Frau Beck fehlten. Aber sie meinte, die Tote habe einen Teil ihrer Kleidung in der Wohnung des Angeklagten verwahrt. Tatsächlich haben wir bei einer späteren Hausdurchsuchung bei dem Angeklagten Kleidungsstücke der Toten vorgefunden.«

»Und dann?«

»Wir haben Frau Elisabeth Hornung befragt, die Frau Beck bereits am 16. August 2005 als vermisst gemeldet hatte. Aufgrund der Angaben von Frau Hornung stand der Angeklagte sofort im Verdacht, etwas mit dem Verschwinden von Frau Beck zu tun zu haben, zumal es keine Hinweise auf andere Täter gab. Deshalb wurde der Angeklagte einen Tag nach der Vermisstenmeldung von Kollegen aufgesucht und informatorisch befragt. Er hat zugegeben, am 24. Juli mit Frau Beck verabredet gewesen zu sein, hat aber behauptet, sie sei nicht gekommen, und diese Einlassung konnte dem Angeklagten zunächst nicht widerlegt werden. Der Verdacht gegen den Angeklagten hat sich erst verdichtet, als am 11. September die Leiche von Frau Beck im Rathenhorster Wald gefunden wurde. Die Tote trug exakt die Kleidung, die sie nach den übereinstimmenden Angaben von Frau Hornung und Frau Beil am 24. Juli 2005, dem Tag ihres Verschwindens, getragen hat. Bei unseren weiteren Nachforschungen hat sich dann sehr schnell herausgestellt, dass sich der Angeklagte am 24. Juli 2005 mit seinem Gewehr der Marke Ferlacher im Rathenhorster Wald aufgehalten hat und er auch nachweislich an diesem Tag damit geschossen hat. Zwei Tage später hat der Angeklagte sein Gewehr als gestohlen gemeldet. Die ballistische Untersuchung am 16. September hat ergeben, dass Frau Beck mit einem Gewehr der Marke Ferlacher erschossen worden ist. Am Tag darauf hat die Staatsanwaltschaft einen Haftbefehl gegen den Angeklagten beantragt.«

Berger bedankte sich bei dem Kommissar mit einem Kopfnicken. »Ich habe zurzeit keine weiteren Fragen mehr. Frau Dr. Gerland?«

»Momentan nicht, danke.«

»Die Verteidigung?«

»O ja.« Marc wandte sich dem Polizisten zu. »Sie haben gesagt, Sie hätten in dem Schädel der aufgefundenen Leiche ein Einschussloch festgestellt. Haben Sie da gleich an einen Mord gedacht?«

»Natürlich, was sollte es denn sonst gewesen sein?«

»Vielleicht ein Jagdunfall?«

Lohmanns Lippen kräuselten sich zu einem herablassenden Lächeln. »Das halte ich für ausgeschlossen«, sagte er.

»Verraten Sie uns auch, warum?«

»Gern. Zunächst einmal war das Opfer eine Frau. Ich habe schon einige tödliche Jagdunfälle untersucht, aber noch nie war eine Frau das Opfer. Zweitens«, er hielt Daumen und Zeigefinger der rechten Hand in die Luft, »die Kleidung des Opfers. Ich habe noch nie davon gehört, dass jemand mit Rock, Seidenbluse und fünf Zentimeter hohen Pumps an einer Jagd teilnimmt. Und schließlich drittens«, der Mittelfinger gesellte sich zu den beiden anderen, »der Fundort war nicht der Tatort. Wenn es sich um einen Jagdunfall gehandelt hätte, hätte es doch wohl nahe gelegen, wenn der Schütze das der Polizei gemeldet hätte, anstatt das Opfer zu verstecken.«

»Lassen Sie uns gleich bei diesem Punkt bleiben«, hakte Marc ein. »Ist Ihnen bekannt, dass es nicht wenige Menschen gibt, die nach einem Autounfall flüchten, anstatt den Unfall der Polizei zu melden?«

»Natürlich ist mir das bekannt.«

»Können Sie mir aufgrund Ihrer Erfahrung als Polizeibeamter auch sagen, warum diese Autofahrer flüchten, obwohl sie sich damit strafbar machen?«

»Die meisten wollen ihren Schadenfreiheitsrabatt bei der Versicherung behalten. Andere wollen einfach keine Scherereien.«

»Gibt es nicht auch Autofahrer, die insbesondere nach einem schweren Verkehrsunfall mit tödlichem Ausgang unter Schock stehen und sich deshalb vom Unfallort entfernen?«

»Auch das kommt vor«, musste der Kommissar einräumen.

»Und wäre das nicht auch hier denkbar?«, fragte Marc. »Dass der unbekannte Schütze nach dem Unfall unter einem Schock stand und er die Leiche deshalb versteckt hat?«

»Einen Schock halte ich für ausgeschlossen. Der Täter ist sehr zielstrebig und planvoll vorgegangen.«

»Woraus schließen Sie das?«

»Nun, er hat die Leiche vom Tatort weggetragen und mit Erde und Zweigen bedeckt.«

»Dazu sind aber keine besonders tiefschürfenden Überlegungen erforderlich, oder? Ist es nicht möglich, dass auch jemand in einem Schockzustand dazu in der Lage ist?«

»Möglich vielleicht, aber …«

»Und ist es nicht auch möglich, dass der Schütze, wer auch immer das gewesen sein mag, zwar nicht unter einem Schock stand, aber um sein gesellschaftliches Ansehen fürchten musste, wenn herauskäme, dass er, wenn auch durch einen tragischen Unfall, einen Menschen getötet hat?«

Der Kommissar hob kapitulierend die Hände. »Möglich ist natürlich vieles, aber …«

»In der Tat, Herr Lohmann, möglich ist vieles. Kommen wir gleich zum nächsten Punkt. Sie haben gesagt, normalerweise seien die Opfer von Jagdunfällen keine Frauen. Aber es gibt doch auch Frauen, die der Jagd nachgehen, oder?«

»Ja.«

»Dann können also auch Frauen Opfer von Jagdunfällen werden.«

»Ja, aber nicht, wenn sie Pumps anhaben.«

»Warum nicht? Ist es nicht denkbar, dass ein Jäger seine Frau mit zur Jagd nimmt, ohne dass sich die Frau an der eigentlichen Jagd beteiligt? Wenn die Frau ihrem Mann nur zusehen will, ist es doch vorstellbar, dass sie keine typische Jägerkleidung trägt, oder?«

Lohmann atmete genervt aus. »Hören Sie, Herr Verteidiger. Ich habe Ihnen eben schon gesagt, dass vieles denkbar ist, aber an so viele Zufälle auf einmal kann ich nicht glauben. Und schon gar nicht, wenn es ein handfestes Motiv für einen Mord gibt.«

»Herr Lohmann, die Frage ist nicht, was Sie glauben, sondern was Sie und die Staatsanwaltschaft beweisen können. Aber machen wir mal weiter. Haben Sie zu irgendeinem Zeitpunkt nach einem anderen Verdächtigen als meinem Mandanten gesucht?«

»Das war nicht notwendig, da alle Aussagen und Spuren auf Ihren Mandanten hingedeutet haben.«

»Alle Spuren, die Sie gefunden haben«, konterte Marc. »Haben Sie auch nach Spuren gesucht, die der Entlastung meines Mandanten dienen können?«

»Selbstverständlich, aber derartige Spuren haben wir nicht gefunden.«

»Haben Sie nicht? Aber Sie haben doch bestimmt versucht, Zeugen zu finden, die Herrn von Neuendorff am 24. Juli zusammen mit Frau Beck gesehen haben.«

»Das ist korrekt.«

»Welche Maßnahmen haben Sie zu diesem Zweck ergriffen?«

»Wir haben zunächst Fotos von Frau Beck im Haus und in der Nachbarschaft des Angeklagten verteilt und gefragt, ob jemand die beiden oder eines der Fahrzeuge von Frau Beck an diesem Sonntag gesehen hat.«

»Hatten Sie damit Erfolg?«

»Nein.«

»Haben Sie den gelben Porsche oder den blauen Golf vor Herrn von Neuendorffs Haus sichergestellt?«

»Nein. Wie ich bereits gesagt habe, haben wir beide Fahrzeuge in der Garage von Frau Beck aufgefunden.«

»Ist das nicht merkwürdig? Wenn Frau Beck am 24. Juli tatsächlich direkt von Frau Hornung zu Herrn von Neuendorff gefahren und anschließend von Herrn von Neuendorff ermordet worden wäre, wie Sie glauben, hätte sich der Golf doch noch vor Herrn von Neuendorffs Haus befinden müssen, oder?«

»Wir wissen, dass der Angeklagte einen Schlüssel für das Haus und die Garage von Frau Beck besaß, und vermuten, dass er den Wagen nach der Tat dorthin zurückgebracht hat.«

»Das ist aber pure Spekulation, nicht wahr? Oder haben Sie dafür einen Beweis?«

»Nein«, musste der Zeuge zugeben.

»Haben Sie weitere Maßnahmen ergriffen, um festzustellen, ob Frau Beck und Herr von Neuendorff am 24. Juli zusammen waren?«

»Ja, wir haben den üblichen, das heißt den kürzesten Weg von der Wohnung des Angeklagten zum Rathenhorster Wald abgefahren und Fotos des Angeklagten und von Frau Beck an allen Tankstellen, Kiosken und Gaststätten herumgezeigt.«

»Haben Sie jemanden gefunden, der die beiden an diesem Tag zusammen gesehen hat?«

»Nein«, fauchte der Kommissar gereizt. »Wenn das so wäre, hätten wir es in der Akte vermerkt.«

»Kein Grund, nervös zu werden«, erwiderte Marc freundlich. »Haben Sie denn jemanden gefunden, der bestätigen kann, dass mein Mandant und Frau Beck an diesem Tag bei der Fahrt zum Rathenhorster Wald *nicht* zusammen waren?«

»Nein, auch eine solche Person haben wir nicht gefunden.«

»Aber es gibt eine solche Person, nicht wahr? Einen Tankstellenkassierer namens Dennis Kerkhoff, der angegeben hat, dass Herr von Neuendorff am Sonntag, den 24. Juli 2005 allein zum Rathenhorster Wald gefahren ist. Warum haben *Sie* diesen Zeugen nicht gefunden, wenn Sie – wie Sie behaupten – auch nach entlastenden Beweisen gesucht haben?«

»Ganz einfach. Ihr Mandant hat sich geweigert, mit uns zu sprechen, und deshalb sind wir davon ausgegangen, dass er den kürzesten Weg zum Revier genommen hat.«

»Davon sind Sie einfach so ausgegangen?«, fragte Marc ungläubig. »Ist es denn so ungewöhnlich, dass jemand anstelle des kürzesten den schnellsten Weg nimmt?«

»Nein. Aber den Weg, den der Angeklagte genommen haben will, darf man offiziell gar nicht benutzen, weil man da durch eine Anliegerstraße fahren muss.«

»Und Sie haben noch nichts davon gehört, dass es Autofahrer gibt, die sich nicht unbedingt an alle Vorschriften der Straßenverkehrsordnung halten?«

»Doch, davon habe ich gehört. Es soll sogar Menschen geben, die sich nicht an die Zehn Gebote halten und andere Menschen ermorden.«

»Dann wollen wir hoffen, dass nicht alle Polizisten, die nach einem Mörder suchen, so arbeiten wie Sie. Apropos. Haben Sie nach einem Mann namens Bill gesucht?«

»Wer soll das sein?«

»Das ist ein Mann, mit dem sich Frau Beck kurz vor ihrem Verschwinden am Telefon heftig wegen einer Geldgeschichte gestritten hat.«

»Davon ist mir nichts bekannt.«

»Das ist nicht das Einzige, das Ihnen nicht bekannt ist, nicht wahr? Wie sieht es mit Peter Richartz aus? Dessen Festnahme Sie der Verteidigung zu verdanken haben.«

Lohmann atmete genervt aus. »Herr Richartz ist festgenommen worden, weil er im Verdacht des Betruges und der Urkundenfälschung steht. Es gibt keinerlei Hinweise darauf, dass er etwas mit dem Tod von Frau Beck zu tun hat.«

»Nun, immerhin hat er meinen Mandanten bedroht und Frau Beck war im Besitz von Unterlagen, die ihm gefährlich werden konnten.«

»Ich wiederhole: Wir haben keinerlei Anhaltspunkte dafür gefunden, dass Herr Peter Richartz irgendetwas mit dem Tod von Frau Beck zu tun hat.«

»Haben Sie denn nach diesen Anhaltspunkten genauso intensiv geforscht wie nach entlastenden Beweisen für meinen Mandanten? Geben Sie es doch einfach zu! Sie wollen eine Verurteilung meines Mandanten, weil Sie sich frühzeitig auf ihn festgelegt haben und es für Sie eine Riesenblamage wäre, falls sich herausstellen sollte, dass er es nicht war.«

»Nein, ich will eine Verurteilung Ihres Mandanten, weil er ein Mörder ist.«

»Waren Sie bei der Festnahme meines Mandanten dabei?«

»Allerdings.«

»Hat er gestanden? Oder hat er vielleicht versucht zu fliehen?«

»Nein.«

»Keine weiteren Fragen.«

»Frau Dr. Gerland?«

Britta Gerland schüttelte den Kopf. »Nein ... doch ... vielleicht eine Frage. Hat der Angeklagte bei seiner Festnahme irgendetwas gesagt?«

»Ja, er wollte einen Anwalt sprechen.«

25

Lohmann verließ den Saal und von Neuendorff nutzte den Moment, um sich mit Marc auszutauschen.

»Das ist doch ganz gut gelaufen, oder?«, fragte er.

»Ich denke schon, dass wir den einen oder anderen Punkt

gemacht haben«, erwiderte Marc zurückhaltend. »Unser Hauptproblem bleibt, dass kein Mensch Barbara Beck nach dem 24. Juli lebend gesehen hat.«

»Vielleicht ist das kein Zufall.« Hasso von Neuendorff zögerte. »Ich habe mir da mal was überlegt«, fuhr er schließlich fort. »Wenn man tagein, tagaus in einer Zelle sitzt, hat man sehr viel Zeit zum Grübeln. Wie wäre es, wenn der Mörder Barbara am 24. Juli entführt und dann einige Tage versteckt hat, bevor er sie in den Rathenhorster Wald brachte und dort tötete. Und zwar nachdem er von der Wildereianzeige erfahren hat. Das würde zum einen erklären, warum Barbara unsere Verabredung nicht eingehalten hat, und zum anderen, warum niemand sie nach diesem Tag gesehen hat.«

Marc dachte darüber nach. »Möglich«, sagte er dann schulterzuckend. »Aber mit dem großen Unbekannten haben wir keine Chance, wenn wir ihm kein Gesicht geben können.«

In diesem Augenblick erschien ein Justizwachtmeister und tuschelte Berger etwas ins Ohr. Der hörte schweigend zu und wandte sich dann an die Verteidiger und Staatsanwälte.

»Mir wurde gerade mitgeteilt, dass sich die Vorführung des Zeugen Richartz um etwa fünfzehn Minuten verzögert. Ich unterbreche die Sitzung so lange und bitte alle Beteiligten, sich in spätestens einer Viertelstunde wieder hier einzufinden.«

Marc besprach sich kurz mit Irene von Kleist und Eberhard Werner, dann verließ er den Saal, um sich in der Kantine einen Kaffee zu holen. Als er sich in die Schlange vor der Kasse einreihte, bemerkte er einige Meter vor sich Valerie Wehmeier, die auf Britta Gerland einredete. Marc konnte zwar nicht verstehen, was sie sagte, aber der Tonfall war eindeutig fordernd. Britta Gerlands Gesicht war anzusehen, dass sie sich Mühe geben musste, höflich zu bleiben. Das Gespräch endete damit, dass Valerie Wehmeier der Staatsanwältin etwas zuzischte und sie dann stehen ließ.

Marc schnappte sich sein Tablett, überholte die nächsten vier Leute und stellte sich neben Britta.

»Na, hat die Anklage etwa Probleme?«, fragte er sie fröhlich.

»Keine, die der Verteidigung etwas nützen würden. Aber es scheint tatsächlich nicht jeder mit meiner Prozessstrategie einverstanden zu sein. Frau Wehmeier ist der Auffassung, ich würde deinen Mandanten zu lasch anfassen.«

»Das sehe ich anders«, gab Marc zurück.

»Soll das ein Kompliment sein?«

»Nein, das ist die Wahrheit.«

Als sie die Kasse erreichten, wollte Britta ihr Portmonee herausholen, aber Marc kam ihr zuvor. »Hast du was dagegen, wenn ich dich einlade?«, fragte er.

Britta Gerland sah sich unbehaglich um. »Mir wäre es lieber, wenn du das lassen würdest«, erwiderte sie. »Und vielleicht kannst du mir auch eine halbe Minute Vorsprung geben. Es könnte Irritationen geben, wenn wir zusammen in den Saal zurückkehren.«

»Hast du solche Angst vor Valerie Wehmeier?«

Britta Gerland verzog das Gesicht. »Tu mir einfach den Gefallen, ja?«

»Aber es bleibt doch bei übermorgen Abend?«, rief Marc hinter ihr her.

Sie drehte sich noch einmal zu ihm um. »Natürlich, aber auch das sollte besser unter uns bleiben.«

Als Marc in den Saal zurückkehrte, saß Britta Gerland auf ihrem Stuhl und beachtete ihn nicht mehr.

Fünf Minuten später wurde Peter Richartz von zwei Wachtmeistern hereingeführt. Er sah sich interessiert um, vermied aber jeden Augenkontakt mit Hasso von Neuendorff.

Die Kammer kehrte aus dem Beratungszimmer zurück und nahm hinter der Richterbank Platz.

»Es erscheint vorgeführt aus der JVA Gütersloh der Zeuge Peter Richartz«, hob Berger an. »Herr Richartz, ich habe Sie darüber zu belehren, dass Sie hier vor Gericht die Wahrheit sagen müssen und nichts verschweigen dürfen. Wenn Sie unrichtig oder unvollständig aussagen, können Sie bestraft werden. Ich habe darüber hinaus darauf hinzuweisen, dass Sie Ihre Aussage zu beeidigen haben, wenn keine im Gesetz bestimmte oder zugelassene Ausnahme vorliegt. Bei einem Meineid würde die Mindestfreiheitsstrafe ein Jahr betragen. Haben Sie das verstanden?«

»Ja.«

»Dann beginnen wir mit der Vernehmung zu Ihrer Person. Sie heißen Peter Richartz und sind neunundfünfzig Jahre alt. Ist das korrekt?«

»Jawohl.«

»Ihr Beruf?«

»Ich bin gelernter Kaufmann.«

»Ihr eigentlicher Wohnort ist Werther. Zurzeit sitzen Sie aber in Untersuchungshaft in der Justizvollzugsanstalt Gütersloh, weil gegen Sie ein Ermittlungsverfahren wegen des Verdachts der Bilanzfälschung, der Urkundenfälschung und des Betruges läuft. Deshalb habe ich Sie darüber zu belehren, dass Sie die Auskunft auf solche Fragen verweigern können, bei deren Beantwortung Sie sich selbst belasten würden. Sind Sie mit dem Angeklagten verwandt oder verschwägert?«

»Nein.«

»Dann kommen wir zur Sache. Herr Richartz, Sie sollen den Angeklagten bedroht haben. Ist das richtig?«

»Nein.«

»Aha.« Der Vorsitzende blätterte irritiert in seinen Akten. »Dann haben Sie also nicht zu dem Angeklagten gesagt, er werde es noch bereuen, dass er Geld von Ihnen verspekuliert habe?«

»Doch, das habe ich gesagt.«

»Und das war keine Drohung?«

»Nein, das war ein Versprechen. Und dieses Versprechen gilt auch heute noch.« Richartz sah zum ersten Mal in die Richtung von Neuendorffs. Der Blick war alles andere als freundlich. »Allerdings muss ich zugeben, dass Hasso mir zuvorgekommen ist. Er ist dafür verantwortlich, dass ich jetzt ebenfalls im Knast sitze.«

»Sie meinen also, Sie hätten Ihren derzeitigen Aufenthaltsort dem Angeklagten zu verdanken?«

»Allerdings. Ich weiß zwar nicht, wie er das gemacht hat, aber dass er dahintersteckt, daran besteht für mich kein Zweifel.«

»Kann man sagen, dass Sie den Angeklagten hassen?«

»Das kommt der Sache ziemlich nahe. Allerdings hasse ich ihn nicht deshalb, weil er diese lächerlichen fünfhunderttausend Euro verzockt hat, sondern weil er mein Lebenswerk, die Novitex, zerstört hat.«

»Herr Richartz, Sie wissen, dass man in der Wohnung von Frau Barbara Beck Rechnungen gefunden hat, die letztlich zu Ihrer Verhaftung und zu dem Insolvenzantrag gegen die Novitex geführt haben?«

»Davon habe ich gehört, ja.«

»Ist Frau Beck wegen dieser Unterlagen jemals an Sie herangetreten?«

»Nein. Ich habe nicht gewusst, dass sie diese Unterlagen hat, und es ist mir ein völliges Rätsel, wann und wie sie in den Besitz dieser Rechnungen gekommen sein könnte.«

»Aber Frau Beck war doch eine nicht unbedeutende Aktionärin der Novitex, nicht wahr?«

»Ja, aber auch als solche hatte sie keinen Zugang zu firmeninternen Unterlagen wie diesen Rechnungen.«

»Haben Sie Frau Beck jemals gesehen oder gesprochen?«

»Kann sein, dass wir uns mal bei einem gesellschaftlichen Ereignis über den Weg gelaufen und vorgestellt worden sind, aber ich habe an einen derartigen Vorgang keine konkrete Erinnerung.«

»Ich habe keine Fragen mehr. Frau Dr. Gerland?«

»Nein, danke.«

»Frau Dr. von Kleist, Herr Hagen?«

»Nur zwei ganz kurze.« Die Anwältin sah von ihren Unterlagen auf. »Wann haben Sie davon erfahren, dass Herr von Neuendorff wegen Wilderei angezeigt wurde?«

»Der Graf hat mich noch am gleichen Tag angerufen.«

»Dann meine letzte Frage.« Irene von Kleist legte eine Kunstpause ein. »Herr Richartz, haben Sie Frau Barbara Beck ermordet, um sie zum Schweigen zu bringen und die Sie belastenden Unterlagen zurückzuerhalten, und haben Sie diesen Mord so arrangiert, dass der Verdacht auf meinen Mandanten, Hasso von Neuendorff, fallen musste?«

Unter den Zuschauern begann ein lautes Gemurmel und Getuschel.

Als sich die Unruhe im Saal wieder gelegt hatte, sagte der Vorsitzende: »Herr Richartz, ich weise Sie noch einmal ausdrücklich darauf hin, dass Sie auf diese Frage nicht antworten müssen.«

Auf Richartz' Lippen erschien ein humorloses Lächeln. »Kein Problem«, sagte er und starrte Hasso von Neuendorff an. »Ich habe mit diesem Mord nichts zu tun.«

26

Marc schaute an der Jugendstilfassade zu dem hell erleuchteten Mansardenfenster empor, hinter dem er Britta Gerlands Wohnung vermutete.

Und tatsächlich war ihr Name der oberste auf dem Klingelbrett. Marc wollte den Knopf gerade drücken, als ein junger Mann aus dem Haus trat und ihm die Tür aufhielt. Marc bedankte sich mit einem Kopfnicken und schlüpfte hinein. Er fand einen Lichtschalter, der nicht funktionierte, und tastete sich deshalb im Dunkeln anhand eines hölzernen Handlaufs bis in das oberste Stockwerk vor. Im Dachgeschoss gab es nur eine Wohnung. Marc betätigte die Klingel und tief drinnen schellte es. Sekunden später fiel ein Lichtschein in das dunkle Treppenhaus, die Tür ging auf und Britta erschien in der Öffnung. Sie trug einen weiten Pullover, Jeans und dicke graue Wollsocken. Nicht gerade die angemessene Kleidung für ein romantisches Abendessen, stellte Marc mit leichter Enttäuschung fest.

»Oh, du bist schon oben?«, begrüßte Britta ihn.

Marc nickte und überreichte ihr eine Flasche Merlot und einen Blumenstrauß. »Jemand hat mich reingelassen.«

»Vielen Dank«, sagte Britta und nahm ihm beides mit einem strahlenden Lächeln ab. »Komm rein.«

Marc betrat einen langen Flur, die Landhausdielen knarrten bei jedem seiner Schritte. Die Wände waren apricotfarben gestrichen und völlig kahl. Durch den Korridor wehten die Klänge eines klassischen Konzerts und der Geruch von frischem, warmem Brot.

»Du hast bestimmt Hunger«, plauderte Britta. »Das Essen ist fast fertig. Geh doch bitte schon mal geradeaus durch. Ich muss dringend zurück in die Küche.«

Marc tat, wie ihm geheißen, und erreichte am Ende des Flures ein fast fünfzig Quadratmeter großes Wohnzimmer, das weitgehend leer war. Außer einem antiken Sofa, einer Stereoanlage, einem Fernseher mit DVD-Spieler, einer Yucca-Palme und einem bereits eingedeckten ovalen Esstisch mit sechs Stühlen gab es hier nichts zu sehen.

Neben dem Fernseher lag ein Stapel DVDs. Marc ging in die Knie, um Brittas Geschmack zu begutachten. *The Sixth Sense, Die fabelhafte Welt der Amelie, American Beauty, Der Butterfly-Effect, Memento.* Eine etwas eklektische Sammlung, aber nicht schlecht. Durchaus nicht schlecht. Marc spürte eine leichte Ahnung von Seelenverwandtschaft.

»Ich bin immer noch nicht dazu gekommen, mich vollständig einzurichten.« Britta war Marc in das Wohnzimmer gefolgt und hielt ihm die Rotweinflasche und zwei Gläser entgegen. »Meine Wohnung in Bochum war viel kleiner und ich schaffe es einfach nicht, mir neue Möbel zu kaufen. Mach doch bitte schon mal die Flasche auf. Wir können dann auch gleich mit dem Essen anfangen.«

»Wohnst du ganz allein hier?«, wollte Marc wissen. »Ich meine, die Wohnung ist doch mindestens hundertfünfzig Quadratmeter groß.«

»Ganz allein«, bestätigte Britta. »Für Männer und Haustiere habe ich keine Zeit.«

Sie verschwand wieder in der Küche und Marc machte sich daran, die Flasche zu entkorken. Er hatte die Gläser gerade gefüllt, als Britta mit einem beladenen Tablett in das Wohnzimmer zurückkehrte. Sie zündete die Kerzen auf dem Esstisch mit einem langen Streichholz an und wandte sich Marc zu.

»Wir können dann.« Sie zeigte nacheinander auf die verschiedenen Teller, die sie auf der Tischdecke verteilt hatte.

»Gebratene Zucchini und Auberginen in Knoblauchöl. Dazu Zaziki und warmes Fladenbrot. Kein Fleisch. Aber ich denke, du hast nichts anderes erwartet.«

Marc schüttelte den Kopf. Britta war schon Vegetarierin gewesen, als er sie vor dreizehn Jahren kennen gelernt hatte. Sie griff sich ihr Weinglas und hielt es Marc entgegen. »Auf unser Abendessen. Ich hoffe, es schmeckt dir.«

»Wenn es so schmeckt, wie es aussieht, kann nichts mehr schief gehen.«

Sie stießen an und probierten den Wein. Marc füllte seinen Teller und genoss die ersten Bissen. »Wunderbar«, versicherte er. »Vielleicht schaffst du es eines Tages doch noch, mich zu bekehren.«

Britta lächelte milde. »Bei jedem anderen Menschen hätte ich Hoffnung. Bist du immer noch so ein McDonald's-Junkie? Aber bitte, ich kann und will dir den Verzehr von Leichenteilen nicht verbieten.«

Marc beschloss, das Thema nicht zu vertiefen. Derartige Diskussionen hatten sie früher schon zur Genüge geführt. »Wie gefällt es dir denn bei der Staatsanwaltschaft Bielefeld?«

»Ganz okay. Manches geht etwas langsam, aber so ist das eben bei einer Behörde.«

»Warum bist du überhaupt zur Staatsanwaltschaft gegangen?«, wollte Marc wissen. »Mit deinem Examen hättest du dir doch ein Leben in ewiger Armut ersparen und bei einer großen Wirtschaftskanzlei anfangen können.«

»Ach, des Kaisers Rock ist eng, aber er hält warm«, gab Britta scherzhaft zurück. Gleich wurde sie wieder ernst. »Ich sage dir jetzt etwas, was kaum ein Mensch weiß«, sagte sie leise. »Und ich möchte dich sehr bitten, das nicht weiterzuerzählen.« Sie wartete ein bestätigendes Nicken von Marc ab, bevor sie weitersprach: »Als ich fünfzehn war, ist meine Kusine ermordet worden. Sie war erst elf Jahre alt. An dem Tag habe ich mir geschworen, Polizistin oder Staatsanwältin zu werden.« Einen Moment hielt sie in der Erinnerung versunken inne. »Und wie sieht es bei dir aus?«, fragte sie dann. »Hast du vor, nach dem Prozess weiter für die von Kleist zu arbeiten?«

Marc sah sie verständnislos an. »Natürlich. Was sollte ich denn sonst machen?«

Britta drehte das Weinglas in ihrer Hand hin und her. »Ich will dir nicht zu nahe treten, Marc, aber mit der Kanzlei von Kleist geht es doch über kurz oder lang zu Ende. Sie soll ja früher recht gut gewesen sein, aber jetzt schau dir doch an, was aus ihr geworden ist. Ihre Vorstellung in dem Prozess war bisher mehr als bescheiden. Ich verstehe, ehrlich gesagt, nicht, warum von Neuendorff ausgerechnet diese Frau als seine Verteidigerin ...«

»Stopp!« Marc legte den Zeigefinger an die Lippen. »Hast du schon vergessen? Kein Wort über das Verfahren.«

»Ich bitte vielmals um Entschuldigung. Aber im Ernst. Willst du wirklich bei der Kleist bleiben?«

Marc runzelte etwas ärgerlich die Stirn. Die gleiche Leier hatte er schon von Gabriel gehört. Warum versuchte nur jeder, ihm seinen Job madig zu machen? »Ich fürchte, ohne Anwaltszulassung habe ich nicht allzu viele Alternativen«, sagte er schließlich.

»Wie lange wird es denn noch dauern, bis du sie zurückbekommst?«

»Keine Ahnung.« Marc aß eine Aubergine und spülte sie mit einem Schluck Rotwein hinunter. »Eine Verurteilung wegen Betruges ist nicht unbedingt eine Empfehlung, wenn die Anwaltskammer darüber zu entscheiden hat, ob ich eine neue Zulassung bekomme.«

»Und wie sieht es in anderen Bereichen aus? Als Jurist musst du ja nicht unbedingt als Anwalt arbeiten.«

»Das nicht. Aber Juristen gibt es mehr als genug. Und mit meiner Vorstrafe bin ich nicht gerade erste Wahl auf dem Arbeitsmarkt.«

»Wenn du willst, kann ich mich für dich umhören. Ich habe Kontakte.«

»Umhören?« Marc lächelte. »Soll das heißen, du willst mich weiterempfehlen?«

»Warum nicht? Schließlich kenne ich deine Stärken. Deine Schwächen übrigens auch.«

Marc riss ein Stück Fladenbrot ab und tunkte damit die Reste des Knoblauchöls von dem Teller auf. »Wärst du so freundlich, deine Erkenntnisse mit mir zu teilen?«, fragte er. »Es würde mich sehr interessieren, wo du meine Schwächen siehst.«

»Das habe ich dir schon vor drei Tagen gesagt. Du nimmst alles viel zu persönlich. Dadurch verlierst du zum einen deine Objektivität und zum anderen die Übersicht und den Blick für das Wesentliche.«

»Und meine Stärken?«

Britta lächelte. »Du nimmst alles viel zu persönlich«, wiederholte sie. »Wenn du dich einmal an einer Sache festgebissen hast, gibst du nicht mehr nach. Wie ein Kampfhund, der einen Knochen im Maul hat.«

Marc war sich nicht sicher, ob das ein Kompliment sein sollte. Er war kurz in Versuchung, Britta über ihre Schwächen aufzuklären. Das Problem war nur, dass ihm gerade keine einfielen.

»Woher willst du das eigentlich so genau wissen?«, fragte er stattdessen. »Wir haben uns schließlich seit über einem Jahrzehnt nicht mehr gesehen.«

Britta schenkte sich noch einmal nach. »Nach meiner Erfahrung ändern Menschen sich nicht. Und ich glaube, ich habe dich mal ganz gut gekannt. Auch deine juristischen Fähigkeiten. Du erinnerst dich doch an unsere Privat-AG an der Uni?«

»Allerdings. Mich wundert nur, dass du dich noch daran erinnern kannst. Schließlich hast du es nicht lange in der AG ausgehalten.«

Britta lächelte wieder und Marc registrierte, dass dieses Lächeln ein leichtes Kribbeln in seiner Brust verursachte.

»Du weißt doch, wie das ist«, erklärte sie. »Im ersten Semester lernt man irgendwelche Leute kennen, meist die, die in der Vorlesung gerade zufällig neben einem sitzen, und die nächsten Semester braucht man dann, um sie wieder loszuwerden. Das gilt natürlich nicht für dich, Marc, aber du hast es ja vorgezogen, weiter mit diesen Schwachköpfen Gabriel und Peter um die Häuser zu ziehen. Was ist aus denen eigentlich geworden?«

»Gabriel ist bei einer Versicherung gelandet und Peter hat das erste Staatsexamen nicht geschafft.«

Britta nickte, als bestätigte das ihre Erwartungen. »Ich habe dir damals schon gesagt, dass diese Typen dich nicht weiterbringen. Auf Uni-Partys kann man sich nun mal nicht auf sein Examen vorbereiten.«

»Auf zumindest einer dieser Uni-Partys bist du immerhin auch gewesen«, erinnerte Marc sie und stellte zu seiner Befriedigung fest, dass Britta sofort rot anlief. »Du bist mir übrigens noch eine Antwort schuldig. Hast du mich damals nun geküsst oder nicht?«

Er duckte sich schnell, um der zerknüllten Serviette auszuweichen, die haarscharf an seinem Kopf vorbeiflog.

»Du musst mich mit jemandem verwechseln«, fauchte sie. »Einen derartigen Vorfall hat es nie gegeben.«

Dann sah sie Marcs grinsendes Gesicht und musste auch lachen. »Willst du noch Wein?«, fragte sie.

Marc nickte und Britta verteilte den restlichen Merlot auf die Gläser.

Er trank einen Schluck und betrachtete die flackernden Schatten, die die halb abgebrannten Kerzen auf die Wände und Brittas Gesicht warfen. Für den Bruchteil einer Sekunde trafen sich ihre Blicke.

»Glaubst du, das hätte was werden können?«, fragte Marc. »Mit uns, meine ich?«

»Ich glaube, es hat keinen Zweck, sich heute den Kopf darüber zu zerbrechen.« Britta zog Kreise um den Sockel ihres Weinglases. »Was vorbei ist, ist vorbei. Und nichts kann einen so fertig machen, wie dauernd darüber nachzugrübeln, was hätte sein können. Außerdem glaube ich, dass Freundschaft wichtiger ist als Liebe.«

Sie kontrollierte die Zeit und strich eine Haarsträhne hinters Ohr. »Es ist spät«, stellte sie entschieden fest. »Ich weiß nicht, was du vorhast, aber ich muss morgen einen wichtigen Prozess führen.«

Marc begriff, dass der Abend damit beendet war, und tupfte sich den Mund mit seiner Serviette ab.

Insgesamt ein interessantes Treffen, dachte er auf dem Weg nach Hause. Und vielleicht hatte Britta Gerland ja doch eine Schwäche.

Als er sein Appartement betrat und das Licht anknipste, fiel sein erster Blick wie immer auf Janas Foto.

Marc verharrte einen Moment und auf einmal wusste er, was er zu tun hatte. Er nahm die vier Heftzwecken ab, die das Poster an der Wand hielten, rollte das Bild zusammen und umwickelte es mit einem Gummiband.

Dann legte er es zusammen mit der Videokassette, dem Spiegel, dem Ring und dem Lippenstift in die unterste Schublade seines Sideboards. Ruhe in Frieden, dachte er.

27

Der Morgen danach. Marc saß am Tisch der Verteidigung und beobachtete Britta, die ihre schwarze Robe bereits übergestreift hatte und ihre Unterlagen ordnete. Alles könnte so schön sein, dachte er. Dann fiel sein Blick auf die große Saaluhr. Viertel nach neun und Irene von Kleist war noch immer nicht erschienen. Das muss gar nichts bedeuten, versuchte er, sich einzureden. Du bist schließlich auch schon mal zu spät gekommen. Allerdings nicht an dem Tag, an dem der wichtigste Zeuge der Verteidigung gehört werden soll, meldete sich eine andere Stimme in seinem Kopf.

Dennis Kerkhoff stand fünf Meter von Marc entfernt und unterhielt sich mit einem Zuschauer. Marc hatte ihn kurz begrüßt und festgestellt, dass der junge Mann vollkommen unbefangen und gelöst wirkte. Ein gutes Zeichen.

Hasso von Neuendorff beugte sich zu Marc herüber und senkte die Stimme. »Wo bleibt denn Frau Dr. von Kleist?«

»Keine Angst.« Marc bemühte sich um ein zuversichtliches Lächeln. »Es kann sich nur noch um Sekunden handeln.«

Von Neuendorff machte ein skeptisches Gesicht und Marc zog es vor, in eine andere Richtung zu schauen. Dabei begegneten sich sein Blick und der Britta Gerlands. Einige Sekunden sahen sie einander mit ausdruckslosem Gesicht an, dann mussten sie gleichzeitig grinsen.

»Die Staatsanwältin ist ganz niedlich, nicht wahr?« Marc merkte, dass ihm das Blut ins Gesicht schoss, und wandte sich wieder von Neuendorff zu. »Was meinen Sie?«, stotterte er.

»Herr Hagen, Sie können mir nichts vormachen. Ich weiß, dass Ihnen die Frau Staatsanwältin nicht ganz gleichgültig ist, auch wenn Sie so tun, als könnten Sie sie nicht ausstehen. Und wissen Sie was? Ich kann Sie gut verstehen. Und solange Ihre Arbeit nicht darunter leidet, habe ich absolut nichts dagegen.«

Da Marc keine Ahnung hatte, was er darauf erwidern sollte, vertiefte er sich in die vor ihm liegende Akte. Doch alle fünf Sekunden sandte er einen flehenden Blick zur Saaltür und da – endlich – kam Irene von Kleist herein. Marc fiel eine zentnerschwere Last vom Herzen. Gott sei Dank.

Aber schon im nächsten Moment merkte er, dass etwas nicht stimmte. Die Anwältin kam ins Torkeln, stieß gegen die Zuschauerbank und prallte wie eine Flipperkugel zurück. Sie verlor den rechten ihrer Pumps und setzte den Weg mit starrem Blick und einem hinkenden Gang fort. Marcs Gedanken überschlugen sich. Da war sie also: die unausweichliche Katastrophe, die er vom ersten Tag der Übernahme der Verteidigung an befürchtet hatte. Eberhard Werner sprang auf, um Irene von Kleist entgegenzugehen und vielleicht das Schlimmste noch zu verhindern, doch zu spät: Sie stolperte über eine auf dem Boden abgestellte Tasche und schlug lang hin. Ein Wachtmeister eilte zu ihr und fasste der Rechtsanwältin unter die Arme, um ihr aufzuhelfen. Das hätte er besser sein gelassen.

Irene von Kleist klatschte ihm ihre Aktenmappe ins Gesicht und schrie: »Pack mich nicht an, du Schwein. Ihr habt es alle gesehen! Das Schwein hat mich angegrapscht!«

Der erschrockene Wachtmeister ließ die Rechtsanwältin wieder los und sie landete unsanft auf ihrem Hintern. Sie wälzte sich wie ein auf den Rücken gefallener Käfer mühsam zur Seite und schaffte es schließlich, auf alle viere zu kommen. Mit der wilden Entschlossenheit einer Volltrunkenen krabbelte sie weiter auf den Tisch der Verteidigung zu. Marc vergrub sein Gesicht in den Händen. Das ist ein Albtraum, dachte er. Du wachst gleich auf, liegst in deinem Bett und alles ist in Ordnung.

Stattdessen betrat die komplette Schwurgerichtskammer den Saal genau in dem Augenblick, als Irene von Kleist sich an einer Tischkante hochziehen wollte.

»Was geht hier vor?«, donnerte die Stimme des Vorsitzenden durch den Raum.

»Frau Dr. von Kleist ist gestürzt«, beeilte sich Marc zu erklären.

Ein Wachtmeister trat auf den Richter zu und flüsterte ihm etwas ins Ohr. Berger nickte stumm, während er dem Bericht lauschte.

Schließlich nahm der Vorsitzende hinter der Richterbank Platz. »Das musste ja eines Tages so kommen«, sagte er und musterte Irene von Kleist, die es inzwischen geschafft hatte, sich auf die Bank zu setzen. Sie hatte die Augen geschlossen und lehnte ihren Kopf gegen Eberhard Werners Schulter.

»Herr Vorsitzender«, sagte Marc. »Frau Dr. von Kleist ist heute leider unpässlich. Ich beantrage eine Unterbrechung der Hauptverhandlung, bis es ihr wieder besser geht.«

»Das kommt überhaupt nicht infrage!«, fuhr Berger ihn an. »Wenn ich mich recht entsinne, hatte ich für Fälle dieser Art einen zusätzlichen Pflichtverteidiger bestellt.«

»Das stimmt«, musste Marc zugeben. »Ich möchte jedoch darauf hinweisen, dass eine Vertagung im Ermessen des Gerichts steht. Und bei Ihrer Entscheidung sollten Sie berücksichtigen, dass der Prozess schon seit einiger Zeit dauert und heute der erste Tag ist, an dem Frau Dr. von Kleist krankheitsbedingt ausfällt. Und ich versichere Ihnen, dass sich so etwas nicht wiederholen wird.«

Der Vorsitzende schüttelte unwirsch den Kopf. »Sind Sie jetzt auch noch Prophet? Nein, nein, Herr Hagen. Frau Dr. von Kleist fällt zumindest für heute aus, was wiederum zur Folge hat, dass auch Sie nicht auftreten können.«

Marc rieb sich verzweifelt die Stirn. Er hatte nicht die geringste Ahnung, was er noch vorbringen sollte.

Doch dann bekam er Hilfe von unerwarteter Seite. »Wir haben uns innerhalb der Verteidigung darauf abgestimmt, dass Herr Hagen die Vernehmung des Zeugen Kerkhoff übernimmt«, meldete sich Eberhard Werner erstmals in der Hauptverhandlung zu Wort. »Ich bin darauf überhaupt nicht vorbereitet. Nach meiner Auffassung ist daher aufgrund der

Fürsorgepflicht des Gerichts für den Angeklagten eine Vertagung wegen veränderter Verfahrenslage nach § 265 Absatz 4 der Strafprozessordnung dringend geboten.«

Marc warf ihm einen dankbaren Blick zu, auch wenn er vermutete, dass der Beistand des Anwalts weniger dem Angeklagten als vielmehr Irene von Kleist gelten sollte.

»Fürsorgepflicht des Gerichts«, wiederholte der Vorsitzende langsam. »Da liefern Sie mir das richtige Stichwort.« Berger wandte sich dem Angeklagten zu. »Sie haben selbst mit angesehen, was sich hier eben abgespielt hat bzw. immer noch abspielt. Und deshalb muss ich Sie jetzt fragen, ob Sie sich in diesem Verfahren weiterhin von Frau Dr. von Kleist verteidigen lassen wollen.«

Marc hielt den Atem an. Wenn von Neuendorff seiner Chefin jetzt das Mandat entzog, war der Prozess auch für ihn zu Ende.

Hasso von Neuendorff erhob sich von seinem Platz und sagte mit einer leichten Verbeugung: »Frau Dr. von Kleist hat mein vollstes Vertrauen. Ich möchte sowohl sie als auch Herrn Hagen gerne als meine Verteidiger behalten.«

Der Vorsitzende schüttelte fast unmerklich den Kopf. »Wie Sie wollen«, sagte er. »Aber kommen Sie mir nicht auf die Idee, hinterher Revision mit der Begründung einzulegen, Sie hätten unfähige Verteidiger gehabt.« Berger richtete das Wort an die Staatsanwältin. »Frau Dr. Gerland, wollen Sie zu dem Unterbrechungsantrag eine Stellungnahme abgeben?«

»Das möchte ich«, nickte die Staatsanwältin. »In Anbetracht der Tatsache, dass es sich um einen bisher einmaligen Vorfall handelt, denke ich, dem Antrag kann entsprochen werden.«

Der Vorsitzende musterte sie mit erstauntem Gesichtsausdruck, dann suchte er mit seinen Blicken den Saal ab. »Ist der Zeuge Dennis Kerkhoff anwesend?«

Der Tankstellenkassierer hob den Arm.

»Herr Kerkhoff«, sagte Berger. »Eigentlich sollten Sie heute als Zeuge aussagen. Wie es momentan aussieht, wird es dazu nicht kommen. Wir müssen Sie also an einem späteren Termin vernehmen.«

»Und was ist mit meinem Verdienstausfall? Ich hätte 'nen guten Job gehabt.«

Berger lächelte humorlos. »Keine Angst. Den Verdienstausfall wird Ihnen Frau Dr. von Kleist auf Heller und Pfennig erstatten. Dafür werde ich persönlich sorgen. Wie sieht es mit nächste Woche Dienstag aus?«

Dennis Kerkhoff schüttelte den Kopf. »Nee, das wird nichts. Ich fliege morgen früh für eine Woche in Urlaub. Aber danach kann ich dann wieder.«

Der Vorsitzende bedachte die Verteidigerbank mit einem finsteren Blick. *Ihr bringt mir meine ganze schöne Verhandlung durcheinander, aber das merke ich mir.*

»Also gut. Dann ordne ich die Unterbrechung der Hauptverhandlung bis zum nächsten Dienstag an. Wir werden dann mit der Befragung der Sachverständigen beginnen.« Er bohrte seine Augen in Marcs. »Und Sie sind mir dafür verantwortlich, dass Frau Dr. von Kleist in vier Tagen hier erscheint. Und zwar stocknüchtern. Denn eines verspreche ich Ihnen: Weitere Verzögerungen werde ich nicht hinnehmen.«

Er sprang auf und mit ihm die ganze Kammer. Dann rauschten die Richter mit wehenden Robenschößen aus dem Saal. Marc musste tatenlos mit ansehen, dass mehrere Journalisten nach vorn stürzten und Irene von Kleist mit ihren Fotoapparaten abschossen. Eberhard Werner versuchte, das Gesicht der Anwältin hinter einem Aktendeckel zu verbergen, aber zu spät. Einige Aufnahmen waren schon zu Stande gekommen und würden morgen mit ziemlicher Sicherheit in den Zeitungen erscheinen.

»Meinen Sie wirklich, dass Frau Dr. von Kleist am Dienstag wieder auf dem Damm sein wird?«, erkundigte sich Hasso von Neuendorff, während ihm ein Wachtmeister Handschellen anlegte.

»Hundertprozentig«, versprach Marc. »Und vielen Dank für Ihr Vertrauen und Ihre Loyalität.«

Von Neuendorff nickte ihm zum Abschied zu und Marc und Eberhard Werner machten sich daran, die immer noch halb bewusstlose Irene von Kleist von ihrem Platz zu heben.

Britta Gerland war inzwischen ebenfalls aufgestanden und an die Verteidigerbank herangetreten: »Kann ich behilflich sein?«

Marc wandte den Kopf. »Vielen Dank, aber du hast uns schon genug geholfen, indem du meinen Vertagungsantrag unterstützt hast.«

»Keine Ursache. Ich will zwar eine Verurteilung deines Mandanten, aber nicht so. Ich werde fair gegen dich gewinnen.«

Marc lächelte ihr noch einmal zu, dann legte er Irene von Kleists linken Arm um seine Schulter, während Eberhard Werner das Gleiche mit ihrem rechten Arm machte. Gemeinsam schleppten sie die Rechtsanwältin bis zu Werners Mercedes und fuhren sie zu ihrer Wohnung.

Marc wartete im Wohnzimmer, während Werner sie ins Bett verfrachtete.

»Sie schläft jetzt«, berichtete der Anwalt, als er eine Viertelstunde später zurückkam. »Ich denke, wir lassen sie die nächsten Stunden einfach in Ruhe. Wollen Sie auch ein Bier?«

Marc sah auf die Uhr. »Eigentlich ist es dafür noch ein wenig früh, aber in Anbetracht der besonderen Situation …«

Eberhard Werner verschwand in der Küche und kehrte kurz darauf mit zwei geöffneten Flaschen Warsteiner zurück, von denen er Marc eine in die Hand drückte.

»Shit happens«, sagte der Anwalt, als sie anstießen.

»Haben Sie eine Ahnung, wie das passieren konnte?«, fragte Marc. »Sie hatte mir versprochen, bis zum Ende des Prozesses nicht zu trinken, und ich hatte den Eindruck, dass sie sich tatsächlich sehr gut im Griff hatte.«

»Irene hat eben ein bisschen was erzählt. Soweit ich sie verstanden habe, hat sie gestern Abend Klaus, ihren Exmann, zusammen mit seiner neuen Freundin in der Stadt gesehen.«

»Ich dachte, sie hätte sich mit der Trennung abgefunden.«

Eberhard Werner schüttelte den Kopf. »Sie hat wohl immer noch gehofft, dass er eines Tages zu ihr zurückkommen wird. Aber gestern hat sie festgestellt, dass Klaus' Freundin schwanger ist, und da ist wohl eine Welt für sie zusammengebrochen. Sie ist zum nächsten Supermarkt gefahren, hat sich eine Flasche Wodka gekauft, und die hat sie in der letzten Nacht leer gemacht.«

»Sie mögen Frau Dr. von Kleist sehr, nicht wahr?«, fragte Marc, ohne zu überlegen.

Eberhard Werner nickte stumm. »Seit fast dreißig Jahren«, sagte er schließlich. »Leider hat sie sich damals für den falschen Mann entschieden. Und ich befürchte, dass sie das bis heute nicht begriffen hat.«

Das ging ihn eigentlich alles nichts an und Marc beschloss, das Thema zu wechseln. »Die Frage ist, wie es jetzt mit dem Verfahren weitergeht«, sagte er. »Wenn Frau Dr. von Kleist für längere Zeit ausfällt, könnten wir ein Problem bekommen. Ich darf ohne sie nicht auftreten und mit Ihnen spricht unser Mandant ja nicht. Oder gibt es da eine neue Entwicklung?«

Werner zuckte mit den Achseln. »Nein. Ich weiß wirklich nicht, was ich dem Mann getan habe.«

»Ich glaube, Sie dürfen das nicht persönlich nehmen«, meinte Marc. »Aus irgendeinem Grund wittert von Neuendorff überall Feinde und Verrat. Zu Frau Dr. von Kleist und mir hat er wohl nur deshalb Vertrauen, weil wir ihn schon einmal vertreten haben. Und ich denke, so schlecht ist der Prozess bis heute nicht gelaufen, oder?« Er sah Werner zustimmungsheischend an.

»Nein, Sie haben sich sehr gut geschlagen«, tat ihm der Anwalt den Gefallen. »Vor allem wenn man bedenkt, dass Frau Dr. Gerland auf der anderen Seite steht. Sie ist ja immer ausgezeichnet vorbereitet, aber in Mordprozessen ist sie natürlich besonders engagiert, nachdem diese Sache mit ihrer Mutter passiert ist.«

»Mit ihrer *Mutter?*«, platzte Marc heraus. »Ich dachte ...« Abrupt hielt er inne, weil ihm einfiel, dass er Britta versprochen hatte, die Geschichte mit ihrer toten Kusine nicht weiterzuerzählen.

»Was dachten Sie?«, hakte Eberhard Werner nach, aber Marc winkte schnell ab. »Nichts. Was ist denn mit ihrer Mutter geschehen?«

»Sie ist vor einigen Jahren erwürgt worden und der Täter wurde nie gefasst.«

»Mein Gott!«

»Ich bin ganz gut mit dem Leitenden Oberstaatsanwalt befreundet. Der hat mir die Geschichte mal unter der Hand gesteckt.«

Marc nickte bedächtig. Dann trank er sein Bier aus, stellte es mit Nachdruck auf den Couchtisch und stand auf. »Ich habe noch viel zu erledigen«, sagte er. »Kümmern Sie sich um Frau von Kleist?«

»Natürlich. Und Sie können ganz beruhigt sein. Ich werde dafür sorgen, dass sie spätestens am nächsten Dienstag wieder fit ist.«

28

Am Dienstag wartete Irene von Kleist um kurz vor zehn vor dem Sitzungssaal auf Marc. »Von mir aus kann's sofort losgehen«, begrüßte sie ihn mit demonstrativer Entschlossenheit.

Marc konnte es zwar nicht beschwören, war sich jedoch fast sicher, dass die Anwältin einen großen Teil ihres zur Schau gestellten Tatendrangs der Einnahme von Aufputschmitteln zu verdanken hatte. Aber immerhin ist sie nicht betrunken, dachte er, während sie am Tisch der Verteidigung Platz nahmen.

Britta Gerland ließ es sich nicht nehmen, die Anwältin mit Handschlag zu begrüßen. »Ich hoffe, es geht Ihnen wieder besser«, sagte sie.

»Mir geht es sogar blendend«, versicherte Irene von Kleist und strahlte die Jüngere aus riesigen Pupillen an.

Der erste Sachverständige, der vernommen werden sollte, war der Rechtsmediziner Professor Dr. Beuß von der Universität Münster.

Beuß, ein schlanker, etwa fünfzigjähriger Mann im Tweedjacket mit Paisleykrawatte, gab seine Personalien an, dann bat der Vorsitzende ihn, sein Gutachten zu referieren.

»Dem Institut für Rechtsmedizin der Universität Münster wurde von der Kripo Bielefeld eine Leiche übergeben, die wir anschließend obduziert haben«, hob der Sachverständige an. »Die Leiche war fast völlig von Weichteilen befreit, allerdings waren das Skelett und das Gehirn weitgehend erhalten. Das Gesicht und praktisch der gesamte Gesichtsschädel waren nicht mehr vorhanden, das heißt, die Augen, der Ober- und Unterkiefer, das linke und rechte Jochbein, die Zunge sowie das Nasenbein fehlten. Die Ohren waren beidseitig anatomisch noch darstellbar und unversehrt. Sämtliche massiven Gesichtsverletzungen entstanden aller Wahrscheinlichkeit nach postmortal durch Tierfraß.«

»Konnten Sie trotz der fortgeschrittenen Leichenveränderungen und dem ausgedehnten Tierfraß die Todesursache feststellen?«, wollte der Vorsitzende wissen.

Der Rechtsmediziner blätterte in seinen Unterlagen. »Todesursache war ein vom rechten Scheitelbein durch die Schädelbasis im Bereich der rechten mittleren Schädelgrube führender Schädeldurchschuss. Es handelte sich um einen Schussbruch des Scheitelbeins mit deutlich ausgebildetem Schmutzring und nach innen führender, trichterartiger Erweiterung und Verschleppung von Mützenmaterial in den Schusskanal. Schädeldach und -basis waren zertrümmert, an der harten Hirnhaut fanden sich ausgedehnte Zerreißungen. Außerdem haben wir eine Zertrümmerung der rechten Hirnhemisphäre und ausgedehnte Hirnprellungen in allen rechten Hirnteilen und ein dort liegen gebliebenes Projektil festgestellt.«

»Um was für ein Projektil hat es sich gehandelt?«

»Es war ein ziemlich kleines Kaliber. Aber die Beschreibung des Geschosses fällt nicht in meinen Aufgabenbereich. Da müssen Sie den Ballistiker fragen. Ich kann allerdings mit Sicherheit sagen, dass es sich nicht um einen Nahschuss gehandelt hat.«

»Konnten Sie Feststellungen zur Liegezeit der Leiche treffen?«

»Die Bestimmung der Liegezeit von Skeletten oder bereits stark skelettierten Leichen ist außerordentlich schwierig, da es keine konstanten Gesetzmäßigkeiten gibt, nach denen sich die Abbauveränderungen von Knochen im Erdboden vollziehen. Die Dekomposition der Knochen ist abhängig von der Bodenart, der Bodenfeuchtigkeit, der Bodenluft, dem Klima und auch dem ursprünglichen Zustand des Knochengewebes. Eine exakte Datierung ist mir daher nicht möglich. Aber soweit ich weiß, ist ein Entomologe hinzugezogen worden. Der müsste genauere Angaben zur Liegezeit machen können.«

»Wie konnten Sie die Leiche trotz ihres schlechten Zustandes identifizieren?«

»Mittels einer DNS-Analyse. Die Polizei hat in der Wohnung von Frau Barbara Beck Haare und anderes genetisches Material gefunden, das wir mit der DNS der Leiche verglichen haben, und es bestand eine vollkommene Übereinstimmung.«

»Es gibt also keinen Zweifel, dass es sich bei der gefundenen Leiche um Frau Barbara Beck handelt?«

»Nicht den geringsten.«

»Ich habe keine Fragen mehr«, verkündete der Vorsitzende. »Frau Dr. Gerland?«

»Ja, vielleicht eine. Soweit ich weiß, kann man aus dem Verdauungszustand des Mageninhalts und der Magen-Darm-Passage recht genaue Rückschlüsse auf die Todeszeit ableiten, wenn man weiß, was der Tote zuletzt gegessen hat. Warum war das hier nicht möglich?«

»Nun, leider waren die inneren Organe nicht mehr vorhanden. Maden können bei warmem Wetter in kurzer Zeit Weichteile und innere Organe nahezu vollständig beseitigen. Eine im Freien liegende Leiche kann im Sommer schon innerhalb von vierzehn Tagen bis drei Wochen durch Madenfraß nahezu vollständig skelettiert werden.«

»Ich habe keine weiteren Fragen, danke.«

»Sie können uns also nicht sagen, an welchem Tag Frau Beck verstorben ist«, übernahm Marc sofort.

»Nein. Alles, was ich sagen kann, ist, dass Frau Beck länger als drei Wochen im Freien gelegen haben muss.«

»Da die Leiche von Frau Beck am 11. September gefunden wurde, ist es aus medizinischer Sicht also auch möglich, dass Frau Beck nach dem 24. Juli, also zum Beispiel am 26., 27. oder 28. Juli im Rathenhorster Wald ermordet wurde?«

»Aus medizinischer Sicht ist das möglich, ja.«

»Haben Sie denn einen medizinischen Beweis dafür gefunden, dass Frau Beck überhaupt ermordet worden ist? Oder kann sie auch das Opfer eines Jagdunfalls geworden sein?«

»Nun, soweit ich weiß, gibt es gewisse kriminalistische Ermittlungsergebnisse, wonach ein Jagdunfall sehr unwahrscheinlich ...«

»Entschuldigung. Ich hatte Sie gefragt, ob Sie aufgrund der von Ihnen erhobenen *medizinischen* Befunde ausschließen können, dass es sich um einen Jagdunfall gehandelt hat.«

»Nein«, musste der Sachverständige zugeben. »Das kann ich nicht ausschließen.«

»Spricht die Tatsache, dass es sich nach Ihren Feststellungen nicht um einen Nahschuss gehandelt hat, für oder gegen einen Jagdunfall?«, erkundigte sich Marc.

»Weder noch«, antwortete Professor Beuß. »Ich habe das Thema ›Tödliche Jagdunfälle durch Schusswaffen‹ vor einigen Jahren einmal wissenschaftlich untersucht und als Ergebnis festgestellt, dass es nichts gibt, was es nicht gibt. Die Schussdistanzen bei tödlichen Jagdunfällen reichten von weniger als einem Meter bis zu über sechzig Metern. Ich kann also allein aufgrund des medizinischen Befundes nicht sagen, ob Frau Beck ermordet wurde oder ob es ein Unfall war.«

»Damit ich das richtig verstehe: Frau Beck kann also aus Ihrer Sicht genauso gut Opfer eines Mordes wie auch eines Jagdunfalls geworden sein?«

»Richtig. Was ich allerdings ausschließen kann, ist ein Suizid.«

»Danke, Herr Professor Dr. Beuß. Ich habe keine weiteren Fragen.«

In der Mittagspause ging Marc allein in die Kantine. Irene von Kleist und Eberhard Werner aßen in einem nicht weit entfernten Restaurant. Der Anwalt hatte zwar gefragt, ob Marc sie begleiten wolle, aber er hatte dankend abgelehnt, weil er glaubte, dass die beiden lieber allein sein wollten.

Marc wählte das vegetarische Menü, dann schlenderte er mit seinem Tablett durch die Tischreihen und hielt nach bekannten Gesichtern Ausschau. Er entdeckte Britta, die mit einer ganzen Horde Staatsanwälte zusammensaß, und ging schnell weiter. Selbst wenn sie allein gewesen wäre, hätte Marc es nicht gewagt, sich zu ihr zu setzen. Schließlich hatte sie ihm deutlich zu verstehen gegeben, dass sie nicht zusammen mit ihm in der Öffentlichkeit gesehen werden wollte.

Marc fand einen freien Platz am Fenster und setzte sich. Als er begann, sich über sein Essen herzumachen, fiel ein Schatten auf seinen Bratling.

Marc sah hoch und erblickte einen Mann Mitte vierzig, der mit seinem glatt rasierten Gesicht, dem korrekten Seitenscheitel, dem grauen Anzug, der gedeckten Krawatte und der eckigen Stahlbrille an einen Bankangestellten erinnerte.

»Guten Tag, Herr Hagen«, sagte der Mann. »Mein Name ist Kaminski. Ich war eben in der Verhandlung. Darf ich mich einen Moment zu Ihnen setzen?«

Marc sah sich nach allen Seiten um, als sei da jemand, der ihm zu Hilfe kommen könnte.

»Wenn ich ehrlich sein soll, Herr Kaminski«, sagte er dann, »würde ich gerne in Ruhe zu Mittag essen. Für Interviews stehe ich am Ende der Sitzung zur Verfügung.«

»Ich bin kein Journalist«, erwiderte Kaminski. »Ich habe wichtige Informationen im Mordfall Beck.«

Marc musterte ihn gründlich. Macht eigentlich einen seriösen Eindruck, dachte er, und deutete auf den freien Stuhl auf der anderen Seite seines Tisches. »Um was geht es denn?«, fragte er.

Der Mann nahm Platz und atmete tief durch. »Es ist für mich nicht ganz einfach, einem Fremden davon zu erzählen«, sagte er schließlich. »Aber ich weiß, wer Frau Beck ermordet hat.«

Jetzt hatte er Marcs ganze Aufmerksamkeit. »Sie wissen ...?«

»Genau. Oder besser gesagt ich weiß, wer es nicht getan hat. Hasso von Neuendorff ist unschuldig.«

»Und woher wissen Sie das?«

Kaminski zögerte einen Moment. »Wie gesagt, dieses Gespräch ist für mich nicht ganz leicht. Ich möchte nicht, dass Sie mich für einen Spinner oder so etwas halten.«

»Keine Angst, nur raus damit.«

»Also, es ist so: Ich bin ein Seher.«

Marc brauchte einen Moment, bis er begriffen hatte. »Sie meinen, Sie sind ein Hellseher? Ein Wahrsager?«

»Etwas in der Art, ja. Schon seit meiner frühesten Kindheit empfange ich Bilder und ich bin in der Lage, Dinge, die geschehen werden, vorauszusehen. Ich weiß nicht, wie es funktioniert, ich weiß nur, dass ich es nutzen kann. Allerdings habe ich vor diesem Mord noch nie einem Menschen davon etwas erzählt, weil ich Angst hatte, die Leute würden mich für verrückt halten.«

»Was Sie nicht sagen!«

Kaminski presste seine Lippen zu einem Strich zusammen. »Sie glauben mir nicht«, stellte er mit einem bitteren Unterton in der Stimme fest. »Aber Sie machen einen großen Fehler. In den USA sind schon einige spektakuläre Fälle mithilfe von Sehern gelöst worden. Seher werden in den

Staaten sogar gezielt von der Polizei hinzugezogen, wenn die Ermittlungsbehörden nicht weiterkommen. Wenn Sie an meinen Informationen nicht interessiert sind, werde ich Sie nicht weiter belästigen.«

»Doch, doch, reden Sie nur weiter«, sagte Marc mit einem Blick auf die Uhr. Die Mittagspause endete erst in einer knappen Stunde und diese Begegnung mit dem Übersinnlichen versprach, amüsant zu werden. »Sie haben also gesehen, dass mein Mandant Frau Beck nicht ermordet hat. Wer ist es denn gewesen?«

»Eine Frau. Barbara Beck wurde von einer Frau ermordet.«

»Das haben Sie gesehen?«

»›Gesehen‹ ist vielleicht das falsche Wort. Auf jeden Fall hatte ich eine ganz starke Ahnung von der Farbe Blau, als ich von diesem Mord gehört habe. Ich sehe nämlich in Farben, müssen Sie wissen.«

»Das tue ich auch.«

»Nein, Sie sehen farbig, ich sehe in Farben. Männer sehe ich rot, Frauen blau und Kinder weiß.«

»Interessant. Ich hatte mal einen Freund, der rosa Elefanten gesehen hat, wenn er blau war.«

Kaminski holte tief Luft und machte Anstalten aufzustehen.

»Bitte, bleiben Sie«, sagte Marc schnell. »Könnte es nicht sein, dass Sie das Opfer gemeint haben, als Sie die Farbe Blau gesehen haben?«

Kaminski ließ sich auf seinen Stuhl zurückfallen. »Nein, dazu war die Farbe zu intensiv. Ich bin der festen Überzeugung, dass Täter und Opfer weiblich gewesen sein müssen.«

»Können Sie die Täterin näher beschreiben?«

»Nein, ich habe nur diese intensive weibliche Präsenz gespürt.«

»Dann kommen etwa vierzig Millionen Täterinnen in Betracht«, überlegte Marc. »Geht es nicht etwas konkreter?«

»Im Moment nicht. Dazu bräuchte ich etwas, was mich mit dem Opfer verbindet. Ein Kleidungsstück, eine Haarbürste, ein Portmonee. Wenn Sie mir einen Gegenstand aus dem Besitz von Frau Beck überlassen könnten, den ich anfassen und fühlen kann, kann ich Ihnen vielleicht Näheres sagen. Man nennt dieses Verfahren Psychometrie. Man lässt sich auf die Energie des Objekts ein und liest daraus. Dabei versuche ich, mich in die Gedanken des Opfers zu versetzen, und kann hören und sehen, was es zuletzt vor seinem Tod gehört und gesehen hat.«

»Funktioniert diese Psychometrie auch mit Zahlen?«, fragte Marc.

»Wie meinen Sie?«

»Wenn ich Ihnen einen Lottoschein geben würde, würde der Ihnen dann die Zahlen vom nächsten Samstag verraten?«

Kaminski schüttelte empört den Kopf und sprang auf. »Ich habe geahnt, dass es keinen Zweck hat, mit Ihnen zu reden. Aber mein Gewissen hat mir keine Ruhe gelassen und deshalb wollte ich alles tun, um zu verhindern, dass ein Unschuldiger verurteilt wird. Ich habe meine Pflicht getan. Was Sie mit dem anfangen, was ich Ihnen erzählt habe, ist Ihre Sache.«

Kaminski verschwand und Marc sah ihm kopfschüttelnd hinterher.

»Was wollte Houdini denn von Ihnen?«, fragte eine männliche Stimme hinter ihm.

Marc drehte sich um und blickte in das Gesicht von Hauptkommissar Lohmann.

»Wer?«

»Houdini. Das war doch Kaminski, der Wahrsager.«

»Ja, aber Houdini war ein Entfesselungskünstler.«

»Tatsächlich? Bei der Kripo haben wir den Typen auf jeden Fall Houdini getauft.«

»Dann kennen Sie Kaminski?«

»Allerdings. Bei uns war er auch schon ein paarmal und hat uns von seinen ›Visionen‹ erzählt. Das erste Mal kam er Anfang August und meinte, im Rathenhorster Wald sei etwas Schreckliches passiert.«

»Moment mal.« Marc wurde hellhörig. »Die Leiche wurde doch erst im September gefunden. Sie wollen sagen, Kaminski habe sich schon vorher an Sie gewandt? Und Sie sind dem nicht nachgegangen?«

»Zunächst nicht. Aufgrund der Visionen eines angeblichen Hellsehers konnten wir ja schlecht den ganzen Rathenhorster Wald durchsuchen.«

»Aber ist Ihnen später nie die Idee gekommen, Kaminski könne etwas mit der Tat zu tun haben?«

»Natürlich ist er erneut in unser Blickfeld geraten, als wir Frau Becks Leiche gefunden hatten. Wir haben ihn überprüft, aber der Mann ist völlig harmlos. Ein Bankangestellter, nicht vorbestraft, ein Vororteigenheim, verheiratet, zwei Kinder. Er stand in keinerlei Beziehung zu Frau Beck und hat für den 24. Juli 2005 ein wasserdichtes Alibi.«

»Und warum findet sich davon nichts in den Akten?«

»Das müssen Sie Frau Dr. Gerland fragen. Sie hat gemeint, Aussagen eines Hellsehers hätten in einer seriösen Ermittlungsakte nichts zu suchen. Aber für einen Spinner habe ich Kaminski eigentlich nie gehalten. Wir haben häufiger mit angeblichen Wahrsagern zu tun. Die meisten wollen aus ihrer angeblichen Gabe Profit schlagen. Oder in die BILD-Zeitung kommen. Ein paar Stunden oder Tage Ruhm, das ist es, was diese Menschen antreibt. Aber Kaminski ist anders. Er hat uns ausdrücklich gebeten, seinen Namen geheim zu halten. Er meint, wenn in seiner Bank bekannt wird, dass er seherische Fähigkeiten hat, müsse er um seinen Job fürchten.«

»Wenn es nach Ihnen gegangen wäre, wären Kaminskis Angaben also in die Akte gekommen?«, fragte Marc.

Lohmann hob die Schultern. »Mir war das egal. Schließlich haben wir den Täter. Und dieser Täter ist nun mal Ihr Mandant. Ich fürchte, da wird Ihnen auch kein Hellseher helfen können.« Er gab ein wieherndes Gelächter von sich und ließ Marc allein.

Als der zehn Minuten später in den Sitzungssaal zurückkehrte, steuerte er direkt auf Britta Gerland zu. »Kann ich dich einen Moment sprechen?«

»Wenn es schnell geht.«

»Es geht um diesen Kaminski.«

»Kaminski, Kaminski.« Die Staatsanwältin schüttelte den Kopf. »Tut mir leid, Marc, aber da musst du mir schon auf die Sprünge helfen.«

»Kaminski ist der … nun ja, Hellseher, der …«

Britta Gerland tippte sich an die Stirn. »Ich weiß Bescheid. Der Mann, mit dem du dich eben in der Kantine unterhalten hast. Er kam mir gleich bekannt vor.«

»Ich verstehe nicht, warum er in euren Akten nicht erwähnt wird.«

Britta Gerland warf Marc einen zweifelnden Blick zu. »Meinst du das ernst, Marc? Wir sollen Hinweisen eines angeblichen Wahrsagers nachgehen?«

»Immerhin hat er schon vor dem Auffinden der Leiche gewusst, dass im Rathenhorster Wald etwas Schreckliches geschehen ist.«

»Du wirst es nicht glauben, aber das habe ich auch gewusst.«

Marc fiel fast die Kinnlade runter. »Du hast …«

»Allerdings. Dort werden fast jeden Tag unschuldige Tiere von jagdgeilen Menschen umgebracht und niemand unternimmt etwas dagegen.«

»Das ist doch Schwachsinn. Kaminski hat …«

»Kaminski hat nichts von einer Leiche gesagt. Und nachdem wir Frau Beck gefunden hatten, haben wir ihn natürlich routinemäßig überprüft und das Ergebnis ist, dass er mit dieser Tat nichts zu tun hat. Ich weiß nicht, ob er ein Hellseher ist, Marc, aber ein Mörder ist er ganz bestimmt nicht.«

Fünf Minuten später trat der nächste Sachverständige auf. Der Ballistikexperte der Bielefelder Polizei, Josef Schmidt, war ein achtundvierzigjähriger, asketisch wirkender Mann mit zurückweichendem Haaransatz.

»Mein erster Untersuchungsgegenstand war ein Projektil vom Kaliber .223 Remington, das der Rechtsmediziner im Schädel des Opfers sichergestellt hat«, begann er.

»Konnten Sie anhand dieses Projektils Feststellungen darüber treffen, mit welcher Waffe die Kugel, die Frau Beck getötet hat, abgefeuert wurde?«, erkundigte sich der Vorsitzende.

»Zum Teil. Aufgrund der Drallrichtung, der Dralllänge sowie des Feldzugabstandes konnte ich feststellen, dass es eine Waffe des Herstellers Ferlacher gewesen sein muss. Ich kann allerdings nicht genau sagen, um welches Modell der Firma Ferlacher es sich gehandelt hat.«

»Ist ein Gewehr der Firma Ferlacher auf den Angeklagten registriert?«

»Jawohl, der Angeklagte hat am Donnerstag, den 21. Juli 2005 den Kauf einer Bockbüchsflinte der Marke Ferlacher, Modell Karawanken, bei der Bielefelder Polizei angemeldet und diese Waffe wurde am gleichen Tag in die Waffenbesitzkarte des Angeklagten eingetragen.«

»Können Sie uns erklären, was eine Bockbüchsflinte ist?«

»Bei einer Bockbüchsflinte handelt es sich um ein Gewehr mit zwei übereinander angeordneten Läufen, einem Büchsenlauf und einem Schrotlauf. Der Schrotlauf des Angeklagten hat das Kaliber 20/76, der Büchsenlauf das Kaliber .223 Remington.«

»Also das Kaliber, mit dem Frau Beck erschossen wurde?«

»Das ist korrekt. Mein zweiter Untersuchungsgegenstand waren mehrere Patronenhülsen, die die Kollegen von der Mordkommission auf einer Lichtung im Rathenhorster Wald gefunden haben. Fingerabdrücke konnten darauf nicht gesichert werden, aber eine dieser Hülsen passte exakt zu dem Projektil, das im Kopf des Opfers gefunden wurde.«

»Ich habe im Moment keine weiteren Fragen. Frau Staatsanwältin?«

»Keine Fragen.«

»Wie sieht es mit der Verteidigung aus?«

Marc beugte sich zu Irene von Kleist hinüber. »Wenn Sie wollen, übernehme ich das«, flüsterte er.

»Ich schaff das schon«, zischte sie wütend zurück, bevor sie sich dem Sachverständigen zuwandte. »Herr Schmidt, Sie sagten, es habe sich um ein Projektil vom Kaliber .223 Remington gehandelt. Ist das zutreffend?«

»Jawohl.«

»Dabei handelt es sich um ein ziemlich kleines Kaliber, nicht wahr?«

»Ein Kleinkaliber, ja.«

»Herr Schmidt, Sie kennen das Gutachten des Rechtsmediziners Professor Dr. Beuß. Danach hat das Projektil im Kopf des Opfers einen ziemlich langen Weg zurückgelegt. Ist es nicht zutreffend, dass gerade ein kleines Kaliber beim Eintritt in den Kopf erheblich deformiert wird und die Zuordnung zu einer bestimmten Waffe deswegen fast unmöglich ist?«

»Das mag bei manchen Kleinkalibern so sein. Bei einem .223 Remington handelt es sich jedoch um ein Vollmantelgeschoss, das nur eine äußerst geringe Deformationsbereitschaft aufweist. Wir konnten deshalb eindeutig feststellen, dass dieses Projektil aus einer Waffe der Marke Ferlacher abgefeuert wurde.«

»Aber Sie konnten nicht feststellen, dass es sich dabei um das Modell Karawanken der Firma Ferlacher gehandelt hat, nicht wahr?«

»Nein, das konnten wir nicht.«

»Und Sie konnten schon gar nicht feststellen, dass es sich dabei um die Waffe gehandelt hat, die in der Waffenbesitzkarte von Herrn von Neuendorff eingetragen ist.«

»Nein, dazu müssten wir die Waffe haben.«

»Aber die haben Sie nicht, richtig?«

»Nein, die haben wir nicht. Der Angeklagte hat die Waffe am 26. Juli 2005 als gestohlen gemeldet und das Gewehr ist meines Wissens bis heute nicht wieder aufgetaucht.«

Die Anwältin nickte zufrieden. »Keine weiteren Fragen.«

Marc ließ die angestaute Luft langsam zwischen den Lippen entweichen. Irene von Kleist hatte sich besser geschlagen als befürchtet.

29

Die Befragung der Sachverständigen wurde erst in der folgenden Woche fortgesetzt. Als Marc den Saal betrat, versuchte er, unter den Anwesenden den Insektenkundler auszumachen. Einen Menschen, der nach seiner Vorstellung einen Großteil seiner Zeit damit verbrachte, mit einem Netz hinter Schmetterlingen herzujagen, um diese anschließend aufzuspießen und zu studieren, müsste man doch eigentlich sofort erkennen. Umso erstaunter war Marc, als Irene von Kleist ihm einen etwa dreißigjährigen Mann mit kurz geschnittenem schütterem Haar zeigte, der weder einen Tropenhelm noch einen khakifarbenen Anzug trug. Stattdessen war er mit schwarzen Jeans, einem schwarzen Jackett und einem dunklen Rollkragenpullover bekleidet und wirkte eher wie ein Student im achten Semester als wie ein gestandener Wissenschaftler.

Kleidungsmäßig passte er damit allerdings sehr gut zu der ebenfalls schwarz tragenden Valerie Wehmeier, die diesmal nur einen Platz in der zweiten Zuschauerreihe ergattert hatte. Du lässt nach, Valerie, dachte Marc und ließ seinen Blick weiterwandern. Dabei bemerkte er zu seiner großen Überraschung Josef Schmidt, den Ballistiker, der bereits letzte Woche sein Gutachten erstattet hatte. Was hatte der Mann hier schon wieder zu suchen? Marc stellte die Frage Irene von Kleist und Eberhard Werner, aber die beiden wussten sich auch keinen Reim auf die Anwesenheit des Ballistikers zu machen. Marc war versucht, sich bei Britta zu erkundigen, musste aber feststellen, dass die Staatsanwältin entgegen ihrer sonstigen Gepflogenheiten noch nicht auf ihrem Platz saß. Was ist heute eigentlich los?, ging es ihm durch den Kopf. Irgendetwas stimmte nicht, aber was?

Endlich erschien die Staatsanwältin. Marc wollte sie mit einem Kopfnicken begrüßen, aber sie wich seinem Blick bewusst aus. Ein Umstand, der nicht gerade dazu beitrug, sein Misstrauen zu beseitigen.

Marc wurde erst aus seinen Grübeleien gerissen, als die Kammer erschien und der Vorsitzende den Insektenkundler aufrief. Dr. Berger belehrte ihn und fragte dann wie üblich die Personalien ab.

»Mein Name ist Dr. Jürgen Willmann, ich bin zweiunddreißig Jahre alt und als Diplom-Biologe an der Universität Bonn tätig. Mit dem Angeklagten weder verwandt noch verschwägert.«

»Würden Sie uns zunächst einen Überblick über Ihre Tätigkeit geben?«, bat Berger.

»Natürlich. Ich habe mich auf die forensische Zoologie, genauer gesagt auf die forensische Entomologie spezialisiert. Ich versuche, anhand von Insekten die exakte Liegezeit einer Leiche festzustellen. Dazu muss man wissen, dass Leichen, insbesondere solche, die im Freien liegen, nach und nach von bestimmten Insektenarten besiedelt werden. Die Zusammensetzung der Tiergruppen sowie deren Alter und Größe sind typisch für ein bestimmtes Stadium des körperlichen Zerfalls, da jede Tierart zu einer ganz bestimmten Zeit auf der Leiche lebt und diese danach verlässt. Sammelt man die Tiere am Fundort ein und untersucht sie, so kann man mit großer Sicherheit die Liegezeit einer Leiche ableiten.«

»Welche konkreten Erkenntnisse haben Sie in diesem Fall gewinnen können?«

»Um Auskunft über die postmortale Liegezeit zu erlangen, wurde ich von der Staatsanwaltschaft Bielefeld mit einer entomologischen Analyse beauftragt. Es war ein großes Glück, dass ich gleich nach dem Auffinden der Leiche am 11. September 2005 hinzugerufen wurde, denn häufig werden aufgefundene Insekten falsch asserviert.« Dr. Willmann warf einen vorwurfsvollen Blick in die Runde. »An diesem 11. September 2005 habe ich die unverpuppten Larven der Schwarzen Soldatenfliege eingesammelt. Ich habe die Tiere im Labor in einer kleinen Plastikdose aufgezogen. Dort verpuppten sie sich und einen Monat nach dem Aufsammeln schlüpften die ersten Fliegen. Während dieser dreißig Tage habe ich mithilfe einer nahe dem Fundort gelegenen Wetterstation die mittlere Außentemperatur ermittelt. Sie betrug 21,7 Grad Celsius. Eine Soldatenfliege benötigt bei dieser Temperatur ziemlich genau zweiundfünfzig Tage, um sich vom Ei zu einem schlüpfenden Tier zu entwickeln. Die Eier hatten demnach zweiundfünfzig minus dreißig, also zweiundzwanzig Tage auf dem verfallenden Körper verbracht. Es ist bekannt, dass die Elternfliegen ihre Eier frühestens zwanzig und spätestens dreißig Tage nach Eintritt des Todes auf einer Leiche ablegen. Daraus errechnet sich, dass der Tod zwischen zweiundvierzig und zweiundfünfzig Tage vor dem Fund der Leiche eingetreten sein muss. Für den konkreten Fall bedeutet dies zwischen dem 21. und dem 31. Juli 2005.«

Berger machte sich eine Notiz, dann blickte er die Staatsanwältin fragend an: »Frau Dr. Gerland?«

»Keine Fragen.«

»Herr Hagen? Frau Dr. von Kleist?«

Marc wandte sich an den Sachverständigen. »Sie sagten, der Tod sei zwischen dem 21. und dem 31. Juli eingetreten. Können Sie das noch näher eingrenzen?«

»Nein.«

»Da Frau Beck am 24. Juli noch lebend gesehen wurde, bleibt also ein Zeitfenster von einer Woche, nicht wahr? Frau Beck könnte auch am 26., 27. oder 28. Juli 2005 ermordet worden sein.«

»Aus entomologischer Sicht ist das zutreffend.«

»Keine weiteren Fragen.«

»Aber Frau Beck könnte genauso gut auch am 24. Juli getötet worden sein?«, hakte Britta Gerland nach.

»Ja.«

»Keine weiteren Fragen.«

Marc wollte seine Unterlagen schon wieder zusammenpacken, weil er glaubte, der Verhandlungstag sei beendet, als Britta Gerland sich noch einmal zu Wort meldete.

»Ich habe eine Erklärung abzugeben«, sagte sie. »Vor drei Tagen ist bei der Staatsanwaltschaft Bielefeld ein anonymes Schreiben eingegangen. Darin wurde mitgeteilt, am Abend des 26. Juli 2005 sei ein Range Rover mit dem Kennzeichen BI HN 8888 am nördlichen Ufer des Dahmelsees in Herford vorgefahren. Es sei eine männliche Person ausgestiegen, die in dem Schreiben als ›groß und schlank‹ beschrieben wird. In der Hand habe diese Person einen länglichen Gegenstand gehalten. Die Person sei auf einen Bootsanleger gegangen und habe den Gegenstand mit Schwung ins Wasser geworfen. Anschließend sei die Person mit dem Geländewagen wieder davongefahren. Ich habe hier Kopien des anonymen Schreibens, die ich dem Gericht und der Verteidigung nunmehr aushändigen möchte.« Die Staatsanwältin stand auf und legte jeweils ein Blatt Papier auf die Richterbank und den Tisch der Verteidigung.

Nachdem sie sich wieder gesetzt hatte, fuhr sie fort: »Nach Eingang dieses Schreibens habe ich sofort veranlasst, dass an der beschriebenen Stelle gesucht wird. Ein Polizeitaucher hat dort tatsächlich ein Gewehr gefunden, eine Bockbüchsflinte Karawanken des Herstellers Ferlacher mit einem Schrotkaliber 20/76, einem Kugelkaliber .223 Remington und mit einem Zielfernrohr Swarovski 6x42. Dieses Gewehr ist nach der eingravierten Waffennummer auf den Angeklagten registriert. Genauso wie der Range Rover mit dem amtlichen Kennzeichen BI HN 8888 auf den Angeklagten zugelassen ist. Ich habe das gefundene Gewehr ballistisch untersuchen lassen und beantrage nunmehr zum Beweis der Tatsache, dass es sich bei diesem Gewehr um die Tatwaffe in dem Mordfall Barbara Beck handelt, die erneute Vernehmung des ballistischen Sachverständigen Josef Schmidt. Herr Schmidt ist anwesend und kann sofort gehört werden.«

Der Vorsitzende verlas das anonyme Schreiben und sah anschließend zu Marc und Irene von Kleist hinüber. »Hat die Verteidigung etwas dazu zu sagen?«, fragte er.

Irene von Kleist schaute Marc hilflos an, aber der starrte wie paralysiert auf den anonymen Brief.

»Das scheint nicht der Fall zu sein.« Berger nickte seiner Protokollführerin zu. »Dann hören wir uns den Herrn jetzt an.«

Während sie auf den Ballistikexperten warteten, kritzelte von Neuendorff hastig etwas auf einen Zettel, den er zu Marc hinüberschob. *Ich bin das nicht gewesen!*, las Marc die erste der beiden Zeilen. Das ›nicht‹ war dreimal unterstrichen. *Tun Sie was!!*

Der Ballistiker betrat mit einem in durchsichtigem Plastik verpackten Gewehr den Saal und nahm hinter dem Zeugentisch Platz. Nach Erledigung der Formalitäten fragte der Vorsitzende: »Ist das das Gewehr, das im Dahmelsee gefunden wurde?«

»Jawohl.«

»Und es ist auf den Angeklagten, Hasso von Neuendorff, registriert?«

»Auch das ist korrekt.«

»Konnten Sie Feststellungen darüber treffen, ob das im Kopf von Frau Barbara Beck gefundene Projektil von dieser Waffe abgefeuert wurde?«

»Jawohl. Wir haben an dem gefundenen Projektil Kaliber .223 Remington charakteristische Rillen, Kratz- und Schartenmuster festgestellt, die wir mikroskopisch ausgewertet und mit der sichergestellten Waffe verglichen haben. Es gibt eine hundertprozentige Übereinstimmung.«

»Hundertprozentig?«, vergewisserte sich Berger.

»Hundertprozentig. Jede Waffe hinterlässt auf den aus ihr abgefeuerten Geschossen Spuren, die so einzigartig sind wie Fingerabdrücke bei einem Menschen.«

»Dann steht aus ballistischer Sicht unzweifelhaft fest, dass Frau Beck mit dieser Waffe erschossen worden ist?«

»Jawohl.«

»Frau Staatsanwältin, haben Sie Fragen an den Sachverständigen?«

»Keine Fragen.«

Der Richter wandte sich der Seite der Verteidigung zu.

»Einen Moment«, bat Marc. Dann steckte er seinen Kopf mit dem von Irene von Kleist zusammen. »Das ist Ihr Sachverständiger«, flüsterte er. »Schaffen Sie das?«

Die Anwältin schüttelte verzweifelt den Kopf. »Ich kann jetzt nicht klar denken«, sagte sie.

Marc nahm sich einen Moment Zeit, um seine Gedanken zu ordnen. Er musste irgendwie versuchen, den angerichteten Schaden wieder gutzumachen. Er hatte nur nicht die geringste Ahnung, wie.

»Herr Schmidt«, begann er. »Sie sagten, die Waffe sei vor drei Tagen im Dahmelsee gefunden worden.«

»Richtig.«

»Können Sie auch sagen, wann das Gewehr in den See geworfen wurde?«

»Nur annähernd. Aufgrund des Verrostungszustandes dürfte es einige Monate im Wasser gelegen haben.«

»Das Gewehr ist also verrostet?«

»Es ist etwas angerostet.«

»Und trotz dieses Rostes konnten Sie eindeutig feststellen, dass der tödliche Schuss aus dieser Waffe abgefeuert wurde?«

»Jawohl, hundertprozentig.«

Marc wischte sich den Schweiß von der Stirn. Ein weiterer Beleg für den alten Grundsatz, dass man als Verteidiger niemals eine Frage stellen soll, deren Antwort man nicht kennt.

»Konnten Sie Fingerabdrücke auf der Waffe sicherstellen?«

»Nein, nicht einen einzigen.«

»Konnten Sie anhand des Gewehrs feststellen, wer die Waffe abgefeuert hat, als damit auf Frau Beck gezielt wurde?«

»Nein, natürlich nicht.«

»Sie konnten also nicht feststellen, dass mein Mandant, Hasso von Neuendorff, den tödlichen Schuss abgefeuert hat?«

»Nein.«

Marc überlegte kurz, ob er weitere Fragen stellen sollte, winkte dann aber ab. Mehr konnte er in der gegenwärtigen Situation nicht erreichen.

Marc wartete, bis der Ballistiker den Saal wieder verlassen hatte, dann sagte er: »Ich möchte eine Stellungnahme abgeben. Mir ist aufgefallen, dass dieses anonyme Schreiben auf einer mechanischen Schreibmaschine verfasst worden ist. Genauso wie das anonyme Schreiben, in dem das Liechtensteiner Konto meines Mandanten verraten wurde. Ich rege daher an, durch einen Schriftvergleich feststellen zu lassen, ob die beiden anonymen Schreiben auf derselben Maschine verfasst wurden.«

»Ist bereits geschehen«, klärte Britta Gerland ihn auf.

»Wären Sie dann so gütig, uns das Ergebnis mitzuteilen?« Marc merkte, dass seine Stimme lauter geworden war.

»Gerne. Beide Schreiben wurden auf derselben Maschine geschrieben.«

»Und das gibt Ihnen nicht zu denken?«

»Sollte es das?«

»Allerdings. Die Tatsache, dass diese Schreiben offensichtlich von demselben Verfasser stammen, beweist, dass es einen Menschen gibt, der meinen Mandanten fertig machen will.«

»Wo ist das Problem?«, fragte Britta Gerland zurück. »Die Staatsanwaltschaft ist für jeden Hinweis dankbar, der hilft, einen Mörder zu überführen.«

»So einfach ist das nicht«, widersprach Marc. »Nach Auffassung der Verteidigung legen diese anonymen Schreiben den Verdacht nahe, dass jemand meinem Mandanten einen Mord in die Schuhe schieben will.«

Britta Gerland schüttelte energisch den Kopf. »Diese Schreiben verstärken ausschließlich den bereits vorhandenen dringenden Verdacht, dass Ihr Mandant ein Mörder ist. Der große Unbekannte ist doch die älteste Ausrede der Welt. Eine Erfindung verzweifelter Angeklagter und noch verzweifelterer Strafverteidiger.«

Marc wollte zu einer heftigen Entgegnung ansetzen, doch er wurde vom Vorsitzenden gestoppt.

»Schluss jetzt«, trennte Berger die beiden Streithähne. »Heben Sie sich die Beweiswürdigung für Ihre Plädoyers auf. Wir fahren dann morgen mit dem Zeugen Kerkhoff fort, auf dessen Vernehmung wir schon einmal leider verzichten mussten.«

Er warf Irene von Kleist einen bedeutungsschweren Blick zu, um keinen Zweifel darüber aufkommen zu lassen, wen er für die Verzögerung verantwortlich machte. Dann erhob er sich und verließ zusammen mit den anderen Richtern den Saal.

Marc sprang auf und ging wutschnaubend zu Britta Gerland. »Du hast mich wie einen Idioten dastehen lassen«, fauchte er. »Warum hast du mich über diesen anonymen Brief nicht vorher informiert? Ich dachte, du wolltest diesen Prozess fair gewinnen.«

Die Staatsanwältin machte ein unschuldiges Gesicht. »Wann, bitte schön, hätte ich dich denn informieren sollen? Wir mussten das Gewehr und die anonymen Schreiben schließlich erst einmal untersuchen lassen und das Ergebnis wurde mir erst gestern Nachmittag mitgeteilt.«

»Das Telefon wurde im neunzehnten Jahrhundert erfunden«, gab Marc zurück, dann drehte er sich auf dem Absatz um und ließ die Staatsanwältin stehen.

Als Marc zum Tisch der Verteidigung zurückkehrte, stand von Neuendorff noch da. »Ich muss Sie sprechen«, erklärte er.

Marc nickte. Von Neuendorff wurde in das Anwaltsbesprechungszimmer des Gerichts gebracht.

»Ich schwöre, dass ich das Gewehr nicht in den See geworfen habe«, sagte er, als er mit seinen Anwälten allein war. »Irgendjemand will mir den Mord in die Schuhe schieben. Der Beweis sind diese anonymen Schreiben.«

»Nein«, widersprach Irene von Kleist. »Leider hat die Staatsanwältin Recht. Nur weil diese Briefe Sie belasten, sind sie noch kein Beweis dafür, dass ein anderer der Täter gewesen sein muss. Im Gegenteil. Jetzt steht unzweifelhaft fest, dass Ihr Gewehr die Tatwaffe ist.«

»Sie werden lachen, aber das war mir von Anfang an klar«, erwiderte von Neuendorff. »Ich bin fest davon überzeugt, dass der Mörder alles geplant hat. Zuerst stiehlt er mein Gewehr, dann bringt er Barbara damit im Rathenhorster Wald um, weil er weiß, dass ich mich dort am 24. Juli aufgehalten habe. Anschließend wirft er das Gewehr in den See, nur um dann mitten im Prozess die Bombe platzen zu lassen. Oder glauben Sie, dass dieser anonyme Brief ganz zufällig kurz vor Ende der Beweisaufnahme aufgetaucht ist?«

»Nein, das tun wir wohl alle nicht«, sagte Marc. »Trotzdem hat noch nie jemand mit dem großen Unbekannten einen Prozess gewonnen. Es sei denn, wir können seine Existenz hundertprozentig beweisen, was mit anderen Worten bedeutet, dass wir den wahren Täter überführen müssen.«

Hasso von Neuendorff nickte langsam. »Dann bleibt uns nur noch Dennis Kerkhoff«, meinte er. »Immerhin wird der bestätigen, dass ich am 24. Juli allein war, als ich in den Rathenhorster Wald gefahren bin.«

Marc holte tief Luft, um seine Zweifel zu überspielen. Mittlerweile hielt er in diesem Prozess alles für möglich. »Wollen wir es hoffen, Herr von Neuendorff«, sagte er. »Wollen wir es hoffen.«

30

Marc begab sich allein zurück in die Kanzlei und bestellte sich eine Pizza. Während er auf den Boten wartete, ging er zum wahrscheinlich hundertsten Mal die Akten durch. Er kannte die Unterlagen zwar fast auswendig, aber er wollte die Hoffnung nicht aufgeben, dass er trotzdem etwas Wichtiges übersehen hatte. Marc spürte, dass sich die Lösung des Falls zwischen diesen Blättern verbarg, es kam nur darauf an, das Puzzle richtig zusammenzusetzen. Doch wenn ihm das nicht bald gelang, würde es für seinen Mandanten zu spät sein.

Nach einer halben Stunde schob Marc den Aktenberg beiseite. Er konnte sich einfach nicht konzentrieren, weil er sich immer noch über Britta Gerland ärgerte. Die hatte in der Zwischenzeit zweimal versucht, ihn anzurufen, aber er hatte sich von Stefanie Bloes verleugnen lassen.

Gabriel hatte mit seiner Warnung Recht behalten. Die Staatsanwältin hatte ihn eiskalt in eine Falle laufen lassen, weil sie sich davon einen Vorteil für den Prozess versprochen hatte.

Marc schüttelte über seine eigene Dämlichkeit den Kopf. Er hatte sich durch ihre Einladung zum Abendessen einlullen lassen und war unvorsichtig geworden. Und das, obwohl er Britta Gerland schon lange kannte und genauso lange wusste, dass sie nur für ihre Karriere lebte.

Nach einer unruhigen Nacht, in der er kaum geschlafen hatte, betrat er am nächsten Morgen um kurz vor neun den Gerichtssaal.

Er begrüßte von Neuendorff, die anderen Verteidiger sowie einen braun gebrannten und sichtlich gut gelaunten Dennis Kerkhoff. Britta Gerland strafte Marc dagegen mit offensichtlicher Nichtachtung ab. Das Problem war nur, dass ihr das wahrscheinlich völlig gleichgültig war.

Die Kammer erschien und Dennis Kerkhoff wurde belehrt und zur Person vernommen. »Erzählen Sie uns bitte, was Sie in Bezug auf den Angeklagten beobachtet haben wollen«, begann Berger die Vernehmung zur Sache.

»Klar, mach ich. Also, dieser Herr da«, Dennis Kerkhoff zeigte auf Hasso von Neuendorff, »war am Sonntag, den 24. Juli 2005 so gegen 15.20 Uhr an der Shell-Tankstelle an der B 73, wo ich an der Kasse sitze. Er hat getankt, kam rein und hat mich gebeten, nach dem Öl von seinem Wagen zu sehen. Es war gerade kein anderer Kunde da, also hab ich das gemacht. Er hat mir zwei Euro Trinkgeld gegeben, dann ist er wieder gefahren.«

»Sind Sie sich ganz sicher, dass es sich bei dieser Person um den Angeklagten gehandelt hat?«

»Klaro. Das war dieser Typ mit dem Range Rover und dem Aufkleber *This vehicle protected by: Smith & Wesson*. Das hab ich mir genau gemerkt. Nee, der war das, hundertprozentig.«

»Und woher wissen Sie heute noch so genau, dass es sich bei diesem Sonntag um den 24. Juli 2005 gehandelt hat?«

»Das kann ich Ihnen sagen: Wir haben bei uns an der Kasse einen kleinen Fernseher. Die Tankstelle liegt nämlich ziemlich weit ab vom Schuss und da is manchmal nich so viel zu tun. Und dann werfe ich schon mal einen Blick in die Kiste. Auf RTL lief gerade Formel 1, der Große Preis von

Deutschland, und es war kurz vor Schluss. Ich hab mich schon geärgert, dass ausgerechnet in dem Moment ein Kunde kommt, und dann wollte er auch noch, dass ich nach seinem Öl schaue. Deshalb weiß ich das.«

»War der Angeklagte an diesem Tag allein?«

»Jawohl, das war er. Ich hab ja noch in sein Auto reingeguckt, aber da war sonst niemand.«

»Kann es nicht sein, dass ein Begleiter oder eine Begleiterin des Angeklagten zu dem Zeitpunkt gerade auf der Toilette war?«

»Nee, das kann nich sein. Zuerst mal braucht man für unser Klo 'nen Schlüssel und den gibt's nur bei mir. Außerdem hab ich den Herrn auch wegfahren sehen. Er war die ganze Zeit allein.«

Der Vorsitzende fragte seine Beisitzer, ob sie Fragen an den Zeugen hatten. Marc machte seinem Mandanten mit einer geballten Faust und erhobenem rechten Daumen Mut. Dennis Kerkhoff hatte die Erwartungen voll erfüllt.

»Frau Dr. Gerland«, hörte Marc die Stimme des Vorsitzenden. »Haben Sie Fragen an den Zeugen?«

»Ein paar ganz kurze.« Britta Gerland wandte sich dem Zeugen zu und schenkte ihm ihr liebstes Lächeln. »Herr Kerkhoff, hatten Sie einen schönen Urlaub?«

Dennis Kerkhoff guckte ob dieser unerwarteten Eröffnungsfrage etwas verwundert aus der Wäsche. »War ganz okay«, antwortete er schließlich.

»Nur ganz okay?«, hakte die Staatsanwältin nach. »So schön braun wie Sie geworden sind, muss man um diese Jahreszeit aber ein ganzes Stück weit fliegen, oder? Darf ich fragen, wo Sie waren?«

»Malediven«, antwortete Kerkhoff knapp.

»Waren Sie allein?«

»Nee, meine Freundin war auch mit dabei.«

»Ihre Freundin, so, so. Und die hat auch ganz problemlos Urlaub bekommen?«

»Brauchte se nich. Meine Freundin is zurzeit arbeitslos.«

Marc überlegte, diese Art der Fragestellung zu beanstanden, da wechselte Britta Gerland abrupt das Thema.

»Kommen wir zu diesem Tag, an dem Sie den Angeklagten gesehen haben wollen«, sagte sie. »Sie wissen also noch ganz genau, dass es der 23. Juli war?«

Marc hüstelte nervös, um Dennis Kerkhoff zu warnen, aber der schien nicht zu begreifen.

»Klar weiß ich das«, sagte er. »Hab ich doch eben schon gesagt.«

»Und Sie sagen, Sie hätten an dem Tag Formel 1 im Fernsehen gesehen?«

»Genau.«

»Wissen Sie noch, wer an diesem Tag gewonnen hat?«

»Klar, Alonso.«

»Und wer ist Zweiter geworden?«

»Weiß ich nich mehr. Is zu lange her.«

»Aber Sie wissen noch, dass der Angeklagte am 23. Juli bei Ihnen getankt hat?«

»Sach ich doch.«

»Hat er bar gezahlt oder mit Karte?«

»Das muss bar gewesen sein. Ich hab von meinem Chef gehört, dass die Polizei nochmal da war und die Kassenauszüge gecheckt hat, aber da war die Kontonummer des Angeklagten nich dabei.«

»Existieren Videoaufnahmen von dem Tankvorgang des Angeklagten?«

»Nee, auch das ham die Bul…, 'tschuldigung, hat die Polizei schon geprüft. Wir haben zwar Überwachungskameras, weil es viele Typen gibt, die abhauen, ohne zu bezahlen, aber die Aufnahmen werden nach einigen Tagen wieder gelöscht.«

»Waren noch andere Gäste oder Angestellte der Tankstelle anwesend, die bestätigen können, dass der Angeklagte an diesem Tag bei Ihnen getankt hat?«

»Nee«, sagte Kerkhoff. »Da war sonst niemand.«

»Wir sind also ausschließlich auf Ihre Aussage angewiesen, wenn wir glauben sollen, dass der Angeklagte am 25. Juli bei Ihnen getankt hat und allein war.«

Jetzt wurde es Marc zu bunt. »Ich beanstande diese Art der Fragestellung«, sagte er zu dem Vorsitzenden, wobei er sorgfältig darauf achtete, jeden Augenkontakt mit der Staatsanwältin zu vermeiden.

»Mit welcher Begründung?«

»Die Vertreterin der Staatsanwaltschaft verwirrt den Zeugen, indem sie ihm Fangfragen stellt.«

»Frau Dr. Gerland, möchten Sie dazu Stellung nehmen?«

Die Staatsanwältin machte ein verwundertes Gesicht. »Ich stelle dem Zeugen ganz normale Fragen. Nur weil der Herr Verteidiger Angst vor meinen Fragen hat, macht sie das noch nicht zu Fangfragen.«

»Ich habe keine Angst«, schäumte Marc. »Ich …«

»Ich vermag auch keine Fangfrage zu erkennen und lasse die Frage daher zu«, schnitt Berger Marc das Wort ab. »Wollen Sie eine Entscheidung des Gerichts?«

»Nein, danke«, erwiderte Marc. Er konnte nur hoffen, dass Dennis Kerkhoff die Unterbrechung zum Nachdenken genutzt hatte.

»Ich wiederhole meine Frage gern, Herr Kerkhoff«, fuhr Britta Gerland fort. »Wir sind also einzig und allein auf Ihre Aussage angewiesen, wenn wir glauben sollen, dass der Angeklagte am 25. Juli bei Ihnen getankt hat?«

Der Zeuge zuckte gleichgültig die Achseln. »Muss wohl so sein.«

»Aber dieser 25. Juli ist noch ganz fest als der Tag in Ihrem Gedächtnis verankert, an dem Sie den Angeklagten gesehen haben?«

»Jawohl, das weiß ich noch, als wäre es erst gestern gewesen.«

Scheiße. Marc rieb sich verzweifelt die Stirn.

Britta Gerland hatte inzwischen schon ihre nächste Frage gestellt: »Herr Kerkhoff, Sie sind wegen mehrfachen Betruges vorbestraft, ist das richtig?«

»Ich beanstande auch diese Frage«, ging Marc dazwischen. »Ein Zeuge darf grundsätzlich nicht nach Vorstrafen gefragt werden.«

Berger sah zur Staatsanwältin hinüber. »Wollen Sie dazu etwas sagen?«

»Sicher.« Britta Gerland lächelte breit. »Zuerst einmal verstehe ich natürlich, dass der Kollege Hagen allergisch reagiert, wenn eine Vorstrafe wegen Betruges zur Sprache kommt, aber in diesem Fall ist es leider notwendig, weil es um die Beurteilung der Glaubwürdigkeit des Zeugen geht.«

Marc holte tief Luft, um sich zu beruhigen. Am liebsten wäre er Britta Gerland an die Gurgel gegangen. Dann sagte er mit unterdrückter Wut: »Was hat eine Vorstrafe wegen Betruges mit der Glaubwürdigkeit des Zeugen zu tun?«

Britta Gerland tat erstaunt. »Ist das nicht offensichtlich? Ein Betrüger ist definitionsgemäß ein Mensch, der andere Menschen belügt, um sich dadurch einen Vermögensvorteil zu verschaffen. Genauso wie ein Mensch, der sich für eine falsche Aussage vor Gericht bezahlen lässt.«

»Das ist eine unerhörte Unterstellung, für die es nicht den Hauch eines Beweises gibt«, versetzte Marc in scharfem Ton.

»Das werden wir ja sehen, wenn Sie mich endlich meine weiteren Fragen stellen lassen.«

»Ich bitte darum.«

Britta Gerland lächelte maliziös und wandte sich wieder dem Zeugen zu. »Herr Kerkhoff, Sie haben bei Ihrer Befragung zur Person angegeben, nach wie vor aushilfsweise als Tankstellenkassierer zu arbeiten. Ist das richtig?«

»Ja.«

»Ist das ein gut bezahlter Job?«

»Kann man nich gerade behaupten, nee.«

»Haben Sie noch andere Jobs?«

»Nee, eigentlich nich. Ab und zu mal, wenn gerade was anliegt.«

»Darf ich dann fragen, womit Sie Ihren Urlaub auf den Malediven bezahlt haben?«

Dennis Kerkhoff wirkte leicht verstört. »Mit Geld, womit denn sonst?«

Auf den Zuschauerbänken kam Gelächter auf und Britta Gerland lachte freundlich mit, bis es wieder ruhig wurde.

»Nein, ich meine, woher hatten Sie das Geld für den Urlaub? Von Ihrer arbeitslosen Freundin doch wohl kaum.«

»Hab ich mir zusammengespart. Ich arbeite schließlich.«

»Aber das ist doch nur ein schlecht bezahlter Aushilfsjob, wie Sie eben selbst angegeben haben.«

»Ich brauch nich viel für mich.«

»Herr Kerkhoff, wir haben uns bei Ihrem Arbeitgeber erkundigt. Sie haben dort noch nie einen längeren Urlaub beantragt, aber in letzter Zeit werden Sie immer reisefreudiger. Im September 2005, kurze Zeit nach dem Auffinden der Leiche, haben Sie auch zwei Wochen Urlaub gemacht, nicht wahr? Verraten Sie uns, wo Sie da waren?«

»Dom Rep«, antwortete der Zeuge.

»Und Ihre Freundin? Hat die Sie da auch begleitet?«

»Yep.«

»Und das Geld für den BMW, den Sie sich vor drei Monaten gekauft haben, haben Sie sich auch zusammengespart?«

»Klar. war ja schließlich kein neuer, sondern ’nen gebrauchter 3er. Bin da ganz günstig über ’nen Kumpel rangekommen.«

»Nach meinen Informationen hat der BMW trotzdem, warten Sie mal …«, Britta Gerland tat so, als müsse sie in ihren Unterlagen nachsehen, »… fünfzehntausend Euro gekostet. Das haben Sie sich alles von Ihrem schlecht bezahlten Aushilfsjob zusammengespart? Und dann konnten Sie sich auch noch Urlaube auf den Malediven und in der Dominikanischen Republik leisten? Und dazu auch noch Ihre Freundin einladen, denn die haben Sie doch eingeladen, oder etwa nicht?«

Dennis Kerkhoff war während dieser Wortkanonade immer unruhiger geworden. Er wand sich auf seinem Stuhl und verlagerte sein Gewicht von einer Gesäßhälfte auf die andere. Marc dagegen saß wie versteinert. Die Staatsanwältin hatte Kerkhoffs Vorleben bis in alle Einzelheiten auseinander genommen. Ihm dämmerte, dass er das vielleicht auch hätte tun sollen.

»Ich … äh … also, ich hab nich alles zusammengespart«, stotterte der Zeuge und schluckte schwer. »Ich hab mal Geld gewonnen. Im Spielkasino.«

»Darf ich fragen, in welchem, damit wir uns das bestätigen lassen können? Sie wissen ja, dass man vor dem Besuch eines Spielkasinos registriert wird.«

Kerkhoff wischte sich dicke Schweißtropfen von der Oberlippe und warf einen Hilfe suchenden Blick zum Tisch der Verteidigung hinüber. »Also, ähm, im Spielkasino war ich nur einmal, weiß jetzt aber nich mehr genau, wo das war. Das meiste Geld habe ich auf der Pferderennbahn in Köln gewonnen. Da fahr ich ab und zu mal hin.« Er blickte stolz in die Runde.

»Waren Sie immer allein auf der Pferderennbahn?«

»Glaub schon.«

»Das kann also auch niemand bestätigen?«

»Nee, ich wusste schließlich nich, dass ich dafür mal 'nen Zeugen brauche.«

»Aber Sie waren häufiger auf der Pferderennbahn?«

»Ja, ziemlich oft sogar. Ich hab ja viel Freizeit.«

»Und Sie haben dort so viel Geld gewonnen, dass Sie sich davon einen BMW, einen Urlaub auf den Malediven und einen Urlaub in der Dominikanischen Republik leisten konnten?«

Kerkhoff hob die Hände zu einer unbestimmten Geste. »Ich hab halt ein Händchen für Pferde«, grinste er. Offenbar fühlte er jetzt wieder sichereren Boden unter den Füßen.

»Das heißt, Sie kennen sich mit Pferdewetten aus?«

»Würd ich mal behaupten, ja.«

»Dann können Sie uns sicherlich auch erklären, was ein Totalisator ist.«

»Klar kann ich das. Das ist so ein Kampfroboter. Kenn Se nich die Filme mit Arnold Schwarzenegger?«

Unter den Zuschauern brach lautes Gelächter aus und Marc konnte nicht anders: Er musste für einen Moment die Augen schließen.

Britta Gerland bedachte den Zeugen mit einem milden Lächeln. »Keine weiteren Fragen«, sagte sie.

»Die Verteidigung?«

»Herr Kerkhoff«, sagte Marc, »ich will nicht lange um den heißen Brei herumreden und frage Sie daher ganz direkt: Sind Sie von irgendjemandem für Ihre Aussage bezahlt worden?«

Der Zeuge schüttelte energisch den Kopf. »Nein, das bin ich nicht.«

»Und noch einmal zur Klarstellung, nachdem die Frau Staatsanwältin eben versucht hat, Sie mit verschiedenen Daten zu verwirren: Sie haben meinen Mandanten, Herrn von Neuendorff, an dem Sonntag, an dem der Große Preis von Deutschland im Fernsehen übertragen wurde, gegen 15.20 Uhr an Ihrer Tankstelle gesehen und Herr von Neuendorff war an diesem Sonntag allein und nicht in Begleitung einer weiblichen Person?«

»Ja, das weiß ich hundertprozentig.«

»Herr Kerkhoff, ich bitte Sie, genau nachzudenken, da Ihre Beobachtung entscheidend für dieses Verfahren sein könnte. Nach Aussage des Jagdaufsehers Höfer war an diesem Sonntagnachmittag kein anderes Fahrzeug außer dem Range Rover von Herrn von Neuendorff im Rathenhorster Wald. Frau Beck kann auch nicht mit dem Bus, dem Taxi oder zu Fuß dorthin gekommen sein. Das bedeutet, dass sie mit diesem Range Rover in den Wald gelangt sein muss, damit Herr von Neuendorff sie dort um kurz nach sechzehn Uhr erschossen haben kann, wie die Anklage behauptet. Deshalb frage ich Sie jetzt noch einmal: War Herr von Neuendorff an diesem Sonntag allein?«

Dennis Kerkhoff zögerte keine Sekunde. »Ja, er war allein.«

»Und das können Sie mit Bestimmtheit sagen, obwohl Sie wissen, dass Sie diese Aussage unter Umständen beeiden müssen?«

»Ja, das kann ich.«

Marc nickte zufrieden und drehte sich zu Berger um. »Ich habe keine weiteren Fragen und beantrage die Vereidigung des Zeugen Kerkhoff.«

»Frau Staatsanwältin?«, fragte der Vorsitzende in die andere Richtung.

»Ich beantrage, von der Vereidigung im Hinblick auf § 60 Nr. 2 der Strafprozessordnung abzusehen.«

Berger schlug die vor ihm liegende Akte zu. »Dann wird die Kammer jetzt über die Frage der Vereidigung beraten und gleich eine Entscheidung verkünden.«

Das Gericht zog sich in das Beratungszimmer zurück.

Nachdem sich alle wieder gesetzt hatten, zupfte von Neuendorff aufgeregt an Marcs Ärmel. »Was hat das zu bedeuten?«, fragte er.

»Das hat nicht weniger zu bedeuten, als dass sich jetzt entscheiden wird, ob Sie wegen des Mordes an Barbara Beck verurteilt werden oder nicht.«

Von Neuendorff schüttelte verwirrt den Kopf. »Das verstehe ich nicht«, sagte er.

Marc setzte sich auf seinem Stuhl zurecht. »Grundsätzlich muss jeder Zeuge vereidigt werden, es sei denn, alle Beteiligten verzichten darauf, was heutzutage praktisch die Regel ist. Wenn aber auf eine Vereidigung nicht verzichtet wird, muss das Gericht prüfen, ob es den Zeugen überhaupt vereidigen *darf*, denn es gibt Fälle, in denen eine Vereidigung zwingend verboten ist. Und so ein Fall ist § 60 Nr. 2 der Strafprozessordnung. Danach darf ein Zeuge nicht vereidigt werden, wenn er der Begünstigung oder der Strafvereitelung verdächtig ist. Für Sie heißt das Folgendes: Wenn das Gericht zu der Auffassung kommen sollte, Kerkhoff habe gelogen, hat er nach der Rechtsprechung des Bundesgerichtshofs bereits durch die Falschaussage gegenüber der Polizei den Verdacht einer versuchten Strafvereitelung begründet und damit ein Vereidigungsverbot ausgelöst. Wenn das Gericht Kerkhoff dagegen glaubt, muss er vereidigt werden und Sie haben aufgrund seiner Aussage gute Chancen auf einen Freispruch. Das Gericht muss jetzt also Farbe bekennen, wie es aller Voraussicht nach entscheiden wird.«

»Das heißt, wenn Kerkhoff nicht vereidigt wird, habe ich keine Chance mehr?«

»Keine Chance will ich nicht sagen, aber in Anbetracht der Tatsache, dass die Beweisaufnahme in der nächsten Woche abgeschlossen werden soll, sieht es dann zumindest sehr schlecht für Sie aus.«

Von Neuendorff nickte nachdenklich. »Ich verstehe. Aber eines wollte ich Ihnen noch versichern: Ich habe diesem Kerkhoff kein Geld für seine Aussage gegeben!«

»Ich glaube Ihnen natürlich. Die Frage ist nur, wie die Kammer das sieht. Und das werden wir gleich erfahren.« Er zeigte auf die Tür zum Beratungszimmer, die sich in diesem Moment öffnete.

Die fünf Richter betraten den Saal und setzten sich wieder auf ihre Plätze.

Dr. Berger wartete einen Moment, dann nahm er ein DIN-A4-Blatt zur Hand. »Ich verkünde den folgenden Beschluss«, begann er. »Der Zeuge Dennis Kerkhoff bleibt nach § 60 Nr. 2 der Strafprozessordnung unbeeidigt. Dazu ist zu sagen ...«

Der Vorsitzende redete weiter, doch Marc hörte ihm nicht mehr zu. Er sah nacheinander in das Gesicht von Irene von Kleist, die kreidebleich geworden war, und das von Hasso von Neuendorff, dem äußerlich kaum eine Gefühlsregung anzumerken war. Allerdings hatte sein rechtes Auge begonnen, heftig zu zucken. Während Berger die Begründung des Beschlusses ins Protokoll diktierte und ausführte, dass die Kammer Kerkhoff wegen seiner Vorstrafen und seines plötzlichen und unerklärlichen Reichtums keinen Glauben schenkte, beherrschte Marc ein einziger Gedanke: Nur ein Wunder konnte Hasso von Neuendorff jetzt noch vor einer lebenslangen Freiheitsstrafe retten.

31

»Herr Hagen?« Kaminski musterte den Mann, der an seiner Haustür geschellt hatte, mit dem Ausdruck höchsten Erstaunens. »Was verschafft mir die Ehre Ihres Besuches? Ich hatte bei unserem letzten Zusammentreffen nicht unbedingt den Eindruck, dass Sie mir zuhören wollen.«

Marc kratzte sich verlegen am Hinterkopf. »Nun, zuerst einmal wollte ich mich bei Ihnen entschuldigen. Die Sache mit den Lottozahlen … Also das war blöd von mir. Aber ich muss gestehen, dass ich Sie für einen Scharlatan gehalten habe.«

»Und das tun Sie jetzt nicht mehr?«

»Ich bin mir nicht sicher«, gab Marc zu. »Doch das ist egal, denn jetzt sind Sie meine letzte Chance.«

Kaminski zögerte einen Moment, dann gab er den Weg frei. »Kommen Sie rein«, sagte er. Marc folgte ihm durch einen Flur in ein Arbeitszimmer.

»Manfred, wer ist denn da?«, rief eine weibliche Stimme.

»Ein Kunde, es dauert nicht lange.« Kaminski schloss die Tür, dann sagte er leise zu Marc: »Ich möchte Sie bitten, meiner Frau gegenüber das Thema ›Hellseherei‹ nicht anzuschneiden. Wir hatten deswegen schon einige sehr unerfreuliche Diskussionen. Bitte, nehmen Sie doch Platz.«

Er deutete auf einen Stuhl, der auf der anderen Seite seines Schreibtisches stand. Nachdem Kaminski sich ebenfalls gesetzt hatte, sagte er: »Also, was kann ich für Sie tun?«

Marc stellte seine Plastiktüte auf den Schoß und entnahm ihr ein geblümtes Sommerkleid.

»Das ist ein Kleid von Barbara Beck«, erklärte er. »Mein Mandant hat in seiner Wohnung noch einige Sachen von ihr. In der Gerichtskantine haben Sie doch gesagt, mithilfe eines Kleidungsstücks des Opfers könnten Sie vielleicht mehr über die Tat und den Täter sagen.«

»Zeigen Sie mal her.« Kaminski nahm das Kleid an sich und fühlte den Stoff mit beiden Händen. Während der Hellseher sich konzentrierte, ließ Marc seine Blicke durch das Zimmer schweifen, aber er entdeckte weder eine Kristallkugel noch einen Käfig mit einem schwarzen Raben.

»Müssen Sie noch etwas vorbereiten?«, wagte Marc zu fragen. »Die Jalousien herunterlassen oder Kerzen anzünden?«

Er erntete einen vernichtenden Blick seines Gegenübers. »Das hier ist kein billiger Hokuspokus«, erwiderte Kaminski mit scharfer Stimme. »Wenn Sie immer noch denken, ich sei ein Spinner, muss ich Sie bitten zu gehen.«

»Nein, nein.« Marc schüttelte schnell den Kopf. »Es ist einfach nur so, dass ich von so etwas keine Ahnung habe.«

Kaminski nickte etwas besänftigt. »Es reicht, wenn Sie einfach still sind«, sagte er, dann widmete er sich wieder dem Kleid. Er schloss die Augen, atmete ein paarmal tief ein und befühlte den Stoff. Kurz darauf ließ er den Kopf in den Nacken fallen, geriet in eine Art Trance und murmelte unverständliche Worte vor sich hin.

Marc sah ihm gespannt zu. »Was ist?«, fragte er. »Sehen Sie etwas?«

Kaminski schüttelte unwillig den Kopf. »Seien Sie ruhig!«, herrschte er Marc an und verfiel wieder in seinen hypnotischen Zustand. Er ließ das Kleid durch die Finger gleiten, nickte mehrfach heftig und sprach unentwegt in einer Sprache, die Marc nicht verstand. Wie die Leute vor der Klagemauer, dachte er.

Nach mehreren Minuten legte Kaminski das Kleid zur Seite. Er atmete kräftig ein und aus, auf seiner Stirn hatten sich Schweißperlen gebildet.

Marc hielt es nicht mehr aus. »Haben Sie etwas gespürt?«

»Kälte!«, stieß Kaminski hervor. »Eine eisige Kälte. Und Hass. Abgrundtiefen Hass. Und dann habe ich eine ganz intensive Farbe gesehen. Die Farbe Schwarz.«

»Und wofür steht die?«, fragte Marc.

»Nein, nein.« Kaminski schüttelte den Kopf. »Diesmal war die Farbe kein Symbol. Sie hat eine konkrete Bedeutung. Ich habe die Empfindung gespürt, die das Opfer kurz vor seinem Tod hatte, Details in seinen Gedanken, bevor es starb. Kann es sein, dass Barbara Beck an ihrem Todestag schwarze Kleidung trug?«

Marc überlegte nur kurz. »Nein«, sagte er dann. »Soweit ich weiß, hat Frau Beck fast nie Schwarz getragen. Zumindest gibt es von ihr keine schwarze Kleidung in der Wohnung meines Mandanten. Und als man die Leiche fand, hatte sie ein beigefarbenes Kostüm an.«

»Dann muss sich die Farbe auf den Täter beziehen.«

»Sie meinen, der Täter war bei dem Mord schwarz gekleidet?«, fragte Marc.

»Könnte sein«, gab Kaminski zurück. »Oder der Täter trägt sehr häufig schwarze Kleidung. Privat oder beruflich.«

»Ein Schornsteinfeger?«, schlug Marc vor.

»Wenn, dann eine Schornsteinfegerin«, verbesserte Kaminski. »Ich hatte Ihnen doch schon gesagt, dass der Täter eine Frau gewesen sein muss. Außerdem glaube ich nicht, dass die Mörderin ihr Geld mit körperlicher Arbeit verdient. Sie hat sehr weiche Hände. Saubere, weiche Hände.«

Marc rieb sich nachdenklich die Stirn. »Können Sie mir sonst noch etwas sagen?«, fragte er. »Ich brauche einfach mehr Informationen. Schwarz tragen heutzutage viele Frauen und die wenigsten verdienen ihr Geld mit körperlicher Arbeit. Geht es nicht ein wenig konkreter?«

»Ich fürchte nicht. Das ist alles, was ich weiß.«

»Dann danke ich Ihnen vielmals.« Marc stand auf. »Was schulde ich Ihnen?«

»Um Gottes willen.« Kaminski hob abwehrend die Hände. »Es geht mir nicht um Geld. Ich bin froh, wenn ich helfen konnte.«

Als Marc wieder auf der Straße stand, dachte er über die letzten Worte Kaminskis nach. *Ich bin froh, wenn ich helfen konnte.*

Marc hatte allerdings keine Ahnung, was er mit diesen Auskünften anfangen sollte.

Während der nächsten Tage funktionierte Marc wie ein Automat. Seitdem er wusste, dass er den Prozess so gut wie verloren hatte, und nachdem auch seine Verzweiflungstat mit dem Hellseher nichts gebracht hatte, war alle Energie von ihm gewichen. Er schleppte sich morgens in die Kanzlei, erledigte den angefallenen Papierkram und bereitete sich auf die Vernehmung des letzten Sachverständigen, eines Wirtschaftsprüfers, vor. Irene von Kleist hatte er seit Dennis Kerkhoffs Vernehmung nicht zu Gesicht bekommen und auch mit Hasso von Neuendorff hatte er nicht mehr gesprochen. Einen kurzen Moment hatte Marc überlegt, ob sein Mandant wohl ein Selbstmordkandidat war, und erwogen, ob er bei der JVA einen Antrag auf Überwachung stellen sollte, aber dann hatte er doch davon Abstand genommen. Bei der Verabschiedung im Gerichtssaal hatte von Neuendorff einen gefassten Eindruck gemacht und sogar versucht, die Stimmung zu heben.

»Woran erkennt man, dass ein Anwalt lügt?«, hatte er gefragt und auf Marcs Kopfschütteln gleich die Antwort gegeben: »Wenn er den Mund aufmacht.«

Stefanie Bloes klopfte und steckte ihren Kopf zur Tür herein. »Draußen wartet eine Dame, die Sie in der Sache von Neuendorff sprechen möchte.«

Marc atmete genervt aus. Hasso von Neuendorff hatte insbesondere im weiblichen Teil der Bevölkerung immer noch eine Menge Fans. Ein paar Frauen hatten sich einen Termin in der Kanzlei geben lassen, um vielleicht so einen Blick auf von Neuendorff oder wenigstens einen seiner Verteidiger zu erhaschen.

»Wie sieht sie denn aus?«, wollte Marc wissen.

»Ganz normal. Ziemlich teuer gekleidet. Eine ältere Frau halt, irgendwo in den Sechzigern.«

Marc seufzte. Diese Beschreibung entsprach exakt der einer typischen Bewunderin seines Mandanten.

»Führen Sie die Dame herein«, sagte er trotzdem.

Sekunden später kehrte die Sekretärin in Begleitung einer Frau zurück und Marc fand Stefanie Bloes' Beschreibung voll bestätigt. Die Frau hatte graublonde Haare, bekleidet war sie mit einem Kamelhaarmantel.

»Mein Name ist Geisler«, stellte sie sich vor. »Ich möchte eine Aussage in dem Fall von Neuendorff machen.«

Marc deutete auf den Besucherstuhl. »Sie sind aber hoffentlich keine Hellseherin?«, fragte er.

»Bitte?«

»Vergessen Sie's«, erwiderte Marc schnell. »Was für eine Aussage?«

»Es geht um die Tote. Angeblich soll der Angeklagte sie doch am 24. Juli 2005 ermordet haben. Das kann aber nicht sein. Ich habe Frau Beck am 25. Juli lebend gesehen.«

»Tatsächlich?« Marc war skeptisch. Eine Überraschungszeugin in letzter Minute, das Gericht würde begeistert sein. Noch so ein Desaster wie das mit Dennis Kerkhoff konnte er nicht gebrauchen. »Wo soll das denn gewesen sein?«, fragte er in abweisendem Ton.

»In Timmendorfer Strand. Ich lebe da seit vier Jahren. Und am Montag, den 25. Juli 2005, habe ich Frau Beck dort in einem Strandcafé getroffen. Sie aß ein Stück Kuchen, trank eine Tasse Kaffee und war bei bester Gesundheit.«

»Und Sie sind sich ganz sicher, dass es sich um *die* Frau Beck handelt, deren Tod hier in Bielefeld verhandelt wird?«

»Natürlich, ihr Foto war ja in der Zeitung.«

Marc runzelte die Stirn. Er glaubte der Frau kein Wort. »Gut, Frau Geisler. Dann fangen wir am besten ganz von vorne an.« Er holte einen Notizblock hervor und zückte einen Kugelschreiber. »Zuerst brauche ich Ihre Personalien. Ihr Name ist Geisler?«

»Ja, Christine Geisler, geboren am 4. September 1937 in Breslau.«

»Was sind Sie von Beruf, Frau Geisler?«

Sie sagte es ihm. Marc richtete den Blick zur Decke und sandte ein kurzes Stoßgebet gen Himmel. Das Wunder war geschehen.

32

Am letzten Tag der Beweisaufnahme bat Marc den Wachtmeister, seinen Mandanten vor Beginn der Sitzung in das Anwaltsbesprechungszimmer zu führen. Irene von Kleist und Eberhard Werner hatte er gestern schon über die jüngste Entwicklung informiert.

»Ich habe gute Neuigkeiten«, setzte Marc an. »Es hat sich eine Zeugin gemeldet, die bestätigen kann, dass Barbara Beck am 25. Juli noch gelebt hat.«

»Ich wusste es!« Hasso von Neuendorff schlug mit der Faust auf den Tisch. »Ich habe es immer gewusst. Eines Tages klärt sich alles auf.« Doch dann nahm seine Euphorie ab und er sah Marc fragend in die Augen. »Sind Sie sich sicher, dass man dieser Zeugin auch glauben wird?«

»Man wird, Herr von Neuendorff.« Marc grinste breit. »Sie können ganz beruhigt sein, man wird. Und deshalb kann ich Ihnen auch etwas gestehen: Ich war schon so verzweifelt, dass ich einen Hellseher um Hilfe gebeten habe.«

»Einen Hellseher?« Hasso von Neuendorff musterte seinen Verteidiger, als habe der den Verstand verloren. »Sie wollten mich mithilfe eines *Hellsehers* hier rausholen?«

Marc zuckte die Schultern. »Ich dachte, ein Versuch könne zumindest nicht schaden. Aber es hat nichts gebracht und jetzt bin ich überzeugt, dass wir diesen Prozess auch ohne übersinnliche Hilfe gewinnen können.«

Die Sitzung begann mit dem Gutachten eines Wirtschaftsprüfers, der dem Gericht erklärte, auf welchen verschlungenen Wegen Hasso von Neuendorff siebenundvierzigtausend Euro von einem Konto Barbara Becks auf sein eigenes Konto in Liechtenstein umgeleitet hatte. Sowohl die Staatsanwaltschaft als auch die Verteidigung verzichteten auf Fragen und so konnte der Sachverständige bereits nach einer Dreiviertelstunde entlassen werden.

»Ich habe noch einen Antrag zu stellen«, sagte Marc dann. »Und zwar beantrage ich zum Beweis der Tatsache, dass Frau Barbara Beck am Montag, den 25. Juli 2005 noch gelebt hat, die an Gerichtsstelle anwesende Frau Christine Geisler als Zeugin zu vernehmen.«

Im Saal erhob sich erstauntes Getuschel, das nur langsam wieder verebbte.

»Wollen Sie eine Stellungnahme zu diesem Beweisantrag abgeben?«, fragte der Vorsitzende in Richtung Staatsanwaltschaft.

Britta Gerland hob die rechte Hand zu einer gelangweilten Geste. »Ich weiß zwar nicht, aus welchem Hut Herr Hagen diese Zeugin gezaubert hat, aber bitte sehr, wenn es der Wahrheitsfindung dient.«

Berger richtete seinen Blick auf Marc. »Gut. Hören wir uns Ihre Zeugin an. Ist sie draußen auf dem Flur?«

Marc nickte und der Vorsitzende gab seiner Protokollführerin ein Zeichen.

»Frau Christine Geisler bitte in den Schwurgerichtssaal eintreten«, sagte sie in ein Mikrofon und gleich darauf öffnete sich die Tür und die Zeugin trat ein. Alle Blicke folgten ihr, während sie durch den Saal schritt und hinter dem kleinen Tisch vor der Richterbank Platz nahm.

»Frau Geisler«, begann Berger und musterte die Frau eindringlich. »Die Verteidigung hat beantragt, Sie als Zeugin zu vernehmen. Bevor Sie gleich Ihre Aussage machen, habe ich Sie darüber zu belehren, dass Sie vor Gericht die Wahrheit sagen müssen und nichts verschweigen dürfen. Sollten Sie die Unwahrheit sagen, können Sie bestraft werden, und zwar mit einer Geldstrafe oder mit einer Freiheitsstrafe. Sie können auch vereidigt werden. Falls Sie dann einen Meineid leisten würden, würde die Mindestfreiheitsstrafe ein Jahr betragen. Auch ein fahrlässiger Meineid ist strafbar. Und der Eid bezieht sich nicht nur auf die Angaben zur Sache, sondern auch auf die Angaben zur Person, die Sie gleich machen müssen. Haben Sie das verstanden?«

Christine Geisler nickte stumm.

»Schön. Dann beginnen wir mit den Angaben zur Person. Ihr vollständiger Name und Ihre Anschrift lauten ...?«

»Christine Geisler, wohnhaft Lönsweg 23 in Timmendorfer Strand.«

»Ihr Alter?«

»Achtundsechzig Jahre.«

»Ihr Beruf?«

»Ich bin pensioniert.«

»Was haben Sie vorher gemacht?«

»Ich war über dreißig Jahre lang Richterin.«

Im Gerichtssaal wurde es wieder unruhig und Dr. Berger betrachtete die Zeugin sichtlich mit ganz anderen Augen.

»Frau Kollegin, darf ich fragen, ob Sie mit dem Angeklagten verwandt oder verschwägert sind?«, fragte er betont höflich.

»Nein, das bin ich nicht.«

Marc drückte unter dem Tisch kurz den Unterarm Hasso

von Neuendorffs. *Frau Kollegin!* Besser konnte es gar nicht laufen.

»Dann beginnen wir mit Ihrer Vernehmung zur Sache«, fuhr der Vorsitzende fort. »Herr Hagen, da Sie die Vernehmung von Frau Geisler beantragt haben, halte ich es für zweckmäßig, dass Sie als Erster Ihre Fragen stellen.«

Marc nickte zustimmend. »Frau Geisler. Vielleicht können Sie uns zu Beginn etwas über Ihren Lebensweg sagen.«

»Ich bin in Breslau geboren und nach dem Krieg zusammen mit meinen Eltern nach Lübeck gekommen. Dort habe ich die Schule besucht und anschließend in Hamburg Jura studiert. Nach meinem zweiten Staatsexamen bin ich Richterin in Lübeck geworden und war dort zuletzt Vorsitzende einer Kammer für Handelssachen. Vor vier Jahren bin ich in Pension gegangen und lebe seitdem in Timmendorfer Strand.«

»Und dort haben Sie am 25. Juli 2005 eine Beobachtung gemacht, die für dieses Verfahren von Bedeutung ist«, gab Marc ihr die Steilvorlage zu der Aussage, die Britta Gerlands Anklage zum Einsturz bringen würde.

»Nicht nur eine Beobachtung. Aber es ist richtig, zuerst habe ich die Frau gesehen. Sie saß in einem Café und hat dort Kuchen gegessen und Kaffee getrunken. Ich habe einen Platz gesucht, aber es war kein Tisch mehr frei. Deshalb habe ich die Dame gefragt, ob ich mich zu ihr setzen könne. Sie war einverstanden und so sind wir ins Gespräch gekommen.«

»Was hat die Frau Ihnen erzählt?«

»Sie hat gesagt, sie komme aus Bad Salzuflen und sei auf einem Kurztrip, wie sie es nannte, in Timmendorf. Sie mache so etwas öfter. Einfach mal für ein paar Tage raus aus dem üblichen Trott und das Meer genießen, sie liebe das Meer. Ich habe gesagt, das könne ich gut verstehen, schließlich sei das der Grund gewesen, warum ich nach Timmendorf gezogen bin.«

»Hat die Frau Ihnen den Grund für ihre Reise näher erläutert?«

Christine Geisler nickte. »Ja, sie hat mir erzählt, sie habe sich eine Auszeit gönnen wollen, weil es Probleme in ihrer Beziehung gebe. Sie liebe ihren Lebensgefährten, aber in den letzten Wochen sei es nicht besonders gut gelaufen. Es gebe dafür keinen bestimmten Grund, vielleicht liege es ja auch allein an ihr, und darüber wolle sie sich jetzt klar werden und ungestört und in Ruhe über alles nachdenken. Deshalb habe sie niemandem etwas von ihrer Reise erzählt und ihr Handy abgestellt.«

»Haben Sie die Frau gefragt, wo sie in Timmendorf wohnt? Oder auf welche Weise sie nach Timmendorf gekommen ist? Oder hat die Frau Ihnen das von sich aus erzählt?«

»Darüber zerbreche ich mir jetzt schon seit Tagen den Kopf. Kann sein, kann auch nicht sein. Wenn sie es mir gesagt haben sollte, kann ich mich auf jeden Fall nicht mehr daran erinnern. Ich weiß allerdings noch, dass ich ihr Tipps gegeben habe, was sie in Timmendorf unternehmen kann, aber sie schien mir auch so recht gut informiert zu sein. Nach einer halben Stunde ist sie dann aufgestanden und hat gesagt, sie müsse weiter. Halt! Als sie gezahlt hat, ist mir noch etwas aufgefallen. Sie hatte eine Menge Geld in ihrem Portmonee.«

»Genug Geld, um sich damit zum Beispiel Kleidung kaufen zu können?«

»Auf jeden Fall. Ich weiß zwar nicht genau, wie viel es war, aber es war ein ziemlich dicker Packen Scheine.«

»Können Sie die Kleidung der Frau beschreiben?«

»Ich meine, sie hätte ein dunkles T-Shirt und eine weiße Hose getragen.«

»Hat die Frau ihren Namen genannt?«

»Nein, wir haben uns gegenseitig nicht vorgestellt.«

»Aber Sie sind sich sicher, dass es sich um diese Frau handelte?« Marc nahm drei Fotos von Barbara Beck, die er von Hasso von Neuendorff bekommen hatte, aus seiner Akte und gab sie an die Zeugin weiter.

Die studierte die drei Aufnahmen gründlich, bevor sie nickte. »Ja, das ist die Frau, ich bin mir ganz sicher.«

Marc ließ die Fotos auf der Bank der Richter und der Staatsanwälte herumgehen, dann setzte er seine Befragung fort. »Frau Beck ist also die Frau, die Sie am 25. Juli 2005 in dem Café in Timmendorfer Strand gesehen haben?«

»Die Frage ist bereits gestellt und beantwortet worden«, ging die sichtlich genervte Britta Gerland dazwischen.

»Tatsächlich?« Marc konnte sich ein Grinsen nicht verkneifen. »Dann habe ich die Antwort eben wohl nicht richtig mitbekommen.«

»Unterlassen Sie diese Spielchen, Herr Hagen«, verwarnte ihn Berger und Marc gab den reuigen Sünder. »Ich bitte vielmals um Entschuldigung«, sagte er, schielte dabei aber schadenfroh zu dem Tisch der Staatsanwaltschaft hinüber. *Tja, Britta, so fühlt man sich, wenn man vorgeführt wird.*

»Und es gibt noch einen weiteren Grund, warum ich mir sicher bin, dass es sich um Frau Beck gehandelt hat«, meldete sich die Zeugin wieder zu Wort. »Die Frau, die ich in Timmendorf getroffen habe, sprach mit einem amerikanischen Akzent. Später habe ich erfahren, dass Frau Beck über vierzig Jahre in den USA gelebt hat.«

»Warum melden Sie sich erst jetzt?«

»Weil ich erst jetzt von diesem Prozess erfahren habe. In der Lokalzeitung, die ich in Timmendorf beziehe, wurde darüber nicht berichtet. Aber vor einer Woche war ich in Hamburg und habe mir die *Hamburger Morgenpost* gekauft. Darin stand ein großer Artikel über diesen Fall mit einem Foto von Frau Beck. Es hieß, der Angeklagte habe sie am

24. Juli ermordet. Ich dachte sofort, dass das doch gar nicht sein könne.«

»Warum sind Sie sich so sicher, dass es der 25. Juli war, an dem Sie Frau Beck gesehen haben? Kann es nicht auch eine oder zwei Wochen früher gewesen sein? Das Treffen liegt ja inzwischen schon mehrere Monate zurück.«

»Das ist richtig. Aber ich habe mich mit der Frau in dem Café über den bevorstehenden Auftritt von Roland Kaiser unterhalten. Der hat eine Bädertournee gemacht und wollte an dem Abend in Travemünde auftreten. Ich bin ein großer Fan von Roland Kaiser und hatte eine Karte für das Konzert. Frau Beck, also die Frau, von der ich heute weiß, dass es Frau Beck war, hat gemeint, das sei ja schade, sie würde Roland Kaiser auch sehr verehren und sich bemühen, noch an eine Karte zu kommen. Ich habe zu ihr gesagt, das könne sie gerne versuchen, sei meiner Meinung nach aber zwecklos, da das Konzert schon lange ausverkauft sei. Frau Beck hat geantwortet, sie wolle es trotzdem versuchen, vielleicht würden wir uns ja am Abend sehen.«

»Haben Sie Frau Beck dann noch einmal gesehen?«

»Nein.«

»Aber dieses Konzert von Roland Kaiser war am Montag, den 25. Juli 2005?«

»Ja. Nachdem ich den Zeitungsartikel gelesen hatte, bin ich sofort nach Timmendorfer Strand zurückgefahren und habe auf dem Ticket nachgesehen. Das habe ich nämlich aufgehoben wie alle Tickets von Konzerten, die ich besucht habe. Ich habe die Konzertkarte sogar mitgebracht.«

Sie öffnete ihre Handtasche und holte das Ticket daraus hervor, das sie an Marc weitergeben wollte. Aber der wehrte mit einer schnellen Handbewegung ab und verwies Christine Geisler an den Vorsitzenden, der das Billet an die übrigen vier Richter und dann an die Staatsanwältin weiterreichte.

»Ich habe keine Fragen mehr«, verkündete Marc.

»Ich im Moment auch nicht«, sagte der Vorsitzende. »Frau Dr. Gerland?«

»Danke. Frau Geisler, warum haben Sie sich nach Ihrer ›Entdeckung‹ in der Hamburger Zeitung an die Verteidigung gewandt? Warum haben Sie sich nicht beim Gericht oder bei der Staatsanwaltschaft gemeldet?«

»Das ist doch egal, oder? Außerdem war mir natürlich bewusst, dass meine Aussage von Vorteil für die Verteidigung ist.«

»Das ist sie in der Tat.« Britta Gerland musterte die Zeugin mit ernstem Gesicht. »Frau Geisler, der Vorsitzende hat Sie eben ausführlich über Ihre Wahrheitspflichten belehrt. Und deshalb bitte ich Sie jetzt noch einmal, in sich zu gehen und sich genau zu überlegen, was Sie hier aussagen wollen. Haben Sie am Montag, den 25. Juli 2005 Frau Barbara Beck tatsächlich in Timmendorfer Strand gesehen?«

»Das habe ich. Ich bin mir ganz sicher.«

»Frau Geisler, ich weise darauf hin, dass ich Ihre Vereidigung beantragen werde, falls das Gericht das nicht ohnehin vorhat. Bleiben Sie trotzdem bei Ihrer Geschichte?«

»Voll und ganz.«

Marc musste erneut lächeln. An dieser Frau würde sich selbst Britta Gerland die Zähne ausbeißen. Diesmal hatte er nicht den Fehler wie bei Dennis Kerkhoff gemacht und Christine Geislers Vorleben einer genauen Überprüfung unterzogen. Die Frau war tatsächlich jahrzehntelang als Richterin tätig gewesen und hatte einen tadellosen Ruf.

Die Staatsanwältin sprach weiter: »Sie sind sich also hundertprozentig sicher, Frau Beck am Montag, den 25. Juli 2005 in Timmendorfer Strand gesehen zu haben und an keinem anderen Tag?«

Marc erwog, als Retourkutsche Einspruch zu erheben,

weil Britta Gerland diese Frage mittlerweile zum dritten Mal stellte, ließ es dann aber doch. Schließlich konnte es ihm nur Recht sein, wenn sich dieses Datum in das Gedächtnis der Richter einbrannte. Und wenn die Staatsanwältin sich unbedingt ihr eigenes Grab schaufeln wollte – sollte sie doch.

Christine Geisler wankte auch diesmal nicht. »Ich bin mir hundertprozentig sicher«, sagte sie bestimmt.

Die Staatsanwältin schüttelte traurig den Kopf. Doch dann erschien zu Marcs Verblüffung auf Britta Gerlands Gesicht auf einmal ein feines Lächeln. »Frau Geisler, haben Sie zufällig Ihren Reisepass dabei?«

Das Gesicht der Zeugin wurde ausdruckslos. »Meinen Reisepass? Nein. Aber Sie können gerne meinen Personalausweis sehen, wenn Sie meine Identität nicht glauben.«

»O doch, die glaube ich Ihnen aufs Wort. Was ich Ihnen dagegen nicht glaube, ist, dass Sie Frau Beck am 25. Juli 2005 in Timmendorfer Strand gesehen haben. Frau Geisler, ist es nicht vielmehr so, dass Sie am 25. Juli 2005 gar nicht in Deutschland waren, sondern sich mit einer Reisegruppe auf der Studienreise ›Auf den Spuren der Apachen‹ im Südwesten der USA aufgehalten haben?«

Mit fassungslosem Entsetzen musste Marc mit ansehen, wie die Gesichtszüge seiner Zeugin entgleisten. »Das stimmt nicht«, stammelte Christine Geisler leise.

»Das stimmt nicht?«, fragte Britta Gerland in scharfem Ton. »Frau Geisler, ich habe vom Reiseveranstalter eine Liste erhalten. Danach haben Sie in dem Zeitraum vom 18. Juli bis zum 1. August 2005 an dieser Reise teilgenommen. Das ist vom Veranstalter und der Reiseleiterin ausdrücklich bestätigt worden. Frau Geisler, legen Sie Wert darauf, dass ich die übrigen siebzehn Reiseteilnehmer als Zeugen vernehmen lasse?«

Christine Geisler war auf ihrem Stuhl zusammengesackt.

»Nein«, flüsterte sie und starrte auf den Boden. »Es stimmt. Ich war am 25. Juli in den USA.«

»Dann haben Sie Frau Beck an diesem Tag also nicht in Timmendorfer Strand gesehen?«

Christina Geisler schüttelte stumm den Kopf.

»Und auch nicht an irgendeinem anderen Tag?«

Erneutes Kopfschütteln.

Unter den Zuhörern brach hektisches und lautes Gemurmel aus.

Berger starrte die Zeugin entsetzt an. »Frau Geisler, wie konnten Sie so etwas nur tun?«, fragte er. Die Anrede »Kollegin« gehörte jetzt offenbar der Vergangenheit an.

Christine Geisler brach in lautes Schluchzen aus. »Ich wollte Hasso doch nur helfen. Vor einigen Tagen habe ich eine Nachricht von ihm bekommen. Er hat mir geschrieben, er sei vollkommen verzweifelt. Er sitze unschuldig im Gefängnis, könne seine Unschuld aber nicht beweisen. Ich solle es irgendwie hindrehen, dass ich Barbara Beck am 25. Juli 2005 lebend in Timmendorfer Strand gesehen hätte. Also habe ich mir diese Geschichte ausgedacht, die Konzertkarte von einer Freundin besorgt und Herrn Hagen aufgesucht.«

»Und warum haben Sie das gemacht?«

»Weil ich Hasso liebe. Ich liebe ihn, seitdem ich ihn vor vier Jahren das erste Mal getroffen habe. Und er hat mir in dem Kassiber versichert, dass auch er mich nie hat vergessen können.« Sie richtete einen verzweifelten Blick auf Hasso von Neuendorff. »Bitte, Hasso, sag doch was.«

Ja, Hasso, sag was, dachte Marc. Sag, dass das alles nicht wahr ist.

Sein Mandant schüttelte unwirsch den Kopf. »Halt doch den Mund, du blöde Kuh«, brüllte er die Zeugin an. »Du hast alles vermasselt.«

Berger mahnte den Angeklagten, sich zu mäßigen, dann

warf er Marc einen scharfen Blick zu. »Haben Sie etwas dazu zu sagen, Herr Hagen?«

Marc war knallrot geworden. »Nein, das habe ich nicht. Ich kann dem Gericht und der Frau Staatsanwältin nur versichern, dass die Verteidigung nichts von dieser Aktion unseres Mandanten gewusst hat.«

»Das will ich hoffen, Herr Hagen«, gab Berger zurück. »Das will ich sogar sehr hoffen. Sollte sich etwas anderes herausstellen, werde ich dafür sorgen, dass Sie in diesem Leben nie wieder als Jurist arbeiten werden.«

Marc sah zu Britta Gerland hinüber. »Aber eines würde mich interessieren«, sagte er. »Woher haben Sie gewusst, dass sich Frau Geisler am 25. Juli in den USA aufgehalten hat?«

»Sie werden lachen«, antwortete die Staatsanwältin. »Wir haben gestern einen anonymen Brief bekommen, in dem uns mitgeteilt wurde, dass die Verteidigung Frau Geislers Vernehmung als Zeugin beantragen würde. Es war auch genau beschrieben, was Frau Geisler aussagen wird und dass alles nicht stimmt, weil sie an diesem Tag gar nicht in Deutschland war. Wir haben das natürlich sofort beim Reiseveranstalter nachprüfen lassen.«

»Ich würde gerne …«

»Ja, das anonyme Schreiben wurde auf der gleichen Schreibmaschine verfasst wie die beiden anderen«, erklärte Britta Gerland in Vorwegnahme von Marcs Frage. »Auch das haben wir sofort überprüft.«

»Und das kommt Ihnen immer noch nicht merkwürdig vor?«, fragte Marc. »Das ist jetzt schon der dritte anonyme Brief, durch den mein Mandant massiv belastet wird.«

»Einem geschenkten Gaul schaut man nicht ins Maul«, erwiderte Britta Gerland lakonisch. »Von mir aus können noch viel mehr von diesen Briefen kommen. Ich würde mich darüber nicht beklagen.«

»Wollen Sie noch Anträge stellen?«, erkundigte sich der Vorsitzende.

Britta Gerland beantwortete die Frage mit einem Kopfschütteln und Marc tat es ihr nach kurzem Zögern gleich.

»Dann schließe ich die Beweisaufnahme«, verkündete Berger. »Wir fahren nächste Woche Dienstag mit dem Plädoyer der Staatsanwaltschaft fort, das Plädoyer der Verteidigung folgt am Freitag und übernächste Woche wird das Urteil verkündet werden. Ich wünsche Ihnen noch einen schönen Tag.«

Das Gericht zog sich zurück und die Zuschauerbänke leerten sich langsam. Nur Valerie Wehmeier war auf ihrem Platz sitzen geblieben und starrte den Angeklagten so intensiv an, als wollte sie ihn mit ihren Blicken töten. Irene von Kleist und Eberhard Werner hielten sich demonstrativ von ihrem Mandanten fern, als habe er eine ansteckende Krankheit.

Hasso von Neuendorff hatte die Arme auf den Tisch gelegt und seinen Kopf dazwischen verborgen. Seine Schultern bebten und konvulsivische Zuckungen durchliefen in Wellen seinen Körper und schüttelten ihn durch.

Offenbar hat er begriffen, dass er seine letzte Chance verspielt hat und eine lebenslange Freiheitsstrafe auf ihn wartet, ging es Marc durch den Kopf. Obwohl er wütend auf seinen Mandanten war, beugte er sich zu ihm hinunter und legte ihm die Hand beruhigend auf den Rücken. Und da wurde es ihm bewusst, wahrscheinlich als Einzigem im ganzen Saal: Hasso von Neuendorff weinte nicht, er lachte. Lachte, als könne er nie wieder aufhören.

33

»Sind Sie wahnsinnig geworden?«

Marc rannte in der Sprechzelle der JVA erregt auf und ab, während Hasso von Neuendorff ruhig auf seinem Stuhl saß.

»Wie konnten Sie nur eine Sekunde glauben, damit durchzukommen? Wenn die Staatsanwältin nicht schon durch diesen anonymen Brief vorgewarnt gewesen wäre, hätte sie auch so innerhalb weniger Tage herausbekommen, dass die Geisler am 25. Juli gar nicht in Deutschland war. Oder haben Sie gedacht, die Angaben der Zeugin würden nicht überprüft?«

Von Neuendorff warf ihm einen beleidigten Blick zu. »Sie haben gut reden«, sagte er. »Schließlich bin ich es, der unschuldig im Gefängnis sitzt. Und ich muss tatenlos mit ansehen, wie meine Chancen immer schlechter werden. Sie waren es doch, der mir nach der Vernehmung von Kerkhoff gesagt hat, ich müsse mit einer Verurteilung rechnen. Da habe ich eben gedacht, es sei einen Versuch wert.«

»Das Einzige, was Sie mit Ihrem Versuch erreicht haben, ist, dass Sie bei den Richtern die letzten Zweifel an Ihrer Schuld beseitigt haben. Falls es diese Zweifel überhaupt noch gegeben haben sollte. Das war prozessualer Selbstmord.«

»Ich sehe das etwas anders«, widersprach von Neuendorff. »Ich habe mich ein wenig kundig gemacht. Der Bundesgerichtshof hat entschieden, dass ein Gericht selbst die nachgewiesene Lüge eines Angeklagten nicht ohne Weiteres als Nachweis der Schuld werten darf, weil auch ein Unschuldiger vor Gericht Zuflucht zur Lüge nehmen darf.«

In Marcs Kopf brannte eine Sicherung durch. »Sagen Sie, sind Sie so naiv oder tun Sie nur so?«, brüllte er seinen Mandanten an. »Das werden die Richter natürlich nicht ins Urteil schreiben, aber denken … *denken* werden sie es! Im Hinterkopf des Gerichts ist der Schuldspruch gefallen, sobald es den Angeklagten der Lüge für überführt hält.«

Hasso von Neuendorff wurde nachdenklich. »Und was ist mit diesen anonymen Briefen?«, fragte er. »Es ist doch offensichtlich, dass irgendjemand mich hasst und keine Ruhe gibt, bis ich verurteilt worden bin. Und dieser Mensch muss ein Insider sein oder mit einem Insider in Verbindung stehen. Wie hätte der Verfasser des anonymen Briefes sonst wissen können, dass die Geisler heute aussagen wird? Außer Ihnen, der Verteidigung, hat das doch niemand gewusst.«

Marc nahm eine aufrechte Haltung an. »Ich hoffe, Sie verdächtigen nicht Frau Dr. von Kleist oder mich?«

»Nein, natürlich nicht. Aber diesem Rechtsanwalt Werner traue ich nicht über den Weg. Und was ist mit Ihrer Sekretärin? Können Sie für die die Hand ins Feuer legen?«

Marc tat die Frage mit einem Kopfschütteln ab. »Das ist absurd. Außerdem kann der Verfasser des anonymen Briefes auch auf ganz andere Weise von Ihrem Versuch mit der Geisler erfahren haben. Wie haben Sie die Nachricht an sie eigentlich hier rausgeschmuggelt?«

»Oh, da gibt es verschiedene Möglichkeiten. Häftlinge, die gerade entlassen werden, sind gerne bereit, für einen geringen Obulus den Boten zu spielen. Oder auch schlechtbezahlte Wärter. Außerdem habe ich Besucher, denen ich Nachrichten und Botschaften mitgeben kann.«

»Vielleicht ist ja Ihr Bote der Verräter.«

Von Neuendorff antwortete nicht gleich. »Das kann ich nicht ausschließen«, musste er schließlich zugeben, um dann gleich darauf in überheblichem Ton fortzufahren: »Aber ich bin mir trotzdem sicher, dass wir das Spiel noch gewinnen werden.«

Marc fiel die Kinnlade herunter. »Sagen Sie mal, glauben Sie, das alles hier sei nur ein *Spiel?*«

Jetzt war es an Hasso von Neuendorff, ein erstauntes Gesicht zu machen. »Natürlich ist das ein Spiel, das haben Sie mir doch selbst so erklärt. Dieser ganze Prozess ist nichts anderes als ein Schachspiel mit lebenden Figuren. Die Staatsanwältin, diese Britta Gerland, das ist der schwarze König, der besiegt werden muss. Frau Dr. von Kleist und Sie, Sie sind meine Leichtfiguren, die beiden weißen Läufer, die den Angriff vorbereiten. Endgültig matt gesetzt werden muss die Gerland dann allerdings durch den Richter, die mächtigste Figur in dem Spiel, die weiße Dame.«

Marc konnte kaum glauben, was er da hörte. Er suchte im Gesicht seines Mandanten nach einem Hinweis, dass er sich einen Scherz mit ihm erlaubte, aber von Neuendorff schien es tatsächlich ernst zu meinen. »Und Frau Geisler, welche Rolle spielt die?«, fragte Marc. »Haben Sie sich eigentlich mal überlegt, dass die Frau jetzt erledigt ist?«

Von Neuendorff machte eine abfällige Handbewegung. »Die Geisler ist ein unbedeutendes Bauernopfer«, sagte er. »Der Verlust ist zu verschmerzen.«

Marc war sich fast sicher: Hasso von Neuendorff war wahnsinnig. »Ein Bauernopfer, so, so. Bleibt nur eine Frage: Welche Figur sind Sie in diesem Spiel? Nein, lassen Sie mich raten. Sie sind der weiße König, habe ich Recht?«

Hasso von Neuendorff bedachte ihn mit einem verwunderten Gesichtsausdruck. »Sie haben es immer noch nicht begriffen, oder? Ich bin überhaupt keine Figur. *Ich bin der Spieler.*«

Marc stürmte in die Kanzlei und knallte seine Aktentasche in die Ecke. Zu seiner Überraschung saß Irene von Kleist hinter ihrem Schreibtisch, vor ihr standen eine Wodkaflasche und ein halb gefülltes Glas. Offenbar hatte ihr Abstinenzgelübde nach der heutigen Katastrophe die Gültigkeit verloren.

Marc warf einen missbilligenden Blick auf den Alkohol, aber jetzt hatte er andere Sorgen.

»Kennen Sie einen guten Psychiater?«, fragte er seine Chefin.

Die Anwältin lachte amüsiert auf. »Einen? Dutzende! Habe sie alle schon durch. Haben Sie endlich eingesehen, dass Sie auch Hilfe brauchen? Ich kann Ihnen ein paar gute Seelenklempner empfehlen.«

Marc schüttelte ungeduldig den Kopf. »Ich brauche keinen Psychotherapeuten. Ich brauche einen *forensischen* Psychiater. Ich komme gerade aus der JVA und habe herausgefunden, dass unser Mandant geisteskrank ist. Ich bin zwar kein Arzt, würde aber auf Größenwahn tippen.«

»Was ist passiert?«

»Von Neuendorff ist der festen Überzeugung, dieser Prozess sei nichts anderes als ein großes Schachspiel, bei dem er alle Fäden in der Hand hält. Er glaubt, wir alle, Richter, Staatsanwälte, Verteidiger und Zeugen, seien Figuren, die er beliebig herumschieben kann. Ich habe über dieses Phänomen schon bei einigen bekannten Schachspielern gelesen. Die leben ständig auf der Grenze zwischen Genie und Wahnsinn.«

»Vielleicht ist das genau sein Plan«, meinte Irene von Kleist. »Von Neuendorff spielt uns den Verrückten vor, weil er hofft, auf diese Weise mit einem milden Urteil davonzukommen.«

»Den Gedanken hatte ich auch schon. Aber nach dem, was heute Vormittag passiert ist, ist verminderte Schuldfähigkeit tatsächlich unsere einzige Chance, halbwegs glimpflich aus dieser Sache herauszukommen.«

»Also gut«, seufzte die Anwältin. »Ich kann mich ja mal umhören. Allerdings lehnen es viele Psychiater ab, als ›Parteigutachter‹ für die Verteidigung tätig zu werden, weil sie um ihren guten Ruf besorgt sind. Wenn sie von der Polizei oder der Staatsanwaltschaft beauftragt und bezahlt werden, haben sie diese Bedenken allerdings nicht.«

»Ja, bitte, hören Sie sich um. Aber beeilen Sie sich. Uns bleibt nicht mehr viel Zeit. Die Beweisaufnahme ist abgeschlossen und in fünf Tagen wird die Gerland ihr Schlussplädoyer halten.«

»Keine Panik. Zur Not können wir den Antrag noch bis zum Beginn der Urteilsverkündung stellen.«

»Das sähe dann aber sehr nach Verzweiflung aus. Nein, ich denke, wenn wir eine psychiatrische Begutachtung beantragen, sollten wir das möglichst bald tun. Und natürlich müssen wir das vorher mit von Neuendorff abklären. Sagen Sie mir bitte sofort Bescheid, sobald Sie einen geeigneten Arzt gefunden haben. Wir brauchen einen Psychiater, der bereit ist, zunächst per Ferndiagnose eine krankhafte seelische Störung zu bescheinigen. Das müsste reichen, um Zeit zu gewinnen und eine weitere Begutachtung durch das Gericht veranlassen zu können. Und dann können wir nur noch abwarten und beten.«

34

»Das kommt überhaupt nicht infrage! Ich lasse mich nicht von einem Irrenarzt untersuchen. Ich bin nicht verrückt!«

»Das hat ja auch niemand behauptet. Aber wenn Sie noch irgendwie aus dieser Sache herauskommen wollen, müssen wir es mit einem psychiatrischen Gutachten versuchen. Frau Dr. von Kleist hat einen Arzt ausfindig gemacht, der bereit ist, bei Ihnen eine zumindest eingeschränkte Schuldfähigkeit festzustellen.«

»Wie will er das denn machen? Der Mann hat mich weder gesehen noch mit mir gesprochen.«

»Darüber brauchen Sie sich nicht den Kopf zu zerbrechen. Wichtig ist nur, dass er uns helfen will.«

»Was mit anderen Worten bedeutet, dass er mich vor aller Welt als Irren hinstellen will. Ich bin nicht verrückt.«

Marc holte tief Luft. Das Gespräch drehte sich im Kreis. »›Verrückt‹ und ›irre‹ sind die völlig falschen Kategorien«, startete er einen neuen Anlauf. »Es geht einfach darum nachzuweisen, dass Sie das Unrecht der Tat entweder gar nicht oder nicht in vollem Umfang einsehen konnten. Denken Sie an einen Affekttäter. Der ist auch nicht geisteskrank im herkömmlichen Sinne, war aber eben zum Zeitpunkt der Tat nicht Herr seiner Sinne.«

»Ich höre immer nur ›Tat‹ und ›Täter‹. Ich habe mit dieser Tat nichts zu tun.«

»Das glaubt Ihnen aber niemand mehr. Sie sollten sich deshalb die Frage stellen, ob es nicht sinnvoller ist, ein paar Jahre in einer geschlossenen Einrichtung zu verbringen, als Jahrzehnte im Gefängnis zu sitzen.«

»Ich sitze lieber mein ganzes Leben im Knast als nur einen einzigen Tag in der Klapsmühle.«

Marc rieb sich verzweifelt die Stirn. »Aber Herr von Neuendorff! Einen Freispruch werden wir nicht mehr erreichen. Es kann nur noch um Schadensbegrenzung gehen, was bedeutet, dass wir uns mit der Strafzumessungsseite beschäftigen müssen. Vielleicht sollten wir unsere Strategie ändern und Sie doch aussagen lassen.«

Von Neuendorff begriff sofort. »Warum sagen Sie es nicht geradeheraus: Sie wollen ein Geständnis. Glauben Sie mir auch nicht mehr?«

»Natürlich glaube ich Ihnen«, versicherte Marc schnell. »Trotzdem könnten gewisse ... äh ... Eingeständnisse es dem Gericht leichter machen, nicht auf eine lebenslange Freiheitsstrafe zu erkennen. Und ein Geständnis wirkt sich nun einmal in aller Regel deutlich strafmildernd aus. Der Jurist nennt das positives Nachtatverhalten.«

Von Neuendorff schüttelte bestimmt den Kopf. »Ein Nachtatverhalten ist mir unmöglich, weil ich keine Tat begangen habe. Ich werde nichts gestehen, was ich nicht getan habe. Lassen Sie sich also etwas anderes einfallen. Sie haben doch Fantasie. Wer ist denn auf die Idee mit dem Hellseher gekommen?«

»Herr von Neuendorff, so verstehen Sie doch«, beschwor Marc seinen Mandanten. »Es gibt nichts mehr, was wir uns einfallen lassen könnten. Morgen früh um neun wird die Staatsanwaltschaft ihren Schlussvortrag halten, nächste Woche wird das Urteil verkündet. Der Prozess ist praktisch zu Ende.«

»Lassen Sie uns das Plädoyer von Frau Dr. Gerland doch erst mal abwarten«, meinte von Neuendorff. »Danach sehen wir weiter.«

Achtzehn Stunden nach diesem Gespräch erhob sich Britta Gerland im Schwurgerichtssaal des Landgerichts Bielefeld von ihrem Platz.

»Hohes Gericht, Frau Verteidigerin, Herr Verteidiger. Die Hauptverhandlung hat ergeben, dass der Angeklagte und das Tatopfer, Frau Barbara Beck, eine Liebesbeziehung unterhielten. Diese Beziehung ging so weit, dass Frau Beck dem Angeklagten eine Generalvollmacht erteilte, die ihn dazu ermächtigte, über ihr Millionenvermögen zu verfügen. Im Juni 2005 entdeckte Frau Beck, dass der Angeklagte diese Vollmacht missbraucht und über hunderttausend Euro ihres Geldes für sich zur Seite geschafft hatte. Frau Beck setzte dem Angeklagten daraufhin ein Ultimatum, das veruntreute Geld bis zum 24. Juli 2005 an sie zurückzugeben, ansonsten werde sie ihn bei der Polizei anzeigen. Die erste Reaktion des Angeklagten auf dieses Ultimatum war, Frau Beck zu bedrohen. In der Folgezeit spiegelte er Frau Beck dann aber vor, sich mit ihr versöhnen zu wollen. Am letzten Tag des Ultimatums, am Sonntag, den 24. Juli 2005 verabredete sich der Angeklagte um vierzehn Uhr mit Barbara Beck, angeblich, um die Einzelheiten der Rückzahlung des veruntreuten Geldes mit ihr zu besprechen. In Wahrheit diente dieses Treffen allerdings nur dazu, Frau Beck nach einem vorher gefassten Plan in einen Hinterhalt zu locken und zu töten, um das veruntreute Geld behalten zu können und einer Bestrafung wegen Untreue zu entgehen. Am 24. Juli 2005 suchte Frau Beck den Angeklagten zur verabredeten Zeit auf. Anschließend fuhr sie mit ihm in den Rathenhorster Wald, wo der Angeklagte sie auf einer Lichtung mit seinem Jagdgewehr erschoss und im dichten Unterholz versteckte.«

Britta Gerland legte eine Pause ein, in der sie einen Schluck Wasser trank.

»Nun, woher wissen wir das alles? Der Angeklagte, der von seinem Schweigerecht Gebrauch gemacht hat, wird durch eine Vielzahl von Zeugenaussagen und Sachverständigengutachten überführt. Die gesamte Vorgeschichte der Tat ist durch die klare, schlüssige und widerspruchsfreie Aussage der Zeugin Hornung belegt. Es gibt keine Anhaltspunkte dafür, dass die Zeugin hier falsch ausgesagt hat, um den Angeklagten zu schädigen. Die Beziehung der Zeugin Hornung zu dem Angeklagten war zum Zeitpunkt der Tat bereits mehrere Jahre beendet und der Angeklagte ist der Zeugin ›gleichgültig‹, wie sie hier glaubhaft angegeben hat. Darüber hinaus steht die Aussage der Zeugin Hornung im Einklang mit weiteren, objektiven Beweismitteln. Wir haben bei der Durchsuchung der Wohnung des Angeklagten eine von Frau Beck auf den Angeklagten ausgestellte Generalvollmacht sichergestellt. Wir haben ein Konto des Angeklagten in Liechtenstein gefunden, auf das dieser über verschiedene Länder siebenundvierzigtausend Euro von einem Konto des Opfers transferiert hat. Und wir haben die Aussage der Zeugin Simone Hassler, die bekundet hat, der Angeklagte habe Frau Beck vier Wochen vor der Tat, also genau zu dem Zeitpunkt, als ihm nach der Aussage von Frau Hornung das Ultimatum gestellt wurde, mit dem Tode bedroht.«

Die Staatsanwältin nahm einen weiteren Schluck Wasser.

»Auch die Geschehnisse am Tattag werden durch die Aussage der Zeugin Hornung belegt. Für die Verabredung des Angeklagten mit Frau Beck haben wir als Beweis zudem aber auch einen eigenhändigen Eintrag im Kalender von Frau Beck für Sonntag, den 24. Juli 2005: 14 Uhr Hasso. Und der Angeklagte hat diese Verabredung schließlich sogar selbst bestätigt, als er nach der Vermisstenmeldung der Zeugin Hornung von der Polizei befragt wurde.

Frau Beck hat die Zeugin Hornung nach deren Aussage um fünfzehn Minuten vor vierzehn Uhr mit dem ausdrücklichen Hinweis verlassen, jetzt den Angeklagten aufsuchen zu wollen. Es sind keinerlei Gründe dafür ersichtlich, warum Frau Beck von diesem Vorhaben Abstand genommen haben sollte.

Frau Becks Leiche wurde im Rathenhorster Wald gefunden, in dem sich der Angeklagte am 24. Juli um kurz nach sechzehn Uhr aufgehalten und in dem er zu diesem Zeitpunkt vier Schüsse mit seinem Gewehr abgegeben hat. Dies wird nicht nur durch die Aussage des Zeugen Höfer belegt, nein, der Angeklagte hat diesen Sachverhalt in seiner Verhandlung wegen Wilderei vor dem Amtsgericht Bielefeld am 2. August 2005 selbst eingeräumt.

Aufgrund des ballistischen Gutachtens ist zweifelsfrei nachgewiesen, dass Frau Beck mit dem Gewehr des Angeklagten erschossen wurde. Mit einer Waffe, die der Angeklagte am 21. Juli 2005, also drei Tage vor der Tat, auf sich hat registrieren lassen und die er am 26. Juli 2005, also zwei Tage nach der Tat, als gestohlen gemeldet hat. Gefunden wurde die Waffe allerdings nicht bei einem Dieb oder Hehler, sondern im Dahmelsee. Und das Gewehr wurde dort nicht etwa von einem Unbekannten entsorgt, sondern nach einem anonymen Hinweis von einem Mann mit dem Aussehen und dem Range Rover des Angeklagten.«

Ein weiterer schneller Schluck.

»All das würde schon genügen, um den Angeklagten zweifelsfrei zu überführen. Aber wir haben noch mehr. Wir haben das Gutachten eines Insektenkundlers. Danach wurde Barbara Beck zwischen dem 21. und dem 31. Juli 2005 ermordet. Der 24. Juli 2005 fällt in diesen Zeitrahmen.

Nun, ich weiß natürlich, dass die Verteidigung das entomologische Gutachten ebenfalls in ihrem Plädoyer anführen und darauf hinweisen wird, dass Frau Beck demnach genauso gut am 26. oder am 27. Juli von einem unbekannten Täter ermordet worden sein kann.

Aber ist das hier wirklich denkbar? Ich sage Nein. Als Frau Beck am 11. September 2005 im Rathenhorster Wald gefunden wurde, trug sie exakt die Kleidung, die sie am 24. Juli 2005, dem Tag ihres Verschwindens, um kurz vor vierzehn Uhr trug, als sie die Zeugin Hornung verließ, um den Angeklagten aufzusuchen. Wir haben die Zeugin Hornung und die Zeugin Beil, die Haushälterin des Opfers, gehört. Frau Beck hatte einen begehbaren Schrank mit hunderten von Kleidern und Kostümen und es kam praktisch nie vor, dass sie dieselbe Kleidung zweimal anlegte. Sollen wir da wirklich glauben, dass sie dasselbe Kostüm innerhalb weniger Tage zweimal anhatte?

Als die Wohnung von Frau Beck am 11. September 2005 von der Polizei geöffnet wurde, war die Fernsehzeitschrift auf Sonntag, den 24. Juli 2005 aufgeschlagen, auch der Kalender zeigte immer noch Sonntag, den 24. Juli 2005. Ihre beiden Pkw standen in ihrer Garage, kein Kleidungsstück von Frau Beck fehlte, kein einziger persönlicher Gegenstand. Ist es denkbar, dass eine Frau, dass überhaupt ein Mensch freiwillig verschwindet, ohne wenigstens seine Zahnbürste mitzunehmen?«

Britta hielt wieder einen Moment inne.

»Frau Beck hat nach dem 24. Juli 2005 nicht mehr telefoniert, weder mit ihrem Handy noch von ihrem Festnetzanschluss aus. Sie hat nach dem 24. Juli 2005 kein Geld mehr von ihrem Konto abgehoben und sie hat nach dem 24. Juli 2005 ihre Kreditkarte nicht mehr benutzt. Es gibt keinen einzigen Menschen, der Frau Beck nach dem 24. Juli 2005 lebend gesehen hat. Und das, obwohl die Verteidigung viel Geld für großformatige Zeitungsanzeigen ausgegeben hat, um derartige Zeugen ausfindig zu machen.

Aber halt! Eine Zeugin hat es ja doch gegeben! Christine Geisler, die hier auf Antrag der Verteidigung vernommen wurde und die gesehen haben wollte, dass sich Frau Beck am 25. Juli 2005 bei bester Gesundheit in Timmendorfer Strand aufgehalten hat. Eine dreiste Lüge, zu der sie von dem Angeklagten veranlasst worden ist, wie wir inzwischen wissen.

Und wo wir gerade bei dubiosen Zeugen sind: Wir haben den Tankstellenkassierer Dennis Kerkhoff gehört, der ausgesagt hat, dass sich der Angeklagte am Nachmittag des 24. Juli auf der Fahrt in den Rathenhorster Wald nicht in Begleitung von Frau Beck befand. Aber was ist diese Aussage wert? Eine Aussage, die durch nichts und niemanden bestätigt werden konnte. Die Aussage eines vorbestraften Betrügers, der in der Folgezeit auf einmal über viel Geld verfügte. Geld, dessen Herkunft er nicht befriedigend erklären konnte. Ich denke, es liegt auf der Hand, wem die Aussage des Zeugen Kerkhoff, die in Widerspruch zu allen sonstigen Feststellungen steht, nützen sollte, und ich denke, es liegt genauso auf der Hand, wer den Zeugen für seine Aussage bezahlt hat. Der Angeklagte hat uns hier schließlich nachdrücklich vor Augen geführt, dass er nicht davor zurückschreckt, andere zu Falschaussagen anzustiften, wenn er sich davon einen Vorteil verspricht.«

Britta Gerland warf von Neuendorff einen kalten Blick zu, bevor sie fortfuhr: »Nach alldem kann kein Zweifel daran bestehen, dass Frau Beck am 24. Juli 2005 um kurz nach sechzehn Uhr getötet worden ist. Und was ist mit der Möglichkeit, dass Frau Beck einem tragischen Jagdunfall zum Opfer gefallen ist, wie die Verteidigung hier mehrfach angedeutet hat? Nun, ein Jagdunfall setzt naturgemäß eine Jagd voraus. Aber wer von uns hat jemals davon gehört, dass eine Frau in einem Chanel-Kostüm auf hochhackigen Pumps an einer Jagd teilgenommen hat? Und nach einem Jagdunfall wird das Opfer üblicherweise auch nicht im Unterholz versteckt, sondern der Täter geht zur Polizei.

Aber gut, selbst wenn das alles noch vorstellbar wäre: Sollen wir wirklich glauben, dass Frau Beck ausgerechnet an dem Tag einem tragischen Jagdunfall zum Opfer fiel, als ihr Ultimatum gegen den Angeklagten ablief? Sollen wir das wirklich glauben?

Und was ist mit dem großen Unbekannten, dem letzten Rettungsanker eines jeden verzweifelten Angeklagten? Nun, die Wahrheit ist, dass es diesen Unbekannten nicht gibt.

Wir haben alle die hilflosen Versuche der Verteidigung in

Erinnerung, den Zeugen Richartz mit der Tat in Verbindung zu bringen. Versuche, die kläglich gescheitert sind.

Und warum mussten diese Versuche zwangsläufig scheitern? Weil die Wahrheit viel einfacher ist: Es gibt nur einen Menschen, der für den Mord in Betracht kommt. Der Mann, der nachweislich ein Motiv hatte, Frau Beck zu töten, der Mann, der am Nachmittag des 24. Juli 2005, dem Tattag, nachweislich am Tatort war und der dort um kurz nach sechzehn Uhr nachweislich mit der Tatwaffe geschossen hat. Und dieser Mann sitzt dort drüben. Es ist der Angeklagte, Hasso von Neuendorff.«

Britta Gerland hatte am Ende immer schneller und eindringlicher gesprochen. Nun machte sie eine längere Pause, in der sie tief durchatmete, sodass man glauben musste, sie habe sich im Dienste der Gerechtigkeit vollkommen verausgabt. Dann trank sie ihr Glas aus, das von ihrem Co-Staatsanwalt sofort wieder aus einer Karaffe gefüllt wurde.

Anschließend redete Britta Gerland etwas ruhiger weiter: »Danach ist der Angeklagte überführt, einen anderen Menschen vorsätzlich getötet zu haben. Aber der Angeklagte ist nicht nur ein Totschläger, er ist auch ein Mörder. In diesem Fall sind gleich drei Mordmerkmale verwirklicht. Der Angeklagte hat Frau Beck aus einem besonders verwerflichen Beweggrund, auf besonders verwerfliche Art und Weise und zu einem besonders verwerflichen Zweck getötet.

Ich beginne mit dem besonders verwerflichen Zweck. Der Angeklagte hat sein Opfer getötet, um die zuvor begangene Straftat der Untreue zu verdecken, denn er wollte unter allen Umständen verhindern, dass Frau Beck ihn nach Ablauf des Ultimatums bei der Polizei anzeigt.

Dadurch hat der Angeklagte zugleich aus einem besonders verwerflichen Beweggrund, nämlich aus Habgier, getötet. Er wollte durch die Tötung von Frau Beck vermeiden, das veruntreute Geld wieder herausgeben zu müssen. Das reicht nach der Rechtsprechung des Bundesgerichtshofes für die Bejahung von Habgier aus. Ich verweise insoweit auf das Urteil des dritten Senats vom 10. 3. 1999 – 3 StR 1/99.

Schließlich hat der Angeklagte sein Opfer auch auf besonders verwerfliche Art und Weise, nämlich heimtückisch, getötet. Heimtückisch handelt nach der ständigen Rechtsprechung des Bundesgerichtshofes, wer die Arg- und Wehrlosigkeit des Opfers in feindlicher Willensrichtung bewusst ausnützt. Frau Beck war arglos, als sie den Angeklagten am Nachmittag des 24. Juli 2005 aufsuchte.

Zwar gab es im Vorfeld dieses Treffens verbale Auseinandersetzungen, die darin gipfelten, dass der Angeklagte das Opfer vier Wochen vor der Tat in einem Café mit dem Tode bedrohte. Nach der Rechtsprechung schließt eine vorangegangene – verbale oder auch tätliche – Auseinandersetzung zwischen Täter und Opfer Heimtücke jedoch nicht aus, wenn das Opfer aufgrund der Umstände, etwa einer zeitlichen Zäsur zwischen der Auseinandersetzung und der Tötungshandlung, keine Angriffe auf seine körperliche Integrität mehr erwartete. Wir haben von der Zeugin Hornung gehört, dass sich der Angeklagte und Frau Beck nach dem Gespräch in dem Café wieder versöhnt hatten und der Angeklagte sie sogar mit Blumen überschüttete. Es bestand für Frau Beck demnach am 24. Juli 2005 keine Veranlassung mehr, einen körperlichen Angriff seitens des Angeklagten zu befürchten. Aufgrund der Arglosigkeit von Frau Beck ist es dem Angeklagten überhaupt erst gelungen, sie in das einsame Waldstück zu locken, wo sie keine Möglichkeit der Verteidigung mehr besaß und somit wehrlos war. Und diese Wehrlosigkeit hat der Angeklagte bewusst ausgenützt, als er ihr mit seinem Gewehr gezielt in den Kopf geschossen hat.«

Britta Gerland ließ ihren Blick durch den Saal wandern.

»Die Strafe für Mord ist die lebenslange Freiheitsstrafe. Da das Gesetz bei einem Mord grundsätzlich keine minder schweren Fälle kennt, gibt es dazu keine Alternative. Die lebenslange Freiheitsstrafe ist somit absolut und zwingend.

Eine Ausnahme von diesem Grundsatz hat der Große Senat des Bundesgerichtshofes nur für den Fall eines Heimtücke-Mordes bei Vorliegen außergewöhnlicher mildernder Umstände angenommen. Hier hat der Angeklagte aber nicht nur heimtückisch, sondern auch aus Habgier gehandelt. Bei einer Tötung aus Habgier kann die lebenslange Freiheitsstrafe nach der Rechtsprechung des BGH aber *nicht* wegen außergewöhnlicher Umstände durch eine zeitige Freiheitsstrafe ersetzt werden.

Abgesehen davon gibt es für derartige außergewöhnliche mildernde Umstände auch keinerlei Anhaltspunkte. Es liegt vielmehr eine besondere Schwere der Schuld vor, die deutlich das Maß an Schuld übersteigt, das zur Verhängung der lebenslangen Freiheitsstrafe erforderlich ist. Dieses begründet sich wie folgt:

Erstens hat der Angeklagte gleich drei Mordmerkmale verwirklicht, eines aus jeder Gruppe. Allein dieser Umstand kann nach der Rechtsprechung des Bundesgerichtshofes eine besondere Schwere der Schuld begründen.

Zweitens liegt eine Tatausführung unter besonders verwerflichen Umständen vor. Der Angeklagte und das Opfer hatten eine lange Liebesbeziehung, die der Angeklagte gezielt ausgenützt hat, um sein Opfer auszunehmen und in einen tödlichen Hinterhalt zu locken. Darin kommen eine erbarmungslose Brutalität sowie ein außerordentlich niederträchtiges Verhalten zum Vorschein. Der Angeklagte ist ein eiskalter Killer, der zur Durchsetzung seiner Zwecke über Leichen geht und sich ohne Rücksicht auf Recht und Gesetz das nimmt, was er zu brauchen glaubt.

Ich beantrage daher, den Angeklagten zu einer lebenslangen Freiheitsstrafe zu verurteilen und die besondere Schwere der Schuld auszusprechen. Ich danke Ihnen für Ihre Aufmerksamkeit.«

Damit nahm Britta Gerland, begleitet vom Beifallsgemurmel aus dem Publikum, Platz.

»Vielen Dank«, sagte der Vorsitzende, sichtlich beeindruckt. »Wir fahren dann in drei Tagen mit dem Schlussvortrag der Verteidigung fort.«

Marc traute sich kaum, an diesen Tag auch nur zu denken. Er hatte nicht die geringste Ahnung, was er diesem Plädoyer entgegensetzen sollte.

35

Marc saß hinter einem Berg von Akten und probte in Gedanken seinen morgigen Auftritt, als Irene von Kleist mit einer Tasse Kaffee und zwei belegten Brötchen in das Büro kam.

»Zur Stärkung«, sagte sie und stellte alles auf den Tisch. »Frau Bloes hat mir gesagt, Sie hätten die ganze Nacht durchgearbeitet. Sind Sie bereit für den großen Tag?«

Marc kippte seinen Sessel nach hinten und legte die Füße auf den Tisch. »Es geht überhaupt nicht voran. Ich habe nicht die geringste Ahnung, was ich morgen zugunsten unseres Mandanten vorbringen soll. Abgesehen von der Aussage eines Hellsehers natürlich«, fügte er bitter hinzu.

Irene von Kleist nahm auf einem der Besucherstühle Platz. »Haben Sie nochmal mit von Neuendorff gesprochen?«

»Dreimal in den letzten beiden Tagen. Ich habe auf ihn eingeredet wie auf einen tauben Esel, aber mittlerweile ist er vollkommen beratungsresistent. Eine psychiatrische Begutachtung lehnt er weiterhin kategorisch ab. Und von einem Geständnis will er ebenfalls nichts wissen. Er wiederholt nur immer wieder dasselbe: Er gehe nicht für ein Verbrechen ins Gefängnis, das er nicht begangen habe.«

»Ein Geständnis. Heißt das, Sie glauben jetzt auch, dass er es war?«

Marc antwortete nicht sofort. Dann meinte er: »Sagen wir so: Am Anfang war ich davon überzeugt, dass er unschuldig ist. Jetzt habe ich zumindest Zweifel. Aber das ändert nichts daran, dass ich als sein Verteidiger versuchen muss, ihn zu einem vernünftigen Prozessverhalten zu bewegen. Und angesichts der Beweislage ist ein Geständnis nun einmal das Vernünftigste, egal ob er es getan hat oder nicht.«

»Aber von Neuendorff ist nicht vernünftig, nicht wahr?«

Marc schüttelte den Kopf. »Im Gegenteil. Er ist offenbar fest davon überzeugt, bald freizukommen.«

Irene von Kleist sah Marc nachdenklich an. »Vielleicht sollten wir von Neuendorff doch noch aussagen lassen, und zwar insbesondere zu der angeblichen Untreue. Er behauptet doch, das Geld auf dem Liechtensteiner Konto sei zum Teil eine Art Honorarzahlung und zum Teil eine Schenkung von Frau Beck gewesen. Barbara Beck ist tot, das heißt, es dürfte dem Gericht schwer fallen, ihm das zu widerlegen. Ohne Untreue liegen aber weder die Voraussetzungen der Verdeckungsabsicht noch die der Habgier vor und wir können gleich zwei Mordmerkmale eliminieren.«

»Bleibt immer noch die Heimtücke«, erinnerte Marc.

»Ja, aber mit nur einem Mordmerkmal wird das Gericht kaum eine besondere Schwere der Schuld begründen können. Und die Heimtücke können wir angreifen, wenn Sie es schaffen, dem Gericht klar zu machen, dass Barbara Beck nach von Neuendorffs Morddrohungen in dem Café nicht mehr arglos war.«

Marc seufzte tief. »Leider war gerade ich es, der bei der Befragung der Kellnerin deutlich gemacht hat, dass Frau Beck die Drohungen nicht ernst nehmen musste. Das wird mir das Gericht im Urteil natürlich um die Ohren hauen. Außerdem hat Britta Gerland diese Argumentation doch schon in ihrem Plädoyer zerpflückt. Und das Problem mit der Untreue ist, dass niemand von Neuendorff glauben wird, wenn er jetzt noch damit kommt, es habe sich um freiwillige Zahlungen Barbara Becks gehandelt. Sie wissen ja, wie die Richter denken: Wer einmal lügt, dem glaubt man nicht, und nachdem unser Mandant eine Zeugin zu einer Falschaussage angestiftet hat, hat er keine Chance mehr.«

Marc starrte zum Fenster hinaus. »Ich habe mir das alles doch selbst schon wieder und wieder überlegt«, sagte er. »Für eine Änderung der Strategie ist es schlicht und einfach zu spät. Ich habe die Sache von Anfang an falsch angefasst und hätte von Neuendorff aussagen lassen sollen. Dann hätten wir viele Probleme heute gar nicht.«

»Das ist reine Spekulation«, versuchte Irene von Kleist, ihn zu trösten. »Niemand weiß, was passiert wäre, wenn von Neuendorff sich zur Sache eingelassen hätte. Wahrscheinlich hätte ihn die Gerland schon am ersten Verhandlungstag auseinander genommen. Apropos Britta Gerland. Was ist eigentlich mit diesen anonymen Briefen? Können wir die nicht doch nutzen? Ich habe noch nie einen Prozess erlebt, in dem der Staatsanwaltschaft die gebratenen Tauben dermaßen in den Mund fliegen.«

»Das ist vielleicht merkwürdig, aber für Glück kann niemand etwas«, erwiderte Marc. Plötzlich stieg eine vage Erinnerung aus seinem Unterbewusstsein an die Oberfläche. Etwas, was er in den letzten Wochen gehört hatte. Aber wo? Und von wem? Worte und Bilder blitzten durch Marcs Gehirn. Auf einmal war die Erinnerung da. Hatte Kaminski nicht gesagt, die Mörderin habe beruflich oder privat häufig schwarze Kleidung an? Britta Gerland trug eine schwarze Robe. Und ihre Mutter war von einem Unbekannten ermordet worden. Eine beängstigende Idee durchzuckte Marc. Konnte es tatsächlich sein ...? Aber dann wurde er sich der Lächerlichkeit des Gedankens bewusst und schüttelte schnell den Kopf, um ihn wieder frei zu bekommen.

»Sie dürfen nicht verzweifeln«, sagte Irene von Kleist, die seine Geste missverstanden hatte. »Sie haben gute Arbeit geleistet, Herr Hagen. Wenn unser Mandant verurteilt wird, hat er das in erster Linie sich selbst zuzuschreiben. Und Ihnen würde ich vorschlagen, mal eine Pause einzulegen. Machen Sie einen Spaziergang oder sonst was, um den Kopf freizubekommen. Es hat keinen Zweck, die ganze Zeit auf diese Akten zu starren.«

Marc nickte langsam. »Vielleicht haben Sie Recht«, sagte er. »Hat Frau Bloes die Post fertig?«

»Ich glaube schon. Wollen Sie sich jetzt etwa damit befassen?«

»Warum nicht? Ich habe keine Lust, vor die Tür zu gehen, und so kann ich mich wenigstens etwas ablenken.«

Marc setzte frischen Kaffee auf, dann holte er den Poststapel aus dem Ausgangsfach des Vorzimmers und ging damit in sein Büro zurück. Ganz oben lagen wie immer die anonymen Briefe, von denen von Tag zu Tag mehr eintrafen, je näher die Urteilsverkündung rückte. Die ›Fans‹ von Neuendorffs schickten ihre Post in die JVA, die Anwälte mussten mit der Kehrseite des Medienrummels fertig werden. In den meisten Schreiben wurden Irene von Kleist und Marc beschimpft, weil sie die Verteidigung eines vermeintlichen Mörders übernommen hatten. *Geldgeile Söldner, Juristenhuren* und *Dreckschweine* waren noch die harmloseren Ausdrücke.

Marc ging die Briefe oberflächlich durch und ließ sie dann direkt in den Papierkorb wandern. Doch der letzte ließ ihn stutzen. Der Brief war gestern in Hannover aufgegeben worden. Der Umschlag sah genauso aus wie die anderen. Kein Absender, nur die Adresse der Kanzlei in großen Druckbuchstaben. Allerdings enthielt er nicht die üblichen Beschimpfungen, sondern sechs Worte, die mit einer mechanischen Schreibmaschine getippt worden waren: *Ne bis in idem. Ein Freund.*

Marc runzelte die Stirn. Ein Freund? Bisher hatten sie noch nicht einen einzigen freundlichen anonymen Brief bekommen. Und was zum Teufel bedeutete ›ne bis in idem‹? Irgendwie kam ihm das bekannt vor, aber so sehr er sein Gedächtnis bemühte, ihm fiel die Übersetzung nicht ein. Egal. Er hatte in seiner Schulzeit genug unter seinem Lateinlehrer gelitten und derartige Qualen musste er sich heute nun wirklich nicht mehr antun. Er wollte den Brief zu den anderen werfen, als eine Kleinigkeit sein Herz schneller schlagen ließ. Dieses etwas hochgerückte e hatte er schon mal gesehen.

Wie elektrisiert ging Marc seine Handakten durch, bis er die Kopien der drei anonymen Briefe gefunden hatte, die an die Staatsanwaltschaft gerichtet gewesen waren. Kein Zweifel! Auch ein Laie konnte auf den ersten Blick erkennen, dass der anonyme Brief, den die Kanzlei heute erhalten hatte, auf derselben Maschine geschrieben worden war wie die drei anderen. Aber wieso wandte sich der Schreiber auf einmal an die Verteidigung und wieso bezeichnete er sich als Freund, nachdem er Hasso von Neuendorff zuvor schwer belastet hatte?

Marc schnappte sich den Brief und stürmte damit in das Büro seiner Chefin. Die verschüttete fast den Whiskey, den sie gerade in ein Glas gießen wollte.

»Können Sie Latein?«, fragte er Irene von Kleist.

»Selbstverständlich. Hatte ich auf dem Gymnasium von der fünften Klasse bis zum großen Latinum. Was wollen Sie wissen?«

»Ne bis in idem.«

»Ne bis in idem«, wiederholte Irene von Kleist langsam und jede Silbe einzeln betonend. »Hab ich schon mal gehört. Also ›ne‹ heißt auf jeden Fall nicht. Ich glaube, das ist ein bekanntes Sprichwort. Wissen Sie was, schauen Sie doch einfach im Lexikon nach.«

Sie nickte mit dem Kinn zu der zehnbändigen Ausgabe von *Meyers Neuem Lexikon* in ihrem Glasschrank.

Marc verkniff sich eine ironische Bemerkung. *Von der fünften Klasse bis zum großen Latinum.* Er trat an den Schrank heran, zog den passenden Band heraus und schlug das Stichwort nach.

»Ne bis in idem«, las er laut vor, »lateinisch für ›nicht zweimal gegen dasselbe‹. Maxime des Strafprozessrechts im Verfassungsrang, Artikel 103 Absatz 3 Grundgesetz, nach der niemand wegen derselben Tat aufgrund der allgemeinen Strafgesetze mehrmals verurteilt werden darf.«

»Stimmt, jetzt fällt es mir wieder ein«, sagte Irene von Kleist. »Ich habe mal einen amerikanischen Film über dieses Thema gesehen. Ein junger Anwalt erreicht einen Freispruch für seinen Mandanten, der wegen Mordes an seiner Geliebten angeklagt war, und hinterher kommt raus, dass er es doch war. Aber da war es zu spät. Der Mandant konnte wegen des Grundsatzes ›ne bis in idem‹ nicht mehr verurteilt werden.«

»Und wie ist der Film ausgegangen?«

»Das weiß ich nicht mehr genau. Ich glaube, der Mörder ist von der Tochter seines Opfers erschossen worden. Ausgleichende Gerechtigkeit sozusagen.«

»Ach, die Amis«, stöhnte Marc. »Und diese Tochter, die mit Sicherheit bildhübsch war, ist dann wahrscheinlich von dem jungen Anwalt verteidigt worden, die Geschworenen haben sie wegen einer seelischen Notlage freigesprochen und am Ende hat sie sich in den jungen Anwalt verliebt und ihn geheiratet.«

»Sie kennen den Film ja doch«, meinte Irene von Kleist beleidigt. »Aber wieso wollten Sie eigentlich wissen, was das bedeutet?«

Marc erzählte ihr von dem anonymen Brief.

»Merkwürdig«, sagte sie. »Was hat der Grundsatz ›nicht zweimal gegen dasselbe‹ mit dem Fall von Neuendorff zu tun?«

»Keine Ahnung«, erwiderte Marc. »Ich hatte gehofft, dass Sie eine Idee haben.«

»Warten Sie mal«, wurde Irene von Kleist nachdenklich. »Hasso von Neuendorff ist doch wegen Wilderei verurteilt worden. Und die soll er am 24. Juli nachmittags begangen haben, also zu der gleichen Zeit, zu der angeblich Barbara Beck ermordet worden ist.«

»Ja, schon«, gab Marc zurück. »Allerdings steht von Neuendorff jetzt nicht erneut wegen Wilderei, sondern wegen Mordes vor Gericht. Das ist ja nun etwas völlig anderes.« Marc stutzte. Oder hatte er da etwas übersehen?

»Ich muss was erledigen«, sagte er zu Irene von Kleist, rannte in das Vorzimmer und griff nach seiner Jacke.

»Wo wollen Sie denn hin?«, rief ihm seine Chefin nach.

»In die Uni«, rief er zurück, bevor die Tür mit einem lauten Knall hinter ihm ins Schloss fiel.

36

»Ich muss Herrn von Neuendorff sprechen. Sofort!«

Der Vollzugsbeamte öffnete Marc missmutig die Pforte. »Hat das nicht Zeit bis morgen? Die Besuchszeit geht in einer halben Stunde zu Ende.«

»Nein, das hat keine Zeit. Ich muss morgen früh ein Plädoyer halten.«

Der Beamte verdrehte die Augen, sagte aber nichts mehr. Marc wurde in die Sprechzelle geführt, wenige Minuten später kam Hasso von Neuendorff herein.

»Herr Hagen?«, fragte er verwundert. »Was gibt es denn noch?«

»Ich weiß, wie wir Sie hier herausbekommen können«, begann Marc aufgeregt.

»Tatsächlich?« Marc hatte jetzt die gesamte Aufmerksamkeit seines Mandanten. »Wie denn?«

»Das Ganze ist so einfach, dass ich mich frage, warum ich nicht früher darauf gekommen bin. Es gibt im deutschen Strafprozessrecht, wie eigentlich in jedem zivilisierten Strafverfahrensrecht der Welt, den Grundsatz, dass niemand aufgrund derselben Tat zweimal verurteilt werden darf. Ne bis in idem, nennt das der Lateiner, das so genannte Verbot der Doppelbestrafung. In Deutschland steht das sogar im Grundgesetz, Artikel 103 Absatz 3.«

»Aha, und wie kann mir das helfen?«

»Durch einen Zufall.«

»Es gibt keine Zufälle. Jeder Zufall hat einen Sinn.«

»Dann nennen Sie es von mir aus Glück. Sie sind mit rechtskräftigem Urteil des Amtsgerichts Bielefeld vom 2. August 2005 verurteilt worden, am 24. Juli 2005 um kurz nach sechzehn Uhr im Rathenhorster Wald durch vier Schüsse eine Jagdwilderei begangen zu haben. Und jetzt sind Sie angeklagt, durch einen dieser vier Schüsse einen Menschen ermordet zu haben.«

»Ja, eben. In dem ersten Verfahren ging es um Wilderei, jetzt geht es um einen Mord. Das ist doch nicht dasselbe.«

»Nur vordergründig nicht. Noch einmal: Niemand darf wegen derselben Tat zweimal verurteilt werden. ›Tat‹ bedeutet in diesem Zusammenhang nach der Rechtsprechung des Bundesgerichtshofes, Moment, ich zitiere …«, Marc zog ein DIN-A4-Blatt aus seiner Aktentasche, »… den vom Eröffnungsbeschluss betroffenen Vorgang einschließlich aller damit zusammenhängenden und darauf bezüglichen Vorkommnisse, die geeignet sind, das in diesen Bereich fallende Tun des Angeklagten unter irgendeinem rechtlichen Gesichtspunkt als strafbar erscheinen zu lassen, also das gesamte Verhalten des Angeklagten, soweit es mit dem durch den Eröffnungsbeschluss bezeichneten geschichtlichen Vorkommnis nach der Auffassung des Lebens einen einheitlichen Vorgang bildet. Zitat Ende.«

»Wie bitte?« Von Neuendorff wirkte verwirrt. »Können Sie mir das auch auf Deutsch erklären?«

»Gerne. Die Schüsse am 24. Juli 2005 stellen einen einheitlichen historischen Vorgang und damit eine einheitliche Tat dar, die bereits rechtskräftig abgeurteilt ist. Das hat wiederum zur Folge, dass eine erneute Strafverfolgung wegen des gleichen historischen Vorgangs unzulässig ist.«

»Aber der Richter in dem ersten Verfahren wusste doch noch gar nichts von einer Leiche.«

»Das ist unerheblich. Nach der Rechtsprechung ist ein erneutes Verfahren auch dann unzulässig, wenn später erschwerende Umstände hervortreten, die dem Gericht im ersten Verfahren noch nicht bekannt sein konnten.«

Hasso von Neuendorff war für einen Moment stumm. »Ist das auch wirklich ganz sicher?«, vergewisserte er sich.

»Ja, das ist sicher«, erwiderte Marc enthusiastisch, nahm sich aber gleich zurück. »Oder besser gesagt so sicher, wie man sich als Jurist nur sein kann. Sie wissen ja, vor Gericht und auf hoher See ist man in Gottes Hand. Aber ich denke, die Wahrscheinlichkeit, dass Sie sehr bald freikommen, liegt bei über achtzig Prozent.«

Von Neuendorff nickte langsam. »Das hört sich wirklich gut an. Verraten Sie mir, wie Sie auf diese Lösung gekommen sind?«

»Ich fürchte, dieser Teil der Geschichte ist für mich nicht sehr schmeichelhaft«, beichtete Marc gut gelaunt. »Es war ein anonymer Brief, der heute in der Kanzlei angekommen ist. Übrigens von demselben Verfasser, der die anonymen Briefe an die Staatsanwaltschaft geschrieben hat. Doch diesmal wollte der Schreiber Ihnen offenbar helfen. Können Sie sich das erklären?«

»Tut mir leid. Das kann uns aber auch egal sein, nicht wahr?« Von Neuendorff ergriff Marcs Hand und schüttelte sie. »Ich habe immer gewusst, dass Sie es eines Tages schaffen werden. Das war hervorragende Arbeit, Herr Hagen.«

»Danke für die Blumen. Aber im Nachhinein betrachtet, war es einfach ein Riesenglück, dass Sie am 24. Juli von diesem Jagdaufseher überrascht worden sind. Wenn der Sie nicht wegen Wilderei angezeigt hätte, wäre es nicht zu der Verurteilung durch das Amtsgericht gekommen.«

Von draußen wurde laut gegen die Tür gehämmert. »Sie müssen jetzt Schluss machen«, rief ein Wärter. »Die Besuchszeit endet in fünf Minuten.«

Marc erhob sich von seinem Platz. »Sie haben es gehört. Ich muss sowieso los. Ich will Frau Dr. von Kleist noch von der neuesten Entwicklung berichten.« Dabei zog Marc sein

Portmonee aus der Tasche und holte mehrere Zettel daraus hervor, die er nacheinander durchging.

»Suchen Sie etwas?«, erkundigte sich von Neuendorff.

»Ja, die Telefonnummer von Frau Dr. von Kleist. Ich bin mir sicher, dass ich sie irgendwo notiert habe.«

»0521 9348857«, sagte von Neuendorff wie aus der Pistole geschossen.

»Die haben Sie sich gemerkt?«, staunte Marc.

»Herr Hagen, ich bin Schachgroßmeister und verfüge über ein fotografisches Gedächtnis. Ich kenne alle Telefonnummern auswendig, die ich je in meinem Leben gewählt habe. Sie können mir glauben: Ich vergesse nie etwas.«

Marc kritzelte die Nummer auf einen Zettel und schüttelte seinem Mandanten die Hand. »Wir sehen uns morgen im Gericht«, sagte er und wandte sich zur Tür.

Der letzte Satz Hasso von Neuendorffs hallte in seinem Kopf nach. *Ich vergesse nie etwas.* Etwas Ähnliches hatte von Neuendorff schon einmal zu ihm gesagt, Marc kam aber einfach nicht darauf, wann das gewesen war. *Ich vergesse nie etwas. Ich vergesse nie etwas. Das hatte ich total vergessen. Jeder Zufall hat einen Sinn.*

Die Erkenntnis traf Marc wie ein Schlag in die Magengrube und mit einer Wucht, dass er sich an der Zellentür festhalten musste. Langsam drehte er sich wieder zu seinem Mandanten um.

»Sie haben es nicht vergessen!«, sagte er zu von Neuendorff.

»Was habe ich nicht vergessen?«

»Höfer, der Jagdaufseher, hatte Ihnen erzählt, dass er sich jeden Tag gegen sechzehn Uhr im Rathenhorster Wald aufhält. Als ich Sie darauf angesprochen habe, haben Sie behauptet, Sie hätten das vergessen. Aber eben haben Sie bestätigt, dass Sie nie etwas vergessen. Und jetzt frage ich Sie noch einmal: Warum sind Sie am Nachmittag des 24. Juli in den Rathenhorster Wald gefahren, obwohl Sie damit rechnen mussten, dort von dem Jagdaufseher überrascht zu werden?«

Von Neuendorff hob die Schultern. »Verraten Sie es mir.«

»Sie wussten, dass Höfer Ihren Range Rover entdecken und die Schüsse hören würde. Und Sie haben das nicht nur in Kauf genommen, das war ein entscheidender Teil Ihres Plans.«

Von Neuendorff hielt Marcs Blick für einen Moment mit regungsloser Mimik stand, dann erschien ein Lächeln auf seinem Gesicht und er klatschte langsam in die Hände. »Bravo«, sagte von Neuendorff. »Sie haben es also endlich begriffen.«

»Sie haben Barbara Beck am 24. Juli ermordet, weil die gedroht hatte, Sie wegen des veruntreuten Geldes auffliegen zu lassen«, fuhr Marc fort, nachdem er sich auf einen Stuhl hatte fallen lassen. »Danach haben Sie drei weitere Schüsse abgegeben, zum einen, um sicherzugehen, dass die Schüsse gehört werden, zum anderen, um eine Wilderei vorzutäuschen. Vorher hatten Sie einen Streit mit dem Grafen angezettelt und so dafür gesorgt, dass Sie auf jeden Fall angezeigt wurden. Denn Sie wussten von Anfang an, dass Sie für den Mord nicht bestraft werden können, wenn Sie vorher wegen Wilderei verurteilt werden. Deshalb hatten Sie es auch so eilig und haben auf einem beschleunigten Verfahren bestanden.«

»Ja«, bestätigte von Neuendorff. »Denn mit dem rechtskräftigen Abschluss des Wildereiverfahrens tritt die Sperrwirkung ein und eine erneute Anklage wegen Mordes wird unzulässig. Sie sehen, ich habe nicht umsonst ein paar Semester Jura studiert.«

»Warum waren Sie eigentlich nicht mit einem Strafbefehl einverstanden?«, fragte Marc. »Damit hätte das Wildereiverfahren wahrscheinlich noch schneller beendet werden können.«

»Das ist richtig. Aber nach der Strafprozessordnung ist die Wiederaufnahme eines durch einen rechtskräftigen Strafbefehl abgeschlossenen Verfahrens zu Ungunsten des Verurteilten zulässig, wenn sich hinterher herausstellt, dass es sich bei der Tat nicht um ein Vergehen, sondern um ein Verbrechen gehandelt hat. Wilderei ist nur ein Vergehen, Mord ist ein Verbrechen, das heißt, bei einer Verurteilung durch einen Strafbefehl hätte das Wildereiverfahren wieder aufgenommen und ich doch noch wegen des Mordes verurteilt werden können. Bei einer Verurteilung aufgrund einer mündlichen Verhandlung ist eine derartige Wiederaufnahme zu Ungunsten des Verurteilten dagegen nicht möglich. Deshalb musste ich den Erlass eines Strafbefehls unter allen Umständen verhindern.«

»Aber was hätten Sie gemacht, wenn die Leiche von Frau Beck vor der Verurteilung wegen Wilderei gefunden worden wäre?«

»Das Risiko war sehr gering. Zum einen hatte ich Barbara recht gut versteckt. Außerdem konnte ich davon ausgehen, dass niemand sie so schnell vermissen würde. Die Hornung machte zu der Zeit Urlaub auf Mallorca und andere Freunde hatte Barbara nicht. Und als die Hornung Barbara schließlich als vermisst gemeldet hat, war ich schon rechtskräftig wegen Wilderei verurteilt.«

»Und was ist mit Frau Becks Haushälterin?«

»Barbaras Haushälterin war ausschließlich an Barbaras Geld interessiert, alles andere war ihr egal. Und selbst wenn sie Barbara als vermisst gemeldet hätte, hätte ich noch ruhig schlafen können. Anders als beim Verschwinden eines Kindes geht beim Verschwinden einer über sechzigjährigen Frau kein Schrei der Empörung durch das Land und die Suchbemühungen der Polizei halten sich in engen Grenzen. Ich spreche aus Erfahrung.«

Marc brauchte einen Moment, bevor er begriff. »Johanna Wehmeier!«, sagte er dann. »Die haben Sie also auch ermordet.«

»Natürlich. Allerdings hatte ich bei der sehr viel mehr Zeit zur Vorbereitung. Ich konnte in Ruhe planen, wo und wie ich sie am besten verschwinden lasse. Bei Barbara war das aufgrund ihres doch etwas überraschend gestellten Ultimatums nicht möglich. Deshalb war es mir leider auch nicht vergönnt, sie richtig auszunehmen, und ich war außerdem gezwungen, ein wenig zu improvisieren. Mir wäre es natürlich auch recht gewesen, wenn man Barbara nie gefunden hätte, aber damit war eigentlich nicht zu rechnen. Deshalb brauchte ich eine zusätzliche Absicherung durch den Strafklageverbrauch.«

Hasso von Neuendorff betete sein Geständnis so unbeteiligt herunter, als ginge ihn das alles gar nichts an. Er war tatsächlich geisteskrank, allerdings auf eine etwas andere Weise, als Marc gedacht hatte: Hasso von Neuendorff war ein Psychopath ohne jegliches Mitgefühl.

In dem Moment klopfte der Wärter schon wieder an die Tür. »Sie müssen jetzt zum Ende kommen«, rief er.

»Fünf Minuten«, brüllte Marc zurück. Es fiel ihm schwer, ruhig weiterzusprechen, doch er wollte jetzt alles wissen. »Eines verstehe ich aber nicht«, sagte er. »Warum haben Sie den Strafklageverbrauch nicht von Anfang an angeführt? Es wäre dann nie zu diesem Verfahren gekommen. Sie hätten nicht einmal in Untersuchungshaft genommen werden dürfen.«

»Ach, die Untersuchungshaft ist gar nicht so schlimm. Und Sie ahnen ja gar nicht, wie interessant man als Sträfling für Frauen wird. Ich habe säckeweise Post bekommen. Ich freue mich jetzt schon darauf, die nächste Dame kennen zu lernen.«

»Das heißt, Sie suchen schon wieder ein neues Opfer?«

»Herr Hagen! Sie wissen doch, dass ich Ihnen *das* nicht sagen kann. Sogar als mein Verteidiger dürfen Sie die Polizei informieren, wenn Sie von einem geplanten Verbrechen erfahren. Doch es gibt noch einen viel wichtigeren Grund, warum dieses Verfahren durchgeführt werden musste. Wie Sie mir eben so schön erklärt haben, gilt der Grundsatz ›ne bis in idem‹ nur für dieselbe Tat. Es musste also zuerst einmal nachgewiesen sein, dass es sich bei der abgeurteilten Wilderei und dem Mord an Barbara tatsächlich um dieselbe Tat handelt. Wenn ich den Strafklageverbrauch zu früh ins Spiel gebracht hätte, hätte die Staatsanwaltschaft womöglich alles darangesetzt zu beweisen, dass ich Barbara zu einem anderen Zeitpunkt umgebracht habe, um so zu einer Verurteilung zu kommen. Nun hat Frau Dr. Gerland monatelang versucht nachzuweisen, dass Barbara am 24. Juli um kurz nach sechzehn Uhr ermordet worden sein muss, jetzt kann sie nicht mehr zurück. Ich habe mir sehr viel Mühe gegeben, ihr bei dieser Beweisführung zu helfen.«

»Was soll das heißen?«, fragte Marc verblüfft.

»Ach, Herr Hagen! Ich dachte, Sie hätten endlich verstanden, aber das scheint immer noch nicht der Fall zu sein. Alles war von mir geplant. *Ich* habe Dennis Kerkhoff zwanzigtausend Euro für seine Aussage gezahlt. Einem vorbestraften Betrüger, von dem ich wusste, dass er mit dem Geld nur so um sich schmeißen wird, und dem niemand glauben würde. *Ich* habe dafür gesorgt, dass Christine Geisler aussagt, und anschließend habe *ich* den anonymen Brief an die Staatsanwaltschaft geschickt, der die Geisler kompromittiert hat. *Ich* habe die Staatsanwaltschaft über die Tatwaffe im See informiert. *Ich* habe der Staatsanwaltschaft den anonymen

Brief geschickt, in dem ich mein eigenes Konto in Liechtenstein verraten habe. Das Konto hätten die Ermittler früher oder später sowieso entdeckt, aber so konnte ich mit Erfolg von dem anderen Geld ablenken, das ich Barbara abgenommen habe. *Ich* habe diesen Bill erfunden, damit Sie beschäftigt waren und nicht auf dumme Gedanken kamen. Und *ich* habe die Novitex-Rechnungen in Barbaras Wohnung versteckt, nachdem ich Barbaras Golf wieder in ihrer Garage abgestellt hatte. Die Rechnungen sind mir von einem entlassenen Novitex-Mitarbeiter zugespielt worden, Barbara hatte davon keine Ahnung. Auf diese Weise habe ich dafür gesorgt, dass Peter Richartz das bekommt, was er verdient. Der Mann hat mich bedroht und niemand bedroht mich ungestraft, *niemand.*«

Er bohrte seinen Blick in Marcs Augen, um dann gleich darauf fröhlich fortzufahren. »Aber wissen Sie, was mein bester Zug war? Dass ich Sie und Frau Dr. von Kleist mit meiner Verteidigung beauftragt habe. Ich habe es Ihnen doch schon einmal erklärt: Sie sind meine beiden Läufer. Und wissen Sie, wie der Läufer im Französischen genannt wird? Fou, der Narr. Als ich den Mord an Barbara plante, habe ich ein paar Erkundigungen eingeholt und mir die absolut unfähigsten Anwälte Bielefelds empfehlen lassen. Ich wollte schließlich sichergehen, dass meine Verteidiger die Beweisführung der Staatsanwaltschaft nicht stören. Und Sie haben mich nicht enttäuscht. Frau Dr. von Kleist und Sie sind wie der Blinde, der die Lahme auf seinem Rücken mit sich herumträgt. Ein köstliches Gespann. Ich habe mich wunderbar amüsiert, wirklich.«

Marcs Gehirn fühlte sich an wie Watte. Es dauerte fast eine halbe Minute, bis er seinen nächsten Satz herausbekam. »Und wie soll es jetzt weitergehen? Ihnen ist doch wohl klar, dass wir nicht mehr als Ihre Verteidiger auftreten können.«

»Darf ich fragen, warum nicht?«, erkundigte sich von Neuendorff interessiert. »Ich sehe dafür keinen Grund. Aber Sie können das Mandat auch gerne niederlegen, das ist mir egal. Zur Not werde dann eben ich auf den Strafklageverbrauch hinweisen. Im deutschen Prozessrecht gibt es nämlich den schönen Grundsatz, wonach der Angeklagte *immer* das letzte Wort hat. Denken Sie also darüber nach, ob Sie nicht doch das Plädoyer halten wollen. Damit können Sie berühmt werden.«

Das Rasseln von schweren Schlüsseln holte Marc langsam aus seiner Lethargie. »Ich muss das jetzt beenden!«, brüllte der Wärter. »Die Besuchszeit ist lange abgelaufen.«

Angetrieben von dem übermächtigen Verlangen, sich von der Gegenwart seines Mandanten zu befreien, griff Marc nach seiner Aktentasche und stand auf.

»Ich weiß, dass Sie jetzt enttäuscht sind«, sagte von Neuendorff. »Sie haben an meine Unschuld geglaubt und ich habe den Eindruck, Sie haben mich sogar gemocht. Aber nehmen Sie es nicht persönlich. Immerhin hatten Sie die Möglichkeit, etwas zu lernen. Erinnern Sie sich noch an unser Gespräch über den perfekten Mord? Voilà, hier ist er: Jeder weiß, dass ich Barbara ermordet habe, aber niemand kann mir deswegen etwas anhaben.«

Marc stürzte sich in den Golf und fuhr zu Irene von Kleist. Als er später darüber nachdachte, welchen Weg er genommen hatte, konnte er sich an nichts mehr erinnern. Marc schellte an der Haustür und wartete.

»Ich muss dringend mit Ihnen sprechen«, sagte Marc, als Irene von Kleist ihm öffnete.

Sie führte ihn wortlos in ihr Wohnzimmer.

»Auch was zu trinken?«, fragte sie routinemäßig und ging zu ihrer Anrichte.

»Ja, einen Whiskey. Möglichst einen doppelten.«

Irene von Kleist musterte Marc erstaunt, doch sie schraubte wortlos eine Flasche Glenfiddich auf und goss zwei Fingerbreit davon in ein Kristallglas.

»Wo brennt's denn?«, erkundigte sich die Anwältin, als sie das Glas an Marc weitergab. »Haben Sie immer noch Schwierigkeiten mit Ihrem Plädoyer?«

Marc nahm einen langen Schluck. »Ich werde dieses Plädoyer nicht halten«, sagte er in nüchternem Ton.

»Verraten Sie mir, warum nicht?«

»Deshalb bin ich hier.« Und dann erzählte Marc ihr alles, was er am Nachmittag in der Bibliothek und danach von Hasso von Neuendorff erfahren hatte.

Als er fertig war, schenkte Irene von Kleist Marc und sich nach. »So, so«, sagte sie. »Ich bin also die unfähigste Anwältin Bielefelds. Aber wo der Mann Recht hat, hat er Recht.«

»Das ist alles, was Sie dazu zu sagen haben? Wir haben uns die ganze Zeit von von Neuendorff an der Nase herumführen lassen!«

Irene von Kleist zuckte gleichgültig die Schultern. »So was soll vorkommen. Sie dürfen nicht alles so persönlich nehmen. Und ich verstehe nicht, warum Sie morgen nicht plädieren wollen.«

Marc schüttelte ungläubig den Kopf. »Hasso von Neuendorff ist kein Mensch, das ist der Teufel.«

»Ja, ja, der Herr der Finsternis, das ist ein Edler«, zitierte Irene von Kleist bedächtig. »Lassen Sie ihn doch der Teufel sein. Glauben Sie nicht, dass selbst der Teufel Anspruch auf einen Anwalt hat?«

»Das weiß ich nicht, schließlich sind Sie sein Anwalt und nicht ich. Und deswegen werden *Sie* morgen das Plädoyer halten.«

»Das geht nicht«, protestierte Irene von Kleist. »Ich habe

schon was getrunken. Außerdem haben Sie doch die ganze Vorarbeit geleistet.«

»Ich stelle Ihnen meine Unterlagen gerne zur Verfügung. Sie haben noch die ganze Nacht Zeit, um sich einzulesen. Und wenn Sie es bis morgen nicht schaffen sollten, sind Sie es, der Ärger bekommt, nicht ich.«

Irene von Kleist sah Marc lange in die Augen. »Sie meinen das ernst, nicht wahr?«

»Todernst. Ich werde für diesen Menschen keinen Finger mehr rühren. Und noch etwas: Ob Sie Neuendorff morgen rauspauken oder nicht, ist mir egal. Mir ist jetzt alles egal.« Marc hielt einen Moment inne. »Nein, es ist mir nicht egal!«, sagte er dann. »Am liebsten wäre es mir, wenn Sie dafür sorgen könnten, dass er lebenslänglich hinter Gitter kommt.«

37

Als Hasso von Neuendorff am nächsten Morgen in den Saal gebracht wurde, ordnete Marc übertrieben geschäftig die Akten auf dem Tisch und vermied es so, seinem Mandanten zur Begrüßung die Hand schütteln zu müssen. Marc wusste nicht, ob irgendjemandem im Saal sein Verhalten auffiel, und wenn, kümmerte es ihn auch nicht.

Um kurz vor neun erschien Irene von Kleist. Sie sah übermüdet aus und hatte eine leichte Alkoholfahne. Eberhard Werner gesellte sich zu ihr und die beiden tuschelten eine Weile, dann erschien das Gericht und die Anwesenden erhoben sich.

»Herr Hagen, darf ich um Ihr Plädoyer bitten?«, sagte der Vorsitzende, nachdem alle wieder Platz genommen hatten.

Marc beugte sich leicht vor. »Es gibt eine kleine Änderung«, sagte er. »Wir haben uns darauf verständigt, dass Frau Dr. von Kleist den Schlussvortrag halten wird.«

Berger bedachte ihn und die Rechtsanwältin mit erstaunten Blicken und auch Britta Gerland flüsterte aufgeregt mit ihrem Co-Staatsanwalt. Hasso von Neuendorff wirkte dagegen weder überrascht noch beunruhigt.

»Wie Sie wollen«, meinte der Vorsitzende. »Frau Dr. von Kleist?«

Die Rechtsanwältin erhob sich leicht schwankend, in der rechten Hand hielt sie ein DIN-A4-Blatt.

»Hohes Gericht, Frau Staatsanwältin.« Sie sprach leise, aber ihre Stimme war gut hörbar in der Stille des Gerichtssaals. »Wir alle haben vor drei Tagen das Plädoyer der Staatsanwaltschaft gehört. Und Frau Dr. Gerland hat Recht: Mein Mandant, Hasso von Neuendorff, ist ein Mörder!«

Ihre nächsten Worte gingen in dem lauten Gemurmel auf den Zuschauerbänken unter. Berger hatte erhebliche Mühe, die Ruhe wiederherzustellen. Marc beobachtete derweil Britta Gerland, die ein Gesicht machte, als vermute sie, die Anwältin habe auch den letzten Rest ihres Verstandes versoffen.

Als Irene von Kleist erneut ansetzte, herrschte im Saal Totenstille. »Jawohl, mein Mandant ist ein Mörder«, wiederholte sie. »Die Beweisaufnahme hat zweifelsfrei ergeben, dass Hasso von Neuendorff Barbara Beck am 24. Juli 2005 um kurz nach sechzehn Uhr im Rathenhorster Wald mit seiner Bockbüchsflinte der Marke Ferlacher, Modell Karawanken, vorsätzlich erschossen hat.«

Durch die Zuschauerbänke ging erneut eine Welle des Kopfschüttelns und des lauten Getuschels.

»Trotzdem«, sprach Irene von Kleist mit lauter Stimme weiter, um gegen den Lärm anzukommen, »trotzdem kann der Angeklagte für diese Tat nicht bestraft werden. Denn Hasso von Neuendorff wurde am 2. August 2005 vom Amtsgericht Bielefeld wegen einer am 24. Juli 2005 um kurz nach sechzehn Uhr im Rathenhorster Wald begangenen Wilderei rechtskräftig zu einer Geldstrafe von fünfzig Tagessätzen zu je fünfzig Euro verurteilt. Und Artikel 103 Absatz 3 des Grundgesetzes verbürgt den Grundsatz der Einmaligkeit der Strafverfolgung nach einer rechtskräftigen Verurteilung. Das Grundgesetz will den Bürger davor schützen, dass er wegen einer bestimmten Tat, deretwegen er schon strafrechtlich zur Verantwortung gezogen worden ist, nochmals in einem neuen Strafverfahren verfolgt werden kann. ›Tat‹ in diesem Sinne ist das gesamte Verhalten des Angeklagten, soweit es mit dem durch den Eröffnungsbeschluss bezeichneten geschichtlichen Vorkommnis nach der Auffassung des Lebens einen einheitlichen Vorgang bildet. Und ein derartiger einheitlicher historischer Vorgang liegt hier vor: Aus dem Urteil des Amtsgerichts Bielefeld geht zweifelsfrei hervor, dass der Angeklagte aufgrund der vier Schüsse, die er am 24. Juli 2005 im Rathenhorster Wald abgegeben hat, wegen Jagdwilderei verurteilt wurde. Die Staatsanwaltschaft hat in den vergangenen Wochen und Monaten sehr sorgfältig herausgearbeitet, dass Barbara Beck mit einem dieser vier Schüsse ermordet worden ist. Wir haben also einen einheitlichen geschichtlichen Lebensvorgang, aufgrund dessen Hasso von Neuendorff nur einmal strafrechtlich verfolgt werden kann. Und die strafrechtliche Verfolgung dieses Lebensvorganges, dieser Tat, hat bereits stattgefunden und endete mit dem rechtskräftigen Urteil des Amtsgerichts Bielefeld vom 2. August 2005. Ich möchte mich in diesem Zusammenhang darauf beschränken, das Bundesverfassungsgericht mit seinem Beschluss vom 8. Januar 1981 – 2 BvR 873/80 – zu zitieren: Ein erneutes Verfahren ist auch dann unzulässig, wenn später erschwerende Umstände hervortreten, die dem Gericht im ersten Verfahren nicht bekannt sein konnten. In diesem Umfang hat sich der Staat um der Rechtssicherheit willen eine freiwillige Begrenzung in seinem Recht auf Verfolgung strafbarer Handlungen auferlegt. Der Verfassungsgeber hat das Verfahrenshindernis der Rechtskraft angesichts der Erfahrungen mit einem Unrechtsregime, das vor erneuter Verfolgung schon abgeurteilter Taten nicht zurückschreckte und uferlose Durchbrechungen der Rechtskraft zum Zwecke höherer Bestrafung ermöglicht hatte, in den Rang eines Prozessgrundrechts erhoben. Auch wenn dies im Einzelfall zu als ungerecht empfundenen Ergebnissen führen kann, so ist doch vor dem Hintergrund der geschichtlichen Erfahrungen allen Versuchen entgegenzutreten, den Tatbegriff je nach der Schwere der unberücksichtigt gebliebenen Umstände zu verändern, um nachträglich eine gerechte Bestrafung zu ermöglichen. Zitat Ende. Diese Rechtsprechung hat das Bundesverfassungsgericht mit seinem Beschluss vom 28. August 2003 – 2 BvR 1012/01 – nochmals ausdrücklich bestätigt. Ich habe dem nichts hinzuzufügen und beantrage, das Verfahren gegen meinen Mandanten wegen des Prozesshindernisses des Strafklageverbrauchs einzustellen. Vielen Dank.«

Die Anwältin setzte sich und Marc nickte ihr anerkennend zu. In ihren – zugegebenermaßen seltener werdenden – lichten Momenten war Irene von Kleist noch immer eine brillante Juristin. Kein Wort zu viel, kein Wort zu wenig.

Auf den Zuschauerbänken wurde es wieder laut. Britta Gerland starrte Irene von Kleist mit offenem Mund an.

Marc konnte ein Gefühl der Schadenfreude nicht unterdrücken. Wie oft war er während dieses Prozesses von ihr vorgeführt worden und jetzt traf es mal sie selbst.

Aber schon nach wenigen Sekunden hatte sich Britta Gerland gefangen.

»Das ist absurd!«, rief sie. »Ich möchte von meinem Recht Gebrauch machen und auf den Schlussvortrag der Verteidigung erwidern.«

Der Vorsitzende sah zu Irene von Kleist hinüber. »Wollen Sie dazu Stellung nehmen?«

Die Anwältin schüttelte den Kopf und Berger wandte sich dem Tisch der Staatsanwaltschaft zu. »Was glauben Sie, wie viel Zeit Sie zur Vorbereitung benötigen werden?«

Britta Gerland sah auf die Uhr und wechselte ein paar geflüsterte Worte mit ihrem Co-Staatsanwalt. »Ich bitte um eine Unterbrechung bis heute Nachmittag. Dann ist die Staatsanwaltschaft zu ihrer Erwiderung bereit.«

Der Vorsitzende nickte. »Dann sehen wir uns heute Nachmittag um vierzehn Uhr wieder in diesem Saal. Ich bitte alle Beteiligten, pünktlich zu sein.«

Um kurz vor zwei betrat die Staatsanwältin den Saal, Marc glaubte nicht, dass sie die Zeit gefunden hatte, auch nur einen Bissen zu Mittag zu essen. Britta Gerland war sichtlich nervös und angespannt. Wer wollte es ihr verdenken? Schließlich drohte der wichtigste Prozess ihrer kurzen, aber glanzvollen Karriere mit Pauken und Trompeten zu platzen.

»Hohes Gericht, Frau Verteidigerin«, hob die Staatsanwältin an, nachdem sie von Berger zur Rede aufgefordert worden war. »Die Verteidigung hat in einem einzigen Punkt Recht! In Artikel 103 Absatz 3 des Grundgesetzes ist der so genannte Strafklageverbrauch geregelt. Soweit die Verteidigung meint, auch in diesem Fall sei die Strafklage durch das Urteil des Amtsgerichts Bielefeld wegen Wilderei verbraucht, ist ihr allerdings entschieden zu widersprechen. Würde in diesem Fall Strafklageverbrauch bezüglich des Mordes an Barbara Beck eintreten, könnte der dieser Tat zu Grunde liegende Unwertgehalt auch nicht im Entferntesten einer gerechten Wertung unterzogen werden. Dies wäre kriminalpolitisch verfehlt und widerspräche darüber hinaus in unerträglichem Maße dem Gebot der Gerechtigkeit, das nicht nur dem Schutz des Täters vor ungerechter Bestrafung, sondern auch dem Anspruch der Rechtsgemeinschaft auf Ahndung schwerster Verbrechen, insbesondere bei Angriffen auf das Leben, dient. Damit würde eine Umkehrung der sittlichen Bewertung der Tatbestände vorgenommen, was dem Grundsatz gerechter Gesetzesauslegung widersprechen würde.« Sie machte eine kurze Pause, bevor sie fortfuhr: »In diesem Fall einen Strafklageverbrauch anzunehmen würde zudem den Belangen des Opfers eklatant widersprechen. Der Strafanspruch des Staates darf zum Schutze seiner Bürger nicht ohne Not und in unverständlichem Maße vernachlässigt oder gar aufgegeben werden. Das würde den Opfern von Schwerkriminalität das Gefühl der Ohnmacht und Schutzlosigkeit vermitteln und zu unerträglichen Ergebnissen führen. Dem Rechtsfrieden wird damit *nicht* gedient.« Sie legte eine weitere Kunstpause ein. »Aus diesem Grund hat es die Rechtsprechung,« Britta Gerland fixierte nacheinander jedes einzelne Mitglied des Gerichts, »immer wieder verstanden, in sehr pragmatischer Weise das Prinzip der materiellen Rechtskraft mit der Einzelfallgerechtigkeit zu versöhnen, und auch in der Literatur sind vielfältige Versuche unternommen worden, um unbillige Ergebnisse durch die Rechtskraftsperre zu verhindern. Nach einer Auffassung soll nur derjenige Verfahrensstoff erledigt sein, der aufgrund der in der Verhandlung bestehenden Lage abgeurteilt werden konnte und bei Erfüllung der gerichtlichen Aufklärungspflicht abgeurteilt werden musste. Der Amtsrichter in dem Wildereiverfahren hatte aber überhaupt keine Möglichkeit, den Mord abzuurteilen, weil ihm von der Leiche nichts bekannt war und auch nichts bekannt sein konnte. Andere stellen auf die Übereinstimmung des Unwertgehaltes ab. Ich denke, es liegt auf der Hand, dass eine Wilderei einen vollkommen anderen Unwertgehalt als ein Mord hat. Egal welcher dieser in der Rechtslehre entwickelten Theorien man also folgt, es wäre dem Gericht möglich, den Angeklagten wegen Mordes zu verurteilen. Und darum bitte ich *im Namen der Gerechtigkeit.* Vielen Dank.«

Britta Gerland setzte sich und zustimmendes Gemurmel erfüllte den Raum. Marc kam nicht drum herum, ihr so etwas wie Bewunderung zu zollen. In Anbetracht der kurzen Zeit hatte sie das Optimale für die Staatsanwaltschaft herausgeholt.

Der Vorsitzende richtete seinen Blick auf Hasso von Neuendorff. »Angeklagter, Sie haben das letzte Wort.«

Hasso von Neuendorff erhob sich von seinem Platz und lächelte freundlich. Dann erklärte er: »Ich habe nichts zu sagen.«

Berger wandte sich der Protokollführerin zu. »Dann nehmen wir das so auf.« Er ließ seinen Blick durch den Saal schweifen. »Das Urteil wird nächsten Freitag verkündet. Ich schließe die heutige Sitzung.«

38

Die nächsten Tage vergingen wie im Fluge. Marc hatte eine möglichst große Entfernung zwischen sich und den Prozess bringen wollen, seinen Koffer gepackt und war an die Ostsee gefahren. In Grömitz vermied er es, Zeitung zu lesen oder fernzusehen, und ging die meiste Zeit allein am Strand spazieren. Einmal war er kurz davor, Britta Gerland anzurufen, ließ es dann aber, weil er nicht wusste, was er ihr sagen sollte.

Am Abend vor der Urteilsverkündung saß Marc immer noch in seinem Hotel und überlegte, sich den letzten Prozesstag zu ersparen. Schließlich riss er sich doch zusammen und setzte sich anderntags um kurz vor sechs in seinen Golf. Auf den letzten Drücker traf er in Bielefeld ein.

Vor dem Landgericht standen mehrere Fernsehübertragungswagen in einer Reihe. RTL, Sat.1, WDR, ZDF, alle waren sie gekommen, um live vom Urteil gegen Hasso von Neuendorff zu berichten.

Im Gang vor dem Schwurgerichtssaal wimmelte es von Reportern, die sich unterhielten, rauchten und Kaffee aus Pappbechern tranken. Marc senkte den Kopf und kämpfte sich durch die Zuschauermassen. Als die Journalisten ihn erkannten, wurden Kameras in Stellung gebracht, Mikrofone vor seinen Mund gehalten und Fragen durch die Luft gerufen.

Marc schützte sich mit den Händen vor dem Blitzlichtgewitter und murmelte abwechselnd »Kein Kommentar« und »Keine Zeit«, bis er die Verteidigerbank erreicht hatte.

Außer dem Gericht waren alle Verfahrensbeteiligten schon anwesend, die Zuschauerbänke waren dicht besetzt. Marc begrüßte Eberhard Werner und die sichtlich aufgeblühte Irene von Kleist, während er an seinem Mandanten einfach vorbeisah. Hasso von Neuendorff schien es ihm nicht übel zu nehmen. Er ließ sich fotografieren und lächelte freundlich in die Runde. Marc sah zur anderen Seite hinüber, aber als sich sein Blick mit dem von Britta Gerland traf, schaute die Staatsanwältin schnell zur Seite. Sie sieht nicht gut aus, dachte Marc. Als ob sie in den letzten Tagen kein Auge zubekommen hätte.

Auch Valerie Wehmeier, die wieder in der ersten Reihe saß, war blass und wirkte nervös. Marc war in Versuchung, zu ihr zu gehen und ihr die Wahrheit über das Verschwinden ihrer Mutter zu erzählen, doch bevor er den Mut dazu aufbringen konnte, erschien die Schwurgerichtskammer und die fünf Richter nahmen hinter ihren Plätzen Aufstellung.

Berger nahm das Blatt mit der Urteilsformel zur Hand und es wurde schlagartig still. Im Saal knisterte es vor Spannung.

Der Vorsitzende ließ einen Moment verstreichen, dann verkündete er die Entscheidung der Schwurgerichtskammer: »Im Namen des Volkes ergeht folgendes Urteil: Das Verfahren wird eingestellt. Die Kosten des Verfahrens und die notwendigen Auslagen des Angeklagten fallen der Staatskasse zur Last. Bitte nehmen Sie Platz.«

Für einen Moment herrschte beklommenes Schweigen, dann brach ein tumultartiger Lärm aus. Von den Zuschauerbänken kamen laute Pfui-Rufe, Reporter zückten ihre Handys und stürzten aus dem Saal, um ihren Redaktionen die Neuigkeit mitzuteilen.

Der Vorsitzende blickte finster in den Saal. »Ich bitte mir Ruhe aus!«, donnerte er und wartete noch ein paar Sekunden, um dann fortzufahren: »Zur Begründung ist Folgendes zu sagen.« Er wandte sich dem Angeklagten zu. »Herr von Neuendorff! Dieses Gericht hat nicht den geringsten Zweifel daran, dass Sie Frau Barbara Beck am Sonntag, den 24. Juli 2005 gegen vier Uhr nachmittags im Rathenhorster Wald ermordet haben. Dennoch ist eine Verurteilung nicht möglich, da dem das Verfahrenshindernis des Strafklageverbrauchs entgegensteht.«

Die Worte wurden erneut mit Unmutsäußerungen der Zuschauer quittiert, doch Berger ließ sich jetzt nicht mehr aus der Ruhe bringen.

»Die Kammer hat sich ihre Entscheidung wahrlich nicht leicht gemacht«, sprach er weiter. »Uns ist bewusst, dass dieses Urteil in weiten Kreisen der Bevölkerung auf Unverständnis und Ablehnung stoßen wird. Nach der geltenden Rechtslage hat die Kammer jedoch keine andere Möglichkeit, als das Verfahren einzustellen. Der Angeklagte ist durch das rechtskräftige Urteil des Amtsgerichts Bielefeld vom 2. August 2005 eines Vergehens der Wilderei schuldig gesprochen und zu einer Geldstrafe verurteilt worden. Es kann keinen vernünftigen Zweifel daran geben, dass es sich bei dieser Tat um dieselbe Tat handelt, wegen derer er hier angeklagt ist. Das hat zur Folge, dass eine erneute Strafverfolgung nach Artikel 103 Absatz 3 des Grundgesetzes nicht mehr möglich ist.«

Berger legte eine kurze Pause ein, weil das Gemurmel wieder zu laut geworden war. »Allerdings haben Rechtsprechung und Literatur in vielen Fällen versucht, Lösungen zu finden, um allzu ungerechte Schutzwirkungen der materiellen Rechtskraft und als unbillig empfundene Ergebnisse durch die Rechtskraftsperre zu verhindern. All diesen Versuchen ist jedoch eines gemeinsam: Sie sind mit dem Gesetz nicht vereinbar.

Die Staatsanwaltschaft hat insoweit Recht, dass die Gerechtigkeit eine tat- und schuldentsprechende Bestrafung fordert. Deshalb steht dem Staat der so genannte Strafanspruch zu. Hat der Staat aber von diesem Strafanspruch Gebrauch gemacht und aufgrund eines Strafverfahrens über die Tat entschieden, dann ist der Strafanspruch verbraucht und die Sache endgültig erledigt. Artikel 103 Absatz 3 des Grundgesetzes fällt des Bürgers wegen die Entscheidung zugunsten der formalen Rechtssicherheit und er nimmt damit auch kriminalpolitisch unbefriedigende Ergebnisse in Kauf. Der Bürger soll nicht dauernd unter dem Damoklesschwert einer erneuten Strafverfolgung und eventueller Bestrafung stehen. Deshalb verbietet die Strafprozessordnung auch ausdrücklich eine Wiederaufnahme des Verfahrens zu Ungunsten des Angeklagten aufgrund von Tatsachen, die dem Gericht nicht bekannt waren. Es spielt mithin keine Rolle, dass dem Strafrichter in dem Wildereiverfahren nicht bekannt war und auch nicht bekannt sein konnte, dass Frau Barbara Beck zum Zeitpunkt seines Urteils bereits von dem Angeklagten ermordet worden war.

Aufgrund des bestehenden Verfahrenshindernisses des Strafklageverbrauchs ist daher die Einstellung des Verfahrens nach § 260 Absatz 3 der Strafprozessordnung im Urteil auszusprechen. Deshalb ergeht auch weiterhin der folgende Beschluss: Der Haftbefehl wird aufgehoben. Damit ist die Sitzung geschlossen.«

Im Saal erhob sich lautes Protestgeschrei. Marc war nicht entgangen, dass mehrere Opferschutzorganisationen Beobachter entsandt hatten. »Saustall Justiz« war noch eine der milderen Formulierungen, die die Richter sich anhören mussten, bevor sie fluchtartig den Saal verließen. Zahlreiche Journalisten stürmten auf von Neuendorff und Irene von Kleist zu, schossen Fotos und verlangten nach Interviews. Valerie Wehmeier rannte schluchzend aus dem Saal. Britta Gerland dagegen schlug sich mit hochrotem Kopf und erhobenen Ellenbogen eine Schneise durch die Journalisten, die Hasso von Neuendorff dicht umringt hatten. Als sie den Angeklagten erreicht hatte, wurde es so still, dass man eine Stecknadel hätte fallen hören können.

»Damit kommen Sie nicht durch!«, brüllte die Staatsanwältin Hasso von Neuendorff an. Ihre Stimme zitterte vor Wut und Erregung. »Ich werde sofort die Ermittlungen wegen des Verschwindens von Johanna Wehmeier wieder aufnehmen. Und ich werde sie finden, selbst wenn ich dafür ganz Deutschland umgraben muss. Und dann werde ich dafür sorgen, dass Sie das bekommen, was Sie verdienen, das schwöre ich Ihnen!«

Hasso von Neuendorff hörte sich die Tirade mit unbewegtem Gesicht an. Er wartete, bis Britta Gerland eine Atempause einlegte, um Luft zu holen.

Dann lächelte er und sagte ganz ruhig: »Ihnen, Frau Dr. Gerland, habe ich nur drei Worte zu sagen: Schach und matt!«

Teil 4

Endspiel

Das Endspiel ist die Schlussphase einer Schachpartie. Es ist gekennzeichnet durch erheblich reduziertes Material auf dem Brett. Zu Unrecht schätzen vor allem Anfänger das Endspiel manchmal als langweilig ein. Wie Schachmeister immer wieder zeigen, erfordert vor allem das Endspiel ein enormes Wissen und hohe Kunstfertigkeit. Meyers Schachlexikon

39

Hasso von Neuendorff bestellte seinen vierten Cappuccino und unterdrückte den Impuls, erneut auf seine Armbanduhr zu schauen. Er wartete jetzt seit anderthalb Stunden auf Adelheid Plottnitz und noch immer hatte keine Frau, die auch nur entfernte Ähnlichkeit mit ihrem Foto besaß, das Café der Bielefelder Kunsthalle betreten.

Der erste Brief von Adelheid Plottnitz hatte ihn vier Tage vor der Urteilsverkündung in der JVA erreicht. Hasso von Neuendorff hatte ihm zunächst keine besondere Beachtung geschenkt, denn rein äußerlich hatte er sich in nichts von den dutzenden Briefen unterschieden, die er jeden Tag im Knast bekommen hatte, ausnahmslos von Frauen. Besonders stark war der Poststrom an Tagen gewesen, nachdem überregionale Zeitungen über den Prozess berichtet hatten, am besten noch mit Foto. Dann hatten die Wärter zwei- oder dreimal laufen müssen, um die Fanpost eines Tages bei ihm abzuliefern.

Jeder Brief, den er erhalten hatte, war von ihm klassifiziert worden: Die unterste Kaste der Briefschreiberinnen landete auf dem S-Stapel. S wie Schlampe, denn das waren sie alle: Schlampen. Diese Frauen suchten gezielt den Kontakt zu einem Mann, irgendeinem Mann, der im Knast saß, je länger, desto besser. Von Neuendorff hatte einmal einen Zeitungsartikel über diese bemitleidenswerten Geschöpfe gelesen. Die Frauen waren so oft von ihren Männern betrogen und verlassen worden, dass es ihnen nur noch wichtig war zu wissen, wo ihr Mann sich gerade aufhielt. Und bei welchem Mann konnte man da sicherer sein als bei einem Lebenslänglichen? Diese Frauen waren allesamt arm wie die Kirchenmäuse. Hatten meist zwei oder drei Kinder von zwei oder drei Männern und lebten von Sozialhilfe. Andererseits – einige von ihnen sahen gar nicht schlecht aus. Viele hatten Bikinifotos beigelegt, manche zeigten sich sogar ganz nackt. Obwohl die Nacktfotos von Neuendorff eher selten erreicht hatten. Die hatten sich die Wärter meist bei der Postkontrolle unter den Nagel gerissen, als Wichsvorlage. Aber die Bikinifotos hatten nach den Monaten der Untersuchungshaft voll und ganz ausgereicht, von Neuendorffs Fantasie anzuheizen. Andererseits hatte er aber auch gewusst, dass diese Schlampen ihn nicht weiterbringen würden.

Nur wenig interessanter waren die Frauen der mittleren Kaste, die er auf den HJ-Stapel gepackt hatte. Wobei HJ nichts mit Hitlerjugend, sondern mit Herz Jesu zu tun hatte. Frauen dieser Kategorie arbeiteten als Sozialarbeiterinnen und/oder Sozialpädagoginnen, Lehrerinnen, Krankenschwestern und Ähnliches. Kurz gesagt, handelte es sich um Frauen, die irgendein Helfersyndrom auslebten oder gegen die Folterknäste wetterten. Meistens waren sie Angehörige des Mittelstandes, viele geschieden, mit entsprechendem Einkommen. Also nichts, wofür sich eine Kontaktaufnahme gelohnt hätte. Er brauchte Geld, viel Geld, und das würde er von diesen Frauen nicht bekommen. Er war keiner der Menschen, die im Mittelmaß leben konnten. Er war für etwas Anderes, Besseres bestimmt.

Deshalb brauchte er eine Frau aus der M-Kategorie. Wobei das M selbstverständlich für Millionärin stand. Oder, was ihm natürlich noch lieber gewesen wäre, für Milliardärin. Diese Frauen schrieben ihm, weil sie einsam waren und sich in ihn verliebt hatten. Oder besser gesagt: in sein Foto. Von Neuendorff wusste, dass nicht wenige Frauen Aufnahmen von ihm aus der Zeitung ausgeschnitten und neben ihrem Bett aufgestellt hatten.

Bedauerlicherweise – wenn auch erwartungsgemäß –, war der M-Stapel der weitaus kleinste der drei Stapel gewesen. Um genau zu sein: Von den hunderten Briefen, die er während der Monate im Knast bekommen hatte, hatten sich gerade drei auf diesen Packen verirrt. Und eine optimale Kandidatin war nicht dabei gewesen: die gelangweilte Gattin des Vorstandsmitglieds eines großen Konzerns, zwar reich, aber eben noch verheiratet. Dann eine verwitwete Opernsängerin, die einmal recht bekannt gewesen war und von Neuendorff deshalb um absolutes Stillschweigen gebeten hatte. Die Operntussi hatte zwar keinen Mann mehr, aber drei erwachsene Kinder, die ihm das Leben schwer machen konnten. Und *eine* Valerie Wehmeier reichte ihm vollkommen.

Bei der letzten hatte es sich um eine mann- und kinderlose Hausfrau aus München gehandelt, die von ihren Eltern ein Mietshaus geerbt hatte. Die Frau war zwar streng genommen keine Millionärin, aber er hatte sie trotzdem auf den M-Stapel gepackt, damit der nicht ganz so mickrig aussah. Und angesichts der horrenden Mieten in München ließ sich vielleicht trotzdem noch etwas ganz Nettes aus der Sache machen.

Von Neuendorff hatte sich schon damit abgefunden, sich nach seiner Entlassung an eine dieser drei Frauen halten zu müssen, bis – ja, bis der besagte Brief von Adelheid Plottnitz in seine Zelle geflattert war. Er hatte ihn nur kurz überflogen und sofort gewusst, dass er endlich *die* Frau gefunden hatte, mit deren Geld er den Rest seines Lebens ohne Sorgen verbringen konnte.

Als Hasso von Neuendorff Adelheid Plottnitz allerdings zehn Minuten später leibhaftig das Café betreten sah, war er sich nicht mehr so sicher, ob er sich freuen oder sich übergeben sollte: Die Frau trug mehr Schmuck als ein Weihnachtsbaum, mehr Pelz als ein Braunbär und mehr Schminke als eine Dragqueen.

Er stand auf, winkte ihr zu und Adelheid Plottnitz steuerte auf seinen Tisch im hinteren Bereich des Cafés zu.

»Von Neuendorff«, stellte er sich mit einer zackigen Verbeugung vor.

Rot lackierte Krallen schossen vor. Hasso von Neuendorff ergriff ihre Hand und führte seine Lippen dicht an die mit Altersflecken übersäte Haut heran.

Adelheid Plottnitz hatte ihr Alter mit siebenundsechzig angegeben und ihren Briefen Fotos beigelegt, die eine Frau Ende vierzig zeigten. Tatsächlich war sie mindestens sechsundsiebzig, ein nicht ganz unbeabsichtigter Zahlendreher, wie von Neuendorff vermutete. Er erinnerte sich an das Sprichwort, wonach alles Schlechte auch etwas Gutes in sich trug. Vielleicht musste er diese Greisin gar nicht mehr beseitigen und das Problem würde sich biologisch lösen. Andererseits durfte sie aber auch nicht sterben, bevor sie ihn als ihren Erben eingesetzt hatte. Hasso von Neuendorff wurde bewusst, dass ihm in den nächsten Wochen und Monaten eine heikle Gratwanderung bevorstand.

Adelheid Plottnitz hatte inzwischen ihren Pelzmantel abgelegt und auf dem Stuhl ihm gegenüber Platz genommen. Die Kellnerin kam und wollte die Bestellung aufnehmen.

»Zur Begrüßung ein Glas Sekt?«, fragte von Neuendorff.

Adelheid Plottnitz nickte und er orderte eine Flasche Mumm mit zwei Gläsern.

»Hatten Sie eine gute Anreise aus Baden-Baden?«, erkundigte er sich, nachdem die Bedienung sich entfernt hatte.

»Ja, danke, sehr gut. Mein Chauffeur hat sich in Bielefeld zwar zweimal verfahren, aber sonst gab es keine Probleme.«

Adelheid Plottnitz nahm sich einen Moment Zeit, um ihren Gesprächspartner eindringlich zu mustern.

»Ja«, nickte sie schließlich zufrieden. »Genauso habe ich Sie mir vorgestellt.«

Von Neuendorff setzte sein charmantestes Zahnpastalächeln auf. »Ich hoffe, Sie hatten keine negativen Erwartungen.«

»Um Gottes willen, nein. Als ich Ihr Foto in der Zeitung gesehen habe, wusste ich sofort, dass Sie kein Mörder sind. Die Augen sind schließlich der Spiegel der Seele. Und ein Mensch, der solche Augen hat wie Sie, ist ja noch nicht einmal in der Lage, einer Fliege etwas zu Leide zu tun. Diese Anklage war von Anfang an lächerlich. Und Sie sind nun ja auch freigesprochen worden.«

Hasso von Neuendorff machte zum wiederholten Male seit seiner Haftentlassung vor drei Wochen die Erfahrung, dass die meisten Menschen überhaupt nicht verstanden hatten, dass man ihn nicht freigesprochen hatte, sondern dass der Prozess nur wegen eines Verfahrenshindernisses eingestellt worden war. Und wenn sie es je verstanden hatten, hatten sie es schnell wieder vergessen. Das Gedächtnis der Menschen war eben kurz und wurde täglich mit neuen sensationellen Enthüllungen bombardiert. Aber ihm konnte das schließlich nur recht sein.

»So ist es«, sagte von Neuendorff also. »Ich verrate Ihnen jetzt einmal ein kleines Geheimnis, das nicht in der Zeitung stand. Dieses ganze Verfahren war nichts anderes als der Rachefeldzug einer eifersüchtigen Staatsanwältin. Ich habe die Staatsanwältin, die in meinem Verfahren die Anklage vertreten hat, schon ein Jahr vor dem Prozess kennen gelernt und sie hat sich in mich verliebt. Aber was soll ein Mann in meinem Alter mit so einem jungen Ding? Ich weiß natürlich, dass manche Männer sich mit jungen Frauen wie mit Trophäen schmücken, aber ich habe in meinem Leben die Erfahrung gemacht, dass Frauen wie guter Wein sind: je älter und reifer, desto besser. Als ich versucht habe, dieser Staatsanwältin meine Gefühle zu erklären, hat sie mir gedroht, dass ich das eines Tages bereuen würde. Ich habe das zugegebenermaßen nicht ernst genommen, doch ich musste erleben, wie tief verletzt sie war. Sie sind ganz anders. Als ich Ihren ersten Brief bekommen hatte, wusste ich sofort, dass Sie etwas ganz Besonderes sind. Und durch unseren Schriftverkehr und die Telefonate bin ich mir noch sicherer geworden, dass ich endlich eine Seelenpartnerin gefunden habe und nicht weitersuchen muss.«

Der Sekt wurde in einem Kühler auf den Tisch gestellt und Hasso von Neuendorff füllte ihn in zwei Kelche, von denen er einen an seine Gesprächspartnerin weitergab. Sie ließen die Gläser klirren und tranken einen Schluck, bei dem sie sich tief in die Augen blickten.

Adelheid Plottnitz stellte ihr Glas ab und legte ihre faltige Hand auf seine. Hasso von Neuendorff musste sich zwingen, sie nicht wegzuziehen.

»Wissen Sie was«, sagte sie. »Mir ist es genauso gegangen. Als ich Ihr Bild sah, glaubte ich, Sie schon seit Ewigkeiten zu kennen. Meine Freundinnen haben mich ja gewarnt, mich mit Ihnen einzulassen, aber ich habe ihnen gesagt, richtig sehe man nur mit dem Herzen. Und mein Herz weiß, dass Sie der ideale Mann für mich sind. Gut aussehend, gebildet, perfekte Manieren, ein Gentleman eben.«

»Danke für Ihren Mut, dem Rat Ihrer Freundinnen widerstanden zu haben. Ich nehme an, Ihre Freundinnen leben ebenfalls in Baden-Baden?«

»Die meisten, ja. Ich habe zwar auch noch einige Bekannte in Essen, aber wenn man fünfzehn Jahre in einer anderen Stadt wohnt, sind die Kontakte natürlich irgendwann nicht mehr so intensiv.«

»Dann sind Sie also eine gebürtige Westfälin?«

»Allerdings. Ich stamme aus Wanne-Eickel, aus dem tiefsten Ruhrpott. Ich bin in sehr einfachen Verhältnissen aufgewachsen und war während meiner Kindheit und Jugend wahrlich nicht auf Rosen gebettet. Mit sechzehn habe ich meinen Mann kennen gelernt, der damals ebenfalls noch in der Lehre war. Er war gerade fünfundzwanzig, als er ein neues Verfahren auf dem Gebiet der Fördertechnik erfunden hat. Dieses Verfahren hat er sich patentieren lassen und dann hat er in Essen ein Unternehmen gegründet, das er im Laufe der Zeit zu einem sehr erfolgreichen mittelständischen Betrieb aufgebaut hat. Leider ist dabei unsere Freizeit viel zu kurz gekommen. Da wir keine Kinder haben, hat er das Unternehmen kurz vor seinem fünfundsechzigsten Lebensjahr verkauft. Wir hatten finanziell ausgesorgt und wollten unseren Lebensabend genießen und mit Reisen verbringen. Ein halbes Jahr später war er tot. Lungenkrebs. Und das, obwohl er in seinem ganzen Leben nicht eine einzige Zigarette geraucht hat.«

Sie hielt einen Moment inne und atmete tief durch. »Es hat eine ganze Zeit gedauert, bis ich seinen Tod verarbeitet hatte. Dann habe ich Bilanz gezogen. Geldsorgen hatte ich keine, was mir fehlte, war ein adäquater Partner. Und ich bin zu der Überzeugung gelangt, dass ich einen solchen Menschen in Baden-Baden eher finden kann als im Ruhrgebiet. Nicht dass Sie mich jetzt falsch verstehen, Herr von Neuendorff. Ich bin auf Geld wirklich nicht angewiesen, aber die Vermögen der Partner sollten doch in etwa gleich sein. Die Gefahr, enttäuscht zu werden, ist dann beträchtlich geringer.«

Hasso von Neuendorff hatte am Ende gar nicht mehr richtig zugehört und im Kopf ihre Angaben überschlagen. Wenn Adelheid Plottnitz und ihr Mann im selben Alter gewesen waren und sie schon seit fünfzehn Jahren in Baden-Baden lebte, war sie wahrscheinlich schon über achtzig. Von Neuendorff zuckte kurz zusammen, als er merkte, dass die Frau ihn fragend ansah.

»Bitte? Ach ja, Sie haben natürlich vollkommen Recht. Allerdings kann und will ich nicht verhehlen, dass mein Vermögen durch diesen Prozess sehr gelitten hat. Sie wissen ja, dass ich freiberuflicher Finanzberater bin, und als solcher ist ein guter Ruf natürlich unabdingbar. Und dieser Ruf ist in letzter Zeit in den Schmutz gezogen worden. Aufträge sind storniert worden und ich fürchte, es wird eine ganze Zeit dauern, bis ich das Vertrauen meiner Kunden zurückgewonnen und das zerschlagene Porzellan gekittet habe.«

»Aber Sie bekommen doch sicher eine Entschädigung für die Untersuchungshaft?«

Hasso von Neuendorff verzog das Gesicht. »Natürlich, allerdings gibt es da einige Probleme. Meine Anwältin meint, es könnten Monate ins Land gehen, bis das Geld ausgezahlt wird.« Er musste sich räuspern. Dass er nie eine Haftentschädigung erhalten würde, weil das Gericht zu der Auffassung gelangt war, er habe die U-Haft selbst verschuldet, brauchte Adelheid Plottnitz ja nicht unbedingt zu wissen. »Außerdem ist diese Entschädigung sehr niedrig und deckt bei Weitem nicht den entstandenen finanziellen Schaden«, fuhr er fort. »Von dem immateriellen Schaden ganz zu schweigen. Diese Untersuchungshaft und der Prozess haben mich psychisch doch sehr mitgenommen.«

»Ja, Sie sehen blass aus«, bestätigte Adelheid Plottnitz. »Und erschöpft. Wenn man mehrere Monate unschuldig im Gefängnis sitzt, ist das wohl auch kein Wunder. Was haben Sie denn in der nächsten Zeit vor?«

»Zuerst einmal muss ich mein Leben neu ordnen. Und was danach kommt, wird man sehen.«

»Ich verstehe.« Adelheid Plottnitz legte die Stirn in nachdenkliche Falten. »Wissen Sie was, ich habe schon vor längerer Zeit eine Karibik-Kreuzfahrt gebucht, die in zwei Wochen beginnen soll. Haben Sie nicht Lust, mich zu begleiten? Ich denke, Sie können die Sonne gut gebrauchen. Wenn Sie wollen, erkundige ich mich gerne, ob auf dem Schiff noch eine Kabine frei ist.«

Von Neuendorff zeigte ein gequältes Lächeln. »Das ist sehr freundlich von Ihnen, Frau Plottnitz, und es gibt nichts, was ich lieber tun würde. Aber ich fürchte, daraus wird nichts werden. Wie gesagt, meine Finanzlage ist momentan sehr angespannt.«

»Nun, daran soll es nicht scheitern«, ereiferte sich Adelheid Plottnitz. »Ich bin selbstverständlich bereit, Ihnen das Geld vorzustrecken, bis Sie wieder flüssig sind.« Sie lächelte listig. »Sie brauchen keine Angst zu haben: Ich werde keine Zinsen von Ihnen verlangen.«

»Das kann ich doch nicht annehmen. Ich …«

Adelheid Plottnitz hob die Rechte. »Kein Wort mehr«, befahl sie in scherzhaftem Ton.

»Das würden Sie wirklich tun?« Hasso von Neuendorff strahlte sie mit seinen blendend weißen Jacketkronen an. »Sie ahnen gar nicht, was das für mich bedeutet.«

Er schenkte Sekt nach und hob sein Glas. »Darauf sollten wir anstoßen.«

»Auf die Karibik«, sagte Adelheid Plottnitz.

»Auf die Karibik«, erwiderte er. Und auf dein baldiges Ableben, fügte er in Gedanken hinzu.

Er trank sein Glas aus und suchte den Raum nach der Bedienung ab, um die nächste Flasche zu bestellen, als sein Blick auf einem bekannten Gesicht hängen blieb. *Verflucht!* Hasso von Neuendorff wandte seinen Kopf schnell ab, aber da war es schon zu spät.

»Hallo, Herr von Neuendorff. Wie geht es Ihnen?«

Hasso von Neuendorff machte keine Anstalten, den Mann, der an seinen Tisch getreten war, zu begrüßen.

»Was wollen Sie, Hagen?«, schnauzte er, ohne Marc anzusehen. »Es gibt nichts, was ich mit Ihnen zu besprechen hätte.«

»Das ist bedauerlich.« Marc musterte von Neuendorffs Begleiterin. »Wollen Sie mich nicht wenigstens Ihrer Frau Mutter vorstellen?«

Von Neuendorff sprang auf wie von der Tarantel gestochen und brachte sein Gesicht ganz nah an das von Marc heran.

»Hören Sie gut zu, Hagen!«, zischte er. »Sie werden jetzt verschwinden und sich dann nie wieder in meiner Nähe blicken lassen. Sie wissen ja, was mit Menschen passiert, die sich mir in den Weg stellen.«

Marc hob die Hände zu einer Rückzugsgebärde. »Schon gut, schon gut. Ich wollte Ihr Rendezvous wirklich nicht stören. Ich hoffe nur, die Dame weiß, auf was sie sich da einlässt.«

Von Neuendorff machte ein Gesicht, als wolle er jeden Moment zuschlagen, und Marc zog es vor, sich zurückzuziehen. Von Neuendorff wartete, bis er sicher sein konnte, dass Marc das Café verlassen hatte, dann setzte er sich wieder und warf Adelheid Plottnitz ein entschuldigendes Lächeln zu.

»Wer war das denn?«, wollte sie wissen.

»Niemand«, antwortete von Neuendorff schnell. Er ließ sich seine Antwort noch einmal durch den Kopf gehen und fand immer mehr Gefallen daran. »Genau«, grinste er. »Ein absoluter Niemand.«

40

Stefanie Bloes klopfte an die Tür von Marcs Büro.

»Sie ist jetzt da«, teilte sie mit und Marc antwortete mit einem bestätigenden Nicken.

Die Sekretärin, die Irene von Kleist inzwischen fest eingestellt hatte, trat einen Schritt zur Seite und ließ die Frau eintreten.

»Es ist nett, dass Sie sich bereit erklärt haben, mit mir zu reden«, sagte Marc zur Begrüßung. »Auch einen Kaffee?«

Valerie Wehmeier schüttelte den Kopf und setzte sich Marc gegenüber. Sie war wieder ganz in Schwarz gekleidet und sah noch mitgenommener aus, als Marc es von den letzten Prozesstagen in Erinnerung hatte.

»Wieso ist das nett von mir?«, griff sie Marcs Worte auf. »Sie haben doch angeblich nur Ihre Arbeit gemacht. Und wie es aussieht, hat es Ihnen nicht geschadet.« Sie warf einen viel sagenden Blick durch den Raum. »Wenn ich mich nicht täusche, liegen hier bedeutend mehr Akten als bei meinem letzten Besuch. Was nicht zuletzt daran liegen dürfte, dass Frau Dr. von Kleist seit dem Ende des Verfahrens in fast jeder Talkshow im deutschen Fernsehen aufgetreten ist.«

Marc war der bittere Unterton in ihrer Stimme nicht entgangen. »Es stimmt, Frau Dr. von Kleist scheint ihre Probleme langsam in den Griff zu bekommen, auch wenn das für Sie kein Trost sein wird. Und ich gebe auch zu, dass wir einige neue Mandanten gewinnen konnten.«

»Ich vermute, es handelt sich wie bei von Neuendorff hauptsächlich um Schwerverbrecher, die hoffen, auf ähnlich wundersame Weise ihrer verdienten Strafe zu entgehen.«

Marc seufzte. »Das ist genau der Punkt, warum ich Sie um dieses Treffen gebeten habe«, sagte er. »Ich wollte Ihnen noch einmal versichern, dass ich fast bis zum Schluss an von Neuendorffs Unschuld geglaubt habe und es zutiefst bedaure, dass dieser Mensch frei herumläuft.«

»Und warum erzählen Sie mir das? Wem soll das jetzt noch etwas nützen?«

Marc hob hilflos die Schultern. »Ich … ich wollte einfach

nur, dass Sie es wissen. Und mich bei Ihnen entschuldigen. Für eine kurze Zeit hatte ich sogar Sie in Verdacht, etwas mit dem Mord an Barbara Beck zu tun zu haben.«

»Ich …?« Valerie Wehmeier starrte ihn fassungslos an. »Warum hätte ich Frau Beck töten sollen?«

»Um von Neuendorff den Mord in die Schuhe schieben zu können. Immerhin hassen Sie den Mann und Hass ist nun einmal immer noch das beste Motiv für einen Mord.« Marc hielt einen Moment inne. »Und dann gab es da noch diesen Hellseher, der mich auf Ihre Spur gebracht hat.«

»Ein Hellseher? Sie meinen, ein Hellseher hat Ihnen gesagt, ich hätte diesen Mord begangen?«

»Nicht direkt. Aber er hat einiges gesagt, was man so hätte deuten können. Jetzt weiß ich, dass er nur Unsinn erzählt hat, aber in ausweglosen Situationen klammert man sich halt an jeden vermeintlichen Rettungsring.«

Valerie Wehmeier entspannte sich ein wenig. »Also gut, ich akzeptiere Ihre Entschuldigung. Aber nur, wenn Sie mir eine Frage beantworten. Hat von Neuendorff Ihnen den Mord an meiner Mutter gestanden?«

»Frau Wehmeier, Sie wissen doch, dass ich Ihnen das als sein ehemaliger Verteidiger nicht sagen darf.«

»Wieso nicht? Sie haben von Neuendorff wegen des Mordes an Barbara Beck verteidigt, nicht wegen des Mordes an meiner Mutter.«

»Trotzdem. Die Verschwiegenheitspflicht erstreckt sich auf alles, was mir bei der Ausübung meines Berufes anvertraut oder bei Gelegenheit der Berufsausübung bekannt geworden ist.«

»Das heißt, Sie *könnten* es mir sagen, aber Sie *wollen* es nicht.«

»Ich *darf* es Ihnen nicht sagen.«

»Sie *müssen* es mir aber sagen! Die meisten Menschen

glauben, ein Mord sei das Schlimmste, was es gibt, aber das ist nicht wahr. Das Schlimmste ist das spurlose Verschwinden eines geliebten Menschen. Die Ungewissheit, ob meine Mutter vielleicht doch noch irgendwo lebt, bringt mich um. Ich glaube, ich würde besser zurechtkommen, wenn ich definitiv wüsste, dass sie tot ist.«

Marc schüttelte traurig den Kopf. »Es geht einfach nicht. Ich würde mich damit strafbar machen.«

»Und wenn ich Ihnen verspreche, es niemandem zu erzählen? Ich will es wirklich nur für mich wissen.«

»Es tut mir leid. Ich kann ...«

»Ich habe verstanden.« Valerie Wehmeier sprang von ihrem Stuhl auf und wandte sich zur Tür.

Marc rief ihr hinterher: »Frau Wehmeier.«

Sie hielt inne. »Ja?«

»Also gut. Von Neuendorff hat mir gestanden, Ihre Mutter ermordet zu haben. Aber wenn Sie damit zur Polizei gehen, werde ich bestreiten, dass dieses Gespräch jemals stattgefunden hat.«

Valerie Wehmeier setzte sich wieder auf ihren Platz. »Danke«, sagte sie leise. »Danke, dass Sie mir die Wahrheit gesagt haben. Vielleicht kann ich jetzt endlich mit dieser Sache abschließen.« Sie atmete tief durch. »Und ich verspreche Ihnen, es für mich zu behalten. Aber Sie ... Sie könnten doch zur Staatsanwaltschaft gehen und denen von dem Mordgeständnis erzählen.«

Marc seufzte tief. »Wenn ich das tun würde, würde ich wegen Geheimnisverrats bestraft werden, und ich stehe noch unter Bewährung«, erklärte er. »Außerdem würde ich damit meine letzte Chance auf eine neue Anwaltszulassung verspielen. Ganz zu schweigen davon, dass sich nie wieder ein Mensch von mir vertreten lassen würde, wenn bekannt wird, dass ich vertrauliche Mandanteninformationen weitergegeben habe. Und ich habe leider nichts anderes gelernt als Jurist.«

»Aber wenn, ich meine, *wenn* Sie zur Polizei gehen und von Neuendorff wegen des Mordes an meiner Mutter anzeigen würden, müssten die Polizei und die Staatsanwaltschaft dem doch nachgehen und Ihre Aussage wäre verwertbar, oder?«

Die Frau ließ einfach nicht locker.

»Das ist theoretisch richtig, aber praktisch sieht es so aus, dass von Neuendorff sein Geständnis nur bestreiten müsste und als Racheakt eines beleidigten Anwalts darstellen könnte. Wir waren bei seinem Geständnis allein und damit steht Aussage gegen Aussage. Das würde in einem Prozess gegen von Neuendorff nicht für eine Verurteilung reichen.«

»Anders sähe es aus, wenn die Polizei die Leiche meiner Mutter finden würde, oder? Vielleicht gibt es DNS-Spuren von von Neuendorff oder ein Zeuge meldet sich, der ihn in der Nähe des Fundorts gesehen hat. Frau Dr. Gerland hat mir versprochen, noch einmal mit der Suche zu beginnen.«

»Die Staatsanwaltschaft hat doch schon vor fünf Jahren alles abgesucht. Warum sollten sie heute mehr Erfolg haben? Die Spuren werden ja nicht besser, wenn sie älter werden.«

»Aber falls meine Mutter gefunden wird, müssen Sie mir versprechen, es sich noch einmal zu überlegen, ob Sie Frau Dr. Gerland nicht doch von dem Geständnis erzählen wollen.«

Marc lachte bitter auf. »Falls ich mich jemals zu einem derartigen Schritt entschließen sollte, werde ich mich mit Sicherheit nicht ausgerechnet an Frau Dr. Gerland wenden.«

Valerie Wehmeier nickte nachdenklich. »Sie mögen sie nicht besonders, oder? Ich hatte allerdings nicht den Eindruck, dass Ihre Abneigung auf Gegenseitigkeit beruht. Frau Dr. Gerland hat mich gefragt, ob ich wüsste, wie es Ihnen geht.«

»Ich glaube kaum, dass Frau Dr. Gerland an etwas anderem interessiert ist als an ihrer Karriere«, fauchte Marc und wunderte sich gleichzeitig, dass der Gedanke an diese Frau ihn immer noch aus der Fassung bringen konnte. »Und falls Sie sie noch einmal treffen sollten, richten Sie ihr doch bitte aus, dass sie es unterlassen soll, meinen AB voll zu quatschen. Frau Dr. Gerland ist mir vollkommen gleichgültig und ich habe nicht vor, in diesem Leben auch nur noch ein Wort mit ihr zu wechseln.«

Valerie Wehmeier betrachtete ihn forschend. »Wie Sie meinen«, lächelte sie dann. »Aber das klären Sie doch besser untereinander. Ich hoffe allerdings nicht, dass Ihre persönlichen Animositäten die Aufklärung des Mordes an meiner Mutter behindern. Es geht schließlich nicht nur um Sühne. Man muss von Neuendorff stoppen. Das Geld meiner Mutter dürfte bei seinem Lebenswandel längst verbraucht sein und das Geld von Frau Beck, das er nach Liechtenstein transferiert hat, ist von der Staatsanwaltschaft beschlagnahmt worden. Ich bin davon überzeugt, dass er sich schon bald ein neues Opfer suchen wird.«

Marc rang mit sich, ob er ihr von seiner Begegnung in dem Café erzählen sollte. Schließlich entschied er sich für einen Mittelweg. »Wie es aussieht, hat Neuendorff sich schon wieder an eine Frau herangemacht«, sagte er. »Wobei ich natürlich nicht beurteilen kann, was er mit ihr vorhat.«

»Er hat Ihnen gegenüber also nie zugegeben, dass er weitere Frauen ausnehmen und umbringen will?«

»Nein, zumindest nicht direkt. Wenn er *das* getan hätte, könnte ich mit meinem Wissen auch zur Polizei gehen, da die Verschwiegenheitspflicht nicht gilt, wenn mir jemand einen Mord ankündigt.«

»Sie schließen wohl auch nicht aus, dass er es wieder tun wird, nicht wahr?«

»Sie haben Recht. Wir können nur beten, dass seine potenziellen Opfer durch die Berichterstattung über den Prozess gewarnt sind und sich vor ihm in Acht nehmen.«

Valerie Wehmeier starrte einen Moment vor sich hin. »Dann weiß ich, was ich zu tun habe«, sagte sie.

»Was soll das heißen?«, fragte Marc irritiert. »Sie werden doch keine Dummheiten machen?«

»Vielen Dank, dass Sie mir das mit meiner Mutter erzählt haben«, erwiderte Valerie Wehmeier, ohne auf seine Frage einzugehen. Sie stand auf und ging zur Tür. Die Hand an der Klinke drehte sie sich noch einmal um. »Leben Sie wohl, Herr Hagen. Ich glaube nicht, dass wir uns wiedersehen werden.«

41

Zehntausend Meter über dem Meer ließ sich Hasso von Neuendorff in der ersten Klasse des Lufthansafluges LH 481 von Frankfurt nach Miami Champagner nachschenken. Er konnte den Blick kaum von dem gut gebauten Hintern der Stewardess abwenden, während die sich mit einem eleganten Hüftschwung von ihm entfernte. Was hätte er dafür gegeben, jetzt mit dieser Frau …

Wütend auf sich selbst schüttelte er die verstörenden Gedanken ab. Du musst dich konzentrieren, ermahnte er sich in scharfem Ton. Erst die Arbeit, dann das Vergnügen. Und die Arbeit saß auf dem Platz neben ihm und schlief: Adelheid Plottnitz.

Von Neuendorff betrachtete ihr rissiges Make-up und den faltigen Hals. Wie ein Truthahn, dachte er und erschauderte demonstrativ. Aber schön griffig. Wenn er diesen Hals sah, würde er ihn am liebsten sofort umdrehen und sich daran erfreuen, wie Adelheid Plottnitz' Augen langsam aus ihren

Höhlen traten. Ihm fielen die Latexhandschuhe in seinem Koffer ein. Eigentlich erwartete er zwar nicht, dass sie ihr Testament schon auf dieser Reise zu seinen Gunsten ändern würde, aber man konnte schließlich nie wissen. Und so eine Kreuzfahrt eignete sich hervorragend, einen Menschen spurlos verschwinden zu lassen. Jeder wusste, wie leicht ein Passagier über Bord gehen konnte, der an der Bar zu viel getrunken hatte. Und er würde dafür sorgen, dass Adelheid Plottnitz auf dieser Kreuzfahrt eine Menge Alkohol zu sich nehmen würde.

Mein Gott, schoss es ihm durch den Kopf. Hoffentlich würde er außer den Handschuhen nicht noch andere Latexprodukte verwenden müssen. Der Gedanke, mit dieser Frau ein Bett zu teilen, ließ eine Welle von Übelkeit in ihm aufsteigen. Sie hatten zwar Einzelkabinen, aber die lagen direkt nebeneinander und waren durch eine Tür miteinander verbunden, wie ihn seine Reisebegleiterin sofort nach der Buchung hatte wissen lassen.

Vielleicht konnte er eine vorübergehende Impotenz vortäuschen, wenn es so weit war. Deshalb würde sie ihn nicht verlassen. Er wusste schließlich, dass es Frauen wie Adelheid Plottnitz nicht in erster Linie um Sex, sondern um Anerkennung und das Gefühl, noch am Leben zu sein, ging. Diese Frauen wollten Komplimente hören. Die würde die alte Schachtel von ihm reichlich bekommen, das stellte kein Problem dar.

In diesem Moment erwachte Adelheid Plottnitz. Sie reckte sich langsam und setzte ihre Schlafbrille ab. Dann warf sie einen kurzen Blick aus dem Fenster.

»Oh«, sagte sie. »Nur Wasser.«

Hasso von Neuendorff verkniff sich die bissige Bemerkung, dass der Atlantik nun einmal hauptsächlich aus Wasser bestand, und knipste sein schönstes Lächeln an.

»Wir sind bald da, Adelheid«, sagte er. »Ich glaube, wir befinden uns schon im Sinkflug.«

»Endlich. Ich habe in den letzen Jahren fast jeden Winter in Florida verbracht. Dieses eklige Schmuddelwetter in Deutschland. Wenn sich das Wetter bei uns wenigstens mal entscheiden könnte. Sonne oder Regen oder Schnee. Aber nein. Immer so ein Mischmasch.«

Hasso von Neuendorff fasste sich innerlich an den Kopf, er hatte lernen müssen, dass das Wetter Adelheid Plottnitz' Lieblingsthema war. Oder besser gesagt ihr einziges.

»Adelheid, du vergisst, dass wir nur eine Nacht in Miami verbringen«, erwiderte er. »Morgen sticht das Schiff in Richtung Jamaika in See. Da wirst du von dem Wetter in Florida nicht viel haben.«

»Florida, Jamaika, Barbados. Ist doch egal. Das Wetter ist schließlich in der ganzen Karibik schön. Besonders freue ich mich auf die Caymans. Da war ich vor zwanzig Jahren schon mal mit meinem Mann. Im Hafen gibt es ein ganz süßes Restaurant. Ich bin gespannt ...«

»Ich fürchte, du musst dich jetzt anschnallen«, unterbrach von Neuendorff ihren Redefluss und zeigte auf das Zeichen über ihnen. »Wir landen gleich.«

Fünfzehn Minuten später setzte die Boeing 747 sanft auf der Landebahn des Miami International Airport auf. Als Passagiere der ersten Klasse durften sie die Maschine zuerst verlassen, ein Vorteil, der sich allerdings schnell als Pyrrhussieg entpuppte, weil sie auch als Erste auf die Einwanderungsbeamten trafen, die die Fluggäste stichprobenweise befragten.

Endlich konnten sie sich in den langen Schlangen vor den Schaltern anstellen, an denen die Pässe kontrolliert und die Formulare entgegengenommen wurden, die die Passagiere im Flugzeug hatten ausfüllen müssen. Von Neuendorff musste grinsen, als er an die Frage zurückdachte, ob er an einem Völkermord beteiligt gewesen sei. Er hatte guten Gewissens Nein angekreuzt, denn bei nur zwei Morden wäre ihm eine andere Antwort wie Hochstapelei vorgekommen.

Als er an der Reihe war, gab er als Grund der Einreise ›Tourist‹ und den Namen des Kreuzfahrtschiffes an. Dann wurden digitale Abdrücke seiner Zeigefinger genommen und ein Porträtfoto von ihm angefertigt und er durfte passieren. Er wartete auf Adelheid Plottnitz, die direkt hinter ihm gestanden hatte, um ihr notfalls beistehen zu können. Trotz ihrer vielen Reisen stand es mit ihren Englischkenntnissen nicht zum Besten.

Nachdem auch sie die Einreiseformalitäten hinter sich gebracht hatte, gingen sie gemeinsam zum Gepäckband, um die Koffer abzuholen. Für die vier großen Koffer und die beiden Taschen benötigten sie zwei Gepäckwagen. Hasso von Neuendorff bereitete es erhebliche Mühe, die Wagen zum Ausgang zu dirigieren. Gepäckträger gab es in diesem Bereich des Flughafens noch nicht und Adelheid Plottnitz machte keinerlei Anstalten, ihm zu helfen. Stattdessen winkte sie ihm fröhlich zu und passierte schon die Zollkontrolle. Hasso von Neuendorff war kurz davor laut loszufluchen. Unter seinen Achseln und auf seiner Brust hatte sich eine dicke Schweißschicht gebildet. Er tröstete sich mit dem Gedanken, dass er sehr bald Gelegenheit bekommen würde, mit Adelheid Plottnitz abzurechnen. Bei dieser Vorstellung besserte sich seine Laune wieder und mit der Melodie von Edvard Griegs *Peer Gynt* auf den Lippen bugsierte er die Gepäckwagen an wartenden und winkenden Menschen vorbei und suchte die Ankunftshalle nach seiner Reisebegleiterin ab.

Sein Blick blieb auf einem Mann haften, der ihm bekannt vorkam. Hasso von Neuendorff kniff die Augen zusammen.

Das konnte doch nicht wahr sein! Er wollte seine Gepäckwagen schon in eine andere Richtung lenken und den Mann weiträumig umfahren, doch dann siegte die Neugier.

»Hagen? Was machen Sie denn hier?«

Sein ehemaliger Verteidiger wirkte nicht sonderlich überrascht, ihn zu sehen. »Ich will meine Tante abholen«, erklärte Marc. »Sie war in dem Flieger aus Frankfurt und ist gerade gelandet.«

»Aus Frankfurt? Dann müsste sie ja in derselben Maschine gewesen sein wie ich.«

»Das ist sehr gut möglich. Ach, da ist sie ja.«

Hasso von Neuendorff folgte der verlängerten Linie von Marcs ausgestrecktem Arm und erblickte Adelheid Plottnitz, die gerade von der Toilette kam.

»Adelheid ist Ihre Tante?«, fragte er entgeistert.

»Eigentlich ist sie meine Großtante, die Schwester meiner verstorbenen Großmutter. Sie lebt seit Jahren in Grömitz.«

Marc wandte sich von Hasso von Neuendorff ab, um Adelheid Plottnitz zu umarmen und ihr zwei Küsschen auf die Wangen zu drücken.

»Ich beginne zu verstehen«, sagte von Neuendorff bedächtig und lächelte. »Die Kontaktaufnahme mit Adelheid war inszeniert, um mir eine Falle zu stellen. Nachdem ich für den Mord an Barbara Beck nicht bestraft werden konnte, haben Sie Ihre Tante als Lockvogel eingesetzt.«

Marc nickte. »Das haben Sie sehr richtig erkannt. Aber seien Sie froh. Sie hätten an meiner Großtante nicht viel Freude gehabt. Sie ist nämlich alles andere als reich. Der Schmuck und die Pelze sind geliehen. Und für die Erste-Klasse-Tickets haben Frau Dr. von Kleist und ich zusammengeworfen. Allerdings waren die so teuer, dass ich sogar Frau Dr. Gerland fragen musste, ob sie sich auch beteiligen will. Und wissen Sie was: Sie war sofort einverstanden.«

»Was für eine schöne Geschichte«, entgegnete von Neuendorff mit gespielter Rührung. »Aber haben Sie Adelheids wahre Identität nicht ein bisschen früh auffliegen lassen? Nicht mal Frau Dr. Gerland wird behaupten können, dass es bereits eine Straftat darstellt, wenn ich mich mit einer Frau auf eine Urlaubsreise begeben will.«

»Das ist richtig«, seufzte Marc. »Doch das Risiko, meine Tante zusammen mit Ihnen eine Kreuzfahrt antreten zu lassen, konnten wir nicht eingehen. Schließlich kann niemand garantieren, dass sie das Schiff auch wieder lebend verlassen hätte.«

»So, so.« Hasso von Neuendorff nickte. »Dann haben Sie also wieder einmal verloren, Hagen, oder wie sehen Sie die Sache?«

Da Marc ihm eine Antwort schuldig blieb, zuckte von Neuendorff gleichgültig mit den Schultern. »Na ja, vielleicht hat Ihre gemeinsame Aktion ja wenigstens dazu beigetragen, dass Frau Dr. Gerland und Sie wieder Freunde werden.« Er grinste breit und begann, seinen Koffer vom Gepäckwagen zu heben.

»Darf ich fragen, was Sie vorhaben?«, fragte Marc.

Von Neuendorff drehte sich mit einem erstaunten Gesicht zu ihm um. »Ich gehe doch wohl recht in der Annahme, dass es gar keine Kreuzfahrt gibt, oder? Also werde ich den nächsten Flieger zurück nach Deutschland nehmen.«

»Ich fürchte, daraus wird nichts werden.« Marc deutete auf zwei Männer um die dreißig, die sich bisher diskret im Hintergrund gehalten hatten.

Die beiden sahen aus wie die *men in black:* schwarze Anzüge, gestärkte weiße Hemden, schwarze Krawatten, schwarze Sonnenbrillen, militärisch kurze Bürstenhaarschnitte. Von Neuendorff hatte sie im ersten Moment für Mormonen auf der Suche nach verlorenen Seelen gehalten, aber auf Marcs Winken hin traten sie zwei Schritte näher heran.

»Darf ich Sie mit den Special Agents Cooper«, Marc zeigte auf den einen, »und Kent«, ein kurzer Blick auf den anderen, »bekannt machen. Oder umgekehrt. Ich kann die beiden so schlecht auseinander halten. Auf jeden Fall sind sie vom FBI.«

Als die beiden Männer den Namen ihrer Organisation hörten, nickten sie Hasso von Neuendorff kurz zu, klappten ihre Marken auf und hielten sie in die Luft.

»Was soll das?«, fuhr Hasso von Neuendorff Marc an. »Was wollen die von mir?«

»Ganz einfach. Die wollen Sie verhaften.«

Auf Hasso von Neuendorffs Gesicht erschien ein überhebliches Lächeln. »Und mit welcher Begründung? Nur zu Ihrer Information: Ich bin heute zum ersten Mal in meinem Leben in den Vereinigten Staaten von Amerika. Also kann ich hier keine Straftat begangen haben. Oder ist es in diesem Land verboten, zwei Gepäckwagen zu benützen?«

»Sie missverstehen das alles«, erwiderte Marc freundlich. »Es geht um den Mord an Barbara Beck.«

Hasso von Neuendorff war für einen Moment sprachlos. »Sie machen Scherze«, sagte er dann. »Was geht die amerikanische Polizei der Tod von Barbara an?«

»Barbara Beck hatte nach ihrer Heirat mit Jeffrey Beck die amerikanische Staatsbürgerschaft angenommen. Wussten Sie das nicht? Und die Amis haben es gar nicht gerne, wenn man ihre Landsleute umbringt. Deshalb hat ein Vertreter der amerikanischen Botschaft sehr genau Ihren Prozess verfolgt. Allerdings waren die Amerikaner mit dem Ausgang des Verfahrens höchst unzufrieden.«

»Das interessiert mich alles nicht«, erwiderte von Neuendorff heftig. »Das Verfahren wurde in Deutschland aufgrund des Grundsatzes ›ne bis in idem‹ eingestellt. Und ich weiß, dass dieser Grundsatz auch in den USA gilt.«

»Das ist richtig. Aber der Grundsatz gilt nicht gegenüber Urteilen ausländischer Gerichte. Ausländische Urteile entfalten nur dann eine Sperrwirkung, wenn ein völkerrechtlicher Vertrag dies ausdrücklich anordnet, wie zum Beispiel das Schengener Übereinkommen von 1990. Dieses Abkommen bindet aber nur einige europäische Staaten, nicht dagegen die USA. Mit anderen Worten: Urteile amerikanischer Strafgerichte sind der deutschen Justiz genauso egal, wie deutsche Urteile für die amerikanische Strafjustiz keinerlei Bedeutung haben. Sie können hier in den USA also ohne Weiteres für den Mord an der amerikanischen Staatsbürgerin Barbara Beck vor Gericht gestellt und verurteilt werden.«

»Das ist doch lächerlich! Ich bin nicht bereit, mir diesen Unsinn weiter anzuhören.« Hasso von Neuendorff wollte sich entfernen, wurde aber von Cooper – oder war es Kent? – am Arm zurückgehalten.

»Lassen Sie mich los«, keifte von Neuendorff und versuchte, sich loszureißen. »Ich kenne meine Rechte. Nach dem Grundgesetz darf kein Deutscher ausgeliefert werden, in welches Land auch immer und was auch immer er getan hat.«

»Sie können nicht in die USA ausgeliefert werden«, bestätigte Marc. »Genau aus diesem Grund haben die Amis Ihre Auslieferung nicht beantragt. Sie sind ja auch nicht ausgeliefert worden. Sie sind vollkommen freiwillig hier.«

»Das ist doch absurd!«, brüllte von Neuendorff. »Ich will sofort zurück nach Deutschland.«

»Sie werden nirgendwo mehr hingehen«, lächelte Marc. »Die einzige offene Frage ist, ob Sie hier in Florida oder in Texas, dem letzten amerikanischen Wohnsitz von Frau Beck, vor Gericht gestellt werden. Sie werden es nicht glauben, aber beide Staaten reißen sich geradezu um Sie. Wie der Streit letztendlich ausgeht, kann Ihnen jedoch egal sein. In beiden Staaten steht auf Mord die Todesstrafe.«

»Was?«, stieß von Neuendorff in höchster Panik hervor. »Das ist Mord, nichts anderes. Das ist staatlicher Mord.«

»Wissen Sie was?«, meinte Marc. »Sie haben Recht. Das ist Mord. Lex talionis, Mord mit gesetzlicher Billigung. Aber es ist ein perfekter Mord, wie Sie zugeben müssen, zumindest nach Ihrer Theorie. Niemand wird dafür zur Verantwortung gezogen.«

»Doch! Sie ... Sie werden dafür zur Verantwortung gezogen werden. Sie haben das alles eingefädelt.«

»Was habe ich denn getan?«, fragte Marc unschuldig. »Ich habe Ihnen ein Flugticket nach Miami bezahlt.«

»Sie haben Wissen, das Sie als mein Verteidiger erworben haben, an die Amerikaner weitergegeben. Oder wollen Sie etwa behaupten, diese zwei Schießbudenfiguren seien zufällig hier?«

»Sie sollten ein wenig vorsichtig mit dem sein, was Sie sagen, Herr von Neuendorff«, flüsterte Marc ihm zu. »Die beiden verstehen ein wenig Deutsch. Im Übrigen kann ich Sie beruhigen. Ich habe nichts weitergegeben, was nicht schon in dem Prozess zur Sprache gekommen ist, und über den waren die Amis durch ihre Botschaft bestens informiert. Ich war lediglich so frei, dem FBI Ihre Ankunftszeit mitzuteilen. Und das ist nicht verboten.«

Marc sah auf seine Armbanduhr. »Es war nett, mit Ihnen zu plaudern, aber ich fürchte, unser Flug nach Deutschland geht gleich.« Er nahm seine Tante am Arm und wandte sich ab.

»Verdammt nochmal, warten Sie!«, schrie Hasso von Neuendorff hinter ihm her. »Das können Sie nicht machen, Sie elender Bastard, Sie verdammter ...«

Er zeterte auch noch weiter, als Cooper und Kent ihm die Arme auf den Rücken drehten und Handschellen um seine Handgelenke zuschnappen ließen.

Das Letzte, was Marc von den dreien hörte, war der Beginn von Coopers – oder Kents? – Rechtsbelehrung: »You have the right to remain silent …«

Menschenraub

Der Ablauf einer Entführung hat nach der Analyse aktenkundiger Fälle durch Kriminalexperten ein System und beinhaltet in der Regel folgende klassische Phasen:

Die Auswahl des Opfers
Die Observation des Opfers
Das Einrichten des Verstecks
Der Überfall
Der Transport des Opfers in das Versteck
Der erste Kontakt, bei dem die Entführer ihre Forderungen stellen
Die Bekanntgabe der Modalitäten der Geldübergabe
Die Lösegeldübergabe
Die Freilassung des Opfers

Unsere Erwartungen beeinflussen, was wir wahrnehmen und wie wir etwas wahrnehmen. Müssen sich widersprechende Informationen verarbeitet werden, bevorzugt das Gehirn die wahrscheinlichste Interpretation durch Vergleich mit bereits abgespeicherten (erlernten) Erfahrungen.

Unsere Wahrnehmung funktioniert in aller Regel erstaunlich präzise und wir täuschen uns nur selten. Wenn man allerdings die Gesetzmäßigkeiten des Wahrnehmungssystems kennt, dann ist es möglich, einige verblüffende Illusionen herzustellen.

Eine Illusion findet statt, wenn etwas anders erscheint, als es ist.

1

Der Mercedes schlingerte und drohte für einen kurzen Moment auszubrechen. Dann kam er aber doch mit quietschenden Reifen knapp hinter einem Audi zum Stehen.

Der Mann auf dem Rücksitz, den alle nur Gonzo nannten, wurde nach vorn geschleudert und prallte mit dem Gesicht gegen die Kopfstütze des Fahrersitzes.

»Was ist passiert, Freddy?«, fragte Gonzo und hielt sich die schmerzende Nase.

Der Fahrer fuhr herum. »Keine Namen, du Idiot!«, herrschte er den anderen an.

Gonzo hob die Wolldecke neben sich an und betrachtete das darunter liegende Mädchen. »Kannst ganz beruhigt sein«, sagte er. »Die Kleine schläft tief und fest. Aber was ist eigentlich los? Ein Stau um diese Uhrzeit?«

Der Mann auf dem Beifahrersitz, er hieß Jochen und war ein grobschlächtiger Kerl mit Vokuhila-Frisur und so stark tätowiert, dass die Zeichnungen sogar den Hals und einen Teil seines Gesichts überzogen, zeigte durch die Windschutzscheibe nach vorn. »Bullen!«, sagte er nur.

Und jetzt sah auch Gonzo die beiden Streifenwagen mit den zuckenden Blaulichtern auf dem Dach, die vor den etwa zwanzig wartenden Autos auf der Straße standen. Polizisten in reflektierenden Jacken und mit roten Kellen liefen hin und her und winkten alle Fahrer an die Seite.

»Scheiße!«, entfuhr es Gonzo. »Verfluchte Scheiße! Glaubt ihr, die sind wegen uns hier?«

Freddy gab ein höhnisches Schnauben von sich. »Was hast du denn gedacht? Meinst du, die Bullen veranstalten ausgerechnet in der Nacht eine Terroristenfahndung, in der wir unser Ding durchziehen?«

Gonzo spürte, wie sich kalter Schweiß auf seinem Rücken

und unter seinen Achseln ausbreitete. »Aber wie haben die so schnell etwas spitzkriegen können?«, fragte er.

Freddy hob die Schultern. »Was weiß ich? Vielleicht musste irgendein seniler alter Sack aus der Nachbarschaft pinkeln und hat zufällig aus dem Fenster geschaut.«

»Wir müssen irgendwas tun!«, jammerte Gonzo. »Was sollen wir jetzt nur tun?«

Freddys Gesicht war knallrot. Gonzo war sich nicht sicher, ob aus Wut oder aus Verzweiflung. Vielleicht ist es aber auch nur der Widerschein der Bremsleuchten des Audi vor uns, versuchte er, sich zu beruhigen. Freddy konnte so leicht nichts aus der Fassung bringen. Gonzo war eigentlich fest davon überzeugt, dass der Mann am Steuer jedes Problem lösen konnte. Aber jetzt saß Freddy schon seit fast einer Minute einfach nur da und kaute auf seiner Unterlippe, während sie Meter für Meter weiter auf die Kontrollstelle zurollten.

»Freddy?«, fragte Gonzo zaghaft.

Der Fahrer drehte sich wieder zu ihm um. »Halt endlich dein Maul!«, brüllte er Gonzo an. »Du siehst doch, dass ich nachdenke.«

Plötzlich war ein leises Wimmern zu hören.

»Ich glaube, die Kleine kommt zu sich«, meinte Gonzo.

»Dann bring sie zum Schweigen«, fauchte Freddy. »Aber pass auf, dass du ihr nicht zu viel gibst. Wir brauchen sie noch.«

Gonzo drehte eine Flasche mit durchsichtiger Flüssigkeit auf und schüttete etwas davon auf einen Waschlappen. Sofort erfüllte der süßliche Geruch des Chloroforms das Wageninnere. Behutsam hielt Gonzo dem Mädchen den Lappen vor Mund und Nase.

Freddy wandte sich seinem Beifahrer zu. »Hast du eine Idee?«, fragte er.

Jochen wackelte unschlüssig mit dem Kopf. »Wenn sie diese Straße gesperrt haben, werden wir auch auf einer anderen Ausfallstraße nicht durchkommen. Aber ich kenne mich hier in der Gegend ganz gut aus und glaube, es gibt noch eine Möglichkeit über einen Wirtschaftsweg. Dazu müssten wir aber umkehren.«

»Okay.« Freddys Entschluss stand fest.

Ein Blick in den Rückspiegel verriet ihm, dass sich hinter ihnen noch kein Auto eingereiht hatte. Freddy knallte den Rückwärtsgang rein, setzte ein paar Meter zurück und riss das Steuer scharf nach links. Dann hielt er auf den Bürgersteig zu, wendete und trat das Gaspedal bis zum Anschlag durch. Der Mercedes schoss davon, einen Hagel aus Splitt und Dreck hinter sich zurücklassend. Jetzt kam es auf jede Sekunde an.

2

Helen Baum stürmte die Stufen des Bielefelder Polizeipräsidiums hoch. Mit der rechten Hand balancierte die Kriminaldirektorin eine Tasse Kaffee, mit der linken umklammerte sie ihre Aktentasche.

Vor einer halben Stunde hatte sie die Nachricht von der Entführung erhalten. Helen Baum hatte bereits geschlafen, war aber trotzdem innerhalb weniger Minuten gewaschen und angezogen gewesen. Zum Schminken war sie allerdings nicht mehr gekommen, aber jetzt war auch nicht die Zeit für Eitelkeiten. Immerhin hatte sie noch Kaffee aufsetzen können, ohne das Koffein wäre sie nicht lange wach geblieben.

Als die Kriminaldirektorin den Besprechungsraum erreichte, fand sie dort den Leiter des 11. Kommissariats, Kriminalhauptkommissar Peter Remmert, seinen Stellvertreter Kriminaloberkommissar Gerd Weigelt und weitere Beamte des Kommissariats vor, dessen Zuständigkeit unter anderem Entführungen umfasste.

Helen Baum stellte Kaffee und Tasche auf einem Tisch ab, dann schüttelte sie dem Hauptkommissar die Hand.

Remmert war zwei Jahre älter als sie – fünfundvierzig. Eigentlich ein gut aussehender Mann, dachte Helen Baum. Fast einen Meter neunzig groß, schlank, durchtrainiert, braune Augen, volles dunkles Haar, das an den Schläfen silbrig wurde. Wenn da nur nicht dieser Polizistenschnauzer gewesen wäre, den nach ihrer Schätzung mindestens die Hälfte der männlichen Mitarbeiter der Bielefelder Polizei trug. Freud hatte einst gelehrt, Oberlippenbärte seien Ausdruck eines Minderwertigkeitskomplexes. Helen Baum war seit über zwanzig Jahren Polizistin und fest davon überzeugt, dass der berühmte Nervenarzt recht gehabt hatte.

»Wie ist die Lage?«, fragte sie und nippte an dem heißen Kaffee.

Der Hauptkommissar zog seine Notizen zurate. »Um genau 1.37 Uhr kam die Meldung in der Leitstelle rein. Ein …«, ein weiterer kurzer Blick auf seine Aufzeichnungen, »… Alexander Neumann hat angegeben, eine Entführung beobachtet zu haben. Zwei maskierte Männer hätten auf der Rosenstraße in Hoberge-Uerentrup vor dem Haus mit der Nummer 13 ein junges Mädchen gekidnappt und in ein Auto geschleppt, das sich dann schnell in Richtung Dornberger Straße entfernt habe.«

»Um 1.40 Uhr hat die Einsatzleitstelle ›Ring 20‹ ausgelöst«, übernahm Weigelt und tippte mit einem Teleskopstab gegen die Wand, an der eine große Karte von Bielefeld und Umgebung hing. Weigelt war ein blasser Mann Mitte dreißig mit schütteren sandfarbenen Haaren und norddeutschem Akzent. Im Allgemeinen sprach er eher wenig, aber wenn er den Mund aufmachte, hatte er auch etwas zu sagen.

»Wir haben in einem Radius von zwanzig Kilometern um den Tatort Kontrollstellen eingerichtet.« Weigelt deutete mit seinem Stock nacheinander auf die entsprechenden Punkte auf der Karte. »Außerdem haben wir ein Mitfahndungsersuchen an den Personennahverkehr, an die Taxizentrale und die Bahnpolizei gerichtet. Bisher alles ohne Erfolg.«

»Weiß man schon, wer das Opfer ist?«, fragte die Kriminaldirektorin.

»Höchstwahrscheinlich eine Daniela Schwalenberg, sechzehn Jahre alt«, berichtete Weigelt. »Die Entführung hat vor dem Haus ihrer Eltern stattgefunden. Frau und Herr Schwalenberg haben angegeben, ihre Tochter habe in die Disko gewollt und sei bisher nicht zurückgekehrt. Außerdem passt die Beschreibung des Zeugen genau auf Daniela.«

»Schwalenberg?«, überlegte Helen Baum laut. »Doch nicht *die* Schwalenbergs?«

»Genau die«, bestätigte Remmert. »*Schwalenberg Autoteile.* Zweitausend Beschäftigte, vierhundertfünfzig Millionen Euro Umsatz. Danielas Vater ist der Alleineigentümer. Ich denke, es ist klar, worauf diese Entführung hinausläuft.«

Die Kriminaldirektorin nickte bedächtig. Wenn das Opfer tatsächlich Daniela Schwalenberg war, würde das für die Eltern nicht billig werden. Und für einen Riesenmedienzirkus sorgen. »Haben die Entführer sich schon gemeldet?«, wollte sie wissen.

Remmert schüttelte den Kopf. »Dazu ist es zu früh. Die Täter sind wahrscheinlich noch voll und ganz damit beschäftigt, unserer Fahndung zu entkommen. Ihr großes Pech war, dass es diesen Augenzeugen gibt, der die Entführung sofort gemeldet hat. Sonst hätten die Schwalenbergs ihre Tochter wahrscheinlich erst in einigen Stunden als vermisst gemeldet.«

»Okay«, meinte Helen Baum abschließend. »Dann würde ich gerne den Zeugen, diesen Alexander Neumann, befragen. Wo kann ich ihn finden?«

»Im Verhörraum 2. Er sitzt da und trinkt eine Cola nach der anderen.«

»Was wissen wir über Neumann?«

»Alexander Neumann ist neunzehn Jahre alt«, las Remmert von einem Zettel ab, »arbeitslos, lebt von Hartz IV und wohnt noch bei seinen Eltern, genauer gesagt bei seiner Mutter. Neumann hat zwei kleinere Jugendstrafen wegen

Verstoßes gegen das Betäubungsmittelgesetz, Ecstasy und Marihuana. Sonst keine Auffälligkeiten.«

Begleitet von Remmert und Weigelt verließ Helen Baum das Besprechungszimmer. Nach ein paar Schritten über den Flur öffnete Weigelt eine Tür mit der Aufschrift *Verhörraum 2.* Als die Kriminaldirektorin eintrat, erblickte sie einen dünnen, pickligen Mann mit hängenden Schultern und nach hinten gedrehter Baseballkappe auf dem Kopf. Er trug ein übergroßes weißes T-Shirt, eine blaue Jeans, die den Eindruck hervorrief, als würde ihm der Hintern in den Kniekehlen hängen, und klobige weiße Turnschuhe.

»Herr Neumann?«, fragte die Kriminaldirektorin. »Mein Name ist Helen Baum. Nett, dass Sie auf mich gewartet haben. Bitte, setzen Sie sich.« Sie zeigte auf einen Stuhl an der Breitseite des länglichen Tisches, der den Raum beherrschte.

Alexander Neumann ließ sich widerwillig auf die Sitzfläche fallen. Die Beamten nahmen ihm gegenüber Platz.

»Würden Sie mir bitte berichten, was Sie beobachtet haben?«, eröffnete Helen Baum die Befragung.

»Das hab ich doch jetzt alles schon tausendmal erzählt«, maulte Neumann. »Ich bin hundemüde und will endlich ins Bett.«

»Ein letztes Mal noch«, versprach Helen Baum. »Sie sind momentan unser einziger Zeuge und vielleicht hängt ein Menschenleben von Ihrer Aussage ab.«

Der junge Mann nickte ergeben. »Also gut«, sagte er. »Wo soll ich anfangen?«

»Fangen Sie bei dem Zeitpunkt an, an dem Sie Ihre Wohnung verlassen haben. Sie wohnen noch bei Ihren Eltern?«

»Bei meiner Mutter in Großdornberg. Ich bin so gegen zehn von zu Hause los und mit meinem Fahrrad zum *Aladin* gefahren.«

»Das ist eine Diskothek in Brackwede«, warf Weigelt ein.

Helen Baum bedankte sich für die Information mit einem Kopfnicken. »Bitte weiter«, forderte sie Neumann auf.

»Ich bin so bis gegen halb, Viertel vor eins im *Aladin* geblieben, aber da war nich viel los. Also bin ich wieder nach Hause gefahren. Auf dem Rückweg bin ich mit dem Fahrrad durch die Rosenstraße gekommen. Da habe ich ein junges Mädchen gesehen, das die Straße runtergegangen ist. Ich hab sie überholt und bin etwa hundert Meter weiter in einen Fußgängerweg abgebogen. Ein paar Sekunden später ist mir die Kette abgesprungen. Ich bin abgestiegen und wollte sie wieder draufmachen. Und da habe ich etwas gesehen: Das Mädchen, das ich vorher überholt hatte, wollte gerade in einer Einfahrt verschwinden, als wie aus dem Nichts zwei Männer aufgetaucht sind und sie sich geschnappt haben.«

»Haben die Männer Sie nicht bemerkt?«

»Nein, ich war ja auf diesem Fußgängerweg. Der ist nicht beleuchtet, außerdem stehen da rechts und links Bäume und Büsche. Von der Rosenstraße aus ist der Weg nicht einsehbar.«

Die Kriminaldirektorin runzelte die Stirn. »Aber die Kidnapper müssen Sie doch wahrgenommen haben, als Sie die Straße entlanggeradelt sind.«

Neumann zuckte die Achseln. »Wahrscheinlich. Aber die konnten ja nicht ahnen, dass mir die Kette abspringt, und dachten vielleicht, ich sei schon lange weg.«

»Hm«, meinte Helen Baum. »Können Sie die Männer beschreiben?«

»Die Männer waren ganz in Schwarz gekleidet und sie trugen so Sturmhauben mit Sehschlitzen.«

»Ist Ihnen an Gangbild oder Haltung der Männer etwas aufgefallen?«, fragte Helen Baum.

Neumann kniff die Augen zusammen. »Das verstehe ich nicht.«

»Hat einer der Männer gehinkt?«, präzisierte die Kriminaldirektorin. »Hatten die Männer eine aufrechte Haltung, eine vorgestreckte Haltung, eine zurückgelegte Haltung, eine zusammengesunkene Haltung, eine vornübergebeugte Haltung? Alles kann wichtig sein!«

»Mir ist nichts aufgefallen. Das ging alles viel zu schnell.«

»Größe, Alter?«

»Beide Männer waren ziemlich groß. Über das Alter kann ich nichts Genaues sagen, weil sie ja diese Skimasken aufhatten. Aber sie schienen ziemlich stark zu sein. Ja, das müssen junge Männer gewesen sein. Die haben das Mädchen hochgehoben und weggetragen, als wenn sie nichts wiegen würde.«

»Hat das Mädchen um Hilfe gerufen? Oder hat es sich gewehrt?«

»Sie hat es versucht. Sie hat mit Händen und Füßen um sich geschlagen und getreten. Ich glaube, sie wollte auch schreien, aber einer der Männer hat ihr sofort den Mund zugehalten. Sie hat sich dann noch ein paar Sekunden bewegt, aber dann wurde ihr etwas auf den Mund gedrückt, vielleicht ein Taschentuch, und kurz darauf wurde sie schlaff. Wie eine Puppe hing sie in den Armen des Mannes. Ich war wie gelähmt und wusste nicht, was ich tun sollte. Also habe ich erst mal gar nichts gemacht.«

»Wie ging es dann weiter?«, fragte die Kriminaldirektorin.

»Die Männer haben das Mädchen zu einem Auto getragen, das ein paar Meter weiter an der Rosenstraße geparkt war.«

»Was war das für ein Auto? Fahrzeugtyp? Kennzeichen? Farbe?«

»Keine Ahnung, es ging alles so schnell und es war ja auch dunkel. Ich hab ja schon gesagt, dass der Fußgängerweg, auf dem ich stand, von der Rosenstraße aus nicht einsehbar ist. Das gilt natürlich auch umgekehrt für die Rosenstraße. Deshalb konnte ich nur Teile des Autos erkennen. Es war aber ein relativ großer Wagen. Und er hatte eine dunkle Farbe. Schwarz vielleicht. Oder dunkelblau. Es tut mir leid, ich fürchte, ich bin Ihnen keine große Hilfe.«

»Sie machen das ganz hervorragend, Herr Neumann«, beruhigte ihn Remmert. »Erzählen Sie der Frau Kriminaldirektorin, was dann passiert ist.«

»Der eine Mann hat das Mädchen in den Wagen gelegt und ist hinten eingestiegen, der andere Mann hat sich nach vorn gesetzt.«

»Konnten Sie erkennen, wie viele Männer sich in dem Wagen befunden haben?«

»Nein, aber es muss mindestens ein weiterer Mann am Steuer gewartet haben, denn die beiden anderen Männer und das Mädchen waren kaum drin, da ist der Wagen schon in Richtung Dornberger Straße losgerast.«

»Kennen Sie das Mädchen, das entführt worden ist?«, fragte Helen Baum.

»Nein, ich habe sie vorher noch nie gesehen. Sie ist mir nur aufgefallen, weil sie mitten in der Nacht ganz allein die Straße langgegangen ist.«

»Können Sie das Mädchen genauer beschreiben?«

»Klar. Sie war sehr hübsch. Ungefähr ein Meter fünfundsechzig groß, lange dunkle Haare, gute Figur, vielleicht sechzehn oder siebzehn Jahre alt. Sie hatte eine Jeans, weiße Stiefel und eine weiße Jacke an. Mehr konnte ich im Vorbeifahren nicht erkennen.«

Die Kriminaldirektorin warf Weigelt einen fragenden Blick zu. Der nickte kurz: Die Beschreibung passte exakt auf Daniela Schwalenberg.

Helen Baum erhob sich von ihrem Platz. »Danke, Herr Neumann, Sie haben uns sehr geholfen.«

»Kann ich dann gehen?«

»Einen Moment noch. Wir würden gerne ein Foto von Ihnen machen.«

»Wieso das denn?«

»Routine«, fertigte die Kriminaldirektorin den jungen Mann kurz ab. »Warten Sie bitte einen Moment draußen. Sie werden gleich abgeholt.«

»Und noch einmal vielen Dank für Ihren Mut und Ihre Umsicht«, ergänzte Remmert. »Andere wären in der Situation wahrscheinlich abgehauen, ohne sich bei uns zu melden.«

Nachdem Alexander Neumann den Raum verlassen hatte, sah Helen Baum in die Gesichter ihrer beiden Mitarbeiter. »Was halten Sie davon?«, fragte sie.

»Hört sich plausibel an«, meinte Remmert. »Wir haben Neumanns Geschichte überprüft, soweit das in der kurzen Zeit möglich war. Der Weg durch die Rosenstraße ist mit dem Fahrrad der kürzeste und schnellste Weg vom *Aladin* zu Neumanns Wohnung in Dornberg.« Er zeigte auf dem Stadtplan auf einen Punkt im Bielefelder Süden und zog bis Dornberg eine gerade Linie, die genau durch den Bielefelder Stadtteil Hoberge-Uerentrup verlief.

»Aber das sind doch bestimmt fünfzehn Kilometer«, schätzte Helen Baum.

Remmert zuckte die Achseln. »Wenn man kein Auto hat.«

Die Kriminaldirektorin kniff die Augen zusammen. »Ich finde es etwas komisch, dass ein Neunzehnjähriger ganz zufällig mitten in der Nacht die Entführung eines fast gleichaltrigen Mädchens beobachtet haben will.«

»Vielleicht war es gar kein Zufall«, mutmaßte Weigelt. »Als ich jung war, war ich mal in ein Mädchen verliebt. Ich war zu feige, sie anzusprechen, wusste aber, wo sie wohnte. Abends bin ich manchmal bei ihr vorbeigefahren, nur um ihr Fenster zu beobachten und sie vielleicht zu sehen. Vielleicht war es bei Neumann ähnlich und es ist ihm zu peinlich, uns das zu erzählen.«

Remmert bedachte seinen Kollegen mit einem mitleidigen Kopfschütteln. »Weißt du was, Gerd, du bist echt krank.«

»Auf jeden Fall muss überprüft werden, ob Neumann im *Aladin* war«, beendete Helen Baum das Thema. »Sobald Sie sein Foto haben, schicken Sie jemanden damit in die Diskothek und lassen es herumzeigen. Am besten noch heute. Die haben doch bestimmt bis fünf Uhr morgens auf. Vielleicht kann sich jemand an Neumann erinnern. Was sagen die Schwalenbergs?«

»Wir haben eine erste Befragung durchgeführt«, berichtete

Weigelt. »Frau Schwalenberg hat bestätigt, dass ihre Tochter samstagabends regelmäßig in die Disko geht und anschließend mit dem Nachtbus nach Hause fährt.«

»Was ist das für eine Diskothek?«, fragte die Kriminaldirektorin. »Zufällig auch das *Aladin?*«

»Nein, Daniela Schwalenberg geht immer in das *Meddox* in der Bielefelder Altstadt.«

Helen Baum gähnte herzhaft. »Ist jemand bei den Schwalenbergs?«

Remmert nickte. »Ist alles organisiert.«

»Wie alt ist Daniela noch mal? Siebzehn?«

»Sechzehn. Sie wird in zwei Monaten siebzehn.«

»Würden Sie eine Sechzehnjährige nachts allein in die Disko gehen lassen?«, erkundigte sich Helen Baum.

»Die Frage kann ich Ihnen genau beantworten«, antwortete Remmert, obwohl die Frage an Weigelt gerichtet war. »Meine Tochter *ist* sechzehn und ich lasse sie um diese Uhrzeit bestimmt nicht mehr aus dem Haus.«

Das Telefon in dem Verhörraum schellte. Die Kriminaldirektorin nahm ab, hörte einige Sekunden schweigend zu, dann sagte sie: »Geben Sie mir nur eine grobe Zusammenfassung.«

Sie lauschte erneut, fragte einmal: »Wirklich *nichts?*«, und dann noch einmal: »*Gar* nichts?«, bevor sie auflegte.

»Das war die Spurensicherung«, erklärte sie. »Sie haben den Tatort vor dem Haus der Schwalenbergs untersucht, aber nichts gefunden.«

»Das scheint Sie zu wundern«, bemerkte Remmert.

»Das wundert mich allerdings«, erwiderte Helen Baum. »Alle Täter hinterlassen Spuren. Blut, Haare, Haut, Zigarettenkippen, einen abgerissenen Knopf, einen abgebrochenen Fingernagel, Fasern, Reifenspuren, Schuhspuren. Sie haben Neumann doch gehört: Das Mädchen hat sich gewehrt, gekratzt, gebissen, gespuckt, was weiß ich. Da kann es nicht sein, dass wir nichts finden.«

»Das sehe ich etwas anders«, widersprach Remmert. »Wenn sich zwei starke Männer ein vielleicht fünfzig Kilogramm schweres Mädchen schnappen, müssen keine Kampfspuren zurückbleiben. Und auf trockenen und sauberen Asphaltstraßen sind Fahr- und Schuhspuren nicht zu finden. Aber ich werde die Kollegen von der Spurensicherung bitten, noch einmal genau nachzuschauen.«

»Tun Sie das.« Helen Baum sah auf die Uhr und stellte fest, dass es kurz nach drei Uhr morgens war. »Ich schlage vor, wir versuchen alle, noch ein paar Stunden zu schlafen. Wir haben einen langen Tag vor uns.«

3

Rrrrriiiiiingädingding.

Das Geräusch wirkte wie ein Hammerschlag auf den Kopf und katapultierte Marc Hagen aus dem Tiefschlaf in eine aufrechte Sitzposition. Der Crazy Frog aus dem Jamba Spar-Abo war zum Leben erwacht und düste jetzt auf Marcs Nervenbahnen herum.

Er tastete in dem stockdunklen Raum die Umgebung des Bettes ab, bis er sein Handy zu fassen bekam. Er drückte die grüne Taste und der Frosch verstummte.

»Ja?«, murmelte er.

»Herr Hagen?«, fragte eine atemlose weibliche Stimme. »Hier ist Irene von Kleist.«

»Frau Dr. von Kleist?«, Marc warf einen Blick auf die Digitalanzeige seines Weckers. »Es ist kurz vor vier Uhr morgens. Und es ist Sonntag. Wenn ich mich recht an meinen Arbeitsvertrag erinnere, habe ich am Wochenende frei.«

»Ich weiß. Und ich hätte Sie bestimmt nicht gestört, wenn es nicht wichtig wäre. Daniela ist entführt worden!«

Marc war mit einem Schlag hellwach. Daniela war entführt worden! Aber … wer um Himmels willen war Daniela?

»Daniela Schwalenberg ist meine Nichte«, fuhr Irene von Kleist fort, als habe sie Marcs Gedanken gelesen. »Sie wurde vor nicht einmal drei Stunden auf offener Straße gekidnappt. Meine Schwester hat mich gerade informiert. Ich muss sofort zu ihr, um ihr beizustehen.«

»Klar, natürlich. Äh ... also, wenn ich irgendwie helfen kann ...«

»Das können Sie tatsächlich. Gestern hat mich ein Peter Schlüter angerufen, der Sohn eines ehemaligen Mandanten. Sein Vater, Walter Schlüter, ist vor drei Wochen verstorben und hat Peter Schlüter ein Haus vererbt. Und irgendetwas stimmt mit diesem Haus nicht.«

»Wie ›stimmt nicht‹? Spukt es?«

»Herr Schlüter hat mir keine Einzelheiten genannt. Er hat es aber so dringend gemacht, dass ich ihm versprochen habe, noch heute vorbeizukommen.«

»Seit wann machen Rechtsanwälte Hausbesuche?«

»Ich weiß, ich weiß. Aber Herr Schlüter meinte, er müsse mir unbedingt etwas zeigen. Und das könne er nur an Ort und Stelle.«

»Muss das unbedingt an einem Sonntag sein?«

»Wie gesagt, die Sache scheint Schlüter ziemlich am Herzen zu liegen. Und sein Vater war ein wirklich sehr alter und guter Mandant von mir.«

»Ich bin leider schon verabredet«, log Marc. »Ich werde Schlüter aber gleich am Montagmorgen besuchen.«

»Ist okay«, hörte er die enttäuschte Stimme seiner Chefin. »Ich kann Sie selbstverständlich zu nichts zwingen. Dann mache ich es eben selbst. Ich muss nur noch meine Schwester anrufen und ihr sagen, dass sie mit der Entführung ihrer Tochter allein klarkommen ...«

»Ich habe verstanden«, unterbrach Marc sie. Er seufzte theatralisch. »Wann und wo?«

4

Hauptkommissar Remmert bog in die Auffahrt seines Reihenhauses ein, stellte den Passat in der Garage ab und schloss die Haustür auf. Im Flur sah er auf die Uhr. Halb fünf Uhr morgens. Vielleicht fand er noch ein paar Stunden Schlaf. Er zog die Schuhe aus und schlich auf Zehenspitzen in den ersten Stock, wo sich das Schlafzimmer seiner Tochter befand. Kim war eigentlich ein Unfall gewesen, damals vor siebzehn Jahren. Doch natürlich liebte er seine Tochter über alles und konnte sich ein Leben ohne sie nicht mehr vorstellen. Er durfte gar nicht daran denken, dass sie bald volljährig sein und dann unter Umständen von zu Hause ausziehen würde. Zu seinem Glück hatte seine Tochter am anderen Geschlecht noch kein rechtes Interesse gezeigt und so war Remmert bisher von männlicher Konkurrenz verschont geblieben.

Er öffnete leise die Tür und der schwache Lichtstrahl aus dem Flur erhellte Kims friedliches Gesicht. Der Hauptkommissar hörte ein paar Sekunden ihren ruhigen und gleichmäßigen Atemzügen zu. Alles in Ordnung, dachte er. Gott sei Dank.

Er ging hinunter in die Küche, öffnete den Kühlschrank und nahm sich eine Dose Bier heraus, die er aufriss und mit einem langen Schluck halb austrank.

»Peter, bist du das?«

Remmert drehte sich um und sah seine Frau im Bademantel in der Tür stehen. Er warf ihr einen liebevollen Blick zu. Remmert hatte seine Frau kurz vor Kims Geburt geheiratet, *heiraten müssen,* wie es damals geheißen hatte, und war sich beileibe nicht sicher gewesen, ob diese Ehe halten würde. Aber heute wusste er, dass er einen Glücksgriff getan hatte. Er liebte seine Frau wie am ersten Tag, vielleicht sogar noch mehr. Ursula war alles für ihn: seine Frau, sein bester Freund und seine Geliebte.

»Seit wann trinkst du am frühen Morgen Alkohol?«, wollte Ursula Remmert wissen.

»Für mich ist es späte Nacht«, antwortete Remmert. »Und ich brauche jetzt was zur Beruhigung.«

Er setzte sich an den Küchentisch und seine Frau nahm neben ihm Platz.

»So schlimm?«, fragte sie.

»Wie man's nimmt«, erwiderte er und erzählte ihr von der Entführung Daniela Schwalenbergs.

»Ich weiß nicht, was ich mit solchen Schweinen machen würde, wenn sie sich Kim greifen würden«, schloss er seinen Bericht.

»Bei deinem Einkommen dürfte eine Entführung eher unwahrscheinlich sein«, versuchte seine Frau, ihn aufzuheitern.

Remmert trank einen weiteren Schluck. »Wahrscheinlich hast du recht«, meinte er dann. »Wenn es bei dieser Sache tatsächlich um Geld geht.«

»Hast du daran Zweifel?«

Remmert schüttelte nach kurzem Nachdenken den Kopf. »Nein, nach allem, was wir wissen, hat die Entführung keinen sexuellen Hintergrund. Das war die generalstabsmäßig geplante Aktion einer Bande. Ich bin mir sicher, dass den Schwalenbergs bald eine Lösegeldforderung ins Haus flattern wird.«

Ursula Remmert seufzte. »Das heißt, ich werde dich in den nächsten Tagen kaum zu Gesicht bekommen, oder?«

Der Hauptkommissar nickte müde. Er wusste, dass er seiner Frau und seiner Tochter viel zu wenig Zeit widmete. »Bei derartigen Entführungen wird automatisch eine Sonderkommission gebildet«, erklärte er. »Und ich bin davon überzeugt, dass unsere sehr verehrte Frau Helen Baum die Soko leiten wird, schließlich hat sie den richtigen Titel. Die Sache wird in den Medien ein mittleres Erdbeben auslösen. Da wird es der Polizeipräsident nicht unter einer Kriminaldirektorin machen können, auch wenn sie von Tuten und Blasen keine Ahnung hat. Ich habe in fünfundzwanzig Jahren bei der Polizei noch nie einen Beamten des höheren Dienstes erlebt, der dermaßen unfähig ist. Wenn nicht ein Menschenleben auf dem Spiel stehen würde, würde ich mich totlachen.«

Ursula Remmert lächelte milde. »Bist du dir sicher, dass deine Abneigung gegen Frau Baum nichts damit zu tun hat, dass sie eine Frau ist?«, fragte sie.

»Ja, da bin ich mir ganz sicher«, erwiderte Remmert vehement. »Ich habe nichts gegen Frauen bei der Polizei. Im Gegenteil. Ich bin sogar davon überzeugt, dass sie bestimmte Aufgaben besser lösen können als ein Mann.«

»Ja, natürlich«, sagte Ursula Remmert ironisch. »Insbesondere, wenn es darum geht, Todesnachrichten zu übermitteln, Familienstreitigkeiten zu schlichten oder gewaltgeschädigte Frauen und Kinder zu vernehmen. Aber wenn es um die wirklich wichtigen Ermittlungen geht, muss natürlich ein Mann ran.«

»O nein. Ich hätte noch nicht einmal etwas gegen einen weiblichen Vorgesetzten. Allerdings habe ich etwas gegen Inkompetenz und darüber verfügt Frau Baum leider in hohem Maße. Inzwischen kennt jeder im Präsidium ihre Lebensgeschichte. Bis zu ihrem achtundzwanzigsten Lebensjahr war Helen Baum eine ganz normale Kriminalkommissarin, nicht besser oder schlechter als jeder von uns. Dann hat sie auf einer Tagung Joachim Kühnert kennengelernt und er hat sich in sie verliebt. Na ja, kein Wunder bei ihrem Aussehen. Die Frau ist ohne Zweifel äußerst attraktiv. Kurz darauf wurde Kühnert Staatssekretär im Innenministerium und ein halbes Jahr später hat er die Baum zu sich nach Düsseldorf geholt. Da hat sie dann unter Kühnerts Protektion Karriere gemacht bis hin zur Kriminaldirektorin.«

»Vielleicht war sie einfach nur gut«, warf Ursula Remmert ein.

Remmert machte ein zweifelndes Gesicht. »Vielleicht hat sie im Ministerium wirklich gute Arbeit geleistet«, sagte er dann. »Das kann ich nicht beurteilen. Wie man hört, war sie die letzten Jahre für die Auswertung von allen möglichen Kriminalstatistiken zuständig. ›Bielefeld, die sicherste Stadt Deutschlands‹, und so ein Scheiß. Dann kam der Regierungswechsel in Düsseldorf und Kühnert musste gehen. Kurz danach kam auch für die Baum das Ende und sie wurde nach Bielefeld abgeschoben.«

»Das beweist alles nicht, dass sie unfähig ist.«

»Nein, aber um das herauszufinden, hatten wir ja schon drei Monate Zeit. Kriminalistik ist nun einmal ein Handwerk, das man lernen kann. Und das man auch wieder *ver*lernen kann. Man kann nicht fünfzehn Jahre mit der praktischen Polizeiarbeit aussetzen und dann wieder einsteigen, als sei nichts geschehen. Auch Polizeiarbeit entwickelt sich weiter. Die Baum weiß das übrigens, sie ist schließlich nicht dumm. Und weil sie nicht dumm ist, weiß sie, dass sie mit uns nicht mithalten kann. Sie versucht, ihre Unsicherheit zu überspielen, indem sie uns jeden Tag die Dinge um die Ohren haut, von denen sie etwas versteht, und das sind ihre Statistiken. Ich kann ihr das nicht mal verdenken, aber mithilfe von Statistiken ist noch nie ein praktischer Fall gelöst worden. Und man kann auf diese Weise erst recht kein Entführungsopfer finden.«

Remmert trank den Rest seines Bieres aus, dann zerdrückte er die Dose und beförderte sie in den Müll. »Ich habe bei dieser Sache ein sehr ungutes Gefühl«, sagte er. »Ich glaube, die Geschichte wird für Daniela Schwalenberg nicht gut ausgehen.«

5

Um Punkt zehn Uhr stand Marc vor der Fassade eines grauen, zweigeschossigen Wohnhauses mit Spitzdach. Nach Marcs Schätzung stammte das Gebäude in der Menzelstraße aus den Fünfzigerjahren des letzten Jahrhunderts. Laut der Klingelknöpfe am Eingang war das Haus in sechs Wohnungen unterteilt. Marc fand den Namen Schlüter ganz unten und drückte den daneben angebrachten Knopf. Sekunden später ertönte ein Summer und die Tür sprang auf. Marc betrat einen gelb gefliesten Hausflur, im gleichen Augenblick öffnete sich zu seiner Linken eine Tür.

Ein hagerer Mann mit Stirnglatze und Nickelbrille, der Mitte vierzig sein mochte, trat halb in den Flur und musterte Marc erstaunt.

»Herr Schlüter?«, fragte Marc, bevor der Mann etwas sagen konnte. »Mein Name ist Marc Hagen. Ich bin ein Mitarbeiter von Frau Dr. von Kleist. Frau Dr. von Kleist ist leider kurzfristig verhindert und hat mich gebeten, den Termin wahrzunehmen.«

»Sind Sie auch Rechtsanwalt?«, wollte Schlüter wissen.

»Momentan nicht«, versuchte Marc, das peinliche Thema schnell abzuhandeln. »Aber da es sich nur um ein erstes Informationsgespräch handelt, kann ich Ihnen vielleicht trotzdem helfen. Es steht Ihnen natürlich frei zu warten, bis Frau Dr. von Kleist wieder Zeit hat, aber wie es momentan aussieht, kann das dauern.«

Schlüter dachte einen Moment nach, dann nickte er fast unmerklich und reichte Marc seine rechte Hand. »Peter Schlüter«, stellte er sich vor. »Kommen Sie bitte herein.«

Er trat zur Seite und wies auf das letzte Zimmer, das rechts von dem Flur abging. »Wenn Sie mir ins Wohnzimmer folgen wollen.«

Dort angekommen, machte Schlüter eine Handbewegung zu einem schwarzen Ledersofa hin. »Bitte, nehmen Sie Platz.«

Marc setzte sich und sah sich neugierig um. Eine Wand des Raumes wurde fast vollständig von einem leeren Regal eingenommen, die Schubladen der beiden Kommoden waren halb herausgezogen, die Türen des großen Schrankes standen weit offen. Die Umzugskartons, die sich neben dem Sofa stapelten, waren bis zum Rand mit Büchern vollgepackt.

»Mein Vater ist vor drei Wochen verstorben«, erklärte Schlüter, dem Marcs Blicke nicht entgangen waren. »Das hier ist seine Wohnung und ich bin gerade dabei, den Haushalt aufzulösen.«

»Mein Beileid«, sagte Marc und suchte nach Worten. »Ihr Vater war offenbar sehr belesen.«

»O ja. Er war Oberstudienrat am Max-Planck-Gymnasium und hat bis zu seiner Pensionierung Deutsch und Geschichte unterrichtet.«

»Ihr Vater ist *der* Schlüter?«, erkundigte sich Marc erstaunt. »Der schöne Walter? So wurde er zumindest von uns Schülern genannt.«

»Sie waren auch auf dem MPG?«, fragte Schlüter.

»Von 1981 bis 1990«, bestätigte Marc. »Ich selbst hatte allerdings bei Ihrem Vater nie Unterricht.«

»Ja, er ist auch schon 1985 pensioniert worden.«

»Dann sind Sie doch bestimmt ebenfalls ein Ehemaliger des Max-Plancks?«

»Nein, ich war auf dem Ratsgymnasium. Das Max-Planck hatte zumindest in den Siebziger- und Achtzigerjahren den Ruf einer linken Kaderschmiede. Ich weiß nicht, ob das heute noch der Fall ist, aber mein Vater wollte damals unbedingt, dass ich auf eine ›anständige‹ Schule ging. Er meinte, ein Abi auf dem Rats sei viel mehr wert, außerdem bekomme man da eine ordentliche humanistische Bildung. Zu seinem großen Leidwesen habe ich dann doch etwas Naturwissenschaftliches studiert. Na ja, auf jeden Fall hatte ich nichts dagegen, auf ein anderes Gymnasium zu gehen. Ich stelle es mir nicht sehr lustig vor, Schüler an einer Schule zu sein, an der der eigene Vater Lehrer ist.«

»Ihr Vater hatte aber offenbar keine Bedenken, an der ›linken Kaderschmiede‹ zu unterrichten.«

»Ich glaube, er hat sich als eine Art Speerspitze gegen den Sozialismus gesehen. Außerdem konnte er so zu Fuß zur Arbeit gehen.« Schlüter hielt inne. »Möchten Sie vielleicht etwas zu trinken?«, fragte er.

Marc spürte den Nachdurst der letzten Pokernacht in seiner Kehle und räusperte sich. »Ein Glas Wasser wäre nett.«

Schlüter verschwand in einem Nebenraum und kehrte kurz darauf mit einem Glas und einer Flasche Volvic in das Wohnzimmer zurück. Er stellte beides vor Marc auf den niedrigen Couchtisch und setzte sich auf einen der beiden Sessel gegenüber. Dann beobachtete er, wie Marc den Deckel der Flasche aufdrehte und sich das Mineralwasser eingoss.

»Was heißt eigentlich ›momentan‹?«, wollte Schlüter unvermittelt wissen.

Marc hätte fast das Wasser verschüttet. »Wie bitte?«

»Sie sagten, Sie hätten ›momentan‹ keine Anwaltszulassung. Ich dachte bis jetzt, entweder man ist Anwalt oder man ist es nicht. Verstehen Sie mich bitte nicht falsch, aber ich muss schließlich wissen, mit wem ich es zu tun habe.«

»Ich bin Jurist, aber meine Anwaltszulassung ruht quasi«, sagte Marc und überlegte, wie er es vermeiden konnte, Schlüter etwas von seiner Vorstrafe wegen Versicherungsbetrugs zu erzählen. »Ich hatte Probleme mit der Anwaltskammer, weil ich einen für einen Anwalt, nun ja, etwas unkonventionellen Stil pflege.« Marc legte eine Pause ein und hoffte, dass Schlüter sich mit dieser Erklärung zufriedengeben würde.

»Ein unkonventioneller Stil«, murmelte der nachdenklich. »Ja, vielleicht ist das genau das, was ich brauche.« Schlüter musterte Marc eindringlich, als wollte er seine Qualifikation für die unbekannte Aufgabe überprüfen. »Aber unser Gespräch unterliegt doch der Geheimhaltung, auch wenn Sie keine Anwaltszulassung haben, oder?«, fragte er dann.

Marc nickte bestätigend. »Voll und ganz.«

»Gut, dann denke ich, dass ich Ihnen mein Problem schildern kann. Ich weiß nicht, wie viel Frau Dr. von Kleist Ihnen schon erzählt hat. Ich fange am besten ganz am Anfang an. Mein Großvater hat dieses Haus 1951 gebaut. 1960 ist er verstorben und hat es an meinen Vater vererbt. Ich habe in dieser Wohnung von meiner Geburt 1962 bis zu meinem zwanzigsten Lebensjahr gelebt. Dann habe ich ein Studium in Aachen begonnen. Jetzt bin ich Ingenieur und lebe seit zehn Jahren mit meiner Frau und meiner Tochter in Enger. Meine Mutter ist vor acht Jahren gestorben, mein Vater hat bis zu seinem Tod hier gewohnt. Ich bin sein Alleinerbe und habe mir zwei Wochen Urlaub genommen, um den Nachlass zu ordnen. Außerdem hatte ich mir vorgenommen, den Dachstuhl zu entrümpeln. Meine Tochter beginnt demnächst hier in Bielefeld ein Biologiestudium und wir überlegen, das Dachgeschoss für sie auszubauen. Und bei dieser Entrümpelung habe ich etwas Entsetzliches entdeckt.« Schlüter holte tief Luft, als müsste er innerlich Anlauf nehmen, bevor er die unerhörte Nachricht verkünden konnte. Schließlich sagte er: »Also, um es kurz zu machen: Ich habe auf dem Dachboden dieses Hauses eine Leiche gefunden.«

Marc konnte kaum glauben, was er da hörte. »Eine Leiche?«, fragte er fassungslos.

Schlüter nickte düster. »Jawohl, eine Leiche. Sie war in einer großen Kiste hinter dem Drempel versteckt. Dazu müssen Sie wissen, dass der Dachboden sehr unübersichtlich ist und von meinem Vater seit Jahrzehnten nur noch als Abstellraum und Rumpelkammer genutzt wurde.«

Marc rieb sich das Kinn »Haben Sie eine Ahnung, wer die Leiche ist und wie sie dorthin gelangt sein könnte?«

»Nein, nicht die geringste.«

»Handelt es sich um einen Mann oder um eine Frau?«

Schlüter hob die Schultern. »Tut mir leid, das kann ich Ihnen nicht sagen.«

»Wie darf ich das verstehen?«, fragte Marc perplex.

»Nun, die Leiche ist in Plastik verpackt. Ich hatte bisher nicht den Mut, die Folie zu öffnen. Außerdem wollte ich keine Spuren zerstören.«

»Woher wollen Sie dann überhaupt wissen, dass es sich um einen Menschen handelt?«

»Das kann man an den Umrissen erkennen. Kopf, Oberkörper, Beine, alles ist deutlich sichtbar.«

»Mhm.« Marc dachte nach. »Kann es sich nicht auch um eine Schaufensterpuppe handeln?«

»Warum sollte jemand eine Schaufensterpuppe in Plastik verpacken und sie auf dem Dachboden deponieren?«

»Vielleicht um sie vor Staub und Nässe zu schützen«, mutmaßte Marc.

Schlüter schüttelte ungeduldig den Kopf. »Mein Vater war Lehrer, meine Mutter Hausfrau. Keiner der beiden hat jemals eine Schaufensterpuppe besessen.«

»Wie auch immer«, meinte Marc. »Mir ist nicht ganz klar, was Frau Dr. von Kleist oder ich für Sie tun können. Rechtsanwälte sind für Leichenfunde nicht zuständig. Warum wenden Sie sich nicht an die Polizei?«

Schlüter zögerte. »Das geht nicht«, sagte er schließlich.

»Warum nicht?«

»Weil ich eben nicht weiß, wer die Leiche ist und wie sie dort hingekommen ist.«

»Das herauszufinden, ist Aufgabe der Polizei.«

»Schon. Aber was ist, wenn mein Vater etwas damit zu tun hat?«

»Ihr Vater?«

»Natürlich. Schließlich liegt die Leiche in *seinem* Haus.«

»Ich verstehe«, gab Marc langsam zurück. »Und was wäre jetzt genau meine Aufgabe?«

»Sie sollen herausfinden, ob mein Vater etwas mit dem Tod dieses Menschen zu tun hat. Falls das nicht der Fall sein sollte, werde ich sofort zur Polizei gehen.«

»Und wenn er doch etwas damit zu tun hat?«

Schlüter starrte ihn an. »Das habe ich mir noch nicht abschließend überlegt. Aber eigentlich will ich nicht, dass das Andenken meines Vaters durch den Schmutz gezogen wird. Er ist tot und kann ohnehin nicht mehr zur Verantwortung gezogen werden. Wer sollte also noch ein Interesse an der Aufklärung des Falles haben?«

»Wie wäre es mit den Angehörigen des oder der Toten?«, sagte Marc. »Offenbar ist ein Mensch verschwunden. Glauben Sie nicht, dass die Verwandten wissen wollen, was geschehen ist?«

Schlüter nickte bedächtig. »Natürlich, Sie haben recht. Aber verstehen Sie jetzt, in welchem Dilemma ich mich befinde? Einerseits möchte ich, dass die Sache aufgeklärt wird, andererseits will ich meinen Vater schützen.«

Marc dachte fieberhaft nach. Dann schlug er vor: »Wir versuchen zuerst einmal herauszufinden, ob es sich wirklich um eine menschliche Leiche handelt. Anschließend sehen wir weiter.«

Schlüter machte ein erfreutes Gesicht. »Gut, gehen wir hoch.«

Marc schluckte hart. »Sie meinen, jetzt sofort?«

»Natürlich, auf wen oder was sollen wir warten?«

6

Ihre Augen öffneten sich flatternd. Ihr war übel und sie spürte leichte Kopf- und Bauchschmerzen.

Was ist geschehen?, dachte sie. Sie lag auf einem Stahlbett mit Matratze, Bettbezug, einem Kopfkissen und einer Wolldecke. Ein Würgreiz stieg in ihrer Speiseröhre auf. Sie wollte sich zur Seite wenden, um sich zu übergeben, wurde aber von irgendetwas festgehalten. Sie drehte den Kopf und sah, dass ihre rechte Hand mit Handschellen an einer der eisernen Bettstangen angekettet war. Schlagartig setzte die Erinnerung ein: Sie war auf dem Weg nach Hause gewesen, als ein Mann sie von hinten gepackt hatte. Dann war ihr ein ekelhaft riechendes Tuch auf den Mund gedrückt worden und dann … Nichts mehr, bis sie in diesem Raum aufgewacht war.

Wo bin ich?, überlegte sie. Sie richtete sich halb auf und stellte fest, dass sie sich in einem niedrigen, etwa vier mal vier Meter großen Raum befand. Die Wände waren weiß verputzt, knapp unterhalb der Decke zog ein dickes Rohr durch den halben Raum. Es gab eine Tür und ein winziges, durch ein Gitter gesichertes Fenster, durch das etwas Tageslicht hereinfiel.

Die Wand neben der Tür war vollständig mit einem Regal bedeckt, in dem sich Werkzeug, Einmachgläser und Flaschen befanden. Auf dem nackten grauen Betonboden standen eine Campingtoilette, ein Plastikstuhl und ein Plastiktisch mit einem großen Wasserkübel darauf, daneben lagen Seife, eine Zahnbürste, Zahnpasta und Klopapier.

Das einzige Geräusch, das zu hören war, war das gleichmäßige, vibrierende Summen einer Neonröhre an der Decke. Es roch nach Schimmel, Heizöl, Lösungsmitteln, Lack und Chemie von der Toilette.

Wahrscheinlich bin ich in einem Keller, dachte sie.

Erschöpft lehnte sie sich zurück und bemerkte ein Spinnennetz über ihrem Kopf. Sie hatte fürchterliche Angst vor Spinnen, aber das war jetzt ihr kleinstes Problem.

Sie war entführt worden, daran konnte es keinen Zweifel geben. Über das Motiv der Verbrecher musste sie nicht lange nachdenken. Mit Sicherheit würden die Kidnapper ein Lösegeld für ihre Freilassung fordern. So etwas las man ja dauernd in der Zeitung. Oder die Gangster wollten sie …

Ihr stockte der Atem, als ihr *diese* Möglichkeit einfiel. Aber dann beruhigte sie sich etwas. Nein, ihre Eltern waren reich, stinkreich sogar. Natürlich ging es um Lösegeld. Es *musste* um Geld gehen, alles andere war undenkbar. Ob Mama und Papa schon wussten, dass ihre einzige Tochter entführt worden war? Hoffentlich hatten die Gangster sich schon bei ihnen gemeldet, umso schneller würde dies hier vorbei sein. Sie war sich sicher, dass ihr Vater »seinen Sonnenschein«, wie er sie immer nannte, nicht im Stich lassen und jede verlangte Summe zahlen würde.

Auf einmal vernahm sie schwere Schritte, die eine Treppe heruntertrampelten. Schlagartig beschleunigte sich ihr Puls. Ein Schlüssel wurde in das Schloss der Tür gesteckt und umgedreht, dann wurden zwei Riegel zurückgeschoben. Jeden Moment würden ihre Peiniger hereinkommen.

In panischer Angst schloss sie die Augen und kniff sie so fest zusammen, dass sie das Gefühl hatte, sie würden ihr aus dem Kopf heraustreten. Sie war sich sicher, dass es ihren Tod bedeutete, wenn sie die Entführer erkannte.

Die Tür schwang auf und sie spürte einen Zug frischer Luft in ihrem Gesicht. Dann näherten sich die Schritte, bis sie direkt vor ihr stoppten.

»Mach die Augen auf!«, sagte eine hohe männliche Stimme.

Sie drückte die Augen noch fester zusammen und schüttelte stumm den Kopf.

»Mach die Augen auf, hab ich gesagt!«, befahl die Stimme wieder. »Keine Angst, dir geschieht nichts.«

Zögernd öffnete sie erst das rechte, dann das linke Auge und sah drei in Trainingsanzügen gekleidete Gestalten vor sich, die über dem Kopf Sturmmasken mit Sehschlitzen trugen.

Der Mann ganz vorn war eher klein und schmächtig, nach ihrer Schätzung keine ein Meter siebzig, die beiden anderen, die sich etwas im Hintergrund hielten, waren wesentlich größer. Der eine maß bestimmt zwei Meter und hatte einen gewaltigen Bauch.

»Ich werde dir jetzt die Spielregeln erklären«, fuhr der kleine Mann fort. »Wie du ja wahrscheinlich schon gemerkt hast, befindest du dich in unserer Gewalt. Wenn deine Eltern dich wiedersehen wollen, müssen sie dafür zahlen. Sobald sie gezahlt haben, werden wir dich freilassen. So lange wirst du in diesem Raum bleiben. Die Dauer deines Aufenthalts hängt also allein von der Kooperationsbereitschaft deiner Eltern ab. Du wirst dich absolut still verhalten und nicht versuchen zu fliehen, sonst werden wir dir sehr wehtun. Abgesehen davon, hätten derartige Versuche auch keinerlei Aussicht auf Erfolg. Hast du das verstanden?«

Sie nickte stumm, schrak aber im gleichen Moment zusammen und versteifte sich, denn der große, dicke Mann trat auf sie zu.

»Hab keine Angst«, flüsterte er ihr beruhigend zu. Er richtete ihren Oberkörper auf und lehnte ihn gegen die Bettstangen. Dann drückte er ihr eine Zeitung in die Hand. »Halt einfach das Titelblatt hoch«, sagte er und zog sich einen Schritt zurück.

Sie tat, wie ihr befohlen, und wurde eine Sekunde später von einem grellen Blitzlicht geblendet.

»Noch ein Bild, zur Sicherheit«, hörte sie die hohe Stimme des kleinen Mannes.

Ein zweiter Blitz flammte auf und stach ihr in die Augen. Dann wurde ihr die Zeitung wieder abgenommen.

»Und was passiert jetzt?«, wagte sie zu fragen.

»Jetzt?« Sie meinte ein gemeines Lächeln in der Stimme des Sprechers zu hören. »Jetzt ist es an der Zeit für einen Anruf bei deinen Eltern.«

7

Helen Baum saß in einem zivilen Opel Vectra und war auf dem Weg vom Präsidium zum Bielefelder Nobelstadtteil Hoberge-Uerentrup.

Vor einer Stunde hatte Polizeipräsident Nordkamp sie zu sich gebeten und ihr mitgeteilt, dass sie die Sonderkommission ›Daniela‹ leiten würde. Helen Baums Freude über diese Nachricht hatte sich in Grenzen gehalten, wusste sie doch genau, warum Nordkamp gerade sie ausgewählt hatte, obwohl sie während ihres ganzen Berufslebens noch nie eine Soko geführt hatte. Nordkamp hatte sich mit Händen und Füßen gegen ihre Versetzung nach Bielefeld gewehrt. Sie galt als weltfremde Expertin für Statistiken, die keine Ahnung von praktischer Polizeiarbeit hatte. Jetzt bot sich Nordkamp eine günstige Gelegenheit, sie wieder loszuwerden. Wenn die Soko scheiterte, würde sie der Sündenbock sein, darüber war sie sich vollkommen klar. Und wenn es der Soko gelang, Daniela Schwalenberg unverletzt freizubekommen und die Täter zu stellen, würde der Polizeipräsident die Lorbeeren ernten. Denn eine besondere Begabung hatte Nordkamp: das Spiel mit den Medien.

Natürlich hatte Nordkamp Helen Baum derlei nicht gesagt. Er hatte vielmehr davon gesprochen, die Soko ›Daniela‹ sei für sie eine Bewährungsmöglichkeit, die ihre Karriere und ihr Ansehen bei der Bielefelder Polizei positiv beeinflussen könne. Gleichzeitig hatte er deutlich gemacht, dass er ihre Aufgabe hauptsächlich in der Repräsentation der Soko »nach außen«, gegenüber der Presse, Staatsanwaltschaft und anderen Behörden sehe. Er habe eine Beamtin des höheren Dienstes mit der Leitung beauftragt, weil die herausragende Bedeutung des Falles dadurch hervorgehoben werde und die Akzeptanz bei der Zusammenarbeit mit anderen Stellen steige. Doch die Fußarbeit solle sie ruhig Kriminalhauptkommissar Remmert, den stellvertretenden Leiter der Soko, machen lassen. Remmert sei ein hervorragender und erfahrener Beamter, Nordkamps »bestes Pferd im Stall«, der werde das Ding schon schaukeln.

Helen Baum seufzte. Wie auch immer diese Sache ausging: Es stand jetzt schon fest, dass Nordkamp am Ende als Gewinner dastehen würde.

Die Kriminaldirektorin passierte den Tierpark Olderdissen, danach wich der Wald allmählich den sanften grünen Hügeln und repräsentativen Häusern Hoberge-Uerentrups.

Kurz darauf erreichte Helen Baum die Rosenstraße. Sie stoppte den Vectra vor der Einfahrt mit der Nummer 13, stieg aus und sah sich um. Alles wirkte vollkommen ruhig und nichts erinnerte an die Ereignisse der letzten Nacht. Am Straßenrand stand ein blauer Volvo Kombi, in dem Helen Baum vage zwei Personen ausmachen konnte. Von Zeit zu Zeit zog weißer Zigarettenrauch aus dem halb geöffneten Beifahrerfenster. Reporter, die auf einen Scoop lauerten, vermutete sie. Die Nachricht von der Entführung war aufgrund der Ringfahndung zur Presse durchgesickert, allerdings war es dem Polizeipräsidenten gelungen, mit den Medien ein Stillhalteabkommen zu schließen, um das Leben der Geisel nicht zu gefährden. Zu Helen Baums Aufgaben würde es gehören, die Presse jeden Tag über den Stand der Dinge zu informieren, verbunden mit der Bitte, nichts zu veröffentlichen. Die Reporter, die hier Stellung vor dem Haus der Schwalenbergs bezogen hatten, wollten wohl trotzdem sicherstellen, dass sie etwaige dramatische Entwicklungen nicht verpassten.

Helen Baum musterte die Örtlichkeit genauer. Tatsächlich befand sich direkt gegenüber dem Grundstück der Schwalenbergs ein kleiner, nur schlecht einsehbarer, von Bäumen und Büschen flankierter Fuß- und Fahrradweg. Neumanns Geschichte konnte also theoretisch stimmen.

Die Kriminaldirektorin ging auf das Grundstück der Schwalenbergs zu. Das Haus war hinter einem schmiedeeisernen, mit Spitzen versehenen Zaun und einer hohen Hecke verborgen. Helen Baum drückte auf den Klingelknopf, neben dem sich kein Namensschild befand. Eine überflüssige Sicherheitsmaßnahme, dachte sie. Weigelt hatte ihr erzählt, dass die meisten Bielefelder wussten, wer auf dem riesigen Anwesen wohnte. Über sich bemerkte sie eine Videokamera, deren Zoom sich in Bewegung setzte. Dann knackte die Gegensprechanlage. Helen Baum sagte ihren Namen und hielt ihren Ausweis in die Kamera. Sekunden später schwang das zweiflügelige Tor auf. Während die Beamtin die lange Auffahrt entlangging, kam ihr der Gedanke, dass sie den Opel besser mitgenommen hätte. Schließlich öffnete sich der Blick auf eine herrschaftliche weiße Villa mit einem mächtigen schiefergedeckten Walmdach, dem Fledermausgauben die Strenge nahmen. An beiden Seiten des Hauses war angebaut worden. Das Wasser eines Hallenbades olympischen Ausmaßes reflektierte an der Decke des rechten Anbaus, der linke Anbau beherbergte die Garage, in der mindestens sechs Autos Platz fanden.

Die Auffahrt mündete auf einem runden, mit weißen Kieseln bedeckten Vorplatz, auf dem mehrere Wagen parkten, die Helen Baum als Dienstfahrzeuge der Bielefelder Polizei identifizierte.

Sie wandte sich der mit Butzenscheiben versehenen Haustür zu, die bereits geöffnet wurde, als sie noch fünf Meter entfernt war. In der Tür stand Remmert, der erstaunlich frisch wirkte, obwohl er kaum mehr als drei oder vier Stunden geschlafen haben konnte.

»Herzlichen Glückwunsch«, begrüßte sie ihn.

Remmert hob erstaunt die Augenbrauen. »Wozu?«

»Zur Ernennung zum stellvertretenden Leiter der Soko ›Daniela‹.«

Der Hauptkommissar machte eine abfällige Handbewegung. »Geschenkt«, sagte er und führte sie in eine etwa zwanzig Quadratmeter große Vorhalle mit einem Boden aus Marmor, der von Punktstrahlern an der Decke zum Leuchten gebracht wurde.

»Haben die Entführer sich schon gemeldet?«, wollte Helen Baum wissen.

»Nein.«

»Können wir denn inzwischen sicher sein, dass Daniela Schwalenberg das Opfer ist?«, fragte sie.

»Ja, sie ist bis jetzt nicht nach Hause gekommen und ihre Beschreibung durch Neumann war eindeutig.«

»Ich habe an der Straße einen Volvo mit zwei Insassen gesehen«, berichtete die Kriminaldirektorin. »Ist der schon kontrolliert? Ich meine, es kann ja immerhin sein, dass die Entführer das Haus beobachten.«

Remmert sah sie beinahe mitleidig an. »Ist alles erledigt. Sind nur Journalisten.«

»Ich habe außerdem festgestellt, dass das Tor mit einer Kamera überwacht wird«, fuhr sie unbeeindruckt fort. »Neumann hat doch behauptet, Daniela sei genau vor dem Eingang entführt worden. Haben wir die Aufnahmen?«

Remmert schüttelte den Kopf. »Die Kamera wird nur aktiviert, wenn jemand schellt. Außerdem werden die Bilder nicht aufgezeichnet.«

»Sonst gibt es hier keine Kameras?«

»Nur Attrappen. Auf dem Grundstück sind Bewegungsmelder angebracht, aber die nützen uns natürlich nichts. Hier geht's lang.«

Helen Baum folgte dem Hauptkommissar über den Marmorboden und dicke Teppiche weiter ins Haus. Neben ihnen öffnete sich eine Tür und eine große, schlanke Frau Mitte dreißig trat aus dem Gäste-WC.

»Das ist Petra Seifert«, stellte Remmert vor. »Frau Seifert ist Diplom-Psychologin und speziell für die Unterstützung der Angehörigen bei einer Entführung geschult.«

Helen Baum begrüßte die Psychologin mit Handschlag. »Sind die Eltern vernehmungsfähig?«, wollte sie wissen.

»Der Vater uneingeschränkt, bei der Mutter müssen Sie sehr behutsam vorgehen«, lautete die Antwort. »Sie hat starke Beruhigungsmittel bekommen. Die Entführung eines Familienmitgliedes bedeutet für alle Beteiligten eine extreme Ausnahmesituation. Die Schwalenbergs haben panische Angst um Danielas Leben und wahrscheinlich eine noch größere Angst, falsche Entscheidungen zu treffen, die das Leben der Tochter noch mehr gefährden.«

Zu dritt erreichten sie das Wohnzimmer. Während die Hausfront zur Straßenseite eine geschlossene Einheit bildete, sorgten in dem bis unters Dach geöffneten, über hundert Quadratmeter großen Wohnbereich bodentiefe Sprossenfenster und Rundbogentüren für viel Licht und rahmten den Blick auf eine Terrasse und einen parkähnlichen Garten.

Obwohl sich in dem Raum viele Menschen aufhielten, herrschte Totenstille wie bei einer Trauerfeier. Zwei Personen kannte Helen Baum bereits: Abhörspezialisten der Bielefelder Polizei, die mit ihren technischen Geräten neben dem Telefon hockten. Die Kriminaldirektorin nickte ihnen kurz zu.

Vor dem offenen, weißen Kamin saßen zwei Frauen auf einer champagnerfarbenen Couchgarnitur. Die beiden sahen sich ähnlich. Die Frau rechts war Ende vierzig oder Anfang fünfzig und starrte mit leerem Blick vor sich hin. Sie war sehr schlank, maximal Kleidergröße 34, schätzte Helen Baum, aber sie musste schließlich auch in Designer-Klamotten passen. Sie trug ein tailliertes Chanel-Kostüm. Das schmale Gesicht der Frau wurde von einer hohen Stirn und elegant geschwungenen Augenbrauen beherrscht, im Augenblick fielen jedoch hauptsächlich ihre rot geweinten Augen mit den dunklen Ringen und das dick aufgetragene Make-up auf. Trotz ihrer derzeitigen Verfassung war die Schönheit der Frau nicht zu leugnen.

»Das ist Renate Schwalenberg«, sagte Remmert. »Danielas Mutter.«

Helen Baum versuchte, Blickkontakt zu der Frau herzustellen, aber es gelang ihr nicht. Das Frauchen eignet sich wahrscheinlich hervorragend zum Repräsentieren, dachte die Kriminaldirektorin und stellte sich vor, wie Renate Schwalenberg eifrig parlierend, mit einem Cocktailglas in der Hand von Grüppchen zu Grüppchen durch ihr Wohnzimmer ging, um die Gäste des Hauses zu begrüßen.

Helen Baum wandte ihre Aufmerksamkeit der zweiten Frau zu, die Renate Schwalenberg die ganze Zeit die Hand hielt. »Frau Dr. von Kleist«, stellte Remmert sie vor. »Frau Dr. von Kleist ist die Schwester von Frau Schwalenberg. Außerdem ist sie Rechtsanwältin.« Das klang wie eine Warnung.

Helen Baum gab der Anwältin die Hand. Die Schwester, das hatte sie sich angesichts der Ähnlichkeit schon gedacht, auch wenn Frau von Kleist einige Jahre älter und bei Weitem nicht so attraktiv wirkte wie die Hausherrin. Was vielleicht an dem etwas altmodischen Bubikopf lag, zu dem sie ihre grau-blonden Haare hatte schneiden lassen. Und Anwältin war sie auch noch! Das ist nicht gut, dachte Helen Baum. Anwälte machten nur Ärger. Das berühmte Shakespeare-Zitat fiel ihr ein: Als Erstes lasst uns alle Anwälte umbringen.

Neben dem Sofa stand ein besorgt dreinblickender, asketisch wirkender Mann in den Fünfzigern mit hohen Geheimratsecken, von dem Helen Baum nur wusste, dass es sich nicht um Dieter Schwalenberg handeln konnte. Dessen Äußeres war ihr aus Presse und Fernsehen bestens bekannt, auch wenn sie noch nicht lange in Bielefeld wohnte.

»Dr. Klausmeier«, stellte sich der Mann vor. »Ich bin der Hausarzt der Familie. Frau Schwalenberg hat mich zu sich gerufen, weil es ihr nicht gut geht.«

Helen Baum nickte auch ihm kurz zu. »Glauben Sie trotzdem, ich kann ihr ein paar Fragen stellen?«, fragte sie. »Es könnte sehr wichtig sein.«

Renate Schwalenberg blickte abrupt auf, als sei sie gerade aus ihrer Lethargie erwacht. »Ich werde es versuchen«, hauchte sie.

»Gut. Dann würde ich Sie zunächst bitten, mir etwas über Daniela zu erzählen. Was ist sie für ein Mensch?«

»Was soll der Quatsch?«

Helen Baum drehte sich um und entdeckte einen Mann mit krebsrotem Kopf. Mit kaum gebremster Wut stürmte er auf sie los. Bluthochdruck, dachte die Kriminaldirektorin. Oder die Aufregung. Oder Alkohol. Oder alles zusammen. Diesen Mann kannte Helen Baum. Dieter Schwalenberg war Anfang fünfzig, groß gewachsen und mit einer Neigung zum Übergewicht. Sein Gesicht dominierte eine Hakennase, auffällig waren außerdem seine sehr dünnen Lippen. Bekleidet war Schwalenberg mit einem blauen Lacoste-Polohemd, das auf seiner Brust spannte, und einer hellen Bundfaltenhose. Schwalenbergs Haar war zu schwarz für sein Alter, die Gesichtshaut zu glatt und zu braun. Sein überproportional großer, kantiger Unterkiefer erinnerte Helen Baum an Oliver Kahn und Michael Schumacher, im Moment musste sie allerdings eher an einen angreifenden Pitbull denken.

»Haben Sie hier das Sagen?«, brüllte Schwalenberg mit sich vor Zorn überschlagender Stimme. Aus seinem Mund spritzten kleine Speichelfetzen.

Die Kriminaldirektorin streckte zur Begrüßung die rechte Hand aus. Als Schwalenberg sie nicht ergriff, ließ sie sie langsam wieder sinken.

»Mein Name ist Helen Baum«, sagte sie. »Ich leite die Sonderkommission ›Daniela‹.«

»So, so.« Schwalenberg musterte sie eingehend. »Eine Frau«, stellte er dann mit einem leicht abschätzigen Unterton in der Stimme fest. »Na ja. Haben Sie schon was erreicht?«

»Es tut mir leid, aber derzeit gibt es nichts Neues«, gab die Kriminaldirektorin zurück. »Wir müssen Geduld haben.«

»Geduld!« Dieter Schwalenberg spie das Wort regelrecht

aus. »Meine Geduld ist am Ende. Da kommen irgendwelche Verbrecher daher und meinen, sich mit mir anlegen zu können. Und die Polizei unternimmt nichts!«

Helen Baum überlegte, dass Schwalenberg die Entführung seiner Tochter wohl vor allem als persönlichen Affront betrachtete.

»Wissen Sie eigentlich, wie viel Steuern ich zahle?«, redete sich Schwalenberg weiter in Rage. »Allein mit meiner Gewerbesteuer finanziere ich wahrscheinlich die gesamte Bielefelder Polizei.«

»Hören Sie, Herr Schwalenberg. Ich kann Ihre Erregung ja verstehen. Unsere Ermittlungen laufen auf Hochtouren, aber im Moment können wir nicht viel mehr tun. Bei einer derartigen Entführung lassen sich generell drei Phasen unterscheiden. In der ersten Phase erfolgt die Kontaktaufnahme durch die Täter. Dieser erste Kontakt findet in achtundneunzig Prozent der Fälle durch anonyme Schreiben oder Telefonanrufe statt. Und auf diesen ersten Kontakt müssen wir jetzt warten. In der zweiten Phase …«

»Was soll dieses Blabla?«, wurde Helen Baum von Schwalenberg unterbrochen. »Ich bin an Statistiken nicht interessiert. Sie sollen meine Tochter finden!«

»Aus diesem Grund bin ich hier«, versicherte Helen Baum. »Die meisten Verbrechen beginnen zu Hause. Deshalb müssen wir uns auch mit Daniela beschäftigen. Irgendwie sind die Kidnapper ausgerechnet auf sie aufmerksam geworden.«

»Sie fragen sich, wie diese Verbrecher gerade auf meine Tochter gekommen sind?«, höhnte Schwalenberg. »Das ist doch wohl offensichtlich. Ein Blick in die Zeitung genügt, um zu wissen, dass ich ein sehr vermögender Mann bin. Diese Verbrecher haben es auf *mein* Geld abgesehen. Das könnte jeder …« Er unterbrach sich, als sei ihm gerade ein Gedanke gekommen.

»Herr Schwalenberg, stimmt etwas nicht?«, fragte die Kriminaldirektorin.

»Warum bin ich da nicht gleich drauf gekommen?« Schwalenberg tippte sich gegen die Stirn. »Kevin! Kevin …« Er schnippte zweimal mit den Fingern und warf seiner Frau einen hektischen Blick zu. »Herrgott, hilf mir doch mal. Wie heißt dieser Mensch noch mit Nachnamen?«

»Schneider«, flüsterte seine Frau.

»Schneider!«, bestätigte Schwalenberg zufrieden. »Kevin Schneider. Um den sollten Sie sich vorrangig kümmern.«

»Wer ist das?«, wollte Helen Baum wissen.

»Schneider war der Freund meiner Tochter. Bis vor ungefähr einem halben Jahr. Daniela ist eigentlich ein intelligentes Mädchen, aber sie hat leider diesen fatalen Hang zu gescheiterten Existenzen. Muss an ihren Genen liegen.«

»Wie darf ich das verstehen?«, fragte die Kriminaldirektorin.

»Daniela ist nicht unsere leibliche Tochter«, erklärte Renate Schwalenberg vom Sofa her. »Ich kann leider keine Kinder bekommen. Wir haben Daniela adoptiert, als sie noch nicht einmal ein Jahr alt war. Ihr leiblicher Vater war drogenabhängig, ihre Mutter hatte schwere psychische Probleme. Deshalb ist mein Mann der Überzeugung, etwas stimme nicht mit Daniela.«

»Nicht dass Sie mich falsch verstehen«, ergänzte Schwalenberg. »Ich liebe Daniela über alles. Sie ist eben nur manchmal … ja, komisch halt.«

»Wie würden Sie Ihr Verhältnis zu Daniela beschreiben?«, fragte Helen Baum an Renate Schwalenberg gewandt.

»Hervorragend«, antwortete die sofort. »Wir verstehen uns glänzend. Wir sind mehr wie Schwestern als wie Mutter und Tochter.«

»Weiß Daniela, dass Sie nicht ihre leiblichen Eltern sind?«

»Sie hat es wohl durch eine unbedachte Äußerung meiner Schwester herausgefunden.« Sie blickte zu Irene von Kleist. »Da war Daniela acht. Eigentlich wollten wir ihr es erst später sagen.«

»Ist Daniela Ihr einziges Kind?«

»Ja.«

»Ihre Tochter geht auf das Ratsgymnasium?«, fragte Helen Baum.

»Ja, Daniela ist sehr intelligent«, antwortete Renate Schwalenberg mit hörbarem Stolz. »Sie hat einen IQ von hundertzweiundvierzig. Leider ist sie auch entsetzlich faul und ihre Noten sind bei Weitem nicht so, wie sie sein könnten.«

»Hat Daniela viele Freundinnen?«

»Ja, durchaus. Ihre beste Freundin ist eine Viktoria Gelen. Ein nettes Mädchen. Sie ist ab und zu hier. Sie geht auch aufs Rats, in die gleiche Klasse wie Daniela.«

»Hatte Daniela nach Kevin Schneider noch einen Freund?«

»Nein, das wüsste ich. Daniela erzählt mir alles. Ich sagte ja schon, dass wir ein sehr freundschaftliches Verhältnis haben.«

»Gut, dann zurück zu diesem Kevin Schneider. Können Sie uns mehr über den Jungen erzählen?«

Renate Schwalenberg seufzte vernehmlich. »Daniela hat ihn uns vor ungefähr einem Jahr vorgestellt. Das war kurz vor ihrem sechzehnten Geburtstag. Mein Mann übertreibt zwar manchmal, aber Kevin war wirklich nicht der Richtige für sie.«

»Ein Gebäudereiniger!«, rief Dieter Schwalenberg laut aus. »Ohne Schulabschluss. Wie soll so ein Mensch einmal ein Unternehmen mit zweitausend Beschäftigten leiten? Außerdem ist er über zwanzig und für Daniela viel zu alt. Ich … wir haben Daniela erklärt, dass so ein Mensch der falsche Umgang für sie ist. Das waren harte Kämpfe, das können Sie mir glauben, aber irgendwann hat sie es dann eingesehen und sich von ihm getrennt. Dieser Schneider war einige Male bei uns, bis wir ihm das Haus verboten haben. Auf jeden Fall kennt er sich hier aus. Und Geld hatte er auch nie.«

»Wissen Sie, wo Kevin Schneider wohnt?«, fragte Helen Baum.

»Keine Ahnung. Aber die Polizei dürfte wohl keine Schwierigkeiten haben, das herauszufinden.«

Die Kriminaldirektorin gab Remmert ein kurzes Zeichen, der machte sich eine entsprechende Notiz. »Weitere mögliche Verdächtige?«, wandte sie sich dann erneut an Schwalenberg.

Der schüttelte gereizt den Kopf. »Nein. Wir verkehren nicht mit Verbrechern, müssen Sie wissen.«

»Ich habe vor Kurzem in der Zeitung gelesen, dass Sie vor einigen Wochen dreihundert Ihrer Arbeitnehmer entlassen haben.«

»Ja, und? Sie wollen doch wohl nicht behaupten, einer meiner Leute habe etwas mit Danielas Entführung zu tun.«

»Ich will gar nichts behaupten«, erwiderte Helen Baum. »Aber wir müssen allem nachgehen. Wir wissen aus Untersuchungen über Erpressungen von Wirtschaftsunternehmen, dass ein nicht geringer Prozentsatz der Täter ehemalige Mitarbeiter des Unternehmens waren. Ein Racheakt ist doch zumindest denkbar. Soweit ich weiß, liefen Ihre Entlassungen nicht ganz friedlich ab. In der Zeitung hieß es, Sie hätten die Leute nur auf die Straße gesetzt, weil Sie einen Teil der Produktion nach Rumänien verlagert haben.«

»Was heißt denn hier ›nur‹?« Schwalenbergs eindrucksvolle Kiefermuskeln traten deutlich hervor. »Das war eine wirtschaftliche Notwendigkeit! Wenn ich nicht einen Teil ausgegliedert hätte, wäre der ganze Betrieb draufgegangen.«

»Das hat die Gewerkschaft anders gesehen.«

»Die Gewerkschaft! Natürlich sieht die das anders. Wenn es nach der ginge, müsste ich hinter jeden Arbeiter einen zweiten stellen, der dem ersten mit einem Palmwedel Luft zufächert. Das sind doch alles Sozialromantiker!«

»Sie sehen da also kein Motiv?«

»Nein! Das Motiv dieser Verbrecher lautet Geld, nichts anderes. Da bin ich mir hundertprozentig sicher.«

Die Kriminaldirektorin nickte bedächtig. »Dann zu gestern Abend. Wussten Sie, dass Daniela in eine Diskothek geht?«

»Ja, das wussten wir. Daniela ist jeden Samstagabend in dieses *Meddox* gegangen.«

Helen Baum nickte. »Statistisch gesehen, finden die wenigsten Entführungen an Wochenenden statt, weil das Opferverhalten da weniger gut eingeschätzt werden kann«, sagte sie. »Bevorzugte Tage sind Donnerstag, Freitag und Montag. Aber wenn Daniela jeden Samstag in dieser Diskothek war, konnten sich die Entführer natürlich darauf einstellen.«

»Es gab lange Diskussionen, dass Daniela abends so lange wegbleibt«, sagte Renate Schwalenberg, »aber schließlich haben wir ihr einen Diskobesuch pro Woche erlaubt. Es war verabredet, dass Daniela die Diskothek um Punkt zwölf verlässt und um kurz nach halb eins wieder hier ist.«

»Aber gestern war sie gut eine Stunde zu spät«, erinnerte die Kriminaldirektorin.

Renate Schwalenberg seufzte erneut. »Ja, das kam leider häufiger vor. Ich habe dann die ganze Zeit auf sie gewartet. Auch gestern Nacht habe ich wach im Bett gelegen und gelauscht, ob sie die Tür aufschließt. Aber sie ist nicht gekommen.« Renate Schwalenberg brach in Tränen aus und Irene von Kleist reichte ihr ein Taschentuch.

Helen Baum wartete, bis die Hausherrin sich einigermaßen beruhigt hatte, dann erkundigte sie sich: »Haben Sie in der Nacht nichts gesehen oder gehört? Die Entführung muss genau vor dem Haus stattgefunden haben.«

Renate Schwalenberg schüttelte betrübt den Kopf. »Nein, gar nichts. Aber das Haus steht ja auch fast hundert Meter von der Straße entfernt und es sind zudem Bäume dazwischen. Da sieht und hört man nichts.«

»Und wie sieht es bei Ihnen aus?«, fragte Helen Baum in Richtung Dieter Schwalenbergs.

»Ich habe fest geschlafen. Ich bin erst wach geworden, als die Polizei bei uns geschellt hat.«

»Wir wissen von vergleichbaren Fällen, dass Entführer zunächst die Lebensgewohnheiten des Opfers auskundschaften, um herauszufinden, wann und wie sie am besten zugreifen können«, dozierte Helen Baum. »Ist Ihnen in den letzten Tagen oder Wochen etwas aufgefallen? Personen, die das Haus beobachtet haben? Oder ein unbekanntes Auto, das häufig am Haus vorbeigefahren ist oder davor geparkt hat?«

»Nein, aber ich bin auch selten hier«, antwortete Schwalenberg. Er blickte zu seiner Frau. »Hast du was bemerkt?«

Renate Schwalenberg schüttelte den Kopf. »Nein. Alles war wie immer.«

Helen Baum wollte ihre nächste Frage stellen, da schellte das Telefon. Renate Schwalenberg schreckte zusammen, als wäre direkt neben ihr eine Bombe explodiert.

8

Marc und Peter Schlüter gingen die Treppe hoch, die im Dachgeschoss vor einer braunen Holztür endete. Schlüter atmete noch einmal tief durch, dann drückte er die Klinke und öffnete die Tür.

»Warum haben Sie nicht abgeschlossen?«, wunderte sich Marc. »Wenn ich hier eine Leiche gefunden hätte, hätte ich das sofort getan.«

»Diese Tür ist nie abgeschlossen«, erklärte Schlüter. »Der Schlüssel ist schon vor Jahrzehnten verloren gegangen.«

Gemeinsam betraten sie den Dachboden, dessen Holzdielen bei jedem Schritt knarrten und ächzten. Schlüter drückte einen Lichtschalter und zwei wattstarke Glühbirnen an der Decke sprangen an und erhellten unzählige Spinnweben und Myriaden von Staubkörnern, die in der Luft tanzten. Marc musste mehrmals niesen, bevor er sich umsehen konnte. Der Raum nahm die gesamte Grundfläche des Hauses ein, war aber aufgrund der starken Dachschräge nicht bis in den letzten Winkel nutzbar. Jeder Zentimeter war vollgestellt mit Kisten, uralten Koffern, Umzugskartons, muffiger Kleidung und ausrangierten Möbeln. In der Mitte des Raumes war schon ein schmaler Pfad freigelegt worden, der durch das Gerümpel führte.

»Ich habe erst vor drei Tagen mit den Aufräumarbeiten begonnen«, entschuldigte sich Schlüter. »Wie Sie sehen, bin ich noch nicht allzu weit gekommen. Ich wollte mir zuerst einmal einen Überblick verschaffen und habe sämtliche Koffer und Kisten geöffnet. Ich dachte, vielleicht finde ich etwas Wertvolles oder zumindest ein paar Erinnerungsstücke an meine Eltern oder an meine Kindheit. Kommen Sie mit.«

Marc folgte ihm, bis sie in den hintersten Teil des Dachbodens gelangten, wo ein normal großer Mann nur noch stark gekrümmt stehen konnte.

»Hier ist es«, sagte Schlüter und räumte einige auf dem Boden liegende Decken zur Seite. Zum Vorschein kam ein etwa ein Meter sechzig langes, mit gelben Klebestreifen umwickeltes Paket, das Marc an eine ägyptische Mumie erinnerte.

Schlüter zog ein Schweizer Offiziersmesser aus seiner Hosentasche, öffnete die größte Klinge und sah Marc fragend an. »Sind Sie bereit?«

Marc nickte gespannt. Schlüter entfernte mithilfe des Messers die gelben Klebestreifen, darunter tauchten dicht gelagerte Schichten aus Plastik auf. Als Schlüter begann, auch diese Schicht aufzuschneiden, erfüllte der intensive Gestank ranziger Butter den Dachboden. Marc wich einen Schritt zurück und hatte erhebliche Mühe, gegen den aufkommenden Würgreiz anzukämpfen. Zum Glück war er noch nicht zum Frühstücken gekommen.

Schlüter hielt sich ein Taschentuch vor den Mund, riss das einzige Dachfenster auf und atmete wie befreit durch. »Was ist das für ein fürchterlicher Geruch?«, fragte er.

»Buttersäure. Ich denke, meine Theorie mit der Schaufensterpuppe können wir vergessen«, seufzte Marc.

Zwei Minuten später hatten sie alle Plastikbahnen entfernt und einen menschlichen Körper freigelegt. Bekleidet war die Leiche mit einem giftgrünen Pullover, Bluejeans mit weitem

Schlag und Clogs. Die Konturen des Kopfes waren weitgehend erhalten, allerdings war das Gesicht grotesk aufgedunsen und mit einer schmierigen, weichen Masse überzogen.

»Fettwachs«, dozierte Marc. »Auch Leichenlipid genannt. Das entsteht häufig bei Wasserleichen oder aber auch bei langer Lagerung unter Luftabschluss.«

Schlüter sah Marc beeindruckt an. »Was glauben Sie, wie lange die Leiche hier schon liegt?«, fragte er.

Marc hob die Schultern. »Ich bin kein Rechtsmediziner. Ich würde allerdings schätzen, dass die schon viele Jahre hier oben ist. Wenn Sie es genauer wissen wollen, müssen wir einen Arzt hinzuziehen.«

Schlüter wedelte abwehrend mit den Händen. »Das kommt gar nicht infrage. Ich will vorerst keine weiteren Mitwisser.« Er studierte lange das Gesicht der Leiche. »Was meinen Sie, ist das ein Mann oder eine Frau?«

»Das ist ziemlich eindeutig eine Frau«, antwortete Marc. »Sie hat lange blonde Haare bis auf den Rücken und unter dem Pullover kann man die Konturen eines BH erkennen. Außerdem ist die Person eher klein, maximal ein Meter sechzig. Das Alter ist aufgrund der verzerrten Gesichtszüge allerdings kaum zu bestimmen. Die Frau kann zwischen fünfzehn und fünfzig Jahre alt gewesen sein.«

Schlüter schüttelte den Kopf. »Nach der Kleidung und den Haaren zu schließen, war sie ziemlich jung. Ich würde mal schätzen, maximal fünfundzwanzig.«

Marc deutete auf den Hinterkopf. »Dafür kann man exakt bestimmen, wie sie ums Leben gekommen ist. Schauen Sie, dort befindet sich ein Einschussloch, das heißt, wir haben es eindeutig mit Mord zu tun. Und deshalb sollten wir jetzt sofort die Polizei rufen.«

»Bitte, lassen Sie uns damit noch warten«, widersprach Schlüter schnell. »Lassen Sie uns erst versuchen, selbst herauszubekommen, was hier geschehen ist.«

»Und wie, bitte schön, wollen Sie das anstellen?«

»Zuerst einmal müssen wir herausfinden, wer die Frau ist. Vielleicht hat sie ja einen Ausweis in der Tasche.«

Marc verzog den Mund. »Wenn Sie nachsehen wollen, tun Sie sich keinen Zwang an. Ich werde die Tote auf jeden Fall nicht anfassen.«

Schlüter hatte sich schon gebückt und machte sich daran, die Hosentaschen zu untersuchen. Als er die Tote zur Seite drehte, ertönte ein leises Klingeln.

»Was war das?«, fragte Marc entsetzt.

Schlüter antwortete nicht und tastete stattdessen die Hosenbeine ab. Schließlich atmete er erleichtert auf und zeigte auf ein kleines Glöckchen, das an der Jeans befestigt war. »So etwas habe ich ja schon Ewigkeiten nicht mehr gesehen«, staunte er. »Eine Palomino-Jeans. Die Jeans mit dem Glöckchen. Die waren in den Siebzigerjahren mal mega-in.«

»Das muss vor meiner Zeit gewesen sein«, meinte Marc. »Ich bin erst 1971 geboren worden.«

Schlüter tastete sich weiter vor und zog schließlich aus einer der hinteren Hosentaschen einige zusammengefaltete Blätter.

»Das ist alles, was sie bei sich hat«, stellte er fest und reichte Marc die Blätter.

Marc faltete sie auseinander und las die Überschrift laut vor: *»Die neue Brigitte-Diät. So ist abnehmen gesund und nicht schwierig.«* Unter der Überschrift und auf den nächsten Seiten wurden die Vorzüge einer Ananas-Diät angepriesen, mit der garantiert jede Frau ohne Hungergefühle oder gesundheitliche Nebenwirkungen abspecken könne.

»Ich glaube, wir haben jetzt einen ganz guten Anhaltspunkt, wie lange die Leiche hier schon liegt«, überlegte Marc. »Sehen Sie unten neben der Seitenzahl: *Brigitte 16/1978*. Meine Mutter hatte die *Brigitte* jahrelang abonniert und ich weiß, dass sie alle zwei Wochen erscheint. Das Heft 16 müsste also, warten Sie mal …, im August 1978 herausgekommen sein. Vielleicht hat die Frau die Seiten bei einem

Friseur- oder Arztbesuch aus der Zeitschrift herausgerissen, weil sie an der Diät interessiert war. Wir können also davon ausgehen, dass die Frau im August oder September 1978 ermordet worden ist. Dazu passt ja auch ihre Kleidung. Die Frage ist nur, ob uns das weiterhilft.«

»Natürlich«, meinte Schlüter eifrig. »Wir kennen nun den ungefähren Todeszeitpunkt. Und wir wissen, dass die Frau hier, auf diesem Dachboden, abgelegt worden ist. Ich denke nicht, dass ein Wildfremder einfach in ein Haus spaziert und dort eine Leiche deponiert. Die Tote muss von jemandem versteckt worden sein, der sich hier auskannte. Jemand, der wusste, dass diese unübersichtliche Dachkammer ein ideales Versteck ist.«

»So jemand wie Ihr Vater«, erinnerte Marc.

»Oder ein Mieter«, widersprach Schlüter. »Jeder, der jemals in diesem Haus gewohnt hat, kann gewusst haben, wie es hier aussieht und dass die Tür zum Dachboden immer offen steht.«

»Gut. Gehen wir davon aus, dass Sie mit Ihrer Theorie recht haben. Wir müssten also sämtliche Mieter überprüfen, die 1978 in diesem Haus gewohnt haben. Dazu müssten wir allerdings erst einmal wissen, wer das war.«

»Das dürfte kein Problem sein. Ein paar Mieter bekomme ich noch zusammen, schließlich habe ich damals selbst hier gewohnt. Von März 1978 bis Ende Februar 1979 war ich allerdings für ein Jahr als Austauschschüler in den USA. Aber mein Vater war ein überaus penibler und genauer Mensch. Er hat alles aufgehoben und archiviert, auch sämtliche Mietverträge sind vorhanden. Anhand derer müsste man doch feststellen können, wer bis 1978 in diesem Haus gewohnt hat.«

Marc seufzte. »Selbst wenn das möglich sein sollte, wüsste ich nicht, wie uns das weiterbringen könnte. Das Ganze ist schließlich fast dreißig Jahre her.«

»Wir können es doch wenigstens versuchen«, bettelte Schlüter. Schnell schob er nach: »Geben Sie uns drei Tage

Zeit. Ich verspreche Ihnen, mich an die Polizei zu wenden, wenn wir die Sache bis dahin nicht aufgeklärt haben.«

»Ich weiß nicht«, sagte Marc. »Dazu bräuchte ich das Einverständnis von Frau Dr. von Kleist.«

»Fragen Sie sie«, bot Schlüter an. »Falls sie ablehnt, versuche ich es allein. Ich biete Ihnen dreitausend Euro für drei Tage Arbeit. Das Geld können Sie behalten, egal, was wir herausfinden.«

Marc spürte, dass seine Abwehrkräfte erlahmten. »Also gut«, sagte er. »Drei Tage.«

9

Dieter Schwalenberg ging mit energischen Schritten auf das Telefon zu, wurde aber von Helen Baums Stimme zurückgehalten. »Warten Sie! Bevor Sie mit den Entführern sprechen, denken Sie daran, dass wir unbedingt ein Lebenszeichen Ihrer Tochter brauchen! Und versuchen Sie, Zeit zu gewinnen …«

»Das haben Ihre Kollegen mir schon ein Dutzend Mal erklärt«, fauchte Schwalenberg. »Ich weiß, was ich zu tun habe.«

Die Kriminaldirektorin warf den Abhörspezialisten einen fragenden Blick zu und erhielt ein bestätigendes Nicken: Alles war bereit. Sie wandte sich wieder Dieter Schwalenberg zu. »Dann los.«

Schwalenberg nahm den Hörer von der Station. »Ja?«, bellte er in den Apparat.

Er lauschte mehrere Sekunden, dann brüllte er: »Nein, es gibt nichts Neues. Du blockierst den Apparat, begreifst du das denn nicht?«

Energisch drückte er auf die Taste mit dem roten Symbol und brummte: »Meine Mutter.«

Remmert warf den Abhörspezialisten einen bösen Blick

zu. »Was ist mit dem Lautsprecher? Ihr habt vergessen, den Lautsprecher einzuschalten.«

Der Abhörspezialist senkte beschämt den Kopf und legte einen Schalter um. »Ist erledigt«, verkündete er dann.

Helen Baum konzentrierte sich wieder auf Renate Schwalenberg. »Ich würde Sie bitten, mir genau zu erzählen, was gestern Abend geschehen ist. Wann haben Sie Ihre Tochter das letzte Mal gesehen?«

»So gegen neun Uhr abends. Daniela hat sich von mir verabschiedet und gesagt, sie wolle ins *Meddox.*«

»Wie wollte sie dort hinkommen?«

»Mit dem Bus. Sie ist immer mit dem Bus gefahren.«

»Warum haben Sie Daniela nicht zur Diskothek gebracht? Wäre das nicht sicherer gewesen? Zum einen ist Ihre Tochter sehr jung, zum anderen hat sie vermögende Eltern.«

»Ich weiß, was Sie zum Ausdruck bringen wollen. Natürlich bestand immer das Risiko, dass etwas passiert. Sie ahnen gar nicht, wie oft wir Daniela angefleht haben, sich von meinem Mann oder von mir fahren zu lassen, aber sie hat sich strikt geweigert. Sie meinte, sie würde sich lächerlich machen, wenn sie in Papis Jaguar oder Mamis Mercedes vor der Diskothek abgesetzt wird. Wir hätten darauf bestehen müssen, sie hinzubringen. Dann wäre das alles nicht geschehen.«

»Sie dürfen sich keine Vorwürfe machen«, widersprach Helen Baum. »Schuld sind allein die Entführer.«

Renate Schwalenberg schüttelte verzweifelt den Kopf. »Mein Gott, Daniela ist so hübsch. Diese Menschen werden ihr doch nichts antun?!«

In diesem Moment klingelte das Telefon erneut. Die Kriminaldirektorin wartete auf das Zeichen des Abhörspezialisten, dann nickte sie Dieter Schwalenberg zu, der sofort den Hörer abnahm.

»Schwalenberg.«

Und diesmal funktionierte auch der Raumlautsprecher. Sie lauschten einer Stimme, die von einem Sprachverzerrer so stark verfremdet wurde, dass nicht zu unterscheiden war, ob sie von einem Mann oder von einer Frau stammte: »Wir haben Ihre Tochter. Es geht ihr so weit gut. Wenn Sie tun, was wir verlangen, werden Sie Ihre Tochter zurückbekommen. Besorgen Sie fünf Millionen Euro in gebrauchten, nicht registrierten und nicht durchnummerierten Scheinen.«

»Bitte wiederholen Sie das«, unterbrach Schwalenberg. »Fünf Millionen Euro haben Sie gesagt?«

Helen Baum war sich nicht sicher, ob Schwalenberg ihrer Bitte nachkam, auf Zeit zu spielen, oder ob er den Anrufer wirklich nicht verstanden hatte. Die Stimme am Telefon war dermaßen verzerrt, dass auch sie Schwierigkeiten beim Zuhören hatte.

»Fünf Millionen Euro!«, wiederholte die Stimme ungeduldig. »Wenn Sie nicht zahlen, werden Sie Ihre Tochter nicht lebend wiedersehen.«

»Ich will mit meiner Tochter sprechen.«

»Das geht jetzt nicht.«

»Wer garantiert mir, dass meine Tochter nicht schon tot ist? Ich brauche ein Lebenszeichen!«

»Sie werden ein Lebenszeichen bekommen. Zusammen mit den genauen Übergabemodalitäten.«

»Hören Sie. Ich habe keine fünf Millionen. Ich kann vielleicht zwei Millionen auftreiben. Wenn Sie …«

»Fünf Millionen, sonst stirbt Ihre Tochter! Wir wissen, dass Sie so viel Geld haben. Sie haben bis morgen früh zehn Uhr Zeit, das Geld zu besorgen.«

»Aber heute ist Sonntag. So schnell schaffe ich das auf gar keinen Fall.«

»Sie sind doch ein sehr guter Kunde bei der Deutschen Bank. Die werden das Geld schon für Sie organisieren. Wenn Sie das Geld nicht rechtzeitig beschaffen, wird Ihre Tochter darunter leiden. Ist das klar? Und noch etwas: keine Polizei, keine Presse! Wir melden uns wieder!«

Sekunden später war die Leitung tot.

»Bist du wahnsinnig?«, schrie Renate Schwalenberg ihren Mann an. Sie sprang vom Sofa auf, rannte auf ihn zu und trommelte mit ihren Fäusten auf seiner Brust herum. »Wie kannst du nur versuchen, mit diesen Verbrechern zu verhandeln? Ist dir deine Tochter keine lächerlichen fünf Millionen wert?«

Schwalenberg war unter seiner Sonnenbräune bleich geworden. »Fünf Millionen Euro sind nicht lächerlich«, verteidigte er sich. »So viel Geld hast du in deinem ganzen Leben noch nicht verdient. Außerdem hat sie«, er nickte in Richtung der Kriminaldirektorin, »gesagt, ich solle versuchen, Zeit zu schinden.«

»Sie haben das sehr gut gemacht«, versuchte Helen Baum, die aufgeheizte Stimmung zu beruhigen. Dann schaute sie zu den Abhörspezialisten. »Wie sieht es aus?«

»Geben Sie uns eine Minute«, erhielt sie zur Antwort.

»Können Sie das Geld bis morgen auftreiben?«, wollte die Kriminaldirektorin von Schwalenberg wissen.

»Ja, das klappt. Ich habe mich schon mit meiner Bank in Verbindung gesetzt. Mit so etwas war ja zu rechnen. Aber werden die Entführer Daniela auch wirklich freilassen, nachdem ich gezahlt habe? Sie ist doch immerhin eine Zeugin, die helfen kann, diese Verbrecher zu fassen.«

»Das ist richtig, aber ich kann Sie beruhigen. Neunzig Prozent der Entführungsopfer kommen wieder frei.«

»Ach? Und was ist mit Jakob von Metzler? Und Jakub Fiszmann?«

Helen Baum zögerte. Nach der Statistik kamen zwar neunzig Prozent aller Entführten lebend frei, bei Kindern betrug die Quote jedoch nur fünfzig Prozent. Doch das behielt sie lieber für sich. »Leider ist es so, dass etwa jedes zehnte Entführungsopfer getötet wird«, wiederholte sie. »Aber daran sollten Sie jetzt nicht denken. Neun von zehn kommen wieder frei, das ist wichtig!«

In diesem Moment meldete sich der Abhörspezialist: »Der

Anrufer ist lokalisiert. Eine Telefonzelle in Münster. Die Kollegen sind unterwegs.«

»Die Entführer werden zwar mit ziemlicher Sicherheit nicht mehr dort sein«, erklärte Helen Baum den Schwalenbergs, »aber wenn wir etwas Glück haben, sind sie beobachtet worden. Oder wir können in der Telefonzelle Spuren sichern.«

»Der Anrufer hat ausdrücklich verlangt, die Polizei herauszuhalten«, sagte Renate Schwalenberg. »Vielleicht ist es besser, wenn Sie gehen.«

»Die Forderung, die Polizei herauszuhalten, wird fast von allen Tätern verlangt«, entgegnete die Kriminaldirektorin. »Aber wir wissen aus Untersuchungen, dass die Täter damit rechnen, dass die Polizei eingeschaltet wird, und dass sie das in ihre Überlegungen mit einbeziehen. Vertrauen Sie uns. Ich versichere Ihnen, dass das Wohlergehen Ihrer Tochter für uns absolute Priorität hat. Wir werden nichts tun, was Danielas Leben in irgendeiner Hinsicht gefährden könnte.«

»Danke«, sagte Renate Schwalenberg leise. »Ich glaube Ihnen.«

»Können Sie mir ein Foto Ihrer Tochter geben?«, bat Helen Baum.

Renate Schwalenberg nickte. »Ich habe schon ein paar rausgesucht, weil Ihre Kollegen auch welche haben wollten.«

Sie verschwand in einem Nebenraum und kehrte kurz darauf zurück. In den Händen hatte sie vier Fotos aufgefächert. »Suchen Sie sich das beste aus«, meinte sie. »Aber ich hätte es gerne zurück. Vielleicht ist das alles, was mir von Daniela bleibt.«

Helen Baum befürchtete einen erneuten Tränenausbruch, doch der blieb aus. Sie betrachtete die Aufnahmen. Daniela war ein attraktives, dunkelhaariges Mädchen mit vollen Lippen und einer etwas zu großen Nase, das älter wirkte als sechzehn.

»Hat Ihre Tochter ein Tagebuch geführt?«, fiel der Kriminaldirektorin ein.

»Nein«, antwortete Renate Schwalenberg, »hat sie nicht. Da bin ich mir sicher.«

»Haben Sie etwas dagegen, wenn ich mir Danielas Zimmer einmal ansehe?«

Die Mutter schüttelte den Kopf. »Natürlich nicht. Warten Sie, ich zeige Ihnen den Weg.«

Eine elegant geschwungene Marmortreppe führte über eine Galerie ins Dachgeschoss, in dem sich die Schlafräume und Bäder der Familie befanden. Die beiden Frauen gingen an einer Reihe Zimmer vorbei, bis die Hausherrin vor einer offenen Tür stehen blieb.

»Das ist Danielas Zimmer«, sagte sie. »Ein paar Ihrer Kollegen waren schon drin und haben ihren PC mitgenommen.«

»Das war leider notwendig«, erklärte Helen Baum. »Wir müssen prüfen, ob sich die Täter vor der Entführung an Daniela herangemacht haben. Vielleicht gab es Kontakte in Chatrooms. Erpresser sind nicht selten über eine, wenn auch oft nur lose Beziehung zum Opfer zu identifizieren.«

Renate Schwalenberg nickte verstehend. »Sehen Sie sich ruhig um. Ich ertrage es allerdings im Moment nicht, hier zu sein.«

Mit diesen Worten ließ sie die Kriminaldirektorin allein. Der Raum war mindestens doppelt so groß wie die Kinderzimmer, die Helen Baum sonst kennengelernt hatte. Pastelltöne herrschten vor, außerdem sorgte ein großes Gaubenfenster für eine helle und freundliche Atmosphäre. Allerdings waren alle Wände kahl. Keine Poster von Teenie-Stars oder gerade angesagten Gruppen. Helen Baum konnte auch keine Plüschtiere oder Puppen entdecken, die Daniela Schwalenberg aus nostalgischen oder anderen Gründen aufbewahrt hatte. Vor dem großen Fenster stand ein Schreibtisch mit Blick in den Park, außerdem gab es ein Bücherregal und einen großen Kleiderschrank. Als Helen Baum den Schrank öffnete, entdeckte sie zwar jede Menge T-Shirts, Jeans und Turnschuhe, aber zu ihrem Erstaunen keine Markenkleidung, die die Eltern bevorzugt zu tragen schienen. Als ob Daniela sich bewusst von ihren Eltern und deren Reichtum abgrenzen will, ging es Helen Baum durch den Kopf. Sie hatte erst kürzlich etwas über dieses Phänomen gelesen: Während die Kinder ärmerer Eltern häufig alles taten, ihren Status durch teure Kleidung und Autos aufzuwerten, galt für Kinder reicher Eltern nicht selten das genaue Gegenteil.

Die Kriminaldirektorin nahm sich das Bücherregal vor. Neben Schulbüchern fand sie Teenagerromane, die meist von jungen Mädchen und Pferden handelten, aber auch einige Klassiker: Don Quichotte, Kafka, Musil. Ein Tagebuch war dagegen weit und breit nicht zu entdecken, auch keine Liebesbriefe, persönliche Notizen oder Fotos.

Dieser Raum hat in etwa so viel Atmosphäre wie ein Hotelzimmer, dachte Helen Baum. Als ob seine Bewohnerin nur auf der Durchreise ist.

»Danke, ich habe alles gesehen«, sagte die Kriminaldirektorin zu Renate Schwalenberg, die auf dem Flur auf sie gewartet hatte. »Haben Sie die Postvollmacht schon unterschrieben?«

»Was für eine Postvollmacht?«

»Sie müssen eine Postvollmacht unterzeichnen, damit eventuelle Erpresserbriefe bereits am Hauptpostamt abgefangen werden können. Die Briefe werden dann erkennungsdienstlich behandelt und per Kurier hierher weitergeleitet.«

Renate Schwalenberg nickte. »Und was passiert jetzt?«, fragte sie.

»Jetzt«, antwortete Helen Baum, »jetzt können wir nur noch abwarten.«

10

Nach der unheimlichen Entdeckung auf dem Dachboden fuhr Marc zu dem Restaurant *Schloßhof.* Sobald ihn die frische Luft den entsetzlichen Leichengestank hatte vergessen lassen, hatte er gemerkt, dass er etwas in den Magen bekommen musste, wenn er den Tag halbwegs überstehen wollte. Marc entschied sich für den Brunch und versuchte zwischen den Gängen immer wieder, Irene von Kleist zu erreichen, um sich nach Neuigkeiten von der Entführung ihrer Nichte zu erkundigen. Außerdem musste er mit ihr abklären, ob er das Mandat in der Sache Schlüter übernehmen sollte, aber das Handy der Rechtsanwältin war und blieb abgestellt. Kein Wunder, dachte Marc. Wahrscheinlich hat sie im Moment andere Sorgen.

Er wischte sich den Mund mit einer Serviette ab und schob den Teller in die Tischmitte. Er hätte sich jetzt gerne noch eine Stunde aufs Ohr gelegt, aber er hatte Schlüter versprochen, ihn am Nachmittag erneut aufzusuchen.

Um kurz nach vier parkte Marc seinen Golf vor dem Haus in der Menzelstraße. Schlüter führte ihn wieder in das ehemalige Wohnzimmer seines Vaters, wo sich jetzt mehrere Leitz-Ordner und unzählige Papiere auf dem Couchtisch stapelten.

»Haben Sie etwas herausbekommen?«, fragte Marc.

Schlüter nickte. »Ich glaube, ich bin auf eine Spur gestoßen.« Er zeigte auf die Ordner. »Ich habe in der Zwischenzeit alle Mietverträge ausgewertet und das Ergebnis hier aufgeschrieben.« Schlüter reichte Marc ein DIN-A4-Blatt, auf dem er die Seitenansicht eines Hauses aufgezeichnet hatte, die sechs Wohneinheiten erkennen ließ. In jedes der sechs Felder hatte Schlüter Namen und Daten geschrieben.

»Das sind alle Bewohner dieses Hauses im Jahr 1978«, erläuterte er Marc. »Unten links habe ich mit meinen Eltern gewohnt, ab März 1978 war ich in den USA. Die Wohnung neben uns hatten die Weihmanns gemietet. Der Mietvertrag ist datiert vom 1.4.1965. 1990 sind sie wieder ausgezogen. Ich kann mich an die Weihmanns noch sehr gut erinnern, weil sie eine Tochter etwa in meinem Alter hatten. Im ersten Stock über uns wohnten die Kasperczaks, die einzigen Mieter aus dem Jahr 1978, die auch heute noch hier leben. In der Wohnung daneben war jahrzehntelang ein altes Ehepaar zu Hause, die Kreiwinkels. Und jetzt komme ich zu den Wohnungen im zweiten Stock, die meiner Meinung nach für uns am interessantesten sind.«

Schlüter legte eine Kunstpause ein. »Zum einen liegen diese beiden Wohnungen am nächsten zum Dachgeschoss, zum anderen hat es da im Jahr 1978 einige Wechsel gegeben. Die Wohnung über den Kreiwinkels ist viele Jahre von einer alten Frau, Frau Güttmann, bewohnt worden. Im April 1978 ist sie verstorben, danach stand die Wohnung bis zum 1. November 1978 leer. Dann ist ein älterer Mann, ein Herr Gossen, in die Wohnung gezogen und hat bis 1995 dort gelebt. Und in der Wohnung daneben hat unser heißester Kandidat gehaust.« Schlüter drückte seinen Zeigefinger auf den Namen. »Ein Hans-Werner Ebersbach, geboren am 11. März 1953. Ebersbach hatte die Wohnung zum 1. August 1978 gemietet, davor lebte dort ein Ehepaar, die Frohnerts.«

»Was ist an diesem Ebersbach so interessant?«, wollte Marc wissen.

Schlüters Augen glühten vor Eifer. »Das Datum seines Auszugs: der 31. Dezember 1978. Ebersbach hat nur fünf Monate hier gewohnt. Er ist kurz vor dem Tod der Frau auf dem Dachboden in dieses Haus gezogen und wenige Wochen nach ihrem Tod hat er die Wohnung wieder aufgegeben und ist nach Siegen gezogen.«

»Was schließen Sie daraus?«

»Das kann natürlich ein Zufall sein, aber vielleicht war die junge Frau auf dem Dachboden Ebersbachs Freundin, es gab ein Eifersuchtsdrama und er hat sie erschossen. Weil er nicht wusste, wohin mit der Leiche, hat er sie auf unserem Dachboden versteckt und ist kurz darauf abgehauen. Mein Vater hat sogar eine Nachsendeadresse notiert: Bismarckstraße 27a in Siegen.«

Marc wiegte den Kopf langsam hin und her. »Sie haben

recht, um diesen Ebersbach müssen wir uns kümmern. Können Sie sich an den Mann erinnern?«

Schlüter schüttelte den Kopf. »Nein. Ich war doch in den USA.«

»Und was ist mit diesem Mädchen? Die Tochter Ihrer Nachbarn im Erdgeschoss. Wissen Sie, was aus ihr geworden ist?«

»Sie ist mit Sicherheit nicht die Tote auf dem Dachboden, wenn Sie das meinen«, entgegnete Schlüter. »Das Alter würde vielleicht hinkommen und Eva Weihmann hatte auch lange blonde Haare, aber sie hat noch in den Achtzigerjahren hier gelebt. Dann ist sie bei ihren Eltern ausgezogen. Im Moment dürfte also Ebersbach die vielversprechendste Spur sein.«

»Vielleicht können sich die Mieter im ersten Stock, die heute noch hier wohnen, an ihn erinnern.« Marc warf einen Blick auf Schlüters Notizen. »Diese Kasperczaks. Wissen Sie, ob die zu Hause sind?«

»Mit ziemlicher Sicherheit. Frau Kasperczak hat Schwierigkeiten mit dem Gehen und verlässt die Wohnung nur noch zu Arztbesuchen.«

»Also.« Marc schlug sich mit den Händen auf die Oberschenkel und erhob sich von seinem Platz. »Lassen Sie uns keine Zeit verlieren.«

11

Freddy saß in dem Wohnzimmer des Ferienhauses, das er schon vor sechs Monaten angemietet hatte. Er rauchte eine Zigarette und war mit sich und der Welt zufrieden. Bis jetzt lief fast alles exakt nach Plan. Was auch kein Wunder war, schließlich war er für die Organisation verantwortlich. Vor einer halben Stunde hatte sich Jochen bei den Eltern ihres Opfers gemeldet. Diese schienen kooperativ zu sein, auch wenn sie – dessen war sich Freddy sicher – die Polizei eingeschaltet hatten. Wahrscheinlich hatten sie gar keine Wahl gehabt, weil die Polizei bereits vorher informiert worden war. Auch wenn Fernsehen und Radio bisher nichts über die Entführung der Millionärstochter berichtet hatten, war Freddy davon überzeugt, dass die Großfahndung ihm und seinen Männern gegolten hatte. Doch zum Glück hatte sie ja Jochens Ortskenntnis gerettet.

Im Moment war Freddy allein im Haus. Jochen erwartete er erst in einigen Stunden zurück, Gonzo hatte den Auftrag, an einer möglichst weit entfernt liegenden Tankstelle etwas zu trinken zu besorgen.

Freddy nahm einen tiefen Zug von seiner Zigarette und atmete genüsslich aus. Wenn das so weiterging, würde er den Rest seines Lebens in Reichtum verbringen können. Darauf hatte er lange genug gewartet.

Freddy konnte sich an den Beginn seines Niedergangs noch sehr genau erinnern. Er hatte gerade mit seinem Jurastudium begonnen, als ein Freund ihn das erste Mal mit in ein Spielkasino genommen hatte. Die Atmosphäre hatte Freddy sofort fasziniert: die dicken Teppiche, die funkelnden Kronleuchter, die wirbelnden Roulettekessel und vor allem die vornehm gekleideten Menschen, die, ohne mit der Wimper zu zucken, Tausend-Mark-Chips setzten. Er hatte genau einhundert D-Mark im Portemonnaie gehabt und sich geschworen, sofort aufzuhören und nie wieder ein Spielkasino zu betreten, wenn er sein Geld verspielt hatte. Sein Pech war gewesen, dass er an diesem ersten Tag gewonnen hatte, fast zweitausendachthundert Mark. Später hatte er von anderen Spielern erfahren, dass deren Suchtkarriere auf die gleiche Weise angefangen hatte – da schien ein ungeschriebenes Gesetz in Spielkasinos zu gelten: Beim ersten Mal gewann man immer!

Am nächsten Tag fuhr Freddy wieder zum Kasino. Zweitausendachthundert Mark! So leicht hatte er noch nie so viel

Geld verdient und dabei hatte er auch noch Spaß gehabt. An diesem zweiten Tag lief es allerdings schon nicht mehr ganz so gut. Er gewann zwar ab und zu, am Ende hatte er aber einen Verlust von dreihundert Mark gemacht. Scheiß drauf!, hatte er damals gedacht. Noch bist du zweitausendfünfhundert Mark im Plus. Also begab er sich zum dritten Mal ins Kasino, um das verlorene Geld zurückzugewinnen. Nach weiteren drei Tagen war sein gesamter Gewinn des ersten Tages weg. Aber irgendwann musste die Pechsträhne ja mal ein Ende haben! Nach einer Woche waren seine gesamten Ersparnisse aufgebraucht, dann musste der Wagen dran glauben, den seine Eltern ihm zum Abitur geschenkt hatten. Es folgten seine Stereoanlage und sein Fernseher. Nachdem er seinen Reisepass für fünfzig Mark an einen Türken verkauft hatte, war Freddy dann endgültig pleite gewesen. Er hatte noch genau ein Hemd, einen Anzug und eine Krawatte besessen. Utensilien, die er dringend benötigte, weil er sonst nicht in das Kasino eingelassen worden wäre.

Er lieh sich Geld bei seinen Eltern, bei Verwandten und bei Freunden. Als die ihm nichts mehr geben wollten, wandte er sich an einen Kredithai. Dann war auch dieses Geld verloren.

Seine Freunde und Verwandten wollten nichts mehr mit ihm zu tun haben, der Kredithai drohte, ihm jeden Knochen einzeln zu brechen, wenn er sein Geld nicht zurückbekam.

Schließlich war Freddy so verzweifelt gewesen, dass er sich von seinem letzten Geld eine Bahnfahrkarte nach Nizza gekauft hatte. Er wollte noch einmal das Mittelmeer sehen und sich dann umbringen. Doch als er auf dem Bahnsteig stand und auf den Zug nach Frankreich wartete, war sein Blick auf die Bahnhofsuhr gefallen. Fünf nach halb drei. In fünfundzwanzig Minuten würde das Kasino öffnen.

Freddy tauschte seine Fahrkarte um und nahm den nächsten Zug in Richtung Spielkasino. Um kurz nach vier Uhr war alles vorbei gewesen, er hatte noch nicht mal mehr einen

Groschen gehabt, um sich einen würdigen Abgang zu verpassen.

Trotzdem lief es danach eine Zeit lang besser. Freddy machte eine Therapie und er lernte Martina, seine große Liebe, kennen, die als Erzieherin in einem Kindergarten arbeitete. Sie zogen zusammen und bekamen einen Sohn. Freddy fand einen Job als Nachtportier in einem Hotel und Martina sorgte dafür, dass Freddy in allen Kasinos gesperrt wurde.

Doch nach einem glücklichen Jahr wurde der Dämon in ihm wieder stärker. Da Freddy nicht mehr in Kasinos eingelassen wurde, begann er, in einem illegalen Club zu pokern. Pokern hat nichts mit Glück zu tun, sagte er sich immer wieder. Das ist reine Wahrscheinlichkeitsrechnung und in Mathe war er immer schon ein Ass gewesen. Allerdings gab es bedauerlicherweise Menschen, die noch besser rechnen konnten als er. Martina hatte schnell gemerkt, dass Geld aus ihrem Portemonnaie und von ihrem Konto fehlte. Sie stellte Freddy zur Rede und drohte, ihn gemeinsam mit ihrem Sohn zu verlassen. Freddy war vollkommen verzweifelt. Er schwor, er habe das Geld nicht verspielt, sondern in eine »todsichere Sache« investiert. In einer Woche würde Martina ihr Geld plus Zinsen zurückbekommen.

Wie auch immer, es hatte Geld hergemusst, und das schnell. Und so hatte Freddys kriminelle Karriere begonnen.

Er überfiel die erste Bank und erbeutete zwanzigtausend Mark, obwohl sie ihn beinahe geschnappt hätten. Wahrscheinlich ist es mit dem Verbrechen wie mit dem Spiel, dachte er später. Wenn man Glück hat, scheitert man beim ersten Mal, wenn man Pech hat, hat man Erfolg und rutscht so immer weiter in die Abwärtsspirale.

Er überfiel weitere Banken und lernte schnell dazu. Durch das illegale Pokern war er in Kontakt mit dubiosen Gestalten gekommen: Zuhälter, entlassene Sträflinge, gescheiterte Existenzen. Aus diesen Kreisen rekrutierte Freddy die Helfer für seine nächsten, größeren Coups: drei Banken, zwei

Supermärkte. In den einschlägigen Kreisen erwarb er sich bald einen hervorragenden Ruf als Planer und Organisator.

Und dann war es an der Zeit für »das ganz große Ding«: ein Geldtransporter, der, wie Freddy erfahren hatte, über drei Millionen Mark mit sich führte.

Aber jetzt ging alles schief. Einer von Freddys Komplizen erschoss einen Wachmann und sie wurden geschnappt. Freddy bekam zwölf Jahre, Martina verließ ihn mit ihrem Sohn, die beiden zogen nach Köln. Kein einziges Mal hatte sie ihn im Knast besucht, keinen Brief hatte er von ihr bekommen. Aber Freddy liebte sie immer noch.

Als Freddy nach acht Jahren vorzeitig aus der Haft entlassen worden war, hatte er sehr schnell erkannt, dass er sich im normalen Leben nicht mehr zurechtfand und nie die Chance haben würde, mit normaler Arbeit auf einen grünen Zweig zu kommen. Was er brauchte, war ein wirklich letzter großer Coup, um endlich ein sorgenfreies Leben führen zu können. Und vielleicht würde dann auch Martina mit ihrem gemeinsamen Sohn zu ihm zurückkehren.

Freddy drückte die Zigarette im Aschenbecher aus. Dann stand er auf und ging zum Fenster, um frische Luft hereinzulassen. Er hatte seine Hand gerade an den Hebel gelegt, als er das Gefühl hatte, der Atem würde ihm aus der Brust gezogen: Ein Streifenwagen der Polizei fuhr langsam die Auffahrt herauf und hielt genau auf das Ferienhaus zu.

12

»Mensch, Peter, was für ein seltener Gast.« Hermann Kasperczak, ein untersetzter Mann mit weißem Haarkranz, war sichtlich begeistert, als er den Sohn seines ehemaligen Vermieters erkannte. Dann wandte er sich Marc zu. »Ich kenne Peter schon, seit er so groß ist.« Kasperczak hielt die flache Hand etwa dreißig Zentimeter über den Fußboden.

Mit einem verlegenen Gesichtsausdruck sah er wieder auf. »Ich darf doch noch Du sagen?«, fragte er.

»Natürlich, Herr Kasperczak«, antwortete Schlüter. »Das ist Herr Hagen, er ist Anwalt. Entschuldigen Sie bitte, dass wir Sie an einem Sonntagnachmittag überfallen, aber wir haben einige wichtige Fragen an Sie. Ich hoffe, wir stören nicht.«

»Aber woher denn? Du weißt doch genau, dass du uns immer besuchen kannst.« Kasperczak richtete seine Augen erneut auf Marc. »Wir haben früher häufig auf Peter aufgepasst, wenn seine Eltern nicht zu Hause waren. Ich möchte sagen, dass wir sogar fast so etwas wie seine Ersatzeltern waren. Was, Peter?«

Der alte Mann stand offenbar kurz davor, Schlüter vor lauter Freude in die Backe zu kneifen. Dem war die Begeisterung des alten Mannes sichtlich unangenehm. »Sicher, Herr Kasperczak«, sagte er mit einem verkniffenen Lächeln. »Ist Ihre Frau auch da?«

»Maria? Aber natürlich. Wo sollte sie sonst sein?« Der alte Herr lachte übertrieben laut, als sei der Gedanke, seine Frau könne etwas ohne ihn unternehmen, absurd. »So, jetzt kommt aber erst mal rein.«

Er führte Marc und Schlüter in das Innere der Wohnung. Marc blickte im Vorbeigehen in die nach rechts und links abgehenden Räume und registrierte, dass der Grundriss der Wohnung dem der Schlüters ein Stockwerk tiefer entsprach. Im überheizten Wohnzimmer saß eine Frau, deren weißes Haar in Form und Konsistenz an Zuckerwatte erinnerte. Frau Kasperczak war wie ihr Mann wohl knapp über siebzig Jahre alt und mit einer grauen Strickjacke bekleidet. Auf dem Tisch vor ihr standen eine Kanne, zwei Tassen, zwei Teller und ein Pappkarton mit Kuchenteilchen. Es roch nach Kaffee, Old Spice und Möbelpolitur. Die Einrichtung des Wohnzimmers entsprach dem Alter seiner Bewohner: eine rustikale Eichenschrankwand mit Hummelfiguren und verzierten Bierseideln hinter Glas, eine Stehlampe mit fransenbesetztem Schirm, eine Sofagarnitur im altdeutschen Stil, in einer Ecke flackerte ein elektrisches Kaminfeuer.

»Hallo, Peter«, wurde Schlüter auch von Frau Kasperczak begrüßt. »Mein herzliches Beileid zum Tod deines Vaters. Leider konnte ich nicht zur Beerdigung kommen, aber du siehst ja selbst.« Sie machte eine unbestimmte Handbewegung in Richtung ihrer Beine, über denen eine dicke Wolldecke lag. »Deshalb kann ich dich auch leider nicht im Stehen begrüßen.«

»Aber das macht doch nichts«, beschwichtigte Schlüter und deutete auf Marc. »Frau Kasperczak, das ist Herr Hagen. Er ist mein Anwalt.«

Über das Gesicht der alten Frau zog ein Schatten der Angst. »Ist etwas passiert?«, fragte sie. »Mein Gott, wir müssen doch nicht aus der Wohnung raus?«

»Nichts dergleichen«, versprach Schlüter. »Selbstverständlich können Sie hier so lange wohnen bleiben, wie Sie möchten.«

Frau Kasperczak entspannte sich sichtlich. »Wollt ihr etwas zu trinken?«, fragte sie. Ohne eine Antwort abzuwarten, bat sie ihren Mann: »Hermann, setz doch mal eine neue Kanne Kaffee auf. Und bring zwei frische Teller und Gabeln mit.«

»Wir wollen keine Umstände machen«, versuchte Schlüter zu protestieren.

»Papperlapapp. Setzt euch endlich.«

Während Kasperczak in der Küche verschwand, nahmen Marc und Schlüter auf dem Sofa Platz. Frau Kasperczak schob ihnen den Teller mit dem Kuchen zu. »Bedienen Sie sich«, forderte sie Marc auf.

Der klopfte sich mit der flachen Hand auf den Bauch. »Vielen Dank, aber ich habe gerade erst gegessen.«

»Peter?« Sie warf Schlüter einen fragenden Blick zu. Der griff tapfer zu. Wahrscheinlich ist es genauso schwer, Ersatzmütter nicht zu beleidigen wie richtige Mütter, dachte Marc.

Kasperczak kehrte aus der Küche zurück und stellte zwei Teller auf den Tisch. Schlüter hatte derweil die Skizze des Hauses aus der Tasche gezogen und auf dem marmorgefliesten Wohnzimmertisch ausgebreitet.

»Wir würden Ihnen gerne einige Fragen zu den ehemaligen Mietern dieses Hauses stellen«, erläuterte er. »Herr Hagen benötigt die Auskünfte für ein Verfahren.«

Frau Kasperczak musterte Marc neugierig. Der sah der alten Frau an, dass sie gerne mehr gewusst hätte, sich aber nicht traute zu fragen. »Was habt ihr denn da?«, fragte sie stattdessen und rückte mit ihrem Sessel näher an den Tisch heran.

»Das sind alle Bewohner dieses Hauses im Jahr 1978«, erklärte Schlüter. »Vielleicht können Sie uns ein bisschen mehr über die erzählen.«

»Schauen wir mal«, meinte Hermann Kasperczak und nahm neben seiner Frau Platz. »Ach ja, damals haben die Weihmanns noch in der Wohnung neben euch gewohnt. Die sind aber schon 1989 … nein … 1990 ausgezogen, weil er nach Nürnberg versetzt worden ist. Eine hübsche Tochter hatten die. Schade, ich hatte gehofft, aus euch würde was werden.«

Er warf Schlüter einen neckenden Blick zu, auf den dieser zu Marcs Erstaunen mit einem leichten Erröten reagierte.

»Dann haben wir da noch die Kreiwinkels. Genau, die haben damals viele Jahre neben uns gewohnt, sind dann aber Anfang der Neunziger, Moment mal, das muss 1993 gewesen sein, als unser Sohn die Meisterprüfung abgelegt hat, zusammen ins Altersheim gegangen. Er ist schon seit einigen Jahren tot, sie lebt, glaube ich, immer noch da. Ach ja, und die alte Frau Güttmann oben rechts. Die ist 1978 gestorben.«

»Hast du die nicht sogar gefunden?«, warf Frau Kasperczak ein.

»Ja, das war im April 1978«, bestätigte ihr Mann. »Mir war aufgefallen, dass Frau Güttmanns Briefkasten einige Tage nicht geleert worden war. Ich bin dann zu deinem Vater gegangen und wir haben mit seinem Zweitschlüssel nachgesehen. Sie saß tot in ihrem Sessel, der Fernseher lief noch.« Kasperczak richtete seinen Blick in die Ferne. »Eigentlich ein schöner Tod«, sinnierte er.

Marc trommelte ungeduldig mit einer Hand auf dem Tisch. Er wartete darauf, dass Kasperczak endlich über Ebersbach sprach.

»Und was ist mit der Wohnung oben links?«, fragte Schlüter, der ebenfalls zur Sache kommen wollte.

»Ach ja, unsere Problemwohnung«, meinte Kasperczak. Er bemerkte Schlüters und Marcs fragende Blicke. »Da ging es immer zu wie in einem Taubenschlag«, erläuterte er. »Die anderen Wohnungen waren meist jahre- oder sogar jahrzehntelang an dieselben Personen vermietet, aber oben links haben die Mieter so schnell gewechselt, dass man gar nicht mehr mitbekam, wer da nun gerade wohnt. Irgendwie war da der Wurm drin. Ich glaube, dein Vater hätte die Wohnung am liebsten zugemauert.«

Marc beobachtete aus den Augenwinkeln, dass Schlüter bei dem Wort ›zugemauert‹ leicht zusammenzuckte.

»Können Sie sich noch an Hans-Werner Ebersbach erinnern, der in der Wohnung ab August 1978 bis Ende 1978 gewohnt hat?«, fragte Schlüter.

Kasperczak bleckte die Zähne und starrte auf einen imaginären Punkt an der Decke. »Dunkel«, meinte er dann. »Ganz dunkel. War, glaube ich, ein recht junger Mann, stimmt's?«

»Herr Ebersbach ist im März 1953 geboren«, versuchte Marc, ihm auf die Sprünge zu helfen. »1978 war er also Mitte zwanzig.«

»War das nicht der junge Mann, der mit unserem Sebastian manchmal was unternommen hat?«, erinnerte sich Frau Kasperczak.

»Stimmt«, bestätigte Hermann Kasperczak und zeigte mit dem Zeigefinger anerkennend auf seine Frau. »Ich glaube, die beiden sind damals ab und zu einen trinken gegangen. Ins *Römereck*, wenn ich mich recht entsinne.«

»Sebastian besucht uns am Mittwoch«, übernahm Frau Kasperczak das Wort. »Er ist so ein guter Junge. Sebastian ist Elektromeister und hat sich vor einigen Jahren in Düren selbstständig gemacht. Er muss sehr viel arbeiten, aber seine alten Eltern hat er nicht vergessen. Er besucht uns regelmäßig. Was man von seiner Frau nicht behaupten kann. Die haben wir schon seit über einem Jahr nicht mehr zu Gesicht bekommen. Ich weiß noch, wie ich Sebastian vor dieser Frau …«

»Können Sie sich daran erinnern, ob Hans-Werner Ebersbach eine Freundin hatte, als er in diesem Haus gewohnt hat?«, unterbrauch Marc den Redeschwall. »Oder – anders gefragt – haben Sie ihn 1978 mal in Begleitung einer blonden Frau gesehen?«

Die Kasperczaks schüttelten synchron den Kopf. »Wir haben Ebersbach kaum gekannt«, antwortete Herr Kasperczak für seine Frau mit. »Vielleicht kann Ihnen unser Sohn weiterhelfen.«

»Ja, vielleicht«, meinte Marc. »Ist Ihnen im Jahr 1978 irgendwo sonst eine junge blonde Frau in diesem Haus aufgefallen?«

Marc hatte seine Frage ohne große Hoffnung gestellt, musste aber zu seinem Erstaunen erkennen, dass er offenbar mitten ins Schwarze getroffen hatte. Herr und Frau Kasperczak warfen sich nervöse Blicke zu, dann sah Hermann Kasperczak verstohlen zu Peter Schlüter hinüber.

»Nein«, antwortete Kasperczak schließlich knapp. »Darüber wissen wir nichts.« Er fuhr sich mit der Hand über den Mund, als wollte er ihn reinwaschen.

Auch Peter Schlüter schien der abrupte Stimmungswechsel nicht verborgen geblieben zu sein.

»Es ist wirklich sehr wichtig«, sagte er. »Bitte, versuchen Sie doch, sich zu erinnern.«

Hermann Kasperczak suchte erneut den Blickkontakt zu seiner Frau und schien um ihr stummes Einverständnis zu bitten. Doch die hatte die Augen starr auf den Boden gerichtet und reagierte nicht.

»Bitte, Herr Kasperczak«, hakte Schlüter nach. »Sie müssen uns alles sagen, was Sie wissen.«

Schließlich rang sich Kasperczak zu einer Entscheidung durch.

»Also gut«, seufzte er. »Auch wenn man über Tote nichts Schlechtes reden soll.«

Marc hielt unwillkürlich die Luft an. »Welche Tote meinen Sie?«, fragte er atemlos.

»Ich meine deinen Vater«, sagte Kasperczak mit Blick auf Peter Schlüter. »Ich fürchte, er war nicht der Mann, für den du und deine Mutter ihn gehalten habt.«

Schlüter war aschfahl geworden. »Wie darf ich das verstehen?«, hauchte er.

»Nun, dein Vater war Lehrer. Und als solcher hatte er natürlich Kontakt zu vielen jungen Menschen. Auch zu vielen jungen weiblichen Menschen. Muss ich deutlicher werden?«

Schlüter nickte stumm und Kasperczak seufzte erneut. »Dein Vater hatte Affären mit einigen seiner Schülerinnen.«

»Das glaube ich nicht«, protestierte Schlüter schwach.

»Glaub es ruhig«, sagte Kasperczak gelassen. »Das ganze Haus wusste Bescheid, nur du und deine Mutter offenbar nicht.«

Marc war klar, dass Schlüter diese Nachricht erst einmal verdauen musste. Deshalb stellte er die nächste Frage. »Was hat das mit der jungen blonden Frau zu tun?«

»Die hat hier 1978 mal kurz gewohnt«, gab Kasperczak zurück. »Die Wohnung von Frau Güttmann stand nach ihrem Tod einige Zeit leer – bis eine blonde Frau um die zwanzig dort eingezogen ist.«

»Das kann nicht sein«, widersprach Schlüter energisch. »Ich habe alle Verträge durchgesehen. Es gab 1978 keinen Mietvertrag mit einer jungen Frau. Die Wohnung von Frau Güttmann hat bis November 1978 leer gestanden, dann ist ein Herr Gossen dort eingezogen.«

»Es kann gut sein, dass dein Vater keinen schriftlichen Mietvertrag mit der Frau abgeschlossen hatte«, meinte Kasperczak. »Und vielleicht hat er auch keine Miete von ihr verlangt. Aber er hat sie hier wohnen lassen, daran gibt es nicht den geringsten Zweifel.«

Er sah seine Frau zustimmungsheischend an und Frau Kasperczak bestätigte seine Aussage mit einem knappen Kopfnicken.

»Gut«, mischte Marc sich ein. »Aber die Tatsache, dass die Frau hier gewohnt hat, beweist noch nicht, dass Herr Schlüter senior ein Verhältnis mit ihr hatte.«

Auf Kasperczaks Gesicht erschien ein feines Lächeln. »Nein, das ist kein Beweis. Der Beweis ist die Tatsache, dass ich die beiden Händchen haltend und küssend in der Stadt überrascht habe.«

Schlüter starrte den alten Mann wütend an. »Das kann nicht mein Vater gewesen sein!«, sagte er erregt.

»O doch«, erwiderte Kasperczak ruhig. »Du wolltest die Wahrheit wissen, Peter. Jetzt geh in dich und denk nach. Hattest du früher wirklich nie den Verdacht, dass dein Vater es mit der ehelichen Treue nicht so ganz genau genommen hat?«

Peter Schlüter verstummte. Schließlich nickte er. »Doch«, gab er zu. »Manchmal kamen mir Zweifel.«

»Dein Vater war ein sehr attraktiver Mann«, fuhr Kasperczak fort. »Der ›schöne Walter‹, so haben ihn alle genannt. Solche Männer sind selten treu.«

»Und Sie sind sich sicher, dass es das Jahr 1978 war, als die blonde Frau hier gewohnt hat?«, vergewisserte sich Marc.

»Im Sommer 1978«, präzisierte Kasperczak. »Wir hatten damals deine Mutter zur Pflege, weißt du noch?« Er schaute zu seiner Frau herüber, die wiederum mit einem Nicken antwortete. »Ich weiß noch genau, dass das zur selben Zeit war.«

»Können Sie die junge Frau näher beschreiben«, bat Marc.

»Ja, das war so ein richtiges Hippie-Mädchen«, sagte Kasperczak. »Wie die jungen Mädchen damals eben so rumgelaufen sind. Miniröcke und hohe Stiefel.« Er hielt inne und schaute versonnen an die Decke. Dann fuhr er begeistert fort: »Sie hatte lange blonde Haare, tolle Beine und eine sehr gute Figur. Das Mädchen war überaus hübsch, das muss man sagen.«

Frau Kasperczak musterte ihren Mann erstaunt, als wundere sie sich darüber, dass ihr Hermann zu solchen Wahrnehmungen fähig war.

»Können Sie sich an den Namen der Frau erinnern?«, lautete Marcs nächste Frage.

»Bestimmt nicht«, antwortete Frau Kasperczak resolut.

»Aber natürlich«, sagte Herr Kasperczak fast gleichzeitig. »Binder, hieß sie. Susanne Binder.«

Marc holte tief Luft. Jetzt kam die entscheidende Frage. »Wissen Sie, was aus dieser Susanne Binder geworden ist?«

»Nein«, erwiderte Kasperczak und Marc meinte, einen deutlichen Unterton der Enttäuschung in seiner Stimme zu hören. »Eines Tages war sie nicht mehr da und wir haben von ihr niemals wieder etwas gesehen oder gehört.«

13

Mit angehaltenem Atem beobachtete Freddy den Streifenwagen, der fünf Meter vor der Eingangstür des Ferienhauses ausrollte. Der Polizist auf dem Beifahrersitz stieg aus, setzte sich umständlich seine Dienstmütze auf und sah sich dann gemächlich im Garten um. Der Fahrer machte dagegen keine Anstalten, den Wagen zu verlassen. Langsam beruhigte sich Freddys Puls wieder. Wenn die Bullen wussten, wer hier versteckt wurde, hätten sie doch mit Sicherheit ein Spezialeinsatzkommando vorbeigeschickt und nicht diese beiden Dorfpolizisten, oder?

Aber sicher war sicher. Freddy ging zu der Anrichte im Wohnzimmer, nahm seine Beretta 92 aus einer Schublade, spannte sie vor und sicherte sie. Anschließend steckte er sie hinten in seinen Hosenbund und zog den Pullover darüber.

Eine Sekunde später schellte es. Freddy atmete noch einmal tief durch, dann ging er zur Tür und öffnete. Vor ihm stand der Polizist, der eben aus dem Wagen ausgestiegen war.

»Ah, hoher Besuch«, begrüßte Freddy den Mann übertrieben freundlich. »Was verschafft mir die Ehre?«

»Ich bin Polizeiobermeister Dorn«, sagte der Beamte. »Wir gehen einer Anzeige aus der Nachbarschaft nach.«

»Nachbarschaft?«, fragte Freddy erstaunt zurück und umschrieb mit dem rechten Arm einen weiten Halbkreis über die Landschaft. »Aber hier gibt es doch weit und breit keine Nachbarn.«

»Es gibt sie«, versicherte Dorn, »auch wenn Sie sie vielleicht nicht sehen können, Herr …?«

»Kornblum. Friedrich Kornblum«, ergänzte Freddy.

»Darf ich Ihren Personalausweis sehen, Herr Kornblum?«, fragte Dorn höflich.

»Selbstverständlich«, erwiderte Freddy. »Einen Moment, bitte.« Er ging ins Haus zurück, fischte den Ausweis aus seiner Jacke und reichte Dorn das Dokument.

»Um was für eine Beschwerde geht es denn?«, wollte Freddy wissen, während Dorn die Angaben in dem Ausweis studierte.

»Ein paar Kinder aus der Nachbarschaft haben Schüsse gehört«, erklärte der Polizist und gab den Ausweis zurück. »Die sollen von diesem Grundstück gekommen sein.«

»Von diesem Grundstück?«, echote Freddy erstaunt und ballte vor Wut die Faust in der Tasche. Dieser verfluchte Jochen! Freddy hatte ihn hundertmal gewarnt, seine Schießübungen nicht ausgerechnet im Garten zu veranstalten, aber Jochen hatte gemeint, das Ferienhaus liege so abgelegen, dass unmöglich jemand etwas mitbekommen könne. Und jetzt hatten sie den Salat!

»Das kann nicht sein!«, widersprach Freddy heftig und spürte, wie ihm der Schweiß auf die Stirn trat. »Ich besitze überhaupt keine Waffe.« Unwillkürlich fuhr seine linke Hand zu der Beretta.

»Hm.« Der Polizist wirkte nicht sonderlich überzeugt. »Haben Sie etwas dagegen, wenn ich mich im Haus einmal umsehe?«, fragte er.

»Im ... im Haus?«, stotterte Freddy. Er war kurz davor, die Fassung zu verlieren. »Haben Sie einen Durchsuchungsbefehl?«

»Nein«, erwiderte Dorn misstrauisch. »Brauche ich denn einen?«

Freddy dachte fieberhaft nach. Wenn er jetzt auf einen richterlichen Beschluss bestand, würden die Bullen nicht lockerlassen. Wahrscheinlich war es am besten, diesen Dorn hereinzubitten und ein wenig herumschnüffeln zu lassen. Es war äußerst unwahrscheinlich, dass er verlangen würde, auch den Keller zu sehen. Und wenn doch, hatte der Bulle eben Pech gehabt. Freddy spürte das beruhigende Gefühl kalten Stahls an seinem Rücken.

»Nein, nein. Kommen Sie nur rein«, sagte er also. »Ich habe nichts zu verbergen.«

Der Polizist nickte, als habe er nichts anderes erwartet, und ging durch die kleine Diele ins Wohnzimmer, wo er sich prüfend umsah. »Sie wohnen hier allein?«, wollte er wissen.

»Ganz allein«, bestätigte Freddy. »Ich habe das Ferienhaus schon vor einigen Monaten gemietet, weil ich meine Ruhe haben will.«

»Warum stehen dann drei Teller auf dem Esstisch?«, erkundigte sich der Polizist.

»Drei …? Oh, ich habe übers Wochenende ein paar Freunde eingeladen und bin noch nicht zum Aufräumen gekommen.« Freddy sog scharf die Luft ein. Gonzo musste jeden Moment zurückkommen. Hoffentlich war er clever genug, sich von dem Haus fernzuhalten, wenn er den Streifenwagen sah.

»Und von Ihren Freunden besitzt auch niemand eine Waffe?«

»Niemand! Wir haben gegessen, getrunken und ein wenig gefeiert. Alles ganz harmlos.«

»So, so. Da hinten geht es zur Küche?«

»Zur Küche, genau. Sie können gerne …« Freddy zuckte zusammen, als ihm die Sturmhaube einfiel, die Gonzo immer mitten auf dem Küchentisch abzulegen pflegte. »Aber vielleicht wollen Sie zuerst das Bad sehen?«, fragte er hastig.

»Nein, ich würde gern zuerst einen Blick in die Küche werfen. Oder gibt es da ein Problem?«

»Überhaupt nicht«, versicherte Freddy mit zitternder Stimme. »Bitte, nach Ihnen.«

Er ließ den Polizisten vorgehen und tastete mit der rechten Hand nach seiner Beretta. Er fand den kleinen Hebel am Griffstück und entsicherte die Waffe. Dorn hatte inzwischen die Küche erreicht. Freddy hielt den Atem an. Jetzt kam es darauf an.

»Nichts Auffälliges«, sagte Dorn, als er zwanzig Sekunden später die Küche verließ.

»Sag ich doch«, sagte Freddy gepresst. Er warf einen kurzen Blick in den Raum, die Sturmhaube war nicht zu sehen. Offenbar hatte Gonzo ausnahmsweise mal aufgeräumt.

»Gibt es hier noch weitere Räume?«, fragte der Polizist.

»Nur noch das Bad und zwei Schlafzimmer. Bitte sehr.«

Mit einer einladenden Handbewegung führte Freddy den Beamten in die Räume. Nach wenigen Sekunden hatte Dorn seine oberflächliche Inspektion beendet.

»Scheint alles in Ordnung zu sein«, sagte er.

»Es *ist* alles in Ordnung«, bestätigte Freddy. »Sind Sie wirklich sicher, dass an dieser Anzeige etwas dran ist? Ich meine, das waren doch Kinder, oder? Wer weiß, was die sich zusammenfantasiert haben.«

»Wir müssen jeder Anzeige nachgehen«, erwiderte Dorn förmlich. »Auch wenn sie von Kindern stammt.«

»Selbstverständlich«, sagte Freddy schnell. »Sie tun nur Ihre Pflicht. Wenn ich sonst noch etwas für Sie tun kann?«

»Nein, ich denke, das war's.« Sie hatten inzwischen die Diele erreicht. Freddy öffnete dienstbeflissen die Haustür und reichte dem Beamten die Hand. »Ich wünsche Ihnen noch einen guten Tag«, sagte er.

Der Polizist ergriff die Hand und drückte sie leicht. »Danke, gleichfalls«, sagte Dorn. Er wandte sich der Tür zu, stutzte dann aber. »Wo führt denn diese Treppe hin?«, fragte er.

»Treppe?«, wiederholte Freddy, als habe er das Wort noch nie zuvor gehört. »Ach, *die* Treppe. Die geht nur in den Keller, aber da gibt es nichts zu sehen.«

»Ich hatte Sie eben ausdrücklich gefragt, ob es hier weitere Räume gibt«, erklärte der Polizist streng. »Einen Keller haben Sie nicht erwähnt.«

»Nun, ich dachte, Sie meinen Wohnräume. Im Keller wird nur Gerümpel aufbewahrt. Gartenstühle, Rasenmäher, der Grill. So Sachen halt.«

»Haben Sie etwas dagegen, wenn ich trotzdem mal nachsehe?«, fragte Dorn nun wieder freundlich.

»Ich ... natürlich nicht. Aber Sie können sich die Mühe wirklich sparen.«

Der Polizist sagte nichts und drückte den Lichtschalter neben der Treppe. Dann stieg er vorsichtig die Stufen hinunter.

Okay, dachte Freddy. Du hast es so gewollt. Er ging hinter dem Polizisten her und zog dabei die Beretta, die er aber weiter hinter seinem Rücken versteckt hielt. Im Magazin befanden sich fünfzehn Patronen vom Kaliber 9 mm Parabellum. Mehr als genug für die beiden Bullen. Erst würde er diesen hier kaltmachen, dann seinen Kollegen. Mit etwas Glück würde der Polizist im Auto nichts von dem Schuss hören. Er könnte ihn ins Haus locken und ihm gleich im Wohnzimmer eine Kugel in den Kopf jagen. Freddy hasste Gewalt, aber noch mehr hasste er den Knast. Freiwillig würde er nicht mehr dorthin zurückgehen, und wenn er dafür zehn Bullen abknallen musste.

Dorn hatte den Keller inzwischen erreicht. »Was ist denn hinter der Tür da?«

»Welche Tür?«, fragte Freddy unschuldig zurück.

»Die da, mit den beiden Riegeln. Wenn Sie die bitte öffnen würden.«

»Kein Problem.« Freddy wollte die Beretta hervorholen und auf den Polizisten richten, als er eine laute Stimme hörte.

»Robert, bist du da unten?« Freddy hielt in der Bewegung inne und steckte die Waffe zurück in seinen Hosenbund. »Ich glaube, Ihr Kollege sucht Sie«, sagte er zu Dorn.

»Ich bin hier«, rief der die Kellertreppe hoch. »Was ist denn?«

»Wir haben einen Einsatz. Beeil dich!«

»Ich komme!« Dorn warf einen letzten Blick auf die Tür, dann drehte er sich seufzend um und nickte Freddy zu.

»Sie haben es gehört, Herr Kornblum. Die Pflicht ruft. Vielen Dank für Ihre Kooperation.«

»Nicht der Rede wert«, versicherte Freddy. »Unsere Freunde und Helfer unterstütze ich immer gerne.«

Dorn lief die Treppe nach oben und ließ einen schweißgebadeten Freddy zurück. Erschöpft lehnte er sich mit dem Hinterkopf gegen die Wand und blies die Backen auf. Das war knapp, dachte er.

14

Peter Schlüter betrat das ehemalige Wohnzimmer seines Vaters und steuerte auf die Schrankwand zu. Im Barfach fand er eine Flasche Whisky, genehmigte sich einen doppelten und füllte gleich das nächste Glas, mit dem er sich Marc gegenüber auf einen Sessel setzte. Schlüter trank einen weiteren langen Schluck, nur langsam beruhigte er sich wieder.

»Entschuldigung«, sagte er. »Ich habe gar nicht gefragt, ob Sie auch etwas trinken möchten.«

»Das ist schon in Ordnung«, winkte Marc ab. »Ich habe keinen Durst.«

Schlüter nickte abwesend und trank seinen Whisky aus. Dann atmete er tief durch und lehnte sich in seinem Sessel zurück.

»Denken Sie das Gleiche wie ich?«, fragte er schließlich. »Glauben Sie auch, dass die Tote auf dem Dachboden Susanne Binder ist?«

»Ich würde es für verfrüht halten, diese Theorie jetzt schon als erwiesen anzusehen«, antwortete Marc vorsichtig.

Schlüter musste wider Willen lachen. »Man merkt, dass Sie Jurist sind.«

»Nein, im Ernst«, sagte Marc. »Wir wissen doch nicht einmal sicher, ob es zwischen Ihrem Vater und Susanne Binder tatsächlich eine Verbindung gab. Bis jetzt haben wir nur die Aussage eines alten Mannes, der die beiden in der Stadt gesehen haben will. Wir sollten erst einmal prüfen, ob die Frau wirklich eine Schülerin Ihres Vaters war.«

»Das dürfte sich leicht feststellen lassen.«

Schlüter stand auf und kehrte fünf Minuten später mit einem schmalen Heft zurück, das er an Marc weitergab. »Die Festschrift zum fünfundzwanzigjährigen Bestehen des Max-Planck-Gymnasiums im Jahr 1977«, erklärte Schlüter, während Marc die Seiten durchblätterte. »Darin sind alle damaligen Schüler aufgeführt. Und in der Jahrgangsstufe 12 finden Sie eine Susanne Binder.«

»Könnte hinkommen«, meinte Marc, der den Namen ebenfalls entdeckt hatte. »Wenn Susanne Binder 1977 in der zwölften Jahrgangsstufe war, kann sie im Frühjahr 1978 Abitur gemacht haben. Also kurz bevor sie im Sommer einige Monate in diesem Haus gewohnt hat.«

»Damit wissen wir, dass Susanne Binder Schülerin des Max-Planck-Gymnasiums war«, stellte Schlüter fest. »Aus der Festschrift geht allerdings nicht hervor, dass sie bei meinem Vater Unterricht hatte.«

»Und erst recht geht nicht daraus hervor, dass Ihr Vater sie ermordet hat«, sagte Marc beruhigend. »Warum sollte er das auch getan haben?«

»Vielleicht, weil sie meinem Vater gedroht hat, ihre Affäre auffliegen zu lassen. Bei der Schulleitung und bei meiner Mutter. Und da musste er reagieren. Mein Vater war jahrzehntelang Jäger und Sportschütze und hatte immer Zugang zu Waffen.«

»Vor dem Besuch bei den Kasperczaks waren Sie noch davon überzeugt, dass Ebersbach der Mörder ist«, gab Marc zu bedenken. »Jetzt glauben Sie, Ihr Vater habe Susanne Binder umgebracht. Dabei wissen wir noch nicht einmal, ob Susanne Binder tot ist. Dass die Kasperczaks sie eines Tages nicht mehr gesehen haben, muss nichts bedeuten. Vielleicht lebt sie ganz friedlich irgendwo in Bielefeld oder einer anderen Stadt und ahnt nichts Böses.«

»Aber wie sollen wir das herausbekommen?«

»Ganz einfach. Wir wenden uns an das Einwohnermeldeamt.«

»Die geben doch Privatpersonen keine Auskunft!«

»Das ist ein weit verbreiteter Irrtum«, klärte Marc Schlüter auf. »Eine einfache Melderegisterauskunft über Namen und Anschrift kann jeder bekommen. Sie haben doch Urlaub. Am besten, Sie fragen morgen früh gleich mal nach. Vielleicht klärt sich dann schon alles auf.«

15

Um sieben Uhr abends fand die erste Lagebesprechung der Sonderkommission ›Daniela‹ statt.

Helen Baum betrat in Begleitung von Staatsanwalt Brandt den großen Konferenzraum, in dem sich schon viele der sechzig Beamten versammelt hatten, die für die Soko ausgewählt worden waren. Die Kriminaldirektorin legte ihre Tasche auf den Tisch und sah sich unter den Anwesenden um. Abgesehen von der Polizeipsychologin Petra Seifert, die noch bei den Schwalenbergs war, war sie das einzige weibliche Mitglied der Soko. Sie fühlte sich, als sei sie mitten in ein Haifischbecken geraten.

»Darf ich um Ruhe bitten.« Helen Baum hob die Hände und das allgemeine Gemurmel verstummte.

»Meine Da…« Sie hielt inne und korrigierte sich. »Meine Herren. Wie Sie ja bereits wissen, hat Herr Polizeipräsident Nordkamp mich mit der Leitung der Sonderkommission ›Daniela‹ betraut. Mein Stellvertreter wird Herr Kriminalhauptkommissar Remmert sein.« Sie nickte dem Beamten, der rechts neben ihr saß, kurz zu. »Soweit ich weiß, hat Herr Remmert Ihnen bereits Ihre Aufgaben zugewiesen. Außerdem darf ich Ihnen Herrn Staatsanwalt Brandt vorstellen.« Sie blickte zu dem Staatsanwalt hinüber, der kurz in die Runde grüßte.

»Ich muss nicht betonen«, fuhr Helen Baum fort, »dass wir es hier mit einem bedeutenden Fall zu tun haben, der wahrscheinlich ein überragendes Medienecho zur Folge haben wird. Ich muss auch nicht besonders darauf hinweisen, dass jeder Einzelne von Ihnen seine ganzen Kenntnisse und Fähigkeiten einsetzen muss, um die Arbeit dieser Soko zu einem erfolgreichen Ende zu führen. Aber vorweg vielleicht noch ein paar Worte zu mir. Ich bin jetzt seit drei Monaten in Bielefeld und habe die meisten von Ihnen zumindest schon einmal gesehen. Denjenigen von Ihnen, die mich noch nicht kennen, möchte ich sagen, dass ich eine Anhängerin des kooperativen Führungsstils bin. Besonders wichtig für die Arbeit in einer Sonderkommission ist der permanente Austausch untereinander. Wie Sie ja wissen, besteht kriminalistische Arbeit zum größten Teil aus systematischer Sammlung, Auswertung, Aufbereitung und dem Abgleich von Informationen.«

Jemand gähnte laut und die Kriminaldirektorin ließ sich für einen Moment aus dem Konzept bringen. Dann warf sie einen kurzen Blick auf ihren Spickzettel und setzte ihren Vortrag, den sie in den letzten beiden Stunden mithilfe eines Handbuchs für polizeiliche Führungskräfte eingeübt hatte, fort: »Bei der Arbeitsteilung, wie sie in einer Sonderkommission üblich ist, kann Wissen verloren gehen, wenn es nicht durch einen möglichst intensiven Informationsaustausch jedem Mitglied der Soko zugänglich gemacht wird. Deshalb werden in regelmäßigen Abständen gemeinsame Besprechungen aller Soko-Mitarbeiter stattfinden. Mir liegt sehr an einer direkten Kommunikation innerhalb der Soko. Ich kann Ihnen daher versichern, dass meine Tür immer offen steht, für jeden von Ihnen.«

An dieser Stelle hatte Helen Baum eine kurze Pause für Beifall oder zumindest zustimmendes Gemurmel eingeplant, aber im Raum blieb es totenstill.

»Äh … gut, ja, dann will ich es bei diesen einführenden Worten bewenden lassen, schließlich möchte ich Ihre Geduld nicht über Gebühr strapazieren.« Sie lachte nervös, aber niemand stimmte darin ein. »Also, wie ist die Lage? Herr Kriminaloberkommissar Weigelt, wenn Sie beginnen wollen.« Mit diesen Worten wandte sie sich dem frisch ernannten Abschnittsleiter ›Ermittlungen‹ der Sonderkommission zu.

»Zunächst zum Ergebnis der Ringalarmfahndung«, setzte Weigelt an. »Wir haben vier betrunkene Autofahrer erwischt, drei ohne gültige Fahrerlaubnis, ungefähr ein Dutzend Gurtmuffel und einen Fahrer, der mit Haftbefehl gesucht wurde, weil er die eidesstattliche Versicherung nicht abgegeben hatte. Allerdings gab es nicht die geringste Spur im Zusammenhang mit der Entführung Daniela Schwalenbergs.«

»Ich halte Ringalarmfahndungen sowieso für Blödsinn«, meldete sich Remmert zu Wort. »Die gibt es jetzt seit Mitte der Siebzigerjahre, aber ich habe noch nie gehört, dass ein ›Ring‹ jemals zu einem erfolgreichen Abschluss geführt hat.«

Helen Baum nickte zustimmend. »Ich kenne eine BKA-Untersuchung, wonach im Schnitt 26,7 Minuten vergehen, ehe ein ›Ring‹ steht. Die meisten Täter haben die Kontrollstellen also schon vor der Besetzung passiert.«

»Oder die Täter haben den Ring gar nicht verlassen«, überlegte Weigelt. »Oder sie kennen irgendwelche Schleichwege. Aber solche Überlegungen bringen uns im Moment nicht weiter. Kommen wir zum nächsten Punkt: Daniela Schwalenberg hat sich nach Zeugenaussagen in der Nacht von Samstag auf Sonntag bis etwa ein Uhr im *Meddox* aufgehalten. Sie ist allein gekommen, hat sich mit verschiedenen Leuten unterhalten und ist allein wieder gegangen. Den Befragten in der Diskothek ist nichts Besonderes aufgefallen. Der Nachtbusfahrer der Linie N18 konnte sich erinnern, dass Daniela Schwalenberg in seinem Bus mitgefahren und an der Nachtbushaltestelle in Hoberge-Uerentrup ausgestiegen ist. Danach hat er sie nicht mehr gesehen und auch nichts Auffälliges bemerkt. Die Nachtbushaltestelle befindet sich hier.« Weigelt tippte mit einem Stock auf den Stadtplan an der Wand. »Etwa zweihundert Meter von der Villa der Schwalenbergs entfernt. Das passt zu Neumanns Geschichte. Wir waren noch letzte Nacht mit seinem Foto im *Aladin*. Er war bis gegen halb eins da und ist dann ebenfalls allein abgehauen. Auch hier keine Auffälligkeiten.«

»Ist die Anwohnerbefragung in der Rosenstraße schon abgeschlossen?«, erkundigte sich Helen Baum.

Weigelt nickte. »Außer Alexander Neumann hat niemand etwas von der Entführung gesehen oder gehört. Lauter brave Bürger, die nachts um halb zwei den Schlaf der Gerechten geschlafen haben. Niemandem ist in letzter Zeit jemand aufgefallen, der das Haus der Schwalenbergs ausspioniert hat. Wir haben außerdem die Passanten und Anwohner um die Telefonzelle in Münster herum, von der der Erpresseranruf kam, befragt, denen ist ebenfalls nichts aufgefallen.«

»Und was ist mit diesem Kevin Schneider, dem Exfreund von Daniela?«, fragte Remmert dazwischen.

»Auch der ist überprüft«, berichtete Weigelt. »Schneider ist vorbestraft. Er hat anderthalb Jahre abgesessen wegen schwerer Körperverletzung. Seit einer Woche weilt er allerdings mit seiner neuen Freundin auf Mallorca. Das ist vom Reiseveranstalter und vom Hotelpersonal bestätigt worden.«

»Was natürlich nur bedeutet, dass er an der unmittelbaren Entführung nicht beteiligt sein kann«, überlegte die Kriminaldirektorin laut. »Vielleicht hat er den Entführern vorher Tipps gegeben. Die Täter scheinen einiges über die Familie zu wissen. Zum Beispiel, dass Herr Schwalenberg seine Konten bei der Deutschen Bank hat. Ich möchte, dass Schneiders Zellengenossen überprüft werden. Vielleicht sind die Haupttäter so in Kontakt zu ihm gekommen. Außerdem müssen wir Schneiders Telefon überwachen, sobald er wieder im Lande ist.« Sie wandte sich dem Staatsanwalt zu. »Ich denke, es macht mehr Eindruck, wenn Sie die Telefonüberwachung bei Gericht beantragen.«

Staatsanwalt Brandt nickte knapp. »Wird erledigt.«

Die Kriminaldirektorin sah in die Runde. »Dann zu Ihnen, Herr Kriminalhauptkommissar Lohrmann.«

Sie richtete ihre Aufmerksamkeit auf den Abschnittsleiter der kriminaltechnischen Gruppe, der sich anschickte, eine Lesebrille aufzusetzen.

Lohrmann kramte eine Weile in den vor ihm liegenden Unterlagen herum. »Ja, womit soll ich anfangen?«, murmelte er. »Ah, ja. Die phonetische Auswertung des Erpresseranrufs liegt bereits vor. Leider hat sie nicht viel gebracht. Bisher konnten wir die verfremdete Stimme nicht elektronisch entzerren. Eine zuverlässige Angabe des Geschlechts des Anrufers ist daher nicht möglich. Auch zum Alter können wir nichts Konkretes sagen. Es gibt keine sprachlichen Besonderheiten, die uns eine Bestimmung der regionalen Herkunft des Anrufers ermöglichen würden, allerdings handelt es sich mit hoher Wahrscheinlichkeit um einen muttersprachlichen Deutschen. Wir konnten auch keine individualtypischen Merkmale wie Lispeln, Nase hochziehen oder Schmatzen beim Trennen der Lippen feststellen.«

»Würde es weiterhelfen, wenn wir die Stimmprobe eines Verdächtigen hätten?«, wollte Remmert von Lohrmann wissen.

Dessen Gesicht drückte Skepsis aus. »Käme auf einen Versuch an. Allerdings haben die Techniker bei dem Ausmaß der Sprachverzerrung keine allzu große Hoffnung, dass etwas Brauchbares herauskommen könnte.« Er wandte sich wieder seinen Unterlagen zu. »Wir haben die Telefonzelle in Münster untersucht, aus der der Erpresseranruf kam. Wir sind noch dabei, die Spuren auszuwerten, aber wie es aussieht, wird uns auch das nicht weiterbringen.«

»Was ist mit Daniela Schwalenbergs PC?«, fragte die Kriminaldirektorin.

»Hat ebenfalls nichts gebracht«, gab Lohrmann zurück. »Es gibt keinerlei Anhaltspunkte dafür, dass die Täter auf diese Weise vor der Entführung Kontakt zu ihr aufgenommen haben.«

»Und Danielas Telefon?«

»Daniela Schwalenberg besitzt ein eigenes Handy. Wir werten gerade ihre Telefondaten aus. Daniela hatte das Handy bei der Entführung bei sich und es ist bisher nicht gefunden worden. Wir haben mehrfach versucht, auf dem Handy anzurufen, aber es ist nicht eingeschaltet. Deshalb können wir das Handy auch nicht orten.«

»Wäre ja auch zu einfach gewesen«, meinte Helen Baum ironisch. »Haben Sie den Tatort vor dem Grundstück der Schwalenbergs noch einmal untersucht?«

Lohrmann nickte. »Wir sind mit Lupe und Kamm durchgegangen, aber wir haben absolut nichts gefunden.«

Helen Baum runzelte die Stirn. »Wie kann das sein?«, fragte sie. »Ich nehme an, das locardsche Prinzip der Forensik ist Ihnen bekannt: Bei jedem Verbrechen findet ein Spurenaustausch zwischen Täter und Tatort statt.«

»Das ist die Theorie«, widersprach Lohrmann. »Manchmal haben wir einen Tatort nach dem anderen, ohne brauchbare Spuren zu finden.«

»Es geht nicht um *brauchbare* Spuren«, erklärte die Kriminaldirektorin, »es geht um *irgendwelche* Spuren. Die müssen da sein, auch wenn man sie vielleicht nur schwer finden kann.«

»Was soll das heißen?«, brauste Lohrmann auf. »Zweifeln Sie an der Kompetenz meiner Männer?«

»Im Gegenteil«, versicherte Helen Baum. »Aber wo nichts zu finden ist, hat vielleicht gar nichts stattgefunden.«

Im Raum machte sich aufgeregtes Gemurmel breit. »Was wollen Sie damit andeuten?«, fragte Remmert. »Glauben Sie, Daniela Schwalenberg habe ihre Entführung nur vorgetäuscht?«

»Wäre schließlich nicht das erste Mal«, gab Helen Baum zurück.

»Sie vergessen etwas: Wir haben einen Zeugen für die Entführung.«

»Vielleicht war genau das Neumanns Aufgabe«, meinte die Kriminaldirektorin. »Er sollte das Ganze dramatischer gestalten, weil Daniela gedacht hat, ihre Eltern würden die Geschichte mit der Entführung sonst nicht ernst nehmen.

Ich gebe zu bedenken, dass außer diesem Neumann niemand etwas gesehen oder gehört hat.«

Remmert schüttelte fassungslos den Kopf. »Aber es gibt nicht den geringsten Hinweis, dass sich Alexander Neumann und Daniela Schwalenberg kennen.«

»Dann schlage ich vor, dass Sie nach derartigen Hinweisen suchen. Ich habe da so ein Gefühl.«

Remmert wandte sich seinem Tischnachbarn Weigelt zu und imitierte flüsternd die deutsche Stimme von Columbo: »Sir, da ist diese Kleinigkeit, die mir immer noch zu schaffen macht.«

»Herr Kollege Remmert«, sprach Helen Baum ihn im Tonfall einer genervten Lehrerin an. »Sie befinden sich in einer Lagebesprechung, die dem allgemeinen Informationsaustausch dient. Vielleicht wären Sie so freundlich, alle Kollegen an Ihren Gedanken teilhaben zu lassen.«

Remmert winkte ab. »Ich bin nur der Meinung, dass wir mit ›Gefühlen‹ nicht weiterkommen.«

»Dann nennen Sie es von mir aus Intuition«, sagte Helen Baum. »Ich denke, Sie stimmen mit mir darin überein, dass ein guter Kriminalist über so etwas verfügen sollte.«

Remmert merkte, wie Wut in ihm hochstieg. Was wusste diese Frau darüber, was einen guten Kriminalisten ausmachte? Eigentlich hatte er sich ja geschworen, ruhig zu bleiben, aber jetzt brach der gesamte Frust der letzten Monate aus ihm heraus. »Ah, jetzt kommt die berühmte weibliche Intuition«, höhnte er. »Sie sollten jedoch eines bedenken: Intuition beruht in erster Linie auf Erfahrung. Und mit Verlaub, Frau Baum: Ich bin mir nicht sicher, ob Sie darüber in ausreichendem Maße verfügen.«

Im Raum machte sich gespanntes Schweigen breit. Alle Blicke waren auf die Soko-Leiterin gerichtet, jeder wartete auf ihre Reaktion.

Die Kriminaldirektorin funkelte ihren Stellvertreter mit hochrotem Kopf an. Sie war so aufgebracht, dass sie kein

Wort herausbrachte. Helen Baum atmete schwer und spürte, wie sich ihre Gesichtshaut um die Augen zusammenzog. Jetzt nur nicht weinen, dachte sie. Nicht vor dieser Meute. Langsam zählte sie bis zehn, dann sagte sie mit zitternder Stimme: »Ich denke, wir können die Lagebesprechung jetzt beenden. Ich würde mich gern mit Herrn Kriminalhauptkommissar Remmert unter vier Augen unterhalten.«

Allgemeines Stühlescharren ertönte. Die Mitarbeiter der Soko standen auf und verließen bis auf Remmert den Konferenzraum.

»Herr Remmert«, setzte Helen Baum an, als sie allein waren. »Was fällt Ihnen eigentlich ein, mich vor der gesamten Soko derart anzugreifen? Ich weiß, dass Sie mich nicht mögen. Ich mag Sie übrigens auch nicht, falls es Sie interessiert. Jetzt sind wir ganz unter uns und Sie haben die Gelegenheit, mir mal richtig die Meinung zu sagen.«

Remmert schüttelte den Kopf. »Ich bitte um Entschuldigung«, sagte er. »Diese Entführung nimmt mich ziemlich mit. Sie wissen ja, dass ich auch eine sechzehnjährige Tochter habe.«

»Nein, nein.« Helen Baum bewegte den Zeigefinger langsam hin und her. »So einfach ist das nicht. Ich weiß, dass Sie seit meinem Dienstantritt in Bielefeld gegen mich arbeiten und versuchen, mir Steine in den Weg zu legen.«

»Das ist nicht wahr«, widersprach Remmert heftig.

»Da habe ich etwas anderes gehört. Also, nur Mut. Sie können mir alles an den Kopf knallen, was Sie mir schon immer mal sagen wollten.« Sie versuchte, ein aufmunterndes Lächeln hinzubekommen.

Der Kriminalhauptkommissar schnaubte müde. »Ich bin doch nicht verrückt. Und morgen habe ich ein Disziplinarverfahren am Hals.«

»Ich verspreche Ihnen, dass nichts dergleichen geschehen wird. Kommen Sie schon, raus damit: Was passt Ihnen nicht an mir?«

Remmert holte tief Luft. »Bitte, Sie haben es so gewollt. Mir passt nicht, dass ich eine Vorgesetzte habe, die sich jahrelang im Innenministerium den Hintern platt gesessen und von praktischer Polizeiarbeit keine Ahnung hat. Und mir passt nicht, dass ich eine Vorgesetzte bekommen habe, obwohl es für diese Position zahlreiche fähigere Bewerber gegeben hätte. Männer *und* Frauen. Und mir passt nicht, dass diese Vorgesetzte mir und meinen Kollegen, die sich jahrelang an der Front den Arsch aufgerissen haben, ihre Arbeit erklären will.« Remmert redete sich weiter in Rage. »Und mir passt insbesondere nicht, dass diese Vorgesetzte wilde Verschwörungstheorien aufstellt, für die es nicht den Hauch eines Beweises gibt.«

»War's das?«, fragte die Kriminaldirektorin mit mühsam beherrschter Stimme.

»Ja, das war's.« Remmert amtete durch. Er merkte, dass es ihm besser ging, nachdem er sich den Frust von der Seele geredet hatte. »Sie wollten meine Meinung hören, jetzt kennen Sie sie.«

»Ja«, bestätigte Helen Baum. »Jetzt kenne ich sie. Und ich danke Ihnen für Ihre Offenheit. Nun werde ich Sie als meinen Stellvertreter offiziell über meine weiteren Schritte in Kenntnis setzen. Ich werde morgen früh als Erstes Viktoria Gelen befragen, Danielas beste Freundin. Meiner Meinung nach liegt der Schlüssel zur Lösung dieses Falles bei Daniela.«

Remmert lehnte sich erschöpft in seinem Stuhl zurück. »Sie glauben im Ernst, dass Daniela Schwalenberg ihre Entführung nur vorgetäuscht hat?«, vergewisserte er sich ungläubig.

»Ich bin zumindest nicht davon überzeugt, dass es überhaupt eine Entführung gegeben hat«, antwortete die Kriminaldirektorin vorsichtig.

»Ich fürchte, ich kann Sie nicht von Ihrer Meinung abbringen. Aber warum wollen Sie Viktoria Gelen selbst befragen? Die Vernehmung von Zeugen ist nicht Aufgabe der

Soko-Leitung, sondern Aufgabe der Ermittlungsgruppe. Das sind hoch motivierte und erfahrene Beamte.«

»Daran habe ich keinen Zweifel. Ich bin mir allerdings nicht sicher, ob Weigelts Leute die richtigen Fragen stellen werden.«

»Sie meinen, weil Sie die Einzige sind, die glaubt, an dieser Entführung sei etwas faul?«

»Zum Beispiel«, gab Helen Baum zurück.

»Frau Baum«, hob Remmert an, »es liegt mir fern, Ihnen Ihre Arbeit erklären zu wollen, aber ich habe schon einige Sonderkommissionen geführt und meine, von mir behaupten zu dürfen, dass ich dabei ein hohes Maß an Erfahrung gesammelt habe. Die Aufgabe des Soko-Leiters ist die *permanente* Führung, Koordination und Organisation der Arbeit der Sonderkommission. Wenn Sie alles selbst machen wollen, werden Sie bei der personellen Stärke dieser Soko und dem Druck, der insbesondere auf Ihnen liegt, sehr schnell an die Grenze Ihrer physischen und psychischen Leistungsfähigkeit gelangen.«

»Ihre Anteilnahme rührt mich, aber was meine Aufgabe innerhalb dieser Soko ist, bestimme ich als deren Leiterin selbstständig und eigenverantwortlich. Und deshalb behalte ich mir das Recht vor, wesentliche Vernehmungen und Ermittlungen selbst durchzuführen. Außerdem bin ich allen anderen Mitarbeitern dieser Soko gegenüber weisungsbefugt. Und von diesem Recht werde ich Gebrauch machen. Sie werden mich morgen zu Viktoria Gelens Befragung begleiten.«

Remmert schnaubte verächtlich. »So sieht also Ihre Retourkutsche aus. Finden Sie das nicht ein bisschen billig?«

»Herr Remmert, Sie vergessen, dass der private Teil dieses Gesprächs beendet ist.«

»Dann werde ich eben dienstlich. Ich bin der stellvertretende Leiter dieser Sonderkommission. Als solcher bin ich derjenige, der in Ihrer Abwesenheit eigenverantwortlich Ihre

Aufgaben wahrnimmt. Wenn wir beide nicht anwesend sind, ist die Soko kopflos. Das kann nicht gut gehen.«

»Ich glaube, das sehen Sie zu schwarz«, meinte Helen Baum leichthin. »Selbstverständlich wird die meiste Zeit einer von uns beiden hier im Präsidium sein. Aber ich denke nicht, dass es schaden kann, wenn wir die Kollegen ein paar Stunden am Tag allein lassen. Wie Sie schon sagten: Das sind alles hoch motivierte und erfahrene Beamte. Und mir ist einfach wohler, wenn ich weiß, wo Sie sich gerade befinden und was Sie tun.«

Remmert schüttelte den Kopf. »Sie trauen mir nicht.«

Da hast du verdammt recht, dachte Helen Baum. Dir traue ich ungefähr so viel wie das Schwein dem Metzger.

»Frau Baum«, beschwor der Hauptkommissar die Kriminaldirektorin. »Bitte, lassen Sie uns vernünftig sein und wenigstens für die Dauer dieser Sonderkommission zusammen- und nicht gegeneinander arbeiten. Es geht um Danielas Leben. Da sollten persönliche Animositäten in den Hintergrund treten.«

Helen Baum nickte bestätigend. »Glauben Sie mir, es geht mir ebenfalls ausschließlich darum, diesen Fall aufzuklären. Und deshalb werden Sie mich morgen begleiten. Ende der Diskussion!«

16

Um kurz nach acht Uhr abends traf Marc zu Hause ein. Als Erstes versuchte er, Irene von Kleist zu erreichen, aber ihr Handy war nicht empfangsbereit. Dann schaltete er den Plasmafernseher ein, der eigentlich viel zu groß für seine winzige Einzimmerwohnung war. Der Fernseher hatte während der Fußball-WM 2006 in einer Kneipe gehangen und Marc hatte ihn dem Wirt anschließend für den halben Preis abkaufen können.

Marc legte sich auf sein Bett und aktivierte den Videotext. Von einer Entführung wurde nichts berichtet. Wahrscheinlich haben Polizei und Medien sich auf ein Stillhalteabkommen geeinigt, dachte Marc und erinnerte sich an die Entführung des Hamburger Millionenerben Jan Philipp Reemtsma. Die Presse hatte seinerzeit von Anfang an Kenntnis von dem Menschenraub gehabt, aber bis Reemtsmas Freilassung nichts gemeldet. Marc las die anderen Nachrichten auf der Videotextseite. Die Top-Meldung des Tages handelte von einem Besuch des französischen Staatspräsidenten in Berlin, ein Radfahrprofi war des Dopings überführt worden. Also nichts Neues auf der Welt. Auf der Videotextseite 136 wurde eine Umfrage veranstaltet: Todesstrafe für Kinderschänder? Marc tippte die Zahlen ein, gelangte auf die angegebene Seite und war von dem Ergebnis nicht sonderlich überrascht: Ja 75,3%, Nein 23,1%, Weiß nicht 1,6%. Marc runzelte die Stirn und dachte darüber nach, was für Menschen wohl für 24 Cent bei einem Fernsehsender anriefen, nur um mitzuteilen, dass sie zu einem Thema *keine* Meinung hatten.

Er zappte einmal durch die Programme, dann schaltete er den Fernseher wieder aus und griff zu dem Buch, das seit einigen Wochen neben seinem Bett lag: Sunzi, *Die Kunst des Krieges.* Marc schlug das Buch an der mit einem Lesezeichen markierten Stelle auf und vertiefte sich in die Erkenntnisse des chinesischen Philosophen und Generals Sunzi von vor mehr als zweitausendfünfhundert Jahren: *Wenn du den Feind und dich selbst kennst, brauchst du den Ausgang von hundert Schlachten nicht zu fürchten. Wenn du dich selbst kennst, doch nicht den Feind, wirst du für jeden Sieg, den du erringst, eine Niederlage erleiden. Wenn du weder den Feind noch dich selbst kennst, wirst du in jeder Schlacht unterliegen.*

Marc dachte nach: Kannte er sich selbst?

Sein Handy schellte. Marc legte das Buch zur Seite und drückte den grünen Knopf. »Hagen«, meldete er sich.

»Hallo, Herr Hagen. Irene von Kleist hier.«

Sie hört sich erschöpft an, dachte Marc. Laut sagte er: »Frau Dr. von Kleist. Ich habe gerade an Sie gedacht. Wie geht es Ihrer Nichte? Gibt es etwas Neues?«

»Die Entführer haben sich gemeldet«, berichtete die Rechtsanwältin. »Sie verlangen ein hohes Lösegeld. Ich bitte Sie noch einmal: Tragen Sie nichts weiter. Danielas Leben könnte davon abhängen.«

Marc nickte, bis ihm bewusst wurde, dass Irene von Kleist ihn ja nicht sehen konnte. »Geht klar«, sagte er.

»Weswegen ich anrufe«, fuhr sie fort. »Ich kann hier jetzt nicht weg. Meine Schwester braucht mich. Bitte sagen Sie bis auf Weiteres sämtliche Termine ab. Übernehmen Sie, was Sie übernehmen können, der Rest muss halt warten.«

»Natürlich«, versicherte Marc. »Allerdings werde ich selbst auch nicht allzu viel Zeit haben. Ich war heute den ganzen Tag bei diesem Schlüter. Auf seinem Dachboden liegt eine Leiche und ich wollte mit Ihnen ...«

»Sie machen das schon«, sagte Irene von Kleist. Marc hatte nicht den Eindruck, dass sie ihm zugehört hatte. »Herr Hagen, ich muss Schluss machen. Ich melde mich wieder.«

Mit diesen Worten unterbrach sie die Verbindung und Marc widmete sich wieder Sunzi. *Jede Kriegführung gründet auf Täuschung ...*

Noch bevor er die Seite zu Ende gelesen hatte, war er eingeschlafen.

17

Helen Baum knallte die Tür zu ihrem Loft hinter sich zu, trat die Pumps von den Füßen und warf sie zusammen mit ihrer Aktentasche in die Ecke. Es folgten ihre Jacke, ihr Rock und ihre verschwitzte Bluse. Als sie nackt war, ging sie ins Badezimmer, wo sie den Hahn am Waschbecken aufdrehte und sich eiskaltes Wasser ins Gesicht spritzte.

Remmert, dieses verdammte Arschloch!, ging es ihr wie ein Mantra pausenlos durch den Kopf. Am liebsten hätte sie ihm bei der Lagebesprechung mit ihren spitzen Schuhen in die Eier getreten, um sich Erleichterung zu verschaffen. Nun musste kaltes Wasser herhalten. Helen Baum holte tief Luft und schaute in den Spiegel. Das harte Badezimmerlicht zeigte jede Falte, die sich um die Augen, den Mund und auf ihrer Stirn eingegraben hatte. Du bist eine alte Frau geworden, sagte die Kriminaldirektorin zu ihrem Spiegelbild. Kein Wunder, dass Joachim dich verlassen hat. Vielleicht sollte ich es doch mal mit Botox versuchen. Oder gleich ein Totallifting machen lassen. In Düsseldorf gab es kaum eine Frau über vierzig, die sich ohne Schönheitsoperation auf die Straße traute. Helen Baum schaute prüfend an sich herunter. Neue Titten könnten auch nichts schaden, dachte sie und musste unwillkürlich lachen. Nein, nicht für diesen Scheißkerl!

Joachim Kühnert hatte sich seit Monaten nicht mehr bei ihr gemeldet und alle ihre Anrufe abgeblockt. Seit seinem Rauswurf als Staatssekretär im Innenministerium arbeitete er in einer renommierten Düsseldorfer Anwaltskanzlei, in der offenbar eine wichtige Besprechung die nächste jagte. Helen Baum stellte sich vor, wie er, wenn das Telefon schellte, neben seiner Sekretärin stand und ihr mit wild fuchtelnden Handbewegungen bedeutete, sich irgendeine Ausrede einfallen zu lassen und auf keinen Fall seine Exfreundin zu ihm durchzustellen. Anrufe bei Joachim zu Hause kamen nicht infrage. Die Kriminaldirektorin hatte gerüchteweise gehört, dass er und seine Frau sich versöhnt hatten und wieder zusammenlebten.

Helen Baum trocknete sich das Gesicht ab, dann zog sie ihren Lieblingsschlafanzug an und machte es sich mit einem Glas Wein auf ihrer roten Designercouch bequem. Sie trank einen langen Schluck und ließ die Flüssigkeit langsam die Kehle hinunterrinnen. Aaaah! Am liebsten hätte sie noch eine Zigarette geraucht, aber sie hatte das Rauchen vor vier Jahren aufgegeben.

Ihr Blick fiel auf das Foto des ehemaligen Staatssekretärs, das immer noch auf der Anrichte stand. Blöde Kuh!, schalt sie sich selbst. Du musst endlich mit dieser Sache abschließen. Ihr Verstand sagte ihr, dass sie mit Joachim nicht mehr leben konnte. Aber ohne ihn ging es irgendwie auch nicht, weder privat noch beruflich. Sie wusste nur zu gut, wem sie ihre steile Karriere zu verdanken hatte.

Bei der Polizei war es nicht anders als in der freien Wirtschaft: Es gab fast keine Frauen in Führungspositionen. Ohne ihre Bekanntschaft zu Joachim Kühnert würde sie ihr Dasein wahrscheinlich als Oberkommissarin in irgendeiner Dienststelle auf dem platten Land fristen und Hühnerdiebe jagen. Natürlich war ihr nie in den Sinn gekommen, die zahlreichen Beförderungsangebote abzulehnen. Hätte ein Mann das getan? Auch bei Männern hatte eine erfolgreiche Karriere schließlich häufig nichts mit der fachlichen Leistung zu tun, sondern wurde über Beziehungen und Seilschaften gesteuert. Alte Kameraden von der Uni, aus der Partei, Saufkumpane. Nur dass das bei Männern eben selbstverständlich war. Erfolgreiche Frauen waren dagegen karrieregeile Schlampen, die sich hochgeschlafen hatten oder die irgendeine Quote erfüllen mussten. Dass sie die Jahrgangsbeste auf der Polizeischule gewesen war, interessierte da niemanden mehr. So war sie nicht sonderlich verwundert gewesen, dass man sie nach dem Weggang von Joachim Kühnert im Innenministerium hatte fallen lassen wie eine heiße Kartoffel.

Die Tatsache, dass sie sich noch einige Monate im Ministerium hatte halten können, hatte sie einzig und allein dem Umstand zu verdanken, dass niemand sie hatte haben wollen. Doch nach einem langen Tauziehen hatte schließlich der Bielefelder Polizeipräsident die Arschkarte gezogen. Helen Baum musste aus ihrer schicken Wohnung in der Düsseldorfer Altstadt ausziehen und war in der tiefsten Provinz gelandet. Was für ein Abstieg, dachte sie: Bielefeld, das Sibirien Nordrhein-Westfalens. Und so fühlte sie sich auch: wie eine in Ungnade gefallene Beamtin am russischen Zarenhof des neunzehnten Jahrhunderts. Immerhin: Die Mieten waren in Bielefeld wesentlich günstiger als die in der Landeshauptstadt und so konnte sie sich eine Einhundertfünfzig-Quadratmeter-Wohnung in einer umgebauten Fabriketage leisten.

Was sie in Bielefeld noch nicht gefunden hatte, waren Freunde. In den letzten drei Monaten hatte sie fast rund um die Uhr arbeiten müssen, um sich in die neue Materie einzufinden und von den Hyänen im Polizeipräsidium nicht aufgefressen zu werden. Natürlich wurde sie zu den privaten Feiern und Saufgelagen der Kollegen nicht eingeladen. Aber sie wäre sowieso nicht dorthin gegangen. Es reichte ihr, dass sie diese Leute tagsüber ertragen musste.

Helen Baum trank ihren Wein aus. Dann stand sie auf, um sich das nächste Glas einzuschenken. Plötzlich hielt sie inne. Nein, sagte sie zu sich selbst. Indem du dich volllaufen lässt, löst du keine Probleme. Was sie brauchte, war ein Mensch, mit dem sie reden konnte.

Helen Baum setzte sich wieder auf ihr Sofa und überlegte, wen sie anrufen sollte. Als Erstes fiel ihr Veronika ein, ihre beste Freundin, mit der sie aber auch schon seit Wochen nicht mehr gesprochen hatte. Sie schaute auf die Uhr: fast neun. Hoffentlich war es noch nicht zu spät.

Die Kriminaldirektorin griff nach dem schnurlosen Telefon und gab die Düsseldorfer Vorwahl und Veronikas Nummer ein. Nach zweimaligem Schellen wurde am anderen Ende abgehoben.

»Neufels.«

Helen Baum durchfuhr ein warmes Glücksgefühl, als sie die vertraute Stimme hörte. »Hallo, Veronika, Helen hier.«

»Helen? Mein Gott, wie lange ist das jetzt her? Drei, vier Wochen?«

»Das ist gut möglich. Ich habe im Moment ziemlich viel zu tun. Wie geht es dir?«

»Oh, ganz gut. Marvin feiert morgen seinen vierten Geburtstag und wir haben eine ganze Horde Kinder eingeladen, für die ich den Pausenclown spielen muss. Jürgen ist natürlich nicht da. In den letzten Monaten habe ich ihn kaum zu Gesicht bekommen. Angeblich ist er dauernd geschäftlich unterwegs, aber manchmal denke ich, seine Arbeit ist für ihn eine Art Flucht vor der Familie. Seit der Geburt von Paula ist es noch schlimmer geworden. Wann besuchst du uns denn mal wieder?«

»Ich würde wirklich gerne nach Düsseldorf kommen, aber im Moment geht es einfach nicht.«

»Ein großer Fall, was?«

»Ja, ziemlich groß. Aber ...«

»Aber du darfst nicht drüber reden, ich weiß. Wie geht es dir, Helen?«

Auf dieses Stichwort hatte die Kriminaldirektorin gewartet. »Gar nicht gut«, setzte sie leise an. »Ich habe das Gefühl, mir wächst alles über den Kopf und es gibt nichts, was ich dagegen tun könnte. Meine Kollegen haben natürlich viel mehr praktische Erfahrung als ich, aber ich traue mich einfach nicht, sie um Rat zu fragen. Ich weiß genau, was die dann denken: Erst schläft sie sich hoch und dann weiß sie nicht mehr weiter. Es ist leider immer noch so: Wenn ein Mann schwach wird, zeigt er Emotionen, wenn eine Frau schwach wird, gilt sie als ungeeignet für den Polizeiberuf. Ich ertappe mich immer öfter dabei, dass ich die Vorgesetzte rauskehre und aus purem Trotz Positionen einnehme und verteidige, obwohl ich weiß, dass sie falsch ...«

»Marvin, leg das hin! – Leg das hin, hab ich gesagt! – Nein, ganz weit weg ... – So. Und jetzt fasst du es nicht mehr an, verstanden? Entschuldige, Helen, was hast du gerade gesagt?«

Helen Baum schloss resigniert die Augen. »Nichts«, flüsterte sie dann. »Es geht mir gut.«

»Das ist schön. Du, Helen, sei mir nicht böse, aber ich muss Schluss machen. Es warten für morgen noch drei Kuchen auf mich. War schön, mal wieder von dir zu hören. Tut gut, mal wieder richtig zu quatschen, oder? Meld dich, Liebes, okay?«

»Okay.« Helen Baum hatte einen Kloß im Hals. »Wir hören voneinander.«

Sie legte auf und ließ den Tränen freien Lauf.

18

»Ich bin entführt worden.«

Marc starrte die potenzielle Mandantin mit großen Augen und herabgesacktem Unterkiefer an. Es war Montagmorgen, 9.45 Uhr. Seine Sekretärin Stefanie Bloes hatte die Frau vor wenigen Sekunden in sein Büro geführt. Sie war Mitte vierzig, hatte blondierte, halblange Haare, trug einen blauen Hosenanzug, war sorgfältig geschminkt und machte auch sonst einen gepflegten Eindruck. Marc hatte sie gebeten, ihm gegenüber an seinem Schreibtisch Platz zu nehmen und ihr Problem zu schildern. Und dann hatte sie mit diesem Satz begonnen.

Marc griff nach seinem Kugelschreiber. »Wann sind Sie entführt worden, Frau …«, er warf einen Blick auf seinen Notizblock, auf dem bis jetzt nur ein Name stand, »… Frau Kleiber?«

»Das ist jetzt fast genau zwei Jahre her.«

»Zwei Jahre! Hat die Polizei …«

»Ich habe die Polizei nicht informiert«, schnitt Frau Kleiber Marc das Wort ab. »Ich hatte Angst, dass man mich nicht ernst nimmt.«

»Darf ich fragen, was Sie zu dieser Meinung veranlasst hat?«

»Nun.« Frau Kleiber rutschte unbehaglich auf ihrem Stuhl herum. »Es war keine normale Entführung. Ich bin von

Außerirdischen gekidnappt worden. Kleine Männchen, etwa ein Meter zwanzig groß mit riesigen Köpfen und langen dünnen Armen. Die haben mich in ihr Raumschiff verschleppt und irgendwelche Experimente mit mir veranstaltet. Mir wurden Gewebeproben entnommen und ich habe den Verdacht, dass die mir auch Implantate eingesetzt haben.«

»Ich verstehe.« Marc legte den Kuli wieder zur Seite. »Und was genau erwarten Sie jetzt von mir?«

»Ich habe einen Bericht in der BILD-Zeitung gelesen«, erklärte Frau Kleiber und kramte einen Artikel aus ihrer Handtasche, den sie anschließend über den Tisch reichte. Marc überflog die Zeilen: Der Bericht handelte von einem Dresdener Anwalt, der als Spezialanwalt für Menschen bezeichnet wurde, die von Aliens entführt worden waren. »Seit 1961 geben weltweit Zehntausende an, von Außerirdischen entführt worden zu sein«, wurde der Anwalt zitiert. »Viele leiden auch Jahrzehnte später noch. Deutschen Opfern stehen nach dem Opferentschädigungsgesetz Leistungen wie Heilbehandlungen, Kuren und lebenslange Renten zu.« Marc las weiter und erfuhr, das *Centrale Erforschungsnetz außergewöhnlicher Himmelsphänomene (CENAP)* habe in Deutschland Hunderte Opfer ermittelt, die bisher keinen Antrag auf Sozialleistungen gestellt hätten.

»Und Sie möchten diese Leistungen jetzt beantragen«, schloss Marc, während er der Frau den Artikel zurückgab.

»Genau. Und Sie sollen mir dabei helfen.«

»Warum wenden Sie sich nicht an den Dresdener Kollegen?«, fragte Marc. »Der scheint doch auf solche Fälle spezialisiert zu sein.«

»Dresden ist sehr weit weg«, erklärte Frau Kleiber. »Ich hatte gehofft, dass Sie mir auch helfen können.«

»Ich bin mit derartigen Fällen leider nicht vertraut«, bedauerte Marc und ging im Kopf die Liste der Bielefelder Anwälte durch, die er am wenigsten ausstehen konnte. »Aber mir ist bekannt, dass ein Dr. Benz, Kanzlei Recke, Benz und

Co, sich derartiger Probleme annimmt. Vielleicht sollten Sie sich mit ihm in Verbindung setzen.«

»Und dieser Dr. Benz kann mir helfen?«, vergewisserte sich Frau Kleiber.

»Herr Dr. Benz kann alles und weiß alles«, bestätigte Marc. »Aber tun Sie mir einen Gefallen, wenn Sie ihn aufsuchen: Sagen Sie ihm nicht, dass Sie den Tipp von mir haben. Herr Dr. Benz ist so bescheiden, dass er das Mandat dann ablehnen könnte.«

Frau Kleiber hatte sich gerade bedankt und das Büro verlassen, als das Telefon schellte.

»Ich habe die Auskunft vom Einwohnermeldeamt«, verkündete Peter Schlüter triumphierend, nachdem Marc abgenommen hatte. »Hat zwar ein paar Euro gekostet, war aber sonst ganz einfach.«

»Wenn ich Ihren Tonfall richtig deute, haben Sie gute Nachrichten«, sagte Marc.

»Allerdings. Susanne Binder lebt! Sie ist im Holunderweg 12 hier in Bielefeld gemeldet.«

»Haben Sie auch ihr genaues Geburtsdatum?«

»Nein. Die Frau im Einwohnermeldeamt hat mir gesagt, sie könne Privatpersonen grundsätzlich nur Auskunft über Vor- und Familiennamen, Doktorgrad und Anschriften geben, für alles Weitere müsste ich ein ›berechtigtes Interesse‹ glaubhaft machen. Ich habe darauf verzichtet, weil wir jetzt ja wissen, dass Susanne Binder nicht die Tote auf dem Dachboden sein kann.«

»Vorsicht«, mahnte Marc. »Die Einwohnermeldeämter sind darauf angewiesen, dass die Leute sich ordnungsgemäß an- und wieder abmelden. Wenn das nicht geschieht, kann es sein, dass eine Person jahrelang unter einer falschen Adresse gemeldet ist. Wir müssen also erst überprüfen, ob die Eintragung im Melderegister stimmt.« Marc warf einen Blick in seinen Terminkalender. »Ich hätte Zeit«, sagte er dann. »Können wir uns in einer halben Stunde im Holunderweg treffen?«

Am anderen Ende der Leitung blieb es einen Moment still. »Einverstanden«, hörte Marc dann Schlüters Stimme wieder. »In einer halben Stunde.«

19

Helen Baum und Peter Remmert warteten vor dem Klassenraum der 10a auf die nächste Pause. Zwischen den Beamten herrschte angespanntes Schweigen. Die Kriminaldirektorin hatte wegen des gestrigen Angriffs des Hauptkommissars die ganze Nacht kein Auge zugemacht und Remmert spielte die beleidigte Leberwurst, weil er gegen seinen Willen hier war.

Helen Baum sah auf die Uhr an ihrem Handgelenk, dann schaute sie an Remmert vorbei aus dem Fenster auf die Bielefelder Kunsthalle, mit der das Ratsgymnasium sich den Park teilte. Als Helen Baum das Gebäude betreten hatte, hatte sie sich an ihre eigene Schulzeit erinnert gefühlt. Sie hatte zwar ein Gymnasium in Münster besucht, aber diese Lehranstalt sah fast genauso aus: ein Gebäude aus dem sechzehnten Jahrhundert mit Giebeln, Türmchen, einem Kaminkopf, verwitterter Steinfassade und langer Tradition. Hier wurde Latein als erste Fremdsprache unterrichtet, später konnte man Kurse in Altgriechisch und Hebräisch belegen. Das ›Rats‹ war seit jeher die Schule, auf die reiche und wichtige Bielefelder Eltern ihre Sprösslinge schickten. Kein Wunder, dass das Gymnasium zahlreiche erfolgreiche Absolventen aufzuweisen hatte, darunter bekannte Politiker, Ärzte, Rechtsanwälte, einen Olympiateilnehmer, Industrielle wie den Unternehmer Rudolf-August Oetker und den Fernsehstar Ingolf Lück.

Endlich ertönte das durchdringende Schrillen der Pausenglocke. Sekunden danach öffneten sich die zahlreichen Türen des Flurs, ein ohrenbetäubender Lärm setzte ein und

Hunderte Schüler strömten in die Gänge, als habe jemand eine Schleuse geöffnet.

Als der Strom aus der Tür vor ihnen versiegt war, spähte die Kriminaldirektorin in den Klassenraum, in dem eine erschöpft aussehende Frau Mitte fünfzig ihre Sachen in eine Tasche packte. Die Frau hatte fein geschnittene Gesichtszüge und trug ein graues Kostüm sowie eine Brille mit Goldrand an einer Kette um den Hals.

»Frau Dr. Gossel?«, fragte Helen Baum und erhielt als Antwort zunächst einen erstaunten Gesichtsausdruck und dann ein bejahendes Nicken.

»Meine Name ist Baum, Kriminalpolizei Bielefeld. Das ist mein Kollege Remmert. Die Schulsekretärin hat uns gesagt, wo wir Sie finden können.«

Die Lehrerin gab beiden Beamten die Hand. »Freut mich, Sie kennenzulernen. Geht es um Daniela Schwalenberg? Der Direktor hat mich heute Morgen darüber informiert, dass sie entführt worden ist.«

»Das ist korrekt. Allerdings würden wir Sie bitten, diese Information absolut vertraulich zu behandeln. Wir müssen alles tun, um Danielas Leben nicht zu gefährden!«

»Selbstverständlich.« Frau Dr. Gossel schüttelte traurig den Kopf. »Was ist das nur für eine Welt? Wer tut so etwas?«

»Wir stehen mit den Ermittlungen noch ganz am Anfang«, erwiderte Helen Baum. »Vielleicht können Sie uns helfen. Wir würden gern ein wenig mehr über Daniela erfahren. Sie sind doch ihre Klassenlehrerin, nicht wahr?«

»Ja. Ich bin ihre Deutschlehrerin und gleichzeitig ihre Klassenlehrerin.«

»Was können Sie uns über Daniela erzählen?«

»Das ist eine gute Frage. Daniela ist ein hochintelligentes Mädchen, trotzdem schwimmt sie gerade so mit. Das ist auch die Information, die ich von den Kollegen habe. Ich weiß nicht, ob man es Faulheit nennen kann, vielleicht ist Desinteresse das richtige Wort. Daniela liest sehr viel, sogar

Klassiker von Thomas Mann. Aber am Deutschunterricht beteiligt sie sich kaum, als ob ihr alles vollkommen egal wäre. Dabei könnte sie viel besser sein, wahrscheinlich eine der besten Schüler dieses Gymnasiums. Ich habe oft versucht, mit ihr darüber zu sprechen, aber sie hat jedes Mal sofort abgeblockt.«

»Kennen Sie Danielas Eltern?«

»Nur die Mutter. Ich habe sie ein paarmal auf Elternabenden getroffen. Sie hat ihren Mann immer damit entschuldigt, dass er sehr viel arbeiten muss.«

»Wissen Sie, dass die Schwalenbergs nicht Danielas leibliche Eltern sind?«

»Ja, das ist mir bekannt. Frau Schwalenberg hat das mal erwähnt.«

»Wie ist Daniela als Mensch?«

»Daniela ist auf jeden Fall eine sehr starke Persönlichkeit. Wenn jemand so eine Sache durchstehen kann, dann sie. Allerdings ...« Sie hielt einen Moment inne.

»Allerdings?«, versuchte Helen Baum, ihr auf die Sprünge zu helfen.

»Ich weiß nicht genau, wie ich es sagen soll«, sagte die Lehrerin bedächtig. »Ehrlich gesagt, werde ich aus Daniela nicht recht schlau. Sie ist ein wenig ... sonderbar, ja, ich denke, das ist der richtige Ausdruck.«

Die Kriminaldirektorin erinnerte sich, dass Dieter Schwalenberg fast die gleichen Worte benutzt hatte, als er seine Tochter beschrieb. »Können Sie das näher ausführen?«, hakte sie nach.

»Nun, vielleicht ist das ein gutes Beispiel. In der neunten Klasse hatten wir im Deutschunterricht ein Projekt. Jeder Schüler sollte sein Lieblingsbuch mitbringen und daraus etwas vorlesen. Daniela hat sich für *American Psycho* von Ellis entschieden. Kennen Sie das? Ein schreckliches Buch. In allen Einzelheiten wird darin geschildert, wie Menschen auf bestialische Art und Weise abgeschlachtet werden. Und genau diese Stellen hat Daniela dann auch vorgelesen. Einer Mitschülerin ist so schlecht geworden, dass sie sich übergeben musste. Daniela hörte trotzdem nicht auf zu lesen. Schließlich habe ich ihr das Buch weggenommen. Während andere Schüler dran waren, habe ich ein wenig in dem Buch herumgeblättert. Daniela hatte mit einem Bleistift Anmerkungen an den Rand gekritzelt. *Das wird euch eines Tages auch blühen* hat sie neben eine Szene geschrieben, in der zwei Menschen umgebracht werden. Oder auch so Sachen wie *Ich hasse euch* und *Ich werde euch vernichten.* Als ich Daniela das Buch nach der Stunde wiedergegeben habe, habe ich versucht, mit ihr darüber zu reden. Ich wollte insbesondere wissen, wen sie mit ›euch‹ gemeint hat. Ob damit Lehrer gemeint seien? Man hört ja immer häufiger von diesen Schulmassakern und ich dachte, das wäre vielleicht ein Warnzeichen. Aber Daniela hat mal wieder abgeblockt. Das sei nur so dahingeschrieben und habe nichts zu bedeuten, hat sie gesagt. Ich habe die Sache dann auf sich beruhen lassen und es ist auch nie wieder etwas in dieser Richtung vorgefallen.«

»Könnte Daniela mit ›euch‹ ihre Eltern gemeint haben?«, fragte Helen Baum.

Frau Gossel hob die Schultern. »Wie gesagt, ich weiß es nicht.«

»Wie ist das Verhältnis von Daniela zu ihren Mitschülern?«

»Ganz gut, würde ich sagen. Daniela ist in ihrer Klasse beliebt, auch wenn es manchmal Phasen gab, in denen sie sich von den anderen abgesondert und sich in sich selbst zurückgezogen hat. Sie war dann tagelang kaum ansprechbar. Später war sie wieder wie ausgewechselt und hat alles mitgemacht. Ich glaube, ihre Mitschüler haben sich irgendwann an ihre Launen gewöhnt.«

»War Daniela in letzter Zeit anders als sonst?«, wollte die Kriminaldirektorin wissen. »Hat sie einen besorgten Eindruck gemacht?«

»Mir ist nichts aufgefallen«, antwortete die Lehrerin. »Aber ich glaube auch nicht, dass Daniela zu mir gekommen wäre, wenn sie Probleme gehabt hätte.«

»Hat Daniela in der Klasse so etwas wie eine beste Freundin?«

»Ja, Viktoria«, antwortete die Lehrerin nach kurzem Nachdenken. »Viktoria Gelen.«

»Wir würden gern mit Viktoria sprechen.«

Frau Dr. Gossel sah auf ihre Uhr. »Die Pause ist in zwei Minuten zu Ende«, sagte sie. »Viktoria hat in diesem Raum Unterricht. Wenn Sie noch etwas warten, kann ich sie Ihnen zeigen.«

»Wir wollten Ihnen aber nicht die Pause nehmen.«

»Ich habe eh eine Freistunde. Aber da ist sie ja.« Sie zeigte auf ein etwa sechzehnjähriges Mädchen in tief sitzenden Hüftjeans, Sweatshirt und Turnschuhen, das gerade eine Treppe heraufkam. »Brauchen Sie mich noch?«

»Äh, nein, haben Sie vielen Dank.« Helen Baum war mit ihren Gedanken schon ganz bei Viktoria Gelen.

Viktoria war ein hübsches Mädchen mit schulterlangen braunen Haaren und blonden Strähnen, einer eckigen Stahlbrille und einer Zahnspange. Mit viel Schminke hatte sie versucht, ihre Akne zu überdecken.

»Viktoria Gelen?«, sprach die Kriminaldirektorin sie an. »Wir sind von der Polizei. Mein Name ist Helen Baum, das ist mein Kollege Peter Remmert.« Sie zeigte ihren Dienstausweis und Remmert tat es ihr nach. »Können wir uns einen Moment mit dir unterhalten? Es …«, Helen Baum unterbrach sich. »Darf ich überhaupt noch Du sagen?«, fragte sie dann.

»Du ist in Ordnung.« Viktoria lächelte schüchtern. »Um was geht es denn? Ist was mit meinen Eltern?«

»Deinen Eltern geht es gut«, beruhigte Helen Baum das Mädchen. Sie bemerkte, dass sich um sie herum ein Kreis neugieriger Schüler gebildet hatte. »Vielleicht können wir irgendwo hingehen, wo wir nicht gestört werden.«

Viktoria dachte einen Moment nach. »Drei Türen weiter ist ein Aufenthaltsraum«, sagte sie dann. »Da ist im Moment wahrscheinlich niemand, weil die Pause zu Ende ist.«

»Einverstanden, lass uns dorthin gehen«, stimmte Helen Baum zu. »Wir werden dich hinterher bei deinem Lehrer entschuldigen.«

In dem Aufenthaltsraum nahmen sie an einem der wahllos verteilten Bänke und Tische Platz.

»Es geht um deine Freundin Daniela«, eröffnete die Kriminaldirektorin das Gespräch. »Daniela Schwalenberg.«

Viktoria riss die Augen weit auf. »Daniela? Was ist mit ihr? Ich habe mich schon gewundert, dass sie heute nicht zur Schule gekommen ist.«

»Viktoria, was wir dir jetzt sagen, ist absolut vertraulich.« Helen Baum warf der Schülerin einen strengen Blick zu. »Du darfst mit niemandem, und ich meine *niemandem,* darüber reden. Danielas Leben könnte davon abhängen. Kannst du das versprechen?«

Das Mädchen nickte ernsthaft.

»Gut. Daniela ist gestern entführt worden. Wir wissen derzeit nicht, wo sie ist.«

Viktoria schlug sich vor Schreck und Entsetzen die Hand vor den Mund. »Wer hat das getan?«

»Auch das wissen wir noch nicht. Aber wir müssen die Täter und Daniela so schnell wie möglich finden. Willst du uns dabei helfen?«

»Klar, wenn ich kann.«

»Schön. Also, du bist Danielas beste Freundin?«

»Ja, das bin ich.« Viktoria war sichtlich stolz auf diese Tatsache.

»Ihr sprecht über alles? Auch über Jungs und so?«

»Ich denke schon.«

»Hat Daniela einen Freund?«

»Nein, das wüsste ich.«

»Kennst du diesen Jungen?«

Helen Baum zog das Foto von Alexander Neumann aus ihrer Jackentasche, das bei Viktoria jedoch nur ein Kopfschütteln hervorrief. »Den habe ich noch nie gesehen.«

Die Kriminaldirektorin steckte das Bild wieder ein. »Hat Daniela in den letzten Wochen oder Monaten Andeutungen gemacht, dass etwas anders ist als vorher? Dass sie vor irgendetwas Angst hat, dass sie bedroht wird, belästigt oder dass sie verfolgt wird?«

»Nein, nichts. Sie war wie immer.«

»Bist du vielleicht in letzter Zeit von Fremden angesprochen worden, die sich nach Danielas Lebensgewohnheiten erkundigt haben?«

Das Mädchen schüttelte den Kopf. »Nein.«

»Kennst du einen Kevin Schneider?«

»Nein, wer soll das sein?«

»Kevin war bis vor ungefähr einem halben Jahr Danielas Freund.«

»Echt? Das habe ich nicht gewusst. Aber vor einem halben Jahr habe ich Daniela auch noch nicht so gut gekannt.«

»Mhm.« Die Kriminaldirektorin wurde nachdenklich. »Sag mal, Viktoria, seit wann bist du eigentlich Danielas beste Freundin?«

Viktoria lief ein wenig rot an. »Oh, erst seit zwei Monaten oder so. Vorher war Daniela mit Melanie befreundet. Melanie Bisse. Aber dann haben die beiden sich fürchterlich verkracht.«

»Kannst du uns sagen, wo wir diese Melanie Bisse finden können?«

»Nicht genau. Ich weiß nur, dass sie auf die Gesamtschule Schildesche geht. Ich habe aber keine Ahnung, wo die wohnt.«

»Weißt du, warum Daniela und Melanie sich gestritten haben?«

»Nein. Aber seit dem Krach ist Daniela meine beste Freundin.«

»Habt ihr viel zusammen unternommen, du und Daniela?«

»In der Schule sind wir eigentlich dauernd zusammen. Nachmittags treffen wir uns eher selten.«

»Warst du mal mit Daniela im *Meddox?*«

»Nein, das haben mir meine Eltern verboten. Aber ich weiß, dass Daniela ab und zu da hingeht.«

»Kennst du Danielas Eltern?«

»Ja, die sind total nett. Ich habe sie zwar nur vier- oder fünfmal gesehen, aber die haben ein Superhaus mit Pool. Daniela hat da mal ein Klassentreffen veranstaltet und wir haben alle unsere Badesachen mitgenommen. Das war voll cool.«

»Wie würdest du Danielas Verhältnis zu ihren Eltern beschreiben?«

»Das ist super, besonders das Verhältnis zu ihrer Mutter.«

»Das war's dann schon«, sagte Helen Baum. »Es sei denn, mein Kollege möchte noch etwas von dir wissen.«

Sie warf Remmert, der sein Desinteresse an der Vernehmung durch ostentatives Starren aus dem Fenster zum Ausdruck gebracht hatte, einen fragenden Blick zu.

»Nein, danke«, sagte der Hauptkommissar. »Ihre Fragen waren überaus erschöpfend.«

Helen Baum lächelte und wandte sich wieder der Schülerin zu. »Dann danke ich dir, Viktoria. Du hast uns sehr geholfen. Aber denk bitte daran, auch wenn es vielleicht schwerfällt: Kein Wort zu irgendjemandem über Danielas Entführung. Auch nicht zu deinen Freundinnen. Okay?«

»Okay. Sie werden Daniela doch finden, oder?«

»Wir tun alles, was in unserer Macht steht. Und jetzt sieh zu, dass du in deine Klasse zurückkommst.«

»Das hat ja sehr viel gebracht«, meinte Remmert ironisch, als sie die große Treppe zum Ausgang hinuntergingen. »Können wir dann endlich ins Präsidium zurück?«

Helen Baum schüttelte den Kopf. »Nein, zuerst werden wir uns mit Melanie Bisse unterhalten.«

»Darf ich Sie nochmals fragen, was Sie sich davon versprechen?«, fragte Remmert genervt.

»Wenn du wissen willst, wie alt eine Frau ist, frag ihre Schwägerin«, zitierte Helen Baum. »Das ist von Ed Howe.«

Remmert runzelte die Stirn. »Ich fürchte, ich verstehe nicht.«

»Und wenn du *alles* über eine Frau erfahren willst, frag ihre ehemals beste Freundin.« Helen Baum grinste. »Das ist von mir.«

Inzwischen waren sie auf dem Parkplatz angekommen. Helen Baum schaltete ihr Handy ein und hörte die Mailbox ab. Dann deaktivierte sie die Zentralverriegelung des Vectra mittels eines Knopfdrucks und teilte Remmert mit: »Melanie Bisse muss noch warten. Wir müssen sofort zu den Schwalenbergs. Die Entführer haben sich wieder gemeldet.«

20

Marc und Peter Schlüter trafen fast zeitgleich im Holunderweg ein, einer ruhigen Wohnstraße, die rechts und links von zahlreichen Einfamilienhäusern gesäumt wurde. Die Nummer 12 sah aus, als habe ein Kind das Haus gemalt: Neben der Tür ein einzelnes Fenster, zwei weitere Fenster im ersten Stock und darüber ein spitzes Dach, das Ganze umgeben von einem großen Garten mit Jägerzaun. Vom strahlend blauen Himmel lachte eine gelbe Sonne. Die Vögel zwitscherten fröhlich und es roch nach frisch gemähtem Gras. Eine perfekte Vorstadtidylle, dachte Marc, als er ausstieg und Schlüter zur Begrüßung die Hand schüttelte.

Gemeinsam gingen sie auf das Grundstück zu. Im Garten standen zwei Bäume, mehrere Büsche, eine Kinderschaukel und ein Sandkasten, in dem eine blonde Frau mit einem etwa zweijährigen Kind spielte. Marc schätzte die Frau auf maximal Mitte dreißig. Zu jung für Susanne Binder, dachte er.

Marc stoppte an der niedrigen Gartenpforte und rief die Frau an: »Hallo, eine Frage bitte.«

Die Frau drehte sich zu Marc und Schlüter um, dann nahm sie ihr Kind auf den Arm und ging auf die beiden zu. »Ja, bitte?«, fragte sie im Näherkommen.

»Mein Name ist Hagen«, stellte Marc sich vor. »Das ist Herr Schlüter. Wir suchen eine Susanne Binder.«

»Tut mir leid, aber die wohnt hier nicht.«

»Frau …«, Marc sah auf den Namen neben dem Klingelknopf, »… Hellweg, nehme ich an?«

Die Frau antwortete mit einem kurzen Kopfnicken.

»Frau Hellweg«, fuhr Marc fort, »wir haben von der Stadt Bielefeld die Auskunft erhalten, dass Susanne Binder hier gemeldet ist.«

»Kann sein, dass sie mal hier gewohnt hat«, meinte Frau Hellweg. »Wir haben das Haus 1998 von einer Frau Binder gekauft. Nach meiner Erinnerung hieß die aber nicht Susanne.«

»Können Sie nicht mal nachsehen?«, bat Marc. »Sie haben doch bestimmt noch den Kaufvertrag. Es ist wirklich sehr wichtig.«

Die junge Mutter dachte einen Moment über dieses Ansinnen nach. »In Ordnung«, sagte sie dann.

Marc atmete erleichtert auf. Er machte Anstalten, die Klinke der Gartenpforte hinunterzudrücken, wurde aber von einem scharfen Blick der Hauseigentümerin davon abgehalten.

»*Ich* schaue nach und *Sie* warten hier!«, sagte sie bestimmt.

Marc zuckte zurück und hob die Hände zu einer entschuldigenden Gebärde. Frau Hellweg drehte sich mit einem resoluten Schwung um und verschwand im Inneren des Hauses. Fünf Minuten später kam sie mit einem Ordner wieder heraus. Ihr Kind hatte sie im Haus gelassen.

»Frau Binder hieß Annemarie«, verkündete sie. »Ich fürchte …«

»Können Sie uns sagen, wann Frau Binder geboren worden ist?«, fiel Marc ihr ins Wort.

Frau Hellweg zog scharf die Luft ein, warf dann aber doch

einen Blick in den Kaufvertrag. »15.11.1927«, gab sie Auskunft.

Marc und Schlüter wechselten einen Blick. »Könnte die Mutter von Susanne sein«, meinte der Mandant.

Marc nickte zustimmend und wandte sich wieder Frau Hellweg zu. »Ist Ihnen bekannt, ob Frau Annemarie Binder eine Tochter hat?«, fragte er hoffnungsvoll. »Oder ist Ihnen eine Tochter Frau Binders bei den Kaufverhandlungen vielleicht sogar mal über den Weg gelaufen?«

Die Befragte schüttelte den Kopf. »Kann ich mich heute nicht mehr dran erinnern«, sagte sie. »Ich weiß nur noch, dass Frau Binder Witwe war. Ihr Mann ist ein paar Jahre vorher verstorben. Frau Binder hat das Haus verkauft, weil ihr die Arbeit mit dem großen Garten zu viel geworden war.«

»Kennen Sie die neue Adresse von Frau Binder?«, fragte Marc.

»Nein, und die würde Ihnen auch nicht viel nutzen. Eine Nachbarin hat mir Jahre später mal beiläufig erzählt, dass Frau Binder verstorben ist.«

»Welche Nachbarin?«

»Das war die alte Frau Seitz von gegenüber. Aber die ist jetzt auch schon seit einiger Zeit tot.«

Frau Hellweg klappte den Ordner mit einem lauten Schlag zu. »War's das?«, fragte sie. »Ich kann meine Tochter nicht so lange allein lassen.«

»Danke, Frau Hellweg, Sie haben uns sehr geholfen.« Marc überreichte ihr eine Visitenkarte. »Wenn Ihnen noch etwas einfällt, melden Sie sich doch bitte bei mir.«

»Das war wohl nichts«, sagte Schlüter zu Marc, während sie zu ihren Autos zurückgingen. »Ich hatte so gehofft, dass wir Susanne Binder hier finden.«

»Und ich hatte Sie ausdrücklich gewarnt, dass auf das Melderegister nicht unbedingt Verlass ist.«

Schlüter nickte stumm. »Was jetzt?«, fragte er.

Marc seufzte. »Ich fürchte, jetzt bleibt uns nur noch die Ochsentour.«

21

Das Wohnzimmer der Schwalenbergs hatte sich seit dem letzten Besuch der Kriminaldirektorin merklich verändert. Der Raum war zu einer zweiten Einsatzzentrale mit Konferenztisch, Computermonitoren, Telefonen, Telefax und Kopierer umgewandelt worden. Überall lagen Papiere, Getränkedosen und leere Pappschachteln herum, es stank nach Zigarettenrauch und kalter Pizza. Die Schwalenbergs werden lange lüften müssen, bevor sie hier wieder Gäste empfangen können, dachte Helen Baum.

Außer den Polizisten waren Frau Schwalenberg, ihre Schwester Irene von Kleist und der Arzt Dr. Klausmeier anwesend.

Helen Baum begrüßte die Hausherrin mit Handschlag. »Wie geht es Ihnen heute?«

»Danke, schon etwas besser«, antwortete Renate Schwalenberg leise. »Wir haben ein aktuelles Foto von Daniela bekommen. Jetzt wissen wir zumindest, dass sie noch lebt.«

»Und daran wird sich wahrscheinlich nichts ändern«, sagte die Kriminaldirektorin. »Das Tötungsrisiko ist am Tag der Entführung am höchsten und nimmt mit jedem Tag merklich ab.«

»Da sind Sie ja endlich!« Der Hausherr betrat das Wohnzimmer und polterte sofort los. »Wir warten schon auf Sie. Sind Sie inzwischen weitergekommen?«

Die Kriminaldirektorin nickte Dieter Schwalenberg kurz zu. »Die Ermittlungen laufen auf vollen Touren«, versicherte sie. Dann wandte sie sich dem Abhörspezialisten zu. »Die Entführer haben sich erneut gemeldet?«

»Ja«, bestätigte der Beamte. »Vor einer guten Stunde kam

der Anruf, wieder elektronisch verzerrt. Diesmal allerdings aus einer Telefonzelle in Osnabrück. Es wurde mitgeteilt, hinter einer bestimmten Parkbank im Bielefelder Nordpark sei ein Umschlag mit Anweisungen angebracht. In dem Umschlag war ein Brief der Entführer und ein Foto Danielas mit der *Bild am Sonntag* von gestern. Wir haben hier eine Kopie des Schreibens, das Original befindet sich bei der Spurensicherung, eine weitere Kopie bei der forensischen Textanalyse.«

Die Kriminaldirektorin betrachtete die Aufnahme. Darauf war ein hübsches, dunkelhaariges Mädchen vor einem neutralen Hintergrund zu sehen, das die BILD-Zeitung so vor sich hielt, dass man die Schlagzeile und das Datum erkennen konnte. Helen Baum musste unwillkürlich lächeln. Seit der Erfindung des Polaroidfotos schien es bei fast allen Entführungen zum Ritual zu gehören, als erstes Lebenszeichen ein Foto des Opfers mit einer aktuellen Tageszeitung zu schicken. Daniela Schwalenberg wirkte auf der Aufnahme verwirrt und benommen, war aber dem äußeren Anschein nach unverletzt.

Dann nahm sich die Kriminaldirektorin den Brief vor, der auf einem PC geschrieben und dann ausgedruckt worden war.

Sehr geehrter Herr Schwalenberg,
wir gehen davon aus, dass Sie die fünf Millionen Euro inzwischen besorgt haben. Wie Sie sehen, geht es Daniela gut. Wenn Sie weiterhin genau das tun, was wir Ihnen sagen, wird das auch so bleiben. Wir wollen, dass das Geld durch Sie persönlich und allein übergeben wird. Halten Sie sich ab sofort bereit. Benutzen Sie zur Übergabe Ihren Jaguar. Der Wagen darf nicht mit einem Peilsender versehen sein. Das Geld darf nicht markiert oder mit Farbbomben, Blendgranaten oder Ähnlichem präpariert sein. Wir werden das prüfen. Sollten die Scheine chemisch be-

handelt oder verwanzt sein, werden wir Ihre Tochter töten. Wir werden Sie bei der Übergabe die ganze Zeit im Auge behalten. Falls wir feststellen sollten, dass die Polizei Ihnen folgt oder Sie per Hubschrauber oder auf andere Weise überwacht, werden wir die Aktion sofort abbrechen. Unterlassen Sie sämtliche Tricks, wir sind keine Anfänger, sondern Profis. Falls Sie irgendwelche Mätzchen machen, werden wir Daniela töten. Wir haben nichts zu verlieren und machen keine leeren Drohungen. Wenn alle Forderungen erfüllt werden, wird Daniela spätestens vierundzwanzig Stunden nach Erhalt des Lösegeldes freigelassen. Wir melden uns wieder!

PS: Ihr könnt mich durch dieses Schreiben hier nicht aufspüren, also lasst es bleiben!

»Was halten Sie davon?«, fragte Dieter Schwalenberg, als Helen Baum ihre Lektüre beendet hatte.

»Eigentlich nichts Außergewöhnliches«, antwortete die Kriminaldirektorin. »Die üblichen Phraseologismen, wie sie in fast allen Erpresserbriefen vorkommen. Nehmen Sie nur den Anfang: Eine Anredeformel wird in knapp der Hälfte aller Erpresserbriefe benutzt, davon zu sechzig Prozent die Anrede ›Sehr geehrte Damen und Herren‹, zu sechsundzwanzig Prozent wie hier ›Sehr geehrter Herr‹ und dann der Name.«

»Aha«, meinte Schwalenberg. »Und was nützt uns diese Erkenntnis?«

Helen Baum spürte, dass sie knallrot wurde. Aus den Augenwinkeln nahm sie wahr, dass auf Remmerts Gesicht ein breites Grinsen zu sehen war.

»Das werden wir sehen«, erwiderte Helen Baum vage, ihre Stimme zitterte nur ganz leicht. »Was mich irritiert, ist der Schlusssatz. Die ganze Zeit wird der Empfänger mit ›Sie‹ angeredet und die Entführer sprechen von sich selbst als

›wir‹. Und im letzten Satz fängt der Schreiber auf einmal an, den Empfänger zu duzen, und spricht von sich selbst im Singular.«

»Das wird daran liegen, dass der Schlusssatz nicht für mich bestimmt ist, sondern für Sie«, meinte Schwalenberg. »Die Entführer wissen oder ahnen zumindest, dass die Polizei eingeschaltet ist und mitliest.«

Helen Baum nickte zustimmend. »Ich denke auch, dass dieser Satz nicht an Sie, sondern an uns gerichtet ist. Das erklärt allerdings nicht, warum der Schreiber auf einmal vom Plural in den Singular wechselt.«

»Vielleicht handelt es sich um einen Einzeltäter, der die Worte ›wir‹ und ›uns‹ benutzt, um von sich abzulenken und eine ganze Bande vorzutäuschen«, schlug Schwalenberg vor. »Und in seinem Schlusssatz hat er sich verraten.«

»Wir wissen aufgrund der Zeugenaussage von Alexander Neumann, dass es sich um mehrere Täter handelt«, widersprach Hauptkommissar Remmert. »Außerdem glaube ich nicht an einen so dummen Fehler.«

»Da stimme ich Ihnen zu«, sagte Helen Baum. »Das ist kein Fehler, sondern ganz bewusst als Schlusssatz gesetzt worden. Die Formulierung kommt mir bekannt vor. Ich habe das schon mal irgendwo gelesen, kann es aber im Moment nicht einordnen. Na ja, vielleicht können uns die Linguisten mehr sagen.« Sie nickte Remmert zu. »Sorgen Sie bitte dafür, dass sich die forensische Textanalyse insbesondere mit dem Schlusssatz befasst. Ich wüsste gern, was die davon halten.«

Dann wandte sich die Kriminaldirektorin Danielas Vater zu. »Haben Sie das Lösegeld?«

Schwalenberg deutete auf zwei Reisetaschen, die in einer Ecke des Zimmers standen. »Genau fünf Millionen Euro«, bestätigte er.

»Und Sie sind bereit, den Boten zu spielen?«

»Selbstverständlich.«

Dr. Klausmeier, der bisher schweigend zugehört hatte, war einen Schritt vorgetreten. »Als dein Arzt und dein Freund muss ich dir dringend abraten. Du hast schon zwei Herzinfarkte hinter dir. Der nächste könnte der letzte sein.«

Schwalenberg tat den Einwand mit einer knappen Handbewegung ab. »Diese Verbrecher haben ausdrücklich nach mir verlangt«, sagte er.

»Trotzdem«, mischte sich Helen Baum ein, »wenn sich die Entführer das nächste Mal melden, könnten Sie unter Hinweis auf Ihre angegriffene Gesundheit die persönliche Überbringung verweigern und erklären, dass ein Mitarbeiter, Bekannter oder Verwandter von Ihnen die Rolle des Überbringers übernehmen wird. Wir haben Polizeibeamte, die speziell für so etwas ausgebildet sind. Den Tätern geht es in erster Linie um das Geld, deshalb werden sie mit ziemlicher Sicherheit auf den Vorschlag eingehen. Oder wir setzen einen Polizisten ein, der Ihnen nach Größe und Statur ähnlich sieht. Mithilfe eines Maskenbildners werden die Täter höchstwahrscheinlich nichts merken, zumal die Zeiten der Geldübergabe von Erpressern fast ausschließlich in die Nachtzeit gelegt werden.«

Schwalenberg schüttelte entschieden den Kopf. »Nein, nein, ich mache es selbst. Ich habe mein Unternehmen ganz allein von einer kleinen Klitsche zum Marktführer aufgebaut und bin es gewohnt, meine Angelegenheiten selbst zu regeln. Außerdem geht es um das Leben *meiner* Tochter, also keine Experimente. Vielleicht stellen die Entführer auch eine Identifizierungsfrage, die ein Polizist nicht beantworten könnte.«

Helen Baum nickte. »Einverstanden.« Dann nahm sie Remmert zur Seite. »Bereiten Sie trotzdem einen Kollegen als Double vor«, raunte sie ihm zu. »Sicher ist sicher. Ist der Jaguar schon präpariert?«, fragte sie laut.

»Moment«, rief Schwalenberg aufgebracht. »Die Entführer haben ausdrücklich verboten, Peilsender einzubauen oder die Geldübergabe zu überwachen. Ich will kein Risiko eingehen.«

»Wir werden alles tun, um das Leben Ihrer Tochter nicht zu gefährden«, sagte die Kriminaldirektorin einmal mehr. »Allerdings müssen wir auch unsere Arbeit machen und versuchen, diese Verbrecher zu fangen. Und dazu gehört, dass wir in Ihrem Wagen ein GPS-Gerät einbauen werden, damit wir jederzeit über Ihren Aufenthaltsort informiert sind. Das dient auch Ihrer Sicherheit.«

Schwalenberg war noch nicht überzeugt. »Und was ist mit dem Geld?«, wollte er wissen.

»Das werden wir ebenfalls präparieren«, sagte Helen Baum und hob schnell die Hand, um Schwalenbergs Einwänden sofort Einhalt zu gebieten. »Lassen Sie mich bitte ausreden. Ich garantiere Ihnen, dass die Entführer nichts davon merken werden. Wir verwenden ein Präparierungsmittel, das Laien auf keinen Fall erkennen können. Es gibt ein biotechnisches Spezialverfahren, aufgrund dessen sich die Scheine erst sechzig bis siebzig Stunden nach Öffnung der Vakuumverpackung rot verfärben.«

»Und was ist, wenn diesen Leuten doch etwas auffällt? Die haben doch geschrieben, sie seien Profis!«

»Das schreiben sie alle, aber ich bezweifle es. Wenn die Entführer nicht gerade von der CIA oder dem Mossad kommen, wird ihnen nichts auffallen.« Das hatte ein aufmunternder Scherz sein sollen, aber Helen Baum musste sofort erkennen, dass sie das Gegenteil erreicht hatte.

»Das ist mir zu gefährlich«, sagte Schwalenberg bestimmt. »Die Verbrecher haben zwar geschrieben, dass sie Daniela spätestens vierundzwanzig Stunden nach Erhalt des Lösegeldes freilassen werden, aber was ist, wenn sie zur Sicherheit noch ein paar Tage warten und durchdrehen, wenn sie sehen, dass das Geld sich verfärbt?«

»Dieses Risiko ist sehr gering«, widersprach Helen Baum, obwohl Schwalenbergs Einwand berechtigt war. »Vertrauen

Sie uns, bitte. Wir wissen, was wir tun. Bei räuberischen Erpressungen der vorliegenden Art ist der Geldabholer meist nicht der Haupttäter, sondern nur ein Gehilfe. Das heißt, wir können den Geldabholer nicht sofort festnehmen, sondern müssen ihn unter Umständen observieren, damit er uns den Weg zu dem oder den Haupttätern zeigt. Und ich glaube, Ihnen ist genauso wie uns daran gelegen, dass wir diese Leute fassen, und zwar alle.«

Dieter Schwalenberg unterdrückte ein Seufzen. Dann beugte er sich vor und brachte sein Gesicht ganz nah an das der Kriminaldirektorin heran. Helen Baum roch eine Alkoholfahne, die Schwalenberg mit Pfefferminzbonbons zu überdecken versuchte. »Also gut, versuchen wir es«, sagte er. »Aber eines garantiere ich Ihnen: Wenn Sie einen Fehler machen und Daniela zu Schaden kommt, werde ich dafür sorgen, dass Sie in diesem Leben nicht mehr glücklich werden.«

22

Jochen rülpste herzhaft. Dann zerquetschte er die Bierdose und warf sie auf den Boden des Wohnzimmers zu den acht anderen, die er in den letzten drei Stunden geleert hatte.

Freddy schüttelte missbilligend den Kopf. Er selbst trank seit Jahren keinen Schluck Alkohol mehr. Einer musste schließlich klaren Kopf bewahren. Freddy begann sich zu fragen, ob es nicht ein Fehler gewesen war, Jochen für seinen großen Coup mit an Bord zu nehmen. Je länger sich die Entführung hinzog, desto unberechenbarer wurde er.

Er hatte Jochen im Knast kennengelernt. In der JVA Lingen, um genau zu sein, wo Freddy seine Haftstrafe wegen Raubes verbüßte. Freddy hatte schon drei Jahre abgesessen, als Jochen in seine Zelle verlegt wurde. Acht Jahre hatte der wegen einer Vergewaltigungsserie bekommen, darunter war auch eine Dreizehnjährige gewesen. Jochen hatte immer wieder unter den Repressalien seiner Mitgefangenen zu leiden gehabt. Vergewaltiger, zumal wenn sie sich an Minderjährigen vergangen hatten, standen in der Knasthierarchie auf der untersten Stufe. Freddy dagegen genoss als Räuber höchsten Respekt. Außerdem half er den anderen Gefangenen bei ihrem Schriftverkehr mit der Gefängnisleitung und Gerichten, was sein Ansehen noch steigerte. Daher war es ihm gelungen, Jochen vor den schlimmsten Übergriffen der anderen Häftlinge zu bewahren. Seitdem war Jochen Freddy uneingeschränkt dankbar.

Bei der Planung der Entführung hatte Freddy schnell gemerkt, dass er einen absolut loyalen Mann für den gefährlichsten Teil des Unternehmens, die Lösegeldübergabe, brauchte. Nichts wäre schlimmer, als wenn der Abholer des Lösegeldes mit den erbeuteten Millionen untertauchte. Ein vertrauenswürdiger Mann war in den Kreisen, in denen Freddy verkehrte, nur äußerst schwer zu finden. Doch da hatte er sich an Jochen erinnert, der kurz vor ihm aus der Haft entlassen worden war. Jochens sexuelle Vorliebe für junge Mädchen war Freddy immer suspekt gewesen. Davon abgesehen neigte Jochen zum Jähzorn und zu unkontrollierten und unkontrollierbaren Verhaltensweisen. Andererseits wusste Freddy, dass Jochen ihn nie verraten würde, und so hatte er ihm angeboten, er könne sich an der Entführung beteiligen. Als Jochen die Höhe seines Anteils gehört hatte, hatte er sofort zugestimmt und bisher auch gute Arbeit geleistet. Aber jetzt, in der Zeit des scheinbar endlosen Wartens in dem Ferienhaus, traten Jochens negative Eigenschaften immer stärker hervor. Er war einfach unfähig, sich mit sich selbst zu beschäftigen. Saß stundenlang vor dem Fernseher und trank ein Bier nach dem anderen. Freddy hatte ihn zudem in Verdacht, auch andere Rauschmittel zu konsumieren. Nun war es für Reue natürlich zu spät. Freddy konnte nur noch beten, dass Jochen im entscheidenden Moment nicht die Nerven versagten.

Gott sei Dank gab es da noch Gonzo. Von Gonzo waren keinerlei Probleme zu erwarten. Er behielt immer die Ruhe und tat genau das, was ihm gesagt wurde. Auch mit Gonzo hatte Freddy einige Zeit die Zelle geteilt. Der riesige Mann war wegen mehrerer Einbruchdiebstähle zu zweieinhalb Jahren verurteilt worden. Sie hatten Gonzo geschnappt, weil der seinen Personalausweis an einem Tatort verloren hatte. *Deutschlands dümmster Einbrecher* hatte eine Schlagzeile in einer großen Tageszeitung gelautet. Aber Gonzo war nicht dumm, nur manchmal etwas langsamer als andere. Auf Freddy wirkte er trotz seines gewaltigen Körpers wie ein unschuldiges Kind. Nach der Schule hatte Gonzo keine Lehrstelle bekommen und sich mit Gelegenheitsjobs durchs Leben geschlagen. Dann hatte er endlich eine feste Stelle als Hilfsarbeiter in einer Fabrik gefunden, war aber nach einigen Monaten zusammen mit Hunderten anderen entlassen worden, obwohl die Auftragsbücher voll waren und das Unternehmen Millionengewinne machte. Gonzo war vollkommen abgebrannt und verzweifelt gewesen und auf die schiefe Bahn geraten. Freddy hatte sehr bald registriert, dass der nur zehn Jahre jüngere Mann ihn bewunderte, ja sogar so etwas wie einen Ersatzvater in ihm sah. Gonzo war Freddy mehr als dankbar gewesen, als Freddy ihn gefragt hatte, ob er bei einer Sache mitmachen wolle, die allen sehr viel Geld einbringen würde.

Das Einzige, was Freddy nicht eingeplant hatte, war die Abneigung, die Gonzo Jochen gegenüber empfand. Und umgekehrt. Im Knast hatten die beiden sich noch einigermaßen vertragen, jetzt konnte Freddy nur hoffen, dass die gegenseitige Antipathie nicht dazu führte, dass sich die beiden eines Tages an den Kragen gingen und den Erfolg des Unternehmens gefährdeten. Denn eines war Freddy glasklar: Er wollte nie wieder einen Knast von innen sehen. Wenn diese Sache schiefging und sie ihn schnappten, würde er angesichts seiner Vorstrafe ein alter Mann sein, wenn er wieder herauskam. Nein, bevor er noch einmal einfuhr, würde er lieber Schluss machen.

Freddy schüttelte die verstörenden Gedanken ab. Aber das würde nicht passieren. Alles war bis ins Detail geplant, alles würde … alles *musste* gut gehen. Und dann würde sich Freddy mit seinem Anteil, der natürlich höher war, als der von Jochen und Gonzo zusammen, ins Ausland absetzen und eine Kneipe auf Mallorca aufmachen. Er hatte sich bei seinem letzten Urlaub schon ein passendes Objekt ausgeguckt. Und vielleicht würden dann sogar Martina und sein Sohn zu ihm zurückkommen …

»Was wirst du mit dem Geld machen?«, fragte Jochen plötzlich in die Stille, als habe er Freddys Gedanken gelesen. Seine Sprache war aufgrund des Alkohols schon etwas verwaschen.

»Noch haben wir das Geld nicht«, erwiderte Freddy heftiger, als er beabsichtigt hatte. »Zerbrich dir darüber also nicht den Kopf.«

»Ich mein ja nur«, gab Jochen kleinlaut zurück. »Man wird doch schon mal ein bisschen träumen dürfen. Ich kenn da einen Puff in der Nähe von Köln. Geile Weiber haben die. Da werde ich die Puppen tanzen lassen.«

»Du wirst nichts dergleichen tun«, fuhr Freddy ihn an. »Wir waren uns doch darüber einig, zuerst Gras über die Sache wachsen zu lassen. Die Scheine werden mit Sicherheit registriert sein, wir müssen das Geld also erst im Ausland waschen. Wenn du ein paar Tage nach der Übergabe des Lösegeldes mit der Kohle nur so um dich schmeißt, kannst du den Bullen gleich deine Visitenkarte schicken.« Freddy kickte eine leere Dose weg. »Und hör auf, so viel zu trinken! Das habe ich dir jetzt tausendmal gesagt. Wegen dir hatten wir schon einmal die Bullen am Hals. Reicht das nicht?«

Bevor Jochen antworten konnte, hörten sie Schritte, die die Kellertreppe hochkamen. Sekunden später betrat Gonzo den Raum.

»Irgendwas über uns?«, fragte er mit einem Kopfnicken in Richtung Radio und Fernseher.

»Nichts«, gab Freddy zurück. »Auch in den Zeitungen kein Wort. Wie geht's der Kleinen?«

»Liegt in ihrem Bett und schläft tief und fest«, antwortete Gonzo zufrieden.

»Mhm«, sagte Jochen genüsslich. Sein Gesicht war stark gerötet. »Liegt in ihrem Bettchen und wartet nur auf mich. Habt ihr das auch schon bemerkt? Die Kleine ist gar nicht mal schlecht gebaut für ihr Alter. Hat schon richtige Titten.«

»Du bist ein verdammtes Schwein, Jochen«, schrie Gonzo ihn an. »Hast du nicht lange genug wegen so einem Scheiß gesessen?«

»Lass mich in Ruhe, Gonzo«, brummelte Jochen. Er riss eine neue Dose auf und leckte lasziv den herausquellenden Schaum ab. »Dir gefällt die Kleine doch auch, gib es nur zu. Warum sollen wir nicht ein bisschen Spaß mit ihr haben? Wir haben ihren Eltern nur versprochen, dass wir ihre Tochter am Leben lassen, wenn sie zahlen, nicht, dass sie sie unbeschädigt zurückbekommen.«

Gonzos Gesicht war inzwischen fast so rot wie Jochens. »Freddy, sag ihm, dass er sie in Ruhe lassen soll, sag ihm das!«, brüllte er. »Wenn er ihr etwas antut, bringe ich ihn um!«

Jochen stand schwankend auf und ballte die Fäuste. Er kniff die Augen zusammen und versuchte mit einiger Mühe, Gonzo zu fixieren. »Komm her, Gonzo, wenn du was von mir willst.«

Das ließ sich Gonzo nicht zweimal sagen. Er zog seinen Pullover aus und lockerte die Nackenwirbel. Dann trat er so dicht an Jochen heran, dass er dessen nach Alkohol stinkenden Atem riechen konnte.

»Aufhören!«, ging Freddy dazwischen. »Hier wird sich nicht geprügelt und Jochen wird die Kleine nicht anrühren. Und damit basta!«

Gonzo schien Jochen mit seinen Blicken durchbohren zu

wollen. »Wenn du sie anfasst, bringe ich dich um«, wiederholte er. Anschließend ging er, immer noch auf Jochen starrend, drei Schritte rückwärts und drehte sich dann erst um. Sekunden später hörten sie, dass die Haustür ins Schloss fiel.

»Gonzo ist ein Idiot«, lallte Jochen. »Wozu brauchen wir den überhaupt?«

»Ich habe ihn für diese Aktion nicht aufgrund seiner geistigen Fähigkeiten ausgewählt, sondern weil er zuverlässig ist. Was man leider nicht von jedem in diesem Haus behaupten kann. Ich sage es dir zum letzten Mal: Hör auf zu saufen! Wir können uns keine weiteren Fehler leisten.«

»Schon gut, schon gut«, murmelte Jochen und stellte sein Bier weg. »Aber was Gonzos angebliche Zuverlässigkeit angeht, bin ich mir nicht so sicher. Die Kleine wickelt ihn regelrecht um den Finger. Ich mag keine Wurst, ich will Käse«, äffte er eine hohe weibliche Stimme nach. »Das ist hier doch kein Hotel. Wir sollten die Kleine kaltmachen! Sofort! Ein Risiko weniger.«

»Tot ist sie für uns wertlos«, widersprach Freddy. »Vielleicht verlangen die Eltern ein weiteres Lebenszeichen. Wenn wir sie nicht mehr brauchen, werden wir sehen. Aber bis dahin bleibst du ruhig, okay?«

»Okay«, bestätigte Jochen zufrieden. Auf seiner Stirn schimmerten Schweißperlen, seine Handflächen wurden feucht. Langsam fuhr er sich mit der Zunge über die Lippen. »Aber lange halte ich es nicht mehr aus«, sagte er leise zu sich selbst.

23

Marc und Schlüter fuhren im Konvoi in die Menzelstraße. Die Festschrift zum fünfundzwanzigjährigen Bestehen des Max-Planck-Gymnasiums lag noch immer auf dem Wohnzimmertisch der schlüterschen Wohnung.

Marc nahm sich die Liste der Schüler der Jahrgangsstufe 12 vor. Er zählte sie durch und kam auf einhundertzweiundfünfzig Namen. Einer der geburtenstarken Jahrgänge, dachte er.

Schlüter sah ihm verständnislos zu. »Und jetzt?«, fragte er.

»Jetzt werden Sie die anrufen.«

Schlüter machte ein entsetztes Gesicht. »Alle?«

»So viele wie möglich. Ich denke, Sie haben Urlaub ...«

»Aber ich habe doch gar nicht die Adressen. Von den Telefonnummern ganz zu schweigen.«

»Gibt es in dieser Wohnung einen PC mit Internetanschluss?«, erkundigte sich Marc.

»Nein, mein Vater hat diesen ganzen Technikkram gehasst. Wahrscheinlich war er dafür zu alt. Aber in meiner Wohnung in Enger habe ich Zugang zum Internet.«

»Dann fahren Sie dorthin, loggen sich ins Internet ein und gehen auf die Homepage des Max-Planck-Gymnasiums. www.mpg-bielefeld.de. Wenn Sie dort sind, klicken Sie auf ›Ehemalige‹. Da können sich alle früheren Schüler mit Namen, Wohnort, Telefonnummer und E-Mail-Adresse eintragen. Lassen Sie sich den Abiturjahrgang 1978 anzeigen.«

Schlüter nahm sich einen Zettel und notierte die Angaben. Als er aufschaute, fragte er: »Woher wissen Sie das alles?«

»Ich hatte vor zwei Jahren die zweifelhafte Ehre, die fünfzehnjährige Abi-Feier des Jahrgangs 1990 zu organisieren. Etwa zwanzig Prozent der Adressen der Ehemaligen habe ich auf der Homepage gefunden. Außerdem könnten Sie noch im Telefonbuch nachsehen. Ein paar ehemalige Schüler wohnen bestimmt noch in Bielefeld. Allerdings sollten Sie sich auf die männlichen Namen konzentrieren, weil die meisten Frauen heute wahrscheinlich verheiratet sind und anders heißen.«

»Und dann?«

»Dann rufen Sie die ehemaligen Schüler des Abi-Jahrgangs 1978 an und fragen, ob sie Kontakt zu Susanne Binder haben. Sagen Sie, Sie seien der Sohn ihres ehemaligen Lehrers Walter Schlüter und wollten ein Jahrgangsstufentreffen organisieren. Oder denken Sie sich was anderes aus. Sie können auch E-Mails verschicken, ganz egal. Hauptsache, wir machen Susanne Binder ausfindig.«

24

Die Atmosphäre im Wohnzimmer war zum Zerreißen gespannt. Dieter Schwalenberg rannte wie ein eingesperrter Puma vor dem Kamin auf und ab und warf alle fünf Sekunden nervöse Blicke zum Telefon. Seine Schwägerin und seine Frau saßen eng umschlungen auf der Couch und hatten seit Stunden kein Wort mehr gesprochen. Immerhin weint Renate Schwalenberg nicht, dachte Helen Baum. Aber vielleicht hatte sie auch einfach keine Tränen mehr. Die anderen Polizisten saßen am Esstisch und lasen oder spielten Skat.

Endlich, um kurz vor Mitternacht, schellte das Telefon. Die Abhörspezialisten ließen die Karten fallen und rannten zu ihren Geräten.

Die Kriminaldirektorin richtete ihren Zeigefinger auf Schwalenberg, der bereits ungeduldig neben dem Telefon wartete. »Sie wissen, was Sie zu tun haben«, sagte sie.

Dieter Schwalenberg riss den Hörer von der Station und meldete sich mit seinem Namen.

»Haben Sie das Geld?«, tönte die elektronisch verzerrte Stimme in den Raum.

»Ja.«

»Fünf Millionen Euro?«

»Ja.«

»Dann fahren Sie jetzt los«, sagte die Stimme. »Aber nehmen Sie *nicht* Ihren Jaguar, sondern den Mercedes 500 SL Ihrer Frau! Stecken Sie eine Taschenlampe ein! Keine Tricks, keine Polizei! Sonst stirbt Ihre Tochter.«

»Ich habe verstanden. Wo soll ich hinfahren?«

»Wir wissen, dass der Mercedes Ihrer Frau ein Navigationssystem hat. Fahren Sie zur Voltmannstraße 162. Neben dem Haus befindet sich ein Stromverteilerhäuschen. An der Rückwand finden Sie eine Nachricht. Fahren Sie sofort los! Sie müssen in spätestens dreißig Minuten dort sein. Und denken Sie immer daran: Sie werden ständig von uns überwacht!«

Dann wurde das Gespräch getrennt. Schwalenberg legte auf und musterte die Anwesenden. »Sie haben es gehört«, sagte er. Sein Atem ging stoßweise. »Ich werde mich jetzt auf den Weg machen. Was ist mit der Taschenlampe?«

Helen Baum gab einem Beamten ein Zeichen. »Kümmern Sie sich darum.« Während der Mann sich entfernte, sagte sie zu Schwalenberg: »Immerhin haben wir ein paar neue Informationen über die Täter. Sie scheinen tatsächlich gut über Ihre Belange informiert zu sein. Woher hätten sie sonst wissen sollen, dass der Mercedes Ihrer Frau ein Navigationssystem hat?«

»Ich habe Ihnen gleich gesagt, Sie sollen sich um diesen Kevin Schneider kümmern«, sagte Schwalenberg und zog sich seine Jacke über.

»Wir sind an Schneider dran«, versicherte Remmert. »Aber es gibt andere Möglichkeiten, wie die Täter an die Information gelangt sein können. Fast jeder Mercedes dürfte über ein Navi verfügen.«

Dieter Schwalenberg schaute sich hektisch um. »Verdammt noch mal, wo bleibt die Taschenlampe? Die Zeit läuft ab!«

»Ist in Arbeit«, beschwichtigte Helen Baum. »Und Sie halten sich bitte strikt an die Anweisungen, die Sie von den Entführern bekommen. Versuchen Sie nicht, den Helden zu spielen. Die Täter sind clever. Sie wissen, oder ahnen zumindest, dass wir in Ihrem Jaguar ein GPS-Gerät eingebaut haben. Deshalb fordern sie jetzt ein anderes Fahrzeug und setzen ein Ultimatum, damit keine Zeit für einen Umbau bleibt. Außerdem gibt es in dem zweisitzigen Mercedes Ihrer Frau im Gegensatz zu Ihrem Jaguar keine Möglichkeit, einen Polizisten hinter dem Vordersitz oder im Kofferraum zu verstecken.«

»Und?«, schrie Schwalenberg. »Hätten Sie das nicht voraussehen können?«

»Das haben wir«, erklärte Remmert mit einem milden Lächeln. »Wir haben vorsichtshalber in alle Ihre Autos und auch in die Wagen Ihrer Haushälterin und Ihres Gärtners GPS-Geräte einbauen lassen. Die Entführer sind vielleicht clever, aber wir sind besser.«

Schwalenberg stieß die angestaute Luft langsam wieder aus und wischte sich mit einem Taschentuch den Schweiß vom stark geröteten Gesicht.

Dr. Klausmeier stand neben seinem Freund und musterte ihn besorgt. »Willst du das wirklich auf dich nehmen?«, fragte er.

»Wir haben ein Double vorbereitet«, kam Helen Baum dem Arzt zu Hilfe. »Der Mann steht bereit.«

»Das kommt überhaupt nicht infrage«, lehnte Schwalenberg entschieden ab. »Sie haben die Entführer doch gehört: keine Tricks. Und damit Ende der Debatte!«

In diesem Moment betrat ein Beamter den Raum und meldete Vollzug. »Es ist alles bereit«, sagte er. »Die Taschenlampe liegt auf dem Beifahrersitz des Mercedes, das Lösegeld befindet sich im Kofferraum.«

Schwalenberg schloss für einen Moment die Augen. »Dann los«, sagte er und wandte sich an seine Frau. »In meinem Arbeitszimmer liegt ein Brief auf dem Schreibtisch für den Fall … äh … also für den Fall, dass ich nicht zurückkomme. Öffne ihn aber bitte nur, wenn mir wirklich etwas zustößt.« Er umarmte sie und verabschiedete sich per Händedruck von Irene von Kleist und Dr. Klausmeier. Die Polizisten würdigte er dagegen keines Blickes.

Der Unternehmer verließ das Haus und ging zu dem Mercedes, der vor der Garage parkte. Schwalenberg hatte einige Mühe, bis er seine ein Meter fünfundachtzig und seinen nicht unbeträchtlichen Bauch hinter dem Lenkrad des niedrigen Sportwagens eingefädelt hatte. Prüfend sah er sich um: Die Taschenlampe lag auf dem Beifahrersitz, der Schlüssel steckte. Schwalenberg startete den Motor, aktivierte das Navigationssystem und gab als Ziel die Voltmannstraße 162 ein.

Sekunden später bog er auf die Rosenstraße ein. Er beobachtete, wie mehrere Reporter hastig ihre Zigaretten austraten und zu ihren Wagen liefen. In den letzten vierundzwanzig Stunden hatte sich die Zahl der Journalisten, die vor dem Haus Stellung bezogen hatten, vervielfacht. Schwalenberg sah im Rückspiegel, dass sich zwei Autos hinter ihn setzten. Verfluchte Arschlöcher, dachte er. Der Teufel soll euch holen!

Schwalenberg betätigte den Blinker und lenkte den Wagen in die Mönckebergstraße. Die Pressefahrzeuge wollten ihm folgen, wurden aber von drei Polizeiwagen abgeblockt und am Weiterfahren gehindert. Ganz so blöd ist diese Helen Baum doch nicht, dachte Schwalenberg.

Er entspannte sich etwas und folgte den Anweisungen der weiblichen Stimme des Navigationssystems. Er überlegte, wer sich außer dem Taugenichts Kevin noch in seinem Haushalt auskannte, dem eine solche Tat zuzutrauen war. Vielleicht der Gärtner oder die Haushälterin. Beide stammten aus Kasachstan. Wer wusste schon, ob die nicht Kontakte zur Russenmafia hatten? Schwalenberg machte sich eine Notiz in seinem Kopf, Remmert über seinen Verdacht zu informieren. Zu dieser Kriminaldirektorin hatte er nicht das geringste Vertrauen, der Hauptkommissar hingegen schien ein fähiger Mann zu sein.

Da auf den Straßen kaum etwas los war, erreichte Schwalenberg das Haus Voltmannstraße 162 schon eine knappe Viertelstunde nach seinem Aufbruch. Neben dem Haus befand sich tatsächlich ein unbeleuchtetes Transformatorenhaus.

Schwalenberg langte nach der Taschenlampe, verließ den

Mercedes und stieg über den niedrigen Metallzaun, der das Häuschen nur sehr unzureichend vor dem Betreten Unbefugter schützte. Während der Unternehmer langsam um das Haus herumging, tanzte der Lichtkreis der Lampe zittrig über den Boden. Reiß dich zusammen, ermahnte sich Schwalenberg. Es geht um Danielas Leben! Er versuchte, seine rechte Hand unter Kontrolle zu bringen, was ihm aber nicht recht gelingen wollte.

Als Schwalenberg die Rückseite des Gebäudes erreichte, ließ er den Strahl der Taschenlampe über die Wand gleiten, bis der Lichtkegel eine große Plastiktüte von Aldi erfasste, die mit gelbem Kreppband an der Wand befestigt worden war. Schwalenberg zog die Plastiktüte von der Mauer und stellte fest, dass sich darin zwei weitere zusammengefaltete Aldi-Tüten befanden. Außerdem enthielt sie einen Zettel, bedruckt mit Computerschrift: *Packen Sie das Geld in die Tüten um! Dann fahren Sie auf der Voltmannstraße weiter in Richtung Bielefeld-Heepen. Biegen Sie am Ende der Voltmannstraße nach links auf die Jöllenbecker Straße ab und dann die nächste Möglichkeit sofort nach rechts auf die Westerfeldstraße! Nach ca. 3,5 Kilometern erreichen Sie das Eisenbahnviadukt über der Talbrückenstraße. Davor geht rechts ein kleiner Weg ab. Biegen Sie dort ab und halten Sie. Hinter dem dritten Pfeiler des Viadukts finden Sie weitere Anweisungen! Sie haben zehn Minuten!*

Schwalenberg rannte mit den Aldi-Tüten zu dem Mercedes zurück. Dann nahm er das Geld aus den beiden Taschen und stopfte es in die Plastiktüten, wofür er knapp drei Minuten benötigte. Anschließend raste er los. Die kurze Strecke bis zum Viadukt schaffte er in weniger als fünf Minuten.

Als er aus dem Mercedes kletterte, landete er mit seinen nagelneuen Tod's-Slippern mitten in einer tiefen Pfütze. Schwalenberg fluchte laut und watete über einen schlammigen Weg zu dem dritten Pfeiler, der mit Graffiti übersät war. Hinter dem Pfeiler befand sich ein wahrer Müllplatz: Überall lagen Kondome und Einwegspritzen herum, es roch intensiv nach Urin. Offenbar wird diese dunkle Ecke nicht nur für Geldübergaben genutzt, dachte er. Neben dem Unrat entdeckte er eine Klarsichtfolie mit einer neuen Anweisung: *Fahren Sie über die Straße Am Wellbach auf die Eckendorfer Straße. Dort folgen Sie den Schildern zur Autobahn Richtung Dortmund. An der Autobahnauffahrt Bielefeld-Zentrum fahren Sie auf die A2 Richtung Dortmund bis zum Parkplatz Niedergassel! Biegen Sie dort ab und fahren den Pkw-Parkplatz langsam entlang, bis Sie rechts ein Fahrrad sehen, das an einem Zaun lehnt. Weitere Anweisungen finden Sie auf dem Gepäckträger. Sie haben fünfzehn Minuten!*

Als Schwalenberg die Autobahn erreichte, schaltete er das Autoradio ein und suchte einen Sender mit Verkehrsnachrichten. Er atmete erleichtert durch, als für die A2 kein Stau gemeldet wurde.

Von Zeit zu Zeit warf er einen Blick in den Rückspiegel, konnte aber nichts Auffälliges feststellen. Wenn die Entführer ihn tatsächlich beobachteten, stellten sie sich sehr geschickt an. Und auch die Polizisten, die ihn überwachten, verstanden offenbar ihr Handwerk. Trotzdem hätte er dieser Kriminaldirektorin nicht erlauben dürfen, den Wagen und das Geld zu präparieren, ging es Schwalenberg durch den Kopf. Wenn die Entführer etwas merkten, würde das Danielas Ende bedeuten, dessen war er sich sicher.

Zwei Minuten später erreichte er den Parkplatz Niedergassel. Langsam passierte er die Autos, die entlang einem etwa zwei Meter hohen, grünen Zaun parkten, der das Gelände von einem kleinen Wäldchen abgrenzte. Kurz vor Ende des Parkplatzes geriet ein rosafarbenes Damenrad mit einem Plastikkorb auf dem Gepäckträger in den Kegel seiner Schweinwerfer. Wie haben die Entführer das Rad wohl hierhin geschafft?, fragte er sich. Egal!

Schwalenberg hielt genau daneben an und stieg aus. In dem Korb fand er ein DIN-A4-Blatt in einer Plastikhülle:

Fahren Sie weiter auf der A2 bis zur Raststätte Rhynern. Parken Sie vor der Raststätte. Steigen Sie mit dem Geld aus und gehen zu Fuß zum Lkw-Parkplatz. Am hintersten Teil des Lkw-Parkplatzes finden Sie eine Mülltonne mit einem gelben Sack. Werfen Sie die Aldi-Tüten mit dem Geld in diese Tonne mit dem gelben Müllsack, dann gehen Sie zu Ihrem Wagen zurück und fahren sofort weiter. Sie werden die ganze Zeit beobachtet! Wenn wir Polizei entdecken, brechen wir die Aktion sofort ab und Sie werden Ihre Tochter nie wieder sehen! Sie haben genau zwanzig Minuten.

Schwalenberg warf sich erneut hinter das Lenkrad und raste los. Er fädelte sich in den Verkehr auf der Autobahn ein, da spürte er plötzlich einen dumpfen Schmerz in der Brust und ein Ziehen in seinem linken Arm. Diese Zeichen kannte er. Bitte nicht!, dachte er. Jetzt bloß kein neuer Infarkt!

Schwalenberg öffnete die obersten Knöpfe seines schweißdurchtränkten Hemdes. Gleich konnte er besser atmen. Durchhalten!, befahl er sich immer wieder. Nur noch wenige Kilometer, dann hast du es geschafft!

Gott sei Dank ließen die Schmerzen in seinem Arm und in seiner Brust etwas nach. Das würde er diesen Scheißkerlen heimzahlen! Sobald seine Tochter frei war, würde er eine Belohnung von fünfzig…, nein, hunderttausend Euro auf die Ergreifung der Entführer aussetzen. Außerdem würde er die größte Detektei Deutschlands engagieren. Die Polizei, allen voran diese Helen Baum, war offensichtlich inkompetent. Schwalenberg konnte ihre Unsicherheit beinahe körperlich spüren. Für so etwas hatte er eine Nase. Nicht zuletzt seine Menschenkenntnis hatte ihn zu einem erfolgreichen Unternehmer werden lassen. Wenn einer seiner Angestellten mit seiner Arbeit überfordert war, merkte er das sofort und setzte den Betreffenden vor die Tür. Schade, dass das mit dieser Baum nicht so einfach ging. Aber Schwalenberg nahm sich vor, sich nach der Geldübergabe sofort mit dem Polizeipräsidenten in Verbindung zu setzen. Offenbar hatte der seine Leute nicht im Griff.

Schwalenberg ignorierte die Geschwindigkeitsbegrenzung vor dem ehemaligen Atomkraftwerk Hamm-Uentrop und raste mit über zweihundert Stundenkilometern durch die Baustelle. Er hatte sich immer gefragt, warum seine Frau für ihren wöchentlichen Friseurbesuch einen Wagen mit dreihundertachtundachtzig PS brauchte, jetzt war der starke Motor wenigstens für etwas gut. Um Radaranlagen machte er sich keine Sorgen. Zumindest das würde die Polizei ja wohl für ihn regeln können.

Um Punkt 1.12 Uhr erreichte Schwalenberg die Raststätte Rhynern. Er parkte seinen Wagen vor dem modernen Glasbau, nahm die Aldi-Tüten mit dem Geld aus dem Kofferraum und ging mit schnellen Schritten los. Der Lkw-Parkplatz lag links neben dem Raststättengebäude und war im Gegensatz zum Parkplatz der Pkw voll belegt und durch starke Lampen gut ausgeleuchtet. Menschen waren nicht zu sehen. Wahrscheinlich liegen die meisten Fahrer in ihren Kojen und schlafen, dachte Schwalenberg. Am Rand des Parkplatzes verlief ein steiler, etwa fünf Meter hoher, begrünter Lärmschutzwall. Davor standen in einem Abstand von etwa vierzig Metern mehrere schwarze Mülltonnen. Schwalenberg ging zügig an ihnen vorbei, bis er endlich im hintersten Teil des Parkplatzes einen Mülleimer entdeckte, aus dem der Rand eines gelben Plastiksackes ragte. Gott sei Dank! Gleich würde er diese Tortur überstanden haben!

Schwalenberg fing an zu laufen, bis er die Tonne erreicht hatte. Dann stopfte er die Aldi-Tüten in den gelben Sack und schlug den Deckel wieder zu. Für einen Moment war er in Versuchung, sich noch einmal umzusehen, aber dann senkte er den Blick und rannte zu dem Mercedes zurück.

Erst als er auf der Autobahn war, konnte er wieder einigermaßen klar denken. Bitte, lieber Gott, dachte er. Mach, dass meine Tochter wohlbehalten zu uns zurückkehrt.

25

Freddy war wütend, wie noch nie zuvor in seinem Leben.

»Scheiße!«, brüllte er. »Verdammte Scheiße!«

Gonzo trat aus der Küche des Ferienhauses. »Was ist passiert?«, fragte er.

Freddy versuchte mühsam, sich zu beherrschen. »Jochen hat gerade angerufen«, sagte er. »Die Übergabe ist gescheitert. Alles war voller Bullen, sagt er. Aber dafür wird die Schlampe bezahlen.«

Er streifte sich die Sturmhaube über und machte Anstalten, in den Keller zu stürmen.

Gonzo hielt ihn am Arm fest. »Lass die Kleine in Ruhe!«, schrie er. »Sie kann nichts dafür.«

»Ist mir scheißegal.« Freddy riss sich los und rannte die Stufen hinunter. Gonzo wollte ihm folgen, doch dann fiel ihm ein, dass er nicht maskiert war. Er lief schnell in die Küche und griff nach seiner schwarzen Haube.

Freddy hatte inzwischen die Tür des Verlieses aufgeschlossen und ging mit schnellen Schritten auf das schlafende Mädchen zu. Er packte es an beiden Armen, riss es hoch und rüttelte es durch.

»Verdammt noch mal, was hast du eigentlich für Eltern?«, schrie er sein völlig verschüchtertes Opfer an. Er holte mit der rechten Hand aus, als wollte er es schlagen, hielt aber im letzten Moment inne. »Wir haben deinem Vater tausendmal gesagt, keine Polizei, und was passiert? Alles wimmelt von Bullen! Hasst dein Vater dich dermaßen, dass er dich auf diese Weise loswerden will?«

Die Augen des Mädchens füllten sich mit Tränen. Es fing an, hemmungslos zu weinen.

»Hör auf zu flennen!«, schnauzte Freddy. »Das nützt jetzt auch nichts mehr!«

»Du machst ihr Angst!«

Freddy drehte sich langsam um und sah, dass Gonzo genau hinter ihm stand.

Freddy musterte ihn verächtlich. »So, tue ich das?«

»Ja, das tust du. Und wenn du ihr wehtust, werde ich *dir* wehtun.«

Freddy wollte schon zu einer höhnischen Bemerkung ansetzen, doch dann fielen ihm Gonzos gewaltige Kräfte ein und er beruhigte sich ein wenig. Gonzo mochte ein Trottel sein, doch Freddy wusste auch, dass er seine Versprechen hielt und man sich besser nicht mit ihm anlegte.

Also wandte er sich wieder dem Mädchen zu. »Pass mal auf, Kleine«, sagte er etwas ruhiger. »Ich glaube, dein Vater hat den Ernst der Lage noch immer nicht erkannt. Aber das wird sich ab sofort ändern. Jetzt werden andere Seiten aufgezogen.« Freddy drehte sich um. »Hol mir ein Blatt Papier und einen Kugelschreiber«, befahl er Gonzo.

Der Riese verließ den Raum und kehrte kurz darauf mit den geforderten Gegenständen zurück.

»Und nun mach sie los und setz sie an den Tisch.«

Gonzo löste die Handschellen des Mädchens, hob es hoch, als sei es leicht wie eine Feder, und trug es zu dem Stuhl.

Freddy nahm das Blatt Papier und den Kugelschreiber und knallte beides auf den Tisch. »So«, sagte er zu dem Mädchen. »Schreib!«

26

Um 2.10 Uhr parkte Schwalenberg den Mercedes wieder vor der Garage und stürmte in das Wohnzimmer.

»Ist Daniela frei?«, rief er.

»Wir haben alles unter Kontrolle«, erwiderte Helen Baum beruhigend. »Der Übergabeort wird überwacht, aber die Entführer haben das Geld noch nicht abgeholt.«

»O Gott!« Schwalenberg brach auf dem Sofa neben seiner Frau zusammen. »Die haben bestimmt was gemerkt!«

»Das glaube ich nicht«, widersprach die Kriminaldirektorin. »Wir waren überaus vorsichtig. Geben Sie den Entführern noch etwas Zeit!«

»Nein, nein«, jammerte Schwalenberg. »Es ist alles zu spät! Vielleicht ist Daniela schon tot.« Er sah sich in dem Raum um. »Ist Harald noch da? Es geht mir gar nicht gut!«

Dr. Klausmeier eilte hinzu, zog behutsam Schwalenbergs Hemd aus der Hose und hörte die Brust seines Patienten mithilfe eines Stethoskops ab. »Ich habe es geahnt«, fluchte er leise. Dann wandte er sich Helen Baum zu. »Herr Schwalenberg muss in ein Krankenhaus«, sagte er. »Sofort!«

Helen Baum gab die Meldung an Remmert weiter. »Rufen Sie einen Krankenwagen«, sagte sie. »Wir haben einen Notfall.«

»Das geht doch nicht«, protestierte Schwalenberg. »Ich will hier bleiben!«

»Nein, das wirst du nicht!«, befahl der Arzt. »Sonst könnte es gut sein, dass du den morgigen Tag nicht mehr erleben wirst.«

»Gehen Sie nur, Herr Schwalenberg«, stimmte die Kriminaldirektorin zu. »Sie können im Moment ohnehin nichts tun. Ich verspreche Ihnen, dass wir Sie auf dem Laufenden halten.«

Schwalenberg murmelte noch einige Protestworte, aber schließlich fügte er sich in sein Schicksal.

»Wie ernst ist es?«, fragte Renate Schwalenberg den Hausarzt. »Ich würde lieber nicht mitkommen für den Fall, dass Daniela sich meldet.«

»Du kannst Dieter sowieso nicht helfen«, meinte der Arzt. »Wenn sich sein Zustand verschlimmert, werde ich dich sofort informieren.«

Zehn Minuten später traf der Krankenwagen ein. Schwalenberg wurde auf eine Trage gelegt und abtransportiert.

Die nächsten Stunden verbrachte die Gesellschaft mit gespanntem Warten.

Um kurz vor fünf Uhr morgens klingelte das Telefon. Renate Schwalenberg griff mit zitternden Händen nach dem Hörer. »Schwalenberg«, meldete sie sich.

»Wo ist Ihr Mann?«, fragte die verzerrte Stimme.

»Meinem Mann geht es nicht gut. Er ist im Krankenhaus und ...«

»Wir haben gesagt, keine Polizei!«, wurde sie von der Stimme unterbrochen. »Wir lassen uns nicht verarschen.«

»Das war nicht unsere Schuld«, stammelte Renate Schwalenberg. »Wir haben die Polizei nicht eingeschaltet.«

»Lügen Sie mich nicht an!«, widersprach die Stimme scharf. »Der ganze Parkplatz war voller Bullen.«

»Es tut mir leid«, wimmerte Renate Schwalenberg. »Es wird nicht wieder vorkommen.«

»Das ist Ihre letzte Chance. Wenn wir noch einmal den Verdacht haben, dass die Bullen anwesend sind, werden Sie Ihre Tochter in Einzelteilen zurückbekommen. Das schwöre ich Ihnen!«

Renate Schwalenberg hielt mit einer Hand die Sprechmuschel zu und warf Helen Baum, die neben ihr stand, einen Hilfe suchenden Blick zu.

»Fordern Sie ein Lebenszeichen!«, zischte die Kriminaldirektorin.

»Ich werde alles tun, was Sie verlangen«, sagte Renate Schwalenberg in das Telefon. »Aber ich muss wissen, ob es meiner Tochter gut geht. Kann ich bitte mit ihr sprechen?«

»Das ist jetzt nicht möglich!«

»Dann fragen Sie sie, wie das Kaninchen hieß, das wir ihr zum achten Geburtstag geschenkt haben.«

Am anderen Ende blieb es sekundenlang still.

»Wir melden uns«, war die Stimme endlich wieder zu vernehmen.

Dann machte es klick.

Renate Schwalenberg ließ den Hörer fallen und stieß einen lauten Schrei aus, der an ein verwundetes Tier erinnerte.

»Mein Gott!«, rief sie und rang wild mit den Händen. »O mein Gott! Ich will mein Baby wiederhaben. Sie ist ganz allein! Wo ist mein Baby?«

27

Schon kurz nach acht Uhr betrat Peter Schlüter die Kanzlei. Stefanie Bloes führte ihn in Marcs Büro.

»Ich habe getan, was Sie gesagt haben«, berichtete Schlüter. »Das mit der Homepage des Max-Planck-Gymnasiums war ein guter Tipp. Für den Abi-Jahrgang 1978 haben sich dreiunddreißig Ehemalige eingetragen, alle mit Adresse und Telefonnummer. Im Bielefelder Telefonbuch habe ich zusätzlich noch sechs Namen gefunden. Ich habe mittlerweile fast alle erreicht.«

»Und?«, fragte Marc gespannt.

»An meinen Vater konnten sich alle erinnern. Auch an seinen Spitznamen: der schöne Walter. Zwei ehemalige Mitschüler wussten sogar noch, dass Susanne Binder eine Affäre mit ihm hatte. Das war an der Schule wohl ein offenes Geheimnis. Allerdings weiß niemand, was aus Susanne Binder geworden ist. Keiner hatte seit dem Abitur Kontakt zu ihr.«

Marc runzelte die Stirn. »Das hört sich nicht gut an«, sagte er.

»Ich habe die Sache sehr wichtig gemacht und alle, die ich angerufen habe, gebeten, sich bei weiteren ehemaligen Schülern, zu denen sie noch in Kontakt stehen, nach Susanne Binder zu erkundigen. Vielleicht kommt so eine Art Schneeballsystem in Gang.«

»Oder es passiert gar nichts, weil die Ehemaligen Wichtigeres zu tun haben, als nach einer alten Mitschülerin zu fahnden.«

»Kann auch sein. Ich muss Ihnen allerdings noch etwas beichten: Ich habe als Kontakt außer meiner Festnetznummer Ihre Handynummer angegeben, weil ich kein Handy besitze. War das in Ordnung?«

Marc nickte ergeben. »Lässt sich eh nicht mehr ändern«, antwortete er.

»Und was machen wir nun?«

»Nun rufe ich eine alte Freundin an.«

Marc nahm den Hörer von der Station und versuchte, Britta Gerland im Düsseldorfer Justizministerium zu erreichen. Er hatte Britta während des Jurastudiums kennengelernt. Anschließend hatten sie sich jahrelang aus den Augen verloren, bis er sie vor zwei Jahren wieder getroffen hatte. Marc hatte die Verteidigung in einem Aufsehen erregenden Mordprozess übernommen und Britta als Staatsanwältin die Gegenseite vertreten. Während des Verfahrens waren sie sich erneut nähergekommen und nach der Urteilsverkündung hatte es sogar eine Zeit lang so ausgesehen, als ob aus ihnen etwas hätte werden können. Aber dann hatte sich Britta, ohne Marc davon in Kenntnis zu setzen, auf eine Stelle im nordrhein-westfälischen Justizministerium beworben. Marc war tief enttäuscht gewesen, weil er eingesehen hatte, dass für Britta die Karriere doch wichtiger war als alles andere. Sie hatte ihm zwar vor ihrem Umzug nach Düsseldorf versprochen, ihn so oft wie möglich in Bielefeld zu besuchen, aber dieser Vorsatz war schnell gescheitert. An den ersten beiden Wochenenden war sie noch gekommen, dann hatte sie sich mit ihrer Arbeit entschuldigt. Marc hatte mehrfach Treffen in Düsseldorf vorgeschlagen, aber Britta hatte behauptet, keine Zeit zu haben. Als persönliche Referentin der Justizministerin müsse sie ihrer Chefin auch am Wochenende permanent zur Verfügung stehen und sie zu allen möglichen wichtigen Veranstaltungen begleiten.

Marc erreichte die Zentrale des Ministeriums, wurde von Pontius zu Pilatus weiterverbunden und erhielt schließlich von einer weiblichen Stimme die Auskunft, Frau Dr. Gerland befinde sich zurzeit in einer wichtigen Besprechung, werde aber zurückrufen, sobald sie Gelegenheit habe.

Marc hinterließ seine Telefonnummer und legte auf. »Sie will sich melden«, verkündete er Schlüter. Und vielleicht tut sie es auch, fügte er in Gedanken hinzu.

Schlüter machte ein angemessen beeindrucktes Gesicht. »Sie haben Kontakte ins Ministerium?«, fragte er.

Marc zuckte die Achseln. Er glaubte eigentlich nicht, dass er noch ›Kontakte‹ hatte. Aber vielleicht hatte Britta wenigstens ein schlechtes Gewissen. »Der Rückruf kann etwas dauern«, sagte er. »Wollen Sie solange warten?«

Schlüter nickte. »Ich habe sonst nichts vor.«

Er setzte sich ins Wartezimmer und studierte Klatschzeitschriften, während Marc Schriftsätze diktierte. Eine halbe Stunde später schellte das Telefon.

»Hallo, Marc, Britta hier. Wie geht es dir?«

Marc ertappte sich, dass allein der Klang der Stimme sein Herz schneller schlagen ließ.

»Ganz gut, danke. Und danke für deinen schnellen Rückruf. Ich habe ein Problem.«

»Warum wundert mich das jetzt nicht?«, fragte Britta gut gelaunt. »Raus damit.«

»Ich suche eine Susanne Binder, sie muss ungefähr Jahrgang 1957 bis 1960 sein. Sie hat mal im Holunderweg 12 in Bielefeld gewohnt, wo sie auch heute noch gemeldet, aber nicht mehr zu erreichen ist.«

»Kannst du mir verraten, warum …?«

»Ich fürchte nicht, nein.«

»Das dachte ich mir. Was kann ich für dich tun?«

»Ich hatte gehofft, du könntest vielleicht über deine Verbindungen herausfinden, was aus Susanne Binder geworden ist.«

»Mhm.« Am anderen Ende der Leitung wurde es still. »Gib mir eine Stunde«, sagte sie dann.

Fünfundvierzig Minuten später schellte das Telefon erneut. »Hier noch mal Britta. Ich habe die Information, die du brauchst.«

Marc schaltete den Raumlautsprecher an, damit Schlüter das Gespräch mitverfolgen konnte, und sagte: »Ja, bitte, ich höre.«

»Marc, du steckst doch nicht in Schwierigkeiten?«, fragte Britta.

»Nein, tue ich nicht«, gab er etwas verwundert zurück. »Was ist los?«

»Susanne Binder ist geboren am 12. Mai 1959. Am 10. September 1978 wurde sie von ihren Eltern Hans und Annemarie Binder als vermisst gemeldet.« Britta machte eine dramatische Pause. »Susanne Binder ist bis heute nicht wieder aufgetaucht.«

Marc sah zu Schlüter hinüber, dessen Gesicht die weiße Farbe der Wand hinter ihm angenommen hatte.

»Kann ich sonst ...«

»Nein, danke«, unterbrach Marc sie hastig. »Du hast mir sehr geholfen. Ich melde mich mal wieder bei dir.«

Mit diesen Worten legte er auf.

Schlüter hatte sein Gesicht in den Händen vergraben. »O Gott«, murmelte er immer wieder vor sich hin. »O mein Gott.«

28

Schwalenberg war über Nacht im Krankenhaus geblieben. Der Verdacht auf einen dritten Herzinfarkt hatte sich zwar nicht bestätigt, trotzdem hatten die Ärzte ihm unmissverständlich zu verstehen gegeben, jede weitere Aufregung sei zu viel und könne zum Tod führen. Doch nachdem Schwalenberg gehört hatte, dass die Geldübergabe gescheitert war, hielt es ihn nicht mehr im Krankenhaus. Um neun Uhr morgens kehrte er in seine Villa zurück und bezog wieder Quartier auf dem Sofa im Wohnzimmer. Dr. Klausmeier stand mit besorgtem Blick daneben und ließ seinen Freund nicht aus den Augen.

Um kurz nach zehn Uhr traf Helen Baum, die in der Zwischenzeit den Geldübergabeort auf der Raststätte Rhynern in Augenschein genommen hatte, bei den Schwalenbergs ein.

»Es tut mir leid, dass es nicht geklappt hat«, begrüßte sie Schwalenberg. Hinter ihr trug ein Beamter zwei große Taschen in die Wohnung und stellte sie neben dem Sofa ab. »Wenigstens haben wir das Geld sichergestellt«, sagte sie.

»Das ist alles Ihre Schuld!«, brüllte Dieter Schwalenberg die Kriminaldirektorin an. »Sie haben versprochen, dass diese Verbrecher nichts merken werden.« Er griff sich an die Brust und begann zu hyperventilieren.

Dr. Klausmeier eilte hinzu und drückte ihn mit sanfter Gewalt in seine Kissen zurück. »Dieter, du hast gehört, was die Ärzte im Krankenhaus gesagt haben. Du darfst dich nicht aufregen!«

»Ich *will* mich aber aufregen«, schrie Schwalenberg wie ein störrisches Kind. »Die Polizei ist unfähig und Daniela und wir müssen darunter leiden.«

Helen Baum nahm einen Sessel und zog ihn zu dem Sofa herüber. Dann setzte sie sich Schwalenberg so gegenüber, dass sie ihm genau in die Augen gucken konnte.

»Bitte, beruhigen Sie sich, Herr Schwalenberg«, sagte sie. »Der erste Übergabeversuch klappt fast nie. Manchmal lassen die Täter vereinbarte Geldübergabetermine absichtlich ungenutzt verstreichen, um den Druck zu erhöhen, oder sie betrachten den ersten Übergabeversuch nur als Probelauf für die spätere konkrete Übergabe.«

Schwalenberg schüttelte energisch den Kopf. »Das hat sich aber ganz anders angehört. Meine Frau hat mir erzählt, dass der Entführer stinksauer war.«

»Die Täter stehen unter einem gewaltigen Stress«, erwiderte Helen Baum. »Die Geldübergabe ist für Entführer die problematischste und riskanteste Phase, weil sie spätestens jetzt aus ihrem Loch herauskommen müssen, um in den Besitz des Geldes zu gelangen. Und die Täter wissen sehr genau, dass fast alle Erpresser bei der Übergabe gefasst werden. Ich glaube nicht, dass sie uns auf dem Parkplatz tatsächlich bemerkt haben. Wahrscheinlich waren sie so nervös, dass sie in jedem harmlosen Raststättenbesucher oder Lkw-Fahrer einen Polizisten gewittert haben.«

»Es ist mir egal, ob diese Verbrecher Sie wirklich gesehen haben oder ob sie es nur glauben! Tatsache ist, dass die Entführer offenbar kurz davor stehen, die Nerven zu verlieren. Ich werde keinerlei Risiko mehr eingehen. Das bedeutet: Ab sofort ist die Polizei draußen!«

Helen Baum erschrak. »Herr Schwalenberg, Sie machen einen Riesenfehler! Wenn Sie uns einfach weiter unsere Arbeit tun lassen, besteht eine hohe Wahrscheinlichkeit, dass wir Ihre Tochter unversehrt freibekommen, ohne dass Sie Lösegeld zahlen müssen, *und* dass wir die Täter fassen. Achtzig Prozent der Fälle werden vollständig aufgeklärt.«

»Kommen Sie mir nicht mit Ihren Scheißstatistiken!« Schwalenberg war so laut geworden, dass Dr. Klausmeier sich genötigt sah, ihm besänftigend die rechte Hand auf die Schulter zu legen. »Es ist mir im Moment vollkommen egal, ob Sie diese Verbrecher schnappen oder ob die fünf Millionen futsch sind. Ich will nur meine Tochter zurückhaben.«

»Herr Schwalenberg, ich ...«

Schwalenberg hob die rechte Hand, um jeden Einwand abzublocken. »Es bleibt dabei: Sie werden das Haus sofort verlassen, mit allen Mann. Und das bitte mit möglichst viel Aufwand. Falls die Entführer das Haus überwachen, sollen sie ruhig sehen, dass Sie nicht mehr hier sind. Außerdem werden Sie den gesamten technischen Hokuspokus entfernen. Also keine Wanzen, keine Peilsender, keine Präparierungen, keine Hubschrauber mehr. Haben Sie das verstanden? Die Polizeiüberwachung ist zu Ende!«

»Das ist nicht so einfach, wie Sie sich das vorstellen.« Helen Baum suchte nach den richtigen Worten »Wir sind aus Rechtsgründen verpflichtet, alle notwendigen Maßnahmen zu Danielas Schutz und zur Aufklärung der Straftat zu treffen. Ihre Aufforderung, uns herauszuhalten, ist daher für uns irrelevant. Wir müssen auf jeden Fall weiterermitteln, wenn nicht mit Ihnen zusammen, dann ohne Sie. Ich glaube nicht, dass es zu Danielas Vorteil wäre, wenn wir ab sofort unkoordiniert vorgehen.«

»Was Ihre Maßnahmen gebracht haben, haben wir ja gesehen«, blaffte Schwalenberg. »Sie werden jetzt sofort mein Haus verlassen! Der Ministerpräsident ist zufällig ein sehr guter Freund von mir. Ich habe bereits mit ihm telefoniert.«

Helen Baum schüttelte erschöpft den Kopf. »Wie Sie wollen«, sagte sie. Sie wandte sich Remmert und den Abhörspezialisten zu. »Sie haben es gehört. Packen Sie alles zusammen, wir verschwinden.« Dann drehte sie sich noch einmal zu dem Hausherrn um. »Morgen holen wir den Rest«, sagte sie. »Vielleicht überlegen Sie es sich bis dahin noch einmal.«

»Mit Sicherheit nicht«, tönte Schwalenberg. »Schlimmer als mit Ihnen kann es nicht werden.«

Keine zwanzig Minuten später hatten die Kripoleute die Villa verlassen.

»Bist du wirklich überzeugt, dass das die richtige Entscheidung war?«, fragte Irene von Kleist ihren Schwager.

Schwalenberg schüttelte müde den Kopf. »Nein, ich bin mir überhaupt nicht sicher! Aber so ging es doch auch nicht weiter.«

Er ließ sich in die Sofakissen zurücksinken und fasste sich mit der rechten Hand ans Herz. »Es geht mir gar nicht gut«, sagte er. »Ich weiß nicht, ob ich noch einen Übergabeversuch durchstehe.«

»Du wirst auf keinen Fall ein zweites Mal das Geld übergeben!«, entsetzte sich Dr. Klausmeier. »Die Aufregung würde dich umbringen. Wir sollten diese Baum um ein Polizeidouble bitten.«

»Nein, nein!« Schwalenberg wedelte abwehrend mit den Händen. »Ich will mit der Polizei nichts mehr zu tun haben.«

»Vielleicht kann es jemand aus deinem Unternehmen machen«, schlug Dr. Klausmeier vor. »Wie wäre es denn mit deinem Prokuristen?«

»Den habe ich gerade rausgeworfen! Und nach der Massenentlassung weiß ich nicht, welchen meiner Leute ich noch trauen kann. Außerdem will ich keinen Außenstehenden in diese Sache reinziehen. Je mehr Mitwisser es gibt, desto größer wird die Gefahr, dass etwas an die Öffentlichkeit dringt. Und das würde Danielas Leben noch mehr gefährden.«

Irene von Kleist hob zaghaft den Zeigefinger. »Ich glaube, ich wüsste da jemanden.«

29

Sie hatte keine Ahnung, wie lange sie schon in diesem Kellerloch war. Die Kidnapper hatten ihr die Uhr abgenommen und sie hatte jegliches Zeitgefühl verloren. Wie es ihren Eltern wohl ging? Wahrscheinlich machten sie sich wahnsinnige Sorgen um sie. Das hoffte sie zumindest. In den letzten Tagen und Wochen vor der Entführung hatte es häufig Streit gegeben. Ihr Vater hatte ihr vorgeworfen, sie würde sich zu viel herumtreiben und zu wenig für die Schule tun. Und sie hatte ihren Vater angebrüllt: »Du Blödmann, du hast ja keine Ahnung!«

Jetzt taten ihr diese Worte leid. Sie hatte es ja nicht so gemeint, war aber wütend gewesen, weil ihre Eltern alles verboten. Vielleicht würde sie sich nie mehr bei ihnen entschuldigen können.

Und vielleicht war diese Entführung sogar eine Strafe für ihr aufsässiges Benehmen. Bitte, lieber Gott, betete sie leise. Bitte hilf mir! Wenn ich hier rauskomme, werde ich meine Eltern nie wieder anschreien und ich werde nie wieder zu spät nach Hause kommen!

Aber wer weiß, dachte sie. Möglicherweise waren ihre Eltern sogar froh, dass sie ihre widerspenstige Tochter los waren, und weigerten sich deshalb, das Lösegeld zu zahlen. Oder sie zahlten, aber die Entführer verschwanden danach einfach und ließen sie in diesem Loch verrecken. Oder die Entführer verunglückten tödlich und niemand erfuhr, wo sie war. Oder die Verbrecher töteten sie, damit sie später nicht als Zeugin gegen sie aussagen konnte.

Sie schüttelte energisch den Kopf, um die schrecklichen Gedanken zu vertreiben. Du musst durchhalten, befahl sie sich. Auch wenn sie manchmal das Gefühl hatte, sie könnte das Eingesperrtsein keine Sekunde länger ertragen. Sie hatte doch noch so viel vor! Nach dem Abitur wollte sie Medizin studieren. Sie hatte vor fünf Jahren einen Fernsehbericht über das schreckliche Leben kranker Kinder in einem afrikanischen Flüchtlingscamp gesehen und seit diesem Tag nur ein Berufsziel. Ihre Freundinnen änderten ihre Berufswünsche alle drei Monate, sie hatte immer nur Ärztin werden wollen. Und jetzt würde sie vielleicht nicht einmal mehr dazu kommen, das Abitur zu machen.

Früher hatte es Tage gegeben, an denen sie die Schule gehasst hatte, jetzt konnte sie sich nichts Schöneres vorstellen, als wieder zusammen mit ihren Freundinnen dem langweiligen Englischunterricht von Herrn Haber zuzuhören.

Sie atmete tief durch. Vielleicht würde ja doch alles nicht so schlimm werden! Wenn die Entführer vorhatten, sie umzubringen, würden sie sich doch nicht maskieren, oder? Und einer der Entführer, der große Dicke, der ihr immer das Essen und ab und zu etwas zu lesen brachte, schien sogar ganz nett zu sein. Sie konnte zwar nur die Augen des Dicken erkennen, aber die waren gutmütig. Und die Augen sind der Spiegel der Seele, so hieß es doch, nicht wahr? Außerdem hatte sie mitbekommen, dass er versucht hatte, sie vor dem kleinen Entführer zu beschützen. Sie wusste, dass die beiden anderen Männer den Dicken Gonzo nannten, das hatte sie einmal gehört, als die Männer geglaubt hatten, sie würde schlafen. Der andere große Entführer hatte eine Schlange bis über seinen Handrücken tätowiert und stank entsetzlich nach Schweiß und Rasierwasser, der kleine Entführer hatte ein hohe Fistelstimme und hinkte leicht. Sie versuchte, sich alles zu merken, für den Fall, dass sie hier rauskam und der Polizei Hinweise auf die Verbrecher liefern musste. Sie hatte sich auch das Aussehen des Kellers ganz genau eingeprägt. Vielleicht würde die Polizei sie eines Tages hierher führen, sie war sich sicher, dass sie diesen Raum dann sofort wiedererkennen würde. Sie hatte mit dem Messer, das sie zum Essen bekam, ein kleines Kreuz in die Wand genau hinter ihrem Bett eingeritzt. Selbst wenn die Gangster den Raum leer räumten, würden sie dieses Kreuz übersehen, davon war sie überzeugt. Und sie hatte einen Löffel unter der Matratze versteckt. Einen Löffel mit den Fingerabdrücken von diesem Gonzo. Vielleicht konnte die Polizei ihn damit später überführen.

Aber bevor es so weit war, musste sie erst mal hier rauskommen.

Zum wahrscheinlich tausendsten Mal versuchte sie, ihre Hand durch die Handschellen zu ziehen, aber das Eisen schloss sich einfach zu eng um ihr Handgelenk. Sie hatte auch schon probiert, die Handschellen mit einer Gabel zu öffnen, aber so etwas klappte natürlich nur in Büchern und Filmen. Und selbst wenn es ihr gelingen sollte, sich von den Handschellen zu befreien, wie sollte sie die Tür überwinden, die mit einem Schloss und zwei Riegeln gesichert war? Ihre einzige Chance war, Gonzo zu übertölpeln, wenn er ihr die Handschellen abnahm, damit sie die Toilette benutzen oder sich waschen konnte. Aber wie sollte sie diesen Koloss von Mann besiegen? Gonzo war bestimmt zwei Meter groß und wog an die hundertfünfzig Kilogramm. Vielleicht konnte sie an eines der eisernen Werkzeuge gelangen, die in dem Regal lagen, und es ihm über den Kopf schlagen. Aber selbst wenn sie es an Gonzo vorbei schaffen sollte, waren da immer noch die beiden anderen Männer, der Kleine, der offenbar der Anführer der Bande war, und der Widerliche, wie sie ihn insgeheim nannte, der sie immer mit lüsternen Augen anstarrte. Bitte, lieber Gott, dachte sie. Mach, dass sie mir nichts tun.

In diesem Moment hörte sie Schritte, die die Kellertreppe herunterkamen. Sie wusste schon, was in den nächsten Sekunden passieren würde. Der Schlüssel würde ins Schloss gesteckt und zweimal umgedreht werden, dann würden die beiden Riegel zurückgeschoben. Gonzo würde hereinkommen, wie immer mit einer Sturmmaske über dem Kopf, aber seine massige Gestalt war unverkennbar.

Tatsächlich türmte sich kurz darauf der mächtige Mann wie ein Berg vor ihr auf, in der Hand hielt er ein Tablett mit belegten Broten.

»Essenszeit«, verkündete er fröhlich und stellte das Tablett auf dem Bett ab. »Ich hoffe, du magst Gouda. Den habe ich extra für dich gekauft.«

»Danke«, sagte sie. »Wann komme ich endlich hier raus?«

»Hängt ganz von deinen Eltern ab«, brummte der Riese und machte Anstalten, sich zu entfernen.

»Ich hoffe, ich komme bald frei, weil ich mit meinen Eltern in drei Wochen Urlaub in Kenia machen will«, plapperte sie drauflos. Das war zwar frei erfunden, aber sie hatte mal in einem Bericht über Entführungen gelesen, dass das Opfer das Gespräch mit den Tätern suchen und sie auch nach persönlichen Dingen fragen solle, weil so bei den Kidnappern Tötungshemmungen entstanden. »Warst du schon mal in Kenia?«

Der Riese schnaufte belustigt. »Meinst du, ich würde bei so was mitmachen, wenn ich genug Geld hätte, an so einem Ort Urlaub zu machen?«

»Warum machst du überhaupt bei so etwas mit?«, wagte sie sich vor. »Ich glaube, in Wirklichkeit bist du ein guter Mensch.«

»Danke für die Blumen«, gab Gonzo zurück. Es hatte ironisch klingen sollen, aber sie meinte, einen gerührten Unterton in seiner Stimme wahrzunehmen.

»Du hast leicht reden«, fuhr der große Mann fort. »Deine Eltern sind reich und du weißt wahrscheinlich gar nicht, wie es ist, wenn man kein Geld hat. Es ist nicht einfach, ein guter Mensch zu sein, wenn man überall Schulden hat und keine Aussicht, diesen Zustand jemals zu ändern.«

Sie holte tief Luft. Versuch es, sagte ihre innere Stimme. Versuch es einfach.

»Warum lässt du mich nicht frei?«, schlug sie vor. »Ich verspreche dir, sobald ich hier raus bin, werde ich dafür sorgen, dass mein Vater dir eine Menge Geld gibt. Mehr Geld, als du jemals in deinem Leben besessen hast. Und das brauchst du nicht einmal mit jemandem zu teilen.«

Gonzo schien für einen Moment die Luft anzuhalten. Dann sagte er scharf: »Sag so etwas nie wieder. Wenn die anderen das hören, machen sie dich sofort kalt.«

Ihre Augen füllten sich mit Tränen. »Tut mir leid«, schluchzte sie. »Aber ich habe eine so schreckliche Angst, hier nie wieder rauszukommen.«

Gonzo stand hilflos neben dem Bett und betrachtete das weinende Mädchen. »Dir wird nichts geschehen«, sagte er. »Wenn deine Eltern zahlen, lassen wir dich sofort frei.«

»Das glaubst *du* vielleicht. Aber was ist mit deinen Freunden? Vielleicht wollen sie mich trotzdem umbringen.«

»Das ist Unsinn!«, widersprach Gonzo mit fester Stimme. »Niemand wird dir etwas tun.«

»Versprich mir das!«, sagte sie schnell.

Gonzo zögerte einen Moment. Offenbar wusste er nicht, was er tun sollte. »Ich verspreche dir, dass wir dir nichts tun werden«, leierte er dann schnell herunter.

»Nein, versprich es mir ernsthaft.«

Gonzo starrte sie in Gedanken versunken an. Nach einer kleinen Ewigkeit nahm er ihre Hand und drückte sie fest. »Ich verspreche dir hiermit, dass dir nichts geschehen wird. Okay?«

»Okay«, flüsterte sie. »Und Versprechen muss man immer halten.«

»Genau«, antwortete Gonzo mit einem leichten Zittern in der Stimme. »Das muss man, sonst ist man auf ewig verflucht.«

Sie fing wieder an zu weinen, konnte die Tränen nicht zurückhalten. Gonzo stand einfach nur da, die Arme hingen schlaff an ihm herunter. Schließlich setzte er sich neben sie auf das Bett und umarmte sie.

»Schon gut, Kleines, schon gut«, sagte er leise. »Dir wird nichts passieren, das schwöre ich dir.«

30

»… müsste mal wieder richtig durchgefickt werden.«

Helen Baum betrat den Konferenzraum und das laute Gelächter verstummte schlagartig. Die Kriminaldirektorin wusste nicht, von wem die Bemerkung gekommen war, sie richtete ihren Blick auf Hauptkommissar Lohrmann, den Abschnittsleiter Kriminaltechnik.

»Wer müsste mal wieder richtig durchgefickt werden, Herr Kollege?«, fragte sie.

Lohrmann grinste wie ein Honigkuchenpferd. »Niemand«, sagte er und sah sich feixend unter seinen Kollegen um. »Absolut niemand.«

»Auf jeden Fall freut es mich, dass hier so eine gute Stimmung herrscht.« Helen Baum setzte sich. »Vielleicht können wir jetzt mit der Arbeit beginnen?«

Es war Dienstag, zwölf Uhr mittags. Ein Bielefelder Pfarrer hatte in seinem Briefkasten eine Versandtasche gefunden und umgehend bei der Polizei abgeliefert. Der Umschlag enthielt einen handgeschriebenen Brief Danielas an ihre Eltern. Die Schwalenbergs hatten bezeugt, dass es sich um die Handschrift ihrer Tochter handelte, und ein vorläufiger forensischer Schriftvergleich mit Schulheften Danielas hatte diese Auskunft bestätigt. Helen Baum hatte daraufhin sofort eine weitere Lagebesprechung der Sonderkommission einberufen.

»Würden Sie den Brief bitte für alle vorlesen«, bat die Kriminaldirektorin Hauptkommissar Lohrmann.

Der setzte sich seine Brille auf und nahm das Schreiben zur Hand. *»Liebe Mami, lieber Papi«*, zitierte er. *»Es geht mir gut, aber ich glaube, ich halte es nicht mehr lange aus. Warum tut Ihr nichts, um mir zu helfen? Die Entführer haben mir gesagt, am Übergabeort sei alles voller Polizei gewesen, deshalb hätten sie das Lösegeld nicht abholen können! Jetzt sind sie sehr wütend und haben mir gedroht, mich zu töten, wenn die Übergabe das nächste Mal erneut scheitert. Also bitte, bitte: Sorgt dafür, dass es keine verdeckten Polizeieinsätze mehr gibt!! Die Entführer haben mir versichert, ich würde sofort freigelassen werden, wenn das Geld gezahlt wird, und ich glaube ihnen. Ich denke die ganze Zeit an unseren letzten Urlaub an der Nordsee zurück und hoffe, bald wieder mit Euch dorthin fahren zu können, wenn dies hier überstanden ist. Ich vermisse und liebe Euch, Daniela. PS: Das Kaninchen, das ich zu meinem achten Geburtstag geschenkt bekommen habe, hieß Fippsy.«* Lohrmann sah hoch. »Zitat Ende.«

Die Kriminaldirektorin schaute in die Runde. »Möchte jemand etwas dazu sagen?«, fragte sie.

»Könnte eine verschlüsselte Botschaft sein«, mutmaßte Oberkommissar Weigelt. »Das mit der Nordsee, meine ich.

Daniela ist doch ein intelligentes Mädchen. Vielleicht halten die Entführer sie irgendwo an der Küste gefangen.«

»Oder die Entführer haben Daniela gezwungen, die Ortsangabe in den Brief reinzuschreiben, weil sie wollen, dass wir genau das denken und in der falschen Richtung suchen«, meinte Lohrmann.

»Die Idee mit der versteckten Nachricht hatten wir auch schon«, erwiderte Remmert. »Wir haben Schwalenberg gefragt. Er hat bestätigt, dass der letzte Familienurlaub auf Sylt war. Die Bemerkung kann also ganz harmlos sein. Oder es ist doch ein Hinweis von Daniela. Oder eine Falle der Entführer. Auf jeden Fall hilft uns das jetzt nicht weiter. Wir können schließlich nicht die ganze Nordseeküste absuchen.«

Helen Baum wandte sich der Psychologin zu: »Können Sie uns weiterhelfen?«

Petra Seifert schüttelte den Kopf. »Ich weiß nicht, ob Daniela uns eine verschlüsselte Botschaft zukommen lassen wollte«, sagte sie. »Was aber deutlich wird, ist ihre große Angst, noch mehr Tage oder gar Wochen in der Gewalt der Entführer verbringen zu müssen. Sie zeigt ein Verhalten, das man aus vielen Entführungen kennt: Sie nimmt teilweise die Sicht der Täter ein und scheint zu glauben, man nehme ihre Situation nicht richtig ernst. Unser oberstes Ziel sei nicht ihre Befreiung, sondern die Festnahme der Täter.«

»Hat noch einmal jemand mit Schwalenberg geredet, ob er nicht doch lieber mit uns zusammenarbeiten will?«, wollte Weigelt wissen.

»Ich habe auf ihn eingeredet wie auf einen lahmen Gaul«, sagte Helen Baum. »Aber nach Danielas Brief war erst recht nichts mehr zu machen.«

»Wir könnten Schwalenberg heimlich überwachen lassen«, schlug Weigelt vor, aber Helen Baum schüttelte schon den Kopf, bevor der Oberkommissar zu Ende gesprochen hatte.

»Schwalenberg hat mit dem Ministerpräsidenten gesprochen«, sagte sie. »Der mit dem Innenminister, der mit dem

Polizeipräsidenten und der mit mir. Nordkamps Anweisung ist glasklar: Bis zu Danielas Freilassung gibt es keine verdeckten Aktionen mehr. Ich hoffe, das haben alle verstanden?« Sie warf einen prüfenden Blick in die Runde. »Okay«, sagte sie dann. »Haben wir sonst noch was?«

»Die Untersuchung des ersten Erpresserschreibens ist abgeschlossen«, berichtete Lohrmann. »Handelsübliches Papier, keine Schriftbesonderheiten. Das kann an praktisch jedem PC geschrieben worden sein. Wir haben keinerlei Spuren gefunden, insbesondere keine Fingerabdrücke oder Speichelanhaftungen, das heißt, auch eine DNS-Analyse wird nicht möglich sein.«

»Was ist mit der forensischen Textanalyse?«, erkundigte sich Helen Baum.

»Ist auch da«, nickte Lohrmann und nahm einige Blätter Papier zur Hand: »Keine Fehler orthografischer oder grammatischer Art, großer Wortschatz, anspruchsvoller Satzbau, sogar die neue deutsche Rechtschreibung wird beherrscht«, zitierte er die Zusammenfassung. »Der Verfasser des Briefes ist wahrscheinlich mittleren Alters, muttersprachlicher Deutscher, intelligent und verfügt über einen hohen Bildungsgrad, Abitur oder sogar Studium. Er könnte in einem Beruf arbeiten, in dem man viel schreiben muss.«

»Dass die Täter intelligent sein müssen, war mir klar«, bemerkte Helen Baum. »Die Planung und Durchführung eines derartigen Unternehmens bedarf organisatorischen Geschicks und ist von einem primitiven Täter nicht zu leisten. Die Überwindung des Hauptproblems, sicher in den Besitz der Beute zu kommen, erfordert sogar Kreativität und geistig-analytische Fähigkeiten. Und es ist gut, dass zumindest der Haupttäter über eine anscheinend hohe Intelligenz verfügt.«

»Was soll daran gut sein?«, fragte Remmert.

»Wir wissen aus vergleichbaren Fällen, dass intelligente Täter ihre Opfer notfalls laufen lassen, auch wenn kein Lösegeld fließt«, erklärte Helen Baum, bevor sie sich wieder Lohrmann zuwandte. »Sonst noch was?«

Der Hauptkommissar vertiefte sich wieder in das Gutachten. »Nichts Konkretes. Nur das übliche Germanistenblabla.«

»Was ist mit dem letzen Satz des Erpresserbriefes?«, fragte Helen Baum. »Ich meine diesen PS-Satz: *Ihr könnt mich durch dieses Schreiben nicht aufspüren, also lasst es bleiben.* Konnten die Linguisten damit irgendwas anfangen?«

»Denen ist auch nur aufgefallen, dass der Schlusssatz stark vom Rest des Textes abweicht«, entgegnete Lohrmann. »Sie vermuten, dass dieser Satz von jemand anderem stammt als der Rest des Briefes. Aber sie haben nicht die geringste Ahnung, was das bedeuten könnte. Das haben die Kollegen natürlich nicht so ausgedrückt, sondern dazu zwei Seiten mit lateinischen Fachausdrücken benutzt.«

Die Kriminaldirektorin wiegte den Kopf bedächtig hin und her. »Ich weiß genau, dass ich diesen Satz schon einmal irgendwo gelesen habe«, sagte sie und deutete mit Daumen und Zeigefinger eine Spanne von knapp einem Zentimeter an. »Ich bin so kurz davor, darauf zu kommen, wo, aber im Moment ist alles außer Reichweite. Es ist zum Wahnsinnigwerden.«

»Die beiden letzten Anrufe der Entführer kamen wieder aus Telefonzellen, diesmal aus Paderborn beziehungsweise Bünde«, berichtete Lohrmann weiter. »Ansonsten nichts Neues. In den Telefonzellen haben wir keine brauchbaren Spuren gefunden, niemand hat etwas Verdächtiges gesehen oder gehört.«

»Möchte noch jemand etwas sagen?«, fragte Helen Baum und erhielt als Antwort ein allgemeines Kopfschütteln. »Gut, dann beende ich diese Besprechung. Und denken Sie daran: Wir sind vorerst aus der Sache raus. Ich bitte jeden«, sie warf Weigelt und Remmert eindringliche Blicke zu, »sich genau an diese Vorgabe zu halten und nichts auf eigene Faust zu unternehmen. Sonst bekommen wir in unserer Personalakte alle den Edeka-Vermerk.«

»Edeka?«, fragte Weigelt.

»Ende der Karriere«, erklärte Helen Baum. »Ich wünsche Ihnen einen guten Tag.«

Die Mitglieder der Soko standen auf und verließen den Konferenzraum. Als Letzter wollte Remmert gehen.

»Ach, Herr Kollege Remmert, auf ein Wort.«

Der Hauptkommissar hielt in der Bewegung inne. »Was ist?«

»Ich würde jetzt gerne Melanie Bisse befragen, Sie wissen schon, Danielas ehemals beste Freundin. Und ich möchte, dass Sie mich dabei begleiten.«

Remmert rollte übertrieben mit den Augen. »Muss das wirklich sein? Ich war doch schon bei der Vernehmung dieser Viktoria Gelen anwesend. Und was hat es gebracht? Nichts!«

»Das sehe ich etwas anders. Außerdem wäre ich Ihnen dankbar, wenn Sie sich in die Befragung der Zeugen mit einbringen würden, anstatt nur stumm daneben zu stehen.«

Der Hauptkommissar rümpfte die Nase. »Wie Sie meinen«, sagte er mit gepresster Stimme. »Aber ich denke, Nordkamp hat Ihnen untersagt, weiterzuermitteln.«

»Die Anweisung des Polizeipräsidenten bezog sich einzig und allein auf die Überwachung der Schwalenbergs. Sonstige Ermittlungen sind selbstverständlich möglich. Also, können wir gleich los?«

Der Hauptkommissar seufzte theatralisch. Dann deutete er einen militärischen Gruß an. »Sie befehlen, ich gehorche!«

»Schön, dass Sie das endlich begreifen. Sie können dann schon mal den Wagen holen.«

31

»Nein, nein und nochmals nein!« Marc starrte Irene von Kleist mit hochrotem Kopf an. Die Anwältin war überraschend in der Kanzlei aufgetaucht und hatte Marc um ein Gespräch gebeten. Jetzt saßen sie sich in Marcs Büro gegenüber. Der redete sich weiter in Rage: »Suchen Sie sich für die Geldübergabe einen anderen Idioten. Ich habe vor, noch ein wenig länger zu leben.«

»Das sollen Sie ja auch«, versuchte Irene von Kleist, ihren Mitarbeiter zu beruhigen. »Ich habe mit der Leiterin der Sonderkommission, einer Kriminaldirektorin Baum, gesprochen. Die hat mir versichert, die Wahrscheinlichkeit, dass dem Überbringer des Lösegeldes etwas passiert, sei gleich null, wenn er sich genau an die Anweisungen der Entführer hält. Und ich glaube, mit Statistiken kennt sie sich sehr gut aus.«

»Statistiken!« Marc spuckte das Wort beinahe aus. »Statistiker glauben, wenn man die rechte Hand auf eine heiße Herdplatte und die linke Hand in den Kühlschrank legt, gehe es einem durchschnittlich gut.«

»Das ist Polemik. Ich bin mir sicher, dass Ihnen nichts geschehen wird.«

»Den Spruch können Sie dann ja auf meinen Grabstein meißeln. Und überhaupt: Wenn alles so ungefährlich ist, warum macht Schwalenberg es dann nicht selbst?«

»Ich hatte Ihnen bereits erklärt, dass mein Schwager ein schwaches Herz hat. Und meine Schwester würde eine solche Aktion nervlich nicht durchstehen. Zu der Polizei haben die beiden kein Vertrauen mehr. Was ihnen ja auch nicht zu verdenken ist. Und deshalb brauchen sie eine Person außerhalb der Polizei. Ich würde es selbst machen, doch ich glaube nicht, dass ich eine geeignete Kandidatin bin.«

Marc nickte. Schließlich kannte er Irene von Kleists gesundheitliche Probleme nur zu gut. Die Depressionen und den Alkoholismus hatte sie inzwischen zwar einigermaßen im Griff, was aber nicht bedeutete, dass es nicht hin und wieder zu Rückfällen kam. Und bei einem dieser Rückfälle auf dem jährlichen Juristenball war die Rechtsanwältin auf der Rückfahrt von der Polizei angehalten worden. Bei einer festgestellten Blutalkoholkonzentration von 1,6 Promille war Irene von Kleist mit zehn Monaten Fahrerlaubnisentzug noch glimpflich davongekommen.

»Trotzdem«, startete Marc einen weiteren Versuch. »Die Schwalenbergs sind reich. Die werden doch wohl einen Menschen finden, der bereit ist, für sie das Geld zu übergeben.«

»Es stimmt, mein Schwager ist reich. Aber er ist auch unbeliebt. Eigentlich hat er nicht einen einzigen richtigen Freund. Und es geht nicht darum, irgendjemanden zu finden. Es muss eine Person sein, der man vertrauen kann. So jemanden findet man nicht auf die Schnelle. Dabei drängt die Zeit. Die Entführer können sich jeden Moment wieder melden.«

»Und mir vertraut Schwalenberg? Er kennt mich doch überhaupt nicht. Ich habe mich schon einmal mit 1,3 Millionen aus einem Versicherungsbetrug ins Ausland abgesetzt. Da könnte ein Lösegeld von fünf Millionen erst recht eine Versuchung sein.«

»Ich habe Dieter versichert, Sie seien in Ordnung. Und mir vertraut er. Und ich vertraue Ihnen.«

»Das ehrt mich. Ich habe trotzdem keine Lust, mein Leben für wildfremde Menschen aufs Spiel zu setzen.«

»Bitte, Herr Hagen«, flehte Irene von Kleist ihn an. »Es geht nicht um wildfremde Menschen, es geht um meine Nichte! Wie gesagt, das Risiko ist äußerst gering. Und es soll Ihr Schaden nicht sein. Ich denke schon seit einiger Zeit darüber nach, Sie zum Partner zu machen, sobald Sie Ihre Anwaltszulassung zurückerhalten haben. Nicht lange, und ich werde mich zur Ruhe setzen. Sie könnten die Kanzlei dann allein weiterführen. Und ich bin mir sicher, dass auch mein Schwager sich erkenntlich zeigen wird.«

Marc zögerte immer noch, weil er an die Gefahr dachte. Andererseits fühlte er sich geschmeichelt. Und dann war da natürlich noch die Aussicht auf eine eigene Kanzlei und Dieter Schwalenbergs finanziell sicherlich außerordentlich lukrative Dankbarkeit.

»Also gut«, sagte Marc endlich. »Ich mach's. Und wenn es das Letzte ist, was ich tue.«

32

Die Martin-Niemöller-Gesamtschule war ein weitläufiger, verwinkelter Gebäudekomplex im Bielefelder Stadtteil Schildesche. Helen Baum und Peter Remmert wandten sich an den Direktor, der ihnen nach einer kurzen Rücksprache mit seiner Sekretärin mitteilte, dass Melanie Bisse gerade Sportunterricht habe. Die Beamten ließen sich von der Sekretärin den Weg zeigen.

»Kennen Sie Melanie?«, erkundigte sich Helen Baum, während sie einen langen Flur entlanggingen.

Die Sekretärin schnaubte belustigt. »Allerdings. Melanie hat im Durchschnitt etwa jede Woche ein Gespräch mit dem Direktor.«

»Würden Sie sie als schwierige Schülerin beschreiben?«

»Ich würde sie als das beschreiben, was man gemeinhin einen Satansbraten nennt. So, da wären wir.« Die Sekretärin deutete auf die verschlossene Tür der Sporthalle. »Die Stunde müsste gleich zu Ende sein. Ich kann leider nicht mit Ihnen warten. Die Arbeit ruft.« Die Frau machte Anstalten, sich zu entfernen.

»Einen Moment noch«, rief Helen Baum hinter ihr her. »Wie sieht Melanie denn aus?«

Die Sekretärin drehte sich um und grinste. »Sie werden sie auf den ersten Blick erkennen, jede Wette.«

Helen Baum und Remmert wechselten einen erstaunten Blick, dann zuckte die Kriminaldirektorin die Achseln und beschloss, einfach abzuwarten, was passieren würde.

Fünf Minuten später verließ eine größere Gruppe Teenager die Sporthalle. Im Gegensatz zu den Schülern des Ratsgymnasiums trugen nur die wenigsten Gesamtschüler teure Markenklamotten, dafür war der Ausländeranteil mindestens doppelt so hoch. Die Beamten ließen die jungen Leute passieren, bis Remmert mit dem Kinn in Richtung einer Schülerin nickte, die die Halle als Letzte verließ. Die Schulsekretärin hatte nicht zu viel versprochen: Das Mädchen war etwas pummelig und trug Springerstiefel, eine schwarze Lederhose und ein zerrissenes T-Shirt, das den Blick auf eine große Tätowierung auf der rechten Schulter freigab. Ihr Kopf war kahl bis auf einen rot gefärbten Irokesenschnitt, die kleine Stupsnase, die vollen Lippen und die Ohren waren mehrfach gepierct. Um den Hals trug sie ein nietenbesetztes Hundehalsband. Dieses Mädchen hat mehr Eisen im Gesicht, als ich in meinem Werkzeugkoffer, ging es Remmert durch den Kopf. Wenn man sie festnehmen wollte, brauchte man keine Handschellen, ein starker Magnet würde genügen. Die armen Eltern! Der Hauptkommissar schlug innerlich ein Kreuz, als er an seine Tochter dachte. Gott sei Dank hatte Kim ihn bisher mit derartigen Zurschaustellungen ihrer Persönlichkeit verschont.

Helen Baum hatte inzwischen ihren Dienstausweis aus der Tasche gezogen und hielt ihn der Punkerin unter die Nase.

»Mein Name ist …«, begann sie, hielt dann aber inne.

Das Mädchen zog die beiden Stöpsel aus den Ohren, die mit einem MP3-Player verbunden waren, machte aber keine Anstalten, die Musik abzustellen. Helen Baum meinte, die *Sex Pistols* zu erkennen.

»Was is 'n los?«, fragte das Mädchen genervt. »Ich hab dem

Typen die Scheiß-CDs doch schon lange zurückgegeben und mich entschuldigt. Das war echt 'n Versehen.«

»Mein Name ist Helen Baum«, setzte die Kriminaldirektorin erneut an. »Das ist mein Kollege Remmert. Bist du Melanie Bisse? Ich darf doch Du sagen?«

Die Schülerin hob gleichgültig die Schultern. »Mir egal. Was is los?«, wiederholte sie.

»Es geht um Daniela Schwalenberg. Die war doch mal deine beste Freundin, oder?«

»Die blöde Schlampe! Ich will mit der nichts mehr zu tun haben.«

Helen Baum hielt es für das Beste, gleich zur Sache zu kommen. »Daniela ist entführt worden«, sagte sie.

Melanie sah sie einen Moment skeptisch an. Dann grinste sie. »Das glaub ich nicht.«

»Warum glaubst du das nicht?«

Melanie zuckte mit den Achseln. »Weiß nich. Nur so.«

Remmert schaltete sich in das Gespräch ein. »Was du glaubst oder nicht glaubst, ist uns scheißegal«, herrschte er das Mädchen an. »Danielas Leben ist in Gefahr. Und du wirst keinem Menschen etwas von der Entführung erzählen, ist das klar?«

Melanie Bisse schaute trotzig an ihm vorbei, sagte aber nichts.

»Ob das klar ist, habe ich gefragt?«, schnauzte Remmert.

»Ja ja«, sagte das Mädchen in gequältem Ton. »Aber was hat das alles mit mir zu tun?«

»Vielleicht kannst du uns helfen, Daniela zu finden«, übernahm Helen Baum wieder die Gesprächsführung. »Alles kann wichtig sein.«

»Sie glauben, ich hätte was mit dieser Sache zu tun«, stellte Melanie Bisse mit zusammengekniffenen Lippen fest.

»Nein, das glauben wir überhaupt nicht«, widersprach Helen Baum energisch. »Aber vielleicht hast du etwas bemerkt, was uns auf die Spur der Täter bringen könnte.«

Melanie Bisse schüttelte den Kopf. »Wie soll ich was bemerkt haben?«, fragte sie. »Ich hab Daniela schon seit einer Ewigkeit nicht mehr gesehen.«

»Kannst du ein bisschen genauer sagen, seit wann ihr keinen Kontakt mehr habt?«

»Weiß nicht. Seit drei oder vier Monaten vielleicht.«

»Warum bist du nicht mehr Danielas Freundin?«

»Weiß nicht. Hat sich so ergeben.«

Helen Baum bemerkte in den Augenwinkeln, dass Remmert schon wieder aufbrausen wollte, und warf ihm einen warnenden Seitenblick zu. »Aber bis vor drei, vier Monaten hattet ihr ein gutes Verhältnis?«, hakte sie nach.

Melanie zuckte mit den Schultern. »Ging so. Zwischendurch hatten wir immer mal wieder Stress, aber im Großen und Ganzen war Daniela in Ordnung.«

»Kennst du Danielas Eltern?«

»Nie gesehen. Mit so was will ich nichts zu tun haben.«

»Was meinst du damit?«

»So Geldarschlöcher. Hab ich nichts mit am Hut.«

»Wie würdest du die Beziehung Danielas zu ihren Eltern beschreiben?«

»Scheiße.«

»Nur scheiße?«

»Ja, scheiße! Daniela hasst ihre Eltern.«

Jetzt konnte sich Remmert nicht mehr zurückhalten. »Da haben wir aber etwas ganz anderes gehört«, sagte er.

»Von wem?«

»Einer Viktoria Gelen.«

»Viktoria!« Melanie schnaubte verächtlich. »Dieses Schaf. Für die ist es doch das Größte, dass sie von Daniela geduldet wird und sich in ihrer Nähe aufhalten darf.«

»Das mag sein«, meinte Helen Baum. »Aber jetzt ist sie Danielas beste Freundin. Und sie hat uns erzählt, Daniela habe ein Superverhältnis zu ihren Eltern.«

Melanie Bisse brach in höhnisches Gelächter aus. »Was

weiß die schon! Viktoria Gelen hat nicht die geringste Ahnung. Der alte Schwalenberg verbietet Daniela alles. Schreit sie die ganze Zeit an und verteilt sogar Ohrfeigen, wenn sie mal ’ne schlechte Note nach Hause bringt. Und er hat ihr die Beziehung zu einem Jungen verboten und ihr mit Enterbung gedroht, nur weil ihr Freund keinen Schulabschluss hat.«

»Du sprichst von Kevin Schneider?«

»Klar.«

»Wie hat Daniela auf dieses Verbot reagiert?«

Melanie verdrehte genervt die Augen. »Hab ich doch schon gesagt. Sie hasst ihre Eltern. Nicht nur wegen der Sache mit Kevin. Sie glaubt, ihre Eltern würden sie nicht lieben.«

»Warum glaubt Daniela das?«

»Weil die Schwalenbergs nicht ihre richtigen Eltern sind. Daniela ist von ihnen adoptiert worden, als sie noch ganz klein war. ›Sie hassen mich, weil ich nicht ihr richtiges Kind bin‹, hat sie immer gesagt. ›Ich bin ein Nichtkind‹ oder ›Ich bin ein Fremdkind‹. Vor einem Jahr hat Daniela ihren Eltern mitgeteilt, sie wolle ihre richtigen Eltern kennenlernen, aber das haben sie ihr auch verboten. Da ist Daniela richtig ausgetickt. ›Die müssen weg‹, hat sie zu mir gesagt. ›Ich bringe die beiden um, weiß nur noch nicht wie.‹«

»Wie hast du darauf reagiert?«

»Weiß nicht. Hab das am Anfang nicht so ernst genommen. Aber Daniela hat sich da immer weiter reingesteigert und schon richtige Pläne geschmiedet. Sie wollte ihren Eltern Rattengift unters Essen mischen oder die Bremsleitungen vom Wagen ihres Vaters durchschneiden. Noch schlimmer wurde es dann nach der Sache mit Kevin.«

»Aber Daniela hat sich doch von ihm getrennt.«

»Ja, aber nur, weil *sie* es wollte, nicht, weil ihre Eltern es wollten. Die Beziehung zu Kevin war sowieso am Ende. Das hat Daniela ihren Eltern natürlich nicht gesagt. Sie ist ja nicht blöd. Nee, blöd ist sie wirklich nicht. Sie hat ihren

Eltern erzählt, sie würde sich von Kevin trennen, aber nur, wenn sie wieder ins *Meddox* gehen dürfe. Ihre Alten waren so erleichtert, dass sie sofort einverstanden waren.«

»Gehst du auch ins *Meddox?*«

»Früher mal. Jetzt nicht mehr.«

»Warst du zufällig letzten Samstag im *Meddox?*«

»Hab ich doch schon gesagt. Ich geh da nich mehr hin.«

»Hatte Daniela nach ihrer Trennung von Kevin einen neuen Freund?«, wollte Helen Baum wissen.

»Klar, sie war dann mit Timo zusammen. Timo Kaiser. Wegen dem hat sie sich schließlich von Kevin getrennt.«

Die Kriminaldirektorin und der Hauptkommissar wechselten einen fragenden Blick. »Davon haben uns weder Danielas Eltern noch Viktoria Gelen etwas erzählt«, stellte Helen Baum fest.

»Ich hab doch schon gesagt, dass Viktoria nichts checkt. Und nach der Sache mit Kevin war Daniela bestimmt nicht so blöd, ihren Eltern noch einmal von einem Freund zu erzählen. Timo ist nämlich auch nicht gerade das, was sich der alte Schwalenberg unter einem idealen Schwiegersohn vorstellt. Drei abgebrochene Ausbildungen und vorbestraft ist er auch. Ich glaube wegen Drogen und so. Da hat Daniela natürlich schön ihren Mund gehalten und sich heimlich mit Timo getroffen.«

»Sind Daniela und dieser Timo heute noch zusammen?«

»Meeensch, das hab ich doch jetzt schon drei Mal gesagt. Ich hab Daniela seit Monaten nicht mehr gesehen. Und Timo auch nicht.«

»Weißt du, wo Timo Kaiser wohnt?«

»Keine Ahnung. Irgendwo in Heepen, glaub ich.«

»Dann noch eine letzte Frage: Kennst du diesen Jungen?« Helen Baum zog das Foto von Alexander Neumann aus der Tasche.

Melanie nahm das Bild in die Hand und betrachtete es kurz. »Nie gesehen, den Typen«, sagte sie dann.

»Vielen Dank, Melanie«, sagte Helen Baum. »Das war es auch schon. Du hast gehört, was Herr Hauptkommissar Remmert zu dir gesagt hat. Kein Wort über diese Sache. Das ist kein Spaß! Und mein Kollege kann sehr unangenehm werden, wenn man sich nicht an seine Anweisungen hält.«

Melanie musterte den Hauptkommissar eingehend. Offenbar fand sie Helen Baums Aussage bestätigt, denn sie nickte. »Ja, ja, ich sag nichts. War's das dann?«

Helen Baum nickte. Die Punkerin stöpselte ihre Ohrstecker wieder ein und trollte sich.

»Was halten Sie davon?«, wollte Helen Baum von Remmert wissen, während sie Melanies Abgang beobachtete. »Melanie hat ein ganz anderes Bild von Danielas Beziehung zu ihren Eltern gezeichnet als Viktoria und die Schwalenbergs.«

»Ach was«, tat der Hauptkommissar die Bemerkung mit einer lässigen Handbewegung ab. »Es ist doch ganz normal, dass Eltern und Kinder im Teenageralter mal Zoff miteinander haben. Wie heißt es so schön: Pubertät ist Krieg. Und wenn Schwalenberg seiner Tochter verboten haben sollte, so rumzulaufen wie diese Melanie, hätte er dafür mein vollstes Verständnis.«

»Was Melanie erzählt hat, geht aber über normalen Zoff weit hinaus. Melanie hat gesagt, Daniela habe ihre Eltern gehasst.«

»Hass ist ein großes Wort. Schauen Sie sich diese Melanie doch an. Solche Typen hassen die ganze Welt. Haben Sie Kinder?«

Die Kriminaldirektorin schüttelte den Kopf.

»Wie Sie ja wissen, ist meine Tochter sechzehn«, erzählte Remmert. »Ich glaube, die hasst mich auch, wenn ich darauf bestehe, dass sie um Punkt zehn Uhr abends zu Hause ist. Ein paar Minuten später, wenn der Zorn verraucht ist, bin ich dann wieder der beste Papa der Welt. So sind Kinder in der Pubertät nun mal.«

»Ich weiß nicht«, überlegte Helen Baum. »Ich glaube, das hier ist etwas anderes als ein normaler Eltern-Kind-Konflikt. Oder entwickelt Ihre Tochter Ihnen gegenüber auch Mordfantasien?«

»Das sind keine Mordfantasien«, widersprach Remmert, »das sind pubertäre Fantasien, die man nicht ernst nehmen kann. Ich führe seit meinem dreizehnten Lebensjahr ein Tagebuch. Wenn ich mir heute durchlese, was ich damals geschrieben habe, wundere ich mich jedes Mal, dass aus mir kein Massenmörder geworden ist.«

»Vielleicht wollte Daniela ihre Eltern tatsächlich nicht töten«, meinte Helen Baum. »Vielleicht hat sie eine andere Möglichkeit gefunden, ihren Eltern zu schaden und sich gleichzeitig einen finanziellen Vorteil zu verschaffen.«

»Kommen Sie jetzt wieder mit Ihrer Theorie, Daniela habe ihre Entführung nur vorgetäuscht?«

»Halten Sie die wirklich für so abwegig? Zum einen kann sie sich so an ihren verhassten Eltern rächen, zum anderen bekommt sie auf diese Weise viel Geld, das sie mit diesem Timo Kaiser durchbringen kann. Ich will, dass der sofort durchgecheckt wird. Wenn Melanie recht hat und Timo vorbestraft ist, müssen wir über den ja was haben.«

»Und was ist mit Alexander Neumann?«, fragte Remmert.

»Was soll mit dem sein?«

»Wenn die Entführung nur vorgetäuscht war, muss er in der Sache mit drinhängen. Und dafür haben wir bisher nicht den geringsten Anhaltspunkt gefunden.«

Helen Baum nickte bedächtig. »Neumann ist ein gutes Stichwort. Ich denke, unser angeblicher Augenzeuge ist der Nächste, dem wir einen Besuch abstatten sollten.«

33

»Das ist Herr Hagen«, stellte Irene von Kleist vor. »Er hat sich bereit erklärt, das Lösegeld zu übergeben.«

Dieter Schwalenberg ging auf Marc zu und ergriff dessen Rechte mit beiden Händen. »Vielen Dank, Herr Hagen«, sagte er. »Sie wissen gar nicht, was das für uns bedeutet.«

Und Sie haben wahrscheinlich keine Ahnung, was das für mich bedeuten könnte, dachte Marc, lächelte aber tapfer. Er sah sich in dem Wohnzimmer um. In dem Raum herrschte ein diffuses Halbdunkel, weil die Vorhänge zugezogen waren.

»Wie Sie ja wahrscheinlich draußen bemerkt haben, werden wir von den Journalisten mittlerweile regelrecht belagert«, erläuterte Schwalenberg, der Marcs Blicke richtig gedeutet hatte. »Gestern ist einer von diesen Pressefritzen über den Zaun auf unser Grundstück geklettert und hat durch das Fenster Fotos von meiner Frau gemacht. Schrecklich, diese Menschen.« Er seufzte tief und fuhr fort: »Das ist mein Hausarzt Dr. Klausmeier. Und das ist meine Gattin. Es geht ihr zurzeit leider nicht besonders. Sie hat seit Tagen kein Auge zubekommen. Sie sagt, sie kann erst schlafen, wenn Daniela wieder bei uns ist.«

Marc sah zu Renate Schwalenberg hinüber, die teilnahmslos auf dem Sofa saß. Auf den Knien hielt sie ein dickes Fotoalbum, in das sie mit müdem Blick starrte. Von Zeit zu Zeit blätterte sie mit trägen Bewegungen eine Seite um. Wahrscheinlich steht sie unter dem Einfluss starker Medikamente, überlegte Marc.

»Wir werden Ihnen das nicht vergessen«, redete Schwalenberg weiter. »Irene hat uns erzählt, dass Sie irgendwann ihre Kanzlei übernehmen werden. Ich bin immer auf der Suche nach fähigen, jungen Leuten. Wenn Sie diese Sache ordentlich über die Bühne bringen, verspreche ich Ihnen, dass ich meine sämtlichen Rechtsangelegenheiten ab sofort über Sie abwickeln werde. Wir können auch über einen Beratervertrag reden. Wären Sie mit fünfzigtausend Euro im Jahr einverstanden? Und wenn Sie sich bewähren, kann ich Sie mir in naher Zukunft sehr gut in der Geschäftsführung meines Unternehmens vorstellen.«

Marc zwang sich zu einem dankbaren Lächeln. Er kannte Schwalenberg noch keine fünf Minuten, war sich aber jetzt schon sicher, dass er den Mann nicht mochte und nie mit ihm zusammenarbeiten würde. Hoffentlich war seine Tochter es wert, dass er dieses Risiko auf sich nahm.

»Wie ist der weitere Ablauf?«, erkundigte sich Marc.

»Ich habe von der Bank frisches Geld besorgt«, erklärte Schwalenberg und deutete auf einen großen Samsonite-Koffer. »Die Scheine sind registriert, aber nicht mehr präpariert, um jedes Risiko für Daniela und für Sie auszuschließen. Die Entführer haben versprochen, sich zu melden. Bis dahin werden Sie sich hier bereithalten.«

Marc richtete seinen Blick auf Renate Schwalenberg. »Ich werde mein Bestes tun, damit Daniela wieder freikommt«, versicherte er.

Als Renate Schwalenberg den Namen ihrer Tochter hörte, hob sie den Kopf, aber in ihren Augen war keine Regung zu entdecken. »Wollen Sie Daniela sehen?«, fragte sie leise.

Marc schaute kurz zu Irene von Kleist, die ihm aufmunternd zunickte. »Gern«, sagte er und setzte sich neben Renate Schwalenberg auf das Sofa.

»Das ist Daniela an ihrem ersten Geburtstag«, sagte Frau Schwalenberg und zeigte auf ein Foto, das ein Kleinkind im rosa Strampelanzug zeigte. »Sie war da erst ein paar Wochen bei uns. Mein Mann und ich konnten leider keine eigenen Kinder bekommen, obwohl wir alles versucht haben. Darum haben wir uns zu einer Adoption entschlossen. Als ich Daniela das erste Mal im Heim gesehen habe, habe ich mich sofort in sie verliebt.« Sie warf Dieter Schwalenberg einen bösen Blick zu, bevor sie fortfuhr. »Mein Mann hätte ja lieber einen Jungen adoptiert, als Nachfolger für die Firma, Sie verstehen? Aber ich wollte unbedingt Daniela. Wir haben tagelang diskutiert und schließlich hat mein Mann nachgegeben. Aber richtig abgefunden hat er sich nie damit, dass Daniela ein Mädchen ist. Immer hat er an ihr rumgemäkelt. Nie konnte sie es ihm recht machen.« Sie starrte ihren Mann an. »Bist du jetzt endlich zufrieden?«, schrie sie plötzlich. »Daniela ist weg und du hast erreicht, was du wolltest!« Sie fing laut an zu schluchzen. »Mein Baby ist weg. Ich will mein kleines Baby wiederhaben.«

34

Das Haus, in dem Alexander Neumann wohnte, entpuppte sich als eine gelb gestrichene Mietskaserne im Bielefelder Stadtteil Großdornberg. Die Hauswand war mit Graffiti beschmiert, sämtliche Fenster im Erdgeschoss waren mit Eisenstäben gesichert, was Helen Baum unwillkürlich an ein Gefängnis denken ließ. Remmert sah auf die Schilder auf dem Klingelbrett und drückte den Knopf neben dem Namen Neumann. Nach zwei weiteren Versuchen ertönte endlich ein Summer und die Tür sprang auf.

Die beiden Polizisten betraten das Treppenhaus und quetschten sich an den dort abgestellten Kinderwagen vorbei. Im ersten Stock wurden sie von einer Frau mittleren Alters mit niedriger Stirn und fliehendem Kinn erwartet, die aussah, als sei sie gerade erst aufgestanden: Sie trug einen Bademantel und Adiletten, die Haare standen von ihrem Kopf ab, als habe sie einen Stromstoß bekommen, und die verquollenen Augen deuteten auf zu wenig Schlaf und zu viel Alkohol hin. In ihrem Mundwinkel hing eine Zigarette, in der Hand hielt sie eine Fernbedienung. Hinter ihr dröhnte harter, deutscher Hip-Hop in infernalischer Lautstärke aus der Wohnung.

»Was is?«, schrie die Frau die Polizisten an, um den Lärm zu übertönen. Dann drehte sie sich um und brüllte: »Verdammt noch mal, Alexander, mach den Mist leiser! Ich hab dir das jetzt schon hundertmal gesagt.«

Es erfolgte keine Reaktion, aber damit schien die Hausherrin auch nicht gerechnet zu haben. Mit verschränkten Armen wandte sie sich wieder den Beamten zu.

»Frau Neumann?«, fragte die Kriminaldirektorin und zückte ihren Dienstausweis. »Mein Name ist Baum, das ist mein Kollege Remmert. Wir würden gern Ihren Sohn Alexander sprechen.«

»Was hat er denn jetzt schon wieder angestellt? Alexander ist ein guter Junge, wirklich. Er hat nur die falschen Freunde.«

»Keine Angst, Frau Neumann. Es geht um eine Zeugenaussage.«

»So, so.« Frau Neumann schien das Interesse bereits verloren zu haben. »Na, dann gehen Sie mal durch. Immer dem Krach nach.«

Helen Baum und Peter Remmert passierten den Fußabtreter, auf dem *Willkommen* stand, und betraten den Korridor, in dem es nach einer unguten Mischung aus kalter Zigarettenasche, warmem Speck und Marihuana roch. Während die Dame des Hauses in einem Nebenraum verschwand, gingen die Polizisten bis zu der letzten Tür auf der linken Seite, hinter der sie die Quelle des Lärms vermuteten. Der süßliche Geruch von Gras verstärkte sich und Remmert hatte auf einmal das Gefühl, vor dem Eingang eines Amsterdamer Coffeeshops zu stehen.

Der Hauptkommissar hieb mit der Faust gegen die Tür, erhielt aber keine Aufforderung, einzutreten. Merkwürdig, dachte er. Er versuchte es noch einmal, schließlich zuckte er die Schultern, drückte die Klinke herunter und betrat den Raum.

Alexander Neumann zögerte nicht eine Sekunde. Er hatte nur darauf gewartet, dass der Scheißtyp um die Ecke kam. Blitzschnell lud er sein Gewehr durch und ballerte ihm den Kopf weg, der in einer roten Fontäne explodierte. Zufrieden lehnte sich Neumann zurück. Endlich hatte er das Schwein erwischt.

»Dürfen wir kurz stören?«, schrie Helen Baum gegen den wummernden Bassrhythmus und den Gefechtslärm an, aber Alexander Neumann machte keine Anstalten, sein Gesicht vom Bildschirm abzuwenden.

»Maaaaannn, was ist denn noch?«, brüllte er. »Ich hab doch gesagt, dass ich keinen Hunger hab.«

Helen Baum wartete, bis er zwei weitere Angreifer niedergemetzelt hatte, die auf sein virtuelles Gewehr zugestürmt waren.

»Wir sind's, Herr Neumann. Polizei.«

Endlich drehte Alexander Neumann sich um. »Ach«, sagte er. »Ich dachte, Sie wären meine Mutter. Die Alte nervt langsam.« Er drückte eine Taste und der Bildschirm wurde schwarz. »Was is denn noch? Ich hab doch schon alles gesagt.«

»Wir …«, Helen Baum warf einen gequälten Blick auf die Stereoanlage. »Wären Sie so freundlich, die Musik etwas leiser zu drehen?«, fragte sie dann.

Die Antwort auf diese Frage schien Neumann nicht leicht zu fallen. Während er noch darüber nachdachte, schritt Remmert zur Tat. Weil er den richtigen Knopf nicht auf Anhieb fand, zog er kurzerhand den Stecker des Gettoblasters aus der Wand. Schlagartig breitete sich wohltuende Stille aus.

Zuerst wollte Neumann gegen dieses Vorgehen protestieren, doch dann begnügte er sich damit, sich in seinem Drehstuhl zurückzulehnen und die Arme zu verschränken.

Einen Platz bot er den Beamten nicht an. Was allerdings in Anbetracht des Zustandes des Zimmers auch kaum möglich war: Außer dem Stuhl, auf dem Neumann saß, gab es keine Sitzgelegenheit. Die Einrichtung des knapp zehn Quadratmeter großen Raumes bestand aus dem Schreibtisch, auf dem der Monitor stand, einem zerwühlten Bett, einem offen stehenden Kleiderschrank und einem Regal, das mit einer Reihe Bücher und vier Reihen DVDs, CDs und Computerspielen bestückt war. Die Wände waren zugekleistert mit Postern: Sido, Bushido, Eminem. Dazwischen hingen einige blonde und brünette Schönheiten, die das Haar offen und sonst nichts trugen.

Helen Baum lehnte sich mit auf den Rücken gelegten Händen gegen das Regal und forderte Remmert mit einem kurzen Nicken auf, mit der Befragung zu beginnen. Sie hatte den Hauptkommissar auf der Fahrt gebeten, die Gesprächsführung zu übernehmen, weil sie sich ein wenig umsehen wollte.

»Herr Neumann«, startete Remmert förmlich. »Wir suchen Sie noch einmal auf, weil wir wissen wollen, ob Ihnen etwas eingefallen ist, was Sie uns Samstagnacht nicht gesagt haben.«

»Ich hab doch alles schon hundertmal erzählt«, entgegnete Alexander Neumann sichtlich genervt. Seine Finger waren unentwegt in Bewegung.

Er ist auf jeden Fall nervös, ging es Helen Baum durch den Kopf. Vielleicht hat er Angst vor uns. Oder er kann es nur einfach nicht abwarten, weiterzuspielen.

»Ihre Aussage ist uns bekannt«, bestätigte Remmert, »aber manchmal fällt Zeugen mit einem gewissen zeitlichen Abstand noch etwas ein. Vielleicht etwas Wichtiges, dem Sie zunächst keine Bedeutung beigemessen haben.«

»Nein«, sagte Neumann sofort. »Mir ist nichts Neues eingefallen. Und wenn, hätte ich mich bei Ihnen gemeldet.«

»Dann würde ich Sie bitten, den Ablauf der Entführung, so wie Sie ihn heute im Gedächtnis haben, zu schildern.«

»Das bringt doch eh nichts.«

»Aber vielleicht würde es etwas bringen, einen Drogenspürhund ein wenig in diesem Zimmer herumschnüffeln zu lassen«, sagte Remmert freundlich. »Ich bin mir sicher, dass wir dann schnell erfahren, warum es hier riecht wie auf einem Reggaekonzert.«

Neumann lief rot an und erzählte dann noch einmal brav die Geschichte, die er schon am frühen Sonntagmorgen von sich gegeben hatte. Helen Baum hörte nur mit einem Ohr zu und begann unauffällig, die CDs und Bücher in dem Regal zu inspizieren. Hauptsächlich schwarzgebrannte Scheiben von Gruppen, von denen Helen Baum noch nie etwas gehört hatte. Interessanter waren da schon die wenigen Bücher, die nur ein Thema zum Gegenstand hatten: Serienmörder. Ted Bundy, The son of Sam, Jeffrey Dahmer, Peter Kürten, Fritz Haarmann, Charles Manson, Jürgen Bartsch und vier oder fünf Bücher über Jack the Ripper.

Und auf einmal rastete in Helen Baums Kopf ein Rädchen ein.

»Das ist ja im Wesentlichen das, was Sie uns in der Tatnacht erzählt haben«, meinte Remmert gerade.

»Sag ich doch.«

»Gibt es …«

»Ich denke, Herr Neumann kann uns nicht weiterhelfen«, wurde der Hauptkommissar von Helen Baum unterbrochen. »Noch einmal vielen Dank für Ihre Hilfe«, sagte sie an Neumann gewandt. »Wir wollen Sie nicht länger stören.«

Unter den erstaunten Blicken Remmerts verabschiedete Helen Baum sich per Handschlag von Neumann.

Als sie wieder im Treppenhaus standen, fragte Remmert: »Was war das denn? Ich dachte, Sie waren scharf darauf, Neumann noch einmal durch die Mangel zu drehen.«

»Hat sich vorerst erledigt«, erwiderte die Kriminaldirektorin. »Haben Sie Neumanns Bücher gesehen? Fast alle handelten von bekannten Serienmördern.«

»Und, was schließen Sie daraus? Glauben Sie, dass Menschen, die Biografien von Serienmördern lesen, selbst zu welchen werden? Außerdem möchte ich daran erinnern, dass Daniela Schwalenberg keinem Mord zum Opfer gefallen ist, sondern entführt wurde.«

»Das ist mir bekannt. Und jetzt fahren Sie mich bitte zu meiner Wohnung. Ich zeige Ihnen den Weg.«

Remmert sah auf seine Uhr. »Sie wollen schon Feierabend machen?«, fragte er erstaunt.

»Fahren Sie einfach los.«

Während Remmert vor dem Haus im Wagen wartete, hetzte die Kriminaldirektorin die Stufen zu ihrem Loft hoch. Sie schloss die Tür auf und lief direkt zu ihrem Bücherschrank.

Nach kurzem Suchen zog sie ein Buch hervor und blätterte es fieberhaft durch, bis sie auf die richtige Stelle gestoßen war. Dann hämmerte sie ihren Zeigefinger triumphierend unter die Zeile. »Hab dich«, sagte sie laut.

35

Irgendwie war es ihr gelungen, aus dem schrecklichen Haus zu fliehen. Jetzt stand sie auf der hölzernen Veranda und sah sich um. Es war stockdunkel, kein Mensch zu sehen. Sie spitzte die Ohren und lauschte, aber außer dem Rauschen ihres eigenen Blutes in den Ohren war es totenstill.

Das ist deine Chance!, dachte sie. Vielleicht die einzige, die du jemals bekommen wirst. In panischer Angst lief sie über den Rasen. Nur weg von hier! Sie hatte den großen Garten fast zur Hälfte durchquert, als sie hinter sich die Bedrohung spürte. Sie drehte sich um und sah die Silhouette eines großen, schwarzen Mannes, der reglos auf der Veranda stand und sie anstarrte. Dann setzte sich der Mann lautlos in Bewegung und rannte mit schnellen Schritten hinter ihr her. O Gott, schoss es ihr durch den Kopf. Sie wollte weiterlaufen, aber auf einmal gehorchten ihr die Beine nicht mehr. Sie hatte das Gefühl, der Boden unter ihr habe sich in schwankende Gummimatten verwandelt. Mit jedem Schritt sackte sie ein, während ihr Verfolger immer näher kam. Warum hilft mir denn niemand?, dachte sie. Sie spürte den heißen Atem des schwarzen Mannes in ihrem Nacken, gleich würde er sie erreicht haben. Eine entsetzliche Stimme kreischte: »Jetzt gehörst du mir!«, dann fühlte sie eine knochige Hand auf ihrer Schulter.

In diesem Moment wachte sie schreiend und schweißgebadet auf. Einige Sekunden wusste sie nicht, wo sie sich befand. Dann fiel ihr alles wieder ein. Sie lag nicht zu Hause in ihrem Bett, sondern befand sich immer noch in diesem verdammten Raum, den sie nicht verlassen konnte.

Dabei war nicht das Schlimmste die Tatsache, dass sie nicht an die frische Luft und sich frei bewegen konnte.

Das Schlimmste war auch nicht die tägliche Langeweile und Routine, der immer gleiche Tagesablauf, dem sie hier ausgesetzt war: schlafen (meist dämmerte sie allerdings nur in einer Art Halbschlaf vor sich hin, aus dem sie immer wieder aufschreckte), waschen, Zähne putzen, frühstücken (belegte Brote), die Toilette benutzen, wieder schlafen, lesen, essen (Ravioli), schlafen, wieder lesen, wieder essen (häufig eine Fertigsuppe), waschen, Zähne putzen, schlafen und dann alles wieder von vorn.

Das Schlimmste war auch nicht die Isolation, die völlige Abgeschnittenheit von der Welt, von allem, was draußen passierte, oder ihre hochgradige Nervosität, die sie jedes Mal zusammenzucken ließ, wenn sie ein Geräusch hörte.

Nein, das Schlimmste war die entsetzliche Ungewissheit, wie diese Sache ausgehen würde, die absolute Ohnmacht, das Warten auf etwas, was sie nicht beeinflussen konnte, und das ständige Wechselbad von Hoffnung und Depression.

Wann würde die Geldübergabe endlich stattfinden? Wann würde das alles hier endlich ein Ende haben?

Am Anfang war sie noch fest davon überzeugt gewesen, dass ihr Vater das Lösegeld sofort und anstandslos zahlen würde. Inzwischen hatte sie ihre Meinung geändert. Seit dem Scheitern der ersten Geldübergabe war in ihr immer stärker die Überzeugung gewachsen, dass es nicht das primäre Ziel ihres Vaters war, seine Tochter unversehrt zurückzubekommen, sondern die Menschen, die ihm das angetan hatten, zu fassen. Deshalb arbeitete er mit der Polizei zusammen und deshalb versuchte er, die Geldübergabe hinauszuzögern.

Sie kannte ihren Vater nur zu gut. Er war ein harter Mann und er war unversöhnlich. Er hatte einen seiner Buchhalter, der ein paar Tausender unterschlagen hatte, um damit eine alternative Krebsbehandlung für seine Frau zu bezahlen, sofort entlassen und angezeigt, obwohl der Mann ihm unter Tränen angeboten hatte, das gesamte Geld zurückzuzahlen. Und nicht nur das: Ihr Vater hatte auch dafür gesorgt, dass der Sohn des Buchhalters, der in dem Unternehmen eine Ausbildung absolvierte, umgehend gefeuert wurde, obwohl der von der Unterschlagung nichts gewusst hatte.

Eine tiefe Hoffnungslosigkeit überfiel sie. Sie drückte ihr Gesicht in das Kissen und begann, lautlos zu weinen. Sie wurde nur noch von einem einzigen Gedanken beherrscht: Diese Sache geht nicht gut für mich aus!

36

Remmert schreckte aus seinen Gedanken auf. Die Kriminaldirektorin hatte die Tür aufgerissen und ließ sich neben ihn auf den Beifahrersitz fallen.

»Haben Sie gefunden, was Sie gesucht haben?«, fragte er.

»Das habe ich«, bestätigte sie und hielt ihm ein Buch unter die Nase.

»Jack the Ripper, das Jahrhundertphänomen«, las der Hauptkommissar den Titel ab. »Ja und?«, fragte er.

»Ich habe das Buch vor einigen Wochen gelesen«, erklärte Helen Baum. »Mir ist aufgefallen, dass Neumann das gleiche Buch besitzt. Jack the Ripper hat Hunderte Briefe an die Polizei und diverse Zeitungen abgeschickt, in denen er sich über die Ermittler lustig gemacht hat. Über zweihundert dieser Briefe sind erhalten geblieben und liegen jetzt im britischen Staatsarchiv. Und einen der Briefe hat er so unterschrieben.« Sie zeigte Remmert die Stelle: *»PS: Ihr könnt mich durch dieses Schreiben hier nicht aufspüren, also lasst es bleiben.«*

Remmert sah die Kriminaldirektorin mit ausdruckslosem Gesicht an. »Ich fürchte, ich verstehe nicht.«

Helen Baum schüttelte über so viel Begriffsstutzigkeit den Kopf. »Erinnern Sie sich an den ersten Erpresserbrief, den die Schwalenbergs erhalten haben? Das war der Schlusssatz. Ich wusste gleich, dass ich ihn irgendwo schon mal gelesen hatte. Als ich das Buch in Neumanns Zimmer gesehen habe, ist es mir wieder eingefallen.«

»Moment! Sie glauben, Neumann habe den Erpresserbrief geschrieben?«

»Nicht den ganzen! Nach der linguistischen Textanalyse stammt das Erpresserschreiben von einem intelligenten und gebildeten Menschen. Ich denke, wir sind uns einig, dass diese Beschreibung auf Neumann nicht zutrifft. Ich bin mir sehr sicher, dass der Erpresserbrief von dem Haupttäter stammt, der die ganze Sache geplant hat. Nennen wir ihn von mir aus das ›Hirn‹. Aber ich bin mir gleichfalls fast sicher, dass der Schlusssatz auf Neumanns Mist gewachsen ist.«

Remmert blieb skeptisch. »Nur mal angenommen, Sie haben recht: Warum sollte Neumann diesen Satz unter den Brief gesetzt haben?«

»Da habe ich zwei Theorien«, erwiderte die Kriminaldirektorin. »Entweder die Entführer sind davon ausgegangen, dass wir irgendwie darauf kommen, dass es sich um ein Zitat von Jack the Ripper handelt, und sie wollten ihre Entschlossenheit, Brutalität und Cleverness unter Beweis stellen. Schließlich ist Jack the Ripper nie gefasst worden und deshalb ist er der berühmteste Serienmörder aller Zeiten.«

»Und Ihre zweite Theorie?«, wollte Remmert wissen.

»Es handelt sich um die infantile Idee eines Jack-the-Ripper-Fans, der meint, er könne die Polizei verhöhnen, genauso wie Jack the Ripper es vor über hundert Jahren getan hat. Ich finde, das passt genau zu Neumann: ein kindlicher Charakter, der seine Zeit mit Videospielen verbringt.«

Remmert runzelte die Stirn. »Sie machen es sich zu einfach«, sagte er. »Ich bin wirklich kein Freund von diesen Killerspielen, aber ich halte auch nichts von der Auffassung, dass man dadurch automatisch zum Verbrecher wird. Und Menschen, die Bücher über Jack the Ripper lesen, gibt es doch zu Millionen. Sie gehören übrigens auch dazu. Trotzdem habe ich Sie nicht in Verdacht, etwas mit Daniela Schwalenbergs Entführung zu tun zu haben.«

»Ich habe aber auch nicht behauptet, ihre Entführung beobachtet zu haben«, entgegnete Helen Baum. »Das ist die erste Verbindung Neumanns zu diesem Fall. Die zweite Verbindung ist dieses Jack-the-Ripper-Zitat. Ein bisschen zu viele Zufälle auf einmal, finden Sie nicht?«

»Nein, das finde ich überhaupt nicht«, widersprach Remmert entschieden. »Und überhaupt: Warum sollte das Hirn, wie Sie es nennen, damit einverstanden gewesen sein, den Erpresserbrief mit so einem kindlichen Quatsch zu beenden?«

»Vielleicht, weil das ›Hirn‹ selbst noch ein Kind ist.«

Remmert stöhnte laut auf. »Ah ja, ich vergaß. Daniela Schwalenberg hat ja alles selbst geplant. Das Mädchen ist sechzehn! Ein bisschen jung, um das Hirn einer so aufwendig geplanten Erpressung zu sein, meinen Sie nicht?«

»Sie vergessen, dass Daniela eine sehr intelligente Sechzehnjährige ist. Nach allem, was ich in den letzten Tagen über sie gehört habe, würde ich ihr so etwas intellektuell zutrauen. Und sie hasst ihre Eltern!«

Remmert rieb sich die müden Augen mit den Handballen. »Sie haben ein Gefühl und jetzt suchen Sie krampfhaft nach Beweisen, die das Gefühl bestätigen, und sehen nichts anderes mehr. Ich kann Sie offenbar nicht von Ihrer absurden Meinung abbringen.«

»Absurdität ist eine Meinungsäußerung, die der eigenen offenkundig widerspricht«, zitierte Helen Baum. »Auf jeden Fall möchte ich, dass Neumann ab sofort Tag und Nacht überwacht wird.«

»Weil er Bücher über Jack the Ripper besitzt.«

»Wenn Sie so wollen.«

»Ich gebe zu bedenken, dass die Soko ›Daniela‹ personell stark angespannt ist. Eine ständige Überwachung bindet mehrere Leute, die wir an anderer Stelle dringend benötigen.«

»Wir haben doch jetzt Kapazitäten frei, nachdem die Überwachung der Schwalenbergs beendet ist«, widersprach die Kriminaldirektorin. »Außerdem möchte ich, dass der Staatsanwalt bei Gericht eine Genehmigung beantragt, dass wir Neumanns Telefon abhören können.«

»Damit kommen wir bei der Beweislage doch nie durch.«

»Das sehe ich anders. Brandt soll es auf jeden Fall versuchen!«

Remmert schüttelte verzweifelt den Kopf. »Frau Baum, bitte«, sagte er in betont sachlichem Ton. »Sie haben sich da in etwas hineingesteigert und jetzt wollen Sie, dass die gesamte Sonderkommission einem Phantom hinterherjagt. Wir sollten alle Anstrengung darauf konzentrieren, Daniela zu finden. Ich fürchte, ihr Leben ist in akuter Gefahr.«

»Es bleibt dabei, was ich gesagt habe«, entschied Helen Baum.

Remmert wandte sich resigniert von ihr ab und startete den Motor. Helen Baum schnallte sich an und starrte aus dem Fenster. Sie war selbst nicht zweifelsfrei von ihrer Theorie überzeugt, aber sie wollte keine Schwäche zeigen. Sie konnte nur beten, dass sie sich nicht irrte.

37

Der lang erwartete Anruf kam um Punkt 21.37 Uhr.

Schwalenberg sprang von seinem Sofa auf, aktivierte den Raumlautsprecher und nahm den Hörer von der Station.

»Schwalenberg«, meldete er sich.

»Haben Sie das Lebenszeichen bekommen?«, fragte die Computerstimme. Marc musste unwillkürlich an einen Nachbarn seiner Eltern denken, dem man den Kehlkopf entfernt hatte und der jetzt nur noch mit einer elektronischen Sprechhilfe kommunizieren konnte.

»Ja, es ist alles in Ordnung«, antwortete Schwalenberg.

»Sind Sie bereit für die Geldübergabe?«

»Es ist alles vorbereitet.«

»Ich hoffe, Sie sind diesmal schlauer als beim letzten Mal und lassen die Polizei aus dem Spiel.«

»Ich schwöre Ihnen, dass die Polizei aus der Sache raus ist. Allerdings gibt es eine kleine Änderung. Auf dringendes Anraten meines Arztes kann ich die Übergabe aus gesundheitlichen Gründen nicht selbst durchführen. Mein Arzt ist hier. Er kann Ihnen das bestätigen.«

»Interessiert mich nicht. *Sie* werden das Geld überbringen!«

»Aber ich habe Ihnen doch gerade erklärt …«

»Dann eben nicht. Die Konsequenzen tragen Sie.«

Es gab ein klickendes Geräusch und die Verbindung war abgebrochen.

Schwalenberg war geschockt. »Verdammt«, flüsterte er. »Was jetzt?«

»Was hast du getan?«, schrie seine Frau. »Sie werden Daniela umbringen!«

»Das glaube ich nicht«, widersprach Irene von Kleist. »Die Entführer wissen genau, dass sie dann keine Chance mehr haben, jemals an das Geld zu kommen.«

»Aber warum hat der Anrufer einfach aufgelegt?«

»Vielleicht ist er nicht der Kopf der Entführung und muss sich bei jeder Abweichung von dem Plan erst rückversichern«, meinte die Anwältin. »Auf jeden Fall können wir im Moment nichts tun.«

Die nächsten zwanzig Minuten verbrachte die kleine Gesellschaft in gespannter Stille.

Dann schellte das Telefon erneut.

Schwalenberg hastete zum Apparat. »Ja«, sagte er atemlos.

»Wer wird das Geld übergeben?«, fragte die verzerrte Stimme.

»Der Mann heißt Marc Hagen«, antwortete Schwalenberg erleichtert. »Er ist Anwalt und Angestellter meiner Schwägerin.«

Am anderen Ende der Leitung blieb es still.

»Sie wollen doch nicht schon wieder Spielchen spielen?«, sagte die Stimme dann.

»Nein, ich sagte doch …«

»Der Mann ist kein Polizeibeamter?«

»Er ist Anwalt, ich schwöre es. Die Polizei ist raus!«

»Gut, versuchen wir es. Aber Sie wissen ja: Das ist Ihre letzte Chance. Wenn es bei der Übergabe irgendwelche Störungen gibt, eröffnen wir ohne Vorwarnung das Feuer und Sie werden Ihre Tochter nie wiedersehen.«

»Wir werden alles tun, was Sie sagen.«

»Okay, dann sagen Sie dem Anwalt, er soll mit dem Geld zum *Glückundseligkeit* fahren, sich dort an die Bar setzen und auf weitere Anweisungen warten.«

»Ich werde …« Schwalenberg unterbrach sich, als er merkte, dass er Selbstgespräche führte. »Gott sei Dank«, sagte er zu Irene von Kleist. »Sie haben es sich anders überlegt.«

Marc atmete tief durch und wischte sich die schweißnassen Hände an der Hose ab. Für einen Moment hatte er schon die Hoffnung gehabt, er würde von den Entführern nicht akzeptiert werden. Aber jetzt gab es kein Zurück mehr. Er stand auf und nahm den Koffer mit dem Geld.

»Ich fahre jetzt los«, verkündete er.

Irene von Kleist schüttelte Marc die Hand. »Viel Glück«, sagte sie.

Dann war Renate Schwalenberg an der Reihe. Sie umarmte Marc wie einen alten Freund und flüsterte ihm ins Ohr: »Ich vertraue Ihnen. Bitte bringen Sie mir mein Baby zurück.«

Von Schwalenberg erhielt er dagegen nur ein kurzes Nicken. Wahrscheinlich betrachtete der Mann ihn schon als einen seiner Angestellten.

Da die Entführer keine Anweisung gegeben hatten, mit welchem Wagen Marc fahren sollte, verstaute er das Lösegeld im Kofferraum seines Golf und fuhr in Richtung Bielefeld-Bethel.

Im Moment beschäftigte ihn weniger die Angst vor den Entführern als die vor Journalisten, die sich an seine Fersen heften könnten. Er hatte die Warnung des Anrufers noch gut im Ohr: Wenn es bei der Übergabe des Geldes irgendwelche Störungen gibt, eröffnen wir ohne Vorwarnung das Feuer. Aber mehrere Blicke in den Rückspiegel gaben ihm Gewissheit, dass ihm niemand folgte. Wahrscheinlich hatten die Reporter ihn nicht auf der Rechnung und gingen davon aus, die Übergabe würde wie beim letzten Mal durch Schwalenberg selbst erfolgen.

Das *Glückundseligkeit* war in ganz Bielefeld bekannt: eine ehemalige evangelische Kirche, die ein umtriebiger Bielefelder Szenegastronom in eine Trend-Bar mit angeschlossenem Restaurant umgewandelt hatte. Marc stellte den Golf auf dem dazugehörigen Parkplatz ab und betrat den Innenraum des entwidmeten Gotteshauses. Obwohl es mitten in der Woche war, war der Laden rappelvoll. Alle Tische waren besetzt, sogar an der langen braunen Holztheke, die sich unter den hohen Kirchenfenstern durch das Hauptschiff bis zum ehemaligen Altarbereich zog, musste Marc einige Minuten warten, bis ein Platz frei wurde. Unter den verwunderten Blicken der anderen Besucher, die sich wahrscheinlich fragten, was der Mann mit einem großen Koffer in einem Bistro zu suchen hatte, kletterte er auf einen der mit schwarzem Leder bezogenen Barhocker. Marc überlegte, was er bestellen sollte. Am liebsten wäre ihm ein Whisky gewesen, um seine Nerven und seine zitternden Hände zu beruhigen, aber er ahnte, dass dies eine lange Nacht werden würde, in der er zudem größere Strecken mit dem Wagen zurücklegen musste. Also orderte er eine Cola, lauschte der gedämpften, meditativen Musik und wartete, dass irgendetwas passierte.

Marc hatte sein Glas halb ausgetrunken, als die junge Frau, die am Eingang die Gäste in Empfang nahm, mit suchenden Blicken durch die Reihen ging und rief: »Ist hier ein Marc Hagen?«

Marc gab sich zu erkennen und wurde von der jungen Frau zum Empfangsschalter geführt, wo sie auf das Telefon zeigte. »Ein Gespräch für Sie.«

Marc bedankte sich und nahm den Hörer auf.

»Sind Sie der Anwalt?«, fragte die elektronisch verfremdete Stimme.

»Ja.«

»Was ist in § 540 BGB geregelt?«

Marc runzelte die Stirn. War der Anrufer verrückt geworden? Aber dann verstand er: eine Testfrage, um abzuklären, ob er ein verdeckter Polizeibeamter war.

»Hören Sie«, sagte Marc geduldig. »Ich weiß nicht, was in § 540 BGB steht. Ich …«

»Ich habe es gewusst«, sagte die Stimme. »Sie sind doch ein Bulle. Wir werden die Aktion jetzt beenden und …«

»Warten Sie«, schrie Marc so laut in den Apparat, dass mehrere Gäste sich zu ihm umdrehten. »Lassen Sie es sich doch erklären! Sie sind offenbar kein Jurist, sonst wüssten Sie, dass kein Mensch alle Gesetze kennen kann. Es ist nicht die Aufgabe von Anwälten, Paragrafen auswendig zu lernen. Juristen müssen das Gesetz auf einen bestimmten Sachverhalt anwenden. Ich weiß nicht, wie ich Ihnen das besser erklären kann. Wenn …«

»Schon gut!«, unterbrach ihn die Stimme. »Ich werde Ihnen vorerst glauben. Aber sobald wir feststellen sollten, dass Sie doch ein Bulle sind, brechen wir sofort ab. Sie werden das *Glückundseligkeit* jetzt verlassen und zu Fuß zu den Krankenanstalten Gilead gehen. Auf dem letzten Parkplatz hinter der Kinderklinik finden Sie einen roten Toyota Corolla mit dem Kennzeichen BI AK 527. Steigen Sie in diesen Wagen ein! Der Wagen ist nicht verschlossen, der Schlüssel steckt. In dem Corolla finden Sie weitere Anweisungen. Sie haben zehn Minuten!«

Marc warf einen Zehneuroschein auf den Tresen. Er wollte gerade loslaufen, als ihm etwas einfiel.

»Der Anrufer, hatte er eine normale Stimme?«, fragte er die junge Frau vom Empfangsschalter.

Die musterte Marc, als habe er nicht alle Tassen im Schrank.

»Was?«

»Der Anrufer!«, wiederholte Marc ungeduldig. »War es ein Mann oder eine Frau?«

Die steile Falte auf der Stirn der Empfangsdame vertiefte sich. »Aber Sie haben doch selbst …«

»Mann oder Frau?«, brüllte Marc.

»Ein Mann«, antwortete die erschrockene Frau schnell.

Marc griff nach dem Koffer und rannte los.

Die Krankenanstalten Gilead lagen in der Nähe des *Glückundseligkeit* auf einem kleinen Hügel über der Stadt, sodass Marc die ganze Zeit bergauf laufen musste. Er passierte die Krankenhausanlagen und hatte endlich die Kinderklinik im Blick. Kurz vor Ablauf des Ultimatums erreichte Marc vollkommen aus der Puste den dahinterliegenden, umzäunten

Parkplatz, auf dem um diese Uhrzeit fast keine Autos mehr standen. Marc musterte die Fahrzeuge, dann atmete er erleichtert durch. In der hintersten Ecke leuchtete ein knallroter Toyota Corolla. Marc rannte darauf zu, checkte das Nummernschild und sprang in den Wagen. Auf dem Beifahrersitz entdeckte er eine Taschenlampe und ein elektronisches Gerät, das in etwa das Aussehen und die Größe eines Handys hatte. Allerdings war es mit einer zirka zehn Zentimeter langen, fest angebrachten Antenne versehen. Unter dem Gerät lag eine auf einem PC geschriebene Bedienungsanleitung. *Was Sie gerade in der Hand halten, ist ein Walkie-Talkie*, stand darauf. *Das Gerät mag aussehen wie ein Handy, aber im Gegensatz zu einem Telefon können Sie damit nicht gleichzeitig hören und sprechen. Zum Sprechen müssen Sie den Knopf Senden gedrückt halten, zum Hören müssen Sie den Knopf wieder loslassen.*

Marc hatte die Anleitung gerade zu Ende gelesen, als das Funkgerät knisternd zum Leben erwachte. Gleich darauf hörte er die elektronisch verzerrte Stimme: »Können Sie mich hören?«

Marc hielt das Walkie-Talkie vor den Mund: »Ich kann Sie gut verstehen«, sagte er.

»Ich höre nichts. Sie müssen erst den Sendeknopf drücken«, befahl die Stimme.

Marc tat, wie ihm geheißen. »Funktioniert es jetzt?«, fragte er.

»Ja! Aber Sie waren zu langsam. Wir hätten die Aktion fast abgebrochen.«

»Ich bin gerannt wie ein Verrückter«, protestierte Marc. »Ihre Zeitvorgaben sind zu knapp.«

»Ich kann Sie nicht verstehen«, sagte die Stimme. »Sie müssen …«

Marc fluchte leise vor sich hin und drückte die Sprechtaste. »Hören Sie, wäre es nicht einfacher gewesen, ein normales Handy zu verwenden?«, fragte er.

»Handys kann man orten, Walkie-Talkies nicht«, lautete die Antwort.

»Es gibt niemanden, der Sie orten will«, sagte Marc. »Die Polizei ist raus, das hat Herr Schwalenberg Ihnen doch mehrfach versichert.«

»Vielleicht«, sagte die Stimme. »Vielleicht auch nicht. Vorsicht ist die Mutter der Porzellankiste.«

»Wenn Vorsicht die Mutter der Porzellankiste ist: Wer ist dann die Tochter?« Marc erschrak über sich selbst. Was redete er denn da? Aber es war wie ein Reflex: Jedes Mal, wenn jemand meinte, den blöden Spruch mit der Porzellankiste anbringen zu müssen, stellte er diese Frage.

Die Reaktion des Entführers ließ nicht lange auf sich warten. »Was?«, hörte Marc die fassungslose Roboterstimme.

»Entschuldigung, ich …«

»Sie werden jetzt aussteigen und den Kofferraum des Wagens öffnen!«, schnitt ihm die Stimme das Wort ab. »Dort finden Sie einen Rucksack. In diesem Rucksack befindet sich ein Trainingsanzug. Ziehen Sie Ihre gesamte Kleidung aus und den Trainingsanzug an. Dann nehmen Sie das Geld aus dem Koffer und packen es in den Rucksack. Bleiben Sie die ganze Zeit unter der Laterne stehen, damit ich Sie sehen kann. Den Rucksack legen Sie anschließend wieder in den Kofferraum. Ihre Kleidung und den Koffer lassen Sie auf dem Parkplatz zurück. Beeilen Sie sich! Sie haben drei Minuten!«

Marc verließ den Wagen und zog sich Jacke, Pullover, T-Shirt, Schuhe und Hose aus. Er wollte gerade den Trainingsanzug überziehen, als das Walkie-Talkie quäkte.

»Alles ausziehen!«, befahl die Stimme. »Auch die Unterwäsche!«

Marc sah sich hektisch um. Er wurde offenbar tatsächlich beobachtet, aber er konnte niemanden entdecken.

Er entledigte sich auch der Unterhose und hielt sie bewusst einige Sekunden hoch, bevor er sie zu seiner restlichen Kleidung warf. In dem Moment näherten sich von hinten schnelle Schritte. Marc fuhr herum. Wollten die Entführer die Übergabe tatsächlich jetzt schon …?

Aus der Dunkelheit kamen zwei Frauen auf ihn zu. Sie starrten den nackten Mann mit großen Augen an. Nach einer Schrecksekunde wandten sie sich ab, sprangen in einen Ford Escort und fuhren davon. Marc atmete erleichtert durch. Wahrscheinlich Krankenschwestern auf dem Nachhauseweg, dachte er.

Er streifte sich den Trainingsanzug über und wollte seine Schuhe anziehen, als sich schon wieder die Stimme aus dem Walkie-Talkie meldete: »Keine Schuhe!«

Marc unterdrückte ein Seufzen. Offenbar hatten die Entführer panische Angst vor Peilsendern. Mit nackten Füßen lief er über den kalten Asphalt zum Kofferraum. Dort ließ er die Schlösser des Koffers aufschnappen und lud das Geld in den Rucksack um, den er anschließend im Kofferraum verstaute. Dann nahm er auf dem Fahrersitz Platz und wartete.

»Fahren Sie los«, sagte die Stimme. »Nehmen Sie den Ostwestfalendamm Richtung Gütersloh. Am Ende biegen Sie nach links auf den Südring ab Richtung Autobahnauffahrt Bielefeld-Sennestadt. Wenn Sie die Auffahrt erreicht haben, fahren Sie auf die A2 Richtung Dortmund. Und denken Sie immer daran: Sie stehen die ganze Zeit unter unserer Beobachtung. Auch wenn Sie uns nicht sehen, werden wir in Ihrer Nähe sein. Wenn uns der Verdacht kommt, dass die Polizei eingeschaltet ist, brechen wir die Aktion sofort ab und Daniela Schwalenberg wird sterben.«

38

Es war wieder einmal spät geworden.

Hauptkommissar Remmert schloss die Tür seines Reihenhauses auf. Sein erster Weg führte ihn wie immer zum Zimmer seiner Tochter.

Doch heute war der Raum leer. Mit schnellen Schritten lief er die Stufen wieder hinunter und fand seine Frau im Wohnzimmer. »Wo ist Kim?«

»Dir auch einen wunderschönen guten Abend«, gab Ursula Remmert übertrieben freundlich zurück.

»Wo ist Kim?«, wiederholte Remmert ungeduldig, ohne auf die Anspielung einzugehen.

Ursula Remmert seufzte geduldig. »Kim ist bei einer Freundin«, sagte sie. »Sie wollen zusammen Hausaufgaben machen.«

Remmert sah auf seine Uhr. »Um elf Uhr abends?«

Ursula Remmert zuckte die Achseln. »Wahrscheinlich sind sie schon fertig und haben sich verquatscht.«

Der Hauptkommissar schüttelte den Kopf. »Ich möchte, dass du sofort bei dieser Freundin anrufst«, sagte er. »Hast du die Nummer?«

»Ja, aber findest du nicht, du übertreibst?«

»Nein, das finde ich nicht!«, brüllte der Hauptkommissar. Seine Frau zuckte zusammen. Reiß dich zusammen, zwang sich Remmert. »Ruf sie jetzt bitte an!«, sagte er in mühsam beherrschtem Ton.

Ursula Remmert nickte genervt, erhob sich dann aber doch aus ihrem Sessel und ging zum Telefon. Sie blickte auf einen Zettel, tippte ein paar Zahlen ein und wartete.

»Ja, hallo, Frau Schinkel. Ursula Remmert hier. Entschuldigen Sie bitte den späten Anruf. Ist Kim noch bei Ihnen?«

Sie lauschte der Antwort und Remmert konnte selbst aus einer Entfernung von fünf Metern erkennen, dass seine Frau blass wurde.

»Kim war heute überhaupt nicht bei Ihnen?«, vergewisserte sich Ursula Remmert und warf ihrem Mann einen verzweifelten Blick zu. »Schläft Jennifer schon?«, fragte sie dann ins Telefon. »Ja, danke ich warte.« Sie wandte sich ihrem Mann zu. »Kim war nicht bei den Schinkels«, zischte sie ihm überflüssigerweise zu.

Remmert stellte sich dicht neben seine Frau, um mithören zu können. Sekunden später vernahmen sie Jennifer Schinkels Stimme am anderen Ende der Leitung.

»Hallo, Frau Remmert?«

»Jennifer!«, antwortete die Frau des Hauptkommissars. »Kim hat mir gesagt, sie sei heute den ganzen Abend bei dir, weil ihr für eine Englischarbeit lernen wolltet.«

»Wir waren heute nicht verabredet«, gab Jennifer erstaunt zurück. »Ich habe Kim seit Schulschluss nicht mehr gesehen.«

»Hast du eine Ahnung, wo sie sein könnte? Vielleicht bei einer anderen Freundin?«

»Nein, tut mir leid«, sagte Jennifer. »Wir machen in letzter Zeit nicht mehr viel miteinander.«

»Was?«, schrie Ursula Remmert. »Ich dachte, ihr hängt jeden Tag zusammen!«

»Bis vor zwei Monaten war das auch so«, bestätigte Jennifer. »Aber dann hat Kim sich irgendwie verändert.«

»Was soll das heißen?«

»Sie spricht kaum noch mit mir. Sie tut geheimnisvoll und hat sich von fast allen abgekapselt.«

Ursula Remmert schüttelte verwirrt den Kopf. »Danke, Jennifer. Tust du mir einen Gefallen? Falls sich Kim doch bei dir meldet oder du sie sonst wie siehst oder sprichst, sag ihr bitte, sie soll sofort zu Hause anrufen, okay?«

Nachdem Ursula Remmert aufgelegt hatte, begann sie hemmungslos zu weinen.

»Was hat das zu bedeuten?«, stammelte sie. »Was hat das nur zu bedeuten?«

Der Hauptkommissar ließ sich schwer in einen Sessel fallen. »Ich verstehe das nicht!«, sagte er. »Ich arbeite den ganzen Tag bis spät in die Nacht. Da kann ich doch wohl erwarten, dass du wenigstens auf unsere Tochter aufpasst!«

»Ach, jetzt bin ich schuld?«, schrie Ursula Remmert hysterisch. »Der Gedanke, dass du dich mehr um sie kümmern müsstest, kommt dir wohl nicht? Ein Mädchen in dem Alter braucht beide Eltern! Aber du kommst ja immer erst nach Hause, wenn sie schon schläft!«

»Das nennt man Arbeit!«, motzte er zurück. »Einer muss ja das Geld verdienen, um die Raten für dieses Haus und deinen Friseur bezahlen zu können.«

»Und den Schmuck für deine Freundin.«

»Was sollen jetzt diese alten Kamellen? Das ist zehn Jahre her.«

»Weiß ich, ob du nicht inzwischen eine Neue hast? Und jetzt tu endlich was! Du bist doch bei der Polizei! Ruf an! Sie sollen Kim suchen! Wir …«

»Was ist denn hier los?«

Remmert fuhr herum und erblickte seine Tochter, die mit dem Schlüssel in der Hand in der Wohnzimmertür stand. Der Hauptkommissar war sich nicht sicher, ob er sie umarmen oder verprügeln sollte.

»Wo kommst du jetzt her?«

»Ich war bei Jennifer. Das habe ich Mama doch ge…«

»Lüg mich nicht an! Wir haben mit Jennifer gesprochen. *Wo warst du?*«

»Ich …« Kim trat verlegen von einem Fuß auf den anderen. »Ich war mit jemandem verabredet.«

»Mit wem? Ich will Namen hören.«

»Er heißt Sven. Er geht auf die …«

»Sven?«, schrie Remmert. »Du triffst dich mit einem Sven? Verdammt, du bist sechzehn und ich erlaube nicht, dass du …«

»Genau, ich bin sechzehn!«, schrie Kim zu Remmerts Erstaunen zurück. »Alle meine Freundinnen haben einen Freund. Und Sven ist zufällig mein Freund. Und wollt ihr auch wissen, warum ich euch nichts von ihm erzählt habe? Weil ich gewusst habe, dass du genau so reagierst!«

Tränen schossen ihr in die Augen, Kim drehte sich um und rannte die Treppen zu ihrem Zimmer hinauf. Sekunden später hörten die Remmerts das laute Zuschlagen einer Tür.

Der Hauptkommissar rannte in die Diele. »Darüber sprechen wir noch, Fräulein!«, brüllte er die Treppe hoch. »Die nächsten vier Wochen wirst du dieses Haus außer für die Schule nicht mehr verlassen, darauf kannst du Gift nehmen!«

Schwer atmend ging er in die Küche und nahm sich ein Bier aus dem Kühlschrank. Das brauchte er jetzt. Er knackte die Dose, setzte sie an und trank sie halb aus. Zögernd kehrte er in das Wohnzimmer zurück, wo seine Frau noch immer auf dem Sofa saß, den Kopf erschöpft in die Hände gestützt.

Remmert nahm einen weiteren Schluck, um innerlich Anlauf zu nehmen. »Tut mir leid«, sagte er. »Das mit ... mit eben war nicht so gemeint. Mir sind einfach die Nerven durchgegangen. Die Entführung Daniela Schwalenbergs macht mir ziemlich zu schaffen. Und dann noch der Ärger mit der Baum.«

Seine Frau blickte auf. »Ist sie immer noch so schlimm?«, fragte sie versöhnlich.

Remmert nickte düster. »Inzwischen dreht sie völlig durch. Hat sich vollkommen in eine absolut blödsinnige Theorie verrannt. Und wir sollen jemanden überwachen, nur weil er zufällig das falsche Buch gelesen hat.«

»Du meinst, sie ist auf dem falschen Dampfer?«

»Das meine nicht nur ich, das weiß jeder. Nur eben nicht unsere sehr verehrte Frau Kriminaldirektorin.«

»Aber irgendwann wird sich doch rausstellen, dass sie unrecht hat, oder?«

»Natürlich. Irgendwann wird diese ganze Schwachsinnstheorie wie eine riesige Blase platzen und der Baum die Scheiße um die Ohren fliegen. Eigentlich müsste mich das ja freuen. Ich fürchte nur, dann ist es zu spät für Daniela Schwalenberg.«

39

Marc steuerte den Corolla auf die Stadtautobahn, die sich wie ein riesiger Lindwurm quer durch die Bielefelder Innenstadt wand. Mit der rechten Hand umklammerte er das Lenkrad, mit der linken presste er sich das Walkie-Talkie ans Ohr. Er hoffte inständig, dass er nicht von übereifrigen Polizisten angehalten wurde, die meinten, er würde ohne Freisprecheinrichtung telefonieren.

Bis zur Autobahnauffahrt kam er aufgrund des geringen Verkehrs problemlos voran und er erhielt auch keine neuen Anweisungen. Erst nachdem er sich auf der Autobahn A2 eingeordnet hatte, hörte er die mechanische Stimme wieder.

»Verlassen Sie die A2 in fünfhundert Metern und fahren Sie auf die A33 Richtung Paderborn.«

Marc warf einen prüfenden Blick in den Rückspiegel. Der Wagen der Entführer musste eigentlich unmittelbar hinter ihm sein. Aber in der Dunkelheit sah er nur ein halbes Dutzend Scheinwerferpaare.

Marc setzte den Blinker und lenkte den Corolla am Autobahnkreuz Bielefeld auf die A33. Die Roboterstimme mahnte: »Bleiben Sie die ganze Zeit auf der rechten Fahrbahn. Überholen Sie nicht! Halten Sie die Geschwindigkeit bei maximal neunzig Stundenkilometern.«

Marc fädelte wie befohlen auf der rechten Spur hinter einem Lkw ein. Die nächsten dreißig Kilometer zockelte er hinter dem Dreißigtonner her, immer einen großen Aufkleber mit der Aufschrift *Hallo, meine Damen, meiner ist zwanzig Meter lang* vor der Nase.

Erst hinter Paderborn ließ die Stimme das nächste Mal von sich hören: »Am Autobahnkreuz Wünnenberg-Haaren fahren Sie auf die A44 in Richtung Kassel. Behalten Sie Ihre bisherige Fahrweise bei.«

Marc folgte den Anweisungen. In Höhe der Raststätte Am Biggenkopf durchbrach das Knacken des Walkie-Talkie das monotone Abrollgeräusch der Räder auf der Straße und die Stimme fragte: »Wer ist denn nun die Tochter?«

Marc glaubte für einen kurzen Moment, er habe nicht richtig verstanden. »Bitte?«

»Die Tochter!«, wiederholte die Stimme ungeduldig. »Vorsicht ist die Mutter der Porzellankiste, wer ist die Tochter?«

»Ach so!« Marc lachte erleichtert auf und drückte die Sprechtaste. »Wenn Vorsicht die Mutter der Porzellankiste ist, muss die Porzellankiste die Tochter sein«, erklärte er. Langsam beherrschte er das Spiel mit den Knöpfen.

Am anderen Ende entstand ein kurzes Schweigen. »Klar«, sagte die Stimme dann. »Wenn man's weiß, ist es ganz einfach.«

Ja, dachte Marc. Und wenn man es nicht weiß, ist es auch nicht besonders schwierig. Offenbar war der Mann am anderen Ende nicht der hellste. Nach allem, was er von Irene von Kleist und den Schwalenbergs erfahren hatte, war Danielas Entführung perfekt geplant und die Täter hatten bisher nicht einen Fehler gemacht. Also war sein Gesprächspartner nicht der Kopf des Unternehmens, sondern nur ein Handlanger, der für die Geldübergabe zuständig war.

»Der war echt gut«, sagte die Stimme und lachte. »Haben Sie noch so einen?«

Marc überlegte. Es konnte nicht schaden, eine persönliche Beziehung zu dem Mann aufzubauen. Zum einen konnte er dadurch seine Chancen erhöhen, unbeschadet aus dieser Sache herauszukommen, zum anderen gelang es ihm vielleicht, etwas über die Entführer herauszufinden. Sunzis Ratschlag fiel ihm ein: *Du musst deine Feinde kennen.*

»Klar«, sagte er also. »Sie haben zwei Geldscheine in der Hand. Zusammen haben die Scheine einen Wert von einhundertzehn Euro. Aber einer der beiden Scheine ist *kein* Zehneuroschein. Was haben Sie für Scheine in der Hand?«

»Hm«, sagte die Stimme. Dann herrschte minutenlanges Schweigen. »Einen Sechzigeuroschein gibt es nicht«, überlegte die Stimme laut. »Und einer der beiden Scheine ist kein Zehneuroschein.«

Erneut blieb es für mehrere Minuten ruhig. »Das geht nicht!«, verkündete die Stimme schließlich im Brustton der Überzeugung.

»Doch«, widersprach Marc. »Das geht!«

»Ich komm nicht drauf«, kapitulierte die Stimme. »Sagen Sie schon!«

»Ganz einfach! Sie haben einen Hunderteuroschein und einen Zehneuroschein.«

»Was? Aber Sie haben doch gesagt, einer der beiden Scheine sei *kein* Zehneuroschein.«

»Ja, genau! *Einer* der beiden Scheine ist kein Zehneuroschein. Denn das ist der Hunderteuroschein.«

Verdutzte Stille. »Sie haben recht!«, meldete sich die Stimme schließlich wieder und ein synthetisches Lachen drang an Marcs Ohr. »Der war auch gut!« Die Stimme hielt einen Moment inne. »Was für eine Farbe hat so ein Hunderteuroschein eigentlich?«, fragte sie dann. »Ich glaube, so einen hatte ich noch nie in der Hand.«

»Hunderteuroscheine sind grün«, erwiderte Marc leicht belustigt. »Sie werden das in Kürze überprüfen können, denn Sie werden bald jede Menge davon besitzen.«

»Genau«, lachte die Stimme. »Das hätte ich beinahe vergessen. Den Schwalenbergs sei Dank.«

Marc nickte und überlegte, ob er es wagen konnte, den Entführer ein bisschen auszufragen. Er rang sich zu einer Entscheidung durch. »Wie sind Sie eigentlich gerade auf Daniela Schwalenberg gekommen?«, fragte er in das Walkie-Talkie.

Die Antwort war verzerrtes Geschrei: »Du glaubst wohl, du kannst mich verarschen! Aber da hast du dich geschnitten! Du fährst einfach weiter und tust, was ich dir sage!

Noch so ein Versuch und du bist tot! Tot, verstehst du? Ich knall dich ab wie einen Straßenköter, das schwör ich dir. Ist das klar?«

Erschrocken über den abrupten Stimmungswechsel, hätte Marc fast vergessen, die Sprechtaste zu drücken. »Glasklar!«, hauchte er in das Gerät. Er war offenbar zu weit gegangen. Sein Gesprächspartner war anscheinend doch nicht so dumm, wie er gedacht hatte. Und er schien zum Jähzorn zu neigen. Wieder musste Marc an Sunzi denken: *Wenn dein Gegner ein cholerisches Temperament hat, dann versuche, ihn zu reizen.* Marc schüttelte den Kopf. Der alte Chinese hatte gut reden. Vielleicht sollte er selbst ein Buch mit Ratschlägen schreiben, wenn er diese Sache überlebte: Wenn du mutterseelenallein und unbewaffnet mitten in der Nacht auf einer Autobahn unterwegs bist und in Kürze auf einen durchgeknallten Verbrecher mit einer Pistole triffst, nimm die Beine in die Hand und hau ab, so schnell du kannst.

Marc wurde wieder bewusst, in welcher Gefahr er schwebte. Er war vollkommen auf sich allein gestellt und hatte einen aggressiven Entführer im Nacken. Seit seiner Abfahrt bei den Schwalenbergs hatte Marc funktioniert wie ein Automat, aber nun wurde er nur noch von einem einzigen Gedanken beherrscht: Vielleicht würde er den morgigen Tag nicht mehr erleben! Er verfluchte sich für seine Dummheit. Er hätte Irene von Kleists Bitte nicht nachgeben dürfen! Was tat er hier eigentlich? Setzte sein Leben für einen Menschen aufs Spiel, den er gar nicht kannte! Und warum? Aus Habgier! Die Aussicht auf Irene von Kleists Kanzlei und Schwalenbergs Dankbarkeit waren der einzige Grund, warum er jetzt hier auf dieser Autobahn fuhr. Wenn es einen Gott gab, würde der das wissen. Und ihn dafür bestrafen! Marc war den Tränen nahe. Aber vielleicht hat das Ganze auch etwas Gutes, dachte er. Wenn diese Verbrecher ihn umbrachten, würde er vielleicht Jana wiedersehen. Seine große Liebe war vor fast vier Jahren bei einem Verkehrsunfall auf Antigua ums Leben gekommen. Seitdem hatte er nicht einmal annähernd so viel für eine Frau empfunden.

Die Stimme riss ihn aus seinen Gedanken. »Fahr am Autobahnkreuz Kassel auf die A7 Richtung Wiesbaden«, befahl sie. »Bleib auf der A7, bis du neue Anweisungen erhältst.«

Marc hob besorgt die Augenbrauen. Mit dem formellen Siezen war es offenbar vorbei. Der Entführer hatte seinen Respekt vor ihm verloren. Keine guten Aussichten, dachte er.

Marc verließ die A44 und reihte sich in den Verkehr auf der A7 ein. Der Corolla fraß Kilometer um Kilometer, aber das Walkie-Talkie blieb stumm. Marc überlegte, ob er das Autoradio einschalten sollte, hatte aber Angst, eine Anweisung des Entführers zu überhören. Also blieb sein einziges Begleitgeräusch das träge Schlappen des Scheibenwischers, der die Insekten auf der Windschutzscheibe zu einer grünen, breiigen Masse rührte. Der Himmel hatte sich zugezogen und es nieselte leicht und stetig.

Erst kurz vor Würzburg meldete sich die Stimme wieder. »Fahr an der Raststätte Riedener Wald ab. Park auf dem Parkplatz genau vor der Raststätte. Warte dort auf weitere Anweisungen.«

Marc setzte den Blinker. Schwalenberg hatte ihm erzählt, wie die erste Geldübergabe abgelaufen war. Wollten die Entführer ihren Plan wiederholen? Sollte er das Geld in einen Papierkorb werfen? Aber dafür wäre ein Rucksack wohl kaum geeignet.

Marc fand tatsächlich einen Parkplatz genau vor der Raststätte und beobachtete, wie die Leute hineingingen, um etwas zu essen und zu trinken, aber er verspürte keinen Hunger.

Dann hörte er die Stimme wieder. »Fahr wieder los. Folge der Einbahnstraße vor der Raststätte. Bieg nicht zur Tankstelle ab, sondern bleib auf der Straße, bis es nur noch nach rechts oder links geht. Dort fährst du links.«

Marc hatte bis jetzt geglaubt, dass man Autobahnraststätten nur über die Autobahn erreichen und wieder verlassen konnte. Nun wurde er eines Besseren belehrt.

Er verließ das Raststättengelände und fand sich auf einer Landstraße wieder. Rechts und links erstreckten sich schwarze Kartoffeläcker. Inzwischen war es drei Uhr nachts und der Corolla war das einzige Auto weit und breit, auch Häuser schien es hier nicht zu geben. Zwar nicht das Ende der Welt, dachte Marc. Aber man könnte es bestimmt von hier aus sehen, wenn man denn etwas sehen könnte.

»In etwa zweihundert Metern geht ein Wirtschaftsweg von der Landstraße ab«, sagte die Stimme. »Da fährst du drauf. Bleib auf dem Weg, bis es nur noch rechts oder links geht. Dann fahr nach links. Nach etwa hundert Metern beginnt ein hoher Bretterzaun, der entlang des Weges verläuft. Ab da nimmst du den Fuß vom Gas, nur Schrittgeschwindigkeit, bis du auf dem Boden Leuchtstäbe siehst. Dort hältst du an!«

Marc tat, wie ihm geheißen. Die Scheinwerfer schnitten eine Schneise durch die Dunkelheit und erleuchteten den Regen, der jetzt wie Bindfäden vom Himmel fiel. Die Straße verengte sich bis auf eine einzige schmale Spur und verwandelte sich in eine Schotterpiste. Rechts von ihm tauchte der etwa drei Meter hohe Bretterzaun auf, der zehn Meter von der Straße zurückgesetzt stand und schnurgerade parallel zu ihr verlief. Hinter dem Bretterzaun konnte Marc vage die Silhouetten einiger hoher Fertigbauten erkennen. Anscheinend befand er sich an der Rückseite eines Gewerbegebietes. Marc drückte auf das Bremspedal und ließ den Wagen rollen. Eine Minute später sah er mehrere Leuchtstäbe im Gras neben der Straße liegen und stoppte. Da er keine neue Anweisung bekam, blieb er im Auto sitzen und wartete.

Nach zehn Minuten meldete sich die Stimme endlich: »Steig aus! Geh mit dem Geld direkt auf den Zaun zu und wirf den Rucksack darüber. Danach gehst du sofort zu dem

Wagen zurück, steigst ein und fährst, ohne anzuhalten, nach Bielefeld!«

»Ich habe verstanden. Aber was ist mit Daniela?«

»Wenn mit dem Lösegeld alles in Ordnung ist, lassen wir Daniela Schwalenberg innerhalb von vierundzwanzig Stunden frei. Und jetzt mach, was ich dir gesagt habe!«

Marc stieg aus und landete mit den nackten Füßen im feuchten Gras. Binnen Sekunden war er von dem Regen durchnässt. Es war so frisch, dass er seinen stoßweise gehenden Atem erkennen konnte. Wenn die Entführer mich nicht umbringen, hole ich mir wahrscheinlich aufgrund der Kälte den Tod, dachte er. Marc zog den Rucksack aus dem Kofferraum und ging langsam auf den Bretterzaun zu. In einiger Entfernung hörte er das stete Brummen der Fahrzeuge auf der Autobahn, ansonsten war es totenstill. Erst im dritten Anlauf gelang es Marc, den schweren Rucksack über den Zaun zu werfen. Er hörte den dumpfen Aufprall auf der anderen Seite, anschließend lief er schnell zu dem Corolla zurück, stieg ein und fuhr los, ohne sich noch einmal umzudrehen.

Geschafft!, dachte er erleichtert.

40

»Jaaaa!« Gonzo brüllte wie ein Löwe und stieß die geballte Faust in die Luft. »Freddy!«, rief er. »Freddy! Jochen hat gerade angerufen. Wir haben das Geld!«

Er lauschte ein paar Sekunden, aber nur Stille antwortete ihm. »Freddy?«, rief er etwas leiser. Er schaute in der Küche nach, auf dem Klo, im Wohnzimmer. Keine Spur von Freddy. Wo steckte der bloß? Vielleicht war er nur ein wenig Luft schnappen gegangen, um die fast unerträgliche Anspannung abzubauen. Egal. Sie hatten es geschafft! Geschafft!! Sie waren reich und konnten ihre Geisel endlich freilassen! Gonzo freute sich jetzt schon auf das Gesicht des Mädchens, wenn er ihr die freudige Nachricht überbrachte.

Er rannte in den Keller, drehte den Schlüssel im Schloss, schob die Riegel zurück und riss die Tür auf.

»Du hast es überstanden«, lachte er. »Hörst du? Dein Vater hat gezahlt! Du wirst bald frei sein. Verstehst du? Frei!«

Gonzo stutzte. Zu seinem großen Erstaunen bemerkte er in dem Gesicht des Mädchens überhaupt keine Freude. Im Gegenteil! Sie starrte ihn mit panischen, vor Angst weit aufgerissenen Augen an. Was hat sie nur?, dachte er. Warum freut sie sich nicht? Und dann registrierte Gonzo, dass sich das Mädchen die Hände vor die Augen hielt, und verstand: Er hatte vergessen, sich die Sturmmaske überzuziehen! Wenn die anderen das bemerkten, würde das unweigerlich den Tod der Geisel bedeuten. Hektisch fuhr er herum, um die Tür wieder zu schließen, und blickte direkt in das Gesicht von Freddy, der langsam den Kopf schüttelte.

»Du hast Scheiße gebaut, Gonzo«, sagte Freddy ganz leise. »Eine Riesenscheiße.«

41

Am frühen Morgen erreichte Marc Bielefeld. Draußen wurde es gerade hell. Die ersten Vögel sangen und mit fortschreitender Dämmerung stimmten immer mehr in ihr Gezwitscher ein. Obwohl Marc todmüde war, fühlte er sich so gut wie schon lange nicht mehr. Eine beinahe euphorische Stimmung hatte ihn erfasst: Er hatte die wahrscheinlich gefährlichste Situation seines Lebens überstanden. Zuerst fuhr er auf den Parkplatz der Krankenanstalten Gilead und fand den Koffer und seine Kleidung noch genauso vor, wie er sie zurückgelassen hatte. Offenbar ist mir die Polizei tatsächlich nicht gefolgt, dachte er, sonst hätten sie die Sachen sichergestellt.

Nachdem er sich umgezogen hatte, holte er seinen Wagen vom Parkplatz des *Glückundseligkeit* und fuhr damit nach Hoberge-Uerentrup. Marc hatte die Schwalenbergs nach der Übergabe des Lösegeldes von einer Autobahnraststätte aus angerufen und ihnen mitgeteilt, dass alles geklappt hatte. Renate Schwalenbergs Erleichterung war förmlich mit Händen zu greifen gewesen.

Um kurz nach acht Uhr klingelte Marc an der Tür der Villa von Danielas Eltern. Renate Schwalenberg öffnete ihm und fiel ihm gleich um den Hals.

»Haben Sie schon etwas von Daniela gehört?«, fragte Marc.

»Nein«, antwortete sie. »Wir sitzen hier und warten, aber sie hat sich noch nicht gemeldet.«

»Das muss nichts bedeuten«, entgegnete Marc beruhigend. »Der Entführer hat gesagt, Daniela würde innerhalb von vierundzwanzig Stunden freigelassen werden. Die Frist ist noch lange nicht abgelaufen. Wahrscheinlich sind die Gangster gerade dabei, ihre Sachen zusammenzupacken und ihre Flucht vorzubereiten.«

Renate Schwalenberg nickte langsam. »Hoffentlich haben Sie recht! Ich möchte mich in jedem Fall noch einmal herzlich für Ihre Hilfe und Ihren Einsatz bedanken. Das hätte nicht jeder gemacht.«

»Keine Ursache«, wehrte Marc bescheiden ab. »War alles halb so wild. Ich glaube nicht …«

In diesem Moment erwachte der verrückte Frosch in Marcs Jackentasche zum Leben. Marc nahm das Handy heraus und drückte die grüne Taste. »Ja?«, meldete er sich.

»Spreche ich mit Herrn Rechtsanwalt Hagen?«, fragte eine weibliche Stimme.

»Ja«, bestätigte Marc. »Mein Name ist Marc Hagen.«

»Ich habe gehört, Sie suchen mich. Mein Name ist Susanne Binder.«

42

Freddy und Gonzo saßen in der Küche des Ferienhauses. Vor jedem stand eine volle Tasse Kaffee, der langsam kalt wurde, weil niemand trank.

»Du weißt, was das bedeutet«, sagte Freddy. »Wir hatten diesen Fall vorher besprochen: Wenn sie einen von uns erkennt, muss sie sterben.«

Gonzo traute sich kaum, seinem Kumpel in die Augen zu schauen. »Nein, Freddy, bitte nicht! Die Kleine kann doch nichts dafür. Es ist ganz allein meine Schuld. Ich habe vergessen, mich zu maskieren.«

Er hielt einen Moment inne, als sei ihm eine Idee gekommen. »Hör mal«, fuhr er dann fort, »ich verzichte auf meinen Anteil. Jochen und du, ihr könnt das gesamte Lösegeld unter euch aufteilen.«

Auf Freddys Gesicht erschien ein trauriges Lächeln. »Damit ist das Problem nicht gelöst. Wir können sie jetzt nicht mehr laufen lassen. Als Erstes werden die Bullen ihr Fotos zeigen. Und früher oder später wird sie einen von uns auf diesen Fotos erkennen. *Mich* hat sie nämlich auch gesehen. Und eines habe ich mir geschworen, Gonzo: Ich gehe nie wieder in den Knast. Nie wieder!«

»Aber sie wird uns nicht verraten, ganz bestimmt nicht. Die Kleine mag mich.«

»Natürlich«, spottete Freddy. »Jetzt mag sie dich, aber sobald sie frei ist, wird sie die Bullen auf dich hetzen.«

»Das glaube ich nicht. Ich bin mir sicher, sie mag mich wirklich.«

»Schluss jetzt«, herrschte Freddy ihn an. »Dir ist doch wohl klar, dass wir das Risiko nicht eingehen können. Ich habe ein Jahr lang an diesem Plan gearbeitet. *Ein Jahr!* Jetzt will ich mein Leben mit den Millionen genießen. Und niemand wird mir einen Strich durch die Rechnung machen. Niemand!«

Gonzo schloss die Augen und legte den Kopf in den Nacken. »Bitte, Freddy, bitte. Sie ist doch so jung und hat das ganze Leben noch vor sich. Bitte tu ihr nichts!«

Freddys Lippen verzogen sich zu einem schmalen Lächeln. »Keine Angst, Gonzo. *Ich* werde ihr nichts tun.«

Gonzo riss die Augen auf und starrte Freddy entsetzt an. »Was soll das heißen?«

»Stell dich nicht dümmer, als du bist. Du hast es verbockt, also wirst du es auch wieder in Ordnung bringen.«

Gonzo schüttelte verzweifelt den Kopf. »Ich kann das nicht, Freddy. Ich bring das nicht.«

Freddy legte seine Hand sanft auf Gonzos Unterarm und tätschelte ihn. »Ist okay, Gonzo, ist okay. Du musst es auch nicht machen. Aber einer wird es erledigen müssen. Wenn du es nicht tust, wird Jochen das übernehmen. Und Jochen wird es mit Sicherheit gerne machen. Du weißt ja, wie er ist. Aber bei Jochen wird es nicht schnell gehen. Das wird für die Kleine ein sehr langer und qualvoller Tod werden. Das Mädchen muss sterben, daran führt kein Weg vorbei. Entweder sie stirbt auf deine Weise oder sie stirbt auf Jochens Weise. Du hast die Wahl.«

Gonzo starrte lange vor sich hin. »Okay«, sagte er schließlich. »Ich mach's.«

»Du bist dir sicher, dass du das hinkriegst?«

»Ja, verdammt. Ich hab doch gesagt, ich mach's.«

43

»Bringen Sie mich auf den neuesten Stand«, eröffnete Helen Baum die eilig anberaumte Lagebesprechung.

»Schwalenberg hat sich vor drei Stunden bei uns gemeldet«, berichtete Remmert. »Die Übergabe des Lösegeldes ist offenbar letzte Nacht über die Bühne gegangen, aber Daniela ist noch nicht wieder aufgetaucht. Jetzt geht Schwalenberg allmählich der Arsch auf Grundeis.«

»Ich habe ihn mehrfach ausdrücklich gewarnt, uns auszuschließen«, bemerkte Helen Baum. »Vielleicht sieht er endlich ein, dass das ein Fehler war.«

Remmert nickte zustimmend. »Er weiß nicht mehr weiter, deshalb hat er uns ja angerufen. Ich habe ihm versichert, dass wir bis zu Danielas Freilassung jegliche Fahndung unterlassen.«

»Hat Schwalenberg das Lösegeld selbst übergeben?«, wollte Helen Baum wissen.

»Nein, Überbringer war angeblich ein Marc Hagen. Wir haben ihn schon überprüft, eine ziemlich zwielichtige Gestalt. Hagen ist ein ehemaliger Rechtsanwalt, der zurzeit für die Schwester von Frau Schwalenberg arbeitet, diese Dr. Irene von Kleist. Hagen scheint erhebliche Schulden zu haben und ist außerdem vorbestraft wegen Versicherungsbetruges. Hagen hat im Jahr 2003 seinen eigenen Tod vorgetäuscht und ist mit 1,3 Millionen Euro aus seiner Lebensversicherung in der Karibik abgetaucht.«

Bei Helen Baum gingen sämtliche Warnlampen an. »Kann dieser Hagen in die Sache verwickelt sein?«, fragte sie aufgeregt.

Remmert machte eine vage Geste. »Wir haben mit den Schwalenbergs und Frau von Kleist gesprochen. Wie es aussieht, ist es ein reiner Zufall, dass ausgerechnet dieser Hagen das Geld übergeben hat. Schwalenberg hat sich dazu gesundheitlich nicht mehr in der Lage gesehen und die Idee mit Hagen stammte von der von Kleist. Sie hat ihre Hand für ihren Mitarbeiter ins Feuer gelegt.«

»Was nichts heißen muss«, bemerkte Weigelt.

»Natürlich nicht. Wir bleiben an Hagen dran. Wir haben ihn auch schon vernommen, aber das hat nichts ergeben. Hagen hat angegeben, er sei mit einem Walkie-Talkie von einer Person, deren Stimme elektronisch verfremdet war, durch halb Deutschland gelotst worden. Der eigentliche Geldübergabeort befand sich in der Nähe der Raststätte Riedener Wald an der A7. Die Kollegen sind vor Ort. Hagen musste für die Geldübergabe einen Toyota Corolla benutzen. Wir haben den Wagen sichergestellt, die kriminaltechnische Untersuchung läuft noch. Wir wissen aber schon, dass der Corolla vorgestern in Spenge gestohlen worden ist, die Nummernschilder sind ebenfalls gestohlen. Die Entführer haben Hagen für die Geldübergabe einen Trainingsanzug und einen Rucksack zur Verfügung gestellt.«

»Was ist mit der Person, mit der Hagen per Walkie-Talkie gesprochen hat? Gibt es da irgendwelche Erkenntnisse?«

»Wir wissen definitiv, dass es ein Mann war. Die Täter haben Hagen ins *Glückundseligkeit,* eine Bar in Bielefeld-Bethel, bestellt. Dann hat einer der Entführer dort angerufen und mit einer Angestellten gesprochen. Bei diesem Gespräch war die Stimme des Anrufers nicht verfremdet. Wir haben vor zehn Minuten mit der Frau gesprochen. Sie konnte sich an den Anruf noch erinnern. Sie meint, der Anrufer sei etwa dreißig bis vierzig Jahre alt gewesen, aber das ist nur eine vage Schätzung. Zudem haben die Phonetiker uns gesagt, wenn er ein starker Raucher sei, könne der Sprecher bis zu zehn Jahre jünger sein als vermutet. Was das Alter angeht, ist also äußerste Vorsicht angesagt.«

»Sonst noch was über den Anrufer?«, fragte die Kriminaldirektorin.

»Dieser Hagen meinte, er sei ein ziemlich cholerischer Charakter. Außerdem habe der Typ keinen besonders cleveren Eindruck gemacht. Die eigentliche Geldübergabe ist nach Hagens Meinung aber hervorragend geplant und vorbereitet gewesen.«

Helen Baum nickte bedächtig. »Das deckt sich mit meinen Überlegungen. Apropos, was macht die Überwachung von Neumann?«

»Läuft«, berichtete Weigelt. »Gestern Abend war Neumann ab zehn Uhr im *Aladin.* Ein ziemlich schräger Laden. Letzten Sonntag hat da eine Wahl zur hässlichsten Frau Ostwestfalens stattgefunden. Der erste Preis war eine Schönheitsoperation. Letzte Nacht wurde der Mann prämiert, bei dem um zwei Uhr morgens die höchste Blutalkoholkonzentration festgestellt werden konnte. Der wurde dann von einem Chauffeur in einer Stretchlimo mit zwei Bikini-Schönheiten nach Hause kutschiert.«

»Warum erzählen Sie uns das alles?«, unterbrach ihn Helen Baum genervt.

»Weil Neumann gewonnen hat. Die Stretchlimo-Tour, nicht die Misswahl«, fügte Weigelt schnell hinzu. »2,4 Promille. Neumann wurde zu Hause abgesetzt und hat die Wohnung seitdem nicht mehr verlassen. Wahrscheinlich schläft er immer noch seinen Rausch aus.«

»Das heißt, er hat für die Zeit der Lösegeldübergabe ein Alibi«, stellte die Kriminaldirektorin fest.

»Ein Alibi ist, wenn man nichts Böses tut und dabei auch noch beobachtet wird«, witzelte Remmert.

Helen Baum zog es vor, nicht näher auf die Bemerkung einzugehen. »Was aber nicht heißt, dass er nicht doch an der Erpressung beteiligt sein kann«, fuhr sie unbeirrt fort. »Was ist mit Neumanns Telefonüberwachung?«

Remmert schüttelte den Kopf. »Der Antrag wurde abgelehnt. Der Staatsanwalt hat vor einer halben Stunde angerufen. Brandt hat gesagt, der Richter habe ihn ausgelacht, als er den Namen Jack the Ripper gehört hat. Ob Brandt zu viele Krimis gelesen habe, hat er wissen wollen.«

»Aber für eine Telefonüberwachung reicht doch ein einfacher Tatverdacht«, widersprach Helen Baum. »Der Tatverdacht muss weder dringend noch hinreichend sein.«

»Das hat Brandt dem Richter auch gesagt, aber der hat gemeint, eine reine Mutmaßung sei noch nicht mal ein einfacher Tatverdacht. Aber ich hatte Sie ja gewarnt.«

Helen Baum schüttelte trotzig den Kopf. »Ich will, dass Neumann weiterhin lückenlos überwacht wird. Irgendwie ist er in diese Sache verwickelt, das spüre ich. Was ist mit Timo Kaiser, Danielas neuem Freund?«

»Wir haben inzwischen seine Adresse ausfindig gemacht. Er wohnt noch, oder besser gesagt: wieder bei seinen Eltern. Kaiser hat ein paar Monate wegen mehrerer Diebstähle und Drogendelikte abgesessen. Aber er hat sich seit Tagen nicht mehr zu Hause blicken lassen. Niemand weiß, wo er gerade steckt.«

»Was?« Helen Baum war wie elektrisiert. »Dann könnte er der Mann gewesen sein, der das Lösegeld abgeholt hat.«

»Oder ein ganz anderer«, meinte Remmert ironisch. »Kaisers Mutter hat uns erzählt, es sei nicht ungewöhnlich, dass ihr Sohn für mehrere Tage oder sogar Wochen verschwindet, bevor er unvermittelt wieder auftaucht. Wo er in der Zwischenzeit schläft, weiß sie nicht und es interessiert sie wohl auch nicht. Sie vermutet, dass er bei einem Freund unterkommt, aber Namen konnte sie keine nennen. Die Familie Kaiser ist nicht gerade das, was man eine Musterfamilie nennt.«

»Ich will, dass ab sofort alle Anstrengungen darauf konzentriert werden, diesen Kaiser zu finden«, ordnete Helen Baum an. »Ich glaube, der kann uns weiterhelfen.«

»Sollen wir Kaiser mit einer Öffentlichkeitsfahndung suchen?«, wollte Weigelt wissen.

»Nein, nein«, winkte Helen Baum ab. »Ich will keine allgemeine Aufmerksamkeit erregen. Außerdem kennen Sie doch Nordkamps Anweisung: keine Fahndung, solange das Mädchen nicht wieder aufgetaucht ist. Was ist mit Danielas Exfreund, diesem Kevin Schneider?«

»Der ist immer noch auf Mallorca und kommt erst am Samstag zurück.«

Helen Baum nickte. »Hat noch jemand eine Idee?«

»Wir könnten versuchen, die Medien zu nutzen«, schlug

Weigelt vor. »Es gab in der Vergangenheit schon einige Fälle, in denen die Täter unter dem Druck der Öffentlichkeit aufgegeben haben, wenn sie ein Bild ihres Opfers im Fernsehen gesehen haben. Wir könnten Frau Schwalenberg zusätzlich bitten, sich per Fernsehen oder Zeitung an die Entführer zu wenden.«

Helen Baum wiegte den Kopf langsam hin und her. »Dazu ist es noch zu früh«, entschied sie. »Nach der Statistik liegen zwischen Zahlung des Lösegeldes und Freilassung des Opfers durchschnittlich dreißig Stunden. Wenn Daniela nach dreißig Stunden nicht wieder bei ihren Eltern sein sollte, sehen wir weiter.«

44

Der Mercedes holperte den schmalen Schotterweg entlang. Gonzo blickte starr geradeaus durch die verdreckte Windschutzscheibe und hielt das Lenkrad so fest, dass seine Fingerknöchel weiß hervortraten. Kurz bevor der Weg in einen Wald mündete, stoppte er den Wagen. Gonzo stieg aus und sah sich um. Weit und breit war kein Mensch zu sehen. Die kühle Luft kündigte den herannahenden Herbst an, aus dem nahen Wald wehte der Geruch von feuchter Erde und frischem Laub zu ihm herüber. Das Leben könnte so schön sein, dachte Gonzo. Und er fühlte sich so schlecht wie noch nie. Wie hat es nur so weit kommen können?, überlegte er. Seinen Vater hatte er nie kennengelernt, weil der sich sofort nach seiner Geburt aus dem Staub gemacht hatte, seine Mutter war eine Alkoholikerin gewesen. Im Alter von drei Jahren war er in ein Heim gekommen. Es folgte eine Odyssee durch eine Vielzahl von staatlichen Fürsorgeeinrichtungen und Pflegefamilien. In seiner letzten Familie war er fast jeden Tag von seinem Pflegevater verprügelt worden. Aber ist all das eine Entschuldigung dafür, was ich getan habe?, ging es ihm durch den Kopf. Oder für das, was ich gleich tun werde? Andere Menschen stammten auch aus schwierigen Familienverhältnissen, ohne deshalb gleich zum Verbrecher zu werden. Und das war er ohne Zweifel: ein Verbrecher. So tief bist du also schon gesunken, dachte er. Die Frage war, ob er noch tiefer sinken würde.

Gonzo ging um den Mercedes herum und öffnete den Kofferraum. »Wir sind da«, sagte er zu dem Mädchen, das sich in Embryostellung zusammengerollt hatte.

Mit wackeligen Beinen kletterte das Mädchen aus dem Wagen. Nach der langen Zeit, die sie in dem Keller auf dem Bett hatte liegen müssen, fühlte sie sich noch extrem unsicher auf den Beinen.

Als sie endlich neben dem Mercedes stand, musste sie sich am Wagendach festhalten, um nicht umzufallen. Sie versuchte, Gonzo in die Augen zu sehen, aber der wich ihrem Blick aus.

Lieber Gott, bitte hilf mir!, dachte sie.

»Okay, das war's«, sagte Gonzo in einem übertrieben geschäftsmäßigen Tonfall und starrte dabei auf einen imaginären Punkt am Horizont. »Du wirst jetzt diesen Weg immer geradeaus durch den Wald gehen. Das dauert ungefähr eine Stunde. Währenddessen habe ich Zeit, zu verschwinden. Auf der anderen Seite des Waldes wirst du ein paar Häuser finden. Du klingelst einfach irgendwo und rufst deine Eltern an, okay?«

»Okay«, sagte das Mädchen tapfer. Ihre Blicke trafen sich. »Du wirst mir doch nichts tun, Gonzo?«, fragte sie mit fester Stimme.

Der Riese starrte auf den Boden und schüttelte heftig den Kopf. »Nein«, sagte er leise. »Natürlich nicht. So etwas könnte ich nie tun.«

»Und außerdem hast du es versprochen«, erinnerte sie ihn. »Und Versprechen muss man halten. Du hast es selbst gesagt.«

Gonzo nickte. »Ja, Kleines, da hast du recht. Versprechen muss man immer halten. Das ist Ehrensache.« Er merkte, dass ihm Tränen in die Augen stiegen. Im gleichen Moment spürte er, wie das Mädchen seine Hand nahm.

»Dann werde ich jetzt gehen«, sagte sie. »Es hört sich vielleicht blöd an, aber vielen Dank für alles. Nicht für die Entführung natürlich, aber für alles andere, was du für mich getan hast. Das Essen und die Bücher und so. Da waren echt ein paar gute Sachen dabei.« Sie streichelte seinen Handrücken. »Ich mag dich, Gonzo, ich mag dich wirklich. Und du brauchst keine Angst zu haben. Ich verspreche dir, dass ich euch nicht verraten werde. Ich will nur noch nach Hause.«

Gonzo liefen die Tränen in Strömen die Wangen herunter.

»Geh jetzt«, sagte er. »Geh.«

Das Mädchen setzte sich mit zögernden Schritten in Bewegung. Nach ein paar Metern drehte sie sich noch einmal um und sah, dass Gonzo sie immer noch anstarrte. Sie konnte förmlich sehen, wie es in seinem Kopf arbeitete.

Gonzo ballte verzweifelt die Fäuste. Wahrscheinlich begehe ich jetzt den größten Fehler meines Lebens, dachte er.

Gonzo zog die Beretta, die er von Freddy bekommen hatte, unter seiner Jacke hervor. Seine Hand zitterte wie Espenlaub, als er die Waffe auf das Mädchen richtete.

45

»Und das war wirklich Susanne Binder?«, vergewisserte sich Peter Schlüter. Er war sichtlich erleichtert.

Marc nickte und trank die vierte Tasse schwarzen Kaffee an diesem Morgen aus. Er war gerade mehrere Stunden von der Polizei durch die Mangel gedreht worden und litt unter starkem Schlafdefizit. Vom Polizeipräsidium aus war er direkt nach Hause gefahren, um sich aufs Ohr zu legen, hatte aber schnell gemerkt, dass ihn die Ereignisse der letzten Nacht und die Ungewissheit über das Schicksal Daniela Schwalenbergs nicht schlafen lassen würden.

Also war er wieder aufgestanden und hatte Irene von Kleist angerufen, die ihm mitgeteilt hatte, dass Daniela noch nicht wieder aufgetaucht sei. Dann hatte Marc sich mit Peter Schlüter in Verbindung gesetzt und sich mit ihm verabredet. Nun saßen sie sich in der Kanzlei gegenüber.

»Die Frau am Telefon war ohne Zweifel Susanne Binder«, bestätigte Marc und schenkte sich Kaffee nach.

»Erzählen Sie«, forderte sein Mandant ihn auf.

»Susanne Binder hatte tatsächlich eine kurze Affäre mit Ihrem Vater«, berichtete Marc. »Die Beziehung begann im Frühjahr 1978, als Susanne kurz vor dem Abitur stand. Ihr Vater war ihr Deutsch-Leistungskurslehrer und sie sind sich auf einem Kurstreffen nähergekommen. Ein paar Wochen nach dem Abitur hat Susanne Binder sich mit ihren Eltern zerstritten und ist zu Hause ausgezogen. Weil sie nicht wusste, wo sie hinsollte, hat Ihr Vater sie vorübergehend in der ehemaligen Wohnung von Frau Güttmann einquartiert, die seit ihrem Tod im April 1978 leer stand. Dort hat Ihr Vater sie im Sommer 1978 regelmäßig ... nun ja, besucht. Für ihn war das natürlich sehr bequem. Er musste nur zwei Treppen nach oben gehen, um seine Geliebte zu treffen.«

Schlüter schüttelte ungläubig den Kopf. »Und meine Mutter hat von all dem nichts mitbekommen?«, fragte er.

»Susanne Binder meinte, Ihr Vater habe sich keine allzu große Mühe gegeben, das Verhältnis zu verheimlichen. Als sie ihn einmal darauf angesprochen habe, was seine Frau darüber denke, habe er geantwortet, das sei ihm egal, die Ehe existiere sowieso nur noch auf dem Papier.« Marc hob die Schultern. »Vielleicht hat Ihre Mutter es nicht gewusst, vielleicht wollte sie es aber auch nur nicht wissen.«

»Als ich im März 1979 aus den USA zurückgekommen bin, schien mit meinen Eltern alles in Ordnung zu sein«, meinte Schlüter nachdenklich.

»Wahrscheinlich haben sich die beiden irgendwie arrangiert, auch Ihnen zuliebe. Die Beziehung Susanne Binders zu Ihrem Vater war zu dem Zeitpunkt sowieso schon lange in die Brüche gegangen. Die beiden haben sich im September 1978 getrennt. Susanne Binder hat damals das Land verlassen, ohne sich noch einmal bei ihren Eltern zu melden. Sie hatte wohl eine ziemlich flippige und rebellische Phase. Zuerst ist sie bis nach Indien und Thailand getrampt und hat dort mehrere Monate verbracht, dann hat sie einige Jahre auf Samos in einer Hippie-Kommune am Strand gelebt. Anschließend ist sie nach Südspanien gezogen. Dort hat sie 1988 zufällig zeitnah erfahren, dass ihr Vater gestorben ist. Sie war dann sogar noch auf seiner Beerdigung in Bielefeld.«

»Wie kann das sein?«, unterbrach Schlüter. »Ich denke, sie gilt seit 1978 als vermisst?«

»Ja, Susannes Eltern hatten damals eine Vermisstenanzeige aufgegeben, aber sie selbst wusste davon nichts. Als sie zehn Jahre später bei der Beerdigung wieder auftauchte, hat ihre Mutter wohl vergessen, das der Polizei mitzuteilen. Ich habe mich inzwischen noch einmal mit Britta Gerland im Justizministerium unterhalten. Die hat gemeint, jedes Jahr würden in Deutschland achtzigtausend Menschen für kürzere oder längere Zeit verschwinden, die meisten tauchten allerdings irgendwann wieder auf. Dabei komme es relativ häufig vor, dass die Angehörigen in der Wiedersehensfreude nicht daran denken, die Polizei zu informieren. Oder sie glauben, irgendjemand werde das schon für sie erledigen, oder es ist ihnen auch schlicht egal. Und deshalb stehen manche Menschen jahre- oder sogar jahrzehntelang in der Vermisstenkartei, obwohl ihr Aufenthaltsort schon lange wieder bekannt ist.«

»Wie hat Susanne Binder davon erfahren, dass wir sie suchen?«, wollte Schlüter wissen.

»Sie lebt zwar nach wie vor in Spanien, zusammen mit Mann und zwei Kindern in der Nähe von Sevilla, aber seitdem auch ihre Mutter tot ist, pflegt sie den Kontakt zu einem Schulfreund. Der hat aufgrund Ihrer Telefonaktion von unserer Suche erfahren und sich mit ihr in Verbindung gesetzt.«

Peter Schlüter wurde nachdenklich. »Sind Sie sich eigentlich wirklich sicher, dass die Frau, die Sie angerufen hat, Susanne Binder ist?«

Marc lächelte. »Ihre Befürchtungen sind unbegründet. Britta Gerland hat die Frau überprüfen lassen und ich selbst habe sie in Spanien zurückgerufen. Das Ergebnis ist eindeutig: Susanne Binder lebt!«

»Gott sei Dank«, seufzte Schlüter. »Allerdings stehen wir damit wieder am Anfang. Wenn die Tote auf dem Dachboden nicht Susanne Binder ist, wer ist sie dann?«

»Ich denke, um das zu erfahren, bleibt uns nur noch eine Spur«, meinte Marc. »Hans-Werner Ebersbach.«

46

Das Mädchen ging mit unsicheren Schritten auf die Neubausiedlung zu. Etwa fünfzig Meter von den ersten Grundstücken entfernt blieb sie stehen, weil sie nicht wusste, wohin sie sich wenden sollte. Vor ihr standen drei Einfamilienhäuser. In dem Garten des linken Hauses spielten zwei Kinder auf einer Schaukel, das Haus in der Mitte machte einen verlassenen Eindruck, aus einem Fenster des rechten Hauses drang laute Musik nach außen. Abba, wenn sie sich nicht irrte.

Sie entschied sich für das rechte Haus. Sie öffnete die niedrige Pforte des Zaunes, der das Grundstück umgab, und folgte einem Plattenweg durch den schlammigen Garten. Dann ging sie die drei Stufen zu der weißen Haustür hoch und drückte den Klingelknopf. Irgendwo tief im Inneren des Hauses läutete es zweimal, sonst erfolgte keine Reaktion. Sie schellte noch einmal und die Musik verstummte. Sekunden später hörte sie Schritte und die Tür öffnete sich. Eine blonde Frau mittleren Alters erschien in der Öffnung und sah das Mädchen fragend an.

»Ich ... ich heiße Daniela Schwalenberg«, sagte sie stockend. »Kann ich bitte mit meinen Eltern telefonieren?«

47

Nach einer fast zweieinhalbstündigen Fahrt verließ Marc die A45. Wenige Minuten später passierte er das Ortseingangschild von Siegen. Für die Schönheit der Landschaft, die die Stadt umgab, hatte er keinen Blick. Er war seit über dreißig Stunden auf den Beinen, war aber immer noch so aufgedreht, dass jeder Schlafversuch nach wie vor zwecklos erschien. Deshalb hatte er sich nach dem Gespräch mit Peter Schlüter in seinen Golf gesetzt und auf die Suche nach Hans-Werner Ebersbach gemacht.

Das wenige, was Marc über die Metropole des Siegerlandes wusste, rührte von einigen Besuchen Anfang der Neunzigerjahre, als ein Schulfreund an der Universität und Gesamthochschule Siegen Betriebswirtschaftslehre studiert hatte: Die Einwohner sprachen ein merkwürdig rollendes R und die Stadt hatte kein richtiges Zentrum, sodass man gezwungen war, auf dem Weg von einer Kneipe zur nächsten das Auto zu benutzen.

Marc steuerte die erste Tankstelle an, trank den wahrscheinlich zehnten Kaffee des Tages und erstand einen Stadtplan. Damit fand er mühelos die Adresse, die Hans-Werner Ebersbach Schlüters Vater als Nachsendeadresse hinterlassen hatte.

Das Haus Bismarckstraße 27a war eines von vier zehnstöckigen Hochhäusern am Stadtrand, die so erbaut worden waren, dass sie sich gegenseitig die Sonne nahmen. Vor jeder

Etage verlief ein Laufgang, nach hinten raus verfügte jedes Appartement über eine Satellitenschüssel und ein großes Fenster, von dem aus die Bewohner ihre Nachbarn in den anderen Betonklötzen beobachten konnten. Zwischen den Häusern hatten die Architekten wenig Grün-, dafür umso mehr Parkflächen angelegt. Nach dem Zustand und dem Alter der darauf abgestellten Autos zu schließen, lebten hier hauptsächlich Empfänger staatlicher Transferleistungen.

Marc parkte seinen Golf an der Straße, stieg aus und steuerte auf den Eingang von Haus 27a zu. Auf dem Klingelbrett waren viele ausländische Namen zu finden, aber kein Bewohner namens Ebersbach. Marc war nicht sonderlich überrascht. Ebersbach hatte es in der Wohnung in der Menzelstraße in Bielefeld gerade einmal fünf Monate ausgehalten, was auf einen etwas unsteten Lebenswandel schließen ließ. Da war kaum zu erwarten gewesen, dass er anschließend neunundzwanzig Jahre lang in demselben Haus wohnen würde. Aber irgendwo musste Marc mit seiner Suche ja beginnen.

Er legte den Kopf in den Nacken und sah an der Fassade hoch. In diesem Moment öffnete sich die Tür neben ihm und eine junge Frau schickte sich an, das Haus, einen Kinderwagen vor sich herschiebend, zu verlassen. Marc hielt ihr die Tür auf und erntete ein dankbares Lächeln.

»Ich würde in diesem Haus gern eine Wohnung mieten«, nutzte Marc die Gelegenheit zur Gesprächsanbahnung. »Gibt es hier einen Hausmeister oder Hausverwalter?«

»Ja, Frau Ruhnke. Die hat ihr Büro im Haus 27d, dem Block dahinten.«

Die Mutter zeigte auf das Hochhaus, das sich in einer Entfernung von knapp fünfzig Metern in den Himmel reckte.

»Vielen Dank. Wie ist es denn so, hier zu wohnen?«

»Sie sehen ja selbst.« Die junge Frau machte eine vielsagende Handbewegung, die den ganzen Komplex umfasste. »Dafür ist die Miete relativ günstig.«

»Darf ich fragen, wie lange Sie hier schon wohnen?«

»Das werden jetzt acht Jahre.«

»Einen Hans-Werner Ebersbach kennen Sie nicht zufällig?«

»Nein, nie gehört.«

Marc bedankte sich noch einmal und machte sich auf den Weg zu Haus 27d. Im Erdgeschoss fand er tatsächlich ein kleines Büro. *Hausverwaltung* verrieten durchsichtige Buchstaben auf der Rauchglastür. Marc betätigte die daneben angebrachte Klingel, aber niemand öffnete. Probehalber drückte er die Türklinke hinunter, aber das Büro war abgeschlossen. Ohne Erfolg suchte er eine Mitteilung über die Öffnungszeiten. Schließlich wandte er sich der Wohnungstür neben dem Büro zu. Tatsächlich hatte er Glück. *Mechthild Ruhnke* stand unter der Klingel.

Marc schellte und zehn Sekunden später wurde ihm von einer korpulenten, blondierten Frau Ende vierzig geöffnet. Bekleidet war sie mit einer braunen Hose und einem dicken grünen Pullover, darüber trug sie eine bunt gemusterte Schürze. »Ja, bitte?«

»Frau Ruhnke?«

Ein bestätigendes Kopfnicken.

»Mein Name ist Hagen, mir wurde gesagt, Sie seien die Hausverwalterin.«

»Hausverwalterin, Hausmeisterin, Mädchen für alles.«

»Dann bin ich bei Ihnen an der richtigen Adresse. Ich werde demnächst nach Siegen umziehen und suche eine Wohnung. Ist hier vielleicht etwas frei?«

»Da müsste ich nachschauen.« Mechthild Ruhnke wischte sich die nassen Hände an ihrer Schürze ab und zog diese anschließend aus. »Haben Sie einen Wohnberechtigungsschein?«, fragte sie.

»Kann ich besorgen«, versicherte Marc.

Frau Ruhnke studierte seine Erscheinung, dann nickte sie, als habe sie keine Schwierigkeiten, ihm zu glauben. Marc wurde sich auf einmal bewusst, dass er sich seit gestern weder rasiert noch gewaschen noch seine Kleidung gewechselt hatte.

Die Hausverwalterin nahm einen Schlüssel von dem neben der Tür angebrachten Brett. »Wenn Sie mir bitte folgen würden.«

Sie führte Marc zu dem Büro, schloss auf und bedeutete ihm, auf dem Freischwinger gegenüber dem mächtigen Schreibtisch Platz zu nehmen. Anschließend zog sie einen dicken Ordner aus dem Regal und schlug ihn auf.

»Wollen mal sehen, ob ich Ihnen helfen kann«, murmelte sie lächelnd, während sie sich setzte. Mit dem Zeigefinger fuhr sie eine lange Liste herunter, schüttelte den Kopf und blätterte weiter. Dann blickte sie wieder auf. »Ich habe zurzeit nur eine Vierzimmerwohnung in 27b zu vergeben«, verkündete sie.

»Nichts Kleineres?«, fragte Marc mit Enttäuschung in der Stimme. »Ich bin allein.«

Mechthild Ruhnke schüttelte bedauernd den Kopf. »Tut mir leid. Sie können aber Ihre Telefonnummer hierlassen. Wenn in der nächsten Zeit etwas frei werden sollte, werde ich mich bei Ihnen melden.«

»Das wäre nett. Ein Bekannter meiner Eltern hat in dieser Anlage mal eine Wohnung gemietet. Vielleicht wohnt er immer noch hier. Ein Hans-Werner Ebersbach.«

Auf Mechthild Ruhnkes Gesicht erschien eine nachdenkliche Falte. »Der Name sagt mir nichts«, meinte sie dann.

»Das ist schade. Meine Eltern haben mir ausdrücklich aufgetragen, Herrn Ebersbach von ihnen zu grüßen, wenn ich schon mal hier bin. Er ist im Januar 1979 im Haus 27a eingezogen, seitdem haben sie nichts mehr von ihm gehört.«

»Kann sein, dass er mal hier gewohnt hat. Ich habe allerdings erst vor dreizehn Jahren als Hausverwalterin angefangen.«

»Haben Sie keine Unterlagen aus dem Jahr 1979? Alte Mietverträge zum Beispiel. Vielleicht kann man anhand derer feststellen, wie lange er hier gewohnt hat und wo er jetzt lebt.«

Mechthild Ruhnke lachte schallend. »Sie suchen einen Mietvertrag aus dem Jahr 1979? Schauen Sie sich doch mal um! Ich habe in diesem Kabuff gerade mal Platz für die laufenden Verträge.«

»Vielleicht kann sich Ihr Vorgänger an Hans-Werner Ebersbach erinnern?«, blieb Marc hartnäckig.

»Das war der alte Pachelke. Der ist aber schon viele Jahre tot.« Auf dem Gesicht der Frau erschien wieder die nachdenkliche Falte. »Warten Sie mal. 1979 sagen Sie? Ihr Herr Ebersbach ist aber nicht zufällig der Selbstmörder, oder?«

Marc horchte auf. Mechthild Ruhnke hatte seine volle Aufmerksamkeit. »Was für ein Selbstmörder?«

»Der alte Pachelke hat mir bei der Übergabe erzählt, von einem der Hochhäuser sei mal einer runtergesprungen. Das muss Ende der Siebzigerjahre gewesen sein. So viel passiert im Leben eines Hausverwalters ja nicht, und das war wohl sein aufregendstes Erlebnis.«

»Und dieser Selbstmörder war Hans-Werner Ebersbach?«

»Wie gesagt, an Namen kann ich mich nicht erinnern. Aber von der Zeit her könnte es ungefähr hinkommen.«

48

Die nächsten Stunden liefen vor Daniela Schwalenberg ab wie ein Film, dessen Hauptdarstellerin sie war.

Fünfzehn Minuten nach ihrem Anruf traf zusammen mit ihren Eltern die Polizei ein. Renate Schwalenberg wollte ihrer Tochter sofort um den Hals fallen, aber eine Polizistin ging dazwischen. Daniela musste ihre gesamte Kleidung ausziehen, die anschließend in Plastiksäcke gesteckt wurde. »Wegen der Fasern«, wurde ihr gesagt. Die Polizistin gab Daniela einen Trainingsanzug, dann durfte sie ihre Eltern umarmen.

Anschließend wurde das Mädchen in ein Krankenhaus gebracht. Die Ärzte stellten ihr einige Fragen, unter anderem, ob ihr sexuelle Gewalt angetan worden sei. Daniela verneinte. Sie wurde gründlich untersucht, äußere oder innere Verletzungen wurden nicht festgestellt. Endlich durfte sie sich duschen und ihre Haare waschen.

Eine Polizistin kam und fragte, ob sie bereit und in der Lage sei, sich einer ersten Vernehmung zu stellen. Ihre Aussage sei wichtig, es könne auf jede Minute ankommen. Daniela bejahte und auch die Ärzte hatten keine Einwände. Daraufhin wurde sie in Begleitung ihrer Eltern zum Bielefelder Polizeipräsidium gebracht.

Jetzt saß Daniela neben ihrer Mutter und ihrem Vater im Vernehmungszimmer und wartete. Die ganze Zeit wurde nicht ein Wort gesprochen. Daniela starrte abwechselnd auf ihre Hände und auf die Tischplatte, sie war kaum in der Lage, den Blick zu heben.

Renate Schwalenberg hielt mit ihren Händen Danielas rechten Arm so fest umklammert, als wollte sie ihn nie wieder loslassen. Dieter Schwalenberg, der rechts neben seiner Tochter saß, zeigte dagegen das Gesicht eines wütenden Kampfhundes.

Wahrscheinlich malt er sich aus, was er mit den Entführern anstellen wird, wenn sie gefasst werden, dachte Helen Baum.

Sie stand zusammen mit Hauptkommissar Remmert und der Polizeipsychologin Petra Seifert im Observationsraum und beobachtete durch den Einwegspiegel das Stillleben in dem daneben liegenden Verhörzimmer.

»Die Schwalenbergs haben darauf bestanden, bei Danielas Befragung anwesend zu sein«, sagte Remmert.

Helen Baum massierte sich die Nasenwurzel. »Können wir dann?«, fragte sie mit Blick auf ihren Stellvertreter und Petra Seifert und erhielt bestätigendes Kopfnicken. »Herr Remmert, ich würde Sie bitten, die Vernehmung zu leiten.

Sie sind ohne Zweifel erfahrener und ich möchte mich zunächst auf das Zuhören und Beobachten beschränken.«

Der Hauptkommissar schaffte es kaum, seine Überraschung zu verbergen. »Geht in Ordnung«, sagte er nur.

Die drei Beamten verließen den Beobachtungsraum und betraten das Verhörzimmer, einen in Pastellfarben gehaltenen, lichtdurchfluteten Raum mit hellen Möbeln, Pflanzen und Drucken an der Wand. Helen Baum musste jedes Mal den Kopf schütteln, wenn sie die Vernehmungsräume in Fernsehkrimis sah: fensterlose, dunkle Löcher, die an Gestapo-Gefängnisse erinnerten und in denen die Verdächtigen bei den Verhören mit grellen Lampen geblendet wurden. Wahrscheinlich vergaßen die Fernsehheinis, dass in diesen Räumen auch die Opfer von Gewalttaten befragt wurden, denen die Vernehmung so angenehm wie möglich gemacht werden sollte. Außerdem wollte die Polizei ja auch von den Verdächtigen etwas wissen und in einer freundlichen Atmosphäre war es wesentlich leichter, die Leute zum Reden zu bringen.

Helen Baum begrüßte die Schwalenbergs mit Handschlag, dann wandte sie sich der Tochter zu. »Hallo, Daniela«, sagte sie zur Begrüßung. »Ich darf doch Du sagen?«

Daniela Schwalenberg starrte weiter auf den Boden, aber Helen Baum meinte, ein kaum wahrnehmbares Nicken bemerkt zu haben, was sie als Einverständnis wertete. »Zunächst einmal möchte ich dir sagen, dass wir alle sehr froh sind, dass du wohlbehalten zurück bist. Das ist Petra Seifert«, stellte sie dann vor. »Frau Seifert ist Psychologin. Wenn du ihre Hilfe brauchst, sag einfach Bescheid, wir können jederzeit unterbrechen. Das ist Herr Hauptkommissar Remmert. Er wird dir gleich ein paar Fragen stellen. Ist das in Ordnung?«

Als Antwort erhielt die Kriminaldirektorin wieder ein schwaches Nicken. »Gut, dann fangen wir jetzt an.«

Remmert, Helen Baum und die Psychologin nahmen auf der anderen Seite des Tisches Platz. Der Hauptkommissar setzte sich in die Mitte, sodass er Daniela Schwalenberg genau gegenübersaß, Helen Baum und Petra Seifert verteilten sich auf den Stühlen rechts und links daneben.

»Daniela, es ist wirklich sehr wichtig, dass du uns hilfst«, begann Remmert. »Schließlich wollen wir die Menschen fassen, die dir das angetan haben. Die Entführer sind mit Sicherheit auf der Flucht und wollen sich vielleicht sogar ins Ausland absetzen. Deshalb können wir nicht mit unseren Fragen warten, auch wenn du jetzt wahrscheinlich viel lieber deine Ruhe hättest. Okay?«

Das Mädchen starrte auf den Tisch. Dann bewegte sie den Kopf erneut langsam auf und ab.

»Gut«, meinte Remmert. »Ist es in Ordnung, wenn unser Gespräch aufgezeichnet wird?« Er deutete auf das Aufnahmegerät und das Mikrofon. Nach dem nächsten stummen Kopfnicken sagte er: »Vielleicht kannst du uns erst einmal mit deinen Worten schildern, wie die Entführung abgelaufen ist.«

»Ich … ich war Samstagnacht auf dem Heimweg aus dem *Meddox*«, setzte Daniela stockend an. »Ich war schon vor unserem Haus, da kamen auf einmal zwei Männer von hinten und haben mich gepackt und hochgehoben. Ich glaube, ich habe noch versucht, mich zu wehren. Dann weiß ich nichts mehr, bis ich in einem Raum aufgewacht bin. Dort haben die Männer mich gefangen gehalten und heute freigelassen.«

»Wie viele Männer waren es?«

»Ich bin mir nicht sicher. Ich glaube, es waren drei, es können aber auch mehr gewesen sein.«

»Hast du einen der Entführer erkannt? Konntest du ein Gesicht sehen?«

Daniela Schwalenberg zögerte lange, bevor sie antwortete. Schließlich sagte sie: »Nein, ich habe niemanden erkannt. Die Männer waren immer maskiert, wenn sie mit mir gesprochen haben.«

»Wie sieht es mit dem Alter der Männer aus? Größe? Stimme? Geruch? Sonstige Auffälligkeiten? Irgendetwas, was uns helfen könnte, diese Leute zu fassen?«

Die Frage rief bei Daniela Schwalenberg zunächst ein erneutes Zögern, dann ein bedauerndes Kopfschütteln hervor. »Nein, tut mir leid. Ich fürchte, ich bin Ihnen keine große Hilfe. Ich hatte solche Angst um mein Leben, dass ich mich auf nichts anderes konzentrieren konnte.«

»Das verstehen wir natürlich«, sagte Remmert. »Vielleicht kannst du ja irgendetwas zu dem Auto sagen, mit dem du entführt worden bist? Oder zu der Wegstrecke, die die Gangster nach der Entführung mit dir zurückgelegt haben? In welche Himmelsrichtung sind sie gefahren? Sind sie in der Stadt gefahren, auf einer Landstraße oder auf der Autobahn? Seid ihr vielleicht mal durch einen Tunnel gefahren?«

Daniela schüttelte den Kopf. »Ich weiß es nicht. Ich war doch die ganze Zeit bewusstlos.«

»Und als sie dich freigelassen haben?«, mischte sich Helen Baum ein. »Warst du da auch bewusstlos?«

»Nein, aber da habe ich auch nichts gesehen. Ich war so aufgeregt.«

»Okay«, übernahm Remmert wieder die Gesprächsführung. »Vielleicht kommen wir später noch einmal auf diese Punkte zurück. Manchmal hilft der zeitliche Abstand bei der Erinnerung. Wie sieht es mit dem Ort aus, an dem du gefangen gehalten worden bist? Kannst du uns dazu etwas sagen?«

»Ich war die ganze Zeit in diesem Raum und konnte nicht nach draußen schauen. Keine Ahnung, wo das gewesen sein könnte.«

»Kannst du dich an Geräusche erinnern? Züge? Straßenbahn? Feuerwehr? Flugzeuge? Haben die Täter Radio gehört? Wenn ja, welchen Sender?«

Das Mädchen schüttelte erneut den Kopf. »Tut mir leid«, stammelte sie. »Ich weiß gar nichts. Ich kann nicht mehr.«

»Brauchst du eine Pause?«, fragte der Hauptkommissar behutsam.

Daniela Schwalenberg nickte und lächelte schüchtern. »Ja, ist vielleicht besser«, sagte sie leise.

»Okay, dann lassen wir dich jetzt ein paar Minuten allein.«

49

Marc verabschiedete sich von der Hausverwalterin. Auf dem Weg zu seinem Auto meldete sich sein Handy. Er schaute auf das Display und stellte fest, dass er eine SMS von Irene von Kleist bekommen hatte. Als er die Nachricht öffnete, machte sein Herz einen kleinen Sprung: Die Anwältin teilte ihm mit, Daniela Schwalenberg sei unverletzt von den Entführern freigelassen worden und befinde sich in Sicherheit. Marc schloss für einen Moment die Augen. Sein Einsatz war also nicht umsonst gewesen.

Er atmete durch. Jetzt konnte er sich mit ganzer Kraft der Suche nach Hans-Werner Ebersbach widmen. Marc zog den Stadtplan zurate, dann stieg er wieder in seinen Golf und fuhr zum Einwohnermeldeamt, das im Siegener Rathaus untergebracht war.

Dort musste er eine halbe Stunde warten, bis er gegenüber einer jungen blonden Frau mit breitem, ehrlichem Gesicht, Pausbacken und Sommersprossen Platz nehmen durfte. Marc konnte sich ein Lächeln nicht verkneifen. Mit dieser Trulla vom Lande würde er leichtes Spiel haben.

»Mein Name ist Hagen«, sagte er zur Begrüßung und warf einen Blick auf das Namensschild auf dem Tisch. »Frau Seghers, ich hätte gern eine Auskunft über Hans-Werner Ebersbach, geboren am 11.3.1953, der am 1. Januar 1979 von Bielefeld nach Siegen umgezogen ist.«

»Januar 1979«, wiederholte Frau Seghers langsam. »Personen, die vor mehr als fünf Jahren verzogen oder verstorben sind, sind im aktuellen Melderegister nicht mehr zu ermitteln, weil sie gesondert gespeichert werden müssen«, dozierte sie. »Für eine Auskunft aus dem archivierten Melderegister müssten Sie nachweisen, dass Sie die Auskunft zu wissenschaftlichen Zwecken oder zur Behebung einer Beweisnot brauchen oder dass Herr Ebersbach schriftlich eingewilligt hat.«

Marc behielt sein Lächeln unerschütterlich bei. »Ich benötige die Auskunft zur Behebung einer Beweisnot«, behauptete er und überreichte der Angestellten eine seiner alten Visitenkarten aus Büttenpapier, auf der noch in goldenen Lettern die Berufsbezeichnung ›Rechtsanwalt‹ prangte. »Ich bin Rechtsanwalt und ermittle in einer Erbschaftsangelegenheit. Herr Ebersbach kommt als Erbe eines nicht unbeträchtlichen Vermögens in Betracht.«

»So, so, Rechtsanwalt«, meinte Frau Seghers misstrauisch und musterte ihr Gegenüber eingehend.

Marc fuhr sich mit einer verlegenen Geste über seine Bartstoppeln. »Ja, Rechtsanwalt«, bestätigte er noch einmal. »Es ist wirklich wichtig.«

Endlich kam Bewegung in die Verwaltungsangestellte. »Also gut«, sagte sie. Sie beugte sich nach unten, zog eine Schublade ihres Schreibtisches auf und holte einen Vordruck daraus hervor, den sie vor Marc auf den Tisch legte.

»Für Auskünfte aus dem archivierten Melderegister müssen Sie einen schriftlichen Antrag stellen«, erläuterte sie. »Wenn Sie das Formular bitte sorgfältig ausfüllen würden.«

»Geht es nicht ausnahmsweise mündlich?«, protestierte Marc lahm. »Ich könnte da ohnehin nur das reinschreiben, was ich Ihnen eben schon gesagt habe.«

»Ich fürchte nicht«, bedauerte Frau Seghers. »Die Schriftform ist geboten, weil nur so eine nachträgliche beweissichere Prüfung möglich ist, ob die Daten tatsächlich zu dem von Ihnen benannten Zweck verwendet wurden.«

»Aber ich möchte doch nur wissen, ob Herr Ebersbach noch lebt, und wenn nicht, wann er verstorben ist. Wenn er tot ist, kann ich ihn von meiner Liste streichen und sofort nach Bielefeld zurückfahren.«

»Schriftlich«, wiederholte sie stur.

Marc unterdrückte den Wunsch, der Frau mitten in ihr Pfannkuchengesicht zu schlagen, und zückte seinen Kugelschreiber. Dann dachte er sich ein paar Namen aus und kritzelte etwas in die vorgegebenen Kästchen.

Als er fertig war, nahm Frau Seghers das Formular mit einem zufriedenen Gesichtsausdruck entgegen. Sie überflog Marcs Angaben, dann sagte sie. »Sie erhalten dann Bescheid. Ich wünsche Ihnen noch einen guten Tag.«

»Bescheid?«, fragte Marc entsetzt. »Ich sitze doch hier und jetzt vor Ihnen. Warum geben Sie mir nicht sofort Bescheid?«

Die Verwaltungsangestellte machte ein mitleidiges Gesicht. »Herr Hagen«, sagte sie geduldig. »Ein Bescheid setzt eine verwaltungsmäßige Prüfung des Vorgangs voraus. Und die dauert nun einmal. Ein paar Wochen werden Sie sich schon gedulden müssen.«

»Ein paar Wochen?«, stöhnte Marc. Doch dann riss er sich noch einmal zusammen. »Frau Seghers«, sagte er in dem beflissensten Ton, zu dem er fähig war. »Ich bin extra den weiten Weg von Bielefeld nach Siegen gefahren, weil ich die Informationen über Herrn Ebersbach dringend benötige.«

»Wenn Sie vorher angerufen hätten, hätte ich Sie schon am Telefon über das Prozedere aufklären können«, erwiderte die Angestellte.

»Da haben Sie natürlich vollkommen recht, Frau Seghers. Ich bin der allein Schuldige an dieser unbefriedigenden Situation. Schreiben Sie es von mir aus meiner Unerfahrenheit zu, ich bin noch in der Probezeit. Aber wenn ich jetzt mit leeren Händen nach Bielefeld zurückkehre, bekomme ich einen riesigen Ärger mit meiner Chefin. Vielleicht verliere ich sogar meinen Job. Sie kennen Frau Dr. von Kleist nicht. Sie hat …«

»Das stimmt, Herr Hagen«, schnitt Frau Seghers ihm das Wort ab. »Ich kenne die Dame nicht und ich habe auch nicht vor, sie kennenzulernen. Wenn ich sie allerdings kennenlernen würde, könnte ich ihr nur das Gleiche sagen, was ich Ihnen bereits mehrfach erklärt habe.« Sie sah an Marc vorbei und warf einen nachdrücklichen Blick auf die Schlange, die sich hinter ihm gebildet hatte. »Wenn ich sonst noch etwas für Sie tun kann?«

»Ja«, knurrte Marc. »Vielleicht können Sie mir mündlich verraten, ob Siegen ein Stadtarchiv hat.«

50

Helen Baum, Peter Remmert und Petra Seifert verließen das Verhörzimmer und gingen in den Observationsraum zurück, wo sie an dem runden Tisch Platz nahmen. Durch den großen Venezianischen Spiegel konnten sie sehen, dass Daniela Schwalenberg im Nachbarzimmer den Kopf in den Händen vergraben hatte, während ihre Mutter leise und beruhigend auf sie einsprach.

»Was halten Sie von dem Mädchen?«, wollte Helen Baum von Remmert wissen.

»Was soll ich sagen?«, gab der zurück. »Sie ist halt vollkommen fertig und will in Ruhe gelassen werden. Aber das ist ja wohl auch kein Wunder, nach allem, was sie durchgemacht hat.«

»Da bin ich anderer Ansicht«, widersprach Helen Baum.

Der Hauptkommissar hob die Augenbrauen. »Tatsächlich?«, fragte er.

»Ich finde, Daniela Schwalenberg verhält sich höchst seltsam«, meinte die Kriminaldirektorin. »Normalerweise erzählen freigelassene Entführte ihre Geschichte immer wieder. Die *wollen* es loswerden, damit sich die Belastung abbaut. Sie müssen sich das mal vorstellen! Eine Geisel, die tagelang in der Gewalt ihrer Peiniger war und nichts tun konnte! Nach der Freilassung brennen diese Leute geradezu darauf, etwas dazu beitragen zu können, die Menschen zu finden, die ihnen das angetan haben.«

»Können Sie sich nicht vorstellen, dass jeder Mensch ein Individuum ist, das unterschiedlich auf derartige Situationen reagiert?«, entgegnete Remmert heftig. »Nehmen Sie nur die bekanntesten Entführungsfälle der letzten Jahre: Sabine Dardenne, die in Belgien von diesem Dutroux entführt worden ist. Oder Stephanie Rudolph in Dresden und Natascha Kampusch in Österreich. Die Mädchen waren völlig traumatisiert.«

»Aber Stephanie Rudolph und Natascha Kampusch haben auch pausenlos Interviews gegeben, in denen sie die Tat bis in alle Einzelheiten geschildert haben, bei Kerner, bei RTL oder im *Spiegel.* Und was macht Daniela Schwalenberg? Ja, nein, weiß nicht. Nein, ich bin überzeugt, dass Daniela uns etwas vorspielt. Sie erzählt deshalb so wenig wie nötig, um sich hinterher nicht in Widersprüche zu verwickeln.«

»Und ich denke, Sie haben sich vollkommen in Ihre Theorie mit der vorgetäuschten Entführung verrannt und suchen jetzt krampfhaft nach irgendetwas, um sie beweisen zu können.« Der Hauptkommissar schüttelte verzweifelt den Kopf und wandte sich der Psychologin zu. »Was halten Sie von dem Mädchen?«, fragte er.

»Meiner Meinung nach macht Daniela einen glaubwürdigen Eindruck«, stimmte Petra Seifert ihm zu. »Einige Entführungsopfer verkraften ihre Gefangenschaft erstaunlich gut, andere leiden noch jahrelang psychisch unter den Folgen der erlittenen Angst und Ungewissheit.« Mit diesen Worten wandte sie sich der Kriminaldirektorin zu. »Frau Baum, was ich jetzt sage, bitte ich nicht als Kritik oder gar als Vorwurf zu verstehen. Aber wir wissen aus Untersuchungen, dass gerade bei weiblichen Polizisten die Gefahr besteht, dass sie angesichts ihrer Hilflosigkeit gegenüber

Gewalterscheinungen ihre eigenen Gefühle nicht zulassen und sich durch betont kühles Auftreten und distanzierte Ablehnung von den Gewaltgeschädigten abgrenzen. Das kann zu einem mangelnden Verständnis für die Notlage des Opfers führen.«

Remmert nickte zufrieden, während Helen Baum spürte, dass sie rot anlief. Jetzt war auch noch die einzige andere Frau der Soko gegen sie.

»Ja, sehen Sie denn nicht, was hier vor sich geht?« Die Kriminaldirektorin bemühte sich, nicht zu schreien, obwohl ihr danach zumute war. »Es *gibt* in diesem Fall kein Opfer! Daniela kann uns nichts sagen, weil diese Entführung nie stattgefunden hat. Und deshalb will sie uns auch nicht helfen.«

»Vielleicht gibt es eine andere Erklärung für Danielas scheinbar so sonderbares Verhalten«, versuchte die Psychologin, die aufgeheizte Stimmung zu entspannen. »Wahrscheinlich haben Sie schon einmal von dem sogenannten Stockholm-Syndrom gehört. Opfer mit Stockholm-Syndrom neigen dazu, sich mit ihren Peinigern zu solidarisieren, ja, sich ihnen gegenüber sogar dankbar und liebevoll zu verhalten, während sie die Polizei als ihren Feind betrachten. Deshalb kann die Bereitschaft des Opfers, der Polizei zu helfen, stark eingeschränkt sein.«

»Und Sie glauben, bei Daniela Schwalenberg ist ein derartiges Stockholm-Syndrom erkennbar?«, fragte Remmert.

»Ob es ein echtes, voll ausgebildetes Stockholm-Syndrom ist, ist erst einmal zweitrangig«, meinte die Psychologin vorsichtig. »Wichtig ist es, zu verstehen, was in einer Geisel vor sich geht. Sie müssen sich vorstellen, dass eine Geiselnahme eine existenzielle Ausnahmesituation für das Opfer darstellt. Man verliert völlig die Kontrolle über das eigene Leben und ist Todesängsten ausgesetzt. Das Einzige, was noch zählt, ist, zu überleben und möglichst unverletzt aus der Situation herauszukommen. Deshalb tut das Opfer aus reinen Selbsterhaltungsgründen alles, was der Täter verlangt, und gibt ihm die Hand, um die Überlebenschancen zu erhöhen. Ein Opfer, das sich so verhält, zeigt keine Störung, sondern eine rationale und situationsangemessene Haltung. Im Gegensatz zu diesem Ziel des Opfers hat die Polizei unter anderem auch die Aufgabe, die Täter zu stellen. Das ist der Geisel aber erst einmal völlig gleichgültig. Die Geisel will überleben; ob der Täter seine gerechte Strafe erhält, ist für sie ohne existenzielle Bedeutung. Ein Verhalten der Geiseln entgegen den polizeilichen Erwartungen ist somit eigentlich vollkommen normal.«

»Aber Daniela ist spätestens jetzt keine Geisel mehr!«, gab Helen Baum zu bedenken. »Warum hilft sie uns nicht?«

»Weil sie ihren Entführern immer noch dankbar ist, dass sie sie am Leben gelassen haben«, erklärte Petra Seifert. »Manche Geiseln bauen eben sogar eine echte emotionale Bindung zu dem Täter auf und nehmen den oder die Täter gegenüber der Polizei in Schutz. Geiseln und Täter haben grundsätzlich das gleiche Interesse, nämlich heil aus der Situation herauszukommen. Bei Geiseln und Tätern wachsen so vergleichbare Erwartungen und Ängste, die in etwa in folgende Richtung gehen: ›die da draußen‹ und ›wir hier drinnen‹.«

Remmert nickte zufrieden. »Genau meine Meinung.«

»Dabei sollte man übrigens nicht vergessen, dass auch manche Täter positive Gefühle und Sympathien gegenüber der Geisel entwickeln«, fuhr die Psychologin fort. »Ein Effekt, welcher die Überlebenschancen der Geisel positiv beeinflussen kann, weil die Aggressionsbereitschaft der Täter der Geisel gegenüber gehemmt wird. Je mehr sich Täter und Geisel austauschen im Hinblick auf die jeweilige Lebenslage und die Motive des Täters, je begreifbarer der andere als Person und als Individuum wird, je mehr ›menschliche Züge‹ beim jeweils anderen entdeckt werden, umso größer ist die Chance des Sympathiegewinns für die andere Seite. Es …«

Ein Beamter betrat den Raum und unterbrach die Ausführungen der Psychologin: »Frau Baum, Telefon für Sie.«

Er reichte der Kriminaldirektorin ein Handy. Das Gespräch war sehr einsilbig: »Aha.« – »Mhm.« – »Ja.« – »Nein.«, und am Ende sagte Helen Baum: »Vielen Dank, Sie haben mir sehr geholfen.«

Die Kriminaldirektorin drückte die Aus-Taste und schenkte dem Hauptkommissar einen triumphierenden Blick. »So, Herr Remmert, wir werden jetzt zurück ins Verhörzimmer gehen«, sagte Helen Baum. »Und ab sofort werde ich die Fragen stellen.«

51

Tatsächlich hatte Frau Seghers Marc die Adresse des Stadtarchivs ohne schriftlichen Antrag gegeben. Dort angelangt wandte Marc sich an eine Mitarbeiterin und trug sein Anliegen vor. Die Frau erklärte ihm, dass die *Siegener Zeitung* seit Jahren auf Mikrofilm archiviert wurde. Sie führte ihn in einen Raum, in dem die Lesegeräte standen. Marc nahm vor einem Gerät mit der Aufschrift *Readerprinter* Platz. Nachdem der entsprechende Knopf gedrückt worden war, leuchtete der Bildschirm nach einer kurzen Aufwärmphase. In der Zwischenzeit suchte die Mitarbeiterin die richtigen Mikrofilmrollen, die jeweils einen Zeitraum von etwa einem Monat umfassten, heraus und zeigte Marc, wie man die Rollen einlegte, scharf stellte und weiterdrehte.

Schließlich war Marc allein. Er rollte den Film, bis er die Zeitung vom 2. Januar 1979, dem Tag nach Ebersbachs Umzug nach Siegen, gefunden hatte. Die globale Erwärmung war vor achtundzwanzig Jahren offenbar noch kein Thema gewesen, denn die Schlagzeile lautete: *Leichte Entspannung an der Schneefront im Norden. Vierzehn Menschen erfroren. Zweitausendachthundert Bundeswehrsoldaten im Einsatz.*

Der strenge Winter sorgte auch anderweitig für Besorgnis, hatte er die Arbeitslosenquote doch von 4,4 Prozent auf 5,1

Prozent nach oben schnellen lassen, die Zahl der Arbeitslosen lag bei knapp über einer Million. Tja, dachte Marc. Für diese Werte würde sich heute jeder Politiker feiern lassen.

Marc drehte den Knopf weiter nach rechts und ließ die Tage langsam an sich vorbeiziehen. Am Anfang machte ihm die Zeitreise in die Siebzigerjahre noch Spaß und er las Meldungen, obwohl sie mit seiner Recherche nichts zu tun hatten: Der Schah verließ den Iran, zwei Wochen später kehrte Khomeini nach Teheran zurück, Helmut Schmidt war Bundeskanzler, Jupp Derwall Fußballbundestrainer. Dieter Hoeneß spielte in der Bundesliga gegen seinen Bruder Uli, Björn Borg Tennis gegen Jimmy Connors. Die großen Kinohits des Frühjahres waren *Superman* mit Christopher Reeve und *Ein Käfig voller Narren,* im Fernsehen gab es ganze drei Programme, Sendebeginn war gegen sechzehn Uhr, Sendeschluss um spätestens ein Uhr nachts. Es liefen *Dalli Dalli* und *Am laufenden Band.* Die amerikanische Fernsehserie *Holocaust* sorgte für Zuschauerdiskussionen bis spät in die Nacht, wie Marc der Schlagzeile vom 24.1.1979 entnehmen konnte.

Nach über einer Stunde konzentrierten Sehens und Suchens dröhnte das Gerät immer lauter, Marc spürte leichte Kopfschmerzen und die winzigen Buchstaben verschwammen ihm vor den Augen. So hätte er fast die Top-Meldung vom 31. Januar 1979 überlesen. Marc bewegte den Träger etwas zurück, um die Schlagzeile wieder auf den Schirm zu bekommen: *Erster Fahndungserfolg im Entführungsfall Oetker.*

Marc erinnerte sich an die Sache: Der Sohn des im Januar 2007 verstorbenen Bielefelder Unternehmers Rudolf August Oetker, Richard, war Ende 1976 in der Nähe von München entführt worden. In der Zeitung wurde berichtet, nach über zweijähriger Spürarbeit sei der siebenunddreißigjährige arbeitslose Betriebswirt Dieter Zlof wegen dringenden Tatverdachts verhaftet worden, nachdem er sieben Tausender des Lösegeldes ausgegeben hatte. Marc schüttelte langsam den Kopf. Entführungen mit Lösegelderpressungen werden wohl nie aus der Mode kommen, dachte er. Gott sei Dank war Daniela Schwalenberg im Gegensatz zu Richard Oetker unverletzt freigelassen worden. Ob es in ihrem Fall wohl auch mehr als zwei Jahre dauern würde, bis die Gangster gefasst wurden?

Unten auf der Seite erregte eine weitere Meldung Marcs Aufmerksamkeit: *Carter begnadigt Patricia Hearst.* Marc las sich den Bericht über das bekannteste Opfer des Stockholm-Syndroms durch. Die Millionenerbin und Tochter des amerikanischen Zeitungsverlegers Randolph Hearst, Patricia, war am 4. Februar 1974 von der ›Symbionese Liberation Army‹, einer kleinen extremistischen Gruppe, entführt worden. Siebenundfünfzig Tage war Hearst in einem Schrank eingesperrt, wurde misshandelt und vergewaltigt. Dann verliebte sich die damals Neunzehnjährige in einen der Entführer und wechselte die Seiten. Acht Wochen nach der Entführung nahm Patricia Hearst an zwei bewaffneten Banküberfällen teil. Ihr Bild mit Maschinengewehr in der Hand ging um die Welt. Im Mai 1974 stellte die Polizei die SLA: Es gab viele Tote. Hearst konnte fliehen und galt fortan sogar als Kopf der Bande. Nach ihrer Festnahme im September 1975 gab Patricia Hearst als Grund für ihr Verhalten an, sie habe unter großem psychischem Druck gestanden und sei sich ihrer Taten nicht bewusst gewesen. Die Richter dagegen glaubten, die Entführung sei nur vorgetäuscht gewesen. Patricia Hearst wurde zunächst zu fünfunddreißig Jahren Haft verurteilt, ein Berufungsgericht setzte die Strafe später auf sieben Jahre herab und jetzt, nach Verbüßung einer Freiheitsstrafe von vierundzwanzig Monaten und zehn Tagen wurde sie vom amerikanischen Präsidenten begnadigt.

Die erste Mikrofilmrolle endete mit dem 31. Januar 1979 und Marc fädelte die nächste ein, die den Februar 1979 dokumentierte. Am Anfang des Monats gab es nach der Verhaftung Zlofs fast keinen Tag, an dem nicht über die Oetker-Entführung berichtet wurde:

3.2.1979: Indizienkette gegen Zlof wird dichter!
6.2.1979: Zlofs Bruder sucht für 100.000 Mark Entlastungszeugen!
7.2.1979: Einiges spricht dafür: Zlof rief Frau Oetker an.
8.2.1979: Zeugin: Zlof gewann Geld im Spielkasino.

Marc musste unwillkürlich grinsen. Die öffentliche Auslobung von Zlofs Bruder hatte anscheinend schnell Wirkung gezeigt.

10.2.1979: Oetker machte nur »unpräzise Beobachtungen«.
12.2.1979: Hat Zlof Profis aus Italien angeheuert? Im Fall Oetker führen Spuren ins südliche Ausland.
13.2.1979: Oetker, Snoek, Albrecht bitten Finanzamt zur Kasse – ›Vater Staat‹ soll einen Teil der Lösegelder übernehmen.
15.2.1979: Der Ring um Zlof schließt sich!
16.2.1979: Hat Zlof den Oetker-Coup ganz allein ausgeführt?

Im Zuge der Oetker-Berichterstattung gerieten auch andere spektakuläre Entführungsfälle der letzten Monate wieder in den Blickpunkt des Medieninteresses. In der *Siegener Zeitung* vom 16.2.1979 wurde über das Kidnapping der Gütersloher Unternehmertochter Nadine Weber im August des Vorjahres und der Frau des bekannten Kölner Schönheitschirurgen Dr. Roon, Petra Roon, im Januar 1979 berichtet. Während Petra Roon nach Zahlung eines Lösegeldes von drei Millionen Mark freigelassen worden war, fehlte von Nadine Weber trotz Übergabe eines Lösegeldes in Höhe von acht Millionen Mark nach wie vor jede Spur.

Marc erschrak, als die Archivangestellte ihm auf die Schulter tippte. »Wir schließen in zehn Minuten«, teilte sie ihm mit.

Marc verfluchte sich im Stillen dafür, dass er sich so lange mit den Entführungsmeldungen aufgehalten hatte. In der Sache Ebersbach war er noch nicht einen Schritt weitergekommen. Er machte einen Schnelldurchlauf durch die nächsten Tage und dann endlich, am Montag, den 19.2.1979 wurde er fündig. Auf der Frontseite wurde verkündet, China sei in Vietnam einmarschiert und Europa kämpfe weiter mit Frost, Schnee und Sturm. Der Selbstmord war der *Siegener Zeitung* eine Meldung auf der ersten Seite des Lokalteils wert gewesen. Ein Hans-Werner E., Mieter einer Wohnung im Haus Bismarckstraße 27a, habe vorgestern seinem Leben durch einen Sprung vom Dach des Hochhauses ein Ende gesetzt. E. sei sofort tot gewesen. Über das Motiv sei nichts bekannt, auch ein Abschiedsbrief sei nicht gefunden worden. Allerdings wurde berichtet, eine Mieterin des Hauses, eine Heidi M., habe kurz vor dem Sprung noch mit E. gesprochen und versucht, ihn von dem Selbstmord abzuhalten.

Marc machte für dreißig Cent eine DIN-A3-Kopie von der Seite, dann schaltete er das Gerät aus, bezahlte drei Euro für die Benutzung des ›Readerprinter‹ und fuhr zurück in die Bismarckstraße.

52

Helen Baum, Peter Remmert und Petra Seifert kehrten in den Verhörraum zurück. Die Kriminaldirektorin nahm den Platz direkt gegenüber Daniela ein, den vorher der Hauptkommissar innegehabt hatte. Wenn die Schwalenbergs sich darüber wunderten, ließen sie es sich nicht anmerken.

»Geht es wieder, Daniela?«, fragte Helen Baum und erhielt zur Antwort ein Kopfnicken.

»Gut, dann machen wir weiter.« Die Kriminaldirektorin nahm ein Foto aus der vor ihr liegenden Akte und reichte es dem Mädchen über den Tisch. »Hast du den schon mal gesehen?«

Daniela warf einen kurzen Blick auf die Aufnahme. »Nein«, sagte sie dann bestimmt.

»Das ist Alexander Neumann«, erklärte Helen Baum. »Er hat angegeben, deine Entführung beobachtet zu haben.«

Daniela Schwalenberg zuckte mit den Achseln. »Ich habe niemanden bemerkt«, sagte sie.

»Den Namen Alexander Neumann hast du auch noch nie gehört?«

»Nein.«

»Gut. Vielleicht kannst du mit Timo Kaiser mehr anfangen.«

Daniela Schwalenbergs Gesicht zeigte keine Regung, aber auf ihrer Stirn hatte sich eine einzige Schweißperle gebildet, die begann, langsam ihre Wange herunterzulaufen.

»Daniela?«, hakte Helen Baum nach.

»Den … den kenne ich auch nicht«, antwortete Daniela Schwalenberg schließlich zögernd.

»Hm. Aber Melanie Bisse, die kennst du doch?«

»Ja, wir waren mal befreundet.«

»Melanie war sogar mal deine beste Freundin, nicht wahr?«, präzisierte die Kriminaldirektorin. »Wir haben gestern mit ihr gesprochen und sie hat uns erzählt, du seiest seit fast einem halben Jahr mit Timo Kaiser zusammen. Dann müsstest du ihn doch eigentlich kennen, oder?«

Zum ersten Mal hob Daniela Schwalenberg den Blick und schaute Helen Baum direkt in die Augen. »Melanie ist eine falsche Schlange«, sagte sie. »Wir haben uns zerstritten und seitdem verbreitet sie Lügengeschichten über mich.«

»Du bleibst also dabei, dass Timo Kaiser nicht dein Freund ist?«, vergewisserte sich Helen Baum.

Bevor Daniela antworten konnte, meldete sich Dieter Schwalenberg zu Wort. »Sie haben doch gehört, was meine

Tochter gesagt hat«, versetzte er in scharfem Ton. »Daniela hatte seit diesem Kevin keinen Freund. Das hätten wir als ihre Eltern ja wohl gewusst.«

»Eltern wissen nicht alles«, fertigte Helen Baum ihn kurz ab. »Deshalb hätte ich die Antwort gerne von Daniela gehört.«

»Hab ich doch schon gesagt«, maulte die. »Ich kenn den nicht.«

»Hm.« Helen Baum kramte wieder in der Akte herum und zog schließlich ein Blatt Papier daraus hervor. »Daniela, ich habe hier eine Auskunft der Telekom über die Telefonate, die du in den letzten Wochen und Monaten geführt hast. Da taucht eine Nummer besonders häufig auf. Und das ist die Handynummer von Timo Kaiser. Willst du immer noch behaupten, dass du ihn nicht kennst?«

Daniela Schwalenberg schaute trotzig auf den Boden.

»Daniela?«, forderte Helen Baum sie auf.

Schließlich holte das Mädchen tief Luft. »Also gut, ich bin mit Timo zusammen. Ich habe die Beziehung vor meinen Eltern geheim gehalten wegen der Sache mit Kevin.«

»Du hattest Angst, dass dir deine Eltern den Umgang mit Timo verbieten, genauso wie sie dir vorher den Umgang mit Kevin Schneider verboten haben.«

»Ja. Ich glaube nicht, dass sie mit Timo einverstanden gewesen wären.«

»Was vielleicht sogar verständlich ist.« Helen Baum zog ein weiteres Blatt Papier aus ihren Unterlagen. »Ich habe hier einen Bericht über Timo Kaiser. Kein Schulabschluss, Vorstrafen wegen Diebstahls und Drogendelikten. Außerdem ist er neun Jahre älter als du.«

Helen Baum legte das Blatt zurück und beobachtete die Reaktion der Schwalenbergs. Dieter Schwalenberg starrte seine Tochter mit kaum unterdrückter Wut an, sagte aber nichts. Die Augen von Renate Schwalenberg füllten sich mit Tränen.

»Aber Kind«, jammerte sie. »Warum hast du uns denn nichts von Timo erzählt? Du kannst doch mit allem zu mir kommen.«

Daniela Schwalenberg zuckte hilflos die Achseln. »Ich weiß nicht. Nach der Sache mit Kevin ... Du weißt doch, wie Papa ist.«

Renate Schwalenberg bedachte ihren Mann mit einem vorwurfsvollen Blick. »Allerdings«, sagte sie dann. »Jetzt siehst du, was du von deinen dauernden Verboten hast. Unsere Tochter hat kein Vertrauen mehr zu uns.«

Dieter Schwalenberg blies empört die Backen auf und ließ die Luft langsam wieder zwischen seinen Lippen entweichen, als müsse er Dampf ablassen. »Darüber sprechen wir später«, sagte er und nahm Helen Baum ins Visier. »Ich verstehe nicht, was dieser Timo Kaiser mit der Entführung meiner Tochter zu tun hat.«

»Dazu wollte ich gerade kommen«, erwiderte Helen Baum liebenswürdig. »Wir lassen Alexander Neumann seit gestern überwachen. Und jetzt raten Sie mal, mit wem sich Neumann vor zwei Stunden getroffen hat? Die Antwort lautet: Timo Kaiser.« Helen Baum hielt einen Moment inne und registrierte mit Genugtuung Remmerts verblüffte Blicke. Daniela Schwalenberg ließ dagegen keine Reaktion erkennen. »Kaiser ist bei seinen Verhaftungen erkennungsdienstlich behandelt worden«, fuhr die Kriminaldirektorin fort. »Die Kollegen, die Neumann observieren, haben ihn anhand seiner Karteifotos eindeutig identifiziert. Neumann und Kaiser haben sich in einer Kneipe in Herford getroffen und eine Lokalrunde nach der anderen geschmissen. Die observierenden Kollegen hatten den Eindruck, Neumann und Kaiser hätten richtig was zu feiern. Möchtest du etwas dazu sagen, Daniela?«

Die starrte wieder auf den Boden. »Na und?«, fragte sie abwehrend. »Was geht mich das an?«

»Ich denke, sehr viel. Oder glaubst du, dass es ein Zufall

ist, dass der angebliche Augenzeuge der Tat offenbar sehr gut bekannt mit dem Freund des Opfers ist? Und glaubst du auch, dass es ein Zufall ist, dass diese beiden Personen, die von Hartz IV leben, wenige Stunden nach der Übergabe von fünf Millionen Euro Lösegeld mit dem Geld nur so um sich schmeißen? Glaubst du das wirklich?«

Daniela Schwalenberg schüttelte stumm den Kopf. »Mein Gott«, stammelte sie nur.

Dafür meldete sich Dieter Schwalenberg wieder zu Wort. »Ich denke, niemand von uns glaubt an einen Zufall«, sagte er. »Es ist, wie ich von Anfang an vermutet habe: Einer der dubiosen Freunde meiner Tochter hat diese Entführung geplant und zusammen mit einem Kumpanen durchgezogen. Ich habe Daniela von Anfang an gewarnt, sich mit solchen Menschen einzulassen. Nun, es ist für sie und für uns zum Glück einigermaßen glimpflich ausgegangen und ich denke, Daniela hat für die Zukunft aus dieser Sache gelernt.« Er warf seiner Tochter einen eindringlichen Blick zu. »Sie können sicher sein, Frau Baum, dass ich mich mit meiner Tochter über dieses Thema noch eingehend unterhalten werde. Was ich allerdings nicht verstehe, ist, was Sie jetzt noch von Daniela wollen. Verhaften Sie diese Verbrecher und sorgen Sie dafür, dass die beiden für immer weggeschlossen werden. Ich denke, wir können dann gehen.« Schwalenberg machte Anstalten, aufzustehen und den Raum zu verlassen.

»Wenn Sie noch ein paar Minuten warten würden?«, bat Helen Baum und Danielas Vater ließ sich wieder auf seinen Stuhl zurücksinken.

»Danke«, sagte die Kriminaldirektorin freundlich. »Aus meiner Sicht besteht in der Tat kein Zweifel, dass Neumann und Kaiser an der Entführung beteiligt sind. Aber sie haben die Entführung Ihrer Tochter mit Sicherheit nicht geplant. Neumann und Kaiser sind zwei Kiffer, die mit so etwas vollkommen überfordert wären. Nein, hinter dieser Sache steckt ein anderer.« Die Kriminaldirektorin fixierte Daniela Schwalenberg. »Jemand, der zwar noch sehr jung ist, der aber intelligent genug ist, so etwas zu organisieren und durchzuziehen. Daniela, hast du eine Ahnung, von wem ich rede?«

Das Gesicht des Mädchens zeigte keinerlei Regung.

Helen Baum lehnte sich in ihrem Stuhl zurück. Daniela Schwalenberg war eine harte Nuss. So kam sie nicht weiter. Die Kriminaldirektorin beschloss, alles auf eine Karte zu setzen, auch wenn das das Ende ihrer Karriere bedeutete.

»Okay, Daniela, ich werde dir jetzt erzählen, wie diese ›Entführung‹ meiner Meinung nach abgelaufen ist. Ich bitte dich, dir meine Theorie bis zum Ende anzuhören. Danach kannst du dich ja dazu äußern. Okay?«

Sie erntete immer noch keine sichtbare Reaktion, also redete Helen Baum einfach weiter: »Die Geschichte beginnt mit einem Mädchen, das sich in einen jungen Mann verliebt. Eigentlich eine ganz normale Sache, die täglich tausende Male passiert. Leider ist der Vater des Mädchens mit der Partnerwahl seiner Tochter nicht einverstanden. Ganz und gar nicht einverstanden. Und deshalb verbietet er seiner Tochter den Umgang mit dem jungen Mann. Irgendwann beendet die Tochter die Beziehung und beschließt, in Zukunft vorsichtiger zu sein. Bei ihrer nächsten Freundschaft, wiederum mit einem jungen Mann, mit dem ihr Vater mit Sicherheit nicht einverstanden wäre, wenn er denn davon wüsste, kommt der Tochter eine Idee. Ihr Vater ist nämlich sehr reich und mit seinem Geld hätten sie und der junge Mann eine sorgenfreie Zukunft. Hinzu kommt, dass das Mädchen seine Eltern hasst, weil es sich von ihnen nicht geliebt fühlt. Also schmiedet sie gemeinsam mit ihrem Freund einen Plan: Sie lässt sich zum Schein entführen, ihr Freund fordert von dem Vater ein Lösegeld in Höhe von fünf Millionen Euro. Um alles realistischer und dramatischer zu gestalten, behauptet ein Freund des jungen Mannes, er habe die Entführung beobachtet. Alles läuft nach Plan. Der Vater zahlt und der junge Mann und die Tochter können, spätestens wenn die Tochter achtzehn ist, ins Ausland gehen und mit dem Geld des Vaters ein Leben in Saus und Braus führen. Ende der Geschichte.« Helen Baum hielt einen Moment inne. »Daniela, bevor du dazu etwas sagst, muss ich dich darüber belehren, dass sich der Tatverdacht gegen dich so weit verdichtet hat, dass du als Mittäterin einer gemeinschaftlich begangenen räuberischen Erpressung zum Nachteil deiner Eltern in Betracht kommst. Als Beschuldigte steht es dir frei, dich dazu zu äußern oder nicht zur Sache auszusagen und jederzeit einen von dir zu wählenden Verteidiger zu befragen. Ich muss dich ferner darüber belehren, dass du zu deiner Entlastung einzelne Beweiserhebungen beantragen kannst. Hast du das verstanden?«

Daniela Schwalenberg schüttelte energisch den Kopf. »Ja, aber das ist alles nicht wahr«, beteuerte sie. »Ich bin *wirklich* entführt worden. Warum glauben Sie mir nicht?«

Helen Baum schaute zu Renate und Dieter Schwalenberg hinüber. Während die Mutter die Kriminaldirektorin nur entsetzt anstarrte, war Danielas Vater knallrot angelaufen. Wie ein siedend heißer Kessel kurz vor dem Platzen, dachte Helen Baum.

»Daniela«, fuhr sie in sachlichem Ton fort. »Neumann und Kaiser werden rund um die Uhr überwacht. Früher oder später werden sie uns zu dem Lösegeld führen. Wir werden die beiden festnehmen und verhören. Und irgendwann wird einer von ihnen auspacken und uns alles sagen. Denn eines wissen die ganz genau: Wer zuerst redet, bekommt einen Strafrabatt, die anderen gehen leer aus. Warum willst du nicht diejenige sein, die uns zuerst die Wahrheit sagt? Der Richter wird das bestimmt berücksichtigen.«

Daniela saß nur da und schüttelte den Kopf. »Das ist alles nicht wahr«, wiederholte sie. »Warum glauben Sie mir denn nicht?«

Helen Baum spürte, dass Remmert neben ihr immer unruhiger wurde und in das Verhör eingreifen wollte. In diesem Moment explodierte Dieter Schwalenberg. »Das ist doch alles ein Riesenschwachsinn!«, brüllte er. »Okay, Daniela hat leider diesen fatalen Hang zu gescheiterten Existenzen. Ich habe sie schon bei diesem Kevin davor gewarnt, dass dieser Typ sie nur ausnützt und an mein Geld will. Dass es aber eines Tages so weit kommt, dass dieser menschliche Abschaum, mit dem Daniela sich abgibt, meine Tochter entführt und mich erpresst, habe ich, ehrlich gesagt, nicht für möglich gehalten. Nun gut. Es ist passiert und ich bin mir sicher, dass Daniela in Zukunft bei der Wahl ihrer Freunde vorsichtiger sein wird.«

Aber, dachte Helen Baum.

»Aber«, schrie Schwalenberg, jetzt völlig außer sich, »wer behauptet, *meine* Tochter sei irgendwie in diese Sache verwickelt, der bekommt es mit mir zu tun! Diese Person mache ich fertig, die werde ich vernichten, und mit dieser Person meine ich Sie, Frau Kriminaldirektorin!«

Im Verhörraum breitete sich angespanntes Schweigen aus.

»Ich bin nicht deine Tochter«, sagte Daniela Schwalenberg plötzlich in die Stille. Sie richtete sich in ihrem Stuhl auf und sah ihrem Adoptivvater direkt in die Augen.

Helen Baum bekam den Eindruck, einen vollkommen anderen Menschen vor sich zu haben. Aus dem verschüchterten Mädchen war eine selbstbewusste Frau geworden.

Dieter Schwalenberg glaubte, nicht richtig gehört zu haben. »Was hast du gesagt?«

»Ich habe gesagt, dass ich nicht deine Tochter bin«, wiederholte Daniela ganz ruhig. »Und die da«, sie zeigte mit dem Zeigefinger auf Renate Schwalenberg, »ist nicht meine Mutter. Ich weiß nicht, wer meine Eltern sind, aber ihr seid es mit Sicherheit nicht. Und Timo ist kein ›menschlicher Abschaum‹. Timo ist der Mann, den ich liebe und immer lieben werde. Ihr seid Menschen, die, ohne mit der Wimper zu zucken, ihre Arbeiter ausbeuten und entlassen, wenn ihnen der Sinn danach steht, nur damit ihr ein paar Millionen mehr auf eurem Konto horten könnt. Ihr seid Menschen, die schlecht über andere Menschen denken, nur weil die nicht mit einem goldenen Löffel im Mund groß geworden sind, und ihr seid Menschen, die ihre Tochter schlagen und ihr alles verbieten, nur weil sie mal zu spät oder mit einer schlechten Note nach Hause kommt. Der menschliche Abschaum seid ihr!«

Mit diesen Worten wandte Daniela Schwalenberg sich Helen Baum zu. »Ihre Geschichte trifft im Wesentlichen zu«, erklärte sie mit fester Stimme. »Nach der Sache mit Kevin wusste ich, dass meine Eltern auch Timo nicht akzeptieren würden. Wir haben beschlossen, in ein paar Jahren ins Ausland zu gehen, aber dazu brauchten wir Geld, viel Geld. Das wollten wir uns von meinen Eltern holen. Wir haben einen Freund von Timo, Alexander Neumann, als Zeugen engagiert, meine Entführung vorgetäuscht und meine Eltern erpresst. Die letzten Tage habe ich mich in einem leer stehenden Haus in einer Schrebergartenkolonie versteckt. Nachdem Timo mir Bescheid gegeben hatte, dass meine – sogenannten – Eltern gezahlt haben, bin ich in der Neubausiedlung als Entführungsopfer wieder aufgetaucht.«

»Nein!«, schrie Renate Schwalenberg laut auf. »Daniela, wie kannst du nur so etwas sagen?«

Daniela musterte ihre Adoptivmutter mit unverhohlener Verachtung. »Weil es die Wahrheit ist. Ihr werdet euch damit abfinden müssen: Die, die ihr eure Tochter nennt, ist eine Kriminelle. Die ganze Stadt wird es erfahren. Der Tennisverein, der Reitverein und der Golfclub. Alle werden über euch reden. Die Schwalenbergs werden monatelang das Tagesgespräch Nummer eins sein. Und wenn es zum Prozess kommt, wird alles noch einmal hochgekocht. Ich sehe schon jetzt die Schlagzeilen in der Zeitung vor mir und alle werden lesen, was ihr für Menschen seid und warum ich das getan habe. Und wenn alles ausgestanden ist, werde ich Timo heiraten und mit ihm ins Ausland gehen. Dann habt ihr mich das letzte Mal gesehen.« Daniela schaute zu Helen Baum. »Und jetzt möchte ich bitte hier raus. Ich halte es nicht eine Sekunde länger mit diesen Menschen in dem gleichen Zimmer aus.«

Renate Schwalenberg heulte hemmungslos an der Schulter ihres Mannes. Der war kreidebleich geworden und sagte kein Wort. Mit zitternden Knien erhob er sich, zog seine Frau mit und verließ den Raum.

53

Endlich schien Marc Glück zu haben: Im Haus Bismarckstraße 27a wohnte eine Heidi Martens.

Marc schellte und ihm wurde geöffnet. Er betrat das Treppenhaus, wo er im zweiten Stock von einer blonden Frau empfangen wurde. Sie mochte Mitte fünfzig sein.

»Frau Martens?«, fragte Marc.

Die Frau musterte ihn gründlich, dann nickte sie kurz. »Sie wünschen?«, fragte sie misstrauisch.

»Ich weiß nicht, ob ich bei Ihnen richtig bin. Es geht um einen Hans-Werner Ebersbach.«

Frau Martens' Reaktion zeigte Marc, dass er ins Schwarze getroffen hatte. Obwohl seit Ebersbachs Tod fast dreißig Jahre vergangen waren, wurde die Frau bleich.

»Was ist mit ihm?«, fragte sie.

Marc entschied sich, bei der Geschichte zu bleiben, die er bereits der Hausverwalterin aufgetischt hatte. »Ich werde demnächst nach Siegen umziehen und suche hier eine Wohnung. Meine Eltern haben mich gebeten, mich bei der Gelegenheit nach Herrn Ebersbach zu erkundigen. Er war ein guter Bekannter meiner Eltern und ist Anfang Januar 1979 von Bielefeld aus in dieses Haus gezogen. Seitdem haben sie nichts mehr von ihm gehört. Ich habe gerade herausgefunden, dass Hans-Werner Ebersbach am 17. Februar 1979, also etwa sechs Wochen nachdem er hier eingezogen ist, Selbstmord begangen hat. In der Zeitung stand, eine Heidi M. habe kurz vor dem Suizid mit ihm gesprochen. Ich habe überlegt, ob Sie wohl diese Heidi M. sind.«

»Das ist richtig«, bestätigte die Frau Marcs Vermutung. »Aber kommen Sie ruhig rein.«

Sie führte Marc in ihr Wohnzimmer, wo sie ihn auf dem Sofa Platz nehmen ließ. Ein Getränk lehnte Marc ab.

»Was soll ich sagen?«, meinte Heidi Martens, nachdem sie sich mit einem Glas Wasser Marc gegenübergesetzt hatte. »Diese Geschichte hat mich jahrelang verfolgt und ich hatte eigentlich gehofft, dass mich niemand mehr darauf anspricht.«

»Es tut mir leid, wenn ich in alten Wunden rühre«, sagte Marc aufrichtig.

Heidi Martens lächelte zaghaft. »Schon gut, es ist halt schwer, die Gespenster der Vergangenheit loszuwerden. Was wollen Sie wissen?«

»Mich interessieren die genauen Umstände von Herrn Ebersbachs Selbstmord. Was ist damals passiert?«

Heidi Martens starrte an Marc vorbei auf die Wand, als helfe ihr das, sich die Ereignisse in Erinnerung zu rufen. Dann begann sie zu erzählen: »Ich kann mich an diesen Tag noch erinnern, als wäre es gestern passiert. Und ich fürchte, dass ich diesen Tag auch nie vergessen werde. Es war ein Samstag, der 17. Februar 1979, um die Mittagszeit. Ich kam gerade vom Einkaufen. Ich habe meinen Wagen auf dem Parkplatz vor dem Haus abgestellt und wollte schnell in meine warme Wohnung. Ich weiß noch, wie ich gefroren habe, obwohl ich dick eingepackt war. Es war an dem Tag bitterkalt, überall lag Schnee. Vor dem Haus standen ein paar Kinder um einen halb fertigen Schneemann herum, aber sie haben die ganze Zeit nach oben gestarrt. Ich habe gedacht: ›Was haben die nur?‹, und dann ebenfalls nach oben geschaut. Und da habe ich es gesehen: Auf dem Dach dieses Hauses saß ein Mann. Er saß ganz ruhig auf der Kante, seine Beine baumelten über der Tiefe. Ich habe meine Einkaufstüten fallen lassen und den Kindern zugerufen, sie sollten zu ihren Eltern laufen und die Polizei und die Feuerwehr alarmieren. Handys gab es damals ja noch nicht. Dann bin ich zum Fahrstuhl gerannt und bis in den obersten Stock gefahren. Ich habe mal gesehen, wie ein Techniker auf das Dach gelangt ist, und tatsächlich die Leiter gefunden. Die bin ich dann hochgeklettert.«

»Das war sehr mutig von Ihnen«, bemerkte Marc.

Heidi Martens lächelte traurig. »Ich weiß nicht. Im Nachhinein habe ich mir oft gewünscht, ich hätte es nicht getan. Aber damals habe ich gar nicht nachgedacht, alles ging ganz automatisch. Als ich auf dem Dach ankam, saß der Mann immer noch da, ich war vielleicht zwanzig Meter von ihm entfernt. Er hat mich nicht gehört, weil ein ziemlich starker Wind ging. Ich weiß noch, dass ich mich gewundert habe, dass der Mann nur mit einem dünnen Hemd bekleidet war, obwohl es so kalt war. Ich bin dann von hinten langsam auf ihn zugegangen und musste aufpassen, dass ich nicht ausrutschte und selbst runterfiel, weil überall auf dem Dach Eisschollen verteilt waren. Als ich noch ungefähr fünf Meter von ihm entfernt war, habe ich leise gerufen. Ich wollte schließlich nicht, dass er vor Schreck herunterstürzt, wenn ich ihn berühre. Der Mann hat sich dann ganz langsam zu mir umgedreht. Ich hatte ihn vorher noch nie gesehen. Dass er schon einige Wochen in diesem Haus gewohnt hat, habe ich erst später erfahren. Aber hier wechseln die Mieter so oft, dass man manche nie zu Gesicht bekommt.«

Sie seufzte und trank einen Schluck Wasser, bevor sie fortfuhr. »Als Erstes sind mir seine Augen aufgefallen. Die waren so unendlich traurig. Als ich diese Augen gesehen habe, wusste ich: Der meint es ernst. Er hat kein Wort gesagt, mich nur die ganze Zeit angeschaut. ›Was machen Sie denn da?‹, habe ich ihn gefragt. Was man so redet, wenn man nicht weiß, was man sagen soll. ›Wonach sieht es denn aus?‹, hat er erwidert. ›Tun Sie das nicht!‹, habe ich zu ihm gesagt. ›Warum auch immer Sie das vorhaben, *das* ist es nicht wert. Es gibt immer einen Ausweg.‹ Heute würde ich mir wünschen, ich hätte diese Worte nicht gesagt. Es war, als hätte der Mann auf einmal eine Erleuchtung gehabt. Seine Augen öffneten sich leicht und er hat gelächelt. ›Danke‹, hat er gesagt. ›Es gibt tatsächlich immer einen Ausweg. Aber manchmal eben nur diesen einen.‹ Dann hat er sich umgedreht und sich fallen lassen. Einfach so, völlig lautlos und ohne noch ein Wort zu sagen. Er war ganz einfach nicht mehr da. Ich war so fertig, dass ich am ganzen Körper gezittert habe und mich erst einmal setzen musste. Ich hatte keine Kraft mehr, wieder aufzustehen. Die Feuerwehr hat mich eine Viertelstunde später vom Dach geholt. Ich glaube, die dachten, ich wollte auch springen.«

Marc wartete eine Weile, bis Heidi Martens sich wieder einigermaßen gefangen hatte. »Sonst hat Ebersbach nichts gesagt?«, fragte er dann. »Kein Wort über sein Motiv?«

Heidi Martens schüttelte langsam den Kopf. »Das hat mich damals auch sehr beschäftigt. Als es mir ein paar Tage später etwas besser ging, habe ich mich deswegen an die Polizei gewandt. Die konnten mir aber auch nicht helfen. Es gab keinen Abschiedsbrief und niemand hier im Haus kannte Ebersbach. Als ich mich später noch mal erkundigt habe, haben sie mir gesagt, die Ermittlungen seien abgeschlossen. Es habe sich eindeutig um Selbstmord gehandelt und der sei in diesem Land nicht strafbar.« Sie lächelte matt. »Na ja, wen sollte man dafür auch bestrafen? Die Einzige, die dafür bestraft worden ist, bin ich. Ich habe noch monatelang unter dieser Sache gelitten.«

»Ich bin mir sicher, dass Sie nichts hätten tun können«, versuchte Marc, die Frau zu trösten.

»Mein Verstand sagt mir dasselbe«, erwiderte Heidi Martens. »Aber mein Gefühl sagt mir etwas anderes. Vielleicht wäre er nicht gesprungen, wenn ich anders vorgegangen wäre. Wenn ich doch nur wüsste, warum er gesprungen ist.«

Stille Tränen liefen über ihre Wangen.

»Ich fürchte, das werden wir nie erfahren«, meinte Marc. »Alles in Ordnung mit Ihnen?«

Sie nickte.

Er atmete tief durch, dann stand er auf und verabschiedete sich von ihr.

Das war's dann endgültig, dachte er, als er die Treppenstufen hinunterging. Alle Spuren waren im Sande verlaufen und es war wohl das Beste, die unbekannte Tote den Behörden zu melden.

54

Fünf Stunden nach der Befragung Daniela Schwalenbergs klopfte Helen Baum an die Tür von Remmerts Büro. Als sie eintrat, fand sie den Hauptkommissar hinter seinem Schreibtisch sitzend vor.

»Ach, Herr Kollege«, sagte sie wie beiläufig. »Ich wollte Sie nur darüber in Kenntnis setzen, dass morgen früh um zehn die Abschlussbesprechung der Soko ›Daniela‹ stattfindet.«

»Schlussbesprechung?«, fragte der Hauptkommissar erstaunt. »Halten Sie es nicht für ein wenig verfrüht, die Sonderkommission aufzulösen?«

»Welchen Zweck sollte die Soko noch erfüllen?« gab die Kriminaldirektorin zurück. »Der Fall ist aufgeklärt. Sie wissen ja, dass Timo Kaiser und Alexander Neumann vor vier Stunden festgenommen worden sind.«

»Haben die beiden schon gestanden?«

»Bisher haben sie noch kein einziges Wort gesagt«, musste Helen Baum zugeben. »Aber das dürfte nur eine Frage der Zeit sein, nachdem der Rucksack mit dem Lösegeld bei ihnen gefunden wurde. Außerdem haben wir ja das Geständnis der Haupttäterin.«

Der Hauptkommissar schüttelte müde den Kopf. »Das Einzige was Sie haben, ist ein *falsches* Geständnis aus Gründen, die offensichtlich sind. Gut, Alexander Neumann und Timo Kaiser stecken offenbar hinter dieser Sache. Aber es gibt nicht den geringsten Beweis, dass Daniela Schwalenberg an ihrer eigenen Entführung beteiligt war.«

Helen Baum bewegte den Zeigefinger hin und her. »Ich finde, Sie sind ein schlechter Verlierer, Herr Hauptkommissar«, sagte sie mit mildem Tadel in der Stimme. »Sie sollten mir endlich gratulieren und zugeben, dass ich von Anfang an recht hatte.«

»Sie hatten nur in einem einzigen Punkt recht!«, brauste Remmert auf. »Daniela Schwalenberg hasst ihre Eltern. Das ist bei ihr keine Pubertätserscheinung, sie hasst sie wirklich. Sie fühlt sich ungeliebt, missverstanden und unterdrückt. Und deshalb behauptet Daniela jetzt, sie habe die Entführung geplant, weil sie es ihren Eltern heimzahlen will. Sie will, dass ihre Eltern genauso leiden, wie sie gelitten hat.«

»Glauben Sie das wirklich?«, fragte Helen Baum.

»Ich bin sogar felsenfest davon überzeugt«, entgegnete Remmert ernst.

»Dann lesen Sie sich doch mal den Bericht der Spusi durch«, sagte die Kriminaldirektorin und warf eine schmale Kladde auf Remmerts Schreibtisch. »Ist gerade reingekommen. Sowohl auf dem Rucksack als auch auf dem Lösegeld sind Fingerabdrücke von Timo Kaiser, Alexander Neumann *und* Daniela Schwalenberg sichergestellt worden. Danielas Fingerabdrücke sind nach einer Ninhydrin-Behandlung auf genau neunundachtzig Hunderteuroscheinen entdeckt worden. Der Zustand der Scheine deutet nach Auffassung der Kollegen darauf hin, dass sich die drei vor Freude in dem Geld hin und her gewälzt haben.«

Remmert war kreidebleich geworden. »Das kann nicht sein!«, murmelte er vor sich hin. »Das ist doch nicht möglich.« Er öffnete die Kladde und las sich die Zusammenfassung des daktyloskopischen Berichts der Spurensicherung durch. Als er am Ende angelangt war, schluckte er schwer.

»Frau Kriminaldirektorin, ich glaube, Sie haben recht: Ich muss mich bei Ihnen entschuldigen.« Er blickte langsam auf. »Ich …«

Remmert hielt inne; Helen Baum hatte das Büro schon lange verlassen.

55

Am späten Abend fand sich Marc einmal mehr in der Bielefelder Menzelstraße ein.

Schlüter öffnete ihm und führte Marc in das Wohnzimmer, das inzwischen weitgehend leer geräumt war. Er bot Marc einen Platz auf dem letzten verbliebenen Sessel an, dann zog er einen vollgepackten Umzugskarton heran, setzte sich seinem Gast gegenüber und lauschte Marcs Bericht über die Ereignisse in Siegen.

»Ich fürchte, damit ist das Ende der Fahnenstange erreicht«, schloss Marc. »Es ist durchaus möglich, dass Ebersbachs Selbstmord etwas mit der Toten auf dem Dachboden zu tun hat. Vielleicht hat er sie umgebracht und den Mord nicht verwunden. Aber das ist natürlich reine Spekulation. Vielleicht hat Ebersbach sich auch umgebracht, weil er Schulden hatte. Oder er war unglücklich verliebt. Oder manisch-depressiv. Oder er hatte unheilbar Krebs. Motive, aus denen Menschen ihrem Leben ein Ende setzen, gibt es wie Sand am Meer.«

Schlüter nickte langsam. »Und Sie glauben, es bringt nichts, weiter zu suchen?«

Marc schüttelte den Kopf. »Wir haben bisher nichts erreicht und ich bin mir sehr sicher, dass wir mit unseren Mitteln auch nicht mehr herausfinden werden. Wir wissen nicht, wer die Tote ist, wir wissen nicht, warum sie ermordet wurde, und wir wissen nicht, warum sie in diesem Haus versteckt wurde. Ich kann Ihnen daher nur raten, schnellstmöglich zur Polizei zu gehen. Vielleicht können die den Fall aufklären.«

Schlüter verzog skeptisch den Mund. »Ich weiß nicht«, sagte er. »Was ist, wenn mein Vater doch etwas mit ihrem Tod zu tun hat?«

»Dafür gibt es nicht den geringsten Anhaltspunkt, nachdem wir wissen, dass die Tote nicht Susanne Binder ist. Wenn Sie Gewissheit haben wollen, müssen Sie die Polizei einschalten.«

Schlüter zog scharf die Luft ein, dann seufzte er. »Das wird das Beste sein. Herr Hagen, Sie haben getan, was man tun konnte. Vielleicht mehr als das. Ich kann mich nur bei Ihnen bedanken.«

Marc grinste. »Ich fürchte, Sie irren sich. Meine Rechnung kommt in den nächsten Tagen. Ich bin mir nicht sicher, ob Sie dann immer noch so freundlich über mich denken.«

Sie standen auf und schüttelten sich zum Abschied die Hand. In diesem Moment schellte es. Schlüter entschuldigte sich und ging zur Tür.

Wenige Sekunden später betrat er in Begleitung eines älteren Paars den Raum: Frau und Herr Kasperczak.

»Sie kennen sich ja bereits«, meinte Schlüter. »Die Kasperczaks sind gekommen, weil ich ihnen angeboten habe, sich von den restlichen Sachen meines Vaters zu nehmen, was immer sie gebrauchen können. Landet ja sonst eh auf dem Sperrmüll.«

Herr Kasperczak nickte Marc zu. »Sie waren doch bei uns und haben sich nach Susanne Binder und diesem Ebersbach erkundigt«, erinnerte er sich. »Sind Sie da weitergekommen?«

»Teils, teils«, antwortete Marc vage und sah auf die Uhr. Mittlerweile hatte er seit fast vierzig Stunden nicht mehr geschlafen und sehnte sich nach seinem Bett.

»Unser Sohn Sebastian ist heute zu Besuch da, deshalb

kommen wir auch so spät vorbei«, sagte Frau Kasperczak. »Wir hatten Ihnen ja erzählt, dass er und Ebersbach früher manchmal was zusammen unternommen haben. Warten Sie mal.« Sie wandte sich ihrem Mann zu. »Hermann, bist du so lieb und sagst Sebastian Bescheid, dass er mal runterkommt.«

Ihr Mann nickte bereitwillig und verschwand, bevor Marc protestieren konnte. Frau Kasperczak drehte sich wieder zu ihm um. »Wir haben unserem Sohn erzählt, dass Sie sich für Ebersbach interessieren, und er konnte sich auch sofort an ihn erinnern.«

Marc lächelte müde. »Vielen Dank, Frau Kasperczak. Aber wir haben inzwischen herausbekommen, dass Hans-Werner Ebersbach tot ist. Ich fürchte, da wird uns auch Ihr Sohn nicht weiterhelfen können.«

Zwei Minuten später betrat Herr Kasperczak wieder den Raum, gefolgt von einem großen Mann mit schütterem Haar, dessen Alter Marc auf Mitte bis Ende vierzig schätzte. »Das ist unser Sebastian«, stellte Frau Kasperczak mit sichtlichem Mutterstolz vor. »Er wohnt ja jetzt in Düren, besucht seine alten Eltern aber noch regelmäßig, obwohl er so viel zu tun hat. Unser Sohn ist Elektrikermeister, müssen Sie wissen, und hat inzwischen seinen eigenen Betrieb ...«

»Mutter, lass doch«, wehrte Sebastian Kasperczak ab. »Ich glaube kaum, dass das den Herrn interessiert.« Er wandte sich Marc zu und reichte ihm die Hand. »Sebastian Kasperczak«, stellte er sich vor und nickte auch Schlüter kurz zu. »Hallo, Peter. Mein herzliches Beileid zum Tod deines Vaters.«

»Danke. Das ist Herr Hagen. Er ist Rechtsanwalt und hilft mir ein wenig, den Nachlass zu ordnen.«

»Aha.« Sebastian Kasperczak musterte Marc interessiert. »Und was hat Hans-Werner Ebersbach damit zu tun?«

»Eigentlich gar nichts«, musste Marc zugeben. »Sie kannten Ebersbach?«

»Ich habe ihn Ende der Siebzigerjahre kennengelernt«, nickte Kasperczak. Er schloss die Augen, blickte zur Decke und begab sich in Gedanken auf eine Zeitreise in seine Jugend. »Das waren wilde Zeiten damals. Alkohol, Mädchen, Marihu...«, er unterbrach sich, als ihm bewusst wurde, dass seine Eltern zuhörten. »Na ja. Auf jeden Fall ist Hans-Werner Ebersbach irgendwann Ende der Siebziger in die Wohnung über meinen Eltern gezogen. Ich war damals siebzehn und in der Lehre, Hans-Werner muss so Mitte zwanzig gewesen sein. Eigentlich ist das in dem Alter ein ziemlich großer Abstand, aber wir haben uns trotzdem gut verstanden. Hans-Werner war neu in der Stadt und hatte noch keine Freunde, da habe ich mich ein wenig um ihn gekümmert. Wir waren ein paarmal zusammen mit meinen Kumpels im *Römereck,* das war eine Kneipe, gleich hier schräg gegenüber, die Straße runter. Die existiert auch schon seit Jahren nicht mehr.« Er schüttelte betrübt den Kopf. »Also, was wollen Sie wissen?«

»Können Sie mir ein wenig mehr über Ebersbach erzählen?«, fragte Marc nun doch. »Was war er für ein Mensch?«

»Nett, eigentlich ganz nett. So ein Kumpeltyp halt. Wenn auch nicht gerade der Gescheiteste.«

»Wissen Sie, was er beruflich gemacht hat?«

»Ich glaube, gar nichts. Meine Kumpel und ich hatten damals zwar auch nicht viel Geld, aber wir mussten Hans-Werner immer einladen, weil er chronisch pleite war.«

»Hatte Ebersbach eine Freundin? Oder haben Sie ihn je in Begleitung einer Frau gesehen?«

Sebastian Kasperczak schüttelte den Kopf. »Nein, nie. Er war nicht gerade der Typ, auf den Frauen stehen. Er war ziemlich fett und sah nicht besonders gut aus. Auch wenn er sehr lieb war.«

»Wissen Sie, warum Ebersbach wieder aus diesem Haus ausgezogen ist?«

»Keine Ahnung. Er war von einem Tag auf den anderen verschwunden, ohne sich von mir oder meinen Freunden zu verabschieden. Ich habe nie wieder etwas von ihm gehört.«

»Hans-Werner Ebersbach hat sich kurz nach seinem Auszug im Februar 1979 das Leben genommen«, sagte Marc. »Haben Sie eine Erklärung dafür?«

»Was? Das hätte ich nicht für möglich gehalten«, entfuhr es Kasperczak. »Auf mich hat er nie einen depressiven Eindruck gemacht. Gut, er wirkte manchmal ein wenig melancholisch, aber er hat nicht über seine Probleme gesprochen. Frauen, Fußball, Autos, das waren damals unsere einzigen Themen.« Er grinste. »In der Reihenfolge.«

Marc musste gähnen und hielt sich die Hand vor den Mund. »Sonst noch etwas, was Sie mir über Ebersbach erzählen können?«, fragte er. Sein Interesse war wieder erlahmt.

Kasperczak schüttelte den Kopf. »Ich würde Ihnen gerne helfen. Aber Hans-Werner und ich waren nicht im eigentlichen Sinn befreundet. Eher gute Bekannte, die ab und zu mal einen trinken gegangen sind. Das war's eigentlich.«

Marc nickte und blickte bedeutungsvoll auf seine Uhr. »Dann danke ich Ihnen für Ihre Informationen«, sagte er zu Kasperczak. Und zu Schlüter: »Ich melde mich bei Ihnen.«

Mit diesen Worten drehte er sich um und machte Anstalten, den Raum zu verlassen. Da vernahm er noch einmal Kasperczaks Stimme in seinem Rücken. »Moment! Etwas ist mir gerade noch eingefallen«, sagte er.

Marc hielt in der Bewegung inne. »Ja?«

»Hans-Werner Ebersbach hatte einen Spitznamen«, sagte Kasperczak. »Gonzo. Wir haben ihn alle immer nur Gonzo genannt.«

Neue Westfälische

UNBEKANNTE LEICHE IDENTIFIZIERT

Die unbekannte Leiche, die vor drei Wochen auf dem Dachboden eines Hauses in der Bielefelder Menzelstraße gefunden wurde (die NW berichtete), ist aufgrund ihrer Kleidung, zahnärztlicher Unterlagen und einer DNS-Vergleichsprobe mit Verwandten eindeutig identifiziert worden.
Bei der Toten handelt es sich um die fünfzehnjährige Nadine Weber, die am 29. August 1978 in Gütersloh auf offener Straße gekidnappt wurde und seitdem spurlos verschwunden war.
Die Entführung hatte vor neunundzwanzig Jahren für beträchtliches Aufsehen gesorgt: Nadine Webers Vater, der 1995 verstorbene Gütersloher Bauunternehmer und Multimillionär Günther Weber, zahlte nach zwei gescheiterten Übergabeversuchen ein Lösegeld in Höhe von acht Millionen D-Mark. Trotzdem wurde Nadine nicht freigelassen.
Nadines letztes Lebenszeichen war ein handgeschriebener Brief, den sie in der Geiselhaft an ihre Eltern verfasst hatte, der Brief ist datiert vom 10. September 1978. Offenbar wurde Nadine Weber kurz darauf von den Entführern ermordet.
Die kriminaltechnischen Untersuchungen haben ergeben, dass die Tatwaffe eine italienische Pistole der Marke Beretta war.
Nadines Bruder, Jürgen Weber (47), der das Unternehmen 1993 von seinem Vater übernommen hat, nahm gegenüber der NW für die Familie Stellung: »Einerseits sind wir erleichtert, dass Nadines Schicksal endlich geklärt ist, andererseits sind wir sehr traurig und wütend. Nadine war noch so jung und sie war der freundlichste und hilfsbereiteste Mensch, den ich je kennengelernt habe. Nach dem Abitur wollte sie Medizin studieren und anschließend als Ärztin in einem Dritte-Welt-Land arbeiten. Diese Verbrecher haben nicht nur Nadines Leben zerstört, sondern unsere gesamte Familie.«
Bei der Aufklärung der Tat steht die Staatsanwaltschaft offenbar kurz vor dem Abschluss.

Ein Sprecher: »Dringend tatverdächtig ist ein ehemaliger Mieter des Hauses Menzelstraße 24, der im Februar 1979 verstorbene Hans-Werner Ebersbach. Bei der Überprüfung der Personen, mit denen Ebersbach sich in den Jahren 1976 und 1977 in der JVA Lingen die Zelle geteilt hat, sind wir auf die Spur von Jochen Meinrad und Friedrich Kornblum gestoßen.«
Meinrad wurde vor vier Tagen in Worms verhaftet und hat gestanden, an der Entführung beteiligt gewesen zu sein. Mit dem Tod Nadine Webers will er allerdings nichts zu tun gehabt haben. Friedrich, genannt ›Freddy‹, Kornblum hatte sich bereits im Winter 1978 nach Mallorca abgesetzt. Er entzog sich seiner bevorstehenden Verhaftung durch die spanische Polizei durch Freitod.

Westfalenblatt

MILLIONÄRSTOCHTER VERURTEILT

Gestern endete vor der Großen Jugendstrafkammer des Bielefelder Landgerichts der Prozess um die vorgetäuschte Entführung der Bielefelder Unternehmertochter Daniela S. mit teilweise empfindlichen Freiheitsstrafen.

Die siebzehnjährige Daniela S. wurde wegen räuberischer Erpressung ihrer Adoptiveltern zu einer zweijährigen Jugendstrafe auf Bewährung verurteilt, ihre Mittäter, der zwanzigjährige, vorbestrafte Alexander N. zu einer dreijährigen Jugendstrafe und der sechsundzwanzigjährige, ebenfalls erheblich vorbestrafte Timo K. nach Erwachsenenstrafrecht zu einer Freiheitsstrafe von vier Jahren und sechs Monaten.

Strafmildernd fielen die umfassenden Geständnisse der drei Täter ins Gewicht und die Tatsache, dass das von dem Ehepaar S. erpresste »Lösegeld« von fünf Millionen Euro fast vollständig sichergestellt werden konnte.

Der Vater von Daniela S., Dieter S., sagte unmittelbar nach der Urteilsverkündung: »Ich bin froh, dass es endlich vorbei ist. Dieses Verfahren war für meine Frau und für mich eine große Belastung.«

Auf die Frage nach dem derzeitigen Verhältnis zu seiner Tochter antwortete S. wörtlich: »Ich habe keine Tochter mehr.«